LINE
너라는 이름의 세계 ⓒ밀밭 / Cierra ⓟ예원북스

너라는 이름의 세계 1

너라는 이름의 세계 1

초판 1쇄 찍은 날 | 2018년 9월 5일
초판 1쇄 펴낸 날 | 2018년 9월 20일

지은이 | 밀밭
펴낸이 | 예경원

편집 | 박수희 · 주승아

펴낸곳 | 예원북스
등록번호 | 제396-2012-000132호
등록일자 | 2012. 7. 25
YRN | 제1-0229호

주소 | 경기도 고양시 일산동구 호수로 646-24 위너스 21-Ⅱ 206A호 (우) 10401
전화 | 031-819-9431 팩스 | 031-817-9432
http://cafe.naver.com/yewonromance
E-mail | yewonbooks@naver.com

ISBN 979-11-89450-12-0 04810
ISBN 979-11-89450-11-3 (세트)

※ 이 도서의 국립중앙도서관 출판시도서목록(CIP)은 서지정보유통지원시스템 홈페이지(http://seoji.nl.go.kr)와 국가자료공동목록시스템(http://www.nl.go.kr/kolisnet)에서 이용하실 수 있습니다.

너라는 이름의 세계

1

밀밭 장편 소설

LINE GOLD

CONTENTS

프롤로그

라키어스는 떨리는 손으로 유리창을 짚었다. 정원을 가로지르는 엘리제의 뒷모습을 손가락으로 쓸어내렸다. 안타까운 한숨은 곧 절망으로 변해 갔다.

엘리제가 저택을 떠나고 있었다.

도시의 어떤 것에도 감흥을 느끼지 못하는 자신이 유일하게 갈망하는 그녀.

양아버지 녹턴을 사랑했고, 그의 후계자인 라키어스를 끔찍하리만큼 증오하는 엘리제가 제 곁을 떠나고 있었다. 라키어스는 직감했다. 엘리제는 두 번 다시 이곳으로 돌아오지 않을 것이다.

일주일 전, 그들은 녹턴의 장례식을 치렀다.

"엘……."

사포처럼 거칠어진 목소리를 쥐어짜 냈다. 숨 쉬는 것마저 고통스러웠다. 어느 누구도 라키어스의 이런 모습을 보지 못했다. 심지어 엘리제조차도.

아까 전부터 내리기 시작한 봄비가 유리창에 맺혀 흘러내렸다.

"가지 마."
결코 이루어질 리 없는 소원.
"돌아와."
우산도 쓰지 않은 채 빠른 속도로 걷던 엘리제가 급기야 달리기 시작했다. 그 모습이 방금 전 자신의 말에 대한 대답 같아 라키어스는 그만 쓴웃음을 터뜨리고 말았다. 사랑스러운 엘리제는 언제나 라키어스가 하라는 것의 정반대로 행동했다. 언제나, 정말이지 단 한 번도 빼놓지 않고.
우는 듯 웃던 라키어스의 입가가 돌연 굳었다.
이제 더는 엘리제가 보이지 않았다. 다신 파랗게 타오르던 눈동자를 볼 수 없을 것이다. 적어도 모든 내막이 밝혀지기 전까지는 불가능한 일이었다.
두 사람에겐 시간이 필요했다.
"앞으로는…… 지금까지와 비교도 할 수 없을 만큼 날 증오해야 돼. 매일 밤 내가 저지른 짓을 곱씹으며 날 원망하고 미워해, 엘리제. 꼭 그래야 돼."
어느새 빗줄기가 굵어졌다. 봄비에 어울리지 않는 천둥소리가 라키어스의 흐느낌을 집어삼켰다.
자신이 선택한 길이다. 그러니 견뎌야만 한다.
"엘리제……."
그때까지 자신이 살아 있을 수 있을까? 몸은 버틸 수 있을지 모른다. 하지만 정신은 어떨까. 엘리제가 곁에 없다는 사실을 떠올리는 것만으로도 그의 세계는 무너져 내렸다.
라키어스의 무릎이 꺾였다.
이윽고 소리 없는 절규가 죽은 이의 서재를 가득 채웠다.

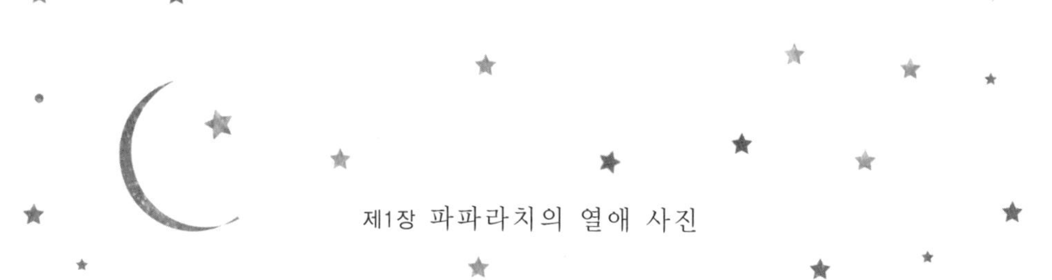

제1장 파파라치의 열애 사진

끝이 보이지 않던 전쟁이 막을 내렸다. 하지만 평화를 만끽하기엔 이미 너무 많은 곳이 폐허가 된 다음이었다. 전쟁만 끝나면 모든 고통이 사라질 줄 알았던 사람들은 예상과 다른 현실에 지쳐 갔다.

이에 대규모 공동체의 리더들 사이에서 '도시'에 관한 이야기가 나오기 시작했다. 우수한 순혈끼리 힘을 모아, 전쟁이 일어나기 전의 모습으로 돌아가는 것이다.

그 눈부신 번영과 발전!

떠올리기만 해도 가슴이 벅차올랐다. 열한 명의 리더는 새 역사를 쓴다는 자부심에 도취되어 있었다. 그리고 녹턴이란 이름의 청년이 마지막 퍼즐 조각처럼 등장하면서, 꿈은 빠르게 현실로 바뀌어 갔다.

두꺼운 삼중 벽이 둘러싸고 있는 도시.

최신식 공중보건시스템이 작동하는 도시.

완벽한 통제하에 굴러가는 도시는 외부 공격으로부터 안전했다. 도시에서 태어난 2세대는 게이트 밖의 괴물에 대한 동화책을 읽으며 자라났다. 황무지를 누비는 괴생물체는 아이들의 무시무시한 상상력을 자극했다.

그에 비하면 좋아하는 배우의 사인회에 가기 위해 새벽부터 집을 나서는 에데니카에서의 삶은 얼마나 풍요로운가 말이다.

에데니카(Edenika).

그게 녹턴이 직접 명명한 도시의 이름이었다.

시청, 회의실 등이 갖춰진 시티타워는 도시에서 가장 높은 건축물이자 가장 아름다운 건축물이었다. 그리고 바로 지금, 시티타워 30층에서는 신년 행사가 한창이었다.

유력 인사와 고위 공무원, 배우들이 샴페인 잔을 기울이다가 다들 약속이라도 한 듯 단상을 쳐다보았다. 존재 자체만으로도 빛나는, 일명 '에데니카의 빛' 라키어스가 마이크 앞에 섰다.

"바쁘신 중에 귀한 걸음을 해 주셔서 감사합니다."

신뢰감을 주는 저음의 목소리가 귀에 감겨들었다. 부드러우면서도 명료한 말투는 그의 한 마디 한 마디에 귀 기울이도록 만들었고, 188센티미터에 달하는 키와 역삼각형의 늘씬한 근육질 체형은 이목을 집중시켰다.

"사실 어젯밤 내내 신년 축사를 썼는데 말이죠. 행사장에 도착하고서야 작년 것을 가져온 사실을 깨달았습니다. 작년 원고가 왜 아직 남아 있는지는 둘째 치더라도, 오기 전 두 번이나 확인했는데 못 알아챘다는 건."

그가 고개를 살짝 저으며 웃었다.

"내용이 감쪽같이 똑같다는 게 아닐까요. 본의 아니게 태업을 들키네요."

자잘한 웃음소리가 행사장에 퍼져 나갔다. 사진기자의 손길이 분주해졌다.

"솔직히 이걸 그대로 읽어도 눈치채는 분이 없을 것 같은데요. 특히 자딘 원로, 알뷔시 원로는 작년에 제가 축사할 때 잡담하신 거 기억합니다."

이번엔 조금 더 큰 웃음소리가 터졌다. 백발이 드문드문 보이는 중년의 두 리더가 멋쩍은 미소를 지었다.

"이렇게 웃고 즐길 수 있는 것에 다시 한 번 감사하게 되는 신년입니다."

분위기가 누그러지자 본격적인 축사가 시작되었다. 라키어스의 목소리가 차분히 울려 퍼졌다.

"이 땅의 마지막 안식처이자 종족을 아우르는 화합의 상징인 에데니카가 세워진 지도 어느덧……."

쾅!

거친 소리와 함께 출입문이 열렸다. 고급 슈트와 실크 드레스를 걸친 삼백여 명의 손님들과는 너무도 이질적인 무리가 등장했다.

라이더 재킷, 찢어진 탑, 팔을 휘감은 문신, 염색 머리, 그물 스타킹 등 외양은 제각각이어도 하나같이 범상치 않은 분위기를 풍긴다는 점은 같았다.

일곱 명이 동시에 움직이자 발소리가 커졌다. 다들 흙먼지를 뒤집어쓰고 있었기 때문에, 손님들은 인상을 찡그리며 길을 터 주었다.

교양을 중시하는 사교계의 행사장.

사람들은 낮은 소리로 수군거리기 시작했다.

"옷차림들 좀 보세요. 애들이 따라 할까 겁나네요."

"저 뒤에 선 남자는 볼 때마다 무섬증이 든다니까요? 너무 험악하달까, 동물처럼 생겼달까."

분명히 수군대는 소리가 들릴 텐데도 무리는 눈 하나 깜짝하지 않았다.

보이는 곳에만 열 개의 피어스를 한 청년은 느릿하게 걷다가, 자신을 훔쳐보는 상류층 영애를 향해 혀를 내밀었다. 혀 중간에 박혀 있는 티타늄 볼이 마지막 피어스였다. 영애는 화들짝 놀라 고개를 돌렸고, 부모는 노골적으로 불쾌함을 표시했다. 청년은 아랑곳하지 않고 피식 웃었다.

그들은 바다를 가르듯 손님들을 뚫고 단상 앞까지 나아갔다. 맨 앞에 선 리더와 라키어스의 시선이 허공에서 마주쳤다.

"……아무리 피 안 섞인 남매라 해도 어쩜 저리 다르죠?"

"그래도 녹턴 님 돌아가시기 전까지는 저쪽도 우등생이었다던데요."

"그럼 뭐 하나요. 지금은……."

사람들의 수군거림이 잦아들었다. 눈매가 고양이를 연상시키는 스물두 살의 전투대장 엘리제는 단상 위의 오빠를 응시했다. 성의 없는 거수경례는 덤이었다.

"C4 구역 구조 요청 임무, 완수하고 돌아왔습니다. 이에 보고드립니다."

뭐라 말할 수 없는 긴장감이 남매 사이에 감돌았다. 라키어스의 시선이 엘리제의 입술에 오래도록 머물렀다. 도톰한 입술 옆에는 피딱지가 굳어 있었다.

"……무사 귀환을 환영합니다."

"오늘로 시민이 한 명 늘었네요."

웬일로 엘리제가 묻지도 않은 말을 먼저 꺼냈다.

"구조한 대상은 아홉 살 소녀입니다. 지금 제1의료센터에서 정식 검사를 받고 있죠. 원한다면 따분한 행사가 끝난 뒤에 한번 만나 보셔도 좋겠군요."

장밋빛 입술이 호를 그리며 올라갔다.

"아홉 살이면, 특별히 선호하시는 나이 아닌가요?"

여태 은은한 미소를 띠고 있던 라키어스의 눈가가 떨렸지만 행사장 내 어느 누구도 알아채지 못했다.

그와 기억을 공유하는 단 한 명, 엘리제를 제외하고는.

신년 행사가 끝나자마자 시티타워를 떠난 전투대 일동은 기숙사에 들러 샤워를 한 뒤 클럽으로 향했다. 전투대 안에서 유일하게 몸을 쓰지 않는 무기 제조 담당 웜은 그대로 기숙사에 남아 쉬기로 했다.

늘 그렇듯이, 비슷한 수순의 일상이었다. 도시 밖의 잔혹한 범죄자 놈들과 피 튀기는 전투를 치른 뒤, 슬럼가 클럽에서 뒤풀이를 하는 것.

1조장 비안카는 무대에서 내려올 생각을 하지 않고, 2조장이자 비안카와 쌍둥이인 비하르트는 바(Bar)에 기댄 채 두 명에게 동시에 작업을 걸었다. 3조장 트릭시와 5조장 곤은 어디 가서 처박혀 있는지 모르겠다. 그리고 이 클럽 안에서 가장 키가 큰 4조장 실바노는 엘리제의 옆에서 묵묵히 잔을 기울이는 중이었다.

모든 것이 익숙하면서도 평화로웠다. 여기는 엘리제가 편안하게 있을 수 있는 장소였다. 흙바닥을 굴러다니는 적의 머리통에서도, 완벽한 차림으로 단상에 올라 있는 오빠에게서도 멀리 떨어진 곳이다.

오빠.

문득 떠오른 호칭에 엘리제는 잔에 담긴 호박색 액체를 이리저리 기울였다. 남매의 양아버지이자 에데니카를 세운 녹턴은 라키어스를 만난 뒤 모든 시름을 덜었다고 말했었다.

천사와 악마, 인간이 뒤섞여 산 지도 꽤 오랜 시간이 지났다. 서로의 끌림을 우선시한 결합은 차츰 종족의 경계를 흐리게 만들었다. 이는 녹턴의 엘리트주의에 반하는 일이었다.

그는 스스로의 우수함을 자신하는 동시에 인간으로서의 한계를 알았다. 결국 녹턴은 지난한 실패 끝에 라키어스를 찾아냈다. 자신이 창조한 완벽한 도시를 물려받을 완벽한 후계자. 대천사의 직계 후손. 혈통이 곧 능력치와 직결되는 세계에서 라키어스는 기적과도 같은 존재였다.

가장 높은 자리에 있으면서도 언제나 남을 배려하고, 부드러운 미소를 머금고, 깍듯한 예의를 보이는 라키어스.

모두의 사랑을 받는 라키어스.

녹턴이 누구보다도 사랑했던…… 단 한 사람.

잔을 쥐고 있는 엘리제의 손에 힘이 들어갔다.

"왜 아무도 못 알아챌까……."

조금만 더 힘을 준다면 유리잔은 그대로 깨지고 말 터였다. 하지만 엘리제에게 그런 것쯤은 상관없었다.

"사실 넌 소름 끼치는 새끼란 거."

넓다면 넓은 도시 안에서 오로지 엘리제만이 라키어스의 어둠을 알아보았다.

그래서일까.

네가 유독 내게 집착하는 까닭이.

엘리제는 냉소와 함께 호박색 액체를 삼켰다. 얼음 하나 띄우지 않은 브랜디가 속을 뜨겁게 긁으며 내려갔다. 라키어스만 떠올리면 엘리제 안에서 화가 치밀었다. 아름다운 저택에서 처음 만난 그 순간부터 지금까지, 일분일초도 그가 밉지 않은 적이 없었다.

"대자앙!"

주홍색 포니테일의 비안카가 불안한 스텝으로 걸어왔다. 언제부터 병나발을 불었는지 양손에 갈색 술병을 들고 있었다.

휘청거리는 걸음. 기어코 병 하나를 바닥에 떨어뜨렸지만 이미 만취한 비안카는 그쪽으로는 눈길도 주지 않고 소파에 몸을 던졌다. 엘리제는 클럽 종업원을 불러 팁을 쥐여 주었다. 이 또한 익숙한 일이었다.

"대장, 왜 술만 마셔? 모처럼 클럽 왔는데 춤추고 놀자. 응?"

"너 많이 놀아."

"흐으응, 비하르트 멍청한 녀석은 입이나 털고 있고. 대장은 재미없게 술만 마시고. 이거 봐, 옆에, 옆에, 하필 앉아 있는 게 실바노잖아?"

비안카가 립스틱 번진 입술을 삐죽거렸다. 삿대질은 기본이고, 후려치기는 옵션인 취객이시다.

"목석같은 실바노. 대장이 얼마나 지루했겠어? 하다못해 가슴 근육이라도 보여 주면 술맛이, 캬!"

"풉!"

흐트러지지 않은 자세로 잔을 기울이던 실바노가 거세게 기침을 했다. 어쩜 삼 년간 붙어 있었으면서도 아직 비안카의 노골적인 주사에 익숙해지지 못했나 보다.

비안카 뮬러에게 수위 조절이란 존재하지 않았다. 그리고 알코올이 들어가면 고약한 주사는 더 심해졌다. 전투대원 모두가 깔깔 웃는데 딱 두 명, 웜과 실바노만 대처법을 몰랐다.

아, 쌍둥이 오빠인 비하르트도 예외다. 이럴 때면 모자란 미물을 보는 듯한 눈을 하고 한숨을 쉬니까.

"왜 사레드는 건데? 내가 뭐, 틀린 말 했어? 대장이, 응? 대장이 실바노 몸을 얼마나 좋아한다고."

"콜록! 콜록!"

"안 그러면 왜 실바노한테만 업혀 가겠어."

비안카의 불퉁한 얼굴이 대장을 향했다. 덕분에 엘리제는 머릿속에서 라키어스의 생각을 비워 낼 수 있었다.

그래, 좋아. 현실에 집중하자. 기껏 시티타워에서 빠져나와 놓고 이게 무슨 짓이야. 미친놈 생각은 그만둬, 엘리제 녹턴.

엘리제는 눈으로 비하르트를 찾으며 스스로에게 말했다.

네가 이럴수록 놈은 좋아할 거라고.

"동생 챙겨서 귀가해, 2조장."

비하르트가 혈육을 힐끔 쳐다보았다.

"완전히 갔네?"

"가긴 어딜 가, 등신아."

"윽, 술 냄새. 대체 얼마나 마신 거야?"

"네놈이 칵테일 홀짝거리는 동안 이 누님은 두 병을 비우셨다."

비하르트가 탄식하며 앞머리를 쓸어 올렸다. 기숙사로 돌아가는 길은 멀고도 험난할 것이다.

"대장은?"

"난 실바노 귀가 서비스."

엘리제가 환히 웃으며 저만치 앉아 있던 부하에게 다가가 머리를 기댔다. 근육으로 뭉쳐 있는 몸이 그녀를 단단히 받쳐 주었다. 대원들은 기숙사에서 살지만 엘리제는 휴즈가(街)에 따로 자택이 있었다. 열일곱 살에 양아버지 녹턴의 저택을 나온 이후로 쭉 거기서 살았다.

"저거 봐. 저거 보라고. 대장은 실바노 몸을 좋아한다니까?"

늘 엘리제의 관심에 목말라하는 비안카가 울상을 지었다. 금방이라도 울 것 같은 표정이 안됐지만 조금 놀려 주는 것도 귀여울 것 같았다.

"비안카, 그렇게 말하면 내가 너무 부하 몸만 탐하는 변태 상사 같잖아? 나는 사실…… 실바노의 몸도 마음도 다 좋아한다고."

"으, 으으."

"울지 말고 집에 가야지?"

오열이 시작되기 전에 비하르트가 동생을 들쳐 업었다. 대장은 왜 힘든 귀갓길을 더 험난하게 만드느냐고 구시렁거리면서 그가 퇴장했다.

엘리제는 쿡쿡 웃으며 일어섰다. 앉아 있을 때는 적당한 취기라고 생각했는데, 자리에서 일어나자 예상보다 몸을 가누기가 힘들었다.

"읏……."

"아, 미안."

균형을 잃는 건 순식간이었다. 그대로 실바노의 무릎 위에 주저앉고 만 엘리제가 짧게 사과했다. 클럽 조명 탓인지 아니면 취기 때문인지 그의 얼굴이 다소 붉게 달아올라 보였다.

"실바노, 몇 잔 마셨지?"

"……잔을 세진 않았습니다만 꽤 마셨습니다."

"나보다 많이 마셨나?"

"대장보다는 적죠."

충성의 아이콘. 성실한 실바노.

엘리제는 눈이 반달처럼 접히도록 웃었다. 실바노가 취한 엘리제를 집까지 데려다주는 건 전투대 내에서 자주 있는 일이었다. 엘리제가 무슨 일을 당할까 봐서가 아니다. 이 에스코트의 목적은 엘리제의 전과를 늘리지 않는데 있었다.

"나갈까?"

"예."

"조금 어지럽긴 한데 업을 필요는 없어."

골목을 벗어나 큰길로 나갔다. 자정을 넘긴 지 얼마 되지 않았기 때문에 수월하게 택시를 잡을 수 있었다. 이보다 늦은 시간이면 한참 기다리거나 콜을 불러야 했다.

"휴즈가 33번지."

곧장 좌석에 머리를 기대는 엘리제 대신 실바노가 주소를 댔다. 유리창 너머로 에데니카의 야경이 스쳐 지나갔다. 술집과 클럽, 편의점은 성업 중이었고 몇몇 오피스에 불이 밝혀져 있었다.

이지러지는 가로등 불빛을 바라보던 엘리제가 몸을 일으켰다. 아직 집까지는 삼 분 정도 더 가야 하는데 취객이 이만 내리고 싶다며 고집을 부렸다.

"수고했어, 실바노. 그냥 이거 타고 돌아가."

"집에 들어가는 거 보고 가겠습니다."

"괜찮아. 금방이라니까."

"얼마죠?"

무척 자연스러운 항명이다. 엘리제는 옅은 한숨과 함께 카드를 찾았지만 이미 부하가 계산을 마친 뒤였다. 차에서 내리자 맑고 차가운 공기가 폐를 가득 채웠다. 택시 안에 가득한 방향제 냄새보다 이쪽이 훨씬 좋았다.

별생각 없이 고개를 들었더니 방범용 CCTV가 눈에 들어왔다.

저기 대고 손을 흔들면…… 네가 볼까?

엘리제가 발을 헛디뎠다. 두 걸음 뒤에서 따르던 실바노가 즉시 몸을 부축했다.

"흐음."

엘리제가 사르르 웃었다.

"지금 자세 묘하네. 그렇지 않아?"

실바노는 적당한 답을 찾지 못하다가, 또 넘어질 게 불안하다며 엘리제를 안아 들었다.

다음 날, 전투대 회의실이 뒤집어졌다. 타블로이드 신문 1면을 장식한 엘리제와 실바노의 키스 사진이 그 원인이었다. 구석에서 단말기만 만지던 웜이 해당 신문사 홈페이지 서버가 터졌다고 덧붙였다.

망했네.

엘리제는 책상에 털썩 엎드렸다. 앓는 소리가 나오는 것은 숙취 때문만이 아니었다. 곧 라키어스에게도 소식이 들어갈 것이다. 그 생긋생긋 웃는 미친 놈이 어떤 식으로 반응할지를 생각하면 골이 다 지끈거렸다.

❖

시티타워 45층.

라키어스의 집무실 문이 열렸다. 은빛 턱수염이 근사한 타타발루가 쾌적한 집무실에 발을 들였다. 온건파 자딘이 리더 내 1인자라면, 질서와 규율을 중시하는 보수파 타타발루는 2인자였다. 가장 젊은 라키어스는 열두 명의 리더 중 열두 번째를 자처했다.

"타타발루 원로."

라키어스가 즉시 일어섰다. 젊은이가 보이는 완벽한 예의에 타타발루의 입가가 느슨하게 풀렸다.

"앉게. 뭘 새삼스레 일어나고 그러나."

라키어스는 상대를 소파로 안내했다. 차를 권하는 말에 타타발루가 손을 내저었다. 바쁜 사람 시간을 오래 빼앗고 싶지 않다고 하였다.

"실은 오늘 아침 재미있는 걸 봤다네. 회의실에서 할 이야긴 아닌지라 자네를 따로 찾아왔지."

타타발루의 기분이 썩 좋아 보였다. 드문 일이었다.

"자네 여동생. 연애하더군."

그가 테이블에 신문을 내려놓았다. 배우들의 가십, 야한 유머, 오늘의 행운지수 따위가 실리는 매체였다.

1면에는 '[단독]비밀연애 발각? 전투대의 엘리제 녹턴, 귀갓길에 남성미 충만한 부하와 뜨거운 키스!' 라는 제목과 함께 멀리서 찍은 현장 사진이 일곱 장 실려 있었다. 지면 두 개에 달하는 묘사를 늘어놓을 땐 언제고, 갑자기 의미심장한 문장으로 뚝 끝내는 기사였다.

『실바노 대원이 집을 나선 것은 그로부터 한 시간 뒤였다.』

나머지는 상상에 맡긴다는 듯이.

“자네 여동생이 따로 나가 살기 시작한 게 5년 전이던가.”

“예, 아버지 장례식을 치른 날 나갔죠. 휴즈가에 사는 걸로 알고 있습니다.”

“괴생물체만 잡고 다니는 줄 알았더니 겸사겸사 남자도 만나고 있었군 그래.”

원로는 몹시 만족스러운 표정이었다.

“실바노…… 데이라고 했나. 둘이 소속도 같고, 혈통도 같으니 이참에 정식 교제를 권하는 게 어떻겠나.”

“루머입니다.”

라키어스가 산뜻하게 잘라 말했다. 일말의 고려할 가치도 없다는 투였다.

“하지만 떡하니 사진도 있고.”

“각도에 따라 달리 보일 수 있죠.”

“성인 남녀가 여자 집으로 들어갔네. 실바노 데이는 자네 여동생 현관 비밀번호를 알고 있다고.”

“그것도 두 사람이 연인이라는 증거가 되진 못합니다. 애매모호한 현장 사진과 다를 게 없죠.”

이렇게 되자 당황스러운 쪽은 타타발루였다. 대화가 자신의 생각과는 다른 방향으로 진행된 것이다. 그래서 타타발루는 에두르는 말을 건너뛰고 바로 본론으로 들어가기로 했다.

“이참에 결혼까지 시키자고.”

“불확실한 스캔들을 이유로 하나뿐인 여동생을 결혼시키기엔, 원로, 전 그렇게까지 체면을 내세우는 사람이 아닙니다."

"물론 그런 뜻이 아니네."

타타발루가 말을 받았다.

"자네야 엘리제를 끔찍이 생각하지. 왜 모르겠나? 자네들이 도시에 들어온 순간부터 옆에서 지켜봐 온 우리가 아닌가. 다른 원로들도 알고 있는 사실이야."

타타발루의 목소리가 안타깝다는 듯 바뀌었다.

"한데 자네 여동생은 다르잖나. 엘리제가 고등학교 때 저지른 범죄만 열여덟 건이네. 꼭 자기 나이만큼 사고를 저질렀지."

"기록으로 남은 건 없습니다."

"그야 리더의 가족이니까. 우리의 혜택에 면책권이 포함되어 있으니까."

"중범죄는 없는 걸로 기억합니다만."

"폭행에 기물파손을 밥 먹듯이 저질렀네."

"쌍방이었죠. 상대가 도발한 경우도 많았고요. 물론, 보호자로서의 책임이 있기 때문에 제가 매번 찾아뵌 다음……."

"그래, 그걸 보라고!"

타타발루가 목소리를 높였다.

"자넨 매번 최선을 다했어. 솔직히 녹턴이라도 자네만큼 하긴 힘들었을 걸세."

양아버지의 이름이 나오자 라키어스가 쓴웃음을 지었다. 눈앞의 젊은이를 향한 타타발루의 눈빛에 안쓰러움이 더해졌다.

"보답 받지 못할 헌신은 이제 그만두게. 자네도 조금은 편해져야지."

엘리제가 결혼한다면 앞으로 그녀의 행동에 관한 책임은 본인과 배우자가 지게 될 거라는 게 원로의 뜻이었다. 마침 스캔들 상대인 실바노는 하급 천사와 인간의 혼혈로, 한쪽이 기울지 않는 '적당한' 혼처라는 말도 하였다.

혼혈. 혈통. 수준.

타타발루가 등장한 이후 십여 분이 지났다. 그 짧은 시간 동안 저런 유의 말을 몇 번이나 들었는지 모른다. 한 사람이 자주 쓰는 단어에는 그 사람의 생각이 묻어난다는 게 라키어스의 지론이었다.

타타발루는 엘리제를 싫어한다. 엘리제가 타타발루에게 하는 언행을 보면, 그가 엘리제를 싫어하는 이유를 알 법도 하지만…….

라키어스의 시선이 타블로이드 신문을 향했다. 부드러운 호를 그리고 있던 입술이 살짝 떨렸다.

"걱정해 주셔서 감사합니다. 하지만 저는 감정 없는 두 사람을 무작정 결혼으로 떠미는 것에 확신이 없군요."

갑자기 타타발루의 표정이 바뀌었다. 대화를 나누기 시작한 이후 처음으로 본인이 듣고 싶었던 말을 들은 기색을 보였다.

"정말 그리 생각하나? 서로를 향한 감정이 없다고?"

원로가 자리에서 일어섰다. 라키어스 역시 따라 일어났다.

"자네 여동생이야 워낙 종잡을 수 없는 인물이라 증거를 잡기가 힘드네. 다만 상대인 실바노 데이라면……."

타타발루가 의미심장한 눈을 하였다.

"내 조만간 증거를 가져옴세. 그때 다시 이야기하지."

"살펴 가십시오."

라키어스는 문밖까지 나와 배웅을 했다. 그는 원로가 흡족한 얼굴로 엘리베이터에 타는 것을 지켜보았다. 몸을 돌려 집무실로 들어가면서, 라키어스는 천천히 허벅지를 두드렸다. 기다란 손가락이 슈트로 감싸인 단단한 허벅지를 건드리고 지나갔다.

일정한 빠르기로.

마치 박절을 재는 메트로놈처럼.

"……빌어 처먹을 늙은이가 자꾸 신경을 건드리네."

라키어스는 도시 전경이 내려다보이는 통유리 앞에 섰다. 테이블에는 타타발루가 가져온 신문이 놓여 있었다. 일부러 놓고 간 게 분명했다.

"엘리제를 벌레 보듯 하던 눈을 내가 기억하는데. 그래 놓고 이제 와서 결혼 권유라…….”

천사의 미소가 그윽해졌다.

“어떡하지, 엘리제?”

손가락은 여전히 일정하게 움직였다.

“사실 나 약간 돌겠거든.”

메트로놈이 멈췄다. 얼굴에서 웃음기가 사라짐과 동시에 그가 주먹으로 기둥을 쳤다.

제일 먼저 터진 것은 집무실 천장의 전구. 이어서 건물 전체에서 비명이 나더니 쾅, 하는 진동이 느껴졌다. 무언가가 끼이익 거칠게 긁히는 소리.

자동으로 설정된 비상벨이 울렸다.

“라키어스 님! 괜찮으십니까?”

수행원이 황급히 문을 열고 들어왔다.

“갑자기 전력 문제가 발생했습니다. 바로 비상 전력을 가동했습니다만, 복구에는 다소 시간이 걸릴 것 같습니다.”

걱정스러운 눈이 집무실 천장을 향했다. 화재가 나지 않은 게 천만다행이었다.

“타타발루 님이 타신 엘리베이터는 10층 아래로 추락했다고 합니다.”

“세상에.”

라키어스가 돌아보며 물었다.

“생명엔 지장이 없으시겠죠?”

“예, 다행히.”

젊은 리더가 안도의 한숨을 내쉬었다. 그가 다시 창밖을 내다보았다. 앰뷸런스가 후문으로 들어가고 있었다.

“정말 다행이군요.”

10층 정도면 무례한 늙은이에게 딱 적당하다.

‘적당하다’ 라는 표현은 이럴 때 쓰는 것이다.

❖

타타발루는 부모가 상급 천사인 순혈이다. 이 세계에서 혈통은 곧 실력. 상급의 순혈일수록 뛰어난 신체 능력과 우수한 두뇌를 지녔다. 그리고 그 상급의 순혈 중에서도 고통스러운 훈련을 거친 일부만이 날개를 가질 수 있었다. 물론 타타발루는 일부에 해당했다. 그 덕분에 에데니카의 2인자는 회복 속도가 빨랐다. 쉰둘의 나이에 추락 사고를 당했는데도 불구하고, 나흘 만에 제1의료센터 문을 나섰다.

"라키어스."

회의실을 나서려는 라키어스를 그가 붙잡았다. 1인자 자딘은 아직 의자에서 일어나지 않았다.

"자딘 원로도 같이 듣지."

라키어스는 지팡이를 짚고 서 있는 남자를 향해 다가갔다. 이번 주 내내 지팡이의 도움을 받아야 할 거라고 들었다.

"몸은 좀 어떠십니까?"

"어허, 그 질문은 두 번 다시 듣고 싶지 않네. 다들 날 퇴물 취급 하는 것 같아서 기분이 영 좋지 않아."

타타발루가 테이블 위로 두꺼운 파일을 던졌다. 자신만만한 표정이었다.

"가져왔네."

두 리더의 시선이 파일로 모여들었다.

"실바노 데이가 자네 여동생을 좋아한다는 증거."

라키어스는 순순히 그것을 받았고, 실바노의 행적과 소지품에 관한 자료를 속독했다. 그의 책상 서랍 속에 들어 있다는 사진이 눈에 들어왔다. 실바노는 단체 사진에서 자신이 엘리제와 붙어 있는 부분만 따로 뽑아 놓았다.

"……조만간 엘리제를 부르죠."

라키어스가 파일을 덮었다. 여동생에게 좀 더 신경 쓰지 못해 자책하는 오빠의 표정이었다.

"진지하게 이야기를 해 봐야겠네요."

"그래, 이번엔 평소처럼 굴지 말게나."

타타발루가 만족스러운 얼굴로 눈을 흘겼다.

"자넨 여동생에게 너무 물러."

두 원로가 회의실을 나갔다. 라키어스는 옅은 한숨을 쉬었다. 역시 10층 추락으로는 부족했다. 이딴 일에 열중하라고 살려 준 게 아닌데 말이다.

45층에서 내려다보는 전경은 훌륭했다. 과연 도시의 젊은 권력자에게 어울리는 집무실이었다. 엘리제는 문이 열리는 소리에도 뒤를 돌아보지 않았다. 그녀와 라키어스는 서로의 존재감을 무시할 수 없었다. 같은 공간에 있는 이상, 둘은 서로를 강하게 의식했다.

설령 넓은 방에서 따로 떨어져 있다한들.

"올라오다가 타타발루를 만났어."

먼저 입을 뗀 쪽은 엘리제였다.

"지팡이 짚고 있더라."

"이번 주 내내 그럴 거야."

"뉴스 봤어. 배전반이 터졌다고?"

"하필 엘리베이터 안이었지. 운이 나빴어."

창밖을 내다보던 엘리제가 픽 웃었다. 상대의 천연덕스러운 대답에 질린 얼굴이었다. 라키어스가 엘리제에게 다가섰다.

"밖에서 보일 텐데."

"상관없어."

라키어스가 엘리제의 향기를 들이마셨다. 언제나 명료한 하늘빛 눈동자가 미약에 취한 듯 흐려졌다. 단정한 입술 사이로 흘러나오는 목소리가 탁했다.

"늙은이가 무슨 헛소릴 지껄였지?"

그의 손가락이 라이더 재킷 소매를 느리게 문질렀다. 천천히, 더없이 천천히 엘리제의 팔을 타고 올랐다.

"왜? 이번엔 20층에서 떨어뜨리게?"

"봐서."

팔꿈치를 어루만지는 손가락에는 진한 열기가 담겨 있었다. 닿을 것 같으면서도 끝내 닿지 않고 견디는 그의 몸이 뜨거웠다. 라키어스는 엘리제를 앓는 중이었다.

도시를 지배하는 이 남자는 엘리제의 말 한 마디에 상처 입기도 하고, 웃기도 했다. 만약 엘리제가 본인의 의지로 그에게 손을 뻗는 날이 온다면, 라키어스는 그 자리에서 폭발할지도 모른다. 같은 공간에 있는 것만으로도 기쁨에 취하는 남자에게 엘리제의 손길은 과연 어떤 위력을 가질까.

엘리제의 미소가 깊어졌다.

바로 그런 이유로, 엘리제는 라키어스를 밀어냈다.

자신은 단 한 번도 녹턴을 가지지 못했는데, 녹턴의 모든 사랑을 독점했던 라키어스가 자신을 가져선 안 되는 거였다. 그녀 쪽에서 먼저 손을 내미는 일은 없을 것이다.

적어도 살아 있는 동안은.

"그 노인네야 늘 똑같지. 난 오빠의 방해물이라는 소리. 있잖아, 꼭대기에서 추락시킨대도 타타발루는 좋아할 거야. 왜냐면 그는 오빠를 좋아하니까. 오빠가 무슨 짓을 해도 좋아할걸?"

"오빠. 오빠."

라키어스에게서 성마른 웃음이 터졌다.

"귀여운 엘. 어디까지 내 신경을 긁을 참이니?"

라키어스가 엘리제에게서 멀어졌다. 그가 책상을 향해 걸어갈수록 엘리제의 숨통이 트였다. 그의 심기를 불편하게 만드는 건 기꺼운 일이지만, 동시에 엘리제의 긴장을 높이는 일이기도 했다.

"실바노 데이의 목숨을 구하고 싶으면 자꾸 손톱을 세워선 안 될 텐데."

"역시 그것 때문이었구나. 시답잖은 스캔들?"

"나도 그리 여기려 했는데 말이야."

라키어스가 서류를 넘겼다. 얼마나 많이 들여다봤으면 종이가 너덜거렸다. 어떤 페이지는 구겨져 있기까지 했다.

"생각보다 내 인내심이 별론가 봐."

순간 라키어스의 눈에 불이 일었다.

"미치겠더라고."

저게 뭔데 저러지.

엘리제는 가슴 앞으로 팔짱을 끼며 비딱하게 섰다. 추궁은 예상했던 바다. 하지만 저 알 수 없는 서류에 대해서는 준비하지 못했다.

"실바노 데이의 소속을 옮기도록 하지. 전투대 4조장보다는 경비대 사무직이 훨씬 편할 거야. 급여도 높고."

"우리 애들은 그딴 거 줘도 안 먹어."

엘리제가 처음으로 표정을 일그러뜨렸다. 라키어스가 잠깐 잊었나 본데, 전투대는 온전히 그녀의 소관이었다. 무슨 일이 있어도 건드리지 않겠다고 확약받았다. 다름 아닌 라키어스, 본인의 입으로.

"그는 '애'가 아니야, 엘리제. 실바노 데이는 널……."

어떻게 하면 좋아한다는 말이 제거하고 싶다는 말로 들릴까.

놀랍게도 엘리제는 방금 그것을 경험했다. 실바노의 안전을 원하면 그를 멀리하라는 말에 엘리제는 비웃음으로 응수했다. 그녀는 문을 향해 걸어갔다. 등 뒤로 라키어스의 시선이 느껴졌다.

그보다 먼저 자리를 뜰 때면 항상 이처럼 몸이 타들어 가는 기분이었다.

"그 서류, 보나마나 타타발루가 준 거겠지? 네 주변의 늙은이들이나 잘 관리해, 라키어스. 난 팔십 명 중에 단 한 명도 빼앗길 마음 없으니까."

❖

"어째 2주간이나 잠잠하다 싶었더니."

바이크에서 내린 엘리제가 건물을 올려다보았다.

제1고등학교.

도시에서 가장 우수한 학생들이 다니는 곳이었다. 예산 또한 풍족하게 배정되었고, 건물과 교정은 언제나 최신식으로 깨끗하게 유지되었다. 오늘 이곳에 전투대를 끌고 온 까닭은 위에서 내려온 공문 때문이었다.

고등학교를 돌아다니며 직업 탐방 프로그램에 참여하라는 내용이었다. 공문은 12인의 리더 이름으로 작성되었지만, 이 결정의 배후에 라키어스가 있음은 자명한 일이었다.

이건 벌이다.

실바노와 엮여서 그의 심기를 건드린 벌. 실바노를 멀리 떼어 놓자는 말에 역공격한 것에 대한 벌. 불참 시 다음 분기 전투대 예산 70% 삭감이라니 고약하다. 엘리제는 깊은 한숨을 내쉬었다.

"달링?"

먼저 도착해 있던 경비대 리더 도블락이 이쪽으로 다가왔다. 상급 악마와 인간의 혼혈. 뚜렷한 이목구비의 미남이지만 엘리제에 대한 존중 같은 건 진창에 처박은 마초였다.

"멀리서도 눈에 확 띄네. 저놈이 나보다 먼저 너랑 뒹군 녀석인가?"

도블락이 씩 웃었다.

"저런 타입이 취향이었어, 자기?"

오만한 눈이 지프 옆에 선 실바노를 훑었다. 그의 입술은 금방이라도 엘리제의 뺨에 닿을 듯 가까웠다. 이제껏 한 마디도 대꾸하지 않던 엘리제는 무심한 눈으로 건물에 붙은 시계를 쳐다보았다.

"내 심미안에 문제 있어?"

"그야……."

다음 말이 나오기 전에 엘리제가 도블락의 명치로 주먹을 꽂았다. 한 번, 두 번, 세 번째는 강하게 돌려 차서 쓰러뜨리기.

전투대장인 그녀의 스피드를 따라올 자는 없었다. 엘리제가 바닥에 웅크린 도블락을 내려다보며 물었다.

"강연은 한 시에 시작해. 넌 계속 거기 누워 있을 건가?"

오랜만에 신은 구두 소리가 주차장에 울려 퍼졌다. 사나운 얼굴로 도블락을 노려보던 전투대 무리가 키득거리며 엘리제의 뒤를 따랐다.

겨울방학은 여름에 비해 짧았다. 한 달 남짓한 방학이 끝나자마자 듣는 직업 탐방 프로그램이라니.

아이들은 아직 들뜬 기분이 가라앉지도 않았을 터였다. 그러나 우수한 학생들이 다니는 학교답게, 떠들거나 조는 사람 없이 강연에 집중했다. 45분째 떠드는 쪽은 당연히 도블락을 위시한 경비대였다.

아예 홍보용으로 만든 영상자료까지 가져와 강연을 하고 있었다. 세 단계의 시험을 거친 뒤 다시 2주간 합숙훈련을 받고서야 들어가는 경비대는 도시의 수호자였다. 경찰이 치안, 대민업무, 교통정리, 범죄자 체포 등을 맡는다면, 경비대는 그보다 위험도가 높은 임무를 수행했다.

물론 그에 따른 급여도 높았다. 부차적인 혜택도 있었다. 은색 마크가 새겨진 유니폼은 동경의 대상이었다. 그동안 전투대는 뭘 했냐고 묻는다면 대답은 하나뿐이다. 단상 한구석에 멀뚱히 서 있었다. 심지어 교장은 오늘 전투대가 오는 줄도 모르고 있었다. 허겁지겁 행정실에 연락을 넣더니 10분 뒤에야 올라온 공문을 읽었다.

뭐, 이쪽이나 저쪽이나 비슷하긴 마찬가지다. 엘리제 일행도 겨우 한 시간 전에야 전달받은 내용이니까.

자료 따위 준비할 시간도 없고, 애초에 홍보 자료 같은 것도 존재하지 않았다. 남녀 할 것 없이 경비대의 화술과 실물에 반한 채 강연 시간이 흘렀다. 도블락의 인사를 끝으로 직업 탐방 프로그램이 마무리되었다.

강연이 끝나자 교실로 돌아가라는 지도 방송이 나왔다. 학생들은 일사불란하게 교실로 이동했다. 수업 시작을 알리는 벨소리가 교정에 울려 퍼졌다. 도시 내에는 총 여덟 개의 고등학교가 있으니까, 앞으로 이런 일을 일곱 번은 더 겪어야 했다.

"차라리 정찰을 백 번 나가고 말지."

비하르트가 깊은 탄식을 터뜨렸다.

다음 순간.

쾅!

조용한 학교에 엄청난 굉음이 울려 퍼졌다. 여기저기서 소스라치는 비명이 들렸다. 평화로운 일상이 깨지는 것은 언제나 순식간이다. 엘리제와 대원들의 시선이 마주쳤다. 이들에겐 너무도 익숙한 소리.

교내에서 폭탄이 터졌다.

소리로 추측해 봤을 때 폭탄은 건물 상층부에서 터졌다. 엘리제가 가장 걱정하는 것은 이게 '시작'이라는 가능성이었다. 폭탄은 절대 한 번으로 끝나지 않는다. 한 번으로 그칠 폭발이었으면, 더 크게 만들어서 경비대가 강연을 하는 도중에 강당에서 터뜨렸을 것이다. 폭탄이란 건 원래 넓은 범위, 많은 인명을 목표로 삼는 거니까.

머릿속에 떠오르는 가정은 여러 가지였지만, 지금 상황에서는 원인 파악보다 사람들 대피가 우선이었다. 엘리제는 교사들에게 학생 대피를 돕도록 했다. 그러는 한편 웜에게 그가 개발한 프로그램을 돌리도록 지시했다. 폭탄이라면 지긋지긋했다.

전투대 초기, 아직 대원들의 실력이 지금처럼 다듬어지지 않았을 때 가장 많은 피해를 입은 게 바로 폭탄 때문이었다. 연속으로 터지는 폭탄. 허무한 죽음.

엘리제는 도시 내부에서까지 그따위 광경을 보고 싶지 않았다.

"방금 게 끝일 리 없어. 다른 폭탄의 대략적인 위치는? 동쪽 아니면 남쪽?"

"아, 좀."

윔이 짜증 내며 단말기를 두드렸다.

"원래 가지고 다니던 기계를 두고 왔다고. 학교에서 폭탄이 터질 줄 알았겠어? 이건 그냥 게임이나 하고 음악 들을 용도로 가져온 저사양이란 말이야."

"그래서 몇 층?"

"……기숙사 컴퓨터를 우회하고 있어. 좀 기다려."

인상을 찡그린 채 온갖 짜증을 내면서도 쉼 없이 명령어를 입력하는 윔이었다. 엘리제는 그동안 다른 대원들에게 지시를 내리려 했다.

"설마 담당 구역도 까먹고 설치려는 건 아니겠지, 엘리제 녹턴?"

도블락이 등장했다.

"여긴 우리 구역이야. 에데니카 안이라고. 너희야 폭탄이 터지면 시속 200킬로미터로 운전해서 도망치면 되지만, 여긴 다르거든?"

그가 전투대원 한 명 한 명을 주시하면서 낮게 을러댔다.

"이미 경비대가 출동했어. 앰뷸런스도 오는 중이지. 도시 안에선 우리가 전문가야. 다시 말해, 너희가 할 일은 없다는 뜻이다."

"저 새끼……."

"부하 관리 똑바로 해, 엘리제 녹턴. 너흰 전적으로 내 지시에 따른다."

엘리제와 도블락의 시선이 마주쳤다. 도블락이 눈썹을 치켜 올렸다.

"할 말 있나?"

"……뭘 해 줄까?"

엘리제가 비딱하게 섰다. 항명하지 않겠다는 뜻이다. 도블락이 픽 웃었다.

"대피나 시켜."

그가 슈트 단추를 풀고 넥타이를 벗어 주머니에 찔러 넣었다.

"폭탄도, 범인도 우리가 해결할 테니까."

도블락이 경비대 무리에게 돌아갔다. 엘리제도 몸을 돌렸다. 대원들의 눈빛이 사납게 변해 있었다. 당장이라도 경비대장을 반쯤 죽일 기세였다.

"……운전해서 도망치면 된다고? 뭣도 모르는 새끼가 터진 입이라고 아무렇게나 지껄이면 되는 줄 아나?"

비하르트의 주먹에 힘이 들어갔다.

"미친놈이."

"그만둬. 개소리를 하긴 했지만 틀린 소린 아니니까."

엘리제가 2조장을 막았다.

"여긴 도시 안이고 분명히 저 녀석들 구역이야. 경비대는 이런 사건에 특화되어 있어. 놈들 말에 따르는 게 맞아."

"대장!"

"나 여기 있고, 귀 안 먹었어. 웜, 결과 나왔나?"

도블락이 영역 표시를 하는 동안에도 웜은 엘리제의 지시를 따르고 있었다. 그가 검은 뿔테 안경을 밀어 올렸다.

"웜?"

"세 개 더 있어."

웜이 일그러진 표정으로 엘리제를 쳐다보았다. 평소 온갖 무기를 접하며 직접 만들기까지 하는 그도, 새로운 상황이 닥치자 당황하는 기색을 보였다. 웜이 굳은 목소리로 반복했다.

"지금 이 건물 안에만 폭탄이 세 개가 더 있다고."

"……무슨."

비하르트의 안색이 바뀌었다. 웜은 거기서 말을 멈추지 않았다.

"하나는 부비트랩이야. 망할. 다들 발밑 조심하라고."

모두가 불안한 눈으로 자신이 디디고 서 있는 바닥을 내려다보았다. 폭탄은 끔찍하다. 그중에서도 부비트랩은 최악이었다. 엘리제의 머리가 빠르게 돌아가기 시작했다.

이 일을 경비대에게만 맡겨도 될까?

이만큼 큰 규모의 사건은 에데니카에 흔치 않았다. 계획된 연쇄 폭탄 테러. 엘리제가 기억하기로 이런 사건은 사상 처음이었다.

"대장, 어떡하지?"

비안카가 엘리제의 의중을 물었다. 경비대에도 폭탄 해체 전문가가 있긴 하지만 그들은 아직 도착 전이었다.

"일단 흩어진다. 대피부터 시켜. 수상쩍은 거 발견하면 바로 보고하고."

대원들이 사방으로 움직였다. 엘리제는 건물을 나갔다. 다행히 모교는 후면의 철제 비상계단을 아직 철거하지 않았다. 폭이 좁고 가파르긴 해도 지면에서부터 옥상까지 쭉 이어 주는 소중한 통로였다. 이 학교는 7층 건물이다. 교실 구석, 화장실 마지막 칸, 과학실 서랍 안. 어디든 폭탄이 있을 수 있다.

엘리제는 입술을 잘근 깨물었다. 그녀는 옥상을 향해 움직였다.

대원들이 접속해 있는 채팅창에 짤막한 보고가 연속으로 떴다. 엘리제는 혼자 옥상을 훑은 뒤 계단을 내려와 꼭대기 층을 돌았다.

[2층 수색 완료.]

[3층 모든 화장실 클린.]

그때 웜의 메시지가 떴다. 프로그램 돌리랴, 대피시키랴 정신이 없는지 이제까지 메시지를 읽기만 하던 그였다.

[3층 전시실 테이블 위 폭탄 하나 발견. 해체 시작.]

"그렇다면 남은 건 두 개인데."

엘리제는 교실 창문 밖을 내다봤다. 경비대와 구급대가 도착했다. 이들은 학교 건물과 거리를 둔 채 작전을 회의하는 중이었다.

"도블락 멍청한 자식, 저 인원 돌리면 폭탄 두 개쯤은 바로 찾을 텐데. 내 말은 죽었다 깨어나도 안 듣겠지."

도블락은 절대, 결코, 무슨 일이 있어도 '여자' 말은 안 듣는다.

"시티타워……."

하필 녀석이 떠오를 건 뭐람.

엘리제의 턱에 힘이 들어갔다. 네가 밀어 넣은 학교에서 폭탄이 터졌고, 아직 두 개 남았다. 당장 도블락에게 그것부터 찾으라고 말해 주겠느냐. 라키어스에게 전화를 걸어 그렇게 말하면 어떤 반응이 돌아올까.

"……잘도 해 주겠다."

엘리제가 걸음을 좀 더 빨리 했다.

"건물 같은 거 터져도 상관없다고, 당장 나부터 나오라고 하겠지."

엘리제는 화장실을 나와 복도를 달렸다. 이제 한 군데만 더 확인하면 꼭대기 층은 수색 완료다.

"학생?"

엘리제의 눈이 커졌다. 작은 교실 안에 여학생이 우두커니 서 있었다. 엘리제는 출입문 근처에 의심스러운 장치가 없는 것을 확인한 뒤 조심스레 문을 열었다.

"학생, 옥상의 비상계단으로……."

"……사, 살려 주세요."

엘리제가 우뚝 멈춰 섰다. 여학생은 우두커니 서 있는 게 아니었다. 경련이 일어나는 것을 억누르며 흐느끼고 있었다. 감히 고개도 제대로 돌리지 못한 채 엘리제를 향해 도움을 청했다.

"도와……주세요. 제발……."

무력함이 짙게 배어나는 목소리.

엘리제는 그 목소리에서 아주 오래전 기억을 떠올렸다.

트럭을 따라잡지 못하고 폐허의 흙바닥에 쓰러져 울던, 작디작은 소녀.

엘리제는 천천히 여학생을 향해 다가갔다. 채팅창이 갑자기 바빠졌다. 웜이 첫 번째 폭탄 해체에 성공했다는 소식이었다. 낭보를 전하던 웜이 갑자기 엘리제를 지명해 불렀다.

[대장, 지금 어디야?]

다음 메시지가 떴다.

[폭탄이 7층 동편에서 잡히는데.]

조금 더 빨라진 메시지.

[시발.]

더 빠른, 더 많은 욕설.

[시발. 시발. 시발.]

[뭐가 문제야?]

결국 참다못한 비안카가 한마디 했다. 엘리제는 웜이 그러는 이유를 알았다.

[대장, 미안해. 원래 들고 다니던 기계를 가져왔어야 했는데.]

[야, 뭐야?]

[무슨 일인데?]

쌍둥이가 동시에 메시지를 날렸다.

[결과 도출 과정에 오류가 났어. 제일 큰 놈이라 해 봤자 교실 하나 날릴 거라고 생각했는데.]

웜의 메시지가 이어졌다.

[교실 정도가 아니야.]

그는 좌절했다.

[건물이 통째로 날아갈 거라고, 빌어먹을.]

엘리제는 채팅창을 닫았고 웜에게 전화를 걸었다. 상대는 기다렸다는 듯 바로 받았다.

— 대장.

"괜찮아. 다음엔 분발해."

엘리제가 담담히 말했다. 실제로 담담한 것은 아니었지만 웜의 귀에는 담담한 것처럼 들렸을 것이다.

"명색이 전투대 브레인인데 너무 늦어."

— 시발, 미안하다고.

"사과할 땐 욕 빼고."

— 미안.

"지금 혼자야?"

— 아니, 옆에 실바노.

엘리제가 짧게 탄식했다. 왜 하필 실바노 데이죠?

그때 웜이 행간을 읽었다.

— ……대장, 혹시 폭탄 앞에 있어?

"너 분발해야 된다, 진짜."

엘리제가 여학생이 밟고 있는 바닥을 내려다보며 말했다.

— 나 지금 올라갈게.

"오지 마."

— 왜? 아, 왜?

"부비트랩이라고 했었지?"

— 망할, 설마 밟았어?

"밟은 건 다른 사람이야. 한데 워믈라토."

엘리제가 웜의 본명을 불렀다.

"부비트랩 옆에 또 하나가 있어. 이게 세 번짼 것 같은데……. 이건 시한폭탄이야."

계단을 달리는 듯하던 소리가 뚝 멎었다.

"웜?"

— ……어.

"1분 20초 남았으니까 얼른 이 건물에서 꺼져."

—1분…… 20초? 뭐라고, 방금?

뚝.

엘리제는 휴대폰 전원을 끈 다음 재킷 안주머니에 넣었다. 여학생 이름을 묻자 떨리는 목소리로 대답을 하였다.

“카밀라요.”

“카밀라, 폭탄의 남은 시간 보이지? 그걸 큰 소리로 읽어 줄래?”

엘리제가 운동장 쪽 창문을 열었다. 작전 회의를 끝내고 건물로 들어오려는 도블락 무리에게 웜이 소리를 질렀다. 그나마 다행이라면 제1고등학교는 상당히 넓은 부지를 홀로 쓴다는 점. 건물이 박살 나도 주변 피해가 극심하지는 않을 것이다.

“49, 48…….”

카밀라의 목소리가 심하게 떨렸다. 엘리제는 속으로 욕을 삼켰다. 무너지기 직전인 소녀에게 다가가 조심스레 그 몸을 껴안았다.

“36, 35…….”

“세면서 들어. 우린 저기 창문으로 뛰어내릴 거야.”

“31…….”

“대책 없이 투신하겠다는 건 아니야. 내겐 날개가 있거든.”

카밀라가 엘리제에게 팔을 둘렀다. 눈물이 계속 흘러나왔다.

“여기 오는 게 아니었어요. 사실 강연도 안 들었어요. 그냥 혼자 있고 싶어서……. 바보 같아요. 아빠가 알면 화낼 거예요. 왜 혼자 이탈했다가 그 꼴을 당하느냐고…….”

“카밀라.”

엘리제가 이름을 불러 소녀의 시선을 붙들었다.

“네 탓이 아니야.”

굵은 눈물이 뚝뚝 떨어졌다.

“오늘 이 자리에 일어난 그 어떤 일도 네 잘못이 아니야. 네가 다른 애들처럼 교실에 들어갔어도 범인이 거기 폭탄을 설치해 뒀다면 꼼짝없이 사고를 당했을 거야."

엘리제는 소녀의 발밑을 확인했다.

"그러니까 나중에 아빠가 널 탓하면 당당하게 말해."

끌어안은 손깍지에 힘이 들어갔다.

"'그딴 소리 범인한테나 가서 하세요.' 라고."

초 단위가 한 자리 수로 접어들었다. 엘리제는 소녀에게 말했다.

"눈 감아."

카밀라가 눈을 질끈 감음과 동시에 엘리제가 몸을 날렸다.

수 년 전, 아직 저택에 살 때.

엘리제는 라키어스의 우승 영상을 지겹도록 반복해서 돌려보며 훈련에 임했다. 그러나 뼈를 깎는 노력에도 불구하고 둘 사이의 간극은 결코 좁혀지지 않았다.

어떻게 저런 힘을 발산할 수 있지? 도대체 무슨 짓을 해야 저만큼 강해지는 거지?

스스로가 원망스러웠다. 분해서 견딜 수가 없었다. 완벽하지 않으면 녹턴의 관심을 얻지 못한다. 라키어스가 될 순 없더라도, 그만큼의 발전은 보여주어야 했다.

모두가 잠든 밤. 저택 지하의 훈련장.

바닥에 쓰러져 흐느끼는 엘리제의 귀에 익숙한 목소리가 들렸다.

"……네 강점은 스피드와 유연함이야. 정확성도 나쁘지 않은 편이고."

엘리제는 바닥에 쓰러진 채 라키어스를 올려다보았다. 방금 말한 요소에다 강력한 힘까지 가지고 있는 그를 힘껏 노려보았다.

"위에서 내려다보는 풍경이 어때?"

자신은 이토록 애절하게 갈구하는 것을, 그는 숨 쉬듯이 자연스럽게 이뤄냈다는 사실이 엘리제의 뱃속을 할퀴었다.

"하찮은 발버둥이 우습겠지?"

“남들이 두 걸음 뛸 때 너는 네 걸음을 뛰어. 남들이 주먹을 세 번 휘두르는 동안 너는 여섯 번 날려. 부족한 힘을 스피드로 메워.”

말처럼 쉬운 줄 아냐고 받아치고 싶었지만 더는 소리 지를 기운도 없었다.

“빨리 피하면 적게 맞겠지. 한발 빨리 공격하면 상대의 타격은 커져. 네가 키울 수 있는 힘은 지금이 최대치야. 그러니 다른 강점을 돌아봐야지.”

라키어스의 손이 엘리제에게 닿으려다가 이내 멀어졌다.

“일어날래, 엘리제? 상대가 되어 줄 테니까.”

누가 네 도움 따위 받을까 봐.

그러나 라키어스를 향한 증오보다 얼른 실력을 키워서 녹턴을 기쁘게 하고픈 마음이 컸다. 그날부터 엘리제는 라키어스를 상대로 훈련을 하기 시작했다. 라키어스의 다음 날 일정에 차질을 준다는 이유로 녹턴이 훈련을 금지시키기 전까지 꼬박 한 달.

엘리제의 실력이 몰라보게 향상된 기간이었다.

분하게도 말이다.

쾅!

1차 부비트랩 폭발.

엘리제의 발이 창턱을 밟고 도약하자마자 폭탄이 터졌다. 얼룩 하나 없던 유리 창문이 일시에 파편이 되어 튕겨 나갔다.

콰광! 쾅! 쾅!

안전장치가 되어 있던 시한폭탄마저 폭발하면서 시뻘건 화염이 창밖으로 뿜어졌다. 건물 상층부가 완전히 날아갔다.

“꺄악!”

여기저기서 날카로운 비명 소리가 터졌다. 다음 순간, 사람들은 검은 날개가 허공에서 펼쳐지는 광경을 보게 되었다. 길이가 4미터에 달하는 날개는 밤하늘처럼 어둡고 웅장해 보였다.

엘리제의 등에서 뻗어 나온 그것은 두 사람의 무게를 능히 감당해 냈다. 문제는 지옥 불만큼 뜨거운 화염.

"읏!"

거세게 쏟아지는 파편과 화염에 엘리제가 추락했다. 지면에 부딪치기 몇 미터 전, 엘리제는 간신히 몸을 바로 세울 수 있었다. 땅에 발이 닿자마자 무릎이 꺾였다.

"대장!"

"구급대원!"

비안카가 울먹이며 뛰어오다가 구급대에게 자리를 비켜 주었다. 엘리제는 검은 날개를 거두었다. 슈트 등판이 찢어졌지만 이건 라키어스가 물게 하면 될 것이다. 물론 다시는 신을 수 없는 구두도 함께 처리해 달라고 해야지.

구급대원들이 카밀라의 상태를 확인했다. 호흡, 맥박 모두 이상 없음. 그래도 혹시 모를 부상 확인을 위해 의료센터로 이송해 갔다.

"대장, 괜찮아?"

"구급대, 이쪽 상태도 확인해 주십시오."

아기 새들이 몰려들어 엘리제를 싸고돌았다. 그녀는 손을 저으며 한숨 쉬었다.

"됐어. 됐으니까 오늘은 여기서 해산. 다들 기숙사 가서 쉬어."

방금 폭탄 세례 받으며 건물 7층에서 뛰어내린 사람치고는 너무나 멀쩡한 모습이었다. 엘리제는 자꾸 부축하기 위해 내미는 손길을 거절했다. 아기 새들이 걱정하는 건 당연하지만 당장은 아무 생각도 들지 않았다. 그냥 집에 가서 씻은 뒤 눕고 싶을 뿐.

단시간에 너무 많은 에너지를 몰아 썼다. 어떻게 된 게 도시 밖에서 전투할 때보다 더 피곤한 건지.

"……아."

갑자기 발밑이 푹 꺼졌다. 엘리제는 그대로 바닥에 쓰러졌다. 진득한 액체가 머리에서부터 흘러내렸다.

"대장!"

이건 비하르트의 목소리인가? 아니면 실바노? 비안카?

엘리제의 시야가 검게 변했다. 그녀는 이내 의식을 잃었다.

제2장 아슬아슬한 동거

"흐음……."

엘리제는 인상을 찡그리며 눈을 떴다. 머리가 깨질 듯이 울려 댔다. 이마를 짚자 손바닥만큼 큰 거즈가 만져졌다. 파편에 다친 모양이다.

꿰맨 것만 아니면 좋을 텐데.

꿰맨 상처는 귀찮다. 아물기 전까지 매일 소독해 줘야 하고, 물이 닿게 해서도 안 된다.

귀찮아. 하지만 분명히 꿰맬 정도로 찢어졌겠지.

이럴 때면 라키어스의 빌어먹을 회복력이 좀 부러웠다. 지독한 훈련을 거듭하면 날개를 가질 수 있다. 한계의 한계를 넘어서야 하지만, 아예 불가능한 것은 아니었다. 그러나 회복력은 완전히 다른 문제다.

똑같이 손가락을 베여도 라키어스는 몇 시간 만에 상처가 아물었다. 그에 비해 엘리제는 사흘간 밴드로 감고 있어야 했다.

다른 곳은 다치지 않았을까.

생각만으로도 귀찮고 짜증이 났다. 얼굴에 생채기가 나는 것쯤은 예상했어도, 이렇게 정신을 잃고 쓰러지는 것은 그녀의 계획에 없던 일이었다.

슬슬 일어나야지. 차가운 오렌지 주스 한 잔 마시고 출근해야겠어.

몸을 일으키려고 시도하자마자 전신이 비명을 질렀다. 트럭에 치여 본 적은 없지만 만약 그런 사고를 당한다면 딱 지금 상태일 것 같았다.

"……미치겠네."

엘리제는 간신히 침대헤드에 몸을 기대앉았다.

"바이크 타기는 글렀잖아."

설마 걷지도 못하는 건 아니겠지. 못마땅한 얼굴로 멍하니 맞은편 벽을 쳐다보던 엘리제는 묘한 위화감을 느꼈다. 벽지 무늬가 원래 저렇게 작았던가?

엘리제는 그제야 방이 뭔가 이상하다는 것을 인식했다. 벽지, 커튼, 조명, 가구, 소품까지. 모든 것이 자신의 방이었으나 말로 표현하기 어려운 이질감이 느껴졌다. 방이 조금 커진 듯한 기분도 들었다. 벽지 무늬가 작게 보이는 이유도 그 때문일 것이다.

그러고 보니 자신이 입고 있는 옷도 의문스러웠다. 몸에 달라붙지 않게 넉넉한 흰 셔츠와 짧은 반바지는 방금 갈아입은 듯 뽀송뽀송했다. 청결하고 상쾌하지만 마치 남의 옷을 걸친 듯한 느낌이었다. 나한테 이런 옷이 있었던가?

잠깐.

엘리제가 미간을 구겼다. 갑자기 처음부터 모든 것이 잘못된 것 같았다.

내가 도대체 얼마나 오래 쓰러져 있었던 거지?

"일어났구나."

그때 문이 열리고 전혀 예상 밖의 인물이 등장했다. 라키어스였다.

그는 깊은 안도가 묻어나는 미소를 띤 채 다가왔다. 엘리제는 슈트 차림의 그를 쳐다보다 시선을 아래로 내렸다. 그의 발을 확인했다. 라키어스는 구두 대신 슬리퍼를 신고 있었다. 그리고 열린 방문 너머 보이는 낯선 풍경.

여긴 엘리제의 집이 아니었다. 휴즈가에 있는 아늑한 자택이 아니라 난생

처음 와 본 타인의 거처였다. 이곳은 라키어스의 펜트하우스였다.

"사흘간이나 의식이 돌아오지 않았어. 내상이 없는데도 정신을 못 차리더라. 의료진이 매일 두 번씩 다녀갔어."

그가 협탁 위에 쟁반을 내려놓았다. 신선한 오렌지 주스가 유리컵에 담겨 있었다.

"엘리제."

라키어스가 쓰라린 얼굴로 그녀를 바라보았다.

"네가 의료센터에 실려 갔다는 말을 들은 내 기분이 어땠을까?"

"……도시 반대편의 내 집과 소름 끼치게 똑같은 남의 방에서 깨어난 내 기분도 생각해 줘, 오빠."

엘리제가 싸느랗게 대꾸했다. 경멸을 숨겨야 할 이유조차도 찾지 못하겠다.

"내가 없는 동안 내 집에 들어왔어?"

"난 그런 짓은 하지 않아."

"네가 어떤 짓을 해 왔는지 잊었나 본데."

엘리제가 어이없다는 듯 웃었다. 웃을 때마다 머리가 울렸다.

"넌 더한 짓도 할 수 있잖아."

"여전히 내 평가는 최악이네."

다가오는 손길을 거부했다. 물론 가만히 뒀어도 라키어스는 닿지 않았을 것이다. 엘리제는 진저리 난다는 표정으로 상대를 노려보았다.

"아예 감시 카메라를 설치하지 그래?"

"그건 좋은 방법이 아니야."

라키어스가 침대를 빙 둘러 걸었다. 창가로 다가가 커튼을 열자 확실히 휴즈가의 집과 다른 풍경이 펼쳐졌다.

시티타워와 멀지 않은 도시 한복판.

오후의 햇살이 눈부셨다.

"네가 알게 되면 끔찍하게 싫어할 테고……. 무엇보다 내가 못 버텨. 온종일 모니터만 들여다보고 있으라고?"

라키어스가 작게 웃었다.

"자극은 지금으로도 충분해."

"미친놈."

"배고프지? 쓰러져 있는 동안 수액을 맞긴 했지만 뭔가 먹고 싶을 거야. 속에 무리가 가지 않는 걸로 만들어 줄게. 뭐가 먹고 싶지?"

그러더니 아, 하고 짧게 탄식했다. 주스 잔을 들어 엘리제에게 내밀었다.

"일단 이거부터."

생활습관을 알고 있는 자와 한 장소에 있는 것은 썩 유쾌한 기분이 아니었다. 수년간 아침식사를 함께했던 사이라면 더 그렇다. 짜증 나게도, 엘리제 또한 라키어스의 취향을 기억하고 있었다. 엘리제는 갓 짜낸 주스, 라키어스는 홍차, 녹턴은 커피였다. 늘 그랬다.

왜 이런 쓸데없는 정보가 머릿속에 남아 있는 걸까.

그의 손에서 유리컵을 넘겨받았다. 오랜 시간 잠들어 있던 몸에 신선하고 달콤한 과즙이 퍼져 나가면서 미처 깨어나지 못한 감각까지 살아나는 기분이었다. 이 만족감 때문에 엘리제의 선택은 주스였다.

그녀 기준에서 홍차는 오후에 마시는 거고, 커피는…… 졸려 죽기 직전에 들이붓는 연료인가.

누군가를 사랑하게 되면 그가 입고 먹고 마시는 것에 관심이 가다가 결국 따라 해 보게 된다던데, 녹턴의 커피만은 예외였다. 엘리제에게 커피는 밤새워 공부할 때 삼키는 액체였을 뿐.

사실 커피 말고도 억지로 괜찮은 척한 게 많았다. 인간의 음역을 시험하는 것 외에 무슨 의미가 있나 싶었던 오페라 공연이라든가, 붓질 몇 번 해 놓고 온갖 의미를 부여하는 추상화 전시회 같은 것. 정말이지 붓질 세 번으로 5천 에그레(Egre: 에데니카의 화폐 단위)를 버는 세상이 있는 줄은 꿈에도 몰랐다.

엘리제가 빈 컵을 쟁반에 내려놓자 라키어스의 웃음이 환해졌다. 그가 슈트 재킷을 벗고 넥타이를 풀었다. 셔츠의 소매를 접어 올리며 방을 나갔다.

"뭘 먹을래? 오믈렛을 해 줄까? 버섯이랑 양파랑 치즈 넣어서 부드럽게. 거기에 베이컨 곁들인 메뉴, 아직 좋아하나?"

아직 좋아하면 어쩔 건데.

엘리제는 라키어스가 사라진 쪽을 흘겨보았다. 주스는 완벽했지만 그녀의 기분은 바닥을 치고 있었다. 몸이 부서지건 말건 얼른 이곳을 나가야겠다는 생각밖에 들지 않았다.

"으흑……."

바닥에 발을 딛자 저절로 신음이 새어 나왔다. 휴대폰을 찾는 대로 나가려고 한 그녀는, 찾으려던 물건조차 까맣게 잊게 만드는 무언가를 목격했다. 아무리 노려봐도 이해되지 않았다. 이딴 게 제 몸에 감겨 있다는 사실을 납득하기가 힘들었다.

"……이 망할 물건은 뭐야?"

발목에 구속구가 채워져 있었다. 엘리제는 구속구를 내려다보았다. 그렇게 빤히 보면 오른쪽 발목에 튼튼히 채워져 있는 물건이 사라질 거라고 믿는 사람처럼. 뚫어지게 보았고, 눈을 몇 번이나 감았다 떴지만 구속구는 사라지지 않았다. 후두부 충격으로 인한 환각이 아니었다.

구속구에는 센서가 달려 있었는데, 일정한 빠르기로 불빛을 깜빡였다. 결합부가 어딘지 보이지도 않았다. 그것은 마치 신데렐라의 유리 구두처럼 엘리제의 발목에 꼭 맞게 제작된 물건 같았다.

"미친 새끼……."

곧장 주방으로 달려가려 했지만 눈앞이 휘청거렸다. 엘리제는 잠깐 문가에 몸을 기대고 어지러움을 가라앉혔다. 엘리제가 저택을 나간 지 얼마 되지 않아 라키어스도 거처를 옮겼다고 들었다. 그렇게 옮긴 거처가 바로 여기, 도심의 펜트하우스였다.

고용인도 없이 혼자 살면서 넓기는 엄청나게 넓었다. 엘리제는 주방으로 가는 동안 다섯 개의 방을 지나쳤다. 그러자 방금 지나쳐 온 면적을 모두 합친 넓이의 거실이 나타났다. 거실과 이어진 한쪽 공간에 주방이 있었다. 그 너머로 복도가 보여서 엘리제는 그쯤에서 남의 집 탐색을 마쳤다.

위화감이 들 만큼 새하얀 집이다. 거실과 테라스에 둔 관엽식물 화분을 제외하면, 이 넓은 집에 흰색이 아닌 것이 없었다. 최대한 장식을 배제한 단순의 극치였다.

신기하게도, 전쟁으로 세상이 붕괴하기 전 어딘가의 궁전 양식을 따라 지었다던 녹턴의 저택이 떠올랐다. 화려하고 장엄했던 저택의 대척점에 있는 것이 지금 엘리제가 발을 딛고 있는 펜트하우스였다.

"왜 나왔어? 내가 방으로 가져다주려고 했는데……. 그럼 이왕 나왔으니 식탁에 앉을래? 오믈렛은 금방 만드니까."

라키어스는 들뜬 것 같았다.

"내 발목에 채워 놓은 게 뭐야?"

엘리제가 팔짱을 끼며 고개를 비딱하게 기울였다.

"개처럼 목에 채우기는 너무 노골적이니까 발목에 해 본 건가?"

라키어스는 두 번째 주스를 짜기 시작했다.

"대답해."

"듣고 있어."

"듣기만 하라는 게 아니잖아. 대답하라고 했어."

신선한 오렌지 냄새가 퍼졌다. 라키어스는 주스를 잔에 따른 뒤, 차분히 몸을 돌려 달걀의 익은 정도를 확인했다.

"센서가 내장되어 있는데 이거 폭탄이야? 내가 이 집을 벗어나면 발목이라도 잘리는 거?"

"네 몸에 그런 끔찍한 것을 달 리 없잖아."

"이것의 정체가 뭐든 상관없어. 너, 이미 달았거든?"

오믈렛을 접시에 옮긴 그가 엘리제를 돌아보며 웃었다.

"너라고 부르니까 참 좋네."

"……뭐?"

"앞으로도 계속 그렇게 불러 줘. 괜히 심기 불편하게 하려고 오빠라 부르지 말고."

라키어스가 식탁 위에 접시를 내려놓았다.

"네 입에서 오빠라는 소리를 들을 때마다 말이지, 녹턴 그 교활한 새끼가 내게 엿을 먹인 기분이라 아주 불쾌해지거든."

감히 녹턴을 욕하지 말라는 말조차 할 수 없었다. 라키어스가 이처럼 대놓고 그를 욕한 적은 처음이었다.

"법적관계로 우릴 엮어 놓으면 자기 뜻대로 할 수 있을 줄 알았겠지? 그는 통제광에 본인 머리를 지나치게 믿었으니까. 널 향한 내 마음도, 본인을 향한 네 마음도 입맛대로 주무를 수 있을 거라 착각했어. 참 안타깝지 않니, 엘? 그는 정말 몰랐던 거야. 자기 심장이 그리 일찍 터질 줄은 까맣게 몰랐겠지."

주스, 냅킨, 스푼과 포크가 차례로 세팅되었다. 라키어스가 의자를 꺼내 준 뒤 자신은 맞은편에 앉았다.

"네 발목에 채워진 건 폭탄이 아니라 단순한 알림 센서야. 펜트하우스 안은 마음껏 돌아다녀도 돼. 하지만 억지로 훼손하려 들거나 영역 밖을 벗어나면."

그의 시선이 테라스 쪽을 향했다가 다시 엘리제에게 돌아왔다.

"내 휴대폰에 메시지가 뜰 거야."

"그럼 어쩔 건데?"

"어떻게 할까?"

라키어스가 질문을 산뜻하게 되돌렸다.

"실바노 데이?"

엘리제가 바로 반박했다.

"끝난 사안 아니었어? 네가 벌이랍시고 보낸 학교에서 내가 이 꼴 당한 거 아니었냐고."

"……그건 정말 미안해. 대체 무슨 이유로 네가 방문한 시간에 맞춰 폭발이 일어났는지는, 모든 인력을 동원해 수사하고 있어. 범인이 살아 있다면 한시라도 빨리 목숨을 끊는 게 좋을 거야. 왜냐면 내 손에 잡히는 것보단 그 편이 나을 테니까."

라키어스가 어서 앉으라는 듯 의자를 향해 눈짓했다. 그의 장단에 맞춰 줄 마음은 없지만 우선 어지럼증 때문에라도 어딘가에 앉아야 할 것 같았다.

"그렇지만 실바노와 사과는 별개야. 끝나다니, 엘리제. 남자의 질투와 집착을 가볍게 보면 안 돼."

특히 미친놈의 질투라면 더더욱.

라키어스가 짧게 덧붙였다. 본인이 미친 걸 알고 있는 미친놈이라 더 오싹했다.

"아니면…… 비하르트 물러?"

"손대지 마."

"네가 싸고돌수록 거슬려."

"이 녀석이든, 저 녀석이든 건드리기만 해 봐."

"네가 얌전히 집 안에서 요양한다면 멀쩡할 사람들이야."

라키어스가 안타까운 한숨을 내쉬었다.

"이렇게 하지 않으면 넌 당장이라도 전투대 건물로 돌아가겠지. 아픈 건 진통제 기운으로 누르면서 버티다가 또 쓰러질 거야. 내 말이 틀려?"

그가 엘리제 앞으로 접시를 밀었다.

"당분간 나갈 생각 마."

상대는 이미 마음을 정했고, 엘리제는 그를 설득할 수 없었다. 게다가 라키어스의 방금 발언은 그녀의 현실을 깨닫게 해 주었다. 일단 엘리제는 기운을 차려야 했다. 탈출도 기운이 있어야 하는 거다.

"……맛은 보고 내놓은 거야?"

스푼을 들며 불만스럽게 묻자 라키어스가 귀엽다는 듯 웃었다.

"한 자리 수 덧셈에 계산기를 꺼내진 않잖아."

비유 한번 대단하네.

엘리제는 오믈렛을 푹 떠서 입으로 가져갔다.

재수 없는 라키어스 녹턴.

오믈렛은 훌륭한 맛이었다.

"내 휴대폰."

"당분간 이걸 써."

라키어스는 엘리제의 원래 휴대폰 대신 조그만 단말기를 건네주었다. 엘리제의 표정이 즉시 구겨졌다.

"뭐야, 이건?"

"메시지, 전화, 인터넷 다 돼. 지난주에 나온 최신 모델이야."

"누가 이런 거 달래? 최신 모델이고 뭐고 필요 없고, 내 폰이나 돌려줘."

"주자마자 전투대에 연락할 거 빤히 아는데, 내가 왜 그래야 하지?"

상대를 노려보던 엘리제가 제 손에 들린 단말기에 눈길을 주었다. 통화 아이콘을 누른 그녀는 외우고 있는 번호를 입력했다.

뚜, 뚜, 신호음이 갔다. 몇 초 뒤 라키어스가 제 휴대폰을 들어 무언가를 확인했다.

"워믈라토 펜지스?"

엘리제의 눈썹이 치켜 올라갔다. 신호음이 두 번 더 이어진 끝에 번호 주인이 전화를 받았다.

— 대장?

"워……."

이름을 채 부르기도 전에 제멋대로 전화가 끊겼다. 누가 저지른 짓인지 궁금하지도 않았다. 방금 엘리제의 목전에서 일어난 일이기 때문이다. 웜의 첫 마디를 듣자마자 휴대폰에서 귀를 뗀 라키어스가 버튼을 눌렀고, 그대로 두 사람의 통화가 종료되었다.

라키어스가 제법 흥미롭다는 눈으로 꺼진 휴대폰 창을 들여다보았다.

"왜 네가 제일 먼저 이 녀석에게 연락했는지 알 것 같군."

그가 손끝으로 휴대폰을 톡톡 두드렸다.

"오늘 개통한 번호. 처음 보는 번호. 한데 신호음 여섯 번 만에 이게 네가 건 전화인 줄 알다니."

"우리 애들이 이 정도야."

"기분이 썩…… 좋지만은 않네."

하지만 라키어스는 이내 기쁜 표정을 지었다. 어쨌거나 가장 중요한 사실을 엘리제에게 인지시켰기 때문이었다. 전화를 하든 무엇을 하든 엘리제 마음대로 해도 좋다.

단, 그것을 라키어스가 모르는 일은 없을 것이다.

치가 떨렸다. 숨이 막혔다. 그의 상냥한 손아귀가 제 목을 옥죄는 것만 같았다. 저택을 나온 이후 5년간 휴즈가의 집에 살면서도 완전한 자유를 느껴보지 못한 엘리제였다. 최대한 멀어진다고 도시 반대편에 거처를 정했지만, 돌아보면 어디에나 CCTV가 있었다.

라키어스는 영상에 접근하는 비밀번호를 알고 있었다. 숨 돌릴 틈 없이 바쁜 생활을 영위하는 그가 모니터 앞에 앉아 휴즈가 33번지를 비추는 CCTV 영상만 들여다보지는 않겠지만, 바꿔 생각하면 그러지 못할 이유도 없었다.

그만두자, 엘리제 녹턴. 영상 생각은 그만해.

하나 엘리제 마음대로 될 일이 아니었다. 무엇보다 그녀가 사는 곳은 에데니카였고, 도시 안에서 라키어스의 소식을 접하지 않고 살기란 불가능했다. 뉴스, 신문, 인터넷, 하다못해 지나가는 행인들의 대화 속에도 라키어스가 있었다.

그럴 때마다 그가 엘리제의 귀에 대고 나긋하게 속삭이는 기분이 들었다. 발버둥도 적당히 하렴, 엘. 넌 절대 내게서 벗어나지 못할 테니까. 하지만 '기분'과 '실제 경험'은 천지 차이였다.

실제로 라키어스의 영역에 손발이 묶이게 되자, 엘리제는 그나마 쥐고 있던 주도권마저 잃는 느낌이었다.

“뛰어내리고픈 표정을 짓고 있네.”

라키어스가 안쓰러운 눈을 한 채 웃었다.

“여기 40층 높이인 거 알고 있니? 그리고 네 날개는 한동안 제 기능을 다 하지 못할 거야.”

그는 엘리제가 다친 데에 진심으로 가슴 아파하는 동시에 더없이 행복해하고 있었다.

“제발 푹 쉬어.”

“의사가 퇴원 판정을 내리면 여기서 나갈 수 있는 거야?”

엘리제가 손 안의 작은 단말기를 종처럼 흔들었다.

“이 소름 끼치는 스토킹 머신에서도 해방될 수 있는 거고?”

“의식을 되찾은 이후로부터 최소 열흘이라고 했어.”

그건 엘리제의 예상보다 훨씬 긴 기간이었다. 자그마치 ‘최소’ 열흘간 라키어스 녹턴과 붙어 있으라니?

엘리제는 소파 위로 단말기를 아무렇게나 던졌다. 열이 뻗쳐서 견딜 수가 없었다. 라키어스를 밀치고 복도 쪽으로 휘청휘청 걸었다.

“어디 가?”

“샤워.”

“그쪽 아닌데.”

걸음이 단번에 멈췄다. 엘리제가 분한 눈으로 라키어스를 돌아봤다.

“네 방 바로 맞은편에.”

“……일찍 말해 주든가.”

라키어스의 표정이 기묘하게 일그러지더니 그가 결국 어이없는 웃음을 터뜨렸다.

“미안. 네 머릿속을 들여다보는 능력은 없어서.”

어지럼증을 참으며 위태롭게 걷는 모습을 지켜보던 라키어스가 한숨 쉬듯 중얼거렸다.

"아쉽네……. 정작 갖고 싶은 능력은 없다는 게."

"이미 필요 이상으로 내 생활을 들여다보고 있거든?"

엘리제가 잇새로 말을 짓씹었다. 뒤에서 웃음 머금은 질문이 돌아왔다.

"씻는 거 도와줄까?"

엘리제가 사납게 문을 닫았다. 이윽고 보일러가 돌아가기 시작했다. 라키어스는 제 몫의 차를 우리며 욕실에서 일어나고 있을 일들을 머릿속으로 그려 보았다.

수증기로 흐려진 거울과 물방울이 튀어 오르는 샤워부스.

쪼르르.

잔에 담긴 수색이 단풍잎처럼 고왔다. 늘 마시던 차가 오늘따라 더욱 향기롭게 느껴졌다.

"무슨 소독을 그렇게 변태처럼 정성 들여 해?"

다리를 맡기고 있던 엘리제가 날을 세워 물었다.

"그냥 대충 솜에 묻혀서…… 아!"

불을 끼얹는 것 같은 통증에 저절로 신음이 터져 나왔다. 라키어스가 미안하다는 듯 상처 위로 숨결을 후후 불었다. 분명히 일부러 세게 누른 게 틀림없었다. 미친놈이 이제는 엘리제 녹턴 몸도 건드린다.

이것 봐라?

"변태 같다니. 오빠에게 그런 몹쓸 말버릇은 곤란하지."

"언제는 오빠라고 부르지 말라더니?"

"실수."

라키어스가 매끄러운 종아리를 나른하게 문질렀다.

"역시 연인이 좋겠지?"

놀고 있다. 엘리제는 사늘한 눈으로 소파 아래 앉아 있는 그를 내려다보았다. 출근 안 하냐고 물었더니 적어도 오늘 하루는 곁에 있고 싶다고 했다. 그럼 내일부터는 펜트하우스를 나가겠군.

기뻐하던 것도 잠시. 오전 근무만 하고 남은 일은 집에서 처리할 거란다. 실망을 숨기지 않는 엘리제의 모습에 라키어스가 작게 웃었다. 다시 말하지만 그는 행복해 보였다. 그리고 그런 라키어스의 모습이 엘리제의 의문에 확신을 더해 주었다.

샤워를 하면서 싹튼 의혹은 함께 저녁을 보내는 동안 조금씩 깊어져 갔다. 엘리제는 그가 자신의 페디큐어를 들여다보고 상처를 소독하면서 소소한 즐거움을 누리게 두었다.

마지막 반창고가 붙었을 때. 엘리제는 라키어스를 향해 서서히 몸을 기울였다. 둘 사이 거리가 가까워질수록 그에게서 풍겨나는 체향이 짙어졌다.

잠든 감각을 건드리는 듯한 우디의 그윽한 잔향. 같은 바디제품을 사용한 엘리제에게서도 묻어나는 향취였다. 면 셔츠 아래 라키어스의 가슴이 오르락내리락하였다. 숨을 들이쉬고 내쉴 때마다 눈동자에 어린 날카로움이 무뎌지면서 단정한 입술이 벌어졌다. 아무리 피곤할 때도 남 앞에서는 재킷 단추 하나 풀지 않는 그였다. 그런 라키어스의 도드라진 쇄골이 면 셔츠 사이로 은연히 보였다.

잉크보다 짙푸른 엘리제의 눈동자가 그를 응시했다. 고백 또는 키스가 어울리는 상황이었지만 엘리제가 묻고자 하는 것은 따로 있었다.

라키어스, 하고 부르는 목소리가 깃털처럼 부드러웠다.

"솔직하게 말해 봐."

그의 심장을 가만히 움켜쥐는 포근함.

보드랍게 속삭이는 한마디.

정신을 아득하게 만드는 향기.

상대에게 미치는 영향력을 확실히 인지하고 거는 비밀스러운 주술.

엘리제의 목소리가 꿈결보다 달콤하게 라키어스를 휘감았다.

"학교에 폭탄 설치한 거…… 너지?"

엘리제가 다가오는 방향에 맞춰 고개를 틀던 라키어스가 그대로 움직임을 멈췄다. 살짝 내리깐 시선은 여전히 도톰한 입술에 머물러 있었다. 그렇게 가만히 견디면 엘리제가 상냥하게 입 맞춰 줄 거라고 믿고 있기라도 한 듯.

자신이 휘말려 든 게 덫이라도 상관없는 모습이었다. 물론 그의 내면은 순식간에 검은 재가루가 되었겠지만. 원하는 답을 얻어 내기 위한 연기였대도 괜찮다.

아주, 잠깐이라도.

딱 1초만 더.

촘촘한 속눈썹 아래 자리한 눈동자가 물기를 머금고 떨렸다.

그녀가 먼저 다가와 준 이 순간의 여운을 조금이라도 더 연장시키려는 미련이 보였다. 그 모습은 녹턴의 마음을 얻기 위해 필사적으로 허우적거리던 과거의 자신과 닮아 있어서, 엘리제는 하마터면 지금 제 처지도 망각한 채 그에게 물러질 뻔했다.

그리 간절하게 상대를 갈구한들 보답 같은 건 돌아오지 않는다고. 보답은 커녕 차디찬 증오만 돌아오게 될 거라고.

문은 마지막까지 열리지 않을 거고, 결국 초대받지 못한 넌 굳게 닫힌 철문 밖에서 비참히 식어 가게 될 테니까.

그러니 적당히 해.

하마터면 이렇게 말할 뻔했다. 들키지 않아서 다행이었다. 엘리제는 라키어스의 시선이 제 입술에 닿아 있다는 사실에 안도했다. 눈을 마주하고 있었다면 티가 났을 것이다. 실수로라도 그를 기쁘게 만들기 싫었다.

"하아……."

라키어스가 끝내 눈을 감았다.

그의 탄식에서 짙은 패배감이 느껴졌다. 애절히 붙들고 있던 실낱같은 기대가 마침내 끊어진 거다. 이만 꿈속에서 걸어 나와야 할 시간. 그가 눈을 감은 채 헛웃음을 흘어 냈다.

"정말 제대로 쥐고 흔드는구나."

탁하게 잠긴 목소리 끝이 갈라져 나왔다.

"숨이 멎었어. 순간, 진심으로."

하늘색 눈동자가 다시 드러났다. 그가 아랫입술을 지그시 물었다 놓았다. 저것은 닿지 못한 엘리제의 입술 대신일까. 하지만 감상은 여기까지다. 라키어스에게도, 엘리제 자신에게도. 방심한 틈을 타 찌른 공격이 먹혀들었으니 이제 여유를 주지 않고 몰아붙여야만 했다. 엘리제는 욕실에서 처음 떠오른 의혹을 입에 담았다.

"여덟 개의 고등학교 중에서 제1고를 먼저 가도록 지정한 건 너였지. 넌 장소뿐만 아니라 정확한 시간, 대강의 동선까지 알고 있었어."

촉박하게 내려온 공문. 한 시간 안에 지정 장소에 도착해 학교 측의 안내를 받아야 한다. 리더인 엘리제는 반드시 참석하되, 평소 전투대의 정찰 업무에는 지장이 없도록 하라 일렀으니 조장 두 명은 빠져야 했다. 대신 그는 '전투대의 다양한 업무 활동 소개'를 위해 무기 제조 담당 웜을 동행시키라고 하였다. 그래야 첫 폭발 후 부하를 통해 또 다른 폭탄의 존재 여부를 알게 될 테니까.

여기서부터, 전투대원들은 모르고 라키어스는 아는 사실이 추가되었다.

바로 엘리제가 제1고등학교를 다녔다는 사실.

건물 구조에 환한 엘리제는 대원들에게 지시를 내린 뒤 자신은 곧장 낡은 비상계단으로 향했다. 엘리제는 항상 가장 위험한 임무를 제 몫으로 돌렸다. 조직에서 제일 뛰어난 실력자가 제일 큰 무게를 감당한다. 그것은 녹턴의 신조이기도 했다.

라키어스는 이 모든 사실을 알면서 판을 조종할 수 있는 유력한 용의자였다. 엘리제는 자신이 구한 여학생이 그와 한패인지, 아니면 불운하게도 그의 체스 말로 뽑힌 피해자인지 궁금해졌다. 그러다가 문득 한 가지 사실이 떠올랐다.

유력 용의자인 라키어스를 '유일한' 용의자로 특정 짓는, 이 사건의 결과.

"넌 내가 죽지 않을 거란 걸 알고 있었어. 그딴 장난질로 죽기엔 내 실력이 좀 많이 뛰어나거든. 7층 아래로 뛰어내리는 순간에도 난 죽는 걸 걱정하지 않았어. 내가 안고 있는 여자애 상태를 걱정하면 했지."

엘리제가 라키어스의 손에서 다리를 빼냈다. 짧은 트레이닝 바지가 끌려 올라가면서 하얀 허벅지가 조금 더 드러났다.

"이것 봐, 라키어스. 지금 내 상태를 봐. 폭발 사건 뒤에 따라온 결과를 보라고."

엘리제가 그와 다시 시선을 맞추었다.

"내가 죽길 바라는 사람은 널렸어. 죽는 것까진 아니더라도 혼쭐나길 원하는 사람은 그보다 많겠지. 제 오빠 믿고 재수 없게 구는 계집애. 내 평판이 안 좋긴 하잖아? 물론 내게 관심 없는 사람도 꽤 많아. 한데 말이야."

청량한 하늘빛 눈동자. 깊이를 알 수 없는 감청색 눈동자. 농도를 달리하는 두 종류의 푸른 시선이 서로에게 섞여 들었다.

"내가 이렇게 너만의 새장에 갇히길 원하는 이는, 이 도시에, 아니, 이 세상에."

엘리제가 짧게 내뱉었다.

"오직 너뿐이야, 라키어스."

그의 미간이 달콤하게 일그러졌다. 붉은 입술 새로 한숨이 또다시 새어 나왔다.

"좋다……."

라키어스가 슬픈 미소를 머금었다.

"나도야, 엘리제. 나도."

그가 엘리제의 고운 무릎을 살며시 더듬었다.

"나도 너뿐이야."

"……."

엘리제의 얼굴이 묘하게 바뀌었다. 뭐라 형용하기 어려운 표정이었다.

"야……."

엘리제가 알코올 한 방울 없이 만취한 자를 차가운 눈으로 내려다보았다.

"이 정신 나간."

욕도 아까웠다. 기껏 분위기를 잡고 추궁했더니 돌아오는 반응이 '나도 너뿐이야.' 따위의 고백이었다. 어떻게 그 많은 이야기를 귓등으로 흘리고 딱 자신이 듣고 싶은 말만, 꼭 자신이 원하는 방향으로 해석해서 듣는 걸까. 이것도 재주라면 재주인가?

엘리제는 라키어스의 등을 걷어찰까 하다가 그 사소한 접촉만으로도 좋아할까 봐 그만두었다. 심지어 때리지도 못하게 되었다.

"녹음해 둘 걸 그랬다."

"사람이 말을 하면…… 좀 들어."

"듣고 있어. 네 숨소리까지 하나하나 귀담아 듣는걸."

엘리제가 이마를 짚었다. 약 먹을 시간이 되었나 보다. 골이 지끈거렸다. 한데 약은 아까 먹었는데?

"됐어, 테러리스트."

제정신 아닌 녀석과 대화가 될 거라고 기대한 게 오판이었다. 크게 다치거나 죽은 사람이 없는 걸 감사하게 여겨야 할 판이었다.

"이런 소리나 듣자고 내가 저녁 에너지를……."

"나 아니야."

라키어스가 어느새 또렷한 얼굴로 돌아와 말했다.

"네 귀여운 생각에도 일리가 있긴 한데, 나 아니라고."

"……증거는?"

"조악해."

세 음절로 깎아 내리는 테러 행위라.

"변동 요소도 너무 많지. 난 네 머릿속을 들여다볼 수 없어서, 행동을 예상할 수 있다 뿐이지 확신하지는 못해."

그가 잘라 말했다.

"확신 없이 위험한 곳에 들여보내는 건 전투대, 그게 처음이자 마지막이야. 그 이상은 없어."

"하지만."

"잠깐이라도 네 곁에 있게 된 건 기쁘지만."

라키어스가 조용히 단언했다.

"엘, 나는 네가 스스로의 의지로 내게 오길 바라고 있어."

처음부터 지금까지 줄곧, 지독하게 앓으며 이곳에서 널 기다리고 있어.

"날 싫어하는 상대를 좋아하면서 절대 선은 넘지 않는다……. 당장 미칠 것 같아도 결코…… 먼저 요구하지 않는다……."

라키어스가 시티타워로 출근한 시간.

엘리제는 서재의 가죽 의자에 앉아 혼자서 중얼거렸다. 어젯밤 그와 나눈 대화가 머릿속에서 떠나질 않았다.

"가풍인가……."

엘리제가 마호가니 책상 위로 엎드리며 다시 중얼거렸다.

"피도 안 섞인 사람 셋이서 가풍은 무슨."

곧장 시니컬하게 반박하긴 했지만.

엘리제는 그가 준 작은 단말기를 집어 들었다. 지금 라키어스는 원로원 회의에 참석했을 시간이다. 물론 회의하는 동안에도 엘리제를 감시하긴 할 것이다.

반항심과 귀찮음이 엘리제를 압도했다. 그녀는 즉시 메신저를 깔고 웜을 불러들였다.

[브레인.]

[대장? 몸은 괜찮아?]

5초 내에 답이 돌아오는 게 역시 웜다웠다.

[나 어디 있는지는 알 거고.]

언제 강제 종료 될지 모르는 대화다. 무난한 말을 던지자 웜이 대답했다.

[천국에 있더구먼.]

저도 모르게 웃음이 피식 터졌다. 천국은 시티타워와 라키어스를 묶어서 이르는 전투대만의 은어였다.

[마음대로 리더 죽이지 마라.]

[화염 속에서도 건재하신 분을 미물이 어찌 감히.]

[착하네, 워믈라토.]

[성까지 붙여 부르기만 해 봐, 진짜.]

그는 앙증맞은 팬지꽃이 연상되는 성을 진저리 나게 싫어했다. 놀려 먹기 좋은 성이기도 하거니와 끔찍한 따돌림을 당한 기억을 떠올리게 해서 더욱 치를 떨었다. 물론 엘리제는 단 한 번도 그의 성을 부르지 않았다.

다만 이쯤 돼서 걱정되는 건 이게 라키어스의 눈에 너무 '시시덕거리는 것' 처럼 보이지 않을까 하는 것뿐. 아니나 다를까, 바로 메신저가 종료되면서 시작화면으로 돌아갔다.

"와, 이것도 안 돼?"

엘리제가 기막혀 하며 다시 메신저를 켰다.

[방금 뭐야?]

[됐고. 내가 구한 여학생 환후는 어때?]

[카밀라 뭐시기? 괜찮대. 내일인가 퇴원할걸.]

다행이다.

[비안카는?]

[걔 돌아서 정찰 구역 죄다 조져 놨어. 지금 범죄자들 사이에 미친년 떴다고 난리야.]

이건 예상했던 바다.

[나 괜찮다고 전해 줘.]

강제 종료 되었다.

"야……."

험한 말이 저절로 튀어나오려 했다. 대체 어디의 어떤 부분이 거슬려서 종료시킨 건지 한번 들어나 보고 싶었다.

"후."

내면의 평화(Inner peace).

고등학교 명상 시간 때 맑은 물소리, 새소리를 들으며 되새겼던 단어를 떠올려 보는 엘리제였다. 일단 다시 메신저를 켰다. 당연하게도 윔은 황당해 하고 있었다.

[천국 와이파이 상태가 좆같나 봐.]

[사정이 있어. 그럼 비하르트는 어때?]

종료되었다.

이젠 오기가 생기려고 한다. 엘리제는 꿋꿋하게 메신저를 실행했다.

[실바]

어찌나 빨리 종료시키는지 세 글자밖에 안 되는 이름을 다 입력하지도 못했다. 싸한 느낌이 들어 바로 전송 버튼을 누른 게 옳은 판단이었다. 트릭시랑 곤은 이번에도 챙길 수 없었다. 같은 일이 반복되자 이제는 윔도 얼핏 돌아가는 상황을 눈치챘다.

[전화도 막혀 있어?]

역시 우리 브레인. 회의 중이니까 통화 내용을 듣기는 좀 곤란할 거다. 하지만 엘리제는 이내 기대를 접었다. 라키어스를 따돌리면 아예 단말기 자체를 못 쓰게 할 가능성이 높았다.

[라키어스 녹턴 변태 자식이 감시 중이야.]

욕이나 먹어라 싶어서 보란 듯이 썼는데.

그랬는데.

"진짜 변태……. 자기 이름 말했다고 가만히 두는 거 봐."

평범한 안부 인사에도 가차 없이 실행 종료시키던 남자는 제 이름이 들어간 욕설에 아무런 반응도 하지 않았다.

기가 막혔다.

오히려 놀란 쪽은 윔이었다. 신성한 독재 시대에 이렇게 표현의 자유를 남발해도 되는 거냐며 혼자 벌벌 떨었다. 돌연 엘리제의 머릿속에 좋은 생각이 떠올랐다.

하고 싶은 말을 다하면서도 종료당하지 않는 법을 방금 깨달은 것 같았다.

[응, 지금 우리 자기가 밤낮으로 간호해 주고 있어. 얼마나 사랑이 넘치는지 막 발목에 구속구도 채우고! 소유욕 대박★ 독점욕 작렬♥ 집밖으로 나가면 여보야 폰으로 직.통.문.자.]

엘리제는 표정 하나 바꾸지 않고 평소 비안카가 제게 보내는 메신저 말투를 따라 했다.

[날개를 다친 아기 새는 날아가지도 못해요. 뭐야, 뭐야. 맞춤 유리 구두야 뭐야. 해체 시도도 못 하는 신소재 사랑의 족쇄♡♡♡]

윔으로부터 한동안 답이 없었다. 중요한 건 아직 메신저 종료가 안 되었다는 거였다.

한참 뒤.

[어, 그래. 어, 대장이 고생이 많네.]

윔이 받은 충격은 상당한 듯했다.

[어, 잘 지내.]

[뿌♡]

윔은 이제부터 라키어스의 감시망을 피하는 방법이나 그에게 들키지 않고 구속구 해체하는 법을 알아볼 것이다. 엘리제는 드디어 스스로 메신저를 종료할 수 있었다. 원하던 것을 이루었는데도 묘하게 기분이 나빴다.

곱씹을수록 기분이 더러워져서 죄 없는 가죽 의자 팔걸이만 내리치게 되었다. 그때 새 메시지 도착 알림이 울렸다.

[소유욕 대박? 독점욕 작렬?]

빌어먹을 라키어스였다.

[여보야?]

나 왜 아직 안 죽고 살아 있지? 그냥 여자애만 살리고 폭탄 맞아 죽었어도 됐는데.

엘리제는 파들파들 떨리는 손으로 단말기를 움켜쥐었다.

[귀여워 미치겠어.]

하나 라키어스는 방금 전 대화의 모든 단어가 마음에 드는 모양이었다. 문장 끝에 붙인 마침표에서마저 그의 '미치겠음'이 묻어났다.

[나 회의 중인데. 이러면 약간 위험한데.]

엘리제는 온 힘을 끌어모아 자판을 눌렀다. 엄마가 죽었을 때도 이만큼 힘들지는 않았다.

[일이나 해.]

전송 버튼을 누르자마자 단말기를 바닥에 집어 던졌다. 분하게도 대리석 바닥이 아니라 푹신한 카펫 위에 떨어졌다.

"죽어! 죽으라고!"

누구를 향한 외침일까.

드넓은 펜트하우스 안에는 한동안 엘리제의 분노가 폭풍처럼 휘몰아쳤다.

책이고 뭐고 눈에 들어오지 않았다. 엘리제는 카펫 위에 떨어진 단말기를 발로 찬 뒤 쿵쾅대는 걸음으로 서재를 나갔다. 긴 복도를 걷는데 오늘 아침에 완벽한 자태로 하얀 문을 나서던 라키어스가 떠올랐다.

여기가 방인가?

옆으로 밀자 미닫이문이 소리도 없이 스르르 열렸다. 그곳은 라키어스의 드레스룸이었다. 몸에 꼭 맞는 슈트와 셔츠, 니트, 면바지, 윤이 나도록 닦인 가죽 구두, 다양한 디자인의 손목시계가 숨 막힐 만큼 가지런히 정렬되어 있었다.

공기 중에 그가 사용하는 향수 잔향이 은은하게 감돌았다. 묵직하면서도 관능적인 향기가 라키어스의 등을 떠올리게 했다. 처음 만났을 때도 열세 살치고 상당히 훤칠한 소년이었지만, 언젠가부터 라키어스는 완연한 남자의 분위기를 풍겼다.

단단하고 각진 어깨와 깊게 팬 등의 곡선은 재킷을 걸치면 더욱 어른스러워졌다. 그 점잖은 등이 제 메시지에 잘게 떨렸을 것을 생각하니 가만히 있을 수가 없었다.

"네가 새장에 집어넣은 건 파랑새도 아니고, 아기 고양이도 아니지."

엘리제가 고개를 비딱하게 기울였다.

"맹수라는 걸 좀 알려 주고 싶은데."

옷걸이에 걸린 셔츠를 모조리 바닥에 끌어내리고 슈트에 구김이 갈 때까지 자근자근 밟았다. 속이 풀릴까 말까 하는 참에 발목이 시큰거리며 아파왔다. 짜증이 왈칵 치민 엘리제는 난장판이 된 드레스룸을 떠났다.

재미도 없는 TV 볼륨을 높이고 채널을 돌리다가 인상을 구겼다. 그러다가 저도 모르게 잠이 들었나 보다.

"으음……."

눈을 비비려는데 무언가가 팔을 따스하게 덮고 있었다. 엘리제는 제 몸에 덮인 포근한 담요를 내려다보았다. 담요가 제 발로 걸어왔을 리 없으니 이건 라키어스가 퇴근했다는 뜻이다.

졸음이 묻은 눈으로 시계를 찾았다. 낮잠치고는 제법 많이 자 버렸다. 뚱한 얼굴로 시계를 노려보고 있으니 라키어스가 복도 저쪽에서 반가운 얼굴로 걸어왔다.

"일어났네."

그는 아침에 집을 나설 때보다 기분이 좋아 보였다. 외출할 때면 왁스로 가볍게 넘기는 앞머리가 이마 위로 부드럽게 내려와 있었다.

"너무 곤히 자기에 깨우기가 아까웠어."

엘리제는 그가 걸어온 방향을 힐끗 쳐다보았다. 엉망진창이 된 드레스룸이 있는 방향이었다.

"케첩이라도 뿌릴걸."

엘리제는 테라스 쪽으로 고개를 돌렸다.

"그 생각을 못 했네."

"아침부터 쭉 귀여운 모습을 보이는데, 엘리제."

라키어스가 사랑스러워 죽겠다는 눈으로 그녀를 보았다.

"아직 아무것도 안 먹었지? 케이크 먹을까?"

"케이크는 무슨."

특별히 기념할 만한 날도 아닌데 무슨 케이크냐고 대꾸하려던 말이 쏙 들어갔다. 그제야 엘리제의 눈에 소파 앞 테이블이 들어왔다. 정확히 말하면 테이블 위의 화사한 리시안셔스 꽃다발.

탐스러운 꽃송이가 제 모습만큼이나 고운 향기를 발하고 있었다. 아까 잠들기 전까지만 해도 없던 물건이었다.

"베이커리에서 10분 넘게 고민했어. 종류가 너무 많더라. 전화를 걸었는데 안 받아서 할 수 없이 내가 골랐어. 과일 넣은 생크림, 무난하지?"

엘리제의 눈이 접시 위 케이크로 향했다. 눈처럼 흰 생크림 아래 빵과 크림, 과일이 겹겹이 쌓여 있었다. 그가 무엇을 골라 왔어도 상관없었을 거다. 엘리제는 디저트를 좋아하는 편이니까.

하지만 지금 중요한 것은 그게 아니었다. 엘리제가 찻잔을 내려놓는 라키어스를 올려다보았다.

"직접 간 거야? 수행원은?"

"네가 먹을 건데 왜 남을 시키지?"

"그런 뜻이 아니잖아."

평소 라키어스는 가게를 방문하지 않았다. 그럴 필요가 없는 신분이기도 하고, 그렇게 하면 주변 이목을 끌어 한동안 일대가 마비되기 때문이었다. 그럼에도 불구하고 보통 사람들이 드나드는 베이커리에 혼자 10분 넘게 있었다는 건 라키어스의 기쁨을 드러내는 하나의 방증이었다.

"아, 내가 아침부터 제정신이 아니긴 했어."

그가 눈을 내리깔며 연하게 웃었다.

"네 수가 빤히 보이긴 한데, 그게 지나치게 귀여워서."

"됐어. 거기까지."

"나 정말 위험했거든."

라키어스의 목소리가 그윽해졌다.

"옆에 앉은 알뷔시 원로가 걱정스러운 눈으로 보더라고. 그가 만약 내……."

"일 절만 하라고 했어."

엘리제가 포크를 사납게 쥐어 들었다. 얼토당토 않는 간지러운 소리는 듣고 싶지 않았다. 일부러 포크 끝을 세워 접시에 부딪치는 소리를 냈다.

캉, 캉. 몇 번을 반복하자 라키어스가 조용히 입을 다물었다. 입가에 걸린 미소는 지우지 않은 채였다. 다정한 하늘빛 시선이 엘리제의 입안으로 사라지는 케이크에 머물렀다.

그는 엘리제가 케이크를 삼키고 홍차를 한 모금 머금는 모습까지 놓치지 않고 눈에 담았다.

"어때?"

미미한 조바심마저 느껴지는 목소리였다.

"괜찮아?"

"그 집 거네."

엘리제는 어느 가게에서 케이크를 사 왔는지 바로 알아봤다. 저택에 살 때 엘리제의 생일 케이크는 무조건 이곳에서 주문했었다. 아직 포크를 들지도 않은 라키어스가 고개를 끄덕였다.

"여전히 좋아하니?"

"자주 못 먹어."

"왜?"

"비싸잖아."

엘리제가 두 번째 포크질을 하며 말했다. 달콤한 복숭아 과육이 씹혔다.

"전투대 월급 얼만지 몰라서 물어? 게다가 우리 애들 한창때라 엄청 많이 먹어. 바비큐 뷔페 한 번씩 데려가면 일주일치 봉급 그냥 날아가."

공과금 내야지, 전투라도 치르고 나면 걸레 조각 되는 대원들 옷 사 입혀야지, 바이크며 장갑차에 들어가는 기름값도 장난 아니지. 엘리제는 근사한 전망의 펜트하우스와 거리가 먼 이야기들을 무표정으로 읊었다.

"그런 내가 조각 케이크 하나에 하루 봉급을 쓸 순 없잖아?"

"……."

"안 그래, 오빠? 이게 다 양녀 앞으로는 통장 하나 남겨 주지 않았던 녹턴의 뜻……이라고 욕하기엔 내가 아직 그를 놓지 못했구나."

"내가 카드를 준다고 했었는데."

"내 포지션이 정부야? 아니면 무능력한 동생? 저택 뛰쳐나간 지가 언젠데 큰일 하시는 오빠 카드를 써야 되죠?"

엘리제가 포크 끝을 세웠다. 봉긋한 크림 위에 올린 딸기를 떠먹을 셈이었다.

"그거 걸리면 이번엔 타블로이드지가 아니라 조간신문 1면에 날걸. 엘리제 녹턴이 오빠 협박해서 소중한 세금 탕진하고 다닌다고."

3단으로 쌓아 올린 딸기를 온전히 뜨는 데엔 약간의 주의가 필요했다.

"그러니까 라키어스, 카드 줄 생각을 하지 말고 다음 분기 전투대 예산이나 증액해 줘. 똑같이 세금 쓰는 거라도 난 그쪽을 원해."

반짝반짝 금가루 뿌려진 딸기를 입에 넣으려는 순간 손목이 찌릿했다. 포크가 바닥에 떨어졌다. 다행히 딸기를 구하긴 했지만 손으로 받아 낸 탓에 크림과 시럽이 손에 묻었다. 아까 오전에는 발목이 시큰거리더니, 이제는 손목이 말썽이었다.

무너진 딸기 탑을 한입에 털어 넣은 그녀는 테이블 아래 티슈를 찾았다. 하지만 라키어스가 조금 더 빨랐다.

"무슨……."

그의 입술이 엘리제의 손가락에 닿았다. 여전히 자기 몫의 케이크에는 포크 한 번 대지 않은 채, 라키어스가 엘리제의 손가락을 정성스럽게 핥았다. 투명한 시럽이 입술에 달라붙어 번들거렸다. 하얀 생크림이 그의 혀끝에 녹아 사라졌다.

마디를 더듬던 입술이 손바닥 안까지 닿았다. 낯선 감각에 엘리제가 움찔하며 손을 모으려 하였다. 간지러우면서도 이상한 느낌이었다. 이것을 계속하게 두고 싶지 않았다. 그러나 라키어스의 입술은 집요했다. 그는 엘리제를 놔주지 않고 손목에 묻은 시럽 한 방울까지 제 입술로 닦아 냈다.

하늘색 눈동자에 잔잔한 열기가 고였다. 손에 묻은 것을 모두 먹어 없앤 그가 가느다란 손가락 끝에 입을 맞추었다.

"맛있네."

그가 나직하게 말했다.

"네가 좋아할 만해."

엘리제는 간신히 손을 빼냈다. 그가 닿은 자리마다 화끈거리는 기분이었다. 틈을 보이는 게 아니었는데.

워낙 갑자기 치고 들어와 반격의 여지가 없었다. 이래서 라키어스와 닿고 싶지 않았던 거였다. 이유는 모르겠지만 일단 그와 닿으면 불쾌함과 야릇함이 동시에 피어올랐다.

"이렇게 맛있는 걸 자주 먹지 못한다니 안타까워."

그가 하나도 안타깝지 않은 목소리로 말을 이었다.

"하지만 전투대 예산을 증액한다고 해서 네가 이 케이크를 더 자주 먹을 거란 보장은 없군."

라키어스가 찻잔을 기울였다. 그의 미소가 깊어졌다.

"케이크는 내가 사 줄게. 그러니 이게 먹고 싶어질 때면 날 찾아와."

입술이 닿았던 손바닥이 아직도 뜨거웠다. 엘리제는 기묘한 감각을 지우기 위해 일부러 그를 쏘아보았다. 이에 라키어스가 상처 입은 표정을 지었다가 가만히 중얼거렸다.

"여보야."

잠깐 잊고 있던 금단의 단어.

"아침과 온도차가 너무 심한걸, 자기."

오전의 굴욕을 떠올리게 만드는 마법의 단어.

심지어 그는 거기서 한발 나아가 응용까지 더했다. 죽기 전에 저 망할 리시안셔스 꽃잎이나 갈기갈기 뜯어 버릴까 싶었다. 아무래도 윔에게 시간을 넉넉히 줄 수 없을 듯했다. 이곳에 하루라도 더 있다간 짜증으로 죽을 것 같다는 생각이 들었다.

무엇보다 자신을 유치하게 만드는 미친놈부터 어떻게 해 버렸으면 좋겠다.

"어디 가니, 엘?"

"손 씻으러."

오늘도 분노와 짜증과 사랑이 넘치는 펜트하우스였다.

집무실을 나서는 발걸음이 가벼웠다. 곧 엘리제를 볼 수 있다는 생각에 웃음이 자꾸 스며 나온다. 젊은 리더의 온화한 미소는 마주치는 직원들의 가슴을 술렁이게 만들었다. 대낮부터 여러 사람 가슴에 불을 지른 격이나, 정작 라키어스 본인의 눈에는 아무것도 들어오지 않았다.

오직 엘리제 생각으로 가득할 뿐.

"요번 주말에 뭐 하지."

"놀이공원 간다지 않았어요?"

"그랬지. 한데 비가 온대서."

"흐음, 실내 데이트 하게 생겼네요."

"보드게임이나 할까."

"오붓하고 좋겠어요. 참, 그러고 보니 새 게임 나왔는데 인기가 좋대요. 두 사람부터 가능한 추리게임인데…… 앗, 라키어스 님."

"라키어스 님."

잡담에 빠져 있던 직원들이 라키어스를 보고 황급히 인사했다. 그들에게 보내는 미소가 유난히 밝은 까닭은 좋은 힌트를 주었기 때문이었다. 엘리제와 함께하는 보드게임이라니, 생각만으로도 손끝이 간지러워졌다.

대체 이걸 왜 해야 하느냐고 투덜대면서도 막상 라키어스가 도발하면 엄청난 기세로 집중할 모습이 눈앞에 선했다. 엘리제는 자신이 어떤 행동을 할 때 라키어스가 반응하는지 알고 있었다.

라키어스 또한 마찬가지였다. 엘리제 본인의 의지와 상관없이, 건드리는 대로 반응하고야 마는 그녀만의 버튼이 무엇인지 알았다.

경쟁심.

특히 상대가 라키어스라면 꼼짝없이 휘말리고 만다. 엘리제 녹턴은 지고 못 사는 성격이기 때문에.

"라키어스."

익숙한 목소리가 그를 불러 세웠다. 행복한 얼굴로 로비를 가로지르던 라키어스가 제자리에 멈춰 섰다. 못 들은 척 지나가기엔 상대와의 거리가 너무 가까웠다.

"자딘 원로."

방금 전과는 약간 다른 성격의 미소를 머금은 채 라키어스가 응답했다.

"퇴근하나?"

"예, 회의 때 말씀하신 건 바로 비서진에게 자료 조사를 부탁했습니다. 다음 주가 되기 전에 가닥이 잡힐 겁니다."

"퇴근하는 사람 붙들어서 보고받는 악당으로 만들려는가? 그런 건 내 캐릭터 아닐세. 타타발루나 그레이에게 양보하겠네."

자딘이 손을 내저으며 너털웃음을 터뜨렸다. 라키어스 또한 미소했으나 엘리제에게 돌아가는 시간이 늦어지는 순간부터 자딘은 그의 짜증을 유발하는 상대였다.

"그래, 동생 환후는 어떤가?"

"걱정하실 정도는 아닙니다. 일주일쯤 요양하면 일상생활엔 문제없을 거라더군요."

"일주일이라."

"가만히 두면 바로 출근할 테니 거기서 며칠 더 잡아 둘 생각입니다만."

라키어스가 손목시계를 흘끔 내려다보았다. 할 말이 있으면 빨리하라는 무언의 표시였다. 그러나 자딘은 알아듣지 못한 듯 평소처럼 느긋한 태도를 보였다. 방금 전까지만 해도 하늘을 걷는 기분이었던 라키어스의 속이 잿빛으로 타들어 가기 시작했다.

엘리제를 봐야 되는데. 어제처럼 담요도 없이 자다간 감기에 걸릴지도 모르는데. 아니면 또 드레스룸에 화풀이를 하다가 스탠드 조명을 넘어뜨리면 어쩌지. 발등을 찧으면 안 되는데. 내가 없는 동안 네가 다친다는 생각만으로도 머리가 어떻게 될 것 같은데.

엘리제가 들었으면 망상이라고 조롱할 생각들이 라키어스를 끊임없이 괴롭혔다. 가까이 묶어 놓으면 안심될 줄 알았는데, 못 보는 동안 겪는 조바심과 불안만 늘어나고 있었다.

"어떤가?"

돌연 자딘이 그의 의견을 물어 왔다.

"실례지만 방금 무슨 말씀을 하셨는지."

"아, 내 말이 좀 알아듣기 어려웠나."

자딘이 괜히 목소리를 가다듬은 다음 말했다.

"실바노 데이에게 엘리제 간호를 맡기는 게 어떤가 하고 물었네."

라키어스는 남모를 초조함에 자딘과 로비의 시계를 번갈아 보던 것을 멈추었다. 그는 주먹을 지그시 말아 쥐었다. 단정한 손톱이 손바닥을 아프게 파고들었다. 이대로 살갗을 뚫고 들어가지 않을까 싶을 만큼 강하게 짓이기자 그제야 간신히 목소리를 낼 수 있었다.

"제가 있는데 왜……."

별로 좋지 않은 대답이었다. 지나치게 직설적이고 라키어스답지 않았다. 그는 잠깐 눈을 감았다가 다시 입을 떼었다. 이번에는 조금 더 정제된 질문이었다.

"실바노 대원보다는 전문 간병인이 좋지 않을까요? 원로께서 엘리제의 상태를 걱정해 주시니 저도 덧붙이는 말입니다."

모르는 척. 깨끗한 척. 순진한 척.

라키어스는 제 얼굴 위로 가면을 한 겹 덮었다. 이미 수십 층에 달하는 가면 위에 또 하나를 얹는 것이니 그리 어렵지 않았다. 네 안의 어둠이 그리도 깊고 황폐한데, 계속 착한 척하는 것도 지겹지 않느냐던 엘리제의 말이 떠올랐다.

웃음인지 한숨인지 모를 것이 튀어나오려 했다. 이런 순간에마저 머릿속을 지배하는 건 엘리제였다.

"전문 간병인이 필요할 정도라면 내가 굳이 전투대원을 추천하겠나. 엘리제 증세가 많이 호전되었다니 하는 말이네. 물 떠다 주고, 잠자리 살피고, 약 챙기고 뭐 그런 소소한 도움을 주다 보면 새로운 정이 들지 않을까 싶었지."

"타타발루 원로의 뜻입니까?"

"그렇긴…… 한데."

자딘이 말을 흐리다가 쓴웃음을 지었다. 젊은 리더를 올려다보는 그의 시선에서 안타까움이 옅게 배어났다.

"사실 나는 꼭 실바노가 아니라도 상관없네. 타타발루 원로가 그에 대해 조사한 자료를 보았고, 마침 괜찮은 청년인 것 같아 마음이 동했을 뿐."

자딘의 입술 새로 희미한 한숨이 새어 나왔다.

"난 그저 녹턴이 죽은 이후로 엘리제가 마음 붙일 곳 하나 없이 떠도는 것 같아 안타까울 따름이네. 안일한 생각이긴 하지만, 연인이 생긴다면 여러모로 좋지 않을까 하였지."

연인이라는 말이 라키어스의 귀에 꽂혔다. 어떤 말은 그저 듣는 것만으로도 끔찍한 타격을 입는다. 방금 자딘의 입에서 나온 말이 바로 그러했다.

엘리제의 연인.

자신이 아닌 다른 누군가.

벌어진 상처에서 시뻘건 피가 철철 흘러나왔다. 그러나 라키어스는 아무렇지 않은 척 미소를 지었다.

"원로의 뜻은 잘 알겠습니다."

그가 자딘의 눈을 응시했다.

"하지만 아직 상태가 불안정한 아이를 남의 손에 맡기는 건 신경 쓰여서."

그는 이해를 구하는 표정을 지었다.

"적어도 동생이 완쾌한 이후에 생각해 봐도 될까요."

"……그래. 역시 그게 좋겠지."

타타발루와 달리 선선히 물러나는 자딘이었다. 오래 잡고 있어서 미안하다며 얼른 들어가 보라는 말을 덧붙였다. 라키어스는 가볍게 고개를 숙이는 것으로 인사를 대신했다.

후문으로 나오자 수행원이 뒷좌석 문을 열어 주었다. 수행원은 백미러로 상사의 표정을 일별한 다음 별말 없이 차를 출발시켰다. 침묵을 지키던 라키어스는 문득 휴대폰을 꺼내 들었다. 비밀번호를 해제하자 검은 배경화면 위로 여러 아이콘이 떴다. 세 번째로 민 화면에 비로소 그가 보고자 했던 사진이 떴다.

「잡지 마.」

미소 띤 입모양과 다른 말을 하던 엘리제.

「스케이트 따위 눈 감고도 탈 수 있거든?」

「나도 알아. 하지만 지금 카메라 세 대가 우리를 찍고 있고, 그들이 원하는 그림은 동생을 도와주는 오빠인걸.」

「……후졌어.」

잇새로 뱉는 상소리에 라키어스가 낮게 웃었다. 이에 엘리제의 표정이 굳어졌다. 남매는 도심의 스케이트장에서 신년 프로그램에 나갈 영상을 찍는 중이었다. 인상 쓴 엘리제는 멀리서 보면 긴장한 초보자처럼 보였다.

라키어스와 닿기 싫어 부자연스러운 손 역시 초보자의 뻣뻣한 자세를 닮았다. 반면 그녀의 손을 잡고 뒤로 미끄러지는 라키어스는 방송국 관계자들이 원하던 바로 그 그림이었다.

「당겨서 안을까?」

「죽고 싶으면 그렇게 해.」

「이때 아니면 언제 널 안아 보겠어.」

자료로 쓸 만한 영상을 충분히 따냈다 싶은지 리포터가 오케이 사인을 보냈다. 즉시 손을 놓으려 하는 엘리제의 귀에 리포터의 지시가 들렸다.

「마지막으로 밝게 웃어 주세요! 제자리에 멈춰서 한 컷. 네, 라키어스 님! 지금 딱 좋습니다!」

새하얀 스케이트장 바닥이 남매를 시리도록 환하게 비추었다.

「기뻐하렴. 이게 마지막이래, 엘리제.」

「제발.」

「계속 그렇게 웃어 주세요. 네, 찍습니다. 하나, 둘, 셋!」

방울 달린 모자를 쓴 열여섯 살 엘리제와 목도리를 두른 스무 살의 라키어스.

환한 웃음을 터뜨리고 있는 남매의 사진은 그렇게 세상에 나왔다.

라키어스의 손가락이 사진 속 엘리제의 얼굴을 쓰다듬었다. 찬 공기에 상기된 뺨이며 곱게 접히는 눈웃음이 어여뻤다. 이보다 달콤한 거짓이 세상 어디에 있을까.

"라키어스 님."

수행원이 그를 불렀다. 엘리제 생각에 빠져 차가 멈춰 서는 줄도 몰랐다. 건물로 들어가려던 라키어스는 운전석으로 돌아가는 수행원을 불러 세웠다.

"부탁 하나 해도 될까요?"

"예, 말씀하십시오."

20분 뒤, 펜트하우스로 돌아가는 수행원의 옆자리에는 요즘 인기 절정이라는 보드게임 박스가 놓여 있었다.

웬일로 기상청 예보가 맞아떨어졌다. 아침부터 하늘이 심상치 않더니 하루 종일 추적추적 비가 내렸다. 남매는 소파에 기대어 TV를 보는 중이었다. 리모컨을 쥔 쪽은 엘리제였고, 라키어스는 화면에서 어떤 내용이 나오든 개의치 않아 하였다.

눈은 TV에 머무르더라도 그의 모든 감각은 끝에 떨어져 앉은 엘리제를 향해 있었다. 귀여운 엘리제는 기분이 썩 좋은 상태였다. 보드게임에서 라키어스를 이겼기 때문이다.

"토요일인데 왜 이렇게 볼 게 없지."

시큰둥한 얼굴로 채널을 돌리지만 라키어스가 만들어 준 모히토에 선뜻 입을 댈 정도로 너그러운 모습을 보였다. 그는 자신이 최선을 다했는데도 엘리제에게 진 사실이 기뻤다.

엘리제를 이겼다면 펜트하우스에 시퍼런 칼바람이 불었을 테고, 고의로 봐줘서 졌다면 엘리제는 그냥 졌을 때보다 더 큰 화를 냈을 것이다. 비록 그를 매번 이기지는 못해도, 그가 일부러 자신을 봐주는 행동만은 기가 막히게 알아차렸다.

엘리제는 항상 그랬다. 100%의 확률이었다. 그녀를 계속 기분 좋은 상태로 두고 싶어서, 바로 두 번째 판을 시작하자는 것을 말렸다. 잠깐 쉬었다가 저녁을 먹고 하자고 말했다.

「또 질까 봐 그래? 아니면 날 이겨 버릴까 봐?」

머리 쓰는구나, 라키어스 녹턴.

그의 생각을 꿰뚫어 보면서도 생글생글 웃는 게 깜찍했다.

이러니 내가 어떻게 두 번째 판을 하자고 하겠니.

함께 저녁을 먹는 시간은 실로 평화로웠다. 주말엔 거실에 누워 맥주를 마신다는 엘리제에게 무알콜 칵테일을 만들어 주는 일상이 미치도록 좋았다. 근래 이토록 행복한 주말이 있었던가.

"저런 건 또 언제 찍었대."

엘리제가 조그맣게 구시렁거렸다. 그녀의 말에 라키어스가 몽롱한 환상에서 깨어났다. TV에서는 라키어스의 인터뷰가 나오고 있었다. 한 주간의 연예계 소식을 다루는 프로그램이었다.

화려한 옷을 입은 리포터가 온갖 미사여구를 동원해 라키어스를 소개했다. 리포터는 다리를 달랑 들어 발받침에 올려놓아야 하는 의자가 라키어스의 키에는 잘 맞았다. 비스듬히 걸터앉는 의자 덕에 긴 다리가 돋보였다.

흥미 위주의 연예 프로그램답게 쏟아지는 질문 역시 그의 신상에 관련된 것이었다. 몇 분간 정신없이 질문을 퍼붓던 리포터가 돌연 시민들을 대상으로 한 길거리 설문 조사 영상을 보자며 손가락을 튕겼다. 친구와 놀러 나왔다가 인터뷰에 응하게 된 여성의 얼굴이 TV 화면을 채웠다.

『이쯤에서 깜짝 질문을 해 볼까요? 자, 문제. 라키어스 님이 좋아하는 동물은?』

엘리제가 시민보다 한발 빨리 답했다.

"고양이."

『고양이요.』

『정답! 그럼 다음 문제 갑니다.』

"대체 저런 걸 하는 의미가 뭘까."

엘리제가 세상에서 제일 한심한 것을 보는 눈으로 TV를 쳐다보았다.

『라키어스 님이 좋아하는 색깔은?』

"검은색."

『검은색이요!』

이번에도 엘리제가 빨랐다. 리포터의 흥분에 전염되었는지, 대답하는 시민 또한 목소리가 높아졌다.

『오오, 선방하는데요. 그럼 이쯤에서 기습 질문 나와야죠? 이것까지 맞히실 수 있을까요?』

리포터가 바람을 잡았다.

『자, 질문하겠습니다. 라키어스 님이 좋아하는 색깔은 검은색입니다. 한데 이 색깔을 좋아하는 이유는 과연 무엇일까요!』

시민의 눈동자가 흔들렸다. 친구에게 도움을 요청하기도 했다. 둘이서 머리를 맞대고 끙끙 앓았다. 신이 난 리포터가 '10, 9, 8, 7…….' 하며 텐 카운트를 시작했다.

쿠션을 끌어안고 있던 엘리제는 제 머리카락 끝을 손가락으로 돌돌 감았다.

"왜냐면……."

빨간 입술이 아무도 모르는 진실을 말했다.

"감청색이라고 하면 내 눈동자 색인 게 너무 티가 나니까."

그러니까 엘리제의 머리카락 색을 댄 거라고 말했다. 감청색보다는 훨씬 덜 특정되는 쪽으로.

『타임 오버!』

리포터는 예고 없이 시작한 텐 카운트를 자기 마음대로 끝냈다. 상품이 걸려 있는 것도 아닌데 시민들에게서 아쉬운 탄식이 터져 나왔다. 분명히 어디서 봤는데 막상 물으니까 기억이 안 난다고 입을 모았다. 리포터가 웃으면서 정답을 공개했다.

『검은색을 제일 좋아하시는 이유는!』

이미 답을 알고 있는 엘리제의 표정이 지루했다.

『안에 무엇이 있는지 궁금하게 만드는 색이라.』

『……꺄악!』

『진짜요? 진짜 그거예요? 아악!』

인도 한복판에서 난리가 났다. 섹시하다느니 치명적이라느니, 셋이서 요란스럽게 환호했다. 스튜디오에서 영상을 보고 있던 라키어스의 얼굴이 클로즈업되었다. 지그시 입술을 깨물며 웃는 모습 아래로 방청객의 비명 효과음이 깔렸다.

엘리제의 고개가 옆으로 돌아갔다. 삐걱거리며 천천히 움직이는 게 마치 고장 난 마리오네트 인형 같았다. 그녀의 표정을 한마디로 표현하자면 경악 그 자체.

"……진짜 저렇게 대답했어?"

라키어스가 느릿하게 고개를 돌렸다. 인터뷰 화면과 똑같은 미소를 머금은 얼굴이었다.

"진짜? 진심?"

"왜, 다들 좋아하잖아."

엘리제가 어이없는 한숨을 토해 냈다. 변태라고 중얼거리기도 했다. 그녀 한정 변태라고 말해 주면 저 귀여운 얼굴이 볼만해질 거다. 아마 쿠션을 집어 던지지 않을까.

"진짜 질려……."

넌더리 나는 표정을 하면서도 채널을 돌리지 않는 게 우스웠다. 억지로 웃음을 눌러 참는 라키어스의 입가가 떨렸다. 리포터는 시민들 영상을 본 소감을 물은 뒤 '모두가 궁금해할 질문' 을 하겠다며 또다시 바람을 잡았다.

『라키어스 님과 결혼하게 되는 상대는 어떤 사람일까요?』

"저 질문 지겹지도 않나."

엘리제가 흘러내린 머리카락을 쓸어 넘겼다.

"방송국도 저 정도면 태업이야. 어떻게 십 년 전이나 지금이나 똑같은 질문을 하면서 월급을 받아 가지? 우리 애들은 매일 목숨 걸고 무장범과 피 튀기는 싸움을 하는데?"

전투대 월급 인상을 요구하던 엘리제가 TV 속 라키어스의 대답을 기다렸다. 어디 한번 들어나 보자는 태도였다. 하지만 라키어스는 대답 대신 카메라를 응시하였다. 말없이, 나른한 시선을 던졌다. 흡사 소파에 앉아 있는 엘리제를 투시하는 듯한 눈길이었다. 불편함마저 느낄 무렵, 그가 수줍은 미소를 지었다.

『방금 그 사람 봤어요.』

『어머, 어머, 어머.』

『그 사람도 절 봤을 겁니다.』

리포터는 홈페이지 게시판이 그의 짝이라고 주장하는 유저들 의견으로 도배되겠다며 웃었다. 그렇다면 마지막으로 어떤 신혼을 보내고 싶으냐는 질문에 라키어스가 곤란한 표정을 지었다.

『글쎄요…….』

무릎 위에 깍지 낀 손가락이 건반을 누르듯 차례로 움직였다.

『아무래도 침대에서 휴가를 다 쓰지 않을까요.』

엘리제가 리모컨을 던졌다.

아주 신이 나셨지?

징그럽다는 눈으로 라키어스를 보았으나 망언의 주범은 아무것도 모르는 척 TV만 쳐다보았다.

"적당히 해?"

말끝이 올라갔다.

"너만 생각하면 적당하게가 안 돼."

작게 떨리는 입가에서 그의 만족스러움이 묻어났다. 인터뷰 영상이 무척이나 마음에 드는 모양이었다. 그것을 엘리제와 함께 본 것은 더더욱 흡족한 듯하고.

"자제해야지, 하다가도 폭주하게 돼."

"병이야, 그거."

"중증이지."

"클리닉 가서 처방받아."
"상사병에도 약이 있나."
태연하게 대꾸하는 모습이 기막혔다. 고개를 내저으며 쿠션을 고쳐 안는 엘리제의 귀에 갑자기 뉴스 오프닝 소리가 들렸다. 평소보다 한 시간이나 이른 시간이었다.
『속보입니다.』
진중한 외모의 앵커 밑으로 붉은색 속보 표시가 지나갔다.
『방금 전 오후 7시 45분경, 제1고등학교 테러 유력 용의자를 검거했다는 소식을 알려 드립니다. 지금 시티타워 앞에 나가 있는 저희 측 기자를 연결하겠습니다.』
누가 먼저랄 것도 없이 두 사람이 동시에 자리에서 일어났다.

긴급 편성된 속보가 주말 저녁을 뒤흔들었다. 엘리제는 거실을 서성이며 손톱을 깨물었다. 시선은 TV에 고정되어 있었지만 이따금 라키어스가 있는 서재로도 움직였다.
속보를 보자마자 업무용 휴대폰을 확인한 그는 서재에 들어간 뒤 30분째 문밖으로 나오지 않았다. 10분이 더 지나고서야 서재 밖으로 나온 라키어스가 드레스룸으로 향했다.
잠시 후 드레스룸을 나온 그는 머리부터 발끝까지 완벽한 슈트 차림이었으나 얼굴에는 피로감이 잔뜩 묻어났다. 복도 벽에 기대어 있던 엘리제가 몸을 바로 했다.
"출근이야?"
라키어스가 쓴웃음을 지으며 고개를 끄덕였다. 그의 눈길이 몇 걸음 떨어진 엘리제에게 머물렀다. 흐트러진 모습이었다. 굽이치는 검은 머리가 살짝 부스스했다.
맨발에 실내복 차림의 그녀는 속보가 나오기 전까지 누렸던 일상을 떠올리게 했다. 고작 한 시간도 되지 않은 일인데 아득히 먼 기억처럼 느껴졌다.

그녀를 향한 라키어스의 시선에 갈급함이 깃들었다. 이대로 엘리제를 집어 삼키고 싶은 듯한 모습이었다.

"……내일 잠깐 들를게."

목소리가 낮게 잠겼다. 맹렬한 시선을 받아 내던 엘리제가 한 걸음 한 걸음 그에게 가까이 다가왔다.

"단독범이래?"

"일단은 그렇다는군."

말하는 사람도, 듣는 사람도 믿지 않는 주장이었다. 에데니카의 치안 시스템은 훌륭한 수준이었다. 그 정도 규모의 일을 누구의 도움도 받지 않고 저지르기란 불가능에 가까웠다. 개입한 정도의 차이가 있다 뿐이지, 반드시 조력자가 있을 터였다.

"죽이면 안 돼."

"……."

"배후를 알아내기 전에는."

그가 천천히 고개를 숙였다. 그의 얼굴이 희고 가는 목덜미에 머물렀다. 숨을 들이쉴 때마다 풍성한 머리카락과 살갗에서 그녀만의 체향이 느껴졌다. 라키어스는 그것이 생명수라도 되듯 간절하게 들이마셨다.

"네가 다친 것만 생각하면……."

"언제는 옆에 있게 되어서 좋다며."

"그거랑 이건 별개야."

그의 미간이 괴로움으로 일그러졌다.

"네가 잠들고 나면 나는 서재로 돌아가. 처리할 일을 마치고 침실로 향하지. 돌아가기 전 네 방에 들러 잠든 네 얼굴을 지켜보고는 마음속으로 생각해. 별일 없다. 엘리제는 안전하다고. 그렇게 수백 번 스스로를 타이른 뒤 침대에 누우면."

라키어스가 한 번도 말한 적 없는 이야기를 털어놓았다.

"어김없이 악몽을 꿔."

“…….”

“네가 쓰러졌다는 전화를 받은 날부터 하루도 빠짐없이 악몽을 꿨어. 피가 싸늘하게 식은 상태로 눈을 뜨면 아직 깊은 새벽이지. 널 깨우긴 싫지만 당장의 불안감에 덜덜 떨며 네 방으로 가. 곤히 자고 있는 모습을 보며 이불만 그러쥐어. 그렇게…… 그렇게 기다리면 동이 터 오고, 나는 그제야 출근할 준비를 해.”

약 기운 때문에 낮에도 종종 잠들곤 했던 엘리제로서는 모르는 이야기였다. 그녀에게 속삭이는 라키어스의 목소리가 떨렸다.

“널 잃는 게 두려워.”

짙은 한숨이 엘리제에게 닿았다.

“전투대로 면역이 되지 않을까 싶었는데, 아니었어. 적어도 네 안전에 있어서 면역 같은 건 없었어.”

라키어스가 고개를 들었다. 물기로 먹먹해진 하늘빛 눈동자가 엘리제를 향했다.

“이런 내가 놈 앞에서 이성을 유지할 수 있을까?”

“……해야지.”

엘리제가 작지만 또렷한 목소리로 말했다. 라키어스가 눈을 감으며 웃었다. 제 안에 엘리제의 향기와 목소리를 깊이 새긴 그가 비로소 몸을 일으켰다. 미련 어린 시선이 다시 한 번 엘리제에게 닿았다가 떨어졌다.

“그럼 다녀올게.”

펜트하우스 문이 닫혔다. 자동으로 잠금장치 걸리는 소리가 났다. 엘리제는 라키어스가 떠난 뒤로도 한참을 제자리에 서 있다가 거실로 돌아왔다. 그가 보낸 불면의 밤이 기뻐야 하는데 이상하게 그러지를 못해 화가 났다.

사랑하는 사람에게 무슨 일이 생긴다는 건 그런 기분이야, 라키어스.

수년간 벼르고 벼른 한마디를 쏘아 주지도 못했다. 그녀는 바닥에 떨어진 쿠션을 끌어안은 뒤 리모컨을 들었다. 화면 한구석에선 ‘속보’ 표시가 경광등처럼 번쩍였다. 잠들기 전까지는 계속 이 채널에 머물러야 할 것 같았다.

엘리제는 쿠션을 재차 고쳐 안았다.

❖

두 시간째 채널을 돌리지 않은 것치고 후속 보도가 신통치 않았다. 아무래도 토요일 밤이라 취재가 용이하지 않은 탓이었다. 용의자 검거 직후라 아직 알아낸 게 없는 까닭도 있었다. 방송국은 이쯤에서 다시 짚어 보는 제1고등학교 테러 사건이라며 대대적으로 영상 자료를 틀어 주었다.

정작 사건이 터졌을 때는 전문가들만 줄줄이 나와 실내 토론을 하더니, 유력 용의자가 검거되고 나니까 모든 자료를 거리낌 없이 방출했다. 폭발 영상을 자주 틀지 않은 것은 사건 직후 피해자들의 트라우마를 자극하지 않는다는 명목이었지만, 엘리제의 눈에는 그 수가 보였다.

끔찍한 테러를 저지른 용의자를 검거했다. 비록 테러 자체를 막지는 못했으나 시민을 지키는 시스템은 제대로 작동했다. 방송은 그렇게 말하고 있었다.

엘리제의 생각을 증명하기라도 하듯, 뉴스는 수시로 시티타워에 긴급 복귀하는 라키어스의 영상을 틀었다. 그보다 빨리 복귀한 리더가 여럿이지만 언제나 그렇듯 가장 많은 스포트라이트를 받는 건 라키어스였다.

라키어스 님이 등장했으니 이제 모든 사건이 해결될 거야. 늘 그래 왔잖아? 녹턴 님의 판단은 옳았고, 라키어스 님은 완벽해. 이 도시는 안전해.

저도 모르게 지겨워져서 TV 전원을 끄려고 했다. 그때 엘리제의 눈에 낯익은 사람이 나왔다.

카밀라 앤더슨.

테러 사건으로 입원했던 부상자이자 엘리제가 구한 여학생이었다. 그녀는 인터뷰가 진행되는 내내 옆 사람의 손을 잡고 있었는데, 그 옆 사람은 다음 인터뷰 대상이기도 했다.

리오네 프리메이어, 23세, 교사.

엘리제는 그녀의 성을 보고 카밀라의 담임이 자딘 원로의 딸이란 것을 알아차렸다. 이제는 교분이 끊어졌지만 어렸을 적 파티장에서 저 명료한 호박색 눈을 마주한 기억이 났다.

『생명을 중시하지 않는 테러리스트의 엄벌을 강력히 요구하는 바입니다.』

사늘하면서도 다부진 어조였다. 제 아버지를 닮아 햇볕 아래서 뜨개질이나 할 것처럼 생겼지만, 작은 체구에서 나오는 묘한 강단이 있었다.

엘리제는 인터뷰가 끝나자마자 또다시 나오는 라키어스의 복귀 영상에 전원 버튼을 눌렀다. 침실로 돌아가는 걸음이 몇 번이나 멈춘 건 그의 말이 떠올라서였다.

아주 지독한 악몽을 꾼다고.

"적어도 오늘은 그럴 일이 없겠지, 라키어스. 오늘은, 네가 잠들지 않을 테니까."

❖

우웅. 우웅.

매트리스를 울리는 진동에 엘리제가 눈을 떴다. 블라인드를 내리지 않고 잠든 탓에 방 안이 환했다. 그녀는 잠기운 가득한 눈을 비비며 머리맡을 더듬었다.

작은 단말기가 손에 들어왔다. 알람을 맞추지 않았기 때문에 진동이 울리는 이유는 타인으로부터 메시지가 온 것밖에 없었다.

[대장, 어떡하지?]

비안카가 보낸 메시지였다.

[벙커 문이 열렸는데.]

그 문장을 본 순간 엘리제의 머리가 맑아졌다. 곧바로 몸을 일으킨 그녀는 침실을 나와 욕실로 향했다. 따뜻한 물로 세안을 마친 뒤 복도를 걸었다.

아직 라키어스가 돌아오지 않은 것을 확인하였다. 테라스 문을 열자 맑고 차가운 겨울 공기가 몸을 휘감았다. 위에는 긴 팔 후드를 입고 있으나 아래는 허벅지가 반쯤 드러나는 트레이닝 바지 차림이었다.

맨살 위로 소름이 오스스 돋았다. 엘리제는 슬리퍼조차 꿰어 신지 않은 맨발을 내디뎠다. 차디찬 돌바닥이 느껴졌다.

전투대 안에는 그들끼리 쓰는 은어가 있었다. 천국은 라키어스와 시티타워를 뜻한다. 천국에 간다는 것은 윗분들에게 불려 간다는 것이다.

벙커는 웜과 관련된 은어였다. 웜에게는 본인의 요청에 따라 지하실을 통째로 내주었는데, 그는 방공호를 연상시키는 그곳에서 먹고 자고 실험을 하며 생활했다. 그리고 벙커 문이 열렸다는 것은 그에게 맡긴 문제가 해결되었다는 뜻이다. 웜은 문제를 해결하기 전에는 벙커 밖으로 나오지 않았다. 거기서 유래한 은어였다.

엘리제는 테라스 난간을 짚었다. 펜트하우스의 양쪽으로 테라스가 나 있지만, 일말의 망설임 없이 이쪽으로 온 것은 맞은편 건물의 높이 때문이었다.

큰 길 건너 보이는 건물은 30층. 반면 다른 쪽 테라스 맞은편에는 12층짜리 건물이 있었다. 더 높은 건물 옥상에 눈에 띄는 주홍색 머리의 주인이 보였다. 비안카가 활짝 웃었다.

엘리제를 제외하면, 전투대 내에서 사격 실력으로는 따를 자가 없는 1조장 비안카 뮬러가 테라스를 조준했다. 비안카가 쏘아 보낸 것은 한 치의 오차도 없이 테라스 난간 사이를 지나 차가운 바닥으로 떨어졌다. 부하로 두고 있다는 사실이 새삼 자랑스러운 순간이었다.

필름통 크기의 케이스를 열자 새끼손가락만 한 절단기가 나왔다. 어떻게 해야 센서를 건드리지 않고 자를 수 있는지에 대한 설명서도 들어 있었다. 엘리제는 약간의 수고 끝에 오른쪽 발목에 찬 구속구를 해제했다. 발목을 꽉 죄고 있던 것도 아닌데, 구속구를 풀자마자 다리가 가벼워지고 막혔던 숨이 트이는 기분이었다.

난간 너머로 몸을 내밀자 펜트하우스를 올려다보던 비안카가 손을 흔들었다. 해제에 성공했다는 뜻으로 마주 손을 흔들어 주니 제자리에서 팔짝팔짝 뛰었다. 이만 내려가 보라는 손짓을 했다. 대장을 돌려받게 되어 신이 난 비안카가 냉큼 몸을 움직였다.

비안카가 사라지면서 맞은편 옥상 문을 닫았다. 엘리제는 자유로워진 발목과 손에 든 구속구를 번갈아 보았다. 고개를 들자 두 블록 떨어진 곳의 시티타워가 눈에 박혔다.

지금 한창 바쁜 상황일 거다. 용의자 심문은 새벽을 지나 아침까지 이어졌을 테고, 그사이 리더들은 회의실을 지키며 제대로 눈도 붙이지 못했을 것이다. 그럼에도 라키어스는 집에 잠깐 들르겠다고 하였다. 엘리제만이 그를 버티게 하는 원동력이기 때문이다. 그녀의 무사함은 라키어스를 웃게 만들었다. 그녀의 존재는 라키어스가 이 도시를 지켜야 하는 이유가 되었다.

엘리제는 라키어스의 유일한 세계였다.

절대 그것을 잊어서는 안 됐다.

"물러지지 말자, 엘리제 녹턴."

그녀는 스스로에게 다짐하듯 말했다.

"저 약한 모습에 넘어가선 안 돼. 다른 사람은 몰라도 넌 안 돼. 죽는 날까지 라키어스를 증오하기로 결심했잖아."

구속구를 쥐고 있는 엘리제의 손에 힘이 들어갔다. 며칠 붙어 있으면서 극진한 대접을 받았다고 흐물흐물해지는 것은 스스로 용납할 수 없었다. 엘리제에게는 라키어스를 증오할 뚜렷한 이유가 있었다. 아직도 눈을 감으면 그날이 떠올랐다.

녹턴의 장례식이 치러진 날, 라키어스는 네가 그를 죽였냐는 엘리제의 추궁에 그것은 사실이 아니라고 답했었다. 처음 만난 순간부터 라키어스가 싫었지만, 그 순간만큼은 그 말을 믿었다.

라키어스는 모두에게 거짓말을 해도 엘리제에게만큼은 진실했으니까.

욕망과 집착을 감추지도 않고 어두운 내면을 모두 드러냈었다. 그러니까,

죽이지 않았다는 저 말도 거짓이 아니겠지. 그렇게 믿었다. 일주일 뒤, 녹턴의 책상 서랍에서 심장 질환 약통을 확인하기 전까지는.

누군가 통 안에 든 약을 교묘히 바꿔 치웠다. 불투명한 용기에 든 알약은 원래 복용하던 것과 매우 흡사하게 생긴 비타민이었다. 고용인들은 녹턴의 책상에 접근하는 것이 허락되지 않았다.

서랍에 걸린 비밀번호를 아는 것은 세 사람뿐이었다.

"네가 그를 죽였어……."

엘리제가 불그스름하게 물든 눈으로 시티타워를 쳐다보았다.

"내겐 그가 전부인 걸 알면서도 잔인하게 목숨을 앗았어. 그래 놓고 나를 잘도 속였지. 절대 네가 저지른 일이 아니라고."

슬픈 얼굴이 가증스러웠다. 매일 악몽을 꾼다 하였나. 그야말로 반가워해야 할 일이었다. 녹턴을 잃은 이후 엘리제는 하루하루가 지옥이었다. 아주 잠깐 믿은 상대가 사실은 사랑하는 사람을 죽인 범인이라는 것도 그녀를 괴롭게 하는 이유중 하나였다.

다행히 라키어스는 엘리제를 사랑했다. 광적인 애착을 보일 만큼 그녀에게 눈이 멀어 있었다. 엘리제가 할 수 있는 복수는, 라키어스를 받아들이는 것 빼고 모든 것을 하는 거였다. 라키어스가 그토록 함께 나누길 바라는 일을, 그를 제외한 다른 이들과 한다.

무슨 일이 있어도, 그에게는 마음의 끝자락조차 허락하지 않을 것이다. 그에겐 저의 죽음이야말로 가장 큰 고통이겠지만, 자신은 아직 죽을 생각이 없으니까.

"며칠 동안 즐거웠겠지? 하지만 이제 꿈에서 깨어날 시간이야."

피로에 지친 그가 돌아와서 보게 될 것은 텅 빈 펜트하우스다. 나동그라진 구속구다. 엘리제의 온기가 사라진 공간이다. 이렇게 하는 게 옳았다. 모든 것이 원래대로 돌아가는 거다.

엘리제는 그의 침실에서 제 휴대폰과 지갑을 찾은 다음, 며칠간 머무른 펜트하우스를 떠났다. 이번에는 단 한 번도 뒤를 돌아보지 않았다.

❖

[집에 갈게. 내일 보자, 귀염둥이.]

비안카에게 메시지를 전송한 다음 택시를 잡아탔다. 기사는 짧은 바지에 슬리퍼 차림인 엘리제를 보고 말을 걸려고 했으나, 손님의 날 선 표정에 입을 다물었다.

“휴즈가 33번지요.”

“예.”

택시가 출발했다. 엘리제의 뒤로 펜트하우스가 멀어졌다. 행동반경을 통제하는 구속구가 문제였을 뿐, 정작 건물을 벗어날 때엔 아무도 그녀를 가로막지 않았다. 창밖으로 주말의 여유를 즐기는 사람들이 보였다.

종일 비가 내린 어제와 달리 오늘은 아침부터 하늘이 맑았다. 점심시간을 맞아 편한 차림으로 외식을 하러 나온 이들이 많았다. 문을 연 식당마다 만석이었다. 거리에는 유모차를 끄는 가족 단위 행인이 자주 보였다. 감상에 젖어 들기 딱 좋은 풍경이었다.

“이 앞에 세우면 될까요?”

기사의 목소리가 엘리제를 깨웠다. 요금을 지불하고 내리자 익숙한 단층집이 그녀를 반겼다.

“하…….”

집 안에 들어서니 밀폐된 실내 특유의 먼지 냄새가 났다. 맞바람이 치는 구조라서 잠깐의 환기만으로도 공기를 바꿀 수 있었다. 벗은 옷을 무의식중에 세탁물 바구니에 넣었다가, 슬리퍼까지 모조리 집어 쓰레기봉투로 던져 넣었다.

뜨거운 물로 샤워를 하고 냉장고 속 수프를 데워 마시자 그제야 집에 돌아왔다는 실감이 났다. 소파에 털썩 주저앉은 엘리제는 리모컨 전원을 눌렀다. 밤사이 진척 상황이 어떤지 확인하고 싶었다.

"뭐야."

자신이 리모컨을 떨어뜨리지 않는 게 신기할 정도였다. 새벽까지 뉴스를 확인하고 잤는데 그사이 대체 무슨 일이 일어난 건지 당혹스러웠다.

"어떻게 용의자가 탈주를 해?"

방송국 측도 방금 전달받은 소식인 듯 '긴급' 글자만 요란하게 띄워 대고 있었다.

『속보입니다. 밤새 강도 높은 조사를 받던 제1고등학교 테러 유력 용의자가 보안 팀이 교체되는 시간대를 노려 탈주한 것으로 알려졌습니다. 용의자의 신장은 179센티미터, 머리색은 노란 브리지를 넣은 갈색으로…….』

안색 나쁜 청년의 얼굴 사진이 화면을 가득 채웠다. 어제 촬영한 것으로 예상되는 사진이 나오는 동안 앵커의 설명이 계속되었다. 엘리제는 황당함에 말을 잇지 못하다가 휴대폰을 찾았다.

전투대원들은 뉴스를 보지 않으니, 이 소식을 모르고 있을 게 분명했다.

"윔은 자고 있을 테고, 비안카가 일어나 있으니까."

옷을 갈아입을 때 침대에 폰을 내려놓은 게 생각났다. 엘리제는 용의자의 인상착의에서 눈을 떼지 않으며 침실로 걸음을 옮겼다.

삐이. 삐이.

그 순간 현관 벨이 울렸다. 엘리제가 움직임을 멈추었다. 누군가 자신의 집 밖에 있었다. 볼륨을 조절하지 않은 TV에서는 용의자의 무장 가능성을 언급하며 시민들의 안전을 당부하는 앵커의 말이 나왔다. 검거 당시 은신처에서 다양한 종류의 폭탄이 발견되었다는 말도 잇따랐다.

삐이. 삐이.

다시 한 번 벨이 울렸다. 엘리제와 현관 사이의 거리는 고작 6미터밖에 되지 않았다. 침실 창문을 열고 뒷마당으로 빠져나갈까 하는 생각이 들었지만 그만두기로 했다. 만약 지금 벨을 누르는 사람이 진범이라면 소용없는 일일 터였다.

애초에 폭탄을 설치하여 학교를 날린 놈이다. 집 안의 사람이 뒷마당으로 도망간다는 것쯤은 예상하고 있지 않을까 싶었다. 엘리제는 침실로 가려던 걸음을 돌려 소파로 향했다. 쿠션 사이로 손을 비집어 넣자 리볼버가 잡혔다.

모든 무기는 전투대 건물 1층 라커에 보관하는 게 규칙이었지만, 이 정도의 자기방어는 당연하다고 생각했다. 탄창을 확인한 뒤 천천히 현관으로 다가갔다. 상대는 아직 문밖에 있었다.

누구세요, 라고 묻는 대신 현관 옆의 창문 커튼을 살짝 들췄다.

"아."

온몸의 긴장이 풀리며 한숨이 나왔다. 엘리제는 총 잡은 손에 힘을 푼 뒤 현관문을 열었다.

"실바노."

"귀가하셨다는 소식을 듣긴 했는데 말입니다. 아무래도 걱정이 되어서 근처까지 왔다가 돌아가려 했는데."

그가 경계 어린 표정으로 주변을 살폈다.

"속보를 봐서요."

"그래도 전투대에 뉴스를 보는 사람이 있긴 하네."

"포털사이트에…… 떴더군요."

실바노가 머뭇거리며 대답했다. 엘리제에게서 가벼운 웃음이 새어 나왔다. 그녀는 현관을 열고 들어오라는 고갯짓을 해 보였다. 실바노의 눈이 리볼버를 흘낏 스쳤다.

"어떻게 지냈어?"

엘리제가 레몬 조각 띄운 허브티를 내어 주었다. 뜨거워, 라는 작은 경고에 실바노가 잔을 무릎 위로 내려놓았다. 커다란 머그잔이 실바노 손에 들어가자 소꿉놀이 컵처럼 보였다.

그는 엘리제의 집에 들어오면 늘 그랬듯, 약간 안절부절못하는 모습이었다.

"잘 지냈습니다."

"그래?"

엘리제가 눈을 동그랗게 떴다.

"뭐야, 좀 서운하려고 그러네."

"예?"

"대장이 제대로 연락도 못 하고 나쁜 놈 집에 갇혀 있었는데, 부하 되시는 분은 잘 지냈다고 하시니까."

"예? 아, 그게 아니라."

"듣자 하니 비안카는 반쯤 미쳐서 무장범들 다 쏴 죽이고 다녔다던데."

"저는, 그게."

당혹스러운 기색이 짙어졌다. 그의 귀가 붉어지기 시작했다. 엘리제를 보는 시선에 억울함마저 담기려고 했다.

다 큰 남자 중에서도 월등히 큰 남자가 곤란해하는 모습을 보는 건 쏠쏠한 즐거움이었다. 악취미라는 소릴 들어도 할 말이 없다. 만취한 비안카를 놀리는 것은 재밌다. 발끈하는 비하르트와 웜도 무척이나 귀여웠다. 엘리제가 유일하게 마음 놓고 장난을 걸 수 있는 상대들이었다.

그런 자신을 진짜 좋아해 버리다니 실바노의 취향도 독특하다 싶었다. 휘둘리는 걸 좋아하는 타입일까. 막 상대에게 리드당해서 어쩔 줄 모르며 끌려가는, 그런 거?

엘리제가 눈을 가늘게 뜨며 맞은편 남자를 보았다. 본인에게 어울리긴 한데, 연애 자체가 험난하겠다 싶었다.

"감시당하는 중이라고 웜이 말하기에…… 연락을 못 했습니다. 비안카야 개의치 않고 안부 문자를 보냈지만 저는 안부만 물을 자신도 없고."

응?

엘리제가 고개를 갸웃하며 차를 홀짝였다. 뭔가 뉘앙스가 야릇한 말이었다.

"그렇다고 해서 대장을 걱정하지 않은 건 아닙니다. 정말 매일, 생각했습니다. 다친 건 괜찮다고 들었는데 그게 진짜 괜찮은 건지도 모르겠고."

당황하는 기색이 차츰 가라앉은 그에게선 걱정이 묻어났다.

"대장이 괜찮다고 말했을 때 정말 아무 일 없던 적은 없으니까요. 애들 구하려다 다리에 총 맞았을 때도 대장은 괜찮다고 했고, 빅벅 놈들과 싸우다가 바이크 밑에 깔렸을 때도 괜찮다고 했죠. 다른 사람들은 모른다고 쳐도 쓰러진 당신 안고 의료센터 간 저는 알아야 하는 거 아닙니까."

엘리제가 괜찮다고 하는 말은 실제와 많이 다르다는 것.

실바노의 시선이 엘리제의 다리에 머물렀다. 매일 저녁 라키어스가 정성 들여 소독해 준 상처는 이제 연갈색의 흔적으로 남았다. 시간이 더 지나면 원래 피부색으로 돌아올 것이다.

한데 실바노의 눈이 딱 그 부분을 짚어 내니 아까 짧은 바지가 아니라 긴 바지로 갈아입을 걸, 하는 생각이 들었다. 전투대에게 부상은 일상이다. 항상 몸 어딘가에 상처가 있는 거고, 몸에서 지워지지 않는 흉터는 살아남았음의 방증이 되었다.

몸을 아끼지 않는 대장 엘리제가 자주 다치는 건 이상한 일이 아니었다. 그렇게 따지면 실바노도 엘리제만큼이나 자주 다쳤다. 중장비를 담당하는 그의 어깨엔 멍이 가실 날이 없었다.

"뭘 그리 꼬박꼬박 기억하고 있어."

엘리제가 멋쩍은 듯 볼을 긁었다.

"그나저나 실바노, 방금 전 굉장히 자연스럽게 내 호칭을 바꿔 불렀다?"

못 들은 척하려고 해도 그냥 넘길 수가 없었다.

"당신?"

"아……."

실바노의 초점이 다시 갈 길을 잃었다. 하지만 아까 전에 비해 원래 상태로 돌아오는 시간이 훨씬 짧아졌다.

"실언했습니다."

그가 순순히 인정했다.

"대장의 상태가 걱정되어서. 예, 다소 흥분한 것 같습니다."

"전투대에서 나 걱정하는 사람 별로 없는데."

"아예 없죠."

실바노가 피식 웃으며 차를 마셨다.

"대장은 우리 중에 제일 강하니까 다들 안심하고 의지합니다. 무장범이 득실거리는 폐허의 한가운데에 고립되어도 대장이 구하러 올 거라는 믿음에 끝까지 버틸 수 있죠. 물론 대장은, 그 믿음을 저버린 적이 없고요."

"한데 실바노 혼자 나를 걱정한다?"

엘리제가 흥미로운 눈을 하였다.

"이건 자신감이 넘치는 거야, 아니면 실바노 눈에 내가 허술해 보이는 거야?"

"둘 다 아닙니다."

그가 머그잔을 내려다보며 말했다. 엷은 미소가 그의 입가에 머물러 있었다.

"전 자신감이 없고, 대장은 허술하지 않습니다. 그냥……."

그가 입술을 지그시 깨물었다. 즉각적으로 내뱉는 쌍둥이와 달리 실바노는 머릿속으로 말을 고르는 시간이 긴 편이었다. 짙은 갈색 머리가 그의 이마에 그늘을 드리웠다.

"약한 사람이 강한 쪽을 걱정할 순 없는 걸까요?"

"……."

"아닙니다. 제가 너무 건너뛰었나 보군요."

실바노가 묵묵히 자신의 말을 주워 담았다. 그에게 면박을 주려던 의도가 아니었는데 상대는 엘리제가 자신의 말을 이해하지 못하거나 불쾌해한다고 받아들인 것 같았다. 어떤 생각 끝에 꺼낸 말인지 감이 왔지만 엘리제는 일단 말을 아끼기로 했다.

그때 침실 쪽에서 휴대폰 진동 소리가 들렸다. 한 번 울린 진동은 두 번, 세 번으로 이어졌고, 이는 실바노의 주의를 잡아끌었다.

"갖다 드릴까요?"

"무시해."

엘리제가 소파 위로 다리를 올렸다. 그 말에 실바노는 메시지 발송자가 누군지 알아차렸다. 두 사람이 차를 마시는 사이 엘리제의 폰은 끊임없이 진동 소리를 냈다.

"으."

머그잔을 내려놓은 엘리제가 진저리를 치며 침실로 향했다. 알람 모드를 무음으로 바꾸고 거실로 돌아오니 실바노가 수심 가득한 눈으로 TV를 보고 있었다.

"전투대 건물로 가는 게 어떻겠습니까?"

"됐어. 놈이 만약 두 번째 테러를 저지르기로 결심했다면 이 도시의 어느 곳도 안전하지 않아."

단독범이 아니라는 확신은 이제 점점 고위층 내부에 조력자가 있다는 의심으로 번져 갔다. 보안 팀이 교체되는 틈을 노려 탈주했다니. 구속구는 어떻게 해제한 것이며, 사각지대가 거의 전무한 건물 구조는 어떻게 꿰뚫었단 말인가. 그녀의 말에 실바노가 고개를 끄덕였다. 커다란 손이 머그잔을 감싸 쥐었다.

"그럼, 오늘 자고 가겠습니다."

말부터 꺼내 놓고 엘리제의 눈치를 슬쩍 살폈다.

"괜찮겠습니까?"

"소파에서 자. 침대는 안 돼."

"당연히……!"

그런 뜻이 아니라고 반박하려던 실바노가 엘리제의 웃는 얼굴을 보고 입을 다물었다. 자길 좋아하는 상대를 놀려 먹으면 안 되지만, 그는 묘하게 가학 욕구를 자극하는 구석이 있었다.

어떻게 지냈는지 이야기를 나누다가 함께 저녁을 만들어 먹었다. 싱크대 앞에 나란히 서서 설거지까지 마쳤다. 여분의 이불을 꺼내 올 즈음에는 밤

11시가 지난 시간이었다.

갑자기 실바노가 TV 볼륨을 높였다. 오후를 기점으로 교체된 앵커가 속보를 알렸다. 탈주한 용의자가 팀멀리가 뒷골목에서 소사체로 발견되었다는 소식이었다. 자살 가능성이 농후하다는 말이 덧붙었다.

“뭐라 해야 할지 모르겠지만…… 일단 오늘 밤은 안심하고 잘 수 있겠군요.”

“그러게.”

엘리제가 멍하니 수긍했다. 잘 자라는 인사를 하고 침실로 들어오자 익숙한 침대가 그녀를 맞이했다. 펜트하우스 안에 흉내 내어 만든 방이 아니라 진짜 엘리제의 방이었다.

이불을 덮고 뒤척이던 그녀는 종일 무음으로 돌려놓았던 휴대폰을 켰다. 조장들로부터 안부 문자가 두어 통씩 와 있었다.

그리고 36통의 부재중 전화. 그보다 더 많은 메시지.

[집에 들렀는데 네가 없네. 휴대폰 가져갔구나.]

[몸은 좀 어떠니? 잠은 잤어?]

[바로 일하면 안 돼.]

[적어도 모레까지는 쉬면 안 될까?]

[약을 놓고 갔어, 엘리제. 아직 사흘 치가 남았는데.]

구속구를 끊고 나간 것을 탓하는 내용은 단 하나도 없었다. 오직 걱정, 걱정뿐.

그러던 문자의 분위기가 오후 1시를 기점으로 크게 바뀌었다.

[용의자가 탈주했어.]

[엘, 어디야?]

[안전한 장소라면 나오지 마. 실내에 있어.]

[답장 안 해도 좋으니까…… 제발 메시지 확인만이라도 해 줄래?]

그러다가 몇 시간의 공백. 마지막 문자 내용은 이랬다.

[이젠 괜찮을 거야.]

용의자의 사체 발견 속보가 뜨기 40분 전 메시지였다. 엘리제는 말없이 폰을 내려다보았다. 그때 라키어스로부터 새 메시지가 떴다.

[사랑해.]

그녀가 자신의 메시지를 모두 읽었음을 확인하고 보내는 것일 터.

엘리제는 이에 답장하지 않고 폰을 껐다. 검은 창이 엘리제의 인영을 흐릿하게 비추었다.

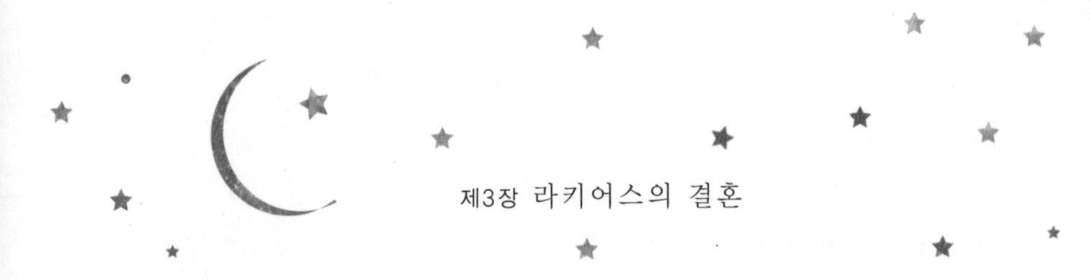

제3장 라키어스의 결혼

제1고등학교 테러 사건은 유력 용의자의 죽음으로 일단락되었다. 은신처에서 나온 증거물과 인터넷 익명게시판에 남긴 글은, 그가 살아 있었다면 지금쯤 유력 용의자에서 피고인이 되었으리란 사실을 확인시켜 주었다.

내부 조력자 색출까지 진행되지 않은 것이 유감이었으나, 엘리제는 사건에 직접 개입하는 대신 말을 아꼈다. 단독범이 아닐 거라는 점에서 이미 라키어스와 의견의 합치를 보았다.

엘리제가 생각한 것을 그가 생각 못 할 리 없었다. 라키어스는 엘리제가 다쳤다는 사실만으로도 눈이 반쯤 돌아가 있으니 비밀리에 수사를 계속할 가능성이 높았다.

'불로 태우기 전에 심문했을까.'

녹턴이 찬탄을 금치 못하던 라키어스의 능력이 떠올랐다. 시티타워의 전력을 일시에 나가게 하고, 도구 없이 화염을 일으킬 수 있는 능력.

소사체라는 단어를 보자마자 라키어스가 떠오른 것도 그 때문이었다. 엘리제도 살인을 한다. 전투대에 속한 그녀에게 도시 밖 범죄자 제거는 업무의

일환이었다. 끔찍한 짓을 일삼고 다닌 자들의 비명을 들으며 미소 지은 적도 많았다. 그렇게 하고도 죄책감에 시달리거나 악몽을 꾸지 않았다. 그럼에도 불구하고, 라키어스가 직접 손을 쓰는 것을 볼 때면 묘하게 섬뜩한 기분이 들었다.

똑같이 누군가의 목숨을 앗는 것인데도 어째서 이토록 다른 느낌이 드는 걸까.

"대장, 자는 중?"

비안카가 집무실 안으로 머리를 불쑥 들이밀었다. 마스카라로 아찔하게 세운 속눈썹이 나비처럼 팔랑였다.

"안 자는 중."

엘리제가 들어오라는 눈짓을 했다. 물품 구입 내역 장부를 품에 안은 비안카가 사뿐사뿐 걸어 들어왔다. 엘리제의 결재를 받기 위함이었다. 눈으로 내역을 한 번 훑은 엘리제가 서류 아래쪽에 사인을 한 뒤 책상에 내려놓았다. 볼일을 마쳤는데도 비안카는 집무실을 떠나지 않았다.

"무슨 일이야?"

"공문이 하나 왔어."

비안카가 등 뒤에서 흰 종이를 꺼냈다. 방금 팩스로 받은 거라 그런지 따끈한 온기가 남아 있었다. 나름 위에서 내려온 공문인데 1/4 사이즈로 접어 놓은 건 애교였다. 종이비행기를 접지 않은 게 어딘가.

엘리제는 덤덤한 얼굴로 공문을 펼쳤다.

"……원로원 주최 사교 파티라."

엘리제의 미간이 탐탁지 않게 찡그려졌다.

"뭔가 냄새가 나는데."

"냄새? 무슨 냄새?"

눈을 동그랗게 뜬 비안카가 공문 가까이 코를 들이대고는 킁킁거렸다. 출력되자마자 가지고 왔는데 그새 무슨 냄새가 묻었는지 모르겠다며 고개를 갸웃거렸다. 그러다가 엘리제와 눈이 마주쳤다. 비안카가 빨간 입술을 늘려 웃었다.

"노인네들 구린내가 난다는 거지?"

그녀가 엘리제의 손에서 공문을 쏙 빼 갔다. 리더들이 이틀 뒤 열리는 파티에 엘리제를 초대한 이유는 표창장과 상금 전달이었다. 제1고등학교 테러가 일어난 날, 목숨 걸고 학생을 구한 데에 대한 포상이었다.

수십 개의 카메라가 실시간으로 돌아가는 상황에서 드라마틱한 구출 장면을 보여 줬으니, 시티타워가 아무런 행동도 취하지 않고 입을 닦기란 어려운 일이었다. 여론을 의식해서라도 엘리제에게 무언가를 해 주어야 했다. 유명인사와 기자들이 모인 파티에서 보란 듯이 하는 표창 정도면 적당하리라는 판단을 내렸을 것이다.

그들이 저에게 초대장을 보낸 경위는 이해가 갔다. 냉정하게 보면, 리더들은 잃을 게 없는 파티였다. 엘리제가 순순히 참석한다면 그들은 시민들에게 보여 주고자 했던 장면을 연출할 수 있을 것이다.

노인들 얼굴이 보기 싫은 엘리제가 불참한다면 그건 그것대로 나쁠 게 없는 결과였다. 리더가 파티를 여는 성의까지 보였는데 엘리제 쪽에서 무시한 게 된다. 허탕 친 언론에서 어떤 기사를 낼지 안 봐도 빤했다.

'마리오네트 취급은 짜증 나는데.'

애초에 제1고등학교 방문도 라키어스의 지시로 이루어진 것이었다. 가라면 가고, 오라면 오고, 웃으라면 웃고, 나가 싸우라면 싸우고. 피라미드의 꼭대기에 앉아 손가락질만으로 아래를 조종하려는 리더들의 작태에 진절머리가 났다.

"대장, 나 내일 정찰 당번인데 비안카랑…… 둘 다 여기 있네."

3조장 트릭시가 집무실로 들어오다가 멈칫했다. 오른쪽은 삭발을 하고, 왼쪽은 군데군데 땋아 내린 머리가 비안카와는 또 다른 느낌으로 눈에 띄었다. 180센티미터의 장신에 올리브색 피부를 지닌 트릭시는 최약체였던 3조를 경비대 정예요원만큼 뛰어나게 끌어올린 인재였다. 엘리제가 이끄는 이들까지 포함해 총 여섯 개의 조 중에서 3조의 군기가 제일 탄탄하였다.

“대장 표정이 왜 이리 심각해?”

“천국에서 파티에 초대했거든.”

비안카가 엘리제 대신 답했다. 트릭시의 표정은 ‘그게 뭐가 어때서’ 정도로 바뀌었다.

“이게 진짜 표창만 하고 끝나는 자리가 아닐 확률이 100%. 아니다. 3,570만 %라서. 무슨 꿍꿍이속인지는 모르겠지만, 어쨌든 이래도 짜증 나고 저래도 짜증 나니까.”

이제 엘리제의 심리라면 꿰뚫고 있는 비안카가 낭랑한 목소리로 말했다. 원래 여론이나 평판 같은 것에 신경 쓰지 않는 엘리제였다. 이번 파티도 이제껏 무시했던 여러 자리처럼 그냥 패스할 수도 있었다. 신문에서 어떻게 떠들든 제 알 바 아니었다.

하지만 이번 공문을 쉽게 찢을 수 없는 이유는 따로 있었다. 비안카 어깨 너머로 내용을 확인한 트릭시가 상관이 고심하는 까닭을 알아냈다.

“상금이 제법 크네?”

“그치? 천 에그레야.”

비안카가 상금이 명시된 부분을 손끝으로 짚었다.

“천 에그레면 대장 연봉의 절반이니까, 바비큐 뷔페 열두 번 가고도 남겠다.”

“가야겠네.”

시크하게 상황을 정리하는 트릭시였다.

“왜 그런 눈으로 봐?”

“…….”

“대장, 온종일 땅 파 봤자 천 에그레는 고사하고, 동전 한 닢도 안 나와. 다음 분기까지 기간 좀 남았는데 우리 계좌 벌써 간당간당하지 않아? 게다가 윗분들 심심하면 전투대 예산 축소니 뭐니 협박하니까, 기회 될 때 모아두는 게 좋지.”

논리의 폭격이 이어졌다. 부하를 보는 엘리제의 눈에 차츰 원망이 스며들었다. 물론 그런 것쯤은 가볍게 무시하는 3조장이셨다.

"파티 순서 보니까 별거 없네. 영혼 없는 인형처럼 앉아 있다가 박수 치고 상금 받고 모욕도 받고, 그러고 오면 되겠어."

"……."

"우리 욕 듣는 게 하루 이틀이야?"

"너무 쿨해서 눈물이 다 나네."

엘리제가 책상 위로 풀썩 엎드렸다. 라키어스도 라키어스지만, 타타발루 그 늙은이의 개소리를 들을 것을 떠올리면 벌써부터 몸이 틀렸다. 자신에게 맞지 않는 요조숙녀 가면을 쓰고 너무 오래 버틴 탓인지, 녹턴이 죽은 이후로는 드레스의 '드' 자만 봐도 속이 울렁거렸다.

흥미라곤 쥐뿔도 없는 이야기를 어떻게 견뎠더라. 굽 높은 구두를 마지막으로 신은 게 언제인지 까마득했다. 타타발루 무리의 빈정거림을 차분히 무시할 수 있을지 자신이 없었다.

아, 그냥 다 집어치우고 면상에 주먹이나 처먹이면 좋으련만.

"사교 파티니까 쌍쌍이 참석하겠네?"

이미 엘리제의 참석을 확정 지은 트릭시가 머릿속으로 무언가를 생각했다. 이제껏 자신이 본 상류층 파티 모습을 떠올리는 모양이었다.

"딸랑이 하나 데리고 가."

"혼자 가는 게 편해."

"편하니까 안 돼. 대장이 편하게 굴다가 원로원 심기 건드려서 상금 회수당하면 어떡해? 평화롭게 마련할 수 있었던 천 에그레, 공중에 날릴 거야?"

"숨 막힌다, 진짜……."

엘리제가 책상에 이마를 박은 채 중얼거렸다.

전투대가 원래 이렇게 빡빡한 곳이었나?

"누가 좋을까."

트릭시가 본격적으로 팔짱을 끼고 고민했다. 책상 옆에 쪼그려 앉은 비안카가 본인을 가리키며 맑게 웃었다. 초록색 눈이 애처로울 만큼 환히 빛났다.

"비하르트가 괜찮을 것 같은데."

"왜!"

비안카가 벌떡 일어났다. 도무지 납득할 수 없는 얼굴이었다. 그에 비해 트릭시의 대답은 간단했다.

"때깔 나잖아."

"세상에."

"제1고등학교 갈 때 슈트 입었었지? 그때 보니까 세련된 태가 나던데."

"어떻게 그런 망언을."

"패셔너블?"

비안카의 사지가 떨렸다. 동공이 확장되며 숨소리가 거칠어졌다. 할 수만 있다면 귀를 씻어서 방금 들은 이야기를 흘려보내고 싶은 모습이었다.

"패셔너블 같은 소리 하고 있네."

여태까지 자신이 지켜본 쌍둥이의 추태를 이 자리서 폭로하기 일보 직전이었다.

"비하르트……가 최선일까?"

엘리제가 흐린 눈으로 물었다.

"진중한 걸로 따지면 실바노가 낫지 않아? 발끈하는 날 막으려면."

"그 녀석이 진중한 거야? 대장한테 맥을 못 추는 거지."

트릭시가 일거에 잘라 냈다. 엘리제는 갑자기 3조에 속한 대원들이 가여워졌다.

"비하르트가 나아. 임기응변도 쓸 만하고, 대장한테 꼬리 쳐서 약간 정신 분산시키는 효과도 있고."

"나, 나, 나, 나는 왜."

"넌 정신을 너무 분산시키잖아."

잔혹한 진실의 입은 멈춤을 몰랐다. 트릭시가 비안카를 직시했다.

"넌 대장이 발끈하면 옆에서 기름 들이부을 스타일이야."

"트릭시 킨스키, 가만두지 않을 거야……."

"웜은 사람 많은 데 싫어하니까 처음부터 제외한다고 치고, 곤은 왜 빼는데?"

갑작스러운 의문에 엘리제가 지적했다. 슈트 입은 모습을 한 번도 본 적이 없지만, 흰 사슴 같은 곤이라면 그 또한 잘 소화해 낼 것 같았다. 충동적이지 않고, 과묵하고, 트릭시가 중시하는 때깔도 훌륭하니 썩 나쁘지 않은 후보인데도 유독 비하르트를 미는 이유가 궁금했다.

무표정으로 대꾸하던 트릭시의 눈썹이 딱 한 번 꿈틀했다.

"기껏 침 발라 놨는데 대장 에스코트하라고 보낼 순 없잖아."

"헉……."

비안카가 숨 막히는 소리를 냈다. 집무실 분위기가 기묘해졌다. 트릭시는 자신의 대답이 끝난 이후로 침묵을 지키는 두 사람을 번갈아 보았다. 둘 다 비슷한 표정을 짓고 있었다.

"이런 공통점 뭐지?"

트릭시가 눈을 가늘게 좁혔다.

"세상에서 제일 불쌍한 사람을 쳐다보는 그 눈빛은 뭐지?"

"완전 불쌍해……."

먼저 입을 연 쪽은 비안카였다.

"사귈 남자가 없어서 사내연애를 하세요? 심지어 여기, 전투대인데? 일반 회사가 아니라 전, 투, 대."

비안카가 고개를 저을 때마다 높이 올려 묶은 주홍색 포니테일이 함께 흔들렸다.

"애인이 당장 오늘 뒤져도 이상하지 않을."

망발은 거기까지. 트릭시가 집무실 문에 걸어 놓은 다트판의 다트를 뽑아 던졌다.

꺅! 비안카가 경쾌한 비명을 지르며 잽싸게 피했다.

"그래, 알았다. 곤은 패스하자."

엘리제가 두 번째 다트를 뽑아 드는 부하를 달랬다. 3조장, 5조장이 한 세트로 안 보이는 일이 잦더니 뒤에서 이런 사이가 되었을 줄이야.

트릭시가 목표물 잃은 다트를 뒤로 던졌다. 제대로 보지도 않고 던졌지만 다트는 정확하게 과녁 중앙에 꽂혔다.

“얌전히 상금 받아 와야 되니까 꾸미고 갈 거잖아.”

트릭시가 방금 전과 조금 다른 태도로 웅얼거렸다.

“대장, 꾸미면 더 예뻐진단 말이야.”

“…….”

“곤 녀석, 흔들릴지도 몰라.”

“그런 거에 흔들리면 버려야지.”

엘리제가 조용히 말을 받았다. 옆에서 비안카가 고개를 끄덕이다가 결국 이렇게 되면 제 쌍둥이만 남는다는 것을 깨닫고 얼굴을 일그러뜨렸다.

잠시 뒤, 트릭시가 복잡한 표정을 거두고 원래 상태로 돌아왔다.

“어쨌든 뒷목 뻐근해질 때면 천 에그레만 생각해, 대장.”

“하, 너무 싫다.”

“천이야.”

엘리제가 책상 밑에서 발을 마구 뻗댔다.

파티가 금방 끝날까? 설마 저녁까지 이어지지는 않겠지?

시작 시간은 표기되어 있지만 언제 마치는지는 적혀 있지 않았다. 그녀는 자신이 도중에 파티장을 떠날 경우 원로원이 상금을 회수할 가능성을 점쳐 보았다. 상금은 수표로 지급될 터였다. 혹시나 심기 상한 타타발루가 지불 계좌의 잔액을 0으로 만드는 꼼수를 쓰진 않을지.

“그렇게 하면 너무 체면이 깎이니까 차라리 어떻게든 트집을 잡아서 다음 분기 예산을 깎는 식으로 나오겠지.”

엘리제가 참혹한 결론에 다다랐다. 결국 자신은 비하르트를 대동하여 파티에 참석할 운명이었다. 문제를 해결한 트릭시는 본래 제 용건이었던 당번 바꾸기를 끝내고 나갔다.

입술이 닷 발이나 나온 비안카는 처진 어깨로 집무실을 떠나다가 정찰 마치고 온 쌍둥이의 명치를 올려 쳤다. 정찰하고 온 자는 건드리지 않는다는 불문율 따위, 지금 비안카에겐 요만큼도 중요하지 않았다. 비하르트의 욕설이 복도에 울려 퍼졌다.

"문은 닫고 가……."

엘리제의 구슬픈 목소리가 책상 주변을 맴돌았다.

입고 갈 옷이 마땅치 않은 엘리제에게 퀵서비스가 도착했다. 고급스러운 상자에 묶인 리본을 풀자 연한 물빛 드레스와 은색 구두가 나왔다. 목 주변이 큐빅으로 화려하게 장식된 드레스는 엘리제의 실루엣을 자연스럽게 강조해 주었다.

걸음을 내딛을 때마다 부드러운 치맛단이 물결처럼 다리를 휘감았다. 액세서리도 함께 들어 있었다. 짙푸른 사파이어 주위를 다이아몬드가 촘촘히 감싸고 있는 한 쌍의 팔찌는 귀를 뚫지 않은 엘리제를 위한 것이었다.

발송인은 라키어스 녹턴.

상자를 수령하자마자 받은 직감대로였다.

"내가 가야 하는데에……."

전투대가 뒤집어질까 봐 일부러 집에서 출발하려 했거늘, 비안카가 쌍둥이 오빠를 따라왔다. 비안카는 이제껏 본 적 없는 엘리제의 성장(盛裝)에 경악했다. 애인 빼앗길까 봐 걱정했던 트릭시조차 대장이 이만큼 빛날 줄은 몰랐을 거라며 혀를 내둘렀다. 그러더니 출발하는 순간까지 미련을 떨치지 못하였다.

"넌 일이나 하고 있으렴, 동생아."

손등을 덮는 문신에 열한 개의 피어스, 그리고 셔츠까지 검은 슈트.

독특한 조합의 비하르트가 쌍둥이의 머리에 손을 올렸다. 피하기 전에 재빨리 앞머리를 헝클어뜨리는 기술은 십 수 년 노력의 결실이었다. 잔머리가 최대한 많이 부풀게. 이마와 머리카락이 닿아서 최대한 기분이 더러워지게.

비안카의 눈이 뒤집어지기 직전, 엘리제가 동행의 등짝을 쳤다. 하지만 그것으로 성이 차지 않은 비안카가 이어서 손을 올렸다.

"대장, 늦겠어. 차 타야지."

엘리제가 치는 것은 맞아 주더니 동생의 손길은 기가 막히게 피하는 비하르트였다.

"정말 네가 최선이었을까."

엘리제는 의혹 가득한 눈으로 택시 뒷좌석에 등을 기대었다. 목적지를 따로 말할 필요는 없었다. 30분 전부터 집 앞에서 대기하고 있던 택시 또한 라키어스가 보내 준 것이었다. 드레스 자락을 밟을까 걱정된다며 앞좌석에 앉은 비하르트가 그녀를 돌아보았다.

"트릭시한테 한잔 사야겠네."

남자치고는 상당히 요염한 느낌의 입술이 미소로 늘어졌다.

"이렇게 예쁜 모습도 보고."

"오늘 네 아부를 얼마나 들을까 생각하니 벌써부터 머리가 아파."

"아부 아니거든?"

비하르트가 눈 하나 깜짝 않고 받아쳤다.

"나 오늘 밤에 자긴 그른 것 같아."

"수면유도제 먹어."

"야한 꿈 꿀까 봐."

"까불지."

쿡쿡 웃는 소리가 새어 나왔다.

한참 뒤, 택시 기사가 목적지 도착을 알리며 운전석에서 내리려 했다. 엘리제가 앉아 있는 뒷좌석 차 문을 열어 주기 위함이었다. 그러나 비하르트가 한발 빨랐다.

"문도 하나 못 열어 주면서 무슨 에스코트를 하겠다고."

허스키한 미성에 웃음기가 묻어났다.

“만약 내가 느리게 움직였잖아? 다른 녀석들이 봤으면 분명 이렇게 말했을걸.”

“슬프게도 여기 다른 녀석들은 없지. 너랑 나, 둘뿐.”

엘리제가 굳은살 박인 손바닥 위에 제 손을 올리며 한숨 쉬었다. 이대로 손을 잡고 이동하려 했는데 상대는 기회를 놓치지 않고 슬쩍 팔짱으로 바꾸어 꼈다.

“벌써 집에 가고 싶다…….”

“대장, 트릭시가 이거 하나만 기억하랬어.”

“천 에그레.”

엘리제의 눈이 검게 죽었다. 한때 천 에그레짜리 겨울 코트를 몇 벌이나 가졌던 그녀였지만, 이젠 고기 회식만 기다리는 여든 명의 자식을 위해 웃음을 팔아야 하는 처지였다.

“상상만큼 엿 같지는 않을 거야.”

비하르트가 눈을 곱게 접으며 웃었다.

“내가 있잖아.”

트릭시의 말이 맞았다. 비하르트는 훌륭한 동행이었다.

“대장, 이거 좀 맛있는 듯.”

비하르트는 앙증맞은 핑거 푸드와 한입 크기의 케이크를 담아 와 엘리제의 입에 수시로 넣어 주었다.

“여기, 무알콜 샴페인.”

목이 마를 때쯤 음료를 대령하는 센스도 잊지 않았다. 기포 올라오는 금빛 액체를 들여다보던 엘리제가 말했다.

“나 이제 술 마셔도 되는데.”

"대장, 우리 여기 뭐 하러 왔다?"

"……돈 받으러."

"우리 대장 똑똑하기도 하지. 아직 안 까먹고 있었네요."

"진짜 까분다."

금방이라도 한 대 때릴 것처럼 흘겨보자 동행인이 엄살을 피웠다.

애교 부리랴, 엄살 피우랴.

넓은 파티장에서 제일 바쁜 분이 엘리제 앞에 계시다. 그러면서도 은근히 허를 찌르는 건 누구에게 배웠는지 모르겠다.

"대장은 주량이 센 편도 아니면서 자꾸 술을 찾아."

"넌 나보다 잘 마시는 것처럼 말하네."

"아마 비슷할걸. 한데 난 취할 때까지 마시지 않잖아. 반면 대장은 한번 마셨다 하면 끝을 찍는 타입이고."

요즘 들어 잔소리하는 자가 많아진 느낌에 엘리제가 눈을 굴렸다.

누가 먼저 시작했지? 먼젓번에 시티타워 들렀을 때 마주친 타타발루였나? 아니면 진실의 입 트릭시? 그러고 보니 일요일에 집을 찾아온 실바노도 한 소리 했었다. 기분이 아주 이상해지려 했다.

"생활 속에서 음주량을 천천히 줄여 봐. 대장도 깨닫지 못한 새 간이 망가진다고."

"무려 전투대 소속인 녀석에게 이런 말을 듣다니 기분이 진짜……. 그런 걸로 따지면 너 담배는."

"끊었어."

"약은."

"난 안 해."

얼마나 산뜻하게 대답하는지. 비하르트 녀석이 마치 이날을 위해 금연한 것 같다는 생각이 들었다. 오직 엘리제의 말문을 막기 위해.

볼을 불퉁하게 부풀리는 엘리제와 달리, 비하르트는 진심으로 걱정하는 눈빛이었다. 녀석이 진지할 때가 일 년 중에 몇 번 안 되는데, 오늘이 바로 그날인 것 같았다.

“일찍 죽으면 안 돼, 대장.”

“비약이 심하네.”

엘리제가 매일같이 보드카를 들이붓는 것도 아닌데 벌써 요절을 걱정하는 건 좀 지나치지 않은가 말이다.

“아프지도 마.”

“안 아파.”

“간은 소리 없이 망가진다니까? 아플 때쯤이면 이미 늦은 거래.”

늘 장난기 가득한 얼굴에 먹구름이 끼었다. 목소리도 덩달아 가라앉았다.

“우리 놔두고 먼저 가면 안 돼…….”

“대체 뭘 보고 와서 이러는 거야.”

포털사이트 메인에 간 질환 뉴스가 걸리기라도 했나.

엘리제가 잘생긴 이마 한가운데를 꾹 눌렀다. 전투대의 다른 녀석들도 엘리제에게 많이 기대는 편이지만, 그중에서도 쌍둥이의 애착이 가장 심했다.

비안카가 워낙 겉으로 드러나게 행동하는 건 모두가 아는 사실. 그에 비해 비하르트는 상대적으로 묻히는 감이 있었다. 하지만 녀석의 애착을 깜빡했다간 지금처럼 곤경에 처할 수도 있었다. 게다가 비하르트는 자신이 엘리제와 다른 성별이란 점을 잊지 않고 이런 식으로 응용하기도 했다.

“결혼해서 같이 살면 내가 음주량 관리해 줄 수 있을 텐데.”

“그거 관리하려고 결혼을 해?”

“그래도.”

“그래도는 무슨 그래도야. 아아, 안 마실게. 아니, 덜 마실게. 됐지?”

“약속.”

기다렸다는 듯 새끼손가락을 내밀어 왔다. 이로써 전투대에서 그녀를 걱정하는 이가 자기밖에 없다는 실바노의 말은 오판으로 드러났다. 사실 실바노와 비하르트, 둘의 걱정에는 다소 차이가 있었다. 어디가 어떻게 다른지 말하라면 아직은 제대로 설명하기 어렵지만.

엘리제는 하는 수 없이 손가락을 마주 걸었다.

"약속."

"도장도 찍어야지."

"그래, 도장."

"입술에."

엘리제가 마주 건 손가락에 힘을 주었다. 단 한 마디로 심각한 분위기를 반전시키는 거, 재주라면 재주다. 비하르트가 제 눈에 가득했던 불안을 지우고 천연덕스럽게 웃었다.

"입술은 안 되나 보네."

아쉬운 척 뒷말을 덧붙여 보았다.

"그럼 혼인신고서에."

등짝을 때리는 대신 옆구리를 찔렀다. 비하르트의 표정이 더욱 즐거워졌다. 이를 보는 사람들의 시선이 묘해지는 것쯤은 엘리제에게 익숙한 일이었다. 그들 눈엔 라키어스의 다정한 보살핌에 고마워하지 않고 이 남자, 저 남자와 어울리는 엘리제가 좋게 보이지 않을 것이다.

엘리제가 비딱하게 고개를 기울였다. 특정 인물에 대한 생각을 지나치게 많이 했나 보다. 마주치고 싶지 않은 상대가 파티장에 걸어 들어왔다.

"천사님의 등장이시네."

비하르트가 중얼거렸다. 그와 동시에 남매의 시선이 마주쳤다.

빌어먹을 천 에그레만 생각하자.

엘리제는 단상에 오르기 직전까지 트릭시의 말을 되뇌었다. 그럼에도 불구하고 표정 관리가 되지 않았다. 표창장 전달자가 하필 타타발루라 조금 더 강한 주문이 필요했다. 그럼 바비큐 뷔페를 떠올리자. 언제가 될지 모르지만, 전투대의 몇 가지 사고를 커버할 수 있을 비상금도.

눈곱만큼의 효과가 도는 것도 같았다.

"과분하게 우아한 드레스구나."

착각이었다. 타타발루가 표창장을 건네며 던진 말에 엘리제의 입가가 떨렸다. 평소 같으면 바로 받아치고도 남았을 텐데.

"물어볼 것도 없이 라키어스가 보내 준 물건이겠지."

그런 하나 마나 한 말은 왜 하는 거야?

엘리제의 눈에서 웃음기가 사라졌다.

내가 보석이랑 값비싼 드레스 죄다 저택에 두고 나간 거, 에데니카 사람 중에 모르는 이가 어디 있어. 내 월급으로 이런 차림이 가당키나 하다고 생각해? 너희들이 하도 깎아 먹어서 월급인지 시급인지 헷갈리는 돈으로 다이아몬드 팔찌?

하고 싶은 말이 너무도 많았으나 엘리제는 그저 입가에 건 차가운 미소로 이를 대신했다.

"네 오빠의 성의에 보답하는 마음가짐을 가지면 좋으련만……. 하긴 네게 뭘 바라겠느냐?"

"……."

"보호소가 딱 적당했을 것을 영애 대접 해 주었더니."

"……."

"말해 봤자 내 입만 아프지."

상금과 꽃다발 전달은 자딘의 몫이었다. 엘리제는 양옆에 원로를 낀 채 손님들 쪽으로 몸을 돌렸다. 각 신문사에서 나온 기자들이 사진 촬영을 하였다.

'대장, 예쁘게 웃어.'

저쪽에 서 있는 비하르트가 얄미운 눈웃음을 보냈다. 기자들을 제외하면, 손님들 중에서 엘리제의 모습을 사진으로 남기는 유일한 사람이었다.

비하르트 뮬러에게 제일 힘든 구역 정찰을 맡겨야지. 다른 녀석들에게 절대 당번 바꿔 주지 말라고 해야지.

엘리제는 속으로 다짐했다.

"그럼 다음 순서로는……."

표창장 전달이 끝나기 무섭게 다음 순서로 넘어갔다. 사회자의 안내부터 엘리제가 단상을 내려오기까지, 전달식은 길게 봐 줘도 5분이 채 걸리지 않았다. 단상을 내려오자마자 엘리제의 웃음이 가셨다.

비하르트가 사람들 사이로 걸어왔다. 워낙 범상치 않은 외모다. 상류층 소속이 아닌 게 한눈에 티 나지만, 신기하게도 그에겐 얌전한 영애들의 호기심을 끄는 면이 있는 모양이었다. 드레스로 성장한 영애들이 궁금증과 혐오감이 섞인 눈으로 비하르트를 쳐다보았다.

그러면 비하르트는 당연하다는 듯 제게 쏟아지는 시선을 받아 내며 혀끝으로 입술을 핥거나 도발적이기 그지없는 눈짓을 보냈다. 그는 영애들이 흠칫 놀라는 모습부터 보호자가 경멸의 시선을 보내는 순간까지 그 모든 것을 즐겼다. 하지만 오늘 비하르트의 관심은 엘리제에게 집중되어 있었다. 잠시라도 한눈파는 새 없이 매 순간을 엘리제에게 몰입했다.

"대장, 수표 확인."

나한테 집중하고 있는 거…… 맞지?

"봉투 열어 봐. 이 새끼들, 천 에그레라고 해 놓고 뒤에 영(0) 하나 뗀 거 아냐?"

"천 맞아."

엘리제가 봉투를 열어 금액을 확인시켜 주었다. 비하르트는 이에 만족하지 않고 수표를 꺼내 꼼꼼히 들여다보았다. 허공에 들고 살피기도 하고, 의심스러운 눈으로 도장 찍은 부분을 문지르기도 하였다.

"진위 판별은 네 전문이 아니잖아."

전투대 대원 중엔 실제로 위조지폐를 찍어서 수감되었던 녀석이 있었다. 그런 전문가급도 아닌데, 저렇게 들여다본다고 뭘 알 수 있는 것도 아니면서 TV에서 본 대로 따라 하는 동행이 우스웠다.

"그만하면 됐어. 봉투에 넣자. 어디 흘리기라도 했다간 우리 둘 다 트릭시 손에 죽음이야."

"워, 그건 곤란하지."

비하르트가 얼른 수표를 반납했다. 엘리제는 그것을 봉투에 넣은 다음, 자연스럽게 부하의 재킷 안주머니에 꽂아 주었다.

"이젠 네 책임."

"신경 쓰여서 어디 돌아다닐 수나 있겠어?"

"어딜 돌아다니려고. 이 망할 파티가 끝날 때까지 내 옆에 조신하게 붙어 있어."

엘리제의 으름장이 마음에 든 듯했다. 비하르트가 씩 웃으며 더욱 가까이 다가섰다. 작은 목소리로 잡담을 주고받는 사이 공식 행사 순서가 지나갔다. 이제 남은 건 지루한 댄스 타임 정도이려나.

"명색이 사교 파티인데 너무 많은 시간을 박수만 치며 보내고 있다는 생각이 드실 테지요."

갑작스러운 타타발루의 등판이었다. 그가 마이크 앞에 선 채 흐뭇한 눈으로 손님들을 바라보았다. 원로의 의미심장한 시선이 유독 엘리제에게 오래 머물렀다. 그런 눈을 한 이유는 바로 다음 순간 밝혀졌다.

"원로원을 대표하여 널리 양해를 구합니다. 그와 동시에 본 사교 파티의 진짜 목적을 알려 드리겠습니다. 저희가 여러분을 이 자리에 모신 까닭은……."

타타발루가 흘낏 뒤를 돌아보았다.

"에데니카의 젊은 리더, 라키어스의 결혼 상대를 구하기 위해서입니다."

손님들 사이에서 짧은 탄성이 터져 나왔다. 사람들은 파티가 시작된 이후 처음으로 솔직한 감정을 드러냈다.

깜짝 발표였다. 얼마나 깜짝 발표였냐면 구혼 선언의 주인공인 라키어스조차 다소 놀란 표정이었다. 엘리제는 그가 사전에 통보받지 못했음을 직감적으로 깨달았다. 반면 나머지 리더들은 평온한 모습이었다. 온건파이자 1인자인 자딘의 얼굴에도 큰 변화가 없었다. 그렇다면 이는 리더 열한 명이 라키어스의 허락을 구하지 않고 진행하는 일이라는 뜻이 된다.

"천사님 드디어 결혼하는 건가."

옆에서 비하르트가 시큰둥하게 말했다. 그에게 있어 라키어스는 대장과 별로 친하지 않은 오빠, 그 이상도 이하도 아니었다.

"모르지."

엘리제가 부하의 말을 덤덤히 받았다. 라키어스에게 완벽한 짝을 구해다 주는 일은 아주 오래전부터 진행되어 왔다. 엘리제가 도시에 들어오기 전부터 계속되어 온 일이었다. 그리고 라키어스가 스무 살이 넘었을 때부터, 원로원은 조금 더 강한 권유를 하기 시작했다.

라키어스는 그때마다 여러 이유를 들며 결정을 미루었다. 당장은 리더로서의 일에 집중하길 원한다든가, 새해가 되면 생각해 보겠다든가, 엘리제가 안정을 찾는 모습까지 보고 싶다든가.

마지막 이유는 제법 머리를 쓴 티가 났다. 왜냐면 엘리제 녹턴이 살면서 안정을 찾을 일은 절대 없을 것이기 때문이었다. 여러 핑계로 결혼을 회피하기.

라키어스의 방식은, 적어도 지금까지는 성공적이었다. 그와 동시에 원로원이 깜짝 발표를 결심하게 한 원인이 되었다.

"이 이상 미루는 것도 이상하지 않아? 귀한 유전자의 소유자시잖아. 급이 맞는 짝을 들여서 후계를 이어야지."

비하르트가 단상을 쳐다보며 말했다. 타타발루는 자신의 발언이 불러온 파문에 만족스러워하며, 성혼(成婚)이 어떤 식으로 진행될지에 대해 이야기하고 있었다.

"우수하고 고귀한 혈통의 보존. 이 도시 설계자의 신념 아니었어?"

"그렇지."

엘리제가 수긍했다. 겉으로는 시민 모두가 원하는 상대와 교제하고, 자유롭게 직업을 선택하며 살 수 있는 것처럼 보일지 모른다. 하지만 그것은 말 그대로 표면일 뿐이다.

엘리트주의자의 손에 설계된 도시는 계급 간의 이동이 교묘하면서도 철저하게 제한되었다. 그리고 그 피라미드의 맨 꼭대기에 있는 건 설계자에게 선택된 라키어스였다.

"흐음."

비하르트는 완전히 강 건너 불구경하는 사람의 자세를 취했다.

"천국이니 천사님이니 비꼬긴 해도, 어쨌든 대장의 오빠인데 이런 비유를 들긴 좀 그렇지만."

그가 짧게 평했다.

"종마 같네."

"……."

"훌륭한 암말을 붙여서 능력치 좋은 새끼를 뽑아내는 느낌이랄까."

"아예 틀린 말은 아니다만."

"동물은 발정기라도 있지. 감정 없는 상대랑 그게 가능해? 늙은이들 하는 거 보아하니 결혼하자마자 애부터 만들라고 독촉할 것 같은데."

이 역시 틀린 말은 아니었다. 비하르트의 한쪽 눈이 찡그려졌다.

"기분 더러울 것 같아."

"……."

"내가 만약 저쪽이라면."

"지나치게 감정이입하지 마. 넌 비하르트 뮬러지, 라키어스 녹턴이 아니잖아."

엘리제가 부하의 말을 끊어 냈다.

"최상류층에선 당연한 일이야. 오히려 저들은 아래 계층의 방식을 지저분하게 생각할걸. 감정만으로 결합하는 쪽이 동물에 가깝다고 여기겠지."

짙푸른 시선이 라키어스에게 가 닿았다. 젊은 리더는 난처한 미소를 띤 채 타타발루를 응시하고 있었다.

넌 지금 무슨 생각을 하는 중일까. 귀찮은 늙은이 따위, 역시 이 건물 꼭대기에서 추락시킬걸 하고 후회하고 있을까. 아니면 이번엔 어떤 핑계를 대어 빠져나갈까 머리를 굴리는 중일까.

타타발루가 댄스 타임을 선언했다. 손님들이 자연스럽게 홀 중앙을 비웠다. 합주단은 자리가 정리되길 기다렸다가 음악을 연주하기 시작했다.

"……어?"

엘리제와 함께 벽 근처로 자리를 옮긴 비하르트가 눈썹을 치켜 올렸다.

"내정된 후보가 있나 본데."

라키어스가 원로와 함께 이동했다. 얼마 떨어지지 않은 곳에 하얀 드레스를 입은 영애가 그들을 기다리고 있었다. 타타발루는 기꺼운 얼굴로 영애를 반겼다. 그녀를 라키어스에게 소개하는 것은 이미 예정된 수순이었다.

청순하면서도 이지적인 느낌의 미인은 타타발루의 조카 하샤즈였다. 제1의료센터에서 몇 번 마주쳤었다. 하샤즈는 그곳의 신경외과 의사로 근무 중이었다. 라키어스가 상대에게 미소를 보내자 하샤즈의 입가에도 웃음이 떠올랐다.

세 사람은 꽤 오랫동안 이야기를 나누었다. 분위기가 어느 정도 누그러지자 또 다른 원로가 대화에 합류하더니, 긴히 할 이야기가 있다는 티를 내며 타타발루를 데려갔다.

참 번거로우면서도 수가 빤히 보이는 방법이었다. 음악이 한 번 바뀔 무렵 하샤즈가 홀 중앙을 가볍게 일별했다. 이에 라키어스가 그녀를 향해 손을 내밀었다.

엘리제는 어느 순간부터 라키어스의 시선이 자신을 향하지 않았다는 사실을 깨달았다.

❖

춤을 춘다.

시선이 때때로 섞인다.

영애가 회전할 때마다 하얀 드레스 자락이 사르르 나풀거렸다. 물 위를 걷는 듯한 스텝은 단 한 번도 틀리지 않았고, 음악이 끝났음에도 두 사람은 여전히 홀에 남아 있었다. 손님들의 호기심 어린 곁눈질 속에서 두 번째 댄스가 이어졌다.

시종일관 화기애애한 분위기.

라키어스와 하샤즈는 두 번째 댄스가 끝난 다음에야 가장자리로 나왔다. 어딘가에서 대리석으로 빚은 듯 우아한 커플이라는 평이 들렸다. 다른 원로와 자리를 떴던 타타발루가 샴페인 잔을 들고 돌아왔다.

그는 엘리제가 마시고 있는 것과 똑같은 것을 조카에게 주었다. 반대쪽 손에는 본인이 즐겨 마시는 브랜디 잔이 있었다. 라키어스의 몫은 없었다. 이 또한 사교계에서 흔히 쓰이는 방법이었다. 충분히 오랜 시간을 보낸 남녀를 떨어뜨려 놓을 때 쓰는 기술이랄까.

"후보가 한 명이 아닌가 봐."

벽에 등을 기대고 선 비하르트가 말했다. 아닌 게 아니라 하샤즈와는 상반된 느낌의 미인이 새로이 등장하였다. 어깨 위에서 부드럽게 말린 단발머리는 옆에 서 있는 자딘과 같은 색이었다. 엘리제는 얼마 전에 본 TV 인터뷰를 떠올렸다.

불안해하는 여학생의 손을 꼭 잡고 있던 담임. 두 번째 영애는 테러 사건이 일어난 제1고등학교의 교사 리오네였다. 자딘의 딸도 신부 찾기에 입후보했나 보다.

라키어스와 마주 서자 키 차이가 많이 나서 퍽 귀여운 분위기를 자아냈다.

"약간 그 느낌인데? 컨베이어 벨트에 올린 물건이 순서대로 도착하는 거."

비하르트가 적절한 비유를 찾아냈다. 종마에 이어서 컨베이어 벨트까지, 오늘은 2조장님이 뜻밖의 국어 실력을 선보이는 날인 것 같다. 엘리제가 엷게 웃으며 파티장의 시계를 확인했다.

딱 30분만 더 버틸까.

엘리제 일행이 미처 예상치 못한 게 있었으니, 그건 바로 사교 파티의 진짜 목적이었다. 그걸 몰라서 원로원의 심기를 건드리면 상금을 뺏길 거라는 둥 헛소리를 했다. 천 에그레 같은 푼돈 따위, 원로원은 신경도 쓰지 않고 있는데.

그들은 라키어스에게 자기 집안 영애를 들이밀고 싶어서 안달이 난 상태였다. 원로원의 행태를 지켜보던 다른 집안들도 은근슬쩍 현장 끼어들기를 시도했다. 돌아가는 상황을 보아하니 내일 아침 해가 떠도 파티가 끝나지 않을 기세였다. 여기 참석한 모든 영애들과 한 번 이상 춤을 추려면 그 정도의 시간은 걸리지 않을까.

"10시 방향에 벌레 새끼."

나른한 표정으로 목 근육을 풀던 비하르트가 갑자기 보고하듯 말했다.

"벌써 도착했네."

"엘리제 녹턴."

경비대 제복 대신 파티용 복장을 갖춰 입은 도블락이 그녀에게 성큼 다가섰다. 이쪽도 덩치가 만만치 않게 큰 탓에 엘리제의 시야가 가려졌다. 8센티미터 구두를 신고 있음에도 홀에서 춤추는 사람들이 보이지 않게 되었다.

"이래야 예쁜이답지."

노골적으로 평가하는 시선이 엘리제를 훑어 내렸다. 비하르트가 등을 세우고 일어나 그녀에게 밀착했다. 감상을 마친 경비대장이 엘리제의 동행을 힐끗 쳐다보더니 한쪽 입술 끝을 말아 올렸다.

"저번에 스캔들 터졌을 때도 생각한 건데 말이야. 너, 취향이 한결같아."

도블락이 엘리제와 비하르트를 번갈아 보았다.

"네 발밑에 설설 기는 싸구려들."

비하르트의 표정이 일그러졌다.

"근육 덩어리도 그렇고 오늘 데려온 녀석도 그렇고, 아주 파티장 저 끝까지 뒷골목 냄새가 진동을 하는데."

"이 새끼가 보자 보자 하니까……."

"이제 그만 취향 바꿀 생각 없나?"

엘리제는 몸이 앞서 나가려는 부하를 막았다. 시선은 도블락에게 고정한 채, 나긋한 두 팔로 비하르트의 허리를 감싸 안았다.

"안타깝네, 도블락."

연인에게 하듯이 탄탄한 팔뚝에 머리를 기대었다. 잠깐 동안 얼어붙었던 비하르트는 이내 엘리제의 뜻을 파악하고 몸의 힘을 풀었다.

"그 싸구려 취향에게 선택받지 못한 주제에 자꾸 주위를 맴돌고 있잖아. 널 보면 학교 다닐 때 지구과학 시간이 떠올라. 위성 같거든."

풉!

비하르트가 웃음을 참지 못하고 어깨를 격하게 들썩였다.

"위성 기억해? 항성, 행성, 위성 차이점 아직 생각나?"

엘리제가 자신과 비하르트, 도블락을 순서대로 짚으며 물었다.

"괜히 우리 애들 후려치지 말고 내 구역에서 좀 꺼져. 너랑 마주칠까 봐 밖에를 못 돌아다니겠어."

경비대장의 입 주변 근육이 제멋대로 실룩였다. 사나운 시선이 비하르트를 향했지만 '싸구려' 청년의 기분은 이미 유쾌해질 대로 유쾌해진 상태였다.

"접시 날라 주는 것밖에 못하는 놈을 데려왔으니, 여기서 곧 꺼질 녀석은 네 쪽이겠군."

"무슨 소리야. 우리 춤도 출 건데?"

엘리제가 비하르트의 손을 잡고 홀 중앙으로 나갔다. 어깨를 들썩이며 웃던 동행은 '엇, 잠깐.' 등의 소리를 내며 당황하는 기색을 보였다.

"대장, 나 이런 건 모르는데."

"하나만 기억해."

엘리제가 비하르트의 손을 끌어다 제 허리에 대었다. 각진 어깨에 제 손을 올리고, 굳은살 박인 손 위에 다른 손을 나붓이 겹쳤다.

"발 밟으면 죽는다."

하나, 둘, 셋이라든가 시작 신호 같은 건 없었다. 다짜고짜 시작된 춤에 비하르트가 얼른 움직였다. 리드하는 쪽은 엘리제. 그러나 몸 쓰는 일에 능숙한 상대는 박자를 놓치지 않고 곧잘 따라붙었다. 서로의 발에서 시선을 떼지 못하는 것도 잠시뿐이었다.

"어제 연습이라도 했어?"

"대장 눈엔 이게 연습한 걸로 보여?"

긴장해서 숨도 제대로 못 쉬고 있다는 사람치고 상당히 여유로운 표정이었다.

"제법인데."

칭찬 한 마디에 바로 으쓱해지는 게 귀여웠다. 상대는 남들 하는 양을 눈여겨보다가 타이밍 놓치지 않고 엘리제를 돌려주기까지 했다.

첫 번째 턴에서 작게 감탄한 엘리제는 여섯 번까지 이어진 턴에 웃음을 터뜨렸다.

"파티장 끝까지 돌릴 셈이야?"

"이제 웃네."

비하르트가 조금 안심이라는 듯 기뻐했다.

"진작 춤추러 나올 걸 그랬어."

"나 춤 별로 안 좋아해. 구두 때문에 발도 빌어먹게 아프고, 드레스도 불편하고, 뭐가 재밌는지도 모르겠고."

"하지만 대장, 방금 전에야 제대로 웃었는걸."

그럼 이제까지 웃은 건 뭐냐고 되물으려다 그만두었다. 상대 눈에 그렇다면 그런 거겠지 싶었다. 게다가 비하르트의 말을 듣고 보니, 정말 집 현관문을 나선 이후로는 억지웃음 또는 시큰둥함의 연속이었던 것 같았다.

"천사님 결혼이 신경 쓰여?"

갑자기 비하르트가 이상한 데서 치고 들어왔다.

"나랑 상관없는 일이야."

"그래? 그럼 내가 착각했나 보네."

엘리제가 주변을 살폈다. 다른 커플과 부딪치지 않기 위해서였다.

"대장이 자꾸 그쪽을 보기에."

"그쪽?"

"천사님."

비하르트가 허리를 잡고 있는 손에 지그시 힘을 넣었다.

"정확히 말하면 여자들과 춤추는 천사님."

언제 이만큼 가까워졌지?

엘리제는 턴을 하다가 라키어스와의 거리가 고작 몇 미터도 안 되는 걸 깨달았다. 순간 스텝이 엉켰다. 비하르트의 팔이 모른 척 그녀를 당겨 안았다.

"대장."

비하르트가 엘리제를 가만히 불렀다.

"대장은 정말 결혼 생각이 없어?"

요 녀석, 또 공략을 시도하네.

비하르트의 구애를 이미 수백 번 겪어 온 엘리제는 이번에도 산뜻한 미소로 받아치려 했다. 전투대에서 이건 일상적인 일이었다.

"엘리제 뮬러, 어때?"

공교롭게도 그때 라키어스와 이름 모를 영애가 두 사람 옆을 지나갔다. 이토록 가까운 거리라면 눈길을 한 번 줄 법한데도 라키어스의 시선은 댄스 파트너에게서 떨어질 줄을 몰랐다. 그것은 뭐라 꼬집어 말하기 어려운, 아주 이상한 기분이었다.

다음 날, 온 도시가 뒤집어졌다. 엘리제의 열애 스캔들과는 비교 자체가 불가능한 수준이었다. 엘리제 때는 타블로이드, 그것도 딱 한 군데에서만 다루었으나 이번엔 다른 누구도 아닌 라키어스가 주인공이니만큼 모든 조간신문과 뉴스에서 메인으로 보도했다.

『행운의 신데렐라는 과연 누구?』
『미모와 능력, 어느 것 하나 빠지지 않는 후보들의 왕자님 쟁탈전!』
『여기서 되짚어 보는 그분의 이상형!』

난리도 이런 난리가 없었다. 엘리제는 여느 때처럼 바이크를 몰고 출근하려다가 그저께 전투대 주차장에 놔두고 온 것을 떠올렸다.
"뭐 되는 일이 없네."
안 그래도 어제 구두를 오래 신어서 발이 불편한 참이었다. 물집이 잡힐락 말락 발갛게 된 부분이 아렸다. 어차피 정찰을 나가면 주위를 경계하느라 다 잊을 테지만, 문제는 정찰을 다녀온 이후였다.
"몰라. 아, 택시."
목적지를 말하자마자 택시 기사가 백미러로 그녀를 힐끔 보았다. 기사가 틀어 놓은 라디오에서 라키어스의 결혼 이야기가 나오고 있었다. 기사가 입술을 들썩거렸다. 한 마디라도 하면 장갑차로 밀어 버리겠다는 눈빛을 돌려주자 그제야 차를 출발시켰다.
"벌써 죽을 때가 됐나. 몸이 왜 이렇게 처지는 거야……."
화염에 좀 휩싸이고 7층 건물에서 뛰어내렸다고 이런 건가? 펜트하우스에 두고 온 사흘분의 약을 먹지 않은 여파인가?
뒤척이지도 않고 계속 잔 것 같은데 몸이 영 찌뿌듯했다. 머리도 무겁고 기분이 나빴다. 무엇보다 졸음이 가시지 않는 게 최악이었다. 이 상태로는 정찰을 나갈 수가 없었다.
"그냥 여기 앞에 세워 주세요."
"이 앞에요?"
"네, 얼마죠?"
이제껏 쓴 택시비를 모으면 대원들 회식을 족히 열 번은 시켜 줬을 거란 생각이 들었다. 그럼 얼마나 좋았을까. 만약 그랬으면 어제 그 멍청한 파티에 가지 않아도 됐을 것이다.

트릭시, 나 상금의 두 배에 달하는 비상금 있으니까 저딴 파티에 등 떠밀지 마. 깐깐한 3조장에게도 되받아칠 거리가 있었을 텐데.

"줄은 또 왜 이렇게 길어."

커피를 사려고 들른 테이크아웃 전문점은 직장인 손님으로 가득했다. 전투대 건물 안에도 커피머신이 있지만 지금 엘리제에게 필요한 건 크림과 연유를 듬뿍 넣고 샷을 추가한 이 가게의 특제 커피였다.

트릭시는 이를 두고 카페인 폭탄이라느니, 심장이 터질 거라느니 쓴소리를 퍼부었다. 하지만 잠 깨는 데 이보다 효과 빠른 길이 없기에, 엘리제는 주머니에 손을 찔러 넣은 채 줄이 줄어들기만을 기다렸다. 묘하게 들뜬 주변 공기는 제가 상관할 바가 아니었다.

"진짜 살기 위해 마신다, 내가……."

생각보다 줄이 빨리 줄어들지 않았다. 찬바람 맞으며 잠을 깨려던 것도 잠시. 엘리제는 후드를 뒤집어쓰고 몸을 움츠렸다.

단정한 정장에 서류가방을 든 손님들 속에서 엘리제 혼자만 부스스한 차림새였다. 그나마 샤워를 해서 이 정도지, 여기에 몰골까지 더러웠으면 공원의 노숙자라고 해도 믿었을 것이다.

"엘리제 녹턴?"

낯선 남자가 말을 걸어 왔다.

"엘리제 양 맞죠?"

"……엘리제 양 같은 소리 하고 있네."

엘리제는 눈도 뜨지 않은 채 중얼거렸다. 경비대 리더 도블락에게는 그 누구도 '도블락 군'이라고 하지 않았다. 오직 엘리제 뒤에만 이런 군더더기가 붙었다. 열일곱 살 공주님이던 시절이면 또 모르겠는데, 스물두 살 전투대장으로 사는 지금은 상당히 귀에 거슬리는 호칭이었다.

"라키어스 님의 결혼에 관해서 하실 말씀 없습니까?"

카랑카랑한 목소리로 보아 기자인 모양이었다. 엘리제는 여전히 눈을 감은 채 생각했다.

둘 중 하나다. 아무리 특종이 탐나더라도 엘리제에게 직접 들이대선 안 된다는 말을 전해 듣지 못한 신입이거나.

"어제 현장에 계셨을 텐데요?"

죽고 싶어 환장했거나.

"사이가 소원하긴 해도 하나뿐인 여동생이지 않습니까. 오빠의 결혼에 대해 어떻게 생각하시죠? 한마디 해 주실 순 없나요?"

엘리제가 깊은 한숨과 함께 눈을 떴다. 어느새 줄이 줄어들어 있었다. 이제 여섯 명만 더 주문하면 엘리제의 차례다.

"소감 한 말씀 부탁드립니다."

남자가 엘리제의 앞으로 무언가를 불쑥 들이밀었다. 녹음기인가 했더니 무려 마이크였다. 엘리제의 고개가 천천히 돌아갔다. 남자의 한 걸음 뒤에 또 다른 남자가 카메라를 지고 있었다. 엘리제의 눈에 빨간 불이 들어왔다.

온 에어(On air).

"……꺼."

"예? 잘 안 들리는데 다시 한 번 말씀해 주시겠습니까?"

엘리제 뒤에 서 있던 회사원이 뭔가 불길한 조짐을 느꼈는지 뒷걸음질을 쳤다. 일반 회사원에게도 있는 촉이, 어째서 방송국 기자에겐 없는 걸까. 엘리제는 다시 한 번 기회를 주었다. 이건 흔치 않은 일이었다.

"카메라 끄라고."

"그게 소감인가요? 방송을 원치 않는다. 아무 말도 하고 싶지 않다. 그런 뜻인가요?"

"……."

"혹시 라키어스 님의 결혼에 불만 사항이 있다거나."

비명은 일찌감치 뒤로 물러나 있던 회사원의 입에서 터져 나왔다. 당사자인 기자는 비명을 지를 여유도 없었다. 눈 깜짝할 새 업어치기를 당한 기자는 충격으로 신음했고, 카메라맨은 정확히 자신을 노리고 들어오는 공격에 줄행랑을 쳤다. 엘리제의 발길질에 마이크가 박살 났다.

"1시간 10분 뒤에 도시 밖으로 나가야 되는 사람 붙들고 결혼이 어떠니, 소감이 어떠니 물어보면 말이지."

빠각.

박살 난 마이크가 더욱 짓뭉개졌다.

"기분이 어떨까?"

"그, 그게."

"응? 말해 봐요. 기분이 어떨지."

기자가 황망히 눈을 굴렸다. 본능적으로 카메라맨을 찾았지만, 동료는 두 블록 거리의 직장까지 도망친 후였다.

"아니면 오늘 나 대신에 정찰 나가 주든가. 그럼 특종 하나는 확실하겠네."

엘리제가 앙다문 잇새로 내뱉었다.

"산 채로 못 돌아오는 게 문제지."

엘리제가 커피를 받아 자리를 뜨기 무섭게 사람들이 휴대폰을 또닥거렸다. 출근길의 카페에서 일어난 일은 또 하나의 가십이 되어 인터넷을 떠돌기 시작하였다.

"조심."

엘리제의 정찰 파트너였던 5조장 곤이 짧게 말했다.

"아……."

정찰이 끝난 오후, 엘리제가 어깨를 제대로 펴지 못한 채 전투대 건물로 복귀했다. 마침 복도를 지나가던 실바노가 놀라서 집무실로 따라 들어왔다. 원래도 험악한 인상이 딱딱하게 굳었다.

"다쳤습니까?"

곤이 캐비닛에서 구급약 상자를 가져왔다. 그가 식염수와 거즈 등을 꺼내 늘어놓았다.

"벗어."

엘리제가 라이더 재킷을 벗었다. 소매를 빼는 단순한 동작에도 저절로 인상이 찡그려졌다.

"구급약 정도로 되겠습니까? 의료센터로 가죠."

다친 부위를 눈으로 확인한 실바노가 안색을 달리했다. 왼쪽 어깨부터 시작된 피멍이 등의 중간까지 내려왔다. 가장 큰 타격을 입은 부분은 이미 살갗이 터져 피 얼룩이 진 상태였다.

곤이 예고 없이 식염수를 들이부었다. 굳은 피가 씻겨 내려가며 진회색 민소매가 흠뻑 젖었다. 차가우면서도 쓰린 감각에 엘리제가 신음을 흘렸다.

"대체 어쩌다가."

"……피할 수 있을 줄 알았어. 당연히 가능할 줄 알았는데 몸이 말을 안 듣잖아."

엘리제가 분한 듯 내뱉었다.

곤이 터진 상처에 약을 바르고 거즈를 고정시켰다. 나머지 부분에는 타박상에 사용하는 겔을 얇게 펴 발랐다.

"B9 구역에서 새로운 놈들이랑 붙었거든. 우두머리 이름이 피……페…… 뭐던데, 하여튼."

이미 죽은 놈 이름 따위 기억하고 싶지 않다며 엘리제가 인상을 썼다.

"매복이 있는 줄 몰랐어. 3층 난간 밖으로 스테인리스 싱크대 같은 걸 떨어뜨리더라. 왜 식당에서 쓰는 커다란 거 있잖아."

"그걸…… 맞았습니까?"

"마하가 맞을 뻔했지."

엘리제가 전투대 최연소 대원의 이름을 언급했다.

"그것까지 커버할 수 있을 줄 알고 몸을 날렸는데……. 진짜, 당연히 가능한 거 아니냐고."

"못 했지."

뒤에서 곤이 끼어들었다.

과묵한 녀석, 입 다물고 있을 거면 끝까지 다물라고. 분위기 살피지 않고 바른말 하는 건 애인에게서 배운 거야?

엘리제는 많은 말이 담긴 눈으로 부하를 흘겼다.

"몸이 무거웠어. 상처는 싱크대에 찍힌 게 아니라 옆으로 구르다가 다른 데에 다친 거야."

싱크대 그대로 맞았으면 팔이 반쯤 떨어져 나가지 않았을까, 하고 중얼거렸더니 실바노의 얼굴에서 핏기가 사라졌다.

"망했어. 이렇게 회복력이 떨어져서야. 이제 죽을 날이 머지않은 듯."

"스물둘에?"

엘리제가 재차 눈을 부릅뜨고 뒤를 흘겨보았다. 곤은 조금도 개의치 않는 얼굴로 구급약 상자를 정리한 뒤 캐비닛에 돌려놓았다.

"아침에 커피 들이부었는데 왜 이러지."

"휴식이 충분치 않은 거겠죠. 휴가 내고 쉬세요, 대장."

"나 쉬다 왔거든?"

"제가 보기엔 더 쉬어야 할 것 같습니다만."

"짜증 나."

엘리제는 소파 팔걸이에 몸을 기대려다가 소리 없는 비명을 삼키며 아파했다. 뼈가 다친 건 아닌지 확인하러 가 보자는 부하와 실랑이를 벌이던 도중, 복도 저쪽에서 익숙한 목소리가 들렸다.

"3조장 오늘 비번 아니야?"

곤을 향해 물었으나 답까지 들을 여유가 없었다. 엘리제는 낮게 욕을 뱉으며 어깨 위로 라이더 재킷을 걸쳤다.

"말하지 마. 말하면 안 돼. 트릭시 닦달을 들었다간 상처가 아니라 귀에서 진물이 나올 거라고."

"뭐 해, 다들?"

입단속이 끝나기 무섭게 트릭시가 고개를 들이밀었다. 엘리제는 아무렇지 않은 표정을 지으며 고개를 갸웃했다.

"응? 그냥 있는데."

"퇴근 안 해? 대장, 오늘 아침부터 상태 별로였다며. 바로 집에 갈 줄 알았는데."

"응, 갈 거야."

크지도 않은 집무실 안에 성인 네 명이 멀뚱히 서 있는 광경이 연출되었다. 트릭시가 눈을 가늘게 좁혔다.

"안 가?"

"갈 건데."

"근데 왜 안 움직여?"

"너 가면."

엘리제가 곤을 눈짓했다.

"애인 데려가려는 거 아니었어? 얼른 데려가. 난 이쪽에 볼일 없어."

"흐음."

트릭시가 개운치 않은 표정으로 곤의 팔을 잡아끌었다. 어쨌든 집무실에 들어온 목적은 제 남자 챙기기가 맞았던 것 같다.

"데이트 잘 해."

트릭시가 문가에서 멈춰 섰다.

"뭐야, 가다 말고……."

"냄새가 나."

트릭시의 고개가 이쪽으로 삐걱삐걱 돌아왔다. 다소 소름 돋는 모습이었다.

"약 냄새."

엘리제는 그녀가 5조장의 손등에 입술을 대고 있는 것을 목격하였다. 곤이 다친 거라고 하면 트릭시 성격에 당장 이 자리에서 확인할 것이고, 실바노가 다친 거라고 둘러대기엔 온종일 기숙사 건물에 있었던 그가 약을 바를 만큼 다칠 일이 떠오르지 않았다. 그래서 엘리제는 낭패의 한숨을 내쉬었다.

"벗어 봐."

"곤에게 같은 말을 들은 지 10분도 안 돼서 네게 똑같은 대사를 듣다니. 기분이 묘한걸."

"잔말 말고 벗어."

"확실히 이쪽이 터프하긴……."

트릭시가 더는 기다려 주지 않고 손을 뻗었다. 라이더 재킷이 훌렁 벗겨지면서 처참한 상처가 드러났다. 제일 심한 부분은 거즈로 가려 놨지만, 엄청난 면적의 피멍에서 이미 게임은 끝난 거였다.

언제 다가왔는지 모를 실바노가 트릭시의 팔목에서 손을 뗐다. 거의 본능적으로 움직였다가 뒤늦게 정신을 차린 모양이었다. 그가 트릭시를 저지한 건 아주 잠깐뿐이었지만, 3조장의 가무잡잡한 팔목엔 하얀 자국이 남았다.

"미안."

실바노가 사과했다.

"좀…… 거친 것 같기에 그만."

"좋아. 사과받고."

트릭시가 엘리제를 내려다보았다.

"대장은 할 말 없어?"

"다친 건 난데, 사과도 내가 해야 되나."

불퉁하게 대꾸하자 상대의 눈매가 사나워졌다.

"우리 다치는 게 어디 하루 이틀이야? 근데 대장은 그중에서도 지나쳐. 다치는 건 어쩔 수 없다 해도 치료는 확실하게 받아."

트릭시가 문가에 선 곤을 눈짓했다.

"어설픈 손에 맡기지 말고."

"네 애인 손이 너보다 야무져."

"싫은 소리 더 해 줄까?"

엘리제가 얌전히 입을 다물었다. 그대로 집무실을 나가나 싶던 트릭시가 마지막으로 상관을 쳐다보았다.

"내일은 쉴게. 됐지?"

"아침에 기자 한 명 박살 냈다며."

상대는 엘리제의 예상을 벗어나는 말을 하였다. 박살 낸 건 기자 쪽이 아니라 마이크였던 것 같지만 남들 눈엔 그게 그거일 듯했다. 우습게도, 엘리제에겐 벌써 흐릿한 기억이 되었다. 피 튀기는 전투를 치르고 난 머릿속에 그런 소소한 일이 남아 있을 리 없었다.

"아침부터 무례하게 굴잖아."

"뭐…… 어쨌든 한동안 인터넷 들어가지 마."

"또 신나게 욕하고 있겠지. 그거야말로 하루 이틀 일이야?"

트릭시의 표정이 애매해졌다. 알려 줄까 말까 고민하는 그녀를 리드한 건 옆에 서 있던 곤이었다. 등을 가볍게 감싸 안고 밖으로 에스코트하는 모습에 엘리제가 눈을 도르르 굴렸다. 하긴 곤 녀석, 묘한 박력이 있었지.

"그나저나 무슨 욕을 하고 있는 건데 저래."

엘리제는 휴대폰의 전원을 켰다.

열두 명의 리더 중 열두 번째를 자처하는 것과 달리, 라키어스가 맡고 있는 업무는 날이 갈수록 확장되었다. 대외 홍보부터 도시 정비, 교육 과정 검토까지 그가 손을 대지 않는 부문이 없었다. 가장 젊은 자신이 가장 많은 일을 감당해야지 않겠느냐고 부드럽게 웃곤 했지만, 실상은 양아버지 녹턴이 원했던 그림이 완성되는 중이었다.

라키어스의 독주 체제.

나머지 원로들은 그를 거들 뿐이다.

탁.

라키어스가 결재 끝낸 서류를 책상 한쪽에 내려놓았다. 아침 회의가 끝나고 집무실에 들어온 이후 단 5분도 쉬지 않고 일처리를 하였다. 점심시간이 훌쩍 지나 있었지만 배가 고프다는 생각은 들지 않았다. 엘리제가 펜트하우스를 나간 뒤로 쭉 입맛이 없었다.

잠깐만 눈을 감고 있을까.

몇 분 뒤, 라키어스는 휴대폰 진동에 눈을 떴다. 발신인은 그의 수행원이었다.

[보고드립니다. 방금 전투대의 비안카 뮬러가 엘리제 님의 신분증, 대리인 동의서를 지참하여 제1의료센터를 방문했습니다. 엘리제 님 이름으로 타박상 약을 받아 갔다고 합니다.]

라키어스가 수행원의 메시지를 묵묵히 내려다보았다.

[부상 정도는?]

답은 즉시 도착했다.

[엘리제 님은 '피멍이 든 정도'라고 설명하셨다는데, 비안카 뮬러의 말에 따르면 '눈이 찌푸려질 만큼 끔찍한 타박상'이라고 합니다.]

머리가 지끈 울려 왔다. 수행원에게 알았다는 메시지를 보낸 뒤 휴대폰을 내려놓았지만, 저도 모르게 움직이는 손을 주체하기가 힘들었다. 엘리제에게 연락하고 싶었다.

"제발 몸을 아껴……."

탄식과도 같은 목소리가 나왔다. 이것이 엘리제가 택한 괴롭힘이라면 정말이지 완벽한 선택이었다.

처음이자 마지막이 될 거라던 부탁. 네가 원하는 거라면 무엇이든 들어주겠다는 라키어스에게, 열아홉 살의 엘리제가 요구한 것은 전투대장 자리였다. 대원은 엘리제가 직접 선발하며, 건물 하나를 통째로 리모델링해 이들을 머물게 하겠다는 부가 조건이 붙었다.

뒷골목 불량배들조차 뽑히길 원치 않는 조직이었다. 지원자가 전무하기 때문에 중범죄자 중에서 일부를 선발해 내보내곤 했다.

라키어스는 물었다. 네게 줄 수 있는 게 얼마나 많은데, 왜 하필 그중에서도 가장 낮고 위험한 자리를 원하느냐고.

이에 엘리제는 흐린 미소를 지었다.

「온전한 내 것이 갖고 싶어.」

당시 엘리제의 또렷한 목소리가 아직도 생생히 떠올랐다.

온전한 너의 것. 그게 내가 될 순 없을까.

맴도는 말이 있었지만 입 밖으로 내지 않았다. 더 이상의 질문도 없었다. 이미 답을 알고 있기 때문이었다. 그래서 라키어스는 엘리제의 요구를 들어주었다. 반발이 따랐으나 다른 조직도 아니고 전투대의 인사발령이었기 때문에 반대의 목소리는 이내 수그러들었다.

엘리제가 이것까지 고려했을 것 같진 않았다. 하지만 그녀가 바란 게 다른 조직의 대표 자리였으면 여론 달래기에 더 오랜 시간이 들었을 것임은 분명했다.

남은 것은 재가 되어 가는 제 마음뿐.

자신의 통제력이 미치지 않는 도시 밖에서 엘리제가 무슨 일을 겪고 있을지만 생각하면 머릿속이 새하얗게 타들어 가는 것만 같았다. 그래서 라키어스는 이게 효과적인 괴롭힘이라고 생각했다.

처음에는 그랬다. 자신을 격렬히 증오하는 엘리제가 심사숙고 끝에 찾아낸 방법이라고. 온종일 엘리제의 무사함을 걱정하며 그의 피가 말라붙게 만드는 것. 엘리제가 그토록 원하는 라키어스의 고통을 극대화시키는 방법이라고 생각했다.

한데 아니었다. 온전히 자신만의 것을 원한다는 그녀의 말은 진심이었다. 엘리제는 제 것으로 선택된 이들에겐 얼마나 열정적이고 헌신적일 수 있는지를 보여 주었다. 그녀는 말 그대로 목숨 걸고 대원들을 지켰다. 과거, 녹턴을 미친 듯이 사랑했어도 상대에게 믿음까지 주지는 않았던 엘리제였는데.

「대장, 오늘은 클럽에서 달리자!」

「화염 속에서도 건재하신 분을 미물이 어찌 감히.」

「엘리제 뮬러, 어때?」

「이 녀석이든, 저 녀석이든 건드리기만 해 봐.」

그들은 스스럼없이 농담을 던지며 서로의 삶을 공유했다. 여든 명의 전투대원은 엘리제의 삶에서 중요한 자리를 차지했다. 아무런 대가 없이. 무조건적인 헌신.

"왜 이번에도…… 내가 아닐까."

하늘을 닮은 청량한 눈동자가 먹먹하게 흐려졌다. 단정한 입술 사이로 괴로운 한숨이 새어 나왔다. 전투대에게는 그토록 따스하게 모든 것을 내어 주면서, 자신에게는 웃음 한 자락 허락되지 않는 현실이 녹슨 갈고리처럼 심장을 할퀴었다.

미약한 원망.

하지만 곧장 그것을 압도하는 감정의 이름은 그리움이었다.

엘리제, 너는 알까. 이 그리움이란 결코 채워지지 않는 끈질긴 욕망이라서, 보고 있으면 가까이 가고 싶어지고 가까이 가게 되면 닿기를 원하게 되지.

실은 너의 그 시선, 그 웃음, 그 숨결 하나하나 모조리 내 것으로 독차지하고 싶은데. 현실은 그러질 못해서 홀로 조용히 미쳐 가고 있어.

엘리제, 엘리제, 내 소중한 엘.

나에 대한 네 증오를 누구보다 잘 알고 있어. 그 증오가 애정으로 바뀔 일은 없다는 것도 이미 알고 있어. 하지만 이렇게 오래 떨어져 있을 때면 차라리 그 불같은 증오가 그립기도 해. 증오든 분노든 상관없으니 내 앞에서 쏟아 냈으면 좋겠어.

라키어스가 눈을 감아 칠흑 같은 절망을 가렸다.

"……널 망가뜨리고 싶어."

나는 이미 망가져 외로운 빛 속에 남았고, 너는 점점 다정한 어둠으로 멀어져 가고 있으니까.

날개를 꺾고 발목을 부러뜨리면 내 옆에 묶을 수 있지 않을까.

내 곁에서 네가 퍼부을 증오를 떠올리는 것만으로도 내 가슴은 이토록 욱신거리는데.

라키어스의 눈이 선연히 빛났다.

정말, 해 볼까.

엘리제 너도 알다시피…… 내가 제일 잘하는 게 그거잖아.

그때 전화벨이 울렸다.

"말씀하세요."

— 라키어스 님, 오늘 저녁 리오네 님과의 데이트를 취소하셔야 될 것 같습니다. 리오네 님으로부터 연락이 왔는데, 아무래도 잔업 때문에 만남이 힘들 것 같다고 하십니다.

"그렇군요."

라키어스가 감정 없는 눈으로 일정표를 응시했다.

"어쩔 수 없죠. 리오네 님도 수고가 많으시네요."

— 예, 양해해 주셔서 감사합니다.

수화기 너머의 비서도 라키어스와 같은 것을 보고 있는 듯하였다.

— 그럼 내일 저녁으로 예정되어 있던 하샤즈 님과의 데이트를 앞당길까요? 내일 일정이 특히 빠듯하신데 데이트 시간을 조정하면 피로가 좀 덜하실 것 같습니다만.

"아, 그러진 말아 주세요."

한없이 상냥한 목소리가 수화기를 타고 비서에게 전해졌다.

"하샤즈 님께도 정해진 일정이 있을 거예요. 전 괜찮습니다. 바쁜 것엔 익숙하니까요."

— 알겠습니다.

비서가 바로 수화기를 내려놓지 않고 조금 뜸을 들였다.

— 라키어스 님, 아직 식사 전이시죠? 간단히 샌드위치라도 주문해 드릴까요?

상관에 대한 염려가 묻어나는 목소리였다. 라키어스가 작게 웃었다.

"그럼, 번거롭겠지만 부탁할게요."

— 전혀 번거롭지 않습니다. 이 또한 제 일인걸요.

고맙다는 인사 끝에 잔잔한 웃음이 붙었지만, 정작 수화기를 내려놓는 라키어스의 얼굴은 사늘하게 비틀려 있었다. 이제껏 엘리제가 먼저 다가와 주기만을 기다렸다. 꿈속에서 본 미소가 현실이 되는 것을 떠올리면, 기나긴 외면의 시간도 어떻게든 견딜 수 있었다.

혼자 실낱같은 희망을 가슴에 품고 버텼다. 그런데 무한한 줄 알았던 제 인내심이 점점 빠른 속도로 바닥을 드러냈다. 십 수 년을 눌러 온 광기가 터지기 일보 직전이었다.

"사랑스러운 엘."

라키어스가 휴대폰 속 엘리제의 사진을 들여다보았다.

"널 내게 데려올 시간이 된 것 같아."

환히 웃는 엘리제가 그의 눈에 박혔다.

하샤즈와의 저녁 데이트는 셰프가 운영하는 고급 레스토랑에서 식사를 하는 것으로 진행되었다. 길 건너편에는 최소 세 명 이상의 기자들이 카메라로 주시 중이었다.

"이렇게 공개된 장소에서 뵙게 될 줄은 몰랐어요."

하샤즈가 유리창 너머를 살짝 쳐다보더니 말했다.

"어쩐지 TV 쇼에 출연한 기분이네요."

"오붓한 장소에서 만나는 친분을 뜻하시는 거라면 차차 쌓아 가죠."

라키어스가 와인 잔을 내려놓았다.

"그래도 취재진이 부담스러운 건 마찬가지겠죠. 죄송하다는 말씀밖에 드릴 수가 없군요."

"사과까지 받을 생각은 없었어요. 저는 그냥…… 괜찮아요."

하샤즈가 수줍게 웃었다.

"익숙해지면 되니까요."

미인은 미인이다. 태도며 교양이며 성품까지 어느 곳 하나 빠지는 구석이 없었다. 타타발루가 입에 침이 마르도록 칭찬할 만하다는 생각이 들었다. 하샤즈는 상류층 영애들의 귀감이었다.

객관적으로 보면 그랬다. 그저 라키어스에겐 아무런 감흥도 주지 못할 뿐.

관심도 없는 대상을 굳이 시간을 쪼개 가며 만나는 이유는 단 하나였다.

'이용가치가 제일 높은 사람은 누굴까.'

그는 타타발루가 건방지게 깜짝 발표를 하던 순간을 기억했다. 그때 분명 엘리제의 눈이 잠시 흔들렸었다. 이후로 엘리제는 동행이 여섯 번 턴을 시켜주기 전까지 계속 날이 선 상태였다. 어딘가 불쾌한 표정이었고, 때때로 라키어스를 날카로운 눈으로 주시했다.

그녀는 모르겠지만, 라키어스는 엘리제가 제게 시선을 던지던 매 순간을 기억했다.

'당시 네 눈에서 반짝이던 불꽃은 어떤 의미였을까?'

엘리제에게서 아주 작디작은 감정이라도 더 끌어낼 수 있다면, 라키어스는 결혼 이슈를 얼마든지 진행시킬 용의가 있었다. 후보들의 마음 같은 건 중요하지 않았다. 그는 원래 감정이 결여된 존재였다. 그의 심장은 오직 엘리제에게만 반응했고, 엘리제 이외의 다른 것은 라키어스에게 일말의 가치도 지니지 못했다. 엘리제를 더욱 강하게 속박하기로 마음먹은 지금은 말할 것도 없었다.

"일어날까요?"

라키어스가 넌지시 권했다. 식사는 한 시간 반 가까이 진행되었고, 두 사람은 셔벗을 곁들인 앙증맞은 살구 타르트 접시를 비운 뒤였다.

이대로 차까지 에스코트한 다음 하샤즈의 자택에 데려다주면 1차 데이트는 끝나는 거였다. 하샤즈가 아쉬운 기색을 감추며 고개를 끄덕였다. 의자를 빼 주고 코트를 걸치도록 도와주는 매너까지 완벽했다.

유리문을 열고 나와 계단을 내려갈 무렵, 하샤즈가 균형을 잃고 휘청했다. 발밑이 어두운 탓이었다.

"앗……."

"조심해요."

라키어스가 쓰러지는 몸을 안전하게 받아 냈다. 실수를 해 버렸다는 창피함과 그의 품에 안겼다는 부끄러움에 하샤즈의 뺨이 붉게 달아올랐다.

"괜찮아요? 발목을 삔 건 아니고요?"

"괘, 괜찮아요. 도와주신 덕분에."

"……다음엔 편한 신발을 신어요."

질책당하는 건가 싶었는데 뒤에 붙는 말이 따뜻했다.

"그땐 더 오래 만날 텐데, 계속 이런 구두를 신으면 발이 아플 거예요."

하샤즈의 뺨이 더욱 붉어졌다. 차까지 에스코트하는 동안 라키어스는 상대의 손을 놓지 않았다. 찰칵 하는 셔터 소리가 들리지 않았지만, 그는 취재진이 방금 전의 로맨틱한 사고를 카메라에 담았으리라 확신했다.

문득 하샤즈 정도면 괜찮겠다는 생각이 들었다. 무엇보다 그녀는 타타발루의 조카다. 무례하고 건방지며 성질을 돋우는 늙은이에게 기우는 시늉을 하면 엘리제가 어떤 반응을 보일지 무척 궁금했다. 단언컨대 기고만장해진 타타발루는 엘리제를 가만두지 않을 터다.

다음 날 라키어스는 비서에게 하샤즈와의 두 번째 약속을 잡으라고 지시하였다. 비서의 의미심장한 표정을 이상히 여길 필요는 없었다. 라키어스는 출근 전 조간신문의 타이틀을 확인하고 나왔다. 라키어스의 동향을 전하는 기사마다 지난밤의 핑크빛 분위기를 다루고 있었다.

하샤즈를 품에 안은 각도까지 모든 것이 완벽했다. 가만히 다물린 라키어스의 입가에 연한 웃음이 번지기 시작했다.

❖

엘리제는 휴대폰을 주머니에 쑤셔 넣었다. 음식이 포장되기를 기다리는 동안 인터넷을 좀 하려고 해도 온 사방이 라키어스와 하샤즈 커플로 도배되어 있었다. 포털사이트 메인은 물론이고, 각종 커뮤니티와 익명 게시판까지 두 사람의 이야기로 가득했다.

이런 분위기는 3주째 이어지는 중이었다. 보고 싶지 않아도 메인에 걸어 놓으니 피할 도리가 없다. 덕분에 엘리제는 라키어스가 다른 후보와도 데이트를 한 번씩 했지만, 애프터 신청을 넣은 것은 하샤즈뿐이란 사실을 알게 되었다. 그들이 벌써 네 번째 데이트를 앞둔 사실까지도 전부.

“12번 손님, 토마토 수프요.”

짜증이 치밀 무렵 주문한 음식이 나왔다. 며칠째 끙끙 앓고 있는 대원에게 가져다줄 저녁이었다.

“……엘리제?”

일이 안 풀리려니까 전투대 건물 근처에서도 라키어스와 마주치는 사태가 일어났다. 경멸 어린 눈초리가 라키어스를 향했다. 그러자 그의 옆자리에 서 있던 하샤즈가 엘리제를 불편한 시선으로 마주 보았다.

하나뿐인 오빠는 생애 처음으로 하는 데이트를 온 사방에 자랑하고 싶어 미쳐 버린 모양이었다. 그렇지 않고서야 로맨틱한 데이트를 즐기기 좋은 수많은 장소를 두고 굳이 전투대 건물 근처까지 올 리 없었다.

이건 뭐 하자는 뜻일까?

얼마 전만 해도 열기에 젖은 목소리로 너만이 세계의 전부라는 고백을 하던 남자였다. 그랬던 라키어스가 순식간에 변했다.

늦은 새벽, 숨 막힐 정도로 짙은 그리움이 담긴 메시지를 보내는 일도 뚝 끊겼다. 이런저런 이유를 들어 시티타워에 소환하는 일도 사라졌다. 마치 엘리제의 존재 자체를 잊은 사람처럼 하샤즈에게 집중하는 모습을 보였다.

대체 무슨 꿍꿍이속이지? 이쪽을 좀 봐 달라, 시위라도 하는 거야?

정말 내 옆에서 떨어져 나갈 생각이라면 최소한 생활 반경이 겹치지 않도록 하는 성의쯤은 보여 줘. 이런 식으로 말도 안 되는 만남이 이뤄지게 하지 말란 말이야.

네가 어떤 여자랑 데이트를 하고, 결혼을 하고, 아이를 낳고 살아가는지 따위는 조금도 궁금하지 않으니까. 단순히 짜증 나는 정도가 아니라 화가 나 미칠 것 같으니까.

내게서 녹턴을 빼앗아 간 주제에, 아무렇지 않은 척 희희낙락하는 꼴을 내가 두 눈 뜨고 봐야겠어?

엘리제의 표정이 사나워졌다.

"산책 코스가 독특하시네."

그것이 엘리제가 실제로 내뱉은 말의 전부였다. 그녀는 두 사람 옆을 지나쳐 전투대 주차장으로 걸음을 옮겼다.

"마침 잘됐어. 할 말이 있었는데."

뒤에서 라키어스가 말을 걸어 왔다.

"내일 저녁 7시, 그라팔라우 호텔 2층으로 와. 자선행사에 참석했으면 좋겠어."

"내가 왜 그래야 돼?"

"제3보호소 아이들을 위한 행사야."

라키어스가 약간의 공백을 두고 말을 이었다.

"녹턴이 네 앞으로 유일하게 남긴 거잖아."

"명의만 내 거지. 실질적인 관리는 시(市)에서 맡고 있잖아. 거기 소장이 날 얼마나 천대하는 줄 알아? 4년 전엔가 한 번 들렀는데, 여긴 이고르 님이 훌륭하게 관리해 주고 계시니 구치소 들락거리기 바쁜 엘리제 양이 신경 쓸 일은 없을 거라더라."

이고르는 타타발루의 사촌이자 하샤즈의 친척이기도 했다. 그 역시 도시에서 요직을 담당하고 있었다. 이고르의 이름을 입에 담을 때, 엘리제의 시선이 잠깐 하샤즈에게 머물렀다.

"그게 훌륭하게 관리하는 거면 진짜 훌륭한 사람들은 진즉에 얼어 죽었지."

엘리제가 차갑게 조소했다.

"그러고 보면 녹턴도 참 고약해. 그의 양녀가 되지 않았다면 나는 여지없이 제3보호소로 갔을 텐데. 거기가 어떤 곳인지 우리 둘 다 잘 알고 있잖아?"

고등학교와 의료센터가 등급으로 나뉘듯 부모 없는 아이들을 맡는 보호소에도 등급이 있었다. 당연히 위쪽으로 갈수록 시설 상태가 우수했고, 좋은 집으로 입양 갈 확률도 높았다. 제3보호소는 가장 낮은 단계였다.

"한쪽에 애들 전시해 놓고 귀하신 분들끼리 파티를 즐길 테지. 뭐, 별로 끌리진 않네."

"흥미로 결정할 문제가 아니야. 어쨌든 네 이름이 보호소장보다 위에 적혀 있는 곳이니까 참석하는 게 맞지."

"그건 그쪽 생각이고."

엘리제가 다시 몸을 돌렸다.

"난 안 가. 알아서들 해."

"……최소한의 예의는 보이셔야죠."

하샤즈의 목소리가 끼어들었다. 친척의 이름을 운운할 때도 침묵을 지키던 그녀였다.

"라키어스 님은 엘리제 양의 상관이자 집안의 연장자예요. 둘만 있는 자리도 아닌데 함부로 대하는 모습이 보기 좋지만은 않군요."

제삼자의 간섭 따위 무시하고 가면 그만이라 생각했다. 하지만 머리보다 입이 먼저 움직였다.

"절 엘리제 양이라고 불렀다가 업어치기당한 기자 얘기 못 들으셨나 봐요."

질푸른 눈동자가 하샤즈를 직시했다.
"닥터."
"……."
"저 남자에게 차릴 예의 없고, 차릴 이유도 없어요. 그러니 쓸데없는 참견은 넣어 두시죠."
당신 삼촌이 떠오르려고 하니까. 뒷말까지 입 밖에 내지는 않았으나 라키어스와 하샤즈 둘 다 엘리제가 덧붙이지 않은 말을 알아들은 기색이었다. 참 재미있게도, 라키어스가 조용히 언짢음을 드러냈다.
"내게 차릴 예의는 없어도 내 옆 사람에게까지 무례하진 말았으면 하는데."
엘리제는 순간 제 귀를 의심했다.
"다시 말하지. 내일 저녁 7시 그라팔라우 호텔 2층이야. 늦지 않게 참석해."

《오는 게 좋을 거야, 엘리제.》

귓가에 잔잔한 음성이 울렸다. 물론 엘리제를 제외한 누구도 라키어스의 말을 듣지 못했다. 사람들은 모르는 라키어스의 능력 중 하나였다.
전음(轉音).
엘리제의 표정이 대번에 굳었다.
"아이들도 네가 오면 기뻐할 거야."

《만찬을 즐기는 동안 애들이 쫄쫄 굶고 서 있는 건 퍽 가여운 모습이겠지?》

라키어스가 하샤즈 등에 손을 댄 뒤 부드러운 눈짓을 주었다. 이만 자리를 뜨자는 신호였다. 하샤즈가 작게 끄덕이며 걸음을 옮겼다. 엘리제를 뒤에 남기고 걷는 두 사람. 몇 걸음 떨어지지 않은 곳에서 안타까운 목소리가 들렸다.

“얼른 라키어스 님 곁에 설 수 있게 되면 좋겠어요.”

하샤즈였다.

“저는 정말 부족함 없이 모실 거예요.”

미동도 못 하는 저주가 풀린 것은 그로부터 한참 뒤였다. 엘리제에게서 기막힌 헛웃음이 터져 나왔다.

“지금 저 자식이…… 얼굴도 모르는 애들 갖고 날 협박한 거야?”

무엇보다 그가 타인을 위해서 제게 선을 그은 것이 충격적이었다. 이제껏 단 한 번도 없던 일이었다.

‘진짜 감정을 접은 건가?’

하지만 사람의 감정이란 게 이토록 빠르고 철저히 거둘 수 있는 것이던가.

백번 양보하여 그렇다고 치자. 그럼 싫다는 그녀를 협박까지 해 가며 행사에 참석시키는 이유는 무엇일까.

명의는 구실에 불과하다. 요즘 돌아가는 분위기로 봐서는 엘리제 자리에 하샤즈를 세워도 반론이 튀어나오지 않을 터였다.

“접든가 괴로워하든가 하나만 해. 감히 네가 주도권을 쥐려 하지 말란 말이야…….”

엘리제의 낮은 목소리가 공허하게 퍼져 나갔다. 이제는 보이지 않게 된 두 사람을 향한 눈이 마치 접촉 불량의 네온사인 간판처럼 혼란으로 깜빡였다.

“어서 오시게. 아, 국장도 왔나?”

“원로님, 그간 잘 지내셨습니까.”

“나야 늘 똑같지. 여긴 아들인가?”

"예, 오늘은 안사람 대신 이 녀석을 데리고 나왔습니다."

"부자가 아주 판박이군. 특히 입매가 자네를 빼닮았어."

그라팔라우 호텔 2층 행사장.

보호소 아이들을 위한 자선파티가 한창이었다. 자딘이 개회사를 맡았고, 그럴듯하게 차려입은 소장이 나와 감사 인사를 전했다. 초록색 가운을 걸친 아이들이 앞에 나와 노래를 세 곡 부르고 들어갔다.

참가자들의 애장품 경매가 진행되기 전, 사담을 나누는 시간이 있었다. 타타발루는 흐뭇한 얼굴로 손님들의 인사를 받았다.

"이제 하샤즈 양은 라키어스 님 옆자리가 아주 자연스럽군요."

그에게 다가온 손님들이 입을 모아 하샤즈 칭찬을 하였다.

"그림처럼 아름다운 한 쌍입니다."

"진작부터 만났다면 좋았을걸요."

"아직 정확한 날짜를 잡은 건 아니지요?"

"이 사람들이."

입단속시키는 시늉을 했지만 만면에 가득한 미소까지 거두지는 않았다. 그는 라키어스의 에스코트를 받으며 등장한 조카를 뿌듯한 눈으로 바라보았다.

"아직 몇 번 만나지도 않았네. 어제까지 괜찮다가도 오늘 변할 수 있는 게 젊은이들 감정 아닌가. 너무 앞서가진 말자고."

"앞서가긴요."

옆에 있던 손님이 가당치도 않다는 듯 말을 거들었다.

"그 많은 후보 중에서 유일하게 애프터 신청을 받은 하샤즈 양 아닙니까. 듣자 하니 라키어스 님은 첫 데이트 바로 다음 날에 두 번째 약속을 잡으셨다면서요."

"공식 데이트가 아닌 날에도 만났다는 증언이 곳곳에서 들리는걸요."

"거 참."

타타발루가 어쩔 수 없다는 웃음을 흘렸다. 조카를 향한 라키어스의 눈빛엔 배려가 가득했다. 데이트를 한 번씩 한 영애들 앞에서도 하샤즈의 자리를 확실히 챙겨 주었다. 라키어스가 녹턴의 후계자로 정해졌을 때부터 그를 탐내 온 타타발루였다.

슬하에 아들 셋뿐인 사실을 안타까워할 즈음, 동생이 일찍 눈을 감으며 하샤즈를 부탁하고 갔다. 똑똑하면서도 순종적인 조카는 일탈 한 번 하지 않고 반듯한 엘리트로 자라 주었다. 그러더니 결국 라키어스를 사로잡아 선망의 대상으로 자리매김했다.

과연 친딸처럼 정성껏 기른 보람이 있었다. 타타발루의 입술이 너그러운 곡선을 그렸다.

“그래도…… 올해가 가기 전에는 좋은 소식을 전할 수 있겠지.”

“연말이라니, 너무 길게 잡으신 것 아닌가요?”

“이대로라면 5월의 신부를 노릴 만도 합니다만.”

“허허허, 그럴까?”

일부러 던진 약한 소리에 상대가 흡족한 반응을 보여 왔다. 타타발루의 웃음소리가 더욱 호탕해졌다. 한데 갑자기 행사장 입구가 소란스럽게 변했다. 카메라를 든 기자들이 몰려들었다.

불청객, 엘리제의 등장이었다.

“엘리제 양, 이쪽을 봐 주세요!”

“이쪽도 좀 봐 주세요!”

“라키어스 님의 결혼에 대한 소감을 여쭤봐도 될까요?”

“엘리제 양의 파트너는 없습니까?”

“라키어스 님의 선택에 대해 만족하십니까?”

“세 분이서 따로 만난 적이 있나요? 없다면, 앞으로 만나실 의향은 있으신가요?”

엘리제 앞에서만 플래시가 수십 차례 터졌다. 기자들은 경쟁적으로 질문을 하였다. 방송국 기자를 길바닥에 내동댕이친 전적이 있지만 기자들은 엘리제를 싫어하지 않았다. 오히려, 좋아하는 편이었다.

도시의 공주님으로 군림했던 과거와 극적인 일탈, 애매모호한 현재의 신분, 불같은 성미.

그녀는 사건 사고가 끊이지 않는 유명인사이자 살아 있는 기삿거리였다. 엘리제가 나른하게 고개를 기울일 때마다 하나로 올려 묶은 풍성한 흑발이 따라 움직였다.

흰 블라우스에 붉은색 플라워 패턴 스커트라는 단순한 차림이었지만, 매혹적인 외모는 사람들의 시선을 잡아끌기에 충분했다. 깊은 눈매가 밤의 샹들리에 아래 그윽하게 빛났다.

"한마디 해 주실 수 없나요?"

평소엔 기자들을 귀찮게 여기는 주제에, 오늘은 제게 쏟아지는 관심을 태연히 받아 내는 엘리제였다. 그 모습이 타타발루의 심기를 건드렸다.

계집애의 저런 면이 싫었다.

도시에 들어와 목숨을 부지하게 된 하급 혼혈이면 그걸로 감지덕지해도 모자랄 판에, 계집애는 앙큼하게도 가장 고귀한 두 남자의 마음을 사로잡았다. 보는 이가 질릴 정도로 악착같이 노력하여 그들 곁에 남았다.

녹턴이 죽고 엘리제의 일탈이 시작되기 전까지는 아이들이 두각을 드러내지 못한 것도 그를 불편하게 만들었다. 도시에서 열리는 모든 대회의 1등은 엘리제의 차지였기 때문이었다. 끝이 살짝 올라간 푸른 눈은 세상을 제 발밑 아래로 내려 보고 있었다.

그 푸른 눈과 마주할 때면, 타타발루는 매번 조롱당하는 듯한 기분이 느껴졌다.

「오늘은 기분이 좋아 보이시네요.」

「웬일로 먼저 말을 거느냐?」

「그냥 그렇다고요. 참, 학생 1인이 받을 수 있는 상의 개수를 제한하자는 의견을 내셨다면서요.」

「……녹턴이 집에서 업무 이야기도 하나 보지?」

「주로 아침 먹을 때요. 오빠가 들으니까요.」

「그래서?」

「설마 절 겨냥하신 건 아닐 테고.」

「내가…… 너를?」

「저도 아닐 거란 생각은 했어요.」

「…….」

「굳이 변화를 줘야 한다면 중등부와 고등부를 나눠서 상을 주는 게 맞죠. 고등학생 아드님을 이기는 게 제 잘못은 아니잖아요. 아…… 방금 말은 못 들은 걸로 해 주세요.」

되바라진 계집애 같으니라고. 제 오빠도 내게 예의를 갖추는데 감히 네까짓 게 나를 모욕해?

지금 떠올려도 이가 바드득 갈리는 기억이었다. 그나마 녹턴이 유산을 남기지 않은 게 타타발루의 위안이 되어 주었다. 천한 기질을 버리지 못하고 저택을 뛰쳐나가 라키어스와 절교한 건 최고의 희소식이었다.

한데 또 이런 식이다. 울타리를 뛰쳐나갔던 계집애는 결정적인 순간에 과거의 아름다운 가죽을 뒤집어쓰고 나타나 자신과 하샤즈의 앞길을 가로막았다. 천박하게 사람을 홀리는 미모는 카메라 앞에서 더욱 빛났다.

시민들은 제멋대로 날뛰는 사고뭉치와 부족함 없는 애티튜드로 맡은 바를 수행하는 영애의 갭에 열광할 것이다. 지금만 봐도 그랬다.

"애장품 경매에 앞서 기념사진을 촬영하겠습니다."

하샤즈의 몫이 될 뻔한 라키어스의 옆자리는 이 도시에 존재하는 두 번째 녹턴에게 돌아갔다. 자신의 조카는 라키어스 옆에서 기념사진을 촬영할 수 없었다. 개인적인 촬영이야 가능하겠지만, 공식 기록으로 쓰이는 사진에는 라키어스 녹턴과 엘리제 녹턴이 나란히 서 있을 것이다.

타타발루는 쓴웃음 짓는 조카를 다독인 뒤 매서운 눈초리로 엘리제를 쏘아보았다. 건방진 계집애에게 제 주제를 똑똑히 알려 줘야겠다는 생각이 들었다.

❖

행사는 예상대로 따분함의 연속이었다. 운동선수가 우승 경기 당시 입었던 유니폼 등이 자선기금 모금이라는 명목 아래 높은 가격에 낙찰되었다.

'뭐야, 아이들 공연이 한 번 더 남아 있네. 이미 노래를 세 곡이나 시켰다면서 또 무슨 공연이야.'

엘리제가 짜증 어린 한숨을 쉬었다. 직접 눈으로 확인한 제3보호소는 시설이 열악했었다. 갓난아기부터 퇴소를 앞둔 열다섯 살까지, 여러 명의 아이들이 한 방에서 부대껴 생활했다. 공무원이 감찰을 나올 때만 반들반들 윤을 내는 보호소에서 아이들은 각자 살길을 모색해야 했다.

그 결과, 일곱 살짜리가 조막만 한 손으로 껌을 팔고 열세 살이 클럽으로 약을 유통하는 일이 벌어졌다. 어느 누구도 아이들에게 달리 살 수 있는 방법을 가르쳐 주지 않았다. 최하층의 아이들은 그렇게 최하층의 성인이 되어 갔다.

사실 죽지 않고 최하층의 성인이 되는 일조차 힘들기 때문에, 하루하루를 치열히 버티는 아이들이었다.

노래 세 곡과 율동을 곁들인 공연 하나. 이걸 위해 아이들은 얼마나 많은 시간을 고생해야 했을까.

'과연 경매로 모인 돈의 몇 퍼센트가 아이들에게 갈까?'

시니컬한 시선이 행사장 저편의 보호소장에게 가 닿았다.

'저 자식 손에 떨어지겠지. 익명으로 물품을 보낼 때마다 현금이 더 유용하다고 지껄이는 놈…….'

엘리제가 시선을 창밖으로 옮겼다. 화려한 샹들리에와 벨벳 커튼이 그녀의 숨통을 죄어 오는 기분이었다. 오늘 한 끼도 먹지 못했을 아이들이 상류층 파티에 소환되어 자리를 지켜야 하는 상황이 답답했다.

더 정확히 말하면, 이 시스템의 설계자가 다른 누구도 아닌 녹턴이라는 사실이 그녀를 참담하게 만들었다.

'당신은 누가 뭐래도 부정할 수 없는 기적을 일궜어요. 도시를 나가면 절망적인 황무지가 펼쳐지는 이 세계에서, 좋은 옷을 입고 좋은 술을 즐기는 사람이 있다는 사실은 중요하죠. 나는 퇴근 후의 데이트를 기다리고, 용돈을 모아 인형을 사고, 축제 퍼레이드를 보며 행복해하는 사람들을 욕하는 게 아니에요.'

엘리제의 눈이 깊게 가라앉았다. 비록 몸은 행사장에 있지만 그녀의 생각은 밤하늘보다 먼 곳을 달리고 있었다.

'그런 사람들이 존재하게 해 줘서 고마워요. 원래 세상은 그래야 돼요. 잠자리에 드는 아이가 다음 날 눈을 떴을 때, 제 옆을 지키던 엄마가 죽어 있지 않을까 두려워하는 건 제대로 된 세상이 아니죠. 당신은…… 정말 위대한 업적을 쌓았어요.'

프리미엄 시간대의 토크쇼를 진행하는 사회자가 익살을 부렸다. 그러나 엘리제의 귀에는 손님들이 웃는 소리가 아득하게 느껴졌다.

'하지만 저 아이들을 지금 저 자리에 있게 한 것도 당신이에요.'

단정히 자른 손톱이 하얀 블라우스 소매를 파고들었다. 유리창에 비친 자신의 얼굴이 괴로워 보였다.

아무것도 모를 적엔, 그저 그를 숭배하고 사랑하면 되었다. 라키어스가 태양이라면 녹턴은 달을 떠올리게 하는 사람이었고, 그에겐 추앙할 점이 무척 많았다.

그러나 녹턴의 곁에 머무는 시간이 늘어날수록 엘리제의 혼란스러움은 커져만 갔다. 두 남자와 엘리제 사이엔 결코 좁혀지지 않는 간극이 있었다. 그것은 엘리제가 아무리 발버둥 쳐도 메울 수 없는 틈이었다.

녹턴을 따라 복지 관련 행사에 참석할 때면 엘리제의 불편함은 극대화되었다. 그리고 엘리제는 늪처럼 고여 가는 불편함을 애써 외면했다. 누군가를 사랑한다면 그의 오점까지 끌어안아야 한다고 스스로를 다그치면서.

시야를 가리던 허물이 벗겨진 것은 그가 죽고 난 다음이었다. 비 내리는 어느 밤, 녹턴이 묻힌 공원을 찾은 엘리제는 최하층 계급의 소녀가 얼마나 무참한 폭력을 당할 수 있는지를 목격했다.

문제는 가해자들을 심판대에 세웠을 때였다. 그들은 각종 혜택과 선처의 힘으로 풀려났고, 녹턴의 장례식에 사용된 화환 개수까지 보도하던 미디어는 약속이라도 한 듯 말을 아꼈다. 공원에서 폭행범죄가 발생했으니 심야의 안전에 주의하자는 내용이 전부였다.

「이게 당신의 시스템이었어요, 녹턴. 당신이 확신을 가지고 하나하나 쌓아 올린 세계. 내가 트로피를 휩쓸면서도 끝내 떨쳐 내지 못한 거북함은 이 때문이었던 거예요.」

무력함과 비참함, 허탈함, 분노와 애증이 엘리제의 안을 헤집었다. 그들 속에 자리 잡았다던 생각은 한때의 착각이었다. 실은 단 한 순간도 진짜 일원인 적이 없었는데 말이다.

다시 녹턴의 무덤 앞에 선 열일곱 살의 엘리제는 눈물이 뺨을 타고 흐르도록 두었다. 첫 만남 이후, 그의 앞에서는 보이지 않았던 눈물이었다.

「태생으로 계급이 정해지고, 높은 계급이 젯값을 덜어 주는 세계라면…….」

눈물은 약자의 것이라고 했던 녹턴.

「당신의 도시는 에데니카라는 이름을 가질 자격이 없어요.」

"자, 8천 에그레!"

사회자의 호들갑스러운 소리가 엘리제를 먼 기억 속에서 끌어왔다. 유리창에 비친 자신의 뒤로 마지막 경매에 임하는 사람들이 보였다.

"8천 에그레 나왔습니다! 더 부를 분 없으십니까? 무려 라키어스 님의 스케치북을 소장하시게 됩니다!"

사회자가 요란하게 손뼉 치며 주의를 끌었다. 이에 호응하듯 누군가가 8천2백을 불렀고, 반대편에서 8천3백이 나왔다.

"네, 8천3백이 끝인가요?"

"8천5백!"

"라키어스 님의 몸값이 이렇게 저렴할 줄은 미처 몰랐는데요. 앗, 방금 건 농담인 거 아시죠?"

다시금 웃음소리가 퍼졌다.

"5만 에그레!"

어디선가 호탕한 소리가 들렸다. 모두의 시선이 한곳으로 모여들었다. 빙긋한 웃음의 주인공은 타타발루였다.

"방금 타타발루 님께서 5만을 부르셨습니다. 더 부를 분 없습니까?"

"자딘 원로, 여기 참전하면 안 되네."

"왜 애먼 사람을 잡고 그러나."

자딘이 너털웃음을 터뜨리며 말했다.

"자넨 어떨지 몰라도 나는 가족의 물건을 5만 에그레나 주고 사진 않을 거네."

"리오네가 예술가가 아니라 다행이군. 기껏 부유한 아버지를 두었는데, 딸 작품 값도 챙겨 주지 않는 아버지라니 너무 고약하잖나."

두 원로의 너스레에 행사장 분위기가 더욱 고조되었다. 결국 마지막 경매 물품은 타타발루에게 낙찰되었다.

"마침 하샤즈 생일이 다음 달이거든."

타타발루가 라키어스 옆의 조카에게 흐뭇한 눈짓을 보냈다. 자딘은 자길 고약한 아버지로 만들어 놓고, 정작 본인은 조카 생일 선물을 스케치북으로 때우느냐며 타박하였다.

화기애애한 분위기 속에 코스 요리가 제공되었다. 엘리제는 애피타이저에 손도 대지 않은 채 자리에서 일어났다. 중앙 테이블에 앉아 있는 라키어스의 시선이 제 뒤로 따라붙는 게 느껴졌다. 지금 2층 주방은 전쟁 통일 것이다. 엘리제는 조금의 망설임도 없이 엘리베이터 버튼을 눌렀다.

그녀가 도착한 곳은 스카이라운지였다.

"아직 있네요."

"오랜만에 보자마자 하는 말이 그거예요? 아직 있냐고? 당연히 있죠. 내가 10년째 이곳 매니저인데."

검은 피부의 중년 여성이 눈을 흘겼다. 엘리제는 호텔에 들어온 이후 처음으로 생긋 웃었다.

"자선행사에 참석한 거죠?"

"넵."

"한데 행사장에 안 있고 왜 올라왔어요?"

"보고 싶은 사람이 여기 있으니까요."

"어디서 자꾸 통하지도 않을 애교를 부리실까, 이 아가씨가."

엘리제가 얼굴 앞으로 두 손을 모으고 부탁하는 시늉을 해 보였다.

"따끈따끈한 미트파이 두 판만 구워 줘요."

파란 눈이 예쁘게 깜빡거렸다.

"세상에서 제일 큰 사이즈로 두 판."

손님들이 메인 메뉴를 반 정도 비웠을 때쯤, 엘리제가 트레이를 밀고 들어왔다. 아래 칸에는 라운지 매니저의 사랑만큼 커다란 미트파이가, 위 칸에는 일회용 접시와 포크, 음료수가 놓여 있었다.

"너희 그동안 먹은 거 있니?"

엘리제가 말을 걸자 보호소 아이들의 얼굴에 당황스러운 기색이 떠올랐다. 만찬을 즐기던 소장이 자리에서 일어나려 했지만 엘리제가 한발 빨랐다.

개를 훈련시키듯 단호한 손짓에 소장이 일어나다 말고 주춤했다.

오늘 엘리제에겐 평소와 다른 기세가 있었다. 행동 자체는 매우 모욕적인데도 왠지 모르게 지시를 따르도록 만드는 위압감이었다. 물론 이것은 엘리제가 의도한 사람들 한정이었다.

"사람들이 먹을 거 줬어?"

아이들을 향한 태도는 전투대원을 향한 그것만큼이나 자연스러웠다.

"이따 공연할 때까지 가운 더럽히면 안 된다고……."

아홉 살쯤 되어 보이는 소년이 소장의 눈치를 살폈다. 엘리제는 아이의 시선을 그대로 따라가 소장을 마주 쳐다보았다. 상대가 움찔하는 것까지 확인한 다음 몸으로 가로막아 시선을 차단했다.

"못 먹게 하던?"

"그래도 쿠키랑 빵 받았어요. 보호소 가서 먹을 거예요……."

"쿠키랑 빵."

엘리제가 라키어스 쪽을 일별했다.

"아슬아슬하게 안 굶긴다, 그치?"

엘리제의 미소가 잠깐 사늘해졌다. 아이들은 부지런히 눈짓을 교환했다.

"내가 책임질게. 가운 벗고 편안한 마음으로 먹어. 이 미트파이, 소스 뚝뚝 떨어지고 장난 아니야."

아이들의 눈동자가 크게 흔들렸다.

"먹자."

은색 뚜껑을 열자마자 짭조름하면서도 버터 풍미 가득한 훈김이 확 퍼졌다. 으깬 감자를 올린 파이 시트가 보는 사람을 유혹했다. 아이들은 홀린 듯이 가운을 벗고 먹을 준비를 마쳤다.

"헉……."

파이를 한입 가득 베어 문 아이가 충격 어린 감탄을 흘렸다.

"완전 맛있지?"

다들 정신없이 먹느라 대답할 여유조차 없었다. 대충 고개를 끄덕이는 게 고작이었다. 엘리제는 뿌듯한 얼굴로 음료수를 나눠 주었다. 게 눈 감추듯 접시를 비운 소녀가 조용히 포크를 빨았다. 두 번째 판을 개시할 타이밍이었다.

"언니, 아, 아가씨, 어."

엘리제의 호칭을 고민하던 한 소녀가 이내 마음을 결정했다는 듯 고개를 한 번 끄덕였다.

"대장님은 안 먹어요?"

엘리제가 가볍게 웃었다.

"대장님? 내가 누군지 알아?"

"응! 엘리제 녹턴. 전투대장이잖아요."

이미 먹고 왔다는 대답에 소녀가 재차 고개를 끄덕였다. 하지만 다음에 이어진 말은 엘리제의 예상을 벗어나는 것이었다.

"저기, 저는 나중에 커서 전투대에 들어가고 싶어요."

소녀는 이제 겨우 일곱 살이 되어 보였다. 영양부족으로 또래보다 작다고 해도 여덟 살. 절대 아홉 살 이상으로 보이지 않았다. 엘리제가 쓴웃음을 지었다.

"전투대 별로 좋은 거 아닌데. 언제 죽을지 모르거든."

"우리랑 다를 바 없네."

음료수를 들이켜던 소년이 중얼거렸다. 두 번째 파이를 먹던 대부분의 아이들이 덤덤히 수긍했다.

"가끔 보호소에 와서 피자 사 주는 언니가 있는데요, 전투대원이에요. 그 언니가 그랬어요. 자긴 언제든지 대장을 위해 죽을 수 있다고. 목숨 걸 수 있다고."

소녀가 볼 한쪽에 물고 있던 파이를 꿀떡 삼키고는 말을 이었다.

"자기 대장은 목숨 바쳐도 아깝지 않을 유일한 사람이라고 했어요."

"……그건."

과분한 말인 것 같다고 하려는 찰나였다. 소녀의 작은 입술에서 곧장 다음 말이 나왔다.

"근데요. 처음엔 언니도 그렇게 생각했는데요. 결심이 바뀌었다고 했어요."

"……어떻게?"

"살아 내겠다고."

어린 눈동자에는 흔들림이 없었다.

"자기가 잠깐 잊었대요. 우리에겐 사는 게 죽는 것보다 어려운데, 저도 모르게 쉬운 길을 택했던 것 같다고. 대장이 매번 언니를 지켜 주는 걸 보면서 생각했대요. 아무리 힘들어도 살아서, 대장 곁에서 오래도록 웃고 싶다고."

"혹시 그 언니 이름 기억해?"

"마하 누나!"

마지막 한입까지 야무지게 해치우던 소년이 대뜸 끼어들었다.

"누나도 우리 보호소 출신이랬어요!"

엘리제는 속으로 고개를 끄덕였다. 마하는 전투대의 최연소 대원으로, 엘리제가 총 잡는 법부터 가르친 녀석이었다. 얼마 전, 엘리제가 어깨를 크게 다쳐 가며 구하기도 했었다.

예상치 못한 인연에 묘한 기분이 들었다. 아이를 통해 전해 들은 마하의 결심이 엘리제를 가만히 건드렸다. 그것은 엘리제가 대원들에게 항상 하는 말이기도 했다.

살아남아라.

목숨이 붙어 있는 한 끝까지 견뎌라.

살아만 있다면, 그곳이 지옥 끝이라 해도 구하러 갈 테니까.

"그랬구나……. 한데 어쩌지. 전투대는 결원이 생겨야 새 사람을 뽑는 방식이라서."

"그럼 후보로라도 넣어 주세요."

소녀는 제법 집요했다. 엘리제는 옅게 웃으며 일단 성년이 되고 나면 생각해 보자고 하였다. 최소 10년은 지나야 한다는 뜻이었지만, 소녀는 그 말만으로도 기뻐하였다. 아이들도 배불리 먹였으니 오늘 할 일은 다 했다.

엘리제는 행사장 한쪽의 음료 테이블로 향했다. 코스 요리와 별개로 다양한 음료가 제공되고 있었다. 유리잔 표면에 물방울이 맺힌 아이스티가 반가웠다. 강한 난방에 실내가 다소 덥게 느껴지던 참이었다.

"행사장엔 무슨 생각으로 나타난 게지?"

그녀의 앞을 막아서는 누군가가 있었다.

타타발루였다.

실내에 울려 퍼지는 현악4중주 위로 사람들의 이야기 소리가 덧씌워졌다. 번화가처럼 시끄러운 분위기는 아니지만, 그렇다고 해서 타타발루의 목소리가 사람들에게 들릴 정도는 아니었다.

엘리제의 고개가 저절로 비딱하게 기울었다. 마주치고 싶지 않은 상대가 여럿 있는데, 그중에서도 타타발루는 라키어스와 1, 2위를 다투는 인물이었다. 그것도 아주 치열한 접전을 벌이는 인물인데 이렇게 본격적으로 대면하고 만 것이다.

오늘은 과연 무슨 막말을 할까.

단언컨대 엘리제는 조금도 궁금하지 않았다. 할 수만 있다면 입도 벙긋하지 못하게 만들고 싶은 상대였다.

"라키어스가 초대했다는 소리는 하샤즈에게 들었다. 네 오빠야 당연히 그리했겠지."

혐오로 얼룩진 눈초리가 엘리제에게 날아들었다.

"하지만 네가 언제부터 네 오빠 말을 들었다고."

엘리제는 물방울 맺힌 잔의 표면을 슥 문질렀다. 그렇게 손끝으로 물방울을 지워 가다가 전혀 다른 곳을 쳐다보며 아이스티를 마셨다. 철저히 무시하는 태도를 보일수록 타타발루의 표정은 굳어 갔다.

"말해 봐라. 그 앙큼한 얼굴 아래 무슨 꿍꿍이를 품고 있는지."

"재밌는 말을 하시네요, 원로. 모든 사람이 본인처럼 흑심과 음모 속에서 사는 줄 아시나 본데."

"천박한 계집."

타타발루가 더는 참을 수 없다는 듯 싸늘한 얼굴로 내뱉었다.

"네 속을 모를 줄 알고? 녹턴이 죽고 난 이후로 네 뒤를 봐준 건 라키어스였지. 네가 오빠와 척을 졌느니, 저택을 뛰쳐나갔느니 해도 새벽에 구치소로 달려가 너를 빼 준 건 라키어스였어. 어차피 리더의 면책권이 적용될 일이었다. 서두를 필요도 없고, 수행원을 시켜도 될 일이었지. 하지만 네 오빠는 굳이 거기까지 찾아가 양해를 구했어. 그러면 너는 당연하다는 듯 고개를 쳐들고 나오곤 했지. 고맙다는 인사 한 마디 없이. 아주 뻔뻔하게 굴었어."

타타발루의 입가가 경멸로 떨렸다.

"그때부터 지금까지 넌 한결같은 모양새야. 상류계급 비웃는 반항아 흉내를 내지만 사실 그거야말로 영애의 유치한 놀이란 것을 우리 모두가 알고 있지. 네가 거느리는 팔십 명과 너 자신이 정말 똑같은 부류라고 생각하나? 진심은 아니겠지, 엘리제 녹턴?"

짙은 자줏빛으로 착색된 입술이 조소를 담고 실룩거렸다. 노회한 눈빛이 엘리제를 관통했다.

"넌 네 부하들이 출입할 수 없는 제1의료센터를 이용할 수 있지 않나. 이 도시 안에서 라키어스의 이름으로 통과하지 못하는 곳은 없으니, 넌 애초에 놈들과 출발선부터 다른 거다. 전우애? 동료? 라키어스를 등에 업은 영애의 시혜라는 말이 더 맞지 않을까."

타타발루의 낮은 목소리가 더욱 가라앉았다.

"여기서 내가 싫은 점은 말이다. 너란 계집애의 이중적인 태도야. 입으로는 네 오빠를 싫어한다고 하면서도, 그의 곁을 끈질기게 맴돌고 있거든. 그러다가 하샤즈가 나타나자 위기를 느낀 게지."

"……."

"갖고 싶지 않지만 남 주기도 싫은 '힘'을 영영 빼앗길까 봐."

그의 눈에 엘리제는 가증스럽기 짝이 없는 요물이었다.

"대단한 일을 한다고 으스대지 않았으면 좋겠구나. 솔직히 전투대 따위 없어도 이 도시는 굴러가니까. 네 오빠의 힘만으로도 충분히 도시를 방어할 수 있단 말이지. 그런 면에서……."

타타발루가 엘리제를 강하게 쏘아보았다.

"넌 도시에서 사라져야 할 존재야."

엘리제는 제 손에 움켜쥔 것이 모두의 숭앙을 받는 가장 고귀한 존재임에도 하찮은 취급을 한다. 그와 동시에 독점한다.

상대가 자신을 배신하지 않는다는 확신이 있기에 가능한 일이다. 차라리 엘리제가 멍청한 부류였다면 타타발루도 이만큼 신경 쓰지는 않았을 것이다.

오빠를 졸라서 사치를 부린다든가, 아예 오빠에게 접근하는 사람 전원에게 날을 세운다든가. 그랬다면 좀 더 쉽게 고립시킬 수 있었을 텐데.

불행히도 엘리제는 영리했다. 타타발루는 생전에 이보다 교활한 계집을 본 적이 없었다. 라키어스를 끌어당겼다가 밀어내는 기술은 미디어를 대하는 것만큼이나 수준급이었다.

엘리제가 라키어스 옆에 붙어 있는 한, 젊은 리더는 자꾸 예외의 경우를 만들어 낼 터였다. 원로들의 말을 거스르지 않고 모든 일을 원칙에 맞게 처리하는 라키어스가 유독 약해지는 건 여동생과 엮이는 순간이었다.

타타발루는 탐욕스러운 요부가 도시를 제멋대로 주무르는 꼴을 볼 만큼 비위가 좋지 않았다.

어떻게 하면 저 기를 꺾어 버릴 수 있을까.

말로 하는 위협이 통하지 않는다면 사람을 쓰는 방법도 고려 중이었다. 자신과 하샤즈의 앞날을 위해서라면 그 정도 공은 들여야 했다. 다만 마음에 걸리는 건, 하급 혼혈에 불과한 엘리제가 도시 내에서도 손꼽힐 만큼 강하다는 점이었다.

한편 가만히 듣고만 있던 엘리제가 입매를 당겨 올렸다. 입구 쪽에서 대기하고 있는 기자단이 봤을 때, 별 의심을 품지 않게 만드는 산뜻한 미소였다.

"……누가 그러죠?"

차분한 목소리가 타타발루를 향했다.

"제가 조카분의 등장에 위기를 느낀다고?"

"당연히."

"애당초 전 라키어스의 결혼에 동요할 필요가 없잖아요. 오빠가 결혼을 하든 말든"

엘리제의 미소가 조금 더 해사해졌다.

"라키어스는 절 버릴 수 없으니까."

"너……."

"고맙다는 말없이 차갑게 굴어도 무조건적인 애정이 쏟아지는 존재거든요, 저는."

잊지 말라는 듯 덧붙였다.

"원로가 되짚어 주셨듯이 말이죠."

"너, 이……!"

"증오하는 대상으로부터 애정을 받는 것도 뭣 같은 기분이긴 하지만……. 어차피 설명해 봤자 원로는 모르시겠네요. 그럼 이런 거 말고 아는 이야기를 할까요?"

엘리제가 유리잔을 내려놓았다.

"가령 원로께서 왜 화를 내시는지에 대해서요. 추측컨대 두 번째 자리의 대물림 때문이 아닐까요. 녹턴 생전에는 자딘 원로를 가까이했죠. 그가 죽고 라키어스가 뒤를 이었어도 이에 변함이 없었어요. 한데 조카분도 제게 순위가 밀린다니 화가 날 만해요."

타타발루의 안색이 시뻘겋게 변했다. 원래 보기 좋은 구릿빛이던 얼굴이 금방이라도 터져 나갈 듯 달아올랐다. 엘리제는 그에게 치명상을 입혔다. 1밀리미터의 오차도 없는 정확한 공격이었다.

"멋대로 애정을 퍼붓는 건 저쪽이니까 왜 자꾸 편들어 주는지는 당사자에게 가서 따지시고요. 또다시 나한테 와서 뭐라 하기만 해 봐……."

엘리제가 그를 스쳐 지나가며 속삭였다.

"도시에서 사라져야 할 기생충이 어느 쪽인지 똑똑히 알려 줄 테니까."

타타발루가 주먹을 움켜쥐었다. 여차하면 엘리제에게 주먹을 휘두를 낌새였다. 그러나 체면을 중시하는 원로는 보는 눈이 많은 행사장에서 마지막 선을 넘지 않을 터였다. 그저 엘리제를 찢어 죽일 듯이 노려보며 부르르 떨 뿐이다.

남은 건 그대로 자리를 유유히 떠나는 것. 하나 테라스를 향하는 엘리제의 발걸음이 갈수록 다급해졌다는 사실까지 알아차린 이는 없었다.

탁.

문 닫히는 소리가 거칠었다. 엘리제는 눈을 감은 채 심호흡을 했다. 차가운 공기가 폐 속까지 들이찼다가 빠져나갔다. 스타킹을 신지 않은 맨다리에 살짝 소름이 돋았다. 몸을 식혀 주는 찬 공기가 반가웠다.

엘리제는 한동안 그 자리에 서서 숨을 들이쉬고 내쉬는 일에만 집중하였다.

"짜증 나……."

난간 쪽으로 걸어가는 몇 걸음이 버거웠다. 엘리제의 하얀 미간이 일그러졌다. 타타발루를 꺾었다는 쾌감은 순간에 불과했다. 엘리제가 원로의 약점을 제대로 할퀴었듯, 타타발루 또한 엘리제에게 그리했다.

「영애의 시혜.」

타타발루의 빈정거리는 목소리가 귓가를 맴돌았다.

「유치한 놀이.」

그는 엘리제에게 직격을 날렸다. 천박하다는 말은 너무 많이 들어서 이제 아무렇지 않았다. 녹턴의 양녀가 되었을 때 엘리제는 아홉 살이었다. 사람들은 신데렐라의 탄생에 놀라워하는 한편, 엘리제와 비슷한 처지임에도 녹턴의 양녀가 되는 대신 보호소로 가야 했던 아이들을 입에 올리며 수군거렸다.

녹턴과 라키어스가 엘리제에게 호의를 베풀수록 뒷말은 더 지저분해졌다. 사람들이 은밀히 나누는 뒷말을, 타타발루는 대놓고 할 뿐이다. 그런 종류의 적의는 익숙했다.

하지만 상류계급과 전투대 양쪽에 발을 딛고 있는 엘리제를 비웃는다면 이야기가 달라진다.

'난 어디에 속해 있는 걸까.'

필사적인 노력 끝에 녹턴의 성을 가질 수 있었다. 양녀를 향한 녹턴의 감정이 증오에 가까웠다는 속사정은 별개의 문제였다. 엘리제의 성은 노동을 하지 않고도 편히 지낼 수 있는 삶을 보장했다.

그러나 녹턴의 무덤 앞에서 각성한 날, 엘리제는 깨달았다.

수많은 파티에 참석하고 공주님으로 군림하며 각종 대회의 상을 휩쓸었어도, 자신은 '진짜' 상류계급인 적이 없다는 사실을 말이다. 그래서 전투대야말로 엘리제 자신이 뼈를 묻을 곳이라고 생각했다. 가장 자기답게 있을 수 있는 곳. 녹턴의 양녀가 아닌 채 성장했다면 언젠가는 소속되었을 곳으로.

하나 타타발루는 웃기지 말라고 했다. 영애의 예쁜 착각이라고 비웃으면서 비안카와 트릭시는 엘리제의 곁이 될 수 없다고 지껄였다. 문득 이방인이라는 말이 떠올랐다.

계급이 지배하는 도시 안에서 엘리제는 기형의 존재였다. 어느 누구도 엘리제 같은 이는 없었다. 최상층과 최하층에 동시에 발을 걸치고 있다는 것은, 달리 말해 어디에도 속해 있지 않다는 뜻이다.

첫 숨을 뱉어 낸 순간부터 외롭다는 생각을 해 본 적이 없는 엘리제였다. 그리고 엘리제는 지금 이 순간, 지독하리만치 외로웠다.

어딘가에 속한다는 것은 자유의 반대말이 아닌가. 다시 말해, 속하지 않는다는 것은 자유롭다는 뜻이다.

자유는 좋은 거라고 배웠는데. 쏟아질 듯한 별을 보면서 엄마가 했던 말이 생생한데. 자유로운 삶이 가장 얻기 힘든 거라고.

훔치지 못하는 것이 없던 엄마였다. 음식, 보석, 타인의 신분, 결국엔 사랑까지 쟁취했던 엄마였다. 그런 엄마의 입에서 가장 얻기 힘든 것이라는 말이 나왔다. 당연히 어린 엘리제의 뇌리에 깊게 남을 수밖에 없었다.

"완전한 자유는 아니지만…… 그래도 숨통 트일 정도는 얻었다고 생각했어. 내가 원하는 사람들, 내가 원하는 집, 내가 원하는 생활. 어릴 때처럼 배곯을 필요도 없고, 그렇다고 해서 저택에 살 때처럼 숨 막히는 것도 아니야."

이 정도 자유라면, 시티타워로부터의 간섭쯤은 무시할 만하다고 생각했다.

하지만 자유라고 믿었던 것이 애초에 자유가 아니었다면?

엘리제가 맞고 타타발루가 틀렸다고 해도 해결하지 못한 문제가 남아 있었다.

"왜 이렇게…… 외롭지?"

간지러워서 입에 담지도 않았던 표현이었다. 외로움은 엘리제와 거리가 먼 감정이었다. 오히려 외로움을 자주 입에 담았던 이는…….

"싫어."

엘리제의 눈빛이 날카로워졌다. 저도 모르게 두 번째 본능처럼 날이 서고 말았다.

「여긴 너무 외로워, 엘리제.」

눈부신 햇살 아래, 자신을 추앙하는 자리에서 옅은 한숨을 쉬었던 존재.

타닥.

테라스 문이 닫히는 소리에 상념이 흩어졌다. 엘리제는 소리가 난 쪽으로 고개를 돌렸다. 얼굴을 확인하기도 전에 상대가 누군지 알아차리는 감각이 지겨웠다.

세상 많은 사람들 중 오직 한 명에게만 통하는 능력 같은 건 왜 있는 걸까.

없앨 수만 있다면 당장 없애 버리고 싶었다.

"엘리제."

몇 걸음 떨어진 곳에 라키어스가 있었다.

"약혼녀를 두고 날 따라 나오면 너무 노골적인 모양새가 되지 않아?"

"내겐 약혼녀가 없는데."

"아직, 없는 거겠지."

엘리제가 중요한 사실을 일깨워 주듯 말했다. 행사장 앞뒤를 제외한 중간 부분 유리창은 모두 커튼을 내린 상태라, 안에서 두 사람이 보일 일은 없었다. 하지만 언제든 다른 사람이 테라스로 나올 가능성 또한 존재했다.

서로에 대한 감정을 드러내기엔 적절치 않은 장소였다. 자리를 뜨는 게 좋겠다는 판단이 섰다. 그러나 라키어스의 시선이 엘리제의 발목을 옭아맸다. 고요한 수면 아래 일렁이는 무언가가 그녀를 잡고 놓아주지 않았다.

"하샤즈가 기다릴 거야."

"내가 자리를 뜬 지 몇 분이 지났다고. 게다가 그 여자는 지금 자신에게 쏟아지는 관심을 주워 먹느라 바빠. 한동안 내 부재를 신경 쓰지 않을 거야."

"'그 여자'라."

엘리제가 입술을 쓰게 비틀었다.

"영애가 들었다면 상당히 서운해할 호칭인걸."

"이보다 적합한 표현을 찾지 못해서 그래."

라키어스가 담담하게 말을 이었다.

"저 안에 있는 여자의 가치는 딱 그 정도거든."

지나치게 초연한 태도가 오히려 엘리제의 버튼을 눌렀다. 엘리제는 행사장으로 돌아가려던 생각을 접고, 그에게로 몸을 돌렸다.

"타타발루가 틀린 말을 하진 않았어. 내가 불참했다면 내 자리는 자연히 하샤즈 몫이 되었을 텐데. 좋아하지도 않는 행사장에 얼굴 들이민 이유를 묻더라고. 보호소 애들 가지고 협박당했다고 말하기가 뭣해서 가만있었어."

엘리제가 턱을 치켜들었다.

"사실 나조차 진짜 이유를 모르기도 하고 말이지. 말해 봐, 리더님. 대체 왜 나를 부른 거야?"

"……그게 중요한가?"

질문을 태연히 되돌리는 낯짝에 말문이 막혔다.

"안 중요하면 질문도 못 해? 중요함을 판단하는 잣대는 네가 정하는 거고?"

차가운 바람이 엘리제의 잔머리를 흩트렸다.

"넌 왜 항상 그런 식이지?"

"……."

"일방적으로 밀어붙이기만 해."

그녀의 비난에 라키어스가 시선을 아래로 내렸다. 천천히 거리를 좁히는 발걸음에 숨이 가빠졌다.

"오지 마."

"너도 항상 같으면서."

엘리제의 앞에 다다른 라키어스가 조용한 눈으로 응시했다.

"매번…… 사람들과 다른 말을 하잖아. '하지 마, 네가 싫어, 소름 끼쳐.' 너 아니면 듣지 못할 말이지."

"그래서 내게 흥미를 느꼈다는 거 알고 있어. 여기서 묻고 싶은 건."

이어질 말에 라키어스가 기뻐하지 않았으면 했다.

"원로원의 제안을 받아들인 이유가 뭐야?"

조금이라도 웃는 모습을 보인다면.

"내게 흥미가 떨어졌으면 하샤즈에게 집중해. 그게 아니면 원로원 자극해서 내 기분 망치도록 하지 마. 네 결정에 휘둘리는 거 끔찍하니까, 하나만 하라고."

죽여 버릴 거야.

엘리제가 이를 악물었다. 이런 질문을 한다는 것 자체가 혼란을 내비치는 증거 같아서 화가 치밀었다. 그러나 라키어스는 하라는 대답은 하지 않고, 곧장 벽 너머의 핵심을 찔렀다. 타타발루에 이은 두 번째 치명타였다.

"흔들리는 거니?"

"무슨……."

"사랑했던 사람을 죽인 사람을 사랑하게 될까 봐, 그런 자신에게 화가 난 거야?"

엘리제의 얼굴에서 핏기가 가셨다.

"날 다그치는 이유가 그거지?"

손끝이 떨렸다. 오한이 팔을 타고 올라와 어깨까지 떨리게 만들었다. 밀어닥친 감정에 눈시울이 붉어졌다.

"헛소리도 정도껏 해……."

타타발루는 짓밟았지만 라키어스는 그러지 못했다. 아무리 라키어스가 이해되지 않는다고 해도 방금 전의 질문을 해선 안 되는 거였다.

언제는 그를 이해하고 살아왔나?

이해할 수도 없고, 하고 싶지도 않은 상대였다. 둘의 관계는 그걸로 충분했다.

라키어스를 증오하는 엘리제.

엘리제에게 집착하는 라키어스.

한데 방금 목소리의 형태를 띠고 나온 말이, 그 단순하면서도 공고한 관계를 산산조각 내었다.

내가 왜 널 싫어하게 되었더라?

녹턴을 오롯이 소유하고도 그를 소중히 여기지 않았기 때문이야.

누군가에게 마음을 받았다고 해서 반드시 되돌려 줘야 하는 건 아니지. 그건 알아.

하지만 태연한 네가 미웠어.

한편으로 미칠 듯이 부러웠어.

녹턴이 나를 봐 주지 않는다는 이유로 널 미워해선 안 된다고 스스로 다잡기도 했지만.

「그는 너무 오만해. 제2의 바벨탑을 꿈꾸는 이들이 있다면 번거롭게 벽돌을 옮길 필요 없이 녹턴을 세워 놓으면 될 거야. 저자의 자만심은 이미 하늘을 찌르니까.」

그를 조롱하는 네 모습에 얄팍한 결심이 무너졌어.

인정할게. 너를 받아들이는 것보다 너를 증오하는 게 훨씬 쉬웠다는 거. 거기다 넌 녹턴을 죽이기까지 했잖아.

널 향한 증오가 내 삶의 한 축이라는 사실조차 인정하기 싫어서 미치겠는데. 그런데 이제 와서 네게 흔들리면 난 뭐가 되는 거지?

라키어스를 여전히 증오하는 건 맞다. 이 감정은 아마 변치 않을 것이다. 하나 증오와는 또 다른 마음이 생겨나 버렸다.

'어떻게 네가 그럴 수 있어?'

제 안에서, 어린 얼굴을 한 엘리제가 경멸스러운 눈으로 질책했다.

'어떻게 네가 라키어스를?'

자괴감에 쓴 물이 올라왔다. 바닥까지 파헤쳐진 기분에 엘리제가 몸을 돌렸다. 무조건 자리를 뜨고 싶다는 생각밖에 들지 않았다. 그러나 문고리에 손을 올린 순간, 뒤에서 강하게 끌어안는 팔에 숨이 멎었다.

"놔."

목소리에 힘이 들어가지 않았다.

"놓으라고 했어……."

"엘리제."

얇은 블라우스 너머로 라키어스가 느껴졌다. 두 사람은 조금의 틈도 없이 밀착된 상태였다. 우습게도 라키어스와 이토록 가까이 닿은 적은 처음이었다. 그의 가슴이 엘리제의 등을 감싸고 있었다. 단단한 두 팔은 엘리제가 꼼짝도 할 수 없게 끌어안은 채였다.

온몸으로 결박당한 기분에 어깨가 더욱 심하게 떨리기 시작했다.

"내가 기뻐할수록 넌 화를 내겠지."

"이거, 놔……."

"하지만 미칠 것 같아."

라키어스가 더운 숨결을 흩어 냈다. 엘리제를 헷갈리게 할 만큼 완벽하게 억눌러 온 감정이 끝끝내 폭발한 듯 보였다.

"애정을 구걸해서 얻어 낼 수만 있다면 난 기꺼이 네 개가 되겠어. 꿇으라면 꿇고, 바닥을 기라면 기고, 네 발을 핥으라면 기쁜 마음으로 할 거야."

"누가 그딴 것…… 원하기나 한대?"

"사랑해."

블라우스가 두 사람 사이에서 짓눌리며 구겨졌다. 그가 몸을 비빌 때마다 다리의 힘이 빠져나갔다. 라키어스가 팔을 푼다면 엘리제는 분명 자리에 주저앉아 버릴 것이다. 할 수 있는 저항이라곤 고작 떨리는 목소리를 쥐어짜는 것뿐.

"하샤즈에게나 가 버려."

"아직도 그 여자 이야기야? 내 손으로 선택한 도구인데, 이제 도구에게까지 질투가 나려고 해. 그만해. 그만두고…… 나만 바라봐, 엘리제."

귓가를 울리는 낮은 목소리는 끈적이는 거미줄과도 같았다. 솜털을 부드럽게 간질이며 귓속으로 뻗어 나가는 거미줄.

그것은 투명한 실로 이성을 옭아매고, 엘리제를 원치 않는 길로 접어들게 만들 것이다.

"엘리제."

그만둬.

"내 소중한 엘."

제발 그렇게 부르지 마.

"내 손을 잡아."

그만, 그만, 제발 그만.

엘리제가 괴로움에 몸을 바르작거렸다. 하나 무용한 저항을 계속할수록 서로가 닿아 있다는 사실만 재확인하게 될 따름이었다. 라키어스의 간절한 목소리가 고막을 파고들었다.

"날 가져 줘."

새하얀 블라우스 위로 드러난 목덜미에 그의 입술이 내려앉았다. 닿은 것은 입술이지만, 품고 있는 열기는 불에 달군 쇳덩이보다도 뜨거웠다. 단정한 입술 사이로 여린 살갗이 빨려 들어갔다. 따끔거리는 감각이 등줄기를 타고 내려가 발끝까지 퍼져 나갔다.

그것은 단순한 키스가 아니었다. 이제까지의 모든 감정을 담아내는 낙인에 가까웠다.

"흐윽……."

영원처럼 느껴졌던 시간이 끝났다. 라키어스는 짙붉게 부푼 자리에 애틋한 한숨을 흘려 냈다.

그조차 지나친 자극으로 느껴졌다. 엘리제는 눈을 질끈 감았다가 천천히 시야를 열었다.

라키어스가 주는 감각은 아찔하지만 그로 인해 느끼는 무력감은 비참했다. 이것이 엘리제를 견딜 수 없게 만드는 모순점이었다.

"내 이성이 아직 남아 있을 때."

"……."

"손을 잡는 게 좋을 거야."

라키어스의 팔이 스르르 떨어져 나갔다. 엘리제는 주먹을 쥔 채 필사적으로 버텼다. 덕분에 꼴사납게 주저앉는 것만은 간신히 면할 수 있었다. 그사이 식사가 끝났는지 잠깐 열린 문 사이로 그릇 치우는 소리가 들렸다.

라키어스가 행사장에 돌아가고 얼마 지나지 않아 보호소 아이들의 공연이 시작되었다. 그때까지 테라스에 서 있던 엘리제는 차게 식은 손끝으로 목덜미를 더듬었다. 입술이 닿은 자리가 화끈거렸다.

아무리 찬바람을 쐬어도, 집에 돌아가 샤워기의 물줄기 아래 몸을 씻어도 목덜미에 남아 있는 기묘한 감각은 끝까지 사라지지 않았다. 정말 낙인을 찍은 것처럼, 계속 그 자리에 머물러 있었다.

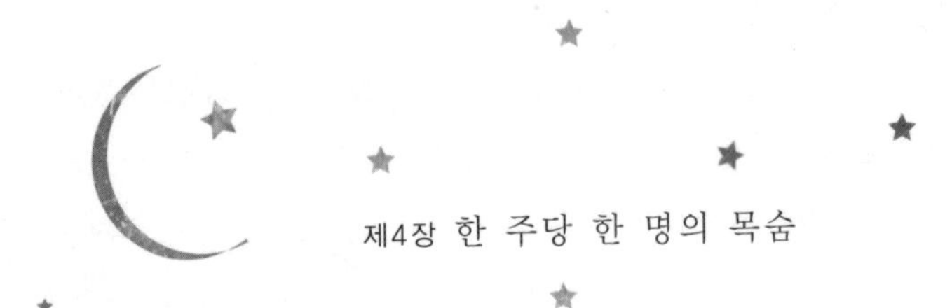

제4장 한 주당 한 명의 목숨

오늘 아침에도 어김없이 택시를 탔다. 지난번처럼 주차장에 바이크를 놓고 오진 않았지만, 지금 상태로는 운전이 힘들 것 같았다. 잠자는 시간은 늘어난 데 비해 머리가 무겁고 몸이 축 늘어진다고 해야 할까.

'확실히 수면의 질이 떨어졌어.'

엘리제는 뒷좌석에 몸을 파묻으며 생각했다.

'꿈자리가 사나운 탓인가? 하긴 며칠 연속으로 악몽을 꿨으니.'

엘리제의 악몽은 보통 사람들과 달랐다. 이유도 모른 채 쫓기거나 괴물 소굴에 떨어지는 것쯤은 악몽으로 치지도 않았다. 백 보 양보해서 타타발루가 등장하는 것도 넘어가 줄 수 있었다.

오히려 엘리제는 자신의 꿈에 원로가 등장하기를 손꼽아 기다렸다. 적어도 꿈에서는 그 이죽거리는 면상에 주먹을 박아 넣을 수 있으니까.

그러나 아쉽게도 엘리제의 꿈에 나온 이는 입꼬리를 실룩이는 타타발루가 아니었다.

'하필이면…….'

며칠 연속으로 모습을 드러낸 이는 다름 아닌 라키어스였다. 그냥 나오는 것만으로도 끔찍한데 아주 작정이라도 한 것처럼 꿈을 꾸는 내내 손을 잡고, 뺨을 쓸고, 입을 맞추고, 허리를 끌어안았다.

다정한 말을 속삭이고, 함께 정원을 산책하고, 사람들이 많은 데서 손바닥에 글자를 쓰고, 제 눈동자 색을 닮은 보석을 엘리제의 목에 걸어 주었다. 이러니 엘리제가 잠을 설칠 만도 했다. 자다가 몇 번이나 소스라치게 놀랐는지 모른다.

『……와의 결혼이…… 확실시…….』

신호를 기다리던 기사가 라디오를 툭툭 치더니 주파수를 조정했다. 아까보다 말소리가 또렷해진 것을 확인한 후에는 볼륨을 높였다.

『이 시점에서 동생분의 결혼에 대해 여쭤보지 않을 수가 없는데요.』

아침 방송을 진행하는 사회자의 목소리가 들렸다.

『이 정도면 동생분의 파트너로 인정하겠다, 하는 타입이 있으신가요? 조건이라든가, 이상형이요.』

『글쎄요.』

라디오에서 나오는 목소리가 익숙했다. 그도 그럴 것이, 엘리제가 지난밤 내내 들은 목소리이기 때문이었다.

『한 번도 고민해 본 적 없는 주제네요. 엘리제의 결혼이라……. 아, 생각만으로도 기분이 이상해지는 것 같아요.』

『어머, 라키어스 님. 금방이라도 우실 것 같은데요?』

『장난 아니에요, 지금.』

엘리제의 표정이 구겨졌다. 이 와중에 기사는 무턱대고 끼어든 앞차를 욕하느라 정신이 없어 보였다.

『아직은 동생을 보낼 준비가 안 된 것 같습니다.』

『늘 생각하는 거지만, 정말 애틋한 우애세요.』

"내가 뭐 죽어? 보내긴 어딜 보내."

안 그래도 아침이라 목이 잠겨 있는데, 볼멘소리가 절로 튀어나왔다. 기사는 자신에게 하는 말로 잘못 알아들었는지 괜히 헛기침을 하더니 자세를 고쳐 앉았다.

"도착했습니다."

집무실에 들어가기 전, 먼저 탕비실을 들렀다. 엘리제 전용이라고 해도 과언이 아닌 곳이었다. 썩 괜찮은 품질의 잎차가 다섯 종류나 구비되어 있고, 유명 브랜드의 커피머신도 들여놓았지만 대원들이 주로 마시는 것은 1층 자판기의 탄산음료였다.

"또 부질없는 노력을 하는 거야, 대장? 진심으로 잎사귀 우린 물이 잠을 깨워 줄 거라고 믿어?"

"로즈마리야, 비안카."

따끈한 차를 머금자 청량한 향기가 퍼져 나갔다. 비안카가 껌 우린 물이라고 평하는 맛이었다.

솔직히 엘리제도 정신을 맑게 하는 부분에 대해서는 확신이 없지만, 적어도 찬바람에 움츠러든 몸을 녹이는 효과는 있었다.

"한데 1조장, 오늘 비번 아닌가? 정오까지 자지 않고."

"자려고 했지. 아예 점심도 건너뛰고 자려고 했는데, 웜 녀석이 공문 왔다면서 숙녀의 방문을 열어젖히지 뭐야."

비안카의 입술이 불만스럽게 튀어나왔다.

"어차피 대장 출근하면 볼 텐데 바로 책상 위에 두지 않고서."

"……저번에 네가 자기 로봇 망가뜨린 것의 복수 아닐까."

"로봇이라니 되게 거창하게 들리네! 그건 파리였어, 대장! 간식 테이블에 파리가 알짱대는데 죽여야지 그럼!"

"보통은 손으로 쫓아."

"전투대는 그런 거 없어! 다 죽여!"

잠을 방해받아 분노한 사람은 엘리제 혼자만이 아닌 듯하였다. 양손으로 머그잔을 감싼 엘리제가 등받이에 몸을 기댔다. 어째 몸이 점점 늘어지는 기분이었다. 정찰 나가기 전에는 정신이 들어야 할 텐데 큰일이다.

"그래서 공문 내용이 뭔데?"

비안카가 공처럼 구겨진 종이를 내밀었다. 자잘한 구김 사이로 내용을 확인한 엘리제는 머그잔을 내려놓았다. 공문의 효과는 즉각적이었다.

로즈마리 차 백 잔보다도, 더블 샷 에스프레소 열 잔보다도 훨씬 강력했다. 머리가 순식간에 맑아졌다.

"가여운 우리 대장."

비안카가 안쓰러운 얼굴로 고개를 저었다.

"이제 비번에도 쉬지 못하게 되었네."

공문은 엘리제에게 주3일 시티타워로 출근할 것을 명하고 있었다.

집무실은 라키어스의 옆 방.

멘토는 자딘.

그리고 직속상관은…… 타타발루.

"조직 간 업무 교류 좋아하시네."

무려 한 달이라는 기간이 엘리제의 눈에 박혀들었다.

다음 날 아침, 엘리제는 곧장 시티타워로 출근했다. 오피스 밀집 구역으로 들어서니 분위기 자체가 달랐다. 완벽한 세팅을 한 사람들이 한 손에 커피를, 다른 손에는 서류가방을 든 채 걸음을 재촉했다.

그들 사이에서 엘리제는 상당히 튀는 차림이었다. 몸매를 드러내는 브이넥 셔츠는 둘째 치고서라도, 헐렁한 밀리터리 점퍼와 그 아래 검은 가죽 레깅스가 행인의 눈길을 끌었다.

"벌써부터 숨이 막히네."

엘리제가 레이밴 선글라스를 벗어 셔츠 사이에 끼웠다. 바람에 헝클어진 머리는 손가락으로 대충 훑어서 한 갈래로 묶었다. 일주일에 세 번, 아침 9시부터 5시까지. 꼼짝없이 이 건물 안에 갇혀 있어야 했다.

고통은 그것으로도 충분했다. 외양까지 저들의 입맛에 맞추지는 않을 것이다.

"날 가만두지 않는 이유가 뭐야?"

빠르게 바뀌는 엘리베이터의 숫자판을 쳐다보며 엘리제가 낮게 중얼거렸다. 공문은 보기 좋은 미사여구로 가득했다. 조직 간의 소통 증대를 꾀하고, 나아가 도시 발전에 기여할 수 있는 새로운 시각을 위해 전혀 다른 업무를 체험하는 활동이 어쩌고저쩌고.

간단히 말하면 일주일에 세 번 시티타워로 출근해서 잡무를 처리하란 거였다.

그렇다. 저들이 전투대장에게 보안 등급 높은 문서를 맡길 린 없다. 엘리제의 손에 떨어지는 것들은 시티타워의 각 부서를 돌고 돌다가 '이딴 잡무 처리할 시간이 어디 있어?' 하는 소리와 함께 구석으로 밀쳐진 일들일 것이다.

보나마나 끔찍하게 지루한 일들이겠지.

팅.

도착을 알리는 소리가 경쾌했다. 엘리제는 웃음기라고는 조금도 묻어나지 않는 얼굴로 45층 복도에 발을 내딛었다.

"엘리제 님이 오셨습니다."

비서가 엘리제의 도착을 알렸다. 들어오라는 허락이 떨어졌다. 엘리제는 무표정을 유지하려고 애쓰며 집무실로 걸어 들어갔다. 회의를 마치고 돌아온 지 10분이 지났을 뿐일 텐데, 라키어스는 이미 대단한 집중력으로 업무에 임하고 있었다. 엘리제가 제 앞에 서 있는 것을 알면서도 한동안 말을 걸지 않을 만큼.

부서 두 곳에 각각 다른 지시를 내린 다음에야 그가 시선을 돌렸다.

"아침은 먹었어?"

"……별로."

"그건 별로 먹고 싶지 않았다는 거야, 아니면 별로 많이 먹지 않았다는 뜻이야?"

"어느 쪽이든 상관없잖아."

"상관있지, 엘. 너와 관련된 일인데."

사무적인 얼굴로 그녀의 존재를 무시하던 방금 전과는 너무도 다른 태도였다. 엘리제의 표정이 나빠졌다.

"너와 관련된 거라면 모두 알고 싶어. 아침엔 뭘 먹었는지, 잠은 잘 잤는지, 무슨 꿈을 꿨는지, 기분은 어떤지. 하나도 빼놓지 않고 전부."

하필 꿈 이야기를 언급할 건 뭐지.

엘리제는 저도 모르게 사나운 눈을 했다. 테라스에서 실수를 저지른 날로부터 며칠이 지났다. 바로 다음 날 얼굴을 마주하는 것도 아니고, 이쯤 되면 평정을 유지할 수 있을 거라고 생각했다.

라키어스를 대면해도 문제없을 거라고 여겼다. 하나 그것은 착각이었다.

엘리베이터에서 내릴 때부터 고조되던 두근거림은 라키어스의 집무실로 들어서는 순간 통제를 벗어났다. 공기 중에 엷게 느껴지는 향기가 아침과 어울리지 않는 감각을 일깨웠다. 이제는 완전히 아문 목덜미의 특정 부분이 간지럽기 시작했다.

원치 않는 변화였다. 끌려가는 느낌, 흔들리는 느낌, 지배당하는 느낌.

어느 것 하나 마음에 들지 않았다.

"한 달간 잡무 처리. 이거 거부하면 또 다음 분기 예산 깎을 거지?"

"아니, 이제 예산은 안 건드려."

의외의 대답이 나왔다.

"돈 가지고 협박하는 건 네가 질렸을 것 같아서. 지금도 깎을 테면 깎아보란 태도잖아? 기능을 다한 수단은 바로바로 처분해야지."

틀린 말은 아닌데 말하는 사람이 라키어스라 그런지 묘하게 섬뜩한 부분이 있었다.

"그러면……."

"한 달은 다섯 주야. 그렇지? 마침 전투대엔 다섯 명의 조장이 있군."

"무슨 말을 하고 싶은 거야."

"한 주당 한 명의 목숨이 걸려 있다고 생각해, 엘리제."

라키어스는 달콤한 크렘브륄레를 권하듯 상냥한 얼굴로 말했다.

"얌전히 한 주를 보낼 때마다 한 목숨이 연장되는 걸로. 이 정도면 마음을 다잡는 데 도움이 되지 않을까?"

엘리제를 응시하는 하늘빛 눈이 가지런했다. 그는 지금 자신이 무슨 말을 하는 중인지 정확히 인지하고 있었다.

"이게 괜찮을 것 같아."

"……애들은 건드리지 마."

"넌 녀석들이라면 옴짝달싹도 못 하니까."

라키어스가 환하게 웃었다.

"그 사실만 떠올리면 기분이 확 나빠지네. 하지만 달리 말하면 이보다 좋은 인질이 어디 있겠어?"

미쳤나 보다.

원래 미친놈이란 건 알고 있었다만 그래도 이제까지 상대는 최소한의 자제력을 보이려 노력해 왔다. 서늘한 광기를 드러낼 때마다 엘리제가 멀어졌기 때문이었다.

보통 사람과 같은 감정을 느낄 순 없어도, 엘리제에게만은 상처를 입고 조바심을 내고 애정을 갈구하는 라키어스였다. 그는 엘리제의 미움을 사는 것을 원치 않아 했다. 한데 지금 라키어스의 모습은 미움받고 싶지 않다는 마지막 바람마저 내려놓은 것 같았다.

최후의 안전핀이 풀렸다.

그렇게밖에 생각할 수 없었다.

"내 개가 되겠다며? 바닥을 기라고 하면 길 수 있다며? 이게…… 개가 주인을 대하는 방식이야?"

엘리제의 말끝이 조금 올라갔다. 라키어스는 엘리제를 보며 화사하게 웃고 있었다. 동시에 언제라도 자신의 위협을 실행에 옮길 준비를 끝낸 상태였다. 전화 한 통이면 전투대 건물을 폭파시킬 수 있다. 우리 둘 다 그 사실을 잘 알고 있지 않느냐는 무언의 위협을 보냈다.

"너만 협박할 수 있는 줄 알아? 나도 수틀리면 통보 없이 뜨는 수가 있어."

"넌 못 해."

라키어스가 딱 잘라 부정했다.

"넌 나와 다르잖아, 엘리제. 네가 도시를 떠나면 내가 무슨 짓을 저지를지 빤히 알고 있으면서 그렇게 하진 못할 거야. 충동적으로라도, 할 수 없을 거야."

"……."

"어릴 땐 그래도 질투와 독점욕과 호승심에 파르르 떨곤 했는데."

"……."

"어째 점점 더 좋은 사람이 되어 버렸구나."

그의 눈빛이 애틋해졌다. 침묵을 깬 건 비서로부터의 전화였다. 라키어스는 순식간에 감정의 잔재를 지워 낸 목소리로 업무 지시를 내렸다. 엘리제는 그가 수화기를 내릴 때까지 기다렸다가 입을 열었다.

"내 마음을 원한다고 하지 않았어?"

"지금도 그래."

라키어스가 대답했다.

"다만 그게 애정이 아니라 격렬한 증오라도 상관없어졌을 뿐이야."

그가 서류 파일을 집어 들었다.

"그러게 내가 말했잖아. 내 이성이 남아 있을 때 얼른 손잡는 게 좋을 거라고."

자꾸 깜빡하는 것 같은데, 네가 으름장을 놓은 지 일주일도 지나지 않았거든? 이렇게 빨리 정신 놓을 거였으면 언질을 더 줬어야 하는 거 아니야?

엘리제의 표정이 찬물과 더운물을 오갔다.

성당 벽화 속 대천사를 빼닮은 얼굴이 부드러운 웃음을 터뜨렸다.

"심하게 굴리진 않을게. 그저 네게 새로운 일을 가르쳐 주고 싶은 것뿐이니까."

제법 두꺼운 서류 파일을 엘리제에게 건넸다.

"재밌게 해 보자."

"……."

서류 파일을 낚아채서 머리를 후려쳐 버리고 싶었다. 하지만 그랬다간 비하르트나 실바노의 머리가 날아갈까 봐 실행에 옮기지 못했다. 거칠게 파일을 낚아챈 엘리제가 출입문으로 걸어갔다.

"문 세게 닫지 마."

마지막으로 부릴 수 있는 성질조차 빼앗겼다. 엘리제는 제게 주어진 집무실로 들어가자마자 시티타워가 떠나가라 문을 쾅 닫았다. 세게 닫지 말란 건 라키어스 본인 집무실 문을 이른 거였으니, 엘리제의 문은 예외일 거다.

"문짝이 왜 두 개뿐인 거야."

집무실 문이 25개쯤은 달려 있었으면 좋겠다고 생각했다. 엘리제가 커 갈수록 점점 더 좋은 사람이 되었다던 그의 말은 틀렸다. 적어도 라키어스에게 얽매인 엘리제는, '좋은 사람'과 거리가 멀었다.

"타타발루 원로께서 기다리고 계십니다."

그렇군. 잠깐 잊고 있었다.

라키어스에게 가이드를 넘겨받긴 했지만 실제로 엘리제가 모셔야 하는 쪽은 타타발루였다.

"아침부터 그 얼굴을 봐야 하다니."

눈앞이 암담했다. 빨리 도시 밖으로 나가 기관총을 갈겨 대고 싶었다.

[윔.]

짤막한 부름에 절박함이 담겨 있었다.

[웜, 뭐 해?]

절박함은 빠른 속도로 구차한 집착이 되어 갔다.

[웜, 살려 줘.]

[내가 누누이 말했듯이 여긴 안 돼. 우리 새로운 가나안을 찾아 떠나자.]

[웜, 보고 있어?]

[너 이 자식, 오늘 비번인 거 다 알아.]

한숨 가득한 답장이 뒤늦게 도착했다.

[감자튀김 좀 먹자.]

제대로 된 식사를 하라고 그렇게 당부했는데 또 콜레스테롤 덩어리를 사 왔나 보다. 칠리 시즈닝에 노란 치즈를 올린 특대 사이즈 감자튀김은 웜이 좋아하는 음식 중 하나였다. 평소라면 한 소리 했겠지만 지금은 그럴 때가 아니었다.

엘리제는 괴로움을 토로했다. 시티타워 인간이 아닌, 제 사람들이 보고 싶었다.

[복사나 하다 갈 줄 알았어.]

식사 중이라 그런지 보통 때보다 웜의 답장이 늦었다.

[천국에서 뭘 시키던데?]

[모든 것.]

엘리제는 제 책상에 쌓인 서류 더미를 노려보았다. 앉은키보다 높이 쌓여 있는 게 이미 세 무더기였다. 그도 모자라 베이지색 카펫이 깔린 바닥까지 서류가 차지하고 있었다.

뭔가 잘못됐다는 생각이 들었다.

[브레인, 똑똑한 네 머리로 생각해 봐. 왜 내가 에너지 연구소의 수십 년 치 보고서를 정리해야 할까? 응? 민원 담당 부서는 아주 신이 났더라고. 기다렸다는 듯 서류철 15개를 올려 보내더라니까?]

아직 오후 1시밖에 되지 않았으나 엘리제의 피로도는 정점을 찍은 지 오래였다. 타타발루가 음험한 입술을 실룩일 때부터 예감이 좋지 않더라니. 잠깐 마주친 자딘은 안쓰러운 표정을 지어 보였다.

최대한 엘리제의 일이 적어지게끔 해 보겠다고 했지만, 라키어스와 타타발루가 작당한 판에 온화한 자딘이 끼어들 틈은 없어 보였다.

[복지가 엉망이야. 식사 시간 보장도 안 돼. 식당에 줄 설 시간도 없어서 시들시들한 샌드위치로 때웠어.]

[구린 복지는 대장에게만 적용되는 거 아냐?]

워믈라토는 천재다. 척하면 척이다. 엘리제는 부연 설명할 필요 없게 만드는 답장에 눈물을 삼켰다. 타타발루에게는 세 시간마다, 라키어스와 자딘에게는 퇴근 전에 보고를 해야 했다.

대체 무슨 꿍꿍이인지는 모르겠지만, 저를 첫날부터 녹초로 만들려고 작정을 했나 보다.

문득 점심으로 먹은 샌드위치 속 흐늘거리던 양상추가 떠올랐다. 엘리제는 지금 자신의 몰골이 양상추보다 나을 거라고 단언할 수 없었다.

그때 전화벨이 울렸다. 엘리제는 발신자 표시가 되지 않는 사내전화를 흘겨보다가 마지못해 수화기를 들었다.

— 엘리제 님? 오전에 뵈었던 민원 담당 부서 피츠입니다.

엘리제의 등장에 반색하던 직원이 떠올랐다.

— 괜찮으시다면 인쇄물을 올려 보내도 될까요? 서류철로는 6개가 되네요.

"……또 보내신다고요?"

엘리제의 목소리가 심상치 않았는지 상대가 주춤했다. 수화기 너머로 살기가 전해졌는지 모른다. 하나 부서 특성답게 상대는 빠른 회복력을 보였다.

— 타타발루 님께 보고하신 걸 봤는데 업무 파악력이 뛰어나세요.

"칭찬은 감사하지만."

— 처리하는 속도도 빠르시고요. 무엇보다 정중하면서도 정확한 어휘구

사는 저희 신입이 보고 배워야 할 정도네요. 민원인들은 뭉뚱그리는 말을 제일 싫어하거든요.

"네, 다 좋은데 여기서 일감을 더 늘리는 건 무리일 것 같습니다."

명랑한 목소리로 이어지던 말이 끊겼다.

좋다. 이대로 밀어붙이자.

엘리제는 상대가 칭찬했듯이 '정중하면서도 정확한' 어휘로 통화를 마무리하려 했다.

— 저…… 라키어스 님께서.

상대가 우물쭈물하며 말을 이었다.

— 두 분이서 하신 약속이 있다고…….

엘리제가 작게 욕을 짓씹었다. 한 주당 한 명의 목숨. 잊었을 리 없다.

"보내세요."

— 앗, 네, 네!

구체적인 내용에 대해서는 모르는 상대가 얼른 화답했다. 수화기를 내려놓자마자 누군가 집무실 문을 두드렸다. 일단 보낸 다음 전화를 한 건가 싶었는데, 집무실로 들어선 사람은 자딘의 비서였다.

"도와주러 오셨나요?"

엘리제의 눈에 처음으로 생기가 스쳤다. 그러나 비서는 고개를 짧게 저으며 문건을 건넸다.

"한 달간의 공식 일정입니다."

"……지금 제가 하고 있는 건 공식 일정이 아니고요?"

"유감입니다."

짙푸른 눈동자가 흔들렸다. 일정표에 따르면 엘리제는 라키어스와 타타발루가 참석하는 모든 행사에 동행해야 했다. 그중에서도 최악은 신규 경비대의 합숙훈련소 방문이었다.

말조차 섞고 싶지 않은 경비대장 도블락, 엘리트의식과 자부심 사이를 줄타기하는 기존 대원, 혹독한 훈련으로 바짝 날이 서 있을 신입들이 떠올랐다. 엘리제의 미간에 저절로 힘이 들어갔다.

"피 좀 보겠네."

난생처음으로 병가란 것을 쓰고 싶다는 생각이 들었다.

❖

도시 전반을 관리하고 이끌어 나가는 리더들에게도 각자의 전문 분야가 있었다. 타타발루가 손을 대고 있는 곳은 복지부였다. 처음 그 사실을 들었을 때 엘리제는 녹턴의 결정에 의구심을 품었다. 이후로도 몇 년간이나 이해하지 못했다.

지금은 알고 있다.

혈통과 규율을 중시하는 타타발루에게 복지 분야를 맡긴 이유.

'당신 눈엔 최적임자였겠죠.'

엘리제는 거울 앞의 원로를 사늘한 눈으로 쳐다보았다.

온 세상이 제 발 아래였던 녹턴.

그에게 복지란 도시를 굴러가게 하는 바퀴 중 하나일 뿐이었다. 빈곤층을 등한시하면 폭동이 일어날 소지가 있다.

사실 폭동이 일어나 봤자 몇 분 안에 소탕이 가능하긴 하다. 하지만 그런 식으로 하층계급을 모조리 제거하고 나면 도시 안의 균형이 일그러진다.

힘든 단순노동을 저임금에 해내는 무리들. 그러다가 한 번씩 범죄를 저질러 다른 계급에게 본보기를 보여 줄 수 있는 무리들.

녹턴이 인구의 39%를 차지하는 하층계급을 향한 복지가 필요하다고 판단한 이유였다. 그렇다고 해서 과한 혜택을 베풀 필요는 없었다. 녹턴이 원한 것은 39%라는 수치의 지속이었고, 하극상을 용납하지 않는 타타발루는 이에 꼭 들어맞는 인재였다.

"목이 마른데."

타타발루가 집무실 한가운데 서 있는 엘리제를 눈짓했다.

"마실 것을 좀 가져오지?"

"비서를 시키세요."

"내 비서는 그런 하찮은 일을 하려고 출근한 사람이 아니라서."

저게 타타발루 늙은이의 입에서 나온 말이란 걸 믿을 수가 없었다. 원로에겐 공장에서 뽑아낸 인형 같은 비서가 둘이나 있었다. 한 명에게 일정 보고를 받을 동안, 다른 한 명에게 어깨 마사지를 시키는 것을 몇 번이나 목격했다.

비서들은 모두 20대 후반의 미인이고, 수행원들은 제각각 나이의 남자란 것도 엘리제의 비웃음을 사는 점이었다. 타타발루의 단장을 돕던 비서들이 긴장 어린 표정을 지었다. 본인이 나서도 되는 상황인지 헷갈리는 것이다. 그들에게 타타발루는 엄격한 상관이었고, 엘리제는 라키어스의 동생이었다.

직급으로 따지면 타타발루를 높여야 하나, 엘리제의 뒷배가 신경 쓰일 터였다.

"안경을 쓰는 게 낫겠나?"

타타발루가 거울을 들여다보며 말했다. 자신에게 집중하라는 엄포였다.

"무테가 좋을 것 같습니다."

"일단 보관함을 가져오겠습니다."

비서들의 목소리에 기합이 들어갔다. 엘리제는 눈을 한 번 굴린 뒤 얼음 채운 물을 가져다주었다. 냉수 마시고 정신 차리라는 뜻이었다.

"쯧, 기본부터 글러먹었군. 윗사람에게 올리는 물건인데 쟁반에 받쳐 오지도 않았지. 게다가 이 날씨에 얼음물이라니 무슨 생각이냐?"

"입에 바로 넣어 주기라도 할까?"

타타발루의 굵은 눈썹이 꿈틀거렸다.

"할까……요?"

엘리제가 눈 하나 깜짝 않고 하나 마나 한 말을 붙였다.

"라키어스가 내게 단단히 일렀다. 네 고약한 성미를 제대로 고쳐 놓으라고."

타타발루가 코웃음을 치며 말했다.

"다시 가져와라."

이후로 그는 허브티, 주스, 탄산수, 홍차를 차례로 거절했다. 엘리제의 표정이 구겨질 대로 구겨졌다. 하찮은 시중 말고도 해야 할 일이 산더미였다. 민원 담당 부서는 엘리제가 시티타워에 오지 않는 날에도 착실히 서류철을 올려 보냈다.

간신히 100건을 처리해 놓으면, 다음 출근 때 300건의 일이 엘리제를 기다리는 판국이었다. 아침 회의 자료 복사부터 두 달 뒤 다가올 '아동의 날'에 각 보호소로 어떤 선물을 얼마나 보낼지 결정하는 것. 모두 엘리제의 몫이었다.

그중에는 간간이 고등학교에서 새롭게 시행할 커리큘럼이나 재개발 지역 관련 문서가 끼어 있기도 했다.

「엘리제 녹턴입니다. 아무래도 서류를 잘못 보내신 것 같습니다.」

돌려보내겠다는 전화를 하면 당황스러운 반문이 돌아오기 일쑤였다.

「엘리제 님께 보내도 된다는 허가가 있었는데요…….」

솔직히 이쯤 되자 헷갈리기 시작했다. 전문가도 아닌 자신의 힘에 기대야 할 만큼 시티타워가 인력난에 허덕이는 건지. 아니면 그저 라키어스의 주도하에 어마어마한 업무량이 자신에게 쏠리는 것일 뿐인지 말이다.

'재밌게 해 보자고? 넌 이게 재밌어, 미친놈아?'

엘리제는 타타발루에게 뜨거운 차를 건네며 속으로 분을 삭였다.

'모든 사람이 네 괴물 같은 체력을 따라갈 수 있는 게 아니거든? 말이 좋아 8시간 근무지. 그동안 이틀 치 일을 해야 하는 게 어디 정상이냐고.'

타타발루가 못마땅한 얼굴로 찻잔을 건네받았다.

'심신이 고달픈 틈을 파고들려는 거라면 잘못 생각했어. 이렇게 괴롭히면 제발 그만두라며 매달릴 줄 알았나? 오판이야, 라키어스. 난 지금 테라스에서 잠깐 약해졌던 나 자신을 후려치고 싶은 심정이거든.'

"차도 못 우리다니, 대체 할 줄 아는 게 뭐냐?"

타타발루가 트집을 잡았다.

"이거 봐라. 밑에 이렇게, 찻잎 가루가 가라앉아 있잖느냐?"

아까와 똑같은 트집이었다. 얼토당토않은 말에 일부러 찻물을 한 번 더 거르기까지 했는데.

엘리제의 인내심이 한계에 다다랐다.

"버려라."

타타발루가 인상을 쓰며 찻잔을 내밀었다. 마침 반가운 소리다. 이 짓을 더는 계속할 순 없었다. 그리고 엘리제가 손을 뻗음과 동시에 타타발루의 손에서 찻잔이 미끄러졌다.

교묘한 타이밍이었다.

"앗!"

오히려 비명을 지른 쪽은 비서들이었다. 찻잔받침까지 받아 낸 엘리제는 아무 일도 없었다는 듯 평온한 표정으로 손을 털었다. 타타발루의 의도와 달리, 차는 1/5도 쏟아지지 않았다.

"아직 한창 나이신데 이래서 어쩌나요, 원로. 의료센터에 방문하셔야겠어요. 병은 일찍 잡아야죠."

엘리제가 별다른 인사 없이 집무실을 나섰다. 안에서 타타발루가 분해하는 소리가 들렸다.

딸그락.

탕비실 테이블에 찻잔을 내려놓은 엘리제는 화끈거리기 시작하는 손을 조용히 응시했다. 조금밖에 쏟지 않았어도 원래부터 뜨거운 온도여서 그런지 벌써 벌겋게 달아올랐다.

"……물집이 잡히려나?"

찬물에 손을 식히던 그녀는 오늘의 일정을 곰곰이 떠올려 보았다.

몇 분 뒤.

엘리제는 화상 거즈를 붙인 손등에 붕대를 감았다.

"행사장에 카메라가 많이 왔으면 좋겠네."

엘리제가 콧노래를 흥얼거렸다. 붕대의 새하얀 색이 마음에 들었다.

❖

"오, 엘리제. 퇴근하는 게냐?"

"자딘 원로."

엘리제가 복도에 멈춰 섰다.

"보고드리러 가던 중이었는데요."

"됐다."

집무실을 나서던 자딘이 웃음을 흘렸다.

"한 주 동안 너 하는 걸 보니 따로 보고 들을 필요가 없겠더구나. 곧 죽을 것 같은 얼굴을 하고서도 일처리 하난 제대로 해내니 말이다."

중후한 시선에 감탄이 깃들었다.

"과연 녹턴의 자식이야."

"……."

"기왕 이렇게 된 거, 대학 과정을 밟을 의향은 없느냐?"

자딘이 흐뭇한 얼굴로 제안했다.

"전투대도 좋다만, 관리직도 잘 해내리란 생각이 드는구나."

"말씀은 고맙지만 전 적성을 찾아서요."

엘리제가 조용히 거절했다.

"웬만해선 시티타워 쪽으로 고개도 돌리고 싶지 않은 입장이라. 남은 4주가 빨리 지나가길 바랄 뿐이에요."

"그러느냐."

거 아쉽게 되었다며 쓴웃음을 짓는 자딘이었다. 첫 만남부터 온후하고 인자한 모습을 보여 온 그였지만, 엘리제는 타타발루와 또 다른 이유로 그에게 선을 긋고 있었다.

뚜렷한 증거는 없다. 아직까진 직감에 의존한 판단일 뿐이다. 구태여 말하자면 녹턴, 타타발루, 라키어스에 이어 엘리제까지 포용하는 자의 머릿속을 이해하지 못하겠다는 게 이유였다.

어느 하나 쉬운 상대가 아니다. 한데 그 누구와도 충돌을 일으키지 않는 인물이라니, 너무 이상하지 않은가.

대부분의 사람과 충돌을 일으키고 다니는 엘리제의 눈엔 그 또한 비정상으로 보였다. 둘 중 하나였다. 이야기 속에만 존재하는 줄 알았던 진짜 현자거나, 혹은 본심을 감춘 능구렁이거나.

"이대로 퇴근하실 거라면 전 45층에 가 보겠습니다."

"그렇지. 네 오빠에게도 보고해야 하지. 한데 라키어스라면……."

자딘이 갑자기 말을 흐리다가 표정을 바로 했다.

"아니다. 올라가 봐라."

"들어가세요."

엘리제는 캐묻지 않고 몸을 돌렸다. 라키어스의 상태는 궁금한 바가 아니었다. 라키어스가 뭘 하고 있는지는 중요하지 않았다. 그저 본인 자리에 앉아 있기만 하면 된다. 그럼 엘리제는 끔찍한 하루에 대한 보고를 하고, 망할 시티타워를 떠날 것이다.

"오셨습니까."

아까도 눈이 마주쳤으면서 새삼 예의를 차린다. 라키어스의 비서란 그런 인물이었다. 엘리제는 넓디넓은 집무실로 발을 들였다. 모니터를 들여다보던 라키어스가 그녀에게로 시선을 옮겼다.

첫 마디도 꺼내기 전에 이미 굳어 있는 얼굴이 예뻤다. 라키어스는 좀 더 일찍 태세를 바꿀걸, 하고 후회했다. 출근과 동시에 엘리제의 얼굴을 보고, 퇴근 전에 이렇게 또 볼 수 있다. 주3일 한정이라는 게 아쉽긴 해도, 길게는 몇 달 동안 목소리 한 번 듣지 못하던 이전에 비하면 낙원이나 다름없었다.

"보고하겠습니다."

엘리제가 입을 열었다. 일부러 꾸며 낸 사무적인 말투였다.

"오늘 처리한 민원은 60건으로, 이틀 전에 비하면 적습니다. 이유는 외부 행사. 오전 11시 30분부터 2시간가량, 타타발루 원로의 행사 참석에 동행하였습니다."

이때 엘리제의 입가가 조금 샐룩였다.

"딱히 하시는 일은 없더군요."

저 말을 하고 싶어 어찌 견뎠을까. 라키어스는 엘리제를 따라 움직이려는 입꼬리를 차분히 눌러야 했다.

"돌아와서는 매년 1월에 갱신되는 시민등록정보를 구역별로 정리했습니다. 성인들에겐 희망 배우자 후보를 제공하고 있는데, 어떻게 하면 성혼율을 높일지 연구하라는 지시를 받았고요."

엘리제가 작게 한숨을 쉬었다.

"뭔가 번식업자가 된 기분이더군요. 보고서는 작성 중입니다. 이상입니다."

"오늘도 수고 많았습니다."

"별말씀을요."

엘리제가 어깨를 으쓱했다.

"부하들 목숨이 달렸는데 대장으로서 이 정도는 해야죠. 물론 보람을 느낀다거나 하는 건 아닙니다. 웬 미친놈만 아니면 지금쯤 펍에서 맥주나 마시고 있을 텐데."

"주변에서 음주량 줄이라는 말 안 하던가?"

갑작스레 달라진 말투에도 금세 적응하는 엘리제였다. 군인처럼 각 잡고 있던 몸에서 힘이 빠져나가는 게 눈에 보였다. 딱딱한 가면을 벗어 내듯, 엘리제의 분위기가 스르르 바뀌었다.

"들었지. 다들 날 챙기지 못해 안달이거든."

부드럽게 물결치는 머리카락을 쓸어 올렸다. 피로가 묻어나는 하얀 얼굴이 라키어스의 가슴을 욱신거리게 만들었다. 이 간극이 사람을 미치게 했다.

절대 꺾이지 않을 것처럼 날을 세우는 엘리제.

그 누구도 엘리제를 온전히 소유할 순 없었다. 녹턴은 그녀의 사랑을 얻었지만 믿음까지 얻지는 못했다. 라키어스가 질투해 마지않는 전투대원들은 애정과 믿음을 동시에 얻었으나 엘리제의 과거에 대해서는 무지하였다.

그들 스스로가 어두운 과거를 갖고 있기에 타인의 과거까지 들여다보길 원치 않아 했다. 엘리제가 먼저 털어놓는다면 모를까. 대원들은 그들의 대장과 함께하는 현재에 만족하며 하루하루를 살아갈 따름이었다. 그리고 라키어스는, 증오만을 허락받았다.

엘리제가 다정해지는 순간은 오직 운 좋은 어느 새벽녘 꿈속일 뿐이었다. 그런 엘리제가 한 번씩 힘을 뺄 때가 있었다. 세상을 향해 곤두세운 가시를 내리고 가만한 민낯을 드러낼 때.

투정과는 거리가 멀었다. 실은 내가 이렇게 힘들다며, 나 좀 봐 달라고 하는 것도 아니었다. 아득하게만 느껴졌던 거리를, 아무런 예고 없이 훅 좁혀 들어온다. 지금 손을 뻗으면 내치지 않을 것 같다는 희망을 움트게 했다.

희망은 지독하다.

라키어스는 이에 대해 괴로우리만큼 잘 알았다. 신기루에 속아 손을 뻗으면, 실제로 어떤 결과가 돌아올지도 잘 알고 있었다. 엘리제는 언제 그랬냐는 듯 가시를 세울 것이다.

네가 감히 헛된 기대를 품었느냐. 멋대로 꿈꾸고 나서 현실의 내가 그 기대를 충족시켜 주지 않았다고 화를 내는 것이냐. 네가 가질 수 있는 건 없으니 당장 선 밖으로 물러나라.

비수처럼 날아든 말들이 라키어스를 갈가리 찢어 놓을 터였다.

"할 말은 그것뿐이야? 끝냈으니까 가도 되지?"

엘리제가 물었다. 말간 얼굴에 아직 경계심을 드리우지 않았다. 라키어스가 마음을 감췄기에 가능한 일이었다.

실바노 데이는 이런 얼굴을 얼마나 자주 봤을까?

비하르트 뮬러는 어떤 생각을 품었을까?

급히 치밀어 오르는 살심(殺心)에 한숨을 참았다.

그만 생각하자. 눈앞의 엘리제에게 집중해.

질투에 눈멀 때가 아니었다. 질투에 흔들려야 할 사람은 따로 있었다.

"네가 도울 일이 있어."

라키어스는 금방이라도 나갈 기세인 엘리제를 붙들었다. 고저 없는 목소리가 엘리제의 발길을 붙들었다. 잔뜩 몸을 웅크린 용수철처럼 광속 퇴근을 할 예정이었던 엘리제는 눈썹을 치켜 올렸다.

돈은 필요 없다.

추가 수당 같은 거 필요 없다고. 내 퇴근을 막는 놈은 가만두지 않겠다고.

죽은 녹턴이 살아 돌아와도 바이크로 밀어 버릴 준비가 되어 있다고.

분노와 짜증과 조급함과 의문으로 가득한 얼굴이 라키어스를 향했다.

"뭔데."

입 밖으로 내자마자 즉시 후회했다. 대응이 틀렸다. 애초에 질문을 해선 안 되는 거였다.

'뭔지 몰라도 다음에 들을게.'

이렇게 받아쳐야 했다. 지금이라도 상황을 되돌릴 수 있을까. 엘리제가 머리를 굴렸다.

"데이트 같은 것에 익숙하지 않아서 잘 모르겠는데."

라키어스가 운을 뗐다. 엘리제는 최대한 듣지 않는 척하며 다시 한 번 머리카락을 쓸어 올렸다. 화상 거즈를 붙이고 붕대로 감은 손이 머리 쪽에 오래도록 머물렀다.

"후, 후."

손등에 대고 바람을 불기도 했다. 라키어스의 시선이 제 손에 닿는 것을 감지한 그녀는 퍽 걱정스러운 눈으로 환부를 내려다보았다.

"네 센스를 발휘해서."

"꽤 쓰라리네……."

"하샤즈에게 보낼 꽃 좀 주문해 줘."

엘리제가 막간 공연을 멈췄다. 머리가 정보 처리를 거부했다.

주인님, 방금 들은 말을 이해할 수 없습니다.

주인님, 상식을 넘은 발언입니다. 어떤 반응을 보여야 할지 모르겠습니다. 아예 수용을 거부합니다.

엘리제의 머릿속이 파업을 선언했다. 잉크보다 깊고 푸른 눈동자가 라키어스를 응시했다. 그는 시선을 모니터로 돌린 후였다. 태연하게 무언가를 클릭하고는 지시 사항을 타이핑했다.

엘리제는 30초 정도 더 기다려 보았다. 순전히 라키어스를 관찰하기 위한 시간이었다. 이놈이 진심으로 한 말인가 궁금해서. 최소한 '부탁할게.' 정도는 덧붙이지 않을까 싶어서.

제 인생에서 황금같이 귀한 30초를 그렇게 흘려보냈다.

"하샤즈?"

엘리제의 말끝이 올라갔다. 라키어스는 여전히 지시 사항을 타이핑하는 중이었다. 그 때문인지 대답하는 속도가 한 박자 늦었다.

"응."

"……꽃다발?"

이번에도 늦었다.

"응."

엘리제는 책상 앞으로 다가가서 그의 시선을 제게로 돌리려다가 그만두었다. 굳이 그럴 필요는 없을 것 같았다. 괜히 시간만 낭비될 뿐이다.

"알았어."

엘리제가 바로 몸을 돌렸다.

"데이트에 어울리는 걸로 해 줘."

"응."

"아직 퇴근 전입니다, 엘리제 녹턴. 알고 있겠죠? 방금 것은 부탁이 아니라 지시였고요."

"어련히요."

그제야 타이핑 소리가 멈췄다.

"뭘 주문할 거지?"

재킷 주머니에 손을 찔러 넣은 채 문으로 걸어가던 엘리제가 대답했다. 이미 오른손엔 휴대폰을 쥐고 근처 꽃가게를 검색하는 중이었다.

"국화꽃."

"……."

"약혼녀 나이 스물넷이지? 내 기억에 그랬던 것 같아. 아, 맞네. 스물넷."

엘리제의 손끝이 부지런히 휴대폰 액정을 터치했다.

"따로 보고는 필요 없겠죠? 비서님이 수령하시도록 부탁드렸고요. 흰 국화꽃 24송이 주문 완료했습니다."

"……."

"마음에 안 드시면 지금 바로 말씀하세요."

엘리제가 휴대폰을 위로 들어 보였다. 손에 쥔 상태로 짤깍짤깍 흔들었다. 꽃 배달 서비스의 주문 완료 창이 띄워져 있었다.

"백합꽃도 있으니까."

주머니에 꽂고 있던 왼손이 밖으로 나와 집무실 문손잡이를 잡았다. 라키어스의 목소리가 들렸다. 처음 말을 꺼냈을 때처럼 사무적인 어조였다.

"퇴근해도 좋다는 말, 아직 하지 않았는데요."

엘리제가 집무실 문을 걷어찼다. 닫혀 있던 문이 쾅 하는 소리와 함께 강제 오픈되었다. 그 소리에 라키어스의 비서는 의자에 앉은 채 물고기처럼 튀어 올랐다. 끄오옥, 비슷한 비명은 덤이었다.

비서는 상관의 집무실 바로 옆에서 근무하고 있었다. 유리문 너머로 엘리제와 비서의 시선이 마주쳤다. 얼른 아무렇지 않은 척하려는 비서와 달리 엘리제는 표정 관리를 하지 않았다.

엘리제가 정상적으로 문손잡이를 잡은 뒤 안쪽으로 당겼다. 달칵, 문이 닫혔다. 중후한 마호가니빛 출입문에 긴 흔적이 남았다.

"문 사납게 열고 닫지 말라고 했을 텐데요?"

"정확히는."

엘리제가 지적했다.

"문 세게 '닫지' 말라고 하셨죠."

엘리제의 양쪽 검지와 중지가 까딱거렸다. 특정 단어를 강조하는 제스처였다.

"세게 열지 말라는 말씀은 안 하셔서 여는 건 괜찮은 줄."

"엘리제 녹턴."

"너무 유치한가요?"

엘리제가 웃음기 없는 얼굴로 말을 이었다.

"한데 네 쪽에서 이렇게 나오게 만들잖아."

부하들은 주3회 시티타워로 출근해야 하는 대장을 가엾이 여겼다. 엘리제의 상태가 너무 안 좋아 보이는 날에는 정찰 당번을 바꿔 주기도 했다. 하지만 엘리제는 민폐도 작작 끼쳐야 한다고 생각했다.

정찰이 애들 장난도 아닌데 남은 기간 내내 부하들에게 신세를 질 순 없었다.

그러려면!

정시 퇴근만은 사수해야 했다. 이곳에 묶여 있는 8시간 동안은 인권을 빼앗긴 노예처럼 일한다고 해도, 퇴근만은 제 시간에 해야 했다. 그래야 비틀거리며 귀가해서 뭔가 제대로 된 것을 주워 먹고 잘 수 있기 때문이다.

'약혼녀 줄 꽃을 주문하라며. 해 줬잖아? 또 뭐가 남아 있어?'

부아가 치밀었다.

탁.

라키어스가 자리에서 일어났다. 컴퓨터를 종료하고 의자를 밀어 넣는 걸 보면 상대도 퇴근을 할 모양인 것 같은데—

"잠깐 기다려."

우아한 손끝으로 엘리제를 세워 놓은 채 본인은 집무실에 딸린 사실(私室)로 사라졌다.

엘리제는 손목에 차고 있는 전자시계를 뚫어지게 내려다보았다. 무려 10분이 지나서야 라키어스가 모습을 드러냈다.

"하?"

엘리제의 표정이 일그러졌다.

"이 정도면 대충 됐나?"

앞머리를 흩어 내리고 말끔한 사복으로 갈아입은 라키어스가 그녀를 향해 물었다. 진회색 스웨터에 블랙진을 받쳐 입고, 그 위에 얇은 모직코트를 걸친 그는 얼핏 소년 같은 분위기마저 풍겼다. 평소 안 신는 스니커즈는 기가 막히게 잘 어울렸다.

가을 하늘을 닮은 파란 머플러는 눈동자와 한 세트인 것 같았다.

"데이트 룩, 어때?"

엘리제는 이제 미동도 하지 않았다.

"의견을 구하고 있는 거야."

"이것도 지시야? 꽃다발 주문과 똑같은 맥락인가?"

라키어스가 제 모습을 내려다보고는 엘리제를 다시 쳐다보았다. 고개를 한 번 갸웃했다. 소름 돋을 만큼 깨끗한 얼굴이었다. 에데니카를 통째로 속여 먹고 있는 얼굴.

"왜 이렇게 기분이 안 좋아 보이지, 엘리제?"

그가 천천히 다가왔다. 거리가 좁혀질수록 엘리제의 미간에 힘이 들어갔다.

"하샤즈 때문이야?"

힘이 들어가는 건 미간뿐만이 아니었다.

"이 악물지 말고."

라키어스의 표정이 차츰 부드럽게 풀려 갔다. 엘리제와는 정반대였다.

"주먹도 풀고."

"……내가 저 문을 나가도 다섯 명이 무사할 거라는 확언이 필요해."

"인정하면 편해져."

확답을 달랬더니 딴소리를 하였다.

"네게 키스해 놓고."

그의 손가락이 하얀 목덜미를 가볍게 눌렀다. 입술이 닿았던 바로 그곳이었다. 예상치 못한 접촉에 엘리제가 몸을 피했다.

"태연하게 하샤즈와의 데이트를 운운하는 내가 기분 나쁘다고 말해."

손가락이 닿은 것은 한순간이었다. 동그란 지점. 마치 점을 찍듯이 가볍게 그 부분만 콕.

하나 불시의 공격은 위력이 대단했다. 라키어스가 건드린 부분을 중심으로 열이 퍼져 나가는 것만 같았다.

"가지 말라고 잡아."

문 열리는 소리에 놀랐던 비서처럼 애써 아무렇지 않은 척하고 있지만,

"네 곁에 남길 요구해, 엘리제."

얼굴이 화끈거렸다. 순식간에 솟구친 열기가 얼굴을 뚫고 나갈 듯하였다. 도시 밖을 쏘다녀도 좀처럼 그을리지 않는 흰 피부에 발그레한 물이 번져 가는 것은 라키어스의 가슴을 뻐근하게 만들었다.

시선을 맞추고 있지 않는 게 아쉬웠다. 자신이 목덜미를 건드린 이후로 고집스레 자신의 가슴팍만 노려보고 있는 엘리제. 고개를 든 상태였다면 자신이 미소를 숨기지 못하는 것을 보았을 텐데.

"난 네 거야."

라키어스의 목소리가 주문을 걸 듯 달콤하게 잠겨 들었다. 잿빛과 보랏빛이 뒤섞인 연기처럼.

"주인이 누군지 망각하고 감히 다른 상대와 저녁을 보내겠다는 날, 붙잡아 줘."

네겐 그럴 권리가 있으니까.

오직 네게만 주어진 힘이니까, 그러니까, 엘리제.

흔들리고 있다는 사실을 인정하고 날 행복하게 해 주지 않을래?

그럼 난 네 발 아래 온 세상을 바칠 테니까. 맹목적이란 것이 무슨 뜻인지…… 남은 생을 통해 보여 줄게.

라키어스는 엘리제의 벽이 무너지기를 바라며, 간절한 기대를 담아 속삭였다.

딱 한 마디면 되었다. 그가 엘리제의 것임을 인정하는 딱 한 마디.

그게 힘들다면 단 한 번의 고갯짓이라도 괜찮았다.

"기분 나빠."

엘리제가 비로소 그와 시선을 맞추었다.

"함부로 내 몸 건드리지 마."

아.

라키어스의 안에서 짧은 탄식이 터졌다. 그의 검은 날개는 아직 입장을 바꿀 생각이 없는 모양이었다. 아까 그리도 사랑스럽게 얼굴을 붉혀 놓고선, 적대적인 위치를 고수하려는 게 안타까우면서도 귀여웠다.

동시에 자신이 아는 엘리제답다 싶었다. 어릴 때부터 자존심이 높아서 자신이 틀렸음을 인정하기 싫어하던 엘리제였다. 자신이 선택한 게 오답인 것을 알면서도 끝까지 답을 바꾸지 않고 입술만 잘근잘근 씹곤 했었다.

라키어스와 동석한 자리여서 더 그랬는지도 모른다. 다른 사람과 있을 땐 애교나 웃음으로 넘어가는 일이 많다고 들었으니까.

그런 엘리제가 십 수 년 묵은 적대감과 증오를 내려놓고 라키어스를 받아들일 수 있을까?

그가 희미하게 웃었다.

'아무래도 당장은 힘들겠지.'

짙은 감정이 묻어나는 눈길이 엘리제에게 닿았다.

'그래서 내가 더 몰아붙이게 되는 거고.'

양심은 라키어스와 친숙한 단어가 아니었다. 이미 엘리제를 손에 넣기로 마음먹은 이상, 그는 수단방법을 가릴 생각이 없었다.

"둘이 있는 게 싫다면 셋이 함께하는 건 어때?"

라키어스의 웃음이 결을 달리했다.

"하샤즈는……."

일부러 말끝을 흐렸다가 상대를 자극할 말을 골라 했다.

"꽃다발을 골라 준 상대가 궁금할 거야."

"자꾸 말이 길어지고 있지, 오빠?"

엘리제가 오랜만에 금기어를 입에 담았다. 보복성 짙은 행동이었다.

"네가 누구랑 데이트하건, 어딜 가건 관심 없어. 지금 네 입에서 나와야 할 말은 하나뿐이야. 퇴근 허락. 내일 도시 밖에 굴러다니는 내 시체를 수습해 오지 못했다는 보고 듣고 싶지 않으면 지금 당장, 날 보내 줘."

엘리제의 눈에 불꽃이 튀었다. 그 감정의 동요가 라키어스를 기쁘게 했다. 하샤즈와 보내는 따분한 저녁을 지탱할 힘이 되어 주었다.

가여운 엘리제.

내 소중한 검은 날개.

운이 없기도 하지. 원치 않은 마음의 주인이 되었다는 이유만으로 이토록 괴롭힘을 당해야 하다니.

"이렇게 퇴근이 절박할 정도로 요즘 컨디션이 나쁜 건가."

도톰한 입술이 대꾸할 말을 잃고 벌어지려 했다.

"지금…… 누구 때문에……."

"할 수 없군. 들어가 쉬어."

하늘빛 시선이 엘리제의 실루엣을 다정히 쓸어내렸다.

"데이트가 어땠는지는 내일 뉴스에서 확인할 수 있을 거야."

즐거운 시간은 끝났다. 라키어스는 찬바람이 날릴 만큼 세게 몸을 돌리는 엘리제를 지켜보며 꾹꾹 웃음을 눌러 참았다.

❖

"자딘 원로?"

엘리제가 멈춰 섰다. 1층 식당에서 점심을 먹고 나오는 길이었다. 오늘은 매점 샌드위치로 때우는 걸 면했다. 시티타워에 출근한 지가 몇 번째인데, 오늘에야 처음으로 식사다운 식사를 하였다는 사실에 분노가 일었다.

임금 착취. 인권 박탈. 또 뭐가 있더라?

혼자 씩씩 분을 삭이면서 위층으로 올라가려는 참이었다. 수행원들과 함께 뒷문으로 나가는 자딘이 눈에 들어왔다.

"이 도시 리더들의 문제점은……."

엘리제가 중얼거렸다.

"지나치게 잦은 외근이 아닐까?"

엘리베이터 버튼을 눌렀다. 바로 몇 층 위에 있던 엘리베이터가 빠른 속도로 도착했다. 서류철을 두드리는 손가락은 어느새 출근길에 들은 노래의 박자를 맞추고 있었다. 층을 표시하는 붉은 숫자가 대번에 20을 돌파했다.

"이 행사, 저 행사 얼굴 들이밀기 바쁘지. 나이 지긋한 양반들이 아주 정력적이야."

원하는 층에 도착했다. 엘리제는 아무 생각 없이 내린 다음 복도를 걸었다. 리듬을 타는 손가락이 점차 느려졌다. 그렇게 모퉁이를 돌았을 때.

'……응?'

엘리제는 자딘의 집무실에서 나오는 누군가를 발견하였다. 여기서 마주치리라곤 상상도 못한 인물이기 때문에, 그녀는 잠시 고민에 빠졌다.

이대로 가서 인사를 할까? 아니면 상대가 다가오길 기다릴까? 기다리는 건 좀 이상하려나.

'어떻게 해야 되지?'

스스로 당황스러울 정도로 행동에 제한이 걸렸다. 리오네 프리메이어였다.

어릴 땐 공식 행사장에서 가끔 마주치곤 했지만, 성장하고 나서 리오네와 엮일 일은 전무했다. 엘리제는 전투대와 도시 밖을 오가며 살았고, 리오네는 헌신적인 교사답게 자신의 일터에 머물렀다.

애초에 영역이 다른 두 사람이었다. 방금 전 그녀를 알아본 것도 TV 인터뷰 덕이었다. 연쇄폭탄테러 용의자가 검거된 날, 피해 여학생의 담임교사로 등장했던 게 떠올랐다.

'한데 시티타워엔 무슨 일이지?'

엘리제가 의문을 품었다. 단순히 생각하면 아버지를 보러 온 것일 수도 있었다. 지금은 평일 낮이고, 리오네는 직장에 있는 게 당연했지만 한 시간 정도의 외출이 불가능할 것 같진 않았다. 리오네는 시간표에 따라 움직이는 교사다. 공강 시간을 이용하면 오히려 보통 직장인들에 비해 출입이 자유로울 듯하였다.

그래, 아버지를 보러 온 거라 치자. 운 나쁘게도 부녀의 길이 엇갈렸다고 하자.

'내 말은 왜 저렇게 주위를 살피냔 거지.'

남에게 해를 끼치는 것과 거리가 먼 얼굴이 묘한 긴장으로 굳어 있었다. 여린 어깨에 힘이 바짝 들어갔다. 저건 아버지의 집무실을 나오는 모습이라기보다…….

소리 없이 문을 닫은 리오네가 돌아섰다. 둘 사이의 거리는 고작 10여 미터.

엘리제는 본능적으로 모퉁이에 몸을 숨겼다. 왜 자기가 숨어야 되는지 모르겠지만 어쩐지 그래야만 할 것 같았다.

몇 초의 간격을 둔 뒤, 엘리제는 자연스럽게 모퉁이를 도는 척했다.

"어머!"

하마터면 엘리제에게 코를 들이박을 뻔한 리오네가 깜짝 놀랐다. 순간 커다래지는 눈동자가 토끼 같다는 생각이 들었다.

"죄송합니다."

"아니에요. 어머, 아뇨. 저도 죄송해요."

리오네가 허둥지둥 사과했다. 어쩔 줄 몰라 하며 움직이는 모양새가 역시 조그만 토끼를 닮았다. 그러던 리오네의 얼굴에 깨달음이 스쳤다. 엘리제를 알아본 것이다.

최근 몇 년을 통틀어 두 사람이 한자리에 모인 것은 원로원 주최 파티가 전부였다. 그때도 서로 인사를 나누지 않았다. 엘리제는 그저 라키어스와 리오네가 대화하는 것을 먼발치에서 쳐다봤을 뿐이었다. 그리고 리오네는 보호소 아이들을 위한 자선행사에 참석하지 않았다.

'아, 그럼 표창식 때문인가? 일단 내가 무대에 오르긴 했으니까 그때 날 본 건가?'

엘리제는 상대가 자신을 알아볼 수 있는 이유에 대해서 잠깐 생각했다.

"프리메이어 씨."

상대가 미소를 지었다. 그러더니 호칭을 정정했다.

"리오네."

순한 눈매가 곱게 접혀 들었다. 동그랗게 말린 밀빛 머리카락에선 아기 분유와 크레파스 냄새가 날 것 같았다. 실제로 마주친 리오네는 고등학교 교사라기보다 유치원 선생님이 더 어울리는 분위기였다. 자딘의 딸이라는 게 저절로 납득이 되었다. 그와 동시에 묘한 괴리가 느껴졌다.

"그냥 이름을 불러 주세요. 이름을 두고 성을 부르는 건 기분이 이상하니까요. 무엇보다 성은 가족을 떠올리게 하잖아요?"

리오네가 방긋 웃었다.

“어딘가에 종속된 느낌이 싫어요. 제겐 프리메이어라는 성이 그래요.”

그녀의 성은 엘리제 뒤에 붙는 녹턴만큼이나 공고한 권력의 상징이었다. 내로라하는 상류층 인사들도 자딘과 긴밀한 관계를 유지하고 싶어 했다. 이들이 지금보다 어릴 때, 파티에서 마주친 한 영식은 프리메이어가 프리패스와 동일어가 아니냐는 농담을 던졌다.

썩 센스 있는 농담은 아니었지만 그렇다고 틀린 말도 아니었다. 이 도시에서 녹턴과 프리메이어는 확실히 ‘골든 티켓’이니까.

“그렇다면 저도 같은 걸 요구하죠.”

엘리제가 연한 미소와 함께 말을 받았다.

“엘리제.”

“엘리제.”

두 사람의 말소리가 겹쳤다. 리오네가 웃음을 터뜨렸다. 감탄이 나올 정도로 깨끗한 인상이었다. 세상 물정 모르고 귀하게 커 온 영애와는 다른 의미다.

날 때부터 맑은 생기를 품었다고 해야 하려나?

태어날 때부터 영악했던 엘리제에겐 신기하게만 보이는 인물이었다.

“여긴 어쩐 일이죠, 리오네?”

“아버지를 뵈러 왔어요. 한데 집무실 문을 두드리기도 전에 콜이 왔네요.”

리오네가 주머니 속 휴대폰을 두드렸다.

“보호자께서 갑자기 상담을 하러 오셨다나 봐요. 교사가 이렇죠, 뭐. 방학 있겠다. 공강 있겠다. 봉급이 높지 않다 뿐이지 실은 알짜배기 직업 아니냐고 해도 결국엔 보호자가 왕이랍니다. 부르시면 언제든 달려가야 해요.”

분홍빛으로 도톰한 입술이 재잘거렸다.

“어쩔 수 없죠. 제 직업인걸요.”

엘리제는 웃음기를 지우지 않은 채 상대가 하는 말을 가만히 들었다. 리오네의 말을 듣고 있자니 판단이 섰다.

‘이상하다. 저 방금 원로의 집무실에서 나오는 리오네를 봤는데요?’

이런 질문은 하지 않을 것이다. 상대는 주변을 경계하는 태세로 주인 없는 집무실에서 나왔는데, 애초에 문조차 두드리지 못했다고 말하고 있었다. 상황을 제대로 파악하기 전에 넘겨짚지 말아야지 싶었다.

게다가 리오네를 봤다고 말하면 왜 바로 알은척하지 않고 몸을 피했는지에 대해서도 털어놓아야 한다. 그래서 엘리제는 그냥 웃었다.

"세상에 쉬운 일이란 없나 봐요."

"윽."

리오네가 야단맞는 아이처럼 얼굴을 구겼다.

"하필 엄살을 부린 상대가 전투대장이네요. 좀 더 상대를 봐 가며 말할 걸 그랬어요."

"그 부분에 대해선 노코멘트할게요."

"은근히 무자비하군요?"

분위기를 누그러뜨리는 잡담이 오갔다. 자잘한 웃음이 끊이지 않았다. 속내를 감추고 사교적인 분위기를 연출하는 것. 두 사람 다 이쪽 방면에 있어서는 프로였다. 그리고 두 사람 다 서로가 만만치 않음을 깨닫는 중이었다.

"엘리제는 어딜 가는 길인가요?"

리오네의 시선이 아래로 떨어졌다. 엘리제가 들고 있는 서류철에 눈길이 닿았다.

"아버지가 멘토인 것은 들었어요."

"그럼 타타발루 원로가 직속상관이란 것도 알겠네요."

"가엾게도."

"정확해요. 정말 가여운 일이죠."

공범끼리 통하는 웃음 같은 게 오갔다. 그러고 보니 리오네의 귀염성이 원로들을 향한 적이 없다는 사실이 떠올랐다. 다소 뜬금없는 깨달음이었다.

'타타발루가 껌뻑 죽을 타입인데.'

엘리제는 원로의 가무잡잡한 얼굴을 떠올렸다.

'늙은이가 하샤즈를 아끼긴 해도 애정을 쏟는 건 아니지. 제 체면을 세워 줄 만큼 우수한 데다 순종적이라서. 딱 거기까지야. 반면 리오네 같은 순혈이 애교를 부리면 정신 못 차리고 퍼 줄 것 같은데…….'

굳이 귀엽게 굴 필요를 느끼지 못해서일까.

파티장에서의 리오네는 달랐다. 오히려 하샤즈가 '원로님, 원로님.' 하며 인사를 하고 다녔다. 리오네는 그저 자리를 지킬 뿐이었다. 생각해 보면 어렸을 때도 비슷했던 것 같다.

'적의 적은 나의 친구라는 말이 있지.'

엘리제는 오래된 명언을 떠올렸다.

'나보다 먼저 타타발루를 비웃는 건 이쪽 계급답지 않은 행동인데……. 그렇다고 덥석 받아들이기엔 내가 아까 본 게 있어서.'

"아버지에게 가는 건가요, 그럼?"

리오네가 호박색 눈을 깜빡였다.

"손에 든 건 보고서?"

"……보고서는 맞는데 자딘 원로에게 드릴 건 아니에요."

엘리제가 복도 끝을 가리켰다.

"제 목적지는 저쪽이에요. 검토하라며 올려 보내신 것 중에 이해 안 가는 부분이 있어서요."

복도 끝에는 문화부가 있었다. 자딘이 맡은 분야였다.

"전화로 물어봐도 될 텐데."

"쳐들어가는 편을 좋아해요. 책임자 연결해 준다며 뺑뺑이 돌리는 걸 원천봉쇄하는 효과도 있고."

"정말 열심이시네요. 배워야겠어요."

"그냥 성격이 나쁜 거예요."

엘리제가 서류철을 품에 안았다. 웃으며 길을 터 주었다. 상대의 행선지를 확보한 리오네는 가볍게 고개 숙이는 것으로 화답했다. 리오네가 모퉁이를 돌았다.

"참, 엘리제."

뒤에서 낭랑한 목소리가 들렸다.

"아버지에겐 비밀로 해 줄래요?

"……."

"그래도 문 앞까지 왔는데 얼굴이라도 들이밀지 그랬냐며 한 소리 하실 것 같아서요."

리오네가 한껏 불쌍한 표정을 지어 보였다. 애교가 묻어나는 행동이었다. 분명한 것은 그녀가 엘리제의 대답을 기다리고 있다는 점이었다. 행선지를 알아낸 데에 그치지 않고 거듭 답을 요구한다. 확실히, 집요한 구석이 있었다.

"물론이죠."

엘리제가 선선히 고개를 끄덕였다.

"고마워요."

"별말씀을요."

리오네는 그제야 안심하는 얼굴로 돌아섰다. 그녀가 걸어가는 모습을 지켜보던 엘리제는 시선을 떨구었다. 서류철 앞엔 포스트잇이 붙여져 있었다.

『**자딘** 원로 앞.』

눈에 잘 띄라고 밑줄까지 좍좍 그어 놓았다. 엘리제는 일부러 그 부분을 가슴으로 향하게 한 뒤 끌어안고 있었다.

"리오네 프리메이어……."

엘리제가 조용히 이름을 중얼거렸다. 자딘의 딸이라고만 인식하고 있던 상대였다. 그랬던 리오네가 엘리제의 안에서 존재감을 높여 갔다. 몹시 신선하면서도 기이한 방식으로.

'당신이 감추려는 게 뭐지?'

새삼 떠오른 사실 하나.

자딘은 딸 이야기를 거의 하지 않았다. 그에 비하면 아들과 앙숙지간인 말론 원로가 오히려 자식 이야기를 더 자주 할 정도였다.

‘지금 부인이 리오네의 친모가 아니라는 말을 들은 것 같은데.’

3월의 어느 오후.

엘리제는 문득 자딘 부녀의 관계가 궁금해지기 시작했다.

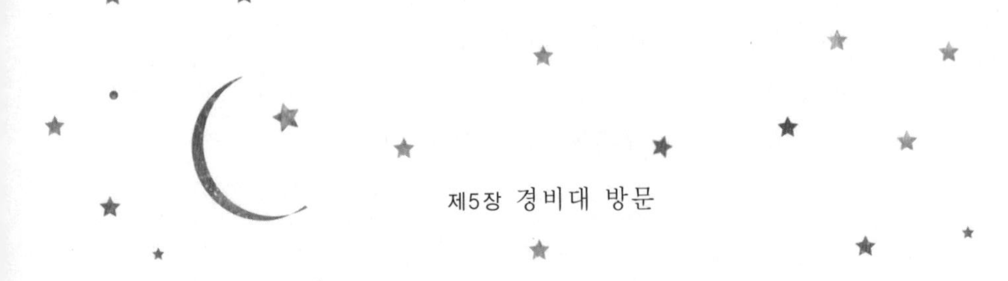

제5장 경비대 방문

라키어스가 차에서 내렸다. 조수석에 앉아 있던 엘리제는 차가 멈추자마자 내린 다음, 번듯한 건물을 올려다보는 중이었다. 높게 솟은 15층 건물을 중심으로 양옆에 6층짜리 부속 건물이 딸려 있었다.

비하르트는 그 모양을 보더니 엿 먹으라는 손가락질 같다고 하였다. 엘리제는 딱 비하르트다운 비유라고 생각해 픽 웃었다. 하지만 건물 안을 누빌 경비대장의 얼굴을 떠올리면 이를 마냥 농담으로 받아들이기 힘들었다.

"오셨습니까, 라키어스 님."

도블락이 경례를 붙였다. 그의 뒤로 서 있는 간부 열 명이 1초의 지체 없이 예를 갖췄다. 웃음기 없는 표정에 군기가 바짝 들어간 몸.

이제 고작 로비에 들어섰을 뿐인데 벌써부터 테스토스테론 냄새가 작렬하는 것 같았다.

'속 메스꺼워.'

간부 중에 여자가 단 한 명도 없다는 사실 또한 엘리제의 조롱을 끌어내는 포인트였다. 상류계급으로 갈수록 남녀 모두 하류계급에 비해 신체 능력이 우수해진다. 같은 날, 같은 시간에 똑같은 부상을 당한다고 해도 고등학교 교사 리오네의 회복 속도가 전투대 2조장 비하르트에 비해 빠르다.

훌륭한 교육을 받을 가능성은 두 번 말해 입 아프다. 그럼에도 불구하고 양쪽 조직의 성별 차이는 눈에 띌 만큼 뚜렷했다. 6:4인 전투대에 비해 경비대의 남녀 비율은 9:1에 불과했다. 애초에 전투대 남녀 비율이 5:5나 그 이상이 아닌 것도, 하류계급일수록 여자아이의 사망률이 높아서라고 이해하고 있는 엘리제였다.

범죄를 저질러 감옥에 갇히기도 전에 죽는 것이다. 아니면 몸이나 정신 상태가 회복 불가능 수준으로 떨어지든가.

"충성!"

그나마 안으로 들어가자 여자 대원이 몇몇 보이기 시작했다.

"다들 수고가 많습니다. 하지만 오늘은 그저 격려 차원의 방문이니까요. 전 신경 쓰지 마시고 하던 업무를 보면 좋겠군요."

라키어스의 말에 대원들의 등허리가 더욱 곧게 펴졌다. 이래서야 뭐, 힘 풀라는 말을 하는 의미가 없다.

도블락이 자부심 넘치는 눈으로 부하들을 쳐다보았다. 신체 조건 탁월한 사람들이 검은 유니폼을 입고 일렬로 서 있으니 그럴듯해 보이긴 했다. 대장의 근엄한 눈짓에 부하들이 재빨리 자리로 돌아갔다.

"이번에 모집한 신입대원은 총 열한 명으로, 최고 중의 최고만을 뽑았습니다."

'아, 하나도 안 궁금하다.'

엘리제가 속으로 구시렁거렸다.

"2주간의 합숙 트레이닝을 통해 협동심을 강화하는 한편, 현장 투입 전의 실력을 최고로 가다듬는 데에 집중하고 있습니다."

라키어스와 도블락을 선두로 한 무리가 훈련장으로 들어섰다. 강당만큼 높은 천장에는 밧줄이 여러 개 달려 있었다. 세 명의 신입이 맨손으로 밧줄을 타고 오르는 중이었다.

아찔한 높이다.

그러나 아무도 안전장치를 달지 않았다. 최고 중의 최고라던 도블락의 말이 무슨 뜻인지 이해가 갔다. 저 세 명은 모두 날개를 갖고 있다. 높은 곳에서 떨어진다고 해도 날개를 쓰면 되는 것이다. 저들에게 안전장치는 열등함의 증명이나 다름없었다.

"일동 중지!"

교관의 한 마디에 훈련장 곳곳에 흩어져 있던 신입이 일제히 모여들었다.

"경례!"

"충성!"

라키어스가 경례로 답했다.

좀 떨어진 곳에서 이를 감흥 없는 눈으로 지켜보던 엘리제는, 전투대 숙소 침대도 라텍스 매트리스로 바꿔 달라고 요청하리라 마음먹었다. 아까 슬쩍 봤는데 되게 좋아 보였다.

"여기서 널 보다니 기분이 묘하군."

허스키한 목소리가 귓가에 닿았다.

겁도 없는 멍청이 도블락이 그녀 뒤에서 속삭이고 있었다.

"요즘 시티타워에 출근한다는 소식은 들었어."

도블락이 낮은 목소리로 말을 이어 갔다. 교관이 라키어스를 상대하는 틈을 타 엘리제 쪽으로 접근한 거였다.

"밀려드는 잡무에 공주님 기분이 엉망이라던데."

"매번 느끼는 거지만, 도블락."

엘리제가 고개를 돌리지 않은 채 말했다.

"넌 입조심하는 법을 배워야 돼."

"또 무슨 표현이 네 심기를 거슬렀을까……. 역시, 공주님?"

"장소 가리는 법도 배워야 되고."

엘리제의 푸른 눈동자가 라키어스를 향했다. 젊은 리더는 숨조차 제대로 못 쉬고 있는 열한 명과 일일이 눈을 마주치며 격려 인사를 나누고 있었다.

일반적인 수준을 크게 상회하는 라키어스의 청력. 지금 도블락과의 대화도 귀담아듣는 중이 아닐까 하는 생각이 들었다.

'내게 계속 질척거릴 거면, 최소한 저 녀석이 있는 자리는 피해야 되지 않아?'

엘리제는 조용히 눈을 굴렸다.

'어쨌건 난 라키어스의 동생이라고.'

그것까지 고려하기엔 도블락의 머리가 너무 굳었나 보다. 아니면 아랫도리로만 도출해 낸 결론이든가. 엘리제는 속으로 혀를 찼다.

"좀 떨어져서 서지?"

"왜?"

도블락이 씩 입술을 늘렸다.

"내가 신경 쓰이나?"

"엄청."

엘리제가 무성의하게 대꾸했다.

"너 냄새 나."

치사한 감이 있지만 역시 말귀 못 알아듣는 놈에겐 인신공격이 최고가 아닐까 싶었다. 예기치 못한 공격에 상대가 주춤했다. 그렇지. 그대로 찌그러져라.

"민감한 타입이군."

엘리제의 안면 근육이 굳어 버렸다.

"아침 운동 끝내고 바로 순찰 나갔다 왔거든."

상대는 궁금하지도 않은 말을 주절주절 풀어 놓았다.

"그래도 라키어스 님이 방문하신다고 해서 샤워룸 들어가 대충 씻었는데……. 그걸 느껴?"

느끼긴 뭘 느껴, 이 머저리 같은 게.

엘리제의 입가가 떨렸다. 상대는 모든 것을 제 좋을 대로 해석하는 놈이었다. 엘리제는 체취 운운으로 도블락을 떨쳐 낼 수 있을 거라 믿은 스스로가 안타까웠다. 그렇게 많이 당하고도, 엘리제 녹턴은 아직 인류를 향한 기대를 놓지 못한 모양이다.

다음엔 그냥 '죽어, 새끼야.' 라고 받아쳐야 되려나?

'너 같은 놈 말에 대꾸할 여유 따위 없어.' 라며 바로 총을 갈길까?

어느 쪽이든 근사하게 들렸다. 아쉬운 게 있다면, 전투대는 도시 내에서 총기 휴대 금물이라는 점이었다. 엘리제의 안색이 한층 더 어두워졌다.

"사실 이게 남자 냄새라는 거야, 키티."

"……."

"네가 익숙해지는 편이 좋겠지만, 나 역시 기억해 두도록 하지. 넌 유난히 후각에 민감하다고."

어디서 이런 멘트를 배워 오는 거지?

분명히 도시 어딘가에 도블락 같은 얼간이들을 상대로 작업 기술을 가르치며 돈을 거저 벌어들이는 작자가 있으리란 생각이 들었다. 엘리제는 이게 도블락 스스로 떠올린 멘트라고 믿고 싶지 않았다. 아무리 자신이 도블락을 싫어한다고 해도 말이다.

제발, 진심으로.

'놈에게 오늘 아침 메뉴를 확인시켜 줄 수 있을 것 같은데.'

되도 않는 개수작을 듣고 있자니 속이 울렁거리려고 했다.

"그러니까 떨어져 설 생각이 없다?"

엘리제가 도블락을 빤히 노려보았다.

"됐어. 내가 떨어지면 되니까."

"라키어스 님을 수행하는 네 모습, 제법 괜찮아 보여."

자꾸 대답을 해 주니까 신이 나나 보다. 엘리제는 아예 입을 다물기로 했다.

"전투대 따위 그만두고 시티타워에 눌러앉지 그래? 네가 녹턴가의 영애로만 남는다면 상류계급 중에서도 결혼을 감행할 이가 있을 것 같거든."

"……."

"이를 테면 나라든가."
입이 간지러워 죽을 것 같았다.
가만, 간지러운 건 주먹 쪽인가?
엘리제는 한 발짝 더 떨어진 다음 정면을 응시하였다.
도블락이 아무렇지 않게 거리를 좁혀 왔다.
"라키어스 님은 지금 말이 오가는 상대와 결혼할 것 같더군. 물론 언론이 떠드는 것처럼 첫눈에 반했다거나 하는 이유는 아니지. 타타발루 님의 조카라니. 상당히 정치적인 결정이야."
그가 싱긋 웃었다. 사교계 인사들이 자주 짓는 미소였다.
"그 행보를 보니까 네가 떠오르더란 말이지. 라키어스 님은 네 응석을 마냥 받아 주실 거라 생각해 왔거든."
실제로도 그래 오셨고, 라며 뒷말을 붙였다.
"한데 이번에 본인의 결혼을 태연히 추진하는 걸 보니까…… 어쩌면 네 결혼도 똑같이 할 수 있겠다는 생각이 들었어."
"……."
"아무리 아끼는 동생이라도."
"……."
"필요하다는 판단이 서면."
엘리제의 시선이 천천히 움직였다. 초점 없이 허공만을 노려보던 눈이 라키어스에게로 향했다. 젊은 리더는 경비대의 간부들과 의견을 나누는 중이었다.
"당연히 널 아끼시는 마음이야 변치 않겠지. 영 돼먹지 못한 놈을 붙여 주지도 않을 테고."
도블락이 말을 이었다. 그의 목소리에는 묘한 확신이 실려 있었다.
"하지만 필요하다고 판단한 결혼을, 네가 싫어한다는 이유만으로 물리진 않을 거란 생각이 들었어."
"……."

"내 말에 틀린 점이 있나?"

되받아치고 싶었다. 틀린 점? 있다. 라키어스가 하샤즈를 짝으로 고른 것은 정치적인 이유 때문이 아니었다. 기대를 저버려서 안됐다만, 도블락이 말한 것처럼 그리 있어 보이는 이유에서가 아니다. 하샤즈를 택한 것은, 그녀가 제일 효과적인 도구이기 때문이었다.

엘리제를 자극하기에 가장 좋은 도구라서.

물론 여러 부수적인 효과가 따라오는 것은 사실이었다.

1인자 자딘의 딸을 택하지 않음으로써 은근히 그를 견제할 수 있다는 점.

녹턴 때부터 누적된 타타발루의 서운함을 덜어 주는 한편, 그의 오만함에 힘을 실어 양날의 검이 되게 한 점.

거기다 하샤즈의 직장을 빼놓을 순 없다. 하샤즈가 근무하는 곳은 상류계급의 건강을 책임지는 제1의료센터다. 라키어스의 대외적인 이미지를 떠올리면, 설마 겸손하고 선량한 리더가 '거기까지' 염두에 뒀을까 싶을 것이다.

하나 도블락이 짐작한 사실을 다른 사람들이 모를 린 없었다. 엘리제 역시 그 정도는 알았다. 다만 차이점이 있다면, 이 모든 게 부수적인 효과임을 아는 것이다.

라키어스의 목적은 오로지 엘리제를 함락시키는 것.

그뿐이었다.

'그렇다고 도블락이 완전히 틀렸다고 할 수만도 없는 게…….'

최근 들어 엘리제는 확신을 잃었다. 결정적인 사건은 라키어스의 결혼 수락이었다. 엘리제는 그가 절대 결혼하지 않을 거라고 생각해 왔다. 스무 살이 된 날부터 현재에 이르기까지, 원로원의 집요한 권유에도 독신의 뜻을 굽히지 않은 라키어스였다.

한데 그는 갑자기, 너무도 쉽게 예상을 깨뜨렸다. 이유를 묻는 엘리제에겐 '널 흔들기 위해서.' 라고 대답했다. 도블락의 표현대로 정말 태연한 얼굴이었다. 고작 그런 이유로 본인의 결혼을 결심했다면, 반대의 경우도 가능하지 않을까?

엘리제를 무너뜨리기 위해 그녀의 결혼을 추진하는 상황 같은 것 말이다.

"얼굴 좀 펴, 공주님."

도블락의 목소리에 아득해진 정신이 제자리로 돌아왔다.

"영애로서의 네 모습, 아주 자연스럽고 잘 어울렸어. 혹시 알아? 남편 사랑 받는 네 모습도 그처럼 잘 어울릴지."

"……너야말로 그거 알아?"

오래 참았다. 뼈 있는 반박 정도는 날려 주자. 그쯤은 해도 된다. 엘리제는 도블락을 똑바로 쳐다보며 말했다.

"나랑 어떻게 해 보고 싶어 하는 남자가 에데니카에 수천 명 있는데, 품질순으로 줄 세우면 넌 뒤에서 세는 게 빠르다는 거."

엘리제가 방긋 웃었다. 언제나 마무리는 밝으면서도 날카로운 웃음이다.

"제발 꺼지렴, 도블락. 내일 세상이 멸망한대도 너랑 결혼하는 일 따위 없을 테니까."

그때 라키어스가 엘리제를 불렀다. 이쪽에서의 대화에 대해 전혀 모르는 표정이었다.

"그럼 이만 우리의 상관 앞으로 가 볼까?"

엘리제가 주저 없이 자리를 떠났다. 어째 3급 위험 구역에서 특급 출입 통제 구역으로 옮겨 가는 기분이었으나, 지금 이 순간만큼은 도블락의 옆을 떠날 수 있어 통쾌할 따름이었다.

신입들의 시범이 끝나자 라키어스가 박수를 보냈다. 엘리제도 적당히 호응했다. 교관이 묵례한 다음 짤막한 보고를 하였다.

"최근 들어 불법 총기 제작이 늘어나고 있습니다. 이들의 목적은 호신(護身)이 아닙니다."

여전히 강도나 원한범죄가 높은 비중을 차지하긴 했다. 하지만 지능범과

쾌락범의 비중이 점점 높아지는 점을 간과할 순 없었다. 어느 정도 대상이 예측 가능한 전자에 비해 후자는 훨씬 심도 깊은 연구를 필요로 했다.

얼마 전, 경비대를 대상으로 일어난 범죄가 한 예였다. 처음에는 범인이 뒷골목 출신일 거라고 예상했다. 가족이나 가까운 친구가 범죄를 저질렀고, 이를 경비대가 제압하는 과정에서 원한을 품었다는 추측이었다.

거기서 조금 더 나간 의견이 분노 유형이었다. 범인은 경비대 시험에 여러 차례 낙방한 뒤 자존심에 상처를 입었을 것이다. 분노로 인한 일종의 보복이다. 한때 뉴스를 틀면 죄다 그 이야기였다. 그러나 검거된 범인은 평범한 회사원이었다. 집안도 넉넉한 중상류층에 속했다.

범죄를 저지른 이유는 허무하리만치 단순했다.

세 보여서.

범인은 도시 내에서 경비대가 제일 강력하고 우수해 보였기 때문에, 그런 조직을 꺾으면 만족감이 더 클 것 같았다고 자백했다. 도시가 안정됨에 따라 범죄의 양상 또한 다양해지고 있었다. 경비대가 최고 중의 최고만을 뽑아 조직에 새로운 기합을 불어넣은 이유였다.

"저격 성공률을 높이는 것도 중요합니다만, 행동반경이 넓은 전투대와 달리……."

교관의 시선이 엘리제를 슬쩍 스치고 지나갔다.

"경비대는 도시의 특수성을 고려할 수밖에 없습니다. 근접전 또한 이에 포함됩니다."

누가 들으면 전투대는 아무렇게나 난사하는 줄 알겠네.

엘리제가 어이없는 웃음을 픽 흘렸다.

우리도 적을 공격할 때 정확성을 고려한단다. 근접전도 셀 수 없을 만큼 치른 것 같구나. 애초에 2조장의 무기가 쌍검인 걸 보면 모르겠니? 걔가 그거 폼 잡으려고 들고 다니는 줄 알아?

해 봤자 입 아플 말이 엘리제의 안을 맴돌았다.

'하여튼 제일 만만한 게 전투대지.'

사실 교관도 엘리제와 충돌하려는 의도는 아니었을 것이다. 더군다나 라키어스가 동석한 자리에서 그럴 이유는 없다. 그러니까 저건 그냥 평소 습관이 자연스럽게 나온 거였다. 굳이 언급할 필요가 없는 순간에도 전투대를 끌고 오는 것.

'너희 대장이 저놈인데 내가 너희에게 뭘 바라겠어.'

엘리제는 도블락을 쳐다보지도 않은 채 질렸다는 표정을 지었다.

"……그런 의미에서 이번 분기엔 건 카타(Gun Kata)를 집중 훈련할 예정입니다."

건 카타란 총과 무술이 결합된 공격 방식으로, 상당한 숙련도를 요구했다. 일반 도장에서는 가르칠 이유도 없고, 가르칠 사범조차 없는 특수공격 기술이었다.

"부디 저희 신입들의 시범이 흡족하셨길 바랍니다."

교관이 다시 한 번 고개를 숙였다. 라키어스가 미소로 화답했다.

"전체적으로 만족스러웠습니다. 여기서 더 다듬어질 실력도 기대되고요. 다들 수고가 많았습니다."

무난한 칭찬에 신입들의 얼굴이 상기되었다. 교관을 비롯한 간부들도 잠시 굳었던 표정을 누그러뜨렸다. 라키어스의 입에서 안 좋은 소리가 나올 린 없겠지만, 어쨌거나 상관의 피드백을 기다리는 시간은 손에 땀을 쥐게 만들었다.

"그럼 이쯤에서 다음 장소로……."

간부 중 한 명이 라키어스를 안내하려 했다.

"실례합니다!"

모두의 시선이 갈색머리 신입에게 모여들었다. 엘리제는 신입의 팔이 작게 떨리는 것을 보았다.

"무슨 일인가?"

"E.S.F 11기 막시밀리언 와튼! 예전부터 라키어스 님의 실력을 동경해 왔습니다."

목소리에서 긴장과 흥분이 동시에 묻어났다.

"감히 요청합니다. 건 카타 시범을 보여 주실 수 있겠습니까?"

"와튼 대원."

"라키어스 님의 경기 영상을 보며 훈련하곤 했습니다. 간곡히, 부탁드립니다!"

교관의 눈빛이 변했다. 이에 라키어스가 손을 들어 제지했다.

"막시밀리언 와튼."

"충성!"

"좋게 봐 줘서 고맙습니다. 한데…… 10대 이후로 훈련장을 찾은 적이 없어서 말이죠. 제대로 몸이나 움직일 수 있을는지 모르겠군요."

저런 피지컬을 가진 사람이 해선 안 되는 말이 아닐까?

엘리제는 슈트로 감싸인 날렵한 근육질 몸을 덤덤한 눈으로 보았다.

"게다가 건 카타의 첫 번째 목적은 '제압'이기 때문에 공격해 줄 상대가 필요합니다."

완곡한 거절로 들렸다. 훈련장 안에서 라키어스의 상대가 될 만한 이는 없기 때문이었다. 라키어스가 몇 가지 기술을 보여 주기도 전에 상대는 팔이 꺾인 채 무력한 신음을 흘릴 터였다.

이대로 신입의 돌발행동이 마무리되나 싶은 순간,

"실례합니다!"

또 다른 자가 나섰다.

"제 기억에 라키어스 님과 동일한 성적을 지닌 분이 이 자리에 계십니다."

어째 예감이 안 좋은데.

"엘리제 님."

수십 쌍의 눈동자가 엘리제를 향했다. 엘리제의 얼굴에 복잡 미묘한 기색이 스쳤다. 건 카타 대회는 2년에 한 번씩 열렸다. 엘리제는 첫 출전부터 메달을 땄고, 다음 출전 땐 우승을 했다. 이후로 두 번 더 출전하였는데 두 번 모두 만점에 가까운 기록을 보이며 우승을 차지했다.

이는 라키어스의 성적과 동일했다.

공직을 맡게 된 뒤로 성인 대상 대회에 출전하지 않은 것 역시 똑같았다. 하지만 깊이 들여다보면 완전히 동일한 성적이라 하기엔 무리가 있었다. 같은 금메달이라도 기록 면에서 차이가 나는 것이다.

"엘리제 님만 괜찮으시다면…… 두 분께 시범을 부탁드려도 되겠습니까?"

아군을 얻은 신입이 라키어스에게 재차 요청했다. 그러자 훈련장 안에는 묘한 기운이 퍼져 나갔다. 교관이 신입들을 향한 매서운 눈빛을 거둔 것도 그중 하나였다.

간부들도 딱히 저지하지 않았다.

그랬다.

이곳은 도시 내에서 신체 조건과 경쟁심이 월등한 자들만 뽑아 놓은 경비대였다. 신체 능력과 관련된 기록을 갱신하는 것이 최고의 자랑거리가 되는 곳.

이들은 또래 생활을 시작한 이후로 신체 능력과 관련된 찬사를 귀에 달고 살았을 것이다. 각종 대회 때마다 마주치는 서로를 의식하며 살아왔을 터. 한데 스스로를 최고 중의 최고라고 자부하며 살던 이들 앞에 라키어스와 엘리제가 등장했다.

감히 넘볼 수 없는 레벨의 라키어스.

그리고 태생적 한계를 넘어 저보다 나이 많은 참가자들을 모조리 이긴 엘리제.

실제로 지금 경비대 간부 중에서는 10대 때 대회에 출전했다가 엘리제에게 박살 난 자가 몇 있었다. 이들의 삶에 있어 라키어스와 엘리제는 특별한 존재였다.

그런 남매가 붙는 장면을 볼 수 있는 기회라니. 놓치고 싶을 리 없었다.

"부탁드립니다!"

아예 신입 전원이 입을 모았다.

"어떡할까요?"

꼭 이럴 때만 의견을 묻는다. 저번에 하샤즈와 데이트 나갈 때도 사복 차림에 관한 의견을 구하더니 오늘도 이러고 있었다.

"예정 외의 일이긴 한데, 이렇게들 거듭 청하니 말입니다."

엘리제의 입꼬리가 한쪽만 올라가려고 실룩거렸다.

"그래도 전투대장의 컨디션을 묻는 게 우선인 것 같아서."

저, 저, 저 아무도 알아채지 못하는 위선의 가면!

엘리제는 폐부에서부터 끌어올린 한숨을 내쉬었다. 재킷 안주머니를 더듬어 머리끈을 꺼낸 뒤 기다란 흑발을 한 갈래로 묶어 올렸다. 그 조용한 준비 동작에 좌중이 동요했다.

"짧게 가죠."

말 그대로 눈요깃거리가 되는 일 따위 얼른 끝내고 싶다는 의도였다. 한데 경비대 측은 다르게 받아들인 모양이었다.

자신감.

아무리 실전이 아니라고 해도, 무려 라키어스가 상대인데 오래 버틸 수 있을 리 없었다. 짧게 끝날 수밖에 없는 판인 것이다. 그런데 굳이 짧게 끝내자는 말을 하는 건…… 달리 말해 길게 상대할 능력이 된다는 뜻 아닐까.

얼마나 잘하는지 궁금한 마음과 '과연' 얼마나 잘하나 두고 보겠다는 으름장 사이 어딘가에 경비대가 있었다. 벗은 재킷을 대충 접어 바닥에 던진 엘리제가 눈짓했다. 한 간부가 라키어스에게 훈련용 총 두 정을 건네주었다.

자동 권총 외형을 하고 있으나 수용성 색소로 채워진 탄환이 든 특수제작품이었다. 자신에게도 같은 것을 주길 기다리던 엘리제는 흡사 야구공처럼 날아오는 훈련용 총에 본능적으로 반응했다. 기민하게 잡아채자마자 멀리서 웃음이 터져 나왔다.

이딴 식으로 총을 배달한 이는 도블락이었다.

"……그럼 시작할까요?"

"네, 리더."

엘리제가 짧게 대답했다. 슈트 재킷을 벗은 라키어스가 자세를 잡았다. 먼저 공격한 쪽은 엘리제였다. 일말의 망설임도 없이 라키어스에게 총구를 들이대는 모습에 몇몇이 급히 숨을 들이켰다.

하나 라키어스의 왼쪽 손등이 엘리제의 총신을 쳐 내면서 첫 번째 공격은 무산으로 돌아갔다. 이후 숨 돌릴 틈 없이 이어지는 공격에 긴장감이 급상승했다. 첫 번째부터 열 번째 공격에 이르기까지 채 3초가 걸리지 않았다.

"미친 거 아냐……?"

누군가 황당하다는 듯 중얼거렸다.

"어떻게 저 스피드가 가능해?"

"나 여덟 번째 수는 보지도 못했어. 눈이 놓쳤다고……."

엘리제의 팔과 다리가 쉼 없이 라키어스를 향해 뻗어 나갔다. 순식간에 스무 번째 공격에 돌입했다. 열중 쉬어 자세를 한 채 묵묵히 지켜보던 교관의 입이 벌어졌으나 그것을 알아차린 사람은 아무도 없었다.

"헉."

"으……."

좌중에서 소리가 새어 나왔다. 서른 번째 공격까지 받아치기만 하던 라키어스가 태세를 전환했다. 단단한 팔뚝이 엘리제의 팔을 내리눌렀다. 아래를 향한 총구가 그의 다리를 쏘기 전, 엘리제의 팔이 접히는 부분을 자신의 팔꿈치로 강하게 내리치는 라키어스였다.

"크윽!"

공격당한 건 엘리제인데 비명은 구경꾼에게서 나왔다. 보는 것만으로도 엄청난 타격이었기 때문이다. 라키어스가 힘을 조절하지 않았다면 그대로 골절이 되었을 가능성이 높았다.

하나 엘리제는 얼굴을 조금 찌푸렸을 뿐이었다. 총을 놓치는 일 따위는 일어나지 않았다. 오히려 그녀는 다리에 힘을 실어 상대를 휘둘러 찼다.

정확히 오금을 노리고 들어간 공격이었다. 균형을 잃고 무릎이 푹 꺾인 상대의 미간을 정조준하는 기술이 이어질 차례였다. 물론 라키어스의 다리는 꺾이지 않았다.

《이러니까 옛날 생각나네.》

시범을 시작한 이후 처음으로, 엘리제의 눈이 라키어스를 향했다.
"수 쓰지 마."
라키어스가 엘리제의 목에 총구를 들이밀었다. 엘리제는 즉시 쳐 내며 어깨를 틀었다.

《타인이 모르는 능력을 가지고 있는 건 생각보다 괜찮은 것 같아.》

귓속을 파고드는 전음은 다정하고 상냥한 목소리였다.

《한때는 왜 이런 능력까지 갖고 있나 궁금했거든.》

미간을 향해 총을 발사하는 사람의 목소리치고는 지나치게 부드러웠다.

《언제든 네게 속삭일 수 있다면, 그것만으로도 이 능력의 가치는 충분하다는 생각이 들어.》

엘리제의 눈빛이 사나워졌다.
분명히 하지 말라고 말했다. 그런데도 계속 재잘거릴 셈인가?

《네 상대가 되어 줬던 그 시간은 정말 즐거웠어, 엘.》

그럴 건가 보다.

《그새 실력이 더 늘다니. 뿌듯하다고 해야 하려나. 약간 서운하기도 하고.》

"그만."

엘리제가 총 뒷부분으로 라키어스의 명치를 가격했다.

"됐어. 충분히 보여 준 것 같아."

움직임이 동시에 멈췄다. 둘 다 호흡이 조금 가빠진 상태였다. 보는 이가 질릴 정도의 스피드였다. 셀 수 없이 많은 합을 주고받았지만 시곗바늘은 고작 6분이 지났을 뿐이었다. 엘리제의 오른쪽 총구는 정확히 라키어스의 심장에 닿아 있었다.

왼쪽 총은 라키어스의 오른쪽 총과 엇갈려 바닥을 향한 채였다.

그렇다면 라키어스의 왼쪽 총은?

만약 이것이 실제 상황이고 그가 총을 발사했다면, 탄환은 엘리제의 관자놀이를 뚫었을 터였다. 각각 심장과 머리라는 공격 포인트를 제대로 겨눈 채 끝났다.

압도적인 시범이었다.

"대단한 배움이 되었습니다."

"청을 들어주셔서 감사합니다."

신입들이 박수를 보내며 한마디씩 거들었다. 모두들 상기된 얼굴이었다. 물론 훈련장에 있는 무리 중엔 떨떠름한 표정을 짓는 자들도 있었다. 그들은 내키지 않은 기색으로 대충 손뼉을 쳤다. 서로 시선을 교환하기도 했다.

"훈련용 총은 오랜만에 잡아 봅니다. 감회가 새롭군요."

라키어스가 재킷 단추를 여미며 미소 지었다. 색소가 흰색이기 때문에 설사 튀었어도 와이셔츠를 입은 그는 육안으로 크게 티가 나지 않았다. 버건디색 셔츠 차림이었던 엘리제만 난리가 났다.

헐렁한 재킷에 팔을 꿰어 넣는 표정이 썩 좋지 않았다. 자신을 향한 여러 눈빛에 놀라움이 어려 있는 줄 모른 채, 이대로 남은 하루를 보내야 하는 것에만 툴툴대는 엘리제였다.

"옛날 생각나기는. 웃기고 있네."

라키어스가 말한 과거 속 엘리제는 땀과 눈물로 얼룩진 상태였다. 라키어스는 그녀에게 다정했지만 실력 차가 나는 동생을 봐주는 법이 없었다. 조금이라도 봐주는 기색을 보이면 엘리제가 발끈 화를 냈기 때문인데, 사실 그런 경우도 다섯 손가락 안에 꼽힐 정도였다.

「일어나, 엘.」

「날 이기고 싶다 하지 않았어?」

「많이 힘들겠지만…… 지금 스피드로는 어림없어.」

「더 빨리. 더 빨리. 더. 더.」

「정신 똑바로 차려.」

그 시기 엘리제의 몸은 자잘한 상처와 멍으로 가득했다.

'잘도 먼저 과거 이야길 꺼내다니.'

만날 이기는 놈과 그놈을 상대해야 했던 자가 기억하는 빛깔은 이만큼이나 다르다. 오랜만에 과거로 강제 소환된 엘리제가 못마땅한 눈으로 팔다리를 내려다보았다.

가볍게 추측해 볼까?

피멍 둘, 그냥 파란 멍 다섯, 눈에 드러나지 않는 타박상…….

그쯤에서 집어치웠다. 참으로 무의미한 카운트일 뿐이다.

"전투대장도 수고 많았습니다."

라키어스가 엘리제를 보며 환히 웃었다.

"잠깐 잊고 있었어요. 귀관이 대단한 실력자라는 걸. 거기다 내가 기억하는 것보다 훨씬 성장했군요."

이미 전음으로 건넨 말에 정중함이 덧입혀져 전달되었다.

"도시 밖이 전투대 소관이어서 안심입니다."

"……."

엘리제가 라키어스를 빤히 쳐다보았다. 조금만 더 눈에 힘을 넣으면 상대를 뚫어 버릴 수 있을 정도였다.

《오빠가 칭찬하고 있잖아, 엘리제.》

망할 전음이 또 들려왔다.

《고맙습니다, 해야지?》

"……벼."

떨어지지 않는 입술을 억지로 움직여 보았다. 최대한 목소리를 쥐어짜 내었다.

"별말씀을요."

라키어스의 미소가 한층 화사해졌다. 이때 도블락이 걸어와 두 사람 사이를 막아섰다.

"인상 깊은 시범이었습니다, 라키어스 님."

도블락도 일단은 웃고 있는 얼굴이었지만 라키어스나 신입들의 그것과는 매우 달랐다. 안면 근육 자체가 뻣뻣하게 굳어 있었다.

"저희 신입들에게 많은 자극이 될 듯합니다."

"다행이군요."

"그럼 이쯤에서 자리를 옮기시겠습니까? 두 명의 신입이 수영장에서 훈련 중입니다. 특별전형으로 선발된 녀석들이죠. 이들과는 또 다른 모습을 보여 드릴 수 있을 겁니다."

라키어스가 동의했다. 충성을 외치는 신입들의 목소리가 우렁찼다. 엘리제는 앞서서 걸어가는 라키어스의 등판을 영원히 노려보았다.

'오빠?'

양아버지 녹턴의 곁으로 '오빠'를 보내 버리고픈 어느 오후였다.

❖

모든 것을 최고로 지원받는 경비대답게 근사한 수영장이었다. 경비대 내부에 처음 들어와 보는 엘리제는 제멋대로 실룩거리려는 얼굴을 단속해야 했다. 전투대와는 달라도 너무 다르다.

도블락이 안내한 수영장은 단순한 체력단련용이 아니었다. 당장이라도 수영대회를 개최할 수 있는 규모의 풀이 세 개 있었고, 그 옆에는 특수훈련용으로 제작한 10미터 깊이의 풀이 마련되어 있었다. 특별전형으로 뽑혔다는 신입 두 명이 바로 그 풀 옆에서 라키어스를 맞았다.

"충성!"

방금 전까지도 훈련 중이었는지 머리카락 끝에서 물방울이 뚝뚝 떨어졌다. 라키어스를 맞이하기 위해 수건으로 몸과 손의 물기만 얼른 닦아 낸 모양이었다. 이들이 훈련 중인 것은 수영장 바닥에 설치된 폭탄을 해체하는 기술이었다. 에데니카가 건설된 이래 3건이나 발생했던 실제 사례를 바탕으로 했다.

"브라이든 대원은 열 살 때 출전한 과학 올림피아드에서 우수한 실력으로 입상한 인재입니다. 이후 꾸준히 과학도의 길을 걷다가 경비대의 홍보 동영상을 보고 매료되었다고 합니다."

도블락이 신입들을 소개했다. 엘리제는 여전히 입이 떡 벌어지는 규모의 수영장에서 눈을 떼지 못하다가, 홍보 동영상에 진로를 바꿨다는 설명에 고개를 돌렸다. 투블럭 컷을 한 장정이 군기가 바짝 들어간 자세로 정면을 응시하고 있었다.

열 손가락에는 필기체로 흘린 타투를 반지처럼 새겨 놓았다.

'스타일로 보면 경비대보다는 우리 쪽인데.'

엘리제가 고개를 한쪽으로 살짝 기울이며 상대의 시선을 자신에게로 가져오려 하였다. 진실의 입 트릭시가 봤으면 '또 대장 얼굴로 부하 영입하려

한다.' 며 반드시 입을 댔을 모습이었다.

"그리고 여기 피닉 대원은 모두의 기대를 받는 유망주로……."

"말을 끊어서 미안한데."

라키어스가 조용히 끼어들었다. 마침 무언가가 떠올랐다는 표정이었다.

"그러고 보면 경비대장도 특별전형 출신이 아니었던가요?"

도블락이 반색했다.

"예, 맞습니다. 그걸 기억하고 계십니까?"

"막 떠올랐습니다. 경비대장 역시 인상적인 실력자였으니까요."

엘리제가 건 카타 시범을 보일 때부터 내내 굳어 있던 그의 표정이 눈에 띄게 풀렸다.

"이런 청은 너무 갑작스럽나 싶습니다만."

라키어스가 도블락을 웃는 낯으로 보았다.

"이번엔 경비대장의 시범을 부탁드려도 될까요?"

약간의 간격을 두고 덧붙였다.

"물론 신입들의 실력도 궁금합니다."

"실시하겠습니다."

라키어스의 말이 끝나기 무섭게 도블락이 씩 웃었다.

뭐가 어떻게 돌아가는 거지?

남의 집에서 새 부하를 꼬셔 보려던 엘리제가 이해할 수 없는 눈으로 라키어스를 쳐다보았다. 엘리제가 의문 어린 시선으로 쳐다보는 가운데, 도블락이 입수 준비를 했다. 유니폼 대신 수중장비를 착용하고 나온 그가 교관을 바라보았다.

교관이 장비 체크를 한 뒤 OK 사인을 주었다.

풍덩!

또 다른 교관이 라키어스 일행을 풀 옆의 사무실로 안내했다. 사무실에는 모니터 여러 대가 설치되어 있었다. 그곳에서 풀 안의 상황을 관찰하는 게 가능했다. 도블락이 착용한 초소형 수중카메라부터 벽, 바닥에 이르기까지 총 일곱 대의 카메라가 상황을 중계했다.

“지금 대장님이 보여 주실 시범은 5년 전, 자신을 ‘사도(Apostle)’라고 지칭하며 폭발 협박을 했던 자의 사건을 재구성한 것입니다.”

교관이 능숙하게 설명했다. 엘리제는 영 내키지 않는 눈으로 모니터를 쳐다봤다. 수영장 바닥으로 내려가는 도블락의 팔이 보였다. 도블락 녀석의 시점으로 보고 있는 거라 생각하니 뒷맛이 떨떠름했다. 별로 원치 않는 체험이었다.

‘갑자기 시범을 요청한 저의가 뭐지? 어차피 오늘은 신입대원들을 보러 온 건데. 굳이 도블락의 뽐내는 꼴을 봐 줄 필요는 없잖아?’

엘리제가 곁눈으로 라키어스를 힐끔거렸다.

‘무슨 생각인 거야…….’

짙푸른 눈이 다시 모니터로 돌아왔다. 수영장 벽에 붙어 있는 카메라에 도블락의 형체가 잡혔다. 바닥에 도착한 그는 같은 프로그램을 이미 수십 차례 시연한 자답게 능숙한 모습을 보였다.

‘라키어스가 한마디 했다고 바로 헤벌쭉해서 들어가는 놈은 또 뭐고.’

이쪽이나 저쪽이나 이해가 가지 않았다. 엘리제는 막간을 이용해 경비대의 신입을 한 번 더 보기로 했다. 눈매가 예사롭지 않은 브라이든 대원이 어째서 경비대의 홍보 영상에 낚였는지 궁금했다.

‘그거 되게 후졌는데.’

돈 퍼부은 액션영화를 연상시키는 장면이 열 몇 개쯤 이어지는 영상이었다. 근육, 차가운 눈빛, 경비대 마크, 근육, 총, 총, 아주 많은 총, 열 맞춰 출동, 경례, 고층빌딩에서 낙하.

‘멘트는 더 후져.’

당신의 한계에 도전하라, 뭐 그 비슷한 거였던 듯하다. 그걸 보고 지원하는 사람이 있는 줄 몰랐다. 촉망받는 과학도가 진로를 틀게 할 만큼의 매력적인 영상이던가?

‘왜 거기에 낚였지.’

옆에 트릭시가 있었으면 아직도 남의 신입 꼬드길 궁리 중이냐고 등짝을 때렸을 것이다.

'웜이 만족스럽지 않은 건 아냐. 오히려 그 반대야. 우린 팔십 명이고 각자 선호하는 무기가 다르지. 도시 밖의 무장범 수준 역시 높아지고 있어. 이걸 웜 혼자 맡게 하는 건 지나친 업무과중 같단 말이야.'

업무과중.

요즘 엘리제의 화두였다. 일상을 파괴하는 업무과중이 뭔지 온몸으로 체험하고 있기 때문에 더더욱 웜의 상태가 신경 쓰였다.

'웜 본인은 괜찮다고 해도.'

이것이 엘리제가 특별전형 신입에게 눈독 들이는 이유였다.

'경비대 들어올 만큼 엘리트니까 당장 도시 밖으로 나가자고 하면 꺼릴 테지. 애들이랑 협동 여부도 중요하고. 그러면…… 도시에서 무기랑 방어구만 담당하는 직위로.'

엘리제의 눈이 몽상으로 흐려졌다.

'고렇게 세 명만 앉히면 좋을 텐데.'

아쉬운 입맛을 다셨다. 모니터를 보다 말고 갑자기 입맛 다시는 엘리제가 이상했는지, 옆에 서 있던 간부가 그녀를 힐끗 쳐다보았다. 그냥 모르는 척 시침을 뗐다.

"폭발 예고는 총 네 번. 그중 세 번은 허위였습니다. 마지막 예고에 경비대가 출동했을 때 실제 폭탄을 발견했고, 장소는 하수도 바닥이었습니다."

교관이 열성적으로 설명을 덧붙이고 있었다.

"그때와 비슷한 환경을 조성하기 위해 저희는."

갑자기 수영장 물이 희뿌예졌다. 물을 탁하게 만드는 약을 푼 것 같았다.

"이런 식으로 연습을 하고 있습니다."

이제 제대로 보이는 카메라는 도블락 몸에 단 것뿐이었다. 헤드라이트가 시한폭탄을 비추었다. 사건 당시와 똑같이 설정된 시간이 빠른 속도로 숫자를 깎아 먹고 있었다. 당연히 훈련용으로 만들어진 제품이었다. 해체에 실패

하더라도 폭탄은 터지지 않는다. 시뻘건 색소를 뿜어낼 뿐이다.

"사족을 더하자면 색소는 씁쓸한 감기약 맛입니다. 물 밖에서 터지면 그대로 얼굴에 직사되죠. 저도 여러 번 맛봤습니다."

라키어스 앞에 서게 되어 들떴나 보다. 교관이 우스갯소리랍시고 늘어놓았다. 모니터를 보던 자들 사이에 웃음이 터졌다. 라키어스도 미소로 응하였다.

"대장님은 보통 7분 40초 선에서 끝내십니다만."

웃음을 끌어내어 으쓱해진 교관이 모니터로 시선을 돌렸다.

"오늘은 조금 늦어질 모양입니다."

그때 교관의 눈썹이 아주 미세하게 치켜 올라갔다.

"……6분대로 넘어가는 건 처음입니다."

"대장, 긴장하셨나?"

"에이, 아까 그리 우쭐하게 들어간 사람이 말입니까? 그보다는 아슬아슬한 타이밍에 해체 성공! 뭐 이런 장면 욕심내는 것 같은데요."

엘리제는 조용히 후자에 한 표를 던졌다. 어차피 실제 폭탄도 아니다. 거기다 도블락은 이 분야의 전문가이니 다들 크게 긴장하지 않고 상황을 지켜보았다.

"4분 50초……."

교관이 작게 중얼거렸다.

"한데 손 움직임이 왜 저러지……."

그 말에 엘리제가 모니터를 제대로 들여다보았다. 폭탄에 대해 잘 알지는 못해도, 웜이 만지는 걸 옆에서 구경한 적이 몇 번 되었다. 섬세하고도 정확한 손놀림에 감탄한 기억이 떠올랐다.

탄산음료를 빨며 홀린 눈으로 20시간째 게임을 하던 웜이 아니었다. 빠른 판단력과 깔끔한 손놀림이 엘리제의 눈을 사로잡았었다. 도블락도 웜과 거의 대등할 만큼 발군의 실력을 뽐냈다.

바로 얼마 전까지는 말이다.

"왜 저리 허둥대는……."

교관의 얼굴에 짙은 의문이 떠올랐다. 그는 수영장 밖에서 대기하고 있는 동료에게 연락을 해야 할지 망설였다.

"왜 그러시죠?"

라키어스가 교관에게 물었다.

"무슨 문제라도 있습니까?"

"아, 예상보다 처리가 너무 늦어지고 있고."

교관이 모니터를 곁눈질했다.

"대장님의 움직임이 이상해 보여서 그렇습니다."

"이상하다는 게 무슨 뜻인가요?"

엘리제는 모니터를 뚫어질 듯 들여다보았다. 어느새 그녀의 시선은 도블락의 움직임에 고정되어 있었다. 아무리 물 안임을 감안한다고 해도 움직이는 속도가 눈에 띄게 느렸다. 그러는 사이 도블락은 들고 있던 해체 장비를 놓치기까지 했다.

"최대한 건드리지 말아야 하는 본체를 더듬는다거나. 어, 방금?"

"장비를 놓쳤군요. 이런 일이 자주 있습니까?"

"아닙니다. 처음입니다."

교관에게 연이어 질문을 하는 라키어스. 그리고 아까부터 허우적거리는 것처럼 보이는 도블락.

"물 다시 맑게 만들 수 있나요?"

엘리제가 끼어들었다. 교관은 약품을 풀면 가능하다고 답했다.

"바로 풀어요. 지금, 바로."

그 말을 끝으로 엘리제는 사무실을 박차고 나갔다. 다들 전투대장의 돌발 행동에 당황했다. 엘리제는 주저 없이 물 안으로 뛰어들었다. 처음엔 혼탁했던 시야가 아래로 내려갈수록 맑게 바뀌었다. 교관이 푼 약품이 제 기능을 발휘하고 있었다.

'저기 있다.'

폭탄 앞에서 이상하게 허우적대고 있는 도블락이 눈에 들어왔다. 가까이 다가가자 그의 얼굴이 제대로 보였다. 엘리제는 도블락의 뒷덜미를 잡고 그대로 끌고 올라가려 하였다.

'망할.'

쇳덩이를 끌어안은 사람처럼 꿈쩍도 하지 않았다. 엘리제가 육중한 산소통을 가리키자 도블락이 붉어진 눈으로 고개를 마구 저었다. 그가 몸에 걸치고 있는 모든 장비를 풀어 내팽개치는 엘리제였다.

뒤에서부터 도블락을 끌어안고 발을 세게 차자 그제야 몸이 움직이기 시작했다. 절반쯤 올라왔을 때 도블락이 경련하듯 몸을 떨었다. 엘리제의 발차기가 더욱 거세졌다.

"푸하!"

수면 위로 올라온 엘리제는 수영장 밖을 향해 헤엄쳤다. 뒤늦게 상황을 파악하고 그들이 올라오길 기다리던 교관이 엘리제를 도왔다.

"의료 팀 오라고 해!"

수영장은 순식간에 아수라장으로 바뀌었다. 교관이 도블락의 상태를 확인한 다음 인공호흡을 실시했다. 상주하고 있는 의료 팀이 도착하기 직전에서야 호흡이 돌아왔다.

"안정을 찾는 대로 제1의료센터에 들러 검사하게 하세요. 본인에게 병이 있다는 사실을 모르는 경우도 많으니까요."

라키어스가 걱정스러운 목소리로 지시를 내렸다.

"이런 일은 처음이라고 했죠?"

"예, 그렇습니다. 간혹 신입이 긴장하여 몸이 굳는 경우는 있지만, 대장님이 이런 적은 없습니다."

교관의 얼굴에 당혹감이 짙었다.

"장비 체크도 철저히 했습니다. 문제될 부분이 조금도 없었습니다."

"영문을 알 수 없는 일이군요……."

"다행히 엘리제 님이 구해 주셔서."

모두의 시선이 엘리제에게 모였다. 두꺼운 수건으로 몸을 감싸고 있던 엘리제가 고개를 까닥 숙여 보였다. 담백한 태도였다.

"하필 라키어스 님이 오신 날 불미스러운 사고가 발생하여 유감입니다."

간부가 나서서 라키어스를 응대했다.

"어찌하시겠습니까? 마저 시찰하길 원하시면 저희가 진행할 수 있습니다. 부디 편한 대로 하십시오."

"오늘은 여기서 돌아가도록 하죠."

라키어스가 굳은 얼굴의 간부들을 다독였다.

"다들 크게 놀랐을 텐데 무리하고 싶지 않습니다. 특히 신입들은 개인 상담을 받길 권합니다. 필요하다면 여러분도 마찬가지고요."

"살펴 주셔서 감사합니다."

건물 앞까지 나오려는 이들을 들여보낸 건 라키어스였다. 엘리제가 묵묵히 그의 뒤를 따랐다.

로비에 대기하고 있던 수행원이 놀란 얼굴로 일어났다. 상관이 예정보다 일찍 나올 줄 몰랐던 것이다.

"차를 가져오겠습니다. 잠시만 기다려 주십시오."

라키어스는 천천히 움직여도 괜찮다며 연하게 웃었다. 주차장으로 달려가 시동을 걸고 차를 몰고 오기까지 3분 남짓.

그와 단둘이 남게 된 엘리제는 라키어스의 등을 바라보며 입을 열었다. 최근 들어 비슷한 질문을 자주 하는 기분이었다.

"아까…… 왜 그랬어? 경비대장 죽이려고 한 것 말이야. 왜 그랬어?"

뜬금없이 시범을 요청하는 것부터 수상하다 싶었다. 라키어스는 평소 도블락에게 특별한 관심을 보이지 않았다. 엘리제에게 껄떡거리는 사실을 알고 있긴 했다. 하나 비하르트나 실바노를 대하듯이 견제하지는 않았다.

엘리제가 도블락을 싫어하는 것. 그거면 충분한 듯 보였다. 그런데 아까 라키어스는 어땠나.

갑자기 도블락의 과거를 언급해 그를 기쁘게 만든 다음, 인정받고 싶어

하는 욕구를 살살 긁어 올렸다. 이에 도블락이 냉큼 미끼를 물었다.

안 그래도 엘리제의 화려한 시범에 기분이 잡쳐 있던 그였다. 엘리제에게 몰린 시선을 자신에게 가져올 절호의 기회였다. 그렇게 경비대장은 제 발로 물 안에 들어갔다.

"염력 썼잖아, 너."

엘리제가 차가운 목소리로 추궁했다.

"펜트하우스에서 내게 그랬던 것처럼 염력으로 도블락의 몸을 묶었겠지. 처음엔 알아차리지 못했을 거야. 다리가 묵직하다고만 생각했을 테니까."

엘리제의 눈이 가늘어졌다.

"그러다 팔, 이어서 몸 전체가 둔해졌겠지. 이상함을 깨달았을 무렵엔 이미 늦었어. 왜냐면 그다음에…… 산소가 끊겼거든."

입수 전, 교관이 장비 체크해 주는 것을 엘리제도 목격했다. 입수 후에도 한동안 이상 없는 것을 똑똑히 보았다. 그러나 엘리제가 물속에서 마주한 도블락은 산소 부족으로 패닉에 빠진 상태였다. 그는 실제로 교관이 인공호흡을 실시한 끝에야 숨을 토해 냈다.

이 모든 것을 해낼 수 있는 힘은 라키어스의 염력, 그것뿐이었다.

"왜 죽이려고 했냐고?"

라키어스가 엘리제의 말을 그대로 따라 했다. 담담한 표정은 조금도 흐트러지지 않은 채였다. 오히려 아까 간부들을 위로할 때가 더 인간적이어 보일 정도였다.

"네게 계속 멍청한 소릴 지껄이는 걸 두고 봤어야 했나?"

"이제까진 그랬잖아. 왜 오늘은 달랐냐고 묻는 거야."

짧은 침묵이 이어졌다. 이대로 있다간 수행원이 차를 몰고 오겠다는 생각이 들 때쯤, 그가 입을 열었다.

"어리석을 거면 일관되게 어리석어야지."

단정한 입술이 비웃음으로 일그러졌다.

"멍청해서 놔뒀던 건데. 실수로라도 내 수를 읽으면 곤란하잖아."

뭔가 오싹한 소릴 들은 것 같은데 벌써 검은 세단이 도착했다.

"기다리시게 해서 죄송합니다."

"괜찮습니다."

두 사람에겐 못다 나눈 이야기가 있었다. 이대로 마무리 짓는 건 개운치 않았다. 뒷좌석에 앉은 라키어스가 창밖으로 엘리제를 내다보았다. 그가 엘리제를 향해 짓는 미소는, 수행원이 동석한 자리에서도 얼마든지 이야기를 진행할 의사를 담고 있었다.

이는 수행원을 신뢰해서가 아니었다. 오늘 도블락을 처리하려 했듯이, 어느 누구라도 간단히 제거할 수 있기 때문에 가능한 행동이었다.

손 댈 필요 없이.

절대 의심 받지 않고.

"타시죠, 전투대장."

권유가 날아왔다. 운전석에 앉은 수행원도 엘리제를 쳐다보고 있었다.

자신이 모시는 상관이 어떤 자인 줄 모른 채 맡은 바를 성실히 수행하는 사람.

엘리제가 옅은 한숨을 흩어 냈다.

탁.

문이 닫히자마자 세단이 부드럽게 출발하였다.

엘리제는 집무실 의자 등받이를 젖히고 눈을 감았다. 낮잠을 청하려나 싶던 것도 잠시뿐. 그녀는 눈을 감은 지 3분도 채 되지 않아 자리에서 벌떡 일어났다. 그러고는 태엽이 풀린 인형처럼 천천히 제자리에 다시 앉았다.

그저께, 경비대 수영장에서 있었던 일이 머릿속을 떠나지 않았다. 엘리제가 도블락을 끔찍하게 싫어하긴 해도 부두인형을 만들어 놓고 '죽어라, 죽어라.' 바늘을 꽂을 만큼 저주하는 것은 아니었다. 그저 엮이기 싫을 따름이었다.

이제껏 엘리제의 앞을 막았던 많은 사람들처럼, 그냥 주변에서 알짱대지만 않으면 그들이 어떻게 살아가든 제 알 바 아니었다. 넓게 보면 타타발루도 마찬가지였다.

'계급의식에 찌든 늙은이 따위 알 게 뭐야.'

저들이 먼저 건드리지 않는다면, 엘리제는 서로 간의 안전거리를 지킬 용의가 있었다. 물론 남들 앞에서 크게 망신을 당한다거나 코가 깨지고 다리가 부러지는 정도는 당해도 싸다고 생각했지만.

좀 깨소금 맛일 거라 여겼지만.

직접 제 손으로 죽이고 싶지는 않았다. 한데 도블락에게 그런 일이 일어났다.

그는 영문도 모른 채 깊은 수영장 안에서 죽을 뻔했다. 아무도 자신을 도울 길이 없고, 도움을 요청할 방법조차 떠오르지 않는 찰나의 시간이 무척이나 두려웠을 것이다.

엘리제는 라키어스의 염력에 대해 알고 있었다. 남에게 몸이 지배당하는 기분은 그야말로 엿 같았는데, 이 또한 힘을 쓰는 상대가 누군 줄 알고 있기 때문에 가능한 일이었다. 아무것도 몰랐던 도블락은 말 그대로 패닉에 빠졌을 것이다.

아까까지만 해도 멀쩡했던 몸이 움직이지 않는다는 건.

산소통에서 산소가 공급되지 않음을 깨달은 순간은.

공포 그 자체였을 터다.

게다가 도블락이 죽어 가는 장면을 생중계시킨 건 섬뜩함의 정점을 찍는 부분이었다. 엘리제는 이를 계기로 라키어스의 힘에 대해 생각해 보게 되었다. 녹턴이 죽기 전까지는 질투의 대상이었고, 그가 죽고 난 다음부턴 무관심의 대상이 된 능력.

'내가 아는 것만 몇 개가 있더라.'

일단 불.

라키어스는 눈 깜짝할 새 물체를 전소시킬 수 있었다.

그리고 염력.

타인의 신체에 제동을 걸 수도 있고 물체의 움직임을 컨트롤할 수도 있다. 저택에 함께 살 때 라키어스가 수영장의 물을 자유자재로 다루는 것을 본 기억이 새삼 떠올랐다.

'아, 성가시기 짝이 없는 전음도 빼놓으면 안 되지.'

모르는 사람들이 당하면 영락없이 환청이라고 믿게 되는 능력이었다.

'또 있었나?'

엘리제가 눈을 깜빡거렸다.

'세 개만이 아니었던 걸로 기억하는데…….'

솔직히 발화와 염력만으로도 하루아침에 도시를 파괴할 수 있다. 바꿔 말하면 그만큼 강렬한 인상을 주지 않는 능력들은 기억이 잘 떠오르지 않는다는 소리였다.

이중에서 외부에 공개된 능력은 뭘까?

없다.

단 하나도 알려져 있지 않았다. 녹턴은 라키어스의 힘에 경이로워하면서도, 부정적인 인상을 줄 것 같은 능력은 아예 외부 유출을 차단했다.

그렇다면 에데니카 시민들이 알고 있는 라키어스의 힘은 무엇일까?

엘리제의 입매가 비틀렸다.

'어떤 장소에서든 가장 안전한 영역을 찾아내는 능력.'

즉시 떠오르는 게 이 정도였다. 거짓은 아니었다. 실제로 라키어스가 가지고 있는 능력이니까.

하지만 정제된 정보라는 게 중요했다. 시민들이 라키어스의 힘에 대해 들었을 때, 그를 믿고 의지할 만한 존재로 받아들이도록 하는 게 녹턴의 목적이었다. 엘리제가 눈을 가늘게 떴다.

'수영장에서의 일도 그래. 리더의 힘에 대해서 아무도 모르니까 가능한 거였지.'

도블락이 제1의료센터에 가서 백만 가지 검사를 받아 봤자 검사 결과는 깨끗할 것이다. 왜 제게 그런 사고가 일어났는지 이해하지 못한 채 시간이 지날 터다. 그의 성격을 생각하면 결국엔 사건 자체를 잊어버릴 가능성도 높았다. 부하들이 보는 앞에서 '실수'를 저질러 버렸다는 사실을 인정하기 싫어서 말이다.

"자기가 그렇게 잘 보이고 싶어 하던 자의 손에 죽을 뻔한 것도 모르고."

엘리제의 시선이 집무실 너머 먼 곳을 향했다. 이런 일까지 겪었는데도 라키어스가 두렵지 않다는 사실이 헛웃음을 흘리게 만들었다.

납득할 수 없는 이유로 과한 징벌을 내리는 라키어스.

여전히 그가 싫었다.

고작 그런 이유로 상대가 죽음의 공포를 겪도록 하는 면모도 싫었다. 하지만 그가 두렵지는 않았다. 라키어스를 만난 이후로 단 한 순간도, 그가 두려운 적은 없었다.

'이건 네가 어떤 상황에 처해도 날 해치진 않을 거라는 확신 때문이겠지.'

엘리제가 입술 안쪽을 잘근 깨물었다. 어느새 그녀 안에 깊숙이 자리 잡아 버린 확신이 그녀를 새삼 혼란스럽게 했다.

'난 이토록 널 싫어하면서도…… 이토록 완전하게 널 믿고 있다는 건가?'

어떻게 그 두 가지가 공존할 수 있을까.

전화벨 소리가 엘리제를 깨울 때까지, 그녀는 검푸른 빛깔의 생각 속에서 헤어날 수가 없었다.

제6장 엘리제, 낙오되다

"아주 호화판이네?"

3조장 트릭시가 집무실로 들어오더니 책상 위에 늘어진 물건을 눈으로 쭉 훑었다.

엘리제는 '우우웅' 비슷한 소리를 냈다. 시선을 마주칠 순 없는 이유는 엘리제 눈 위의 찜질패드 때문이었다. 트릭시의 눈이 대장을 훑어 내렸다.

온 팔과 다리에 붙인 파스, 파스를 붙이기 애매한 자리에 바른 근육통 완화 젤.

거기다 옆에는 비안카가 찰싹 달라붙어서 지압 책을 들여다보며 손을 조물거리는 중이었다.

책상 위는 어떤가. 바닥이 보이는 허브티 한 잔에 커피 한 잔, 비어 있는 에너지음료 병 하나. 어이구, 향초도 피워 놨다. 이건 100% 1조장 취향이다.

진실의 입이 폭격을 시작했다.

"내가 말을 잘못했네. 잠깐 착각했어. 이건 호화판이 아니지, 대장."

트릭시의 눈이 세모꼴이 되었다.

"수명이 다 했으면 순순히 죽는 것도 나쁘지 않아."

"저기."

"커피랑 에너지음료 들이부을 거면 앞에 허브티는 왜 마셔? 속이 놀라지 말라고 잔잔하게 깔아 준 거야?"

"그건."

"그러지 마, 대장. 그냥 죽을 것 같으면 죽어. 그리고 우리에겐 더 쉽고 빠른 길이 있잖아."

트릭시가 총이 발사되는 소리를 과장되게 냈다.

"탕! 탕! 탕! 탕"

"……왜 네 발이나 맞아야 되지."

"금방이야. 아프지도 않고 얼른 끝나."

"완전 아프거든?"

엘리제가 찜질패드를 걷어 냈다. 눈가가 불그스름하면서도 촉촉했다.

"3조장, 어디서 약을 팔아? 총 안 맞아 본 사람이면 속을까 몰라도."

"대장은 그때 다리에 맞아서 아팠던 거야. 한 번에 가려면 역시 머리지."

"왜 나의 자살에 대해서 이야기하고 있는 걸까……."

엘리제의 말에 상대가 정색했다.

"이게 사람 사는 꼴이야, 대장?"

엘리제가 입을 오물거렸다. 아마 자긴 살아 있다고 말하려는 모양이었겠지만 트릭시가 한발 빨랐다.

"뭔가 착각하고 있는데, 대장은 지금 죽어 있어. 아니면 곧 죽든가."

"와, 저주했다."

엘리제는 주저 없이 자신의 친위대에게 일러바쳤다.

"비안카, 트릭시가 나 저주했어."

하지만 이내 태도를 바꾸는 엘리제였다. 느긋한 상관의 얼굴을 한 그녀가 부하를 바라보았다.

"괜찮아. 이거, 시티타워 때문이야. 그 일만 끝나면 살 만해질 거야."

"아니."
트릭시가 단칼에 잘라 냈다.
"또 착각하고 있네. 대장은 시티타워로 불려 가기 전부터 비실비실했어. 곤 녀석이랑 정찰 나갔을 때 기억나? 등 절반이 아작 나서 실바노 안색이 시퍼래졌던 거."
흥분한 탓인지 진실의 입이 더욱 신랄해졌다. '비실비실' 네 글자가 가슴에 콱 박혔다.
"그건 마하……."
"핑계 대지 마. 닷새 내내 전투할 때도 날아다녔던 대장이야. 애 하나 구하는 게 뭐가 힘들다고 등이 터져서 와?"
립밤을 발라 핑크빛이 도는 입술이 삐죽 튀어나왔다.
"아무튼 요즘 이상해. 몸 관리 제대로 해, 대장."
"……네."
"이것 봐. 목소리 봐. 다 죽어 가네. 접시 물에 코 박고 죽을 병아리가 따로 없네."
대답 대신 혀를 날름 내밀었다. 걱정을 귓등으로도 듣지 않는 상관의 태도에 트릭시의 표정이 험악해졌다.
"엇, 대장. 안 나가?"
웜이 불쑥 얼굴을 들이밀었다. 엘리제가 곧 나가겠다는 손짓을 했다.
"오늘 대장이랑 2조장이 정찰 당번이지?"
트릭시가 이번엔 비안카에게 시선을 돌렸다.
"한데 네 오빠 안 보이던데?"
"몰라. 이 자식, 잠깐 살 거 있다면서 밖에 나가더니 여태 안 들어오고 있어."
비안카가 짜증 난다는 얼굴로 휴대폰을 들여다보았다.
"메시지도 안 봐."
"전화는 해 봤어?"

"5분 전에 해 봤을 땐 아예 꺼져 있었어."

복도에 서 있는 웜이 휘파람을 불었다.

"올, 2조장 땡땡이."

"들어오기만 해 봐. 죽었어."

비안카가 주먹을 그러쥐며 응징을 다짐했다. 트릭시는 자기 휴대폰을 꺼내서 비하르트에게 전화해 보더니 고개를 저었다.

"꺼져 있네."

"됐어."

엘리제가 자리에서 일어났다. 기지개를 펴면서 이리저리 몸을 스트레칭했다.

"어차피 오늘은 B1구역이야. 땡땡이 녀석은 두고 가도 돼."

"그렇게 쉽게 빼 줄 거면 애당초 당번이란 개념이 왜 있는 건데."

트릭시가 이번에도 핵심을 찔렀다.

"곤 데리고 가."

비안카와 트릭시는 어제 당번이었고, 실바노는 외출 중이었다. 만만한 애인을 떠미는 3조장의 행동에 엘리제가 문을 나섰다. 웜의 어깨에 팔을 척 올리고는 못 들은 척 걸음을 옮겼다.

"곤 데리고 가라니까?"

"자는 녀석 들볶아서 데리고 나가기엔 갈 길이 멉니다, 3조장님."

"나라도 따라갈까?"

"괜찮대도. 너 어제 무리했다며. 2조 녀석들에겐 내가 사정 말하면 돼."

현관을 향해 걷던 엘리제가 잠깐 걸음을 멈추었다.

"근데 비하르트는……."

고민은 오래 이어지지 않았다.

"별일 없겠지? 나중에 돌아오면 휴대폰 왜 꺼놨는지 이유나 물어봐."

"지금 그 녀석 걱정을 할 때야?"

"꺄아아, 3조장 잔소리에 말라 죽는다!"

엘리제가 냅다 뛰었다. 어깨에 팔이 걸쳐져 있던 윔은 원치 않는데도 대장을 따라 뛰어야 했다.

"바깥에 나가지도 않았는데 뛰어야 돼? 왜 뛰고 난리야!"

반항이 제법 격렬했다. 엘리제는 눈 하나 깜짝 않고 코웃음을 쳤다. 이미 주차장에서 대기하고 있던 대원들이 그녀를 맞았다. 너희 조장과 연락이 안 된다는 말에 다들 박수를 쳤다. 조장이 없으니까 자기들도 쉬면 안 되냐고 물어 왔다. 다들 걱정 따윈 눈곱만큼도 하지 않는 모양새다.

그도 그럴 것이 비하르트는 앞서 두어 번 정도 땡땡이를 친 전적이 있기 때문이었다. 제법 오래전 일이긴 하다. 이제 비하르트는 실바노 버금가게 성실한 태도를 보이고 있지만, 별로 대단치 않은 이유로 잠적한 전적이 있다 보니 누구 하나 크게 걱정하지 않았다.

엘리제가 윔을 돌아보며 웃었다.

"에이스 한 명 빠진다고 불안한 건 아니지?"

"누가 불안하대?"

윔이 구시렁거렸다.

"네 표정이 영 개운치 않아서 그래. 내가 앞을 지키고 비하르트가 뒤를 지켜야 우리 윔이 안심하고 기기를 조작할 텐데 말이야."

"됐어. 대장 말대로 어차피 B1 구역이잖아. 신경 쓰이지도 않는다고."

A 구역만큼은 아니지만 그에 준할 만큼 위험도가 낮은 곳이었다. 알파벳과 숫자가 뒤로 갈수록 황폐하고 위험한 영역이었다. 전투대가 갈 수 있는 최대치는 G4까지다.

G5부터는 풀떼기 하나 없는 황무지가 이어졌다. 정말 아무것도 없기 때문에 무장범들도 거기 머무를 필요성을 느끼지 못했다. 그에 비하면 B1 정도야 껌이다.

도시의 뒷골목에 사는 이들보다 훨씬 곤궁한 행색이긴 해도, 어쨌든 사람들도 띄엄띄엄 살고 있었다. 허세가 묻어나는 윔의 투덜거림에 엘리제가 다시금 웃었다.

"그래, 그래. 든든하네. 비하르트가 다 무슨 소용이야. 워믈라토 님의 무기가 우리를 구원할지니."

"해 떨어질 때야 출발할 거야?"

엘리제가 바이크 시동을 걸었다. 폭발적인 배기음이 주차장에 울려 퍼졌다. 스물아홉 명의 전투대가 도로로 나섰다. 길을 지나가던 꼬마들이 휘둥그레진 눈으로 쳐다봐서, 엘리제는 보란 듯이 속도를 높여 주었다.

같은 시각.

비하르트는 제 뺨에 닿는 카펫의 감촉을 느꼈다. 눈꺼풀이 무거워서 눈을 뜰 수가 없었다. 사지가 묵직해지며 머리가 기분 좋게 도는 감각. 그는 이게 무엇 때문인지 알고 있었다. 아주 예전에 경험해 봤기 때문이다.

약이었다.

좋다. 무엇 때문인지는 안다. 그럼 자신이 모르는 것은 무엇인가.

'대체 언제 당한 거지?'

몸을 일으키려 해 봐도 번번이 실패로 돌아갔다. 그야말로 손끝 하나 까딱할 수 없었다.

"이게…… 과연……."

머리 위에서 두런거리는 소리가 들렸다. 목소리의 주인을 확인하고 싶었지만 틀렸다.

'대장에게 연락해야 되는데.'

다음 순간 비하르트는 끝없는 수마 속으로 휘말려 들어갔다.

— 대장, 다 했어. 내려와.

왼쪽 귀에 꽂고 있는 이어마이크에서 윔의 목소리가 들렸다. 엘리제는 일어서기 전, 눈앞에 펼쳐진 풍경을 다시 한 번 더 기억 속에 새겨 넣었다. 유리창이 깨지고 군데군데 철제골조가 드러난 80층 건물 꼭대기.

그곳에서 내려다보는 풍경은 특별했다. 밑에 있을 땐 황량하다는 생각밖에 들지 않는데, 이렇게 완전히 위에 올라오면 또 다른 세상이 펼쳐지는 것이다.

모든 것이 엘리제의 발아래 있었다.

퇴색된 건물들은 한때 에데니카의 고층 오피스처럼 반짝반짝 빛났을 것이다. 사거리는 아침마다 출근하는 사람들로의 차로 북적였을 것이고, 모퉁이의 가게에서는 따뜻한 머핀과 도넛, 커피를 팔았을 터다. 당연히 운동센터도 있었겠지.

실바노와 도블락처럼 몸 좋은 남자들이 아침마다 거기서 땀을 흘렸을 거다. 유치원과 학교 앞은 아이들을 등원시키는 보호자들로 가득했겠지.

그리고 공원.

도심 한가운데 자리 잡은 초록빛은 점심시간을 보내는 훌륭한 산책 코스가 되었을 것이다. 벤치에 앉아 샌드위치를 베어 무는 직장인과 그 직장인으로부터 부러운 눈길을 받으며 잔디밭에서 책을 읽는 대학생 커플이 눈에 그려졌다.

호수의 오리.

팝콘과 솜사탕을 파는 가판대.

자그만 손이 놓치고 말아 하늘로 떠올라 가는 풍선.

하지만 지금은 그 모든 것이 무너지고 황폐함만이 남았을 뿐이었다. 전쟁은 순식간에 모든 일상을 앗아 갔다. 거리의 유리창은 산산조각이 났고, 불에 탈 만한 것들은 모조리 재가 되거나 그을렸다.

어쩌면 에데니카보다도 훨씬 화려했을 도시는 스산하고 위험한 회색으로 남았다. 그렇지만 하루 중 얼마 안 되는 순간이 있었다.

햇빛이 폐허 위로 내려앉을 때.

바로 엘리제가 보고 있는 지금 이 순간.

퇴색한 도시는 기묘한 아름다움마저 발산하는 것 같았다. 반쯤 무너진 벽에 부딪힌 햇살이 따스한 빛을 자아냈다. 버려진 고층건물을 칭칭 감고 뻗어나간 넝쿨이 선명한 녹색으로 빛났다. 멈춘 시계탑 바늘에 앉아 있던 새들이 푸드득 소리를 내며 날아올랐다.

엘리제의 입가가 누그러졌다. 짧은 휴식이 끝났다.

이제는 도시로 돌아갈 시간이었다.

"내려갈게."

다음 순간, 엘리제는 일말의 망설임도 없이 건물 아래로 몸을 던졌다. 엄청난 속도로 추락하는 것이 정상이겠지만, 회복을 마친 검은 날개가 유유한 하강을 도왔다. 뺨을 스치는 바람의 느낌이 달콤했다.

바닥에 가볍게 착지한 그녀는 날개를 거둬들였다. 헝클어진 머리를 쓸어올리자 저쪽에 서 있는 웜이 엄지를 세워 보였다.

"작동 잘 돼?"

"누가 만들었는데, 그럼 멍청하게 굴러갈까."

"그렇지. 그렇지. 워믈라토 님이 만드셨지."

엘리제가 웃으며 대꾸해 주었다. 웜이 새롭게 만든 장비는 상대의 체온을 인식해 피아를 구별하는 것이었다. 도시 밖에서 이 기능이 필요한 이유는 간단했다.

언제까지 적의 기습을 받고만 있을 순 없었다. 대원들이 착용하고 있는 팔찌에 칩을 넣어 두면 장비 화면에 조원 번호가 떴다. 가령 1조의 열 번째 대원이면 1-10이라고 작은 꼬리표가 붙는 형태였다.

꼬리표가 붙어서 뜨지 않는 인물은 일단 적으로 인식한다. 그들이 화면에 뜨면 전투대는 공격 준비할 시간을 갖게 되는 것이다. 지금 대원들이 흩어진 이유도 이 때문이었다. 장비가 제대로 작동하는지 시험해 보기 위해서였다.

멀리 가지 않았던 마하, 씨씨, 폭스테일이 이쪽으로 걸어왔다. 다른 대원들은 오고 있는 중이라고 했다.

“기막힌 거 발명하셨어, 천재님.”

엘리제의 말에 웜이 씩 웃었다. 아무렇지 않은 척하려 해도 얼굴 근육이 실룩거리는 걸 막을 순 없는 모양이었다.

“흥, 뭐 이런 것 가지고.”

“이제 갑자기 당하는 건 끝이야. 아, 드디어 끝이다. 진짜, 지긋지긋한 날들이었어.”

엘리제가 감격스러운 듯 고개를 젖혔다.

“보너스 몰아줄게.”

“……우리 돈 남아 있긴 한 거야?”

웜이 갑자기 전공을 바꿔 물었다. 웜의 전문분야는 무기개발인데 돌연 트릭시를 따라 하고 있었다. 비수처럼 뾰족한 질문으로 핵심을 파고들었다.

엘리제가 눈을 도르르 굴렸다.

“어, 남아 있어.”

“…….”

“남아 있다니까?”

“……그으래?”

웜이 눈을 가늘게 뜨며 의심스럽다는 표정을 지었다. 아무래도 눈을 굴리지 말 걸 그랬나 보다.

“그래. 나 표창 상금 받았잖아.”

“흐으음.”

웜이 탐탁지 않은 얼굴로 수긍했다. 엘리제는 트릭시의 등에 떠밀려 천에그레를 받으러 갔던 과거의 자신을 얼른 칭찬해 주었다.

타타발루의 도발에도 넘어가지 않고 얌전히 돈을 받아 온 자신. 얼마나 기특한가 말이다.

하나 당일 파티에서 있었던 일이 떠올라 이내 표정이 굳는 엘리제였다. 그날 라키어스는 원로원이 들이미는 신부 후보를 거절하지 않았다.

‘잘도 춤까지 췄겠다…….’

웜이 뭔가 이상한 기색을 눈치챘다.

"상금 탕진했어, 대장?"

"무슨 소리."

엘리제는 얼른 현실로 돌아왔다.

"안심해. 전투대 계좌에 고스란히 남아 있어."

웜의 손에 들린 장비를 낚아채 흐뭇한 눈으로 화면을 들여다보았다. 꼬리표를 붙인 채 꼬물꼬물 모여드는 빨간 동그라미들이 귀엽기 그지없었다. 씨씨와 폭스테일이 시내에 새로 생긴 게임클럽에 대해 잡담을 했다. 마하는 손거스러미를 뜯는 데 열중한 모습이었다.

"살려 주세요……."

갑자기 누군가 끼어들었다. 언제 딴짓을 하고 있었냐는 듯, 대원들은 순식간에 총을 들어 상대를 겨냥했다. 총을 들지 않은 이는 반응속도가 느린 웜밖에 없었다.

"살려 주세요……. 먹을 것 좀…… 주세요."

어린 소녀가 거적이나 다름없는 옷을 걸친 채 맨발로 다가왔다. 영양부족으로 바싹 마른 몸을 떨고 있었다. 소녀는 안색이 좋지 않았다. 쉰 목소리에서 연신 기침이 묻어났다.

"배가 고파요……."

자신에게 들이밀어진 총구가 무섭지만 배고픔이 우선이라 어쩔 수 없는 듯 보였다. 잿빛 눈에 눈물이 그렁그렁했다. 살짝 총구를 내린 이는 마하였다.

여전히 방아쇠에 손가락을 걸고 있지만, 그와 동시에 다른 손을 품속으로 가져가고 있었다. 마하는 늘 안주머니에 초콜릿 바를 넣고 다녔다. 아이에게 그것을 던져 줄 생각인 듯했다.

탕!

총알이 소녀의 미간을 꿰뚫었다. 마하가 깜짝 놀라 뒤를 돌아보았다. 마하만큼은 아니라도 처음보다는 경계를 늦추었던 대원들이 눈을 커다랗게 떴다. 소녀에게 총을 발사한 이는 엘리제였다.

엘리제는 약간의 감정조차 느껴지지 않는 얼굴로, 바닥에 쓰러진 작은 몸을 쳐다보고 있었다. 아까까지만 해도 생기 넘치게 빛나던 눈동자가 속을 알 수 없을 만큼 가라앉았다.

"대장……?"

웜이 어깨를 잔뜩 움츠린 채 엘리제를 불렀다. 엘리제가 손가락을 들어 말을 막았다. 그녀의 눈은 여전히 소녀에게 고정되어 있었다.

지독한 침묵이 내려앉았다.

1초, 2초, 3초.

전자시계의 쌍점이 다섯 번 깜빡였을 때, 멀리서 나머지 대원들이 떠드는 소리가 들렸다. 그와 함께 땅이 울렁이기 시작했다.

"뭐, 뭐야?"

웜이 창백한 얼굴로 두리번거렸다. 엘리제가 낮게 중얼거렸다.

"뛰어."

짧지만 명확한 지시.

"전원 후퇴!"

이어마이크가 찢어져라 외쳤다. 엘리제가 웜에게 장비를 던졌다. 엉겁결에 장비를 받아 낸 웜이 화면을 확인하고는 쌍욕을 연발했다.

"망할, 망할, 초록색이잖아!"

바닥에 엎어져 있던 소녀의 몸이 경련을 일으키듯 들썩거렸다. 악령이라도 빙의된 것처럼 거칠게 들썩이던 작은 몸이 벌떡 직립하더니 피부가 허물처럼 흘러내리기 시작했다. 그 속에서 나온 것은 붉은 피가 아니었다.

3개로 갈라진 촉수가 제각기 움직이며 일행에게 날아들었다.

"미친! 왜 처음부터 쏘지 않았어!"

웜이 험비(HMMWV)를 향해 필사적으로 달리며 악을 썼다. 괴생물체 상대할 무기를 만들 때 가장 신나하는 웜이었지만, 그것과 직접 마주치는 것은 극도로 꺼려 했다. 사실 전투대원 중 괴생물체와의 싸움을 반기는 이는 한 명도 없을 것이다.

일단 괴생물체는,

"돌아 버리겠네. 왜 저렇게 빨라!"

윔 말대로 돌아 버리게 빠르고,

"시바아알! 왜 저렇게 크냐고!"

집 몇 채쯤은 그대로 집어삼킬 만큼 무시무시하게 크기 때문이었다. 세 갈래로 나뉜 촉수는 괴생물체의 극히 일부분에 불과했다. 대로 저편에서부터 지면을 뚫고 솟아오른 본체가 엄청난 속도로 날아오고 있었다.

살아 있는 것이라면 무조건 도륙 내는 본능에 따라 움직이는 놈이었다. 도시 안에 사는 사람들은 놈을 육안으로 확인하지 않는 것만으로도 행운이라 할 수 있었다.

"처음엔 주황색 원이었어! 빨간색은 아니어도 주황색쯤은 됐었다고!"

엘리제가 바이크에 올라타며 소리쳤다.

"근데 예고도 없이 떠오른 원이었지! 인간이라면 그럴 수가 없는데!"

콰아아아앙!

3대의 험비와 5대의 바이크가 굉음을 내며 달렸다.

"저 새끼 말했어! 들었지? 대장도 들었지, 배고프다고 말하는 거?"

험비에 올라탄 윔이 거친 숨을 헐떡였다. 이에 씨씨가 동의하는 소리가 들렸다.

"미친! 저게 이제는 인간으로 변신하는 걸로도 모자라 말까지 따라 하잖아?"

"연구는 나중에 해. 지금은 무조건 밟아!"

엘리제가 험비 운전자들에게 소리쳤다.

괴생물체를 만났을 때의 규칙 1.

뒤도 돌아보지 말고 무조건 공터로 가라.

애초에 숨어서 피하는 것 자체가 불가능한 적이었다. 윔이 만든 장비가 체온을 인식하듯, 놈은 살아 숨 쉬는 상대를 본능적으로 찾아냈다. 호흡을 멈추고 심장 박동을 중지하지 않는 다음에야 괴생물체를 속여 넘길 순 없었다.

오직 더 빨리 움직여서 도망치거나, 무기를 사용해 죽이는 것뿐이었다. 그리고 안전하게 놈을 공격하려면 공터로 가야 했다. 맹목적으로 달려드는 움직임에 건물이 무너질 수도 있기 때문이다. 벽에 깔리기라도 하면 끝이니까.

엘리제 일행이 미친 듯이 속도를 내는 까닭도 이에 있었다.

쿠쿠쿠쿠, 쾅!

쿠쿠쿠, 쾅! 쾅!

아니나 다를까, 놈은 눈앞에 거치적거리는 모든 것을 밀어젖히거나 부수면서 일행을 따라왔다. 이게 꿈속이라면 취객이 하는 꼴과 비슷하다며 웃을 수라도 있었을 텐데. 의심할 나위 없는 현실이었다.

생생하게 접하는 무차별적인 폭력은 오직 거리를 벌리는 것만이 살길임을 암시했다. 3년 동안 전투대가 죽인 괴생물체는 총 다섯. 매해 한두 놈은 처리해 온 격이다.

사살에 성공한 게 다섯 번이지, 도망친 적은 두 배 가까이 되었다. 어떻게 나타났는지도, 왜 나타났는지도 모른다. 그저 전쟁 전에는 출몰하지 않은 놈으로 짐작하고 있다.

다 씹어 삼킬 기세로 덤비는 놈이지만 A 구역 너머까지 온 적이 없다는 것도 의문이었다. 그리고 다양한 연구가 이뤄지는 에데니카에서, 놈에 대해 연구하는 이가 한 명도 없다는 사실은 엘리제의 화를 치밀게 만들었다.

'상관없는 일이라 이거지?'

바이크 속도를 최대로 올리면서 상체를 낮추었다.

'어차피 도시는 안전하니까 남 일이라는 거잖아. 그렇다고 영 무시하기엔 신경 쓰이니 우리보고 죽이라는 거고.'

끝이 살짝 치켜 올라간 눈매에 힘이 들어갔다.

'영상을 찍어서 보여 줘 봤자 도시의 안전함만 홍보하는 꼴이 되니…….'

이런 걸 두고 개판이라고 한다. 일반 시민은 그렇다 쳐도, 리더들과 대학의 연구원까지 수수방관하는 꼴은 눈 뜨고 봐 줄 수가 없었다.

"계속 달려!"

전진할 때엔 선두에, 후퇴할 때엔 가장 후미에 서는 엘리제답게 무리의 맨 끝에서 달리고 있었다. 드디어 B1 구역을 벗어나면서 넓은 공터가 나타났다. A9 구역에 들어서기까지 한동안 이어질 공터였다.

때가 됐다.

엘리제는 속도를 줄이지 않은 채 바이크를 기울여 쓰러뜨렸다. 동시에 날개를 이용해 공중으로 솟구친 다음 유탄발사기를 장착한 소총으로 놈을 겨누었다. 수많은 시도 끝에 알아낸 방법이었다. 놈은 단번에 조각조각 찢어서 파괴해야 한다.

"죽어."

엘리제가 방아쇠를 당겼다. 명중률 99.9%. 사격으로는 전투대 최강인 그녀였다. 라키어스를 제외하면 감히 에데니카에서 최고라고 해도 될 실력이다.

발사된 탄환이 괴생물체의 입을 향해 날아가 박혔다. 곧 폭발이 이어졌다.

엘리제는 여전히 공중에 떠 있는 채로 놈의 말로를 지켜보았다. 굉음과 검은 연기, 흙먼지가 자욱했다. 죽기 전에 몸부림을 친 듯 지면이 둥글게 패어 있었다. 유성이라도 떨어진 것처럼 땅이 엉망이 되었다.

그렇게 30초를 더 기다렸다. 들리는 소리라고는 엘리제 본인의 숨소리밖에 없음을 확인한 뒤 몸을 돌렸다. 이어마이크에서 폭스테일의 목소리가 들렸다.

대장의 명령을 착실하게 따랐는지 중간에 잡음이 섞였다. 그동안 열심히 속도를 냈나 보다.

— 대장…… 클리어? 죽였……?

"죽였어."

엘리제가 개운한 목소리로 답했다.

"오늘로서 여섯 놈 끝냈……."

끼이이익!

말이 더는 이어지지 않았다. 돌덩이 사이로 뻗어 나온 촉수가 엘리제의 발목을 휘감았다.

다음 순간, 엘리제는 부서진 땅굴 속으로 빨려 들어갔다.

전투대장 엘리제 녹턴이 괴생물체 퇴치 중 끌려 들어갔다. 시티타워로 비보가 전해진 것은 사건이 발생한 지 2시간 뒤였다. 전투대와 경비대는 리더 직속 기관이기 때문에 직통번호가 있었다.

해당 번호로 전화를 걸면 중간 부서를 거칠 필요 없이 리더의 비서에게 전달되었다. 자딘의 비서가 대표로 받았다.

발신자는 워믈라토 펜지스. 중간에 말을 너무 더듬어서 3조장 트릭시 킨스키가 설명을 이어 가야 했다. 즉시 회의가 소집되었다. 엘리제가 평범한 대원이었으면 일어나지 않았을 일이었다.

회의실에 모인 원로들은 우선 라키어스에게 위로를 건넸다. 시찰을 준비하다가 비서의 보고에 모든 일정을 취소시킨 그는 별다른 기색을 보이지 않았다.

이상한 일이었다.

라키어스가 동생을 끔찍이 여긴다는 건 두 번 말해 입 아픈 사실이다. 걱정스러워 견딜 수 없는 얼굴을 함이 마땅했다. 한데 지금 그는 평소보다 훨씬 차분한 표정으로 자리에 앉아 있었다. 그저 생각에 잠긴 듯 보고서만 내려다보고 있을 따름이었다.

지나치게 차분해서 일말의 감정조차 느껴지지 않는 얼굴.

이것이 그의 상태를 가장 정확하게 설명하는 표현일 터다.

"폭발을 확인한 뒤 몸을 돌렸다는데, 땅속에 적의 일부가 남아 있었나 보군."

청동색 피부의 알뷔시가 안타깝다는 듯 고개를 저었다.

"전투대는 어떻다고 하나?"

"충격의 도가니겠지. 복귀 후 지원요청을 결정한 대원에게 원망이 쏟아지고 있다고도 하는데."

원로의 손가락이 발신자 이름을 더듬었다.

"그 와중에 1조는 조장의 주도하에 멋대로 도시를 나가려다 게이트에서 막혔다더군."

"워낙 대장에 대한 의존도가 높은 조직이니 그럴 만도 하네. 난리도 아니겠지."

그레이가 덧붙였다.

"하나 복귀를 결정한 것은 옳은 판단이었어. 상대의 생사여부도 불확실한 판이지 않나. 감정에 휩쓸려 자체구조를 시행했다간 남은 대원들이 위험에 빠졌을 걸세."

회의실 공기가 묘하게 바뀌었다. 다들 곁눈으로 라키어스를 살폈다. 이미 읽은 보고서를 넘기는 자도 있었다. 발언자는 한발 늦게 분위기를 파악한 모양이었다.

다른 표현을 쓸 걸 그랬나, 하는 후회가 원로의 얼굴을 짧게 스쳤다. 그러나 이내 자신이 틀린 말을 한 건 아니라는 생각이 뒤따랐다. 원로는 공연히 헛기침을 함으로써 제 의도를 달리 해석하지 말라는 뜻을 전했다.

라키어스는 아무 말도 듣지 못한 사람처럼 보고서만 내려다보고 있었다.

"어찌할 생각인가?"

타타발루가 자딘에게 물었다.

"사실 3년여 전만 해도 전투대의 사망률이 매우 높았네. 시신을 수습하기도 어렵거니와, 위험을 무릅쓰고 가져온다고 해도 인수받을 유가족이 드물었지."

타타발루가 라키어스 쪽을 일별한 다음 말을 이었다.
"하지만 이번 경우엔 리더의 가족이고……."
"비서를 통해 전투대 의견을 물어보았네. 그쪽은 허락만 떨어진다면 당장 나서겠다고 하더군. 고립된 대원을 구조하러 가는 게 처음은 아니라면서."
자딘이 잠깐의 간격을 두고 말했다.
"반드시 살아 있을 거라고 철석같이 믿고 있더군."
"저들로서는 그리 믿고 싶겠지만."
"찾기 전에는 돌아오지 않겠다고 하였네."
타타발루가 입을 다물었다.
돌아오지 않겠다.
전투대의 의지가 전해지는 발언이었다. 타타발루와 친분 깊은 어윈이 그가 못다 한 말을 이었다.
"전원 투입은 불가하네."
모두의 시선이 어윈에게 쏠렸다.
"사정은 안됐지만 전투대의 기존 업무를 소홀히 하는 일은 없어야 할 것이네. 정찰을 게을리했다가 무법자들이 안전구역을 넘어오면 어떡하나? 밤낮으로 구조 활동을 하다가 사고라도 당하면 그 인력 충당은 또 언제 하고?"
온건파 성향의 찬드라가 끼어들었다.
"어윈 원로의 우려에도 일리가 있습니다. 그렇지만……."
"비하르트 뮬러."
회의실에 들어온 이후로 좀처럼 입을 열지 않던 라키어스였다. 원로들이 무슨 말을 하든 말든 보고서만 뚫어지게 쳐다보던 그가 돌연 목소리를 냈다.
"엘리제와 함께 오늘 정찰 당번이라고 적혀 있군요. 한데 아침에 외출한 이후로 연락이 되지 않는다고."
"그렇다더군."
"아직 연락이 안 됩니까?"
원로들이 서로 눈길을 주고받았다.

이건 엘리제의 사고로 인한 회의였다. 보고서에 적혀 있어서 그런가 보다 넘겼을 뿐, 아무도 2조장의 행방불명에 대해 궁금해하지 않던 참이었다. 대답을 맡은 이는 자딘이었다.

"아마 그럴 걸세. 현장에 조금이라도 변동사항이 생기면 바로 내 비서에게 연락을 넣어 달라고 했거든. 전투대에서 가타부타 말이 없는 걸 보면, 아직 나타나지 않은 모양이야."

"……놈과 연관이 있는 건 아닐지."

어윈이 눈을 날카롭게 빛내며 의혹을 제기했다.

"이상하잖나. 마치 사고가 날 것을 알고 있기라도 하듯이, 당일 아침에 사라져 버리다니."

"행방불명이라."

라키어스가 조용히 읊조렸다. 맑은 하늘빛 눈동자가 검은 물감을 몇 방울 떨어뜨린 양 어둡게 가라앉았다. 새로운 의혹을 이어 가는 어윈과 이에 반박하는 찬드라. 한마디씩 말을 보태는 다른 원로들.

회의실이 제법 소란스러워졌다. 그리고 라키어스의 다음 말이 모든 동요를 중지시켰다.

"제가 가겠습니다."

낮지만 또렷한 목소리가 회의실에 정적을 불러일으켰다.

"라키어스 리더, 방금."

"제가 엘리제를 구하러 가겠다고 했습니다."

행여 듣지 못한 자가 있을까 라키어스가 자신의 말을 반복했다. 바늘 하나 들어갈 틈 없는 침묵이 회의실을 휘감았다. 먼저 입을 연 건 타타발루였다.

"안 되네."

"타타발루 원로."

라키어스가 상대를 응시하며 연한 미소를 지었다.

"이건 허락을 구하는 게 아닙니다. 통보입니다."

"절대 있을 수 없는……."

"재고할 의사 같은 건 없습니다. 그리 아시기 바랍니다."

큰 소리 내려는 타타발루를 자딘이 막아 세웠다. 마냥 몰아세울 일이 아니란 판단에서였다.

"라키어스, 자네도 잘 알다시피 리더의 자리는 공석이 될 수 없네. 직무수행이 어려운 병환이나 갑작스러운 사고가 아닌 이상, 사사로이 자리를 떠나선 아니 되네."

"예, 그러니 제가 돌아오거든 적절한 벌에 처하십시오."

라키어스의 목소리에는 주저함이 없었다.

"리더 관련법 11조 2항에 따르면, 앞서 1항에 명시한 상황이 아닌 이유로 자리를 비운 자는 50만 에그레 이상의 벌금 또는 3년 이하의 징역형에 처합니다."

앞에 법전을 놓고 읽기라도 하듯 거침없는 모습이었다.

"이는 면책권이 보장하지 않는 경우죠."

몇몇 원로가 난감한 얼굴을 했다. 원칙상으로는 그랬다. 하지만 대다수의 리더와 그 가족들은 면책 범위를 벗어나는 일을 감행하곤 하였다. 서로가 서로의 잘못을 눈감아 주는 건 상류사회에서 흔한 일이었다.

라키어스도 이를 모르는 바가 아니었다. 그 또한 엘리제가 난폭한 시기를 보낼 때 리더의 면책권으로 동생을 구치소에서 빼냈다. 한데 다른 누구도 아닌 라키어스가 법 조항까지 들며 자신의 처벌을 요구했다.

잘못을 눈감아 주는 관습조차 거부하며 의지를 굽히지 않았다. 직접 엘리제를 구출하러 가겠다는 의지는 어느 누구도 꺾을 수 없을 것처럼 보였다. 이건 그가 말한 대로 허락을 구하는 게 아닌 것이다.

라키어스의 마음은 이미 정해졌다.

그리고 바뀌지 않을 터다.

생전 처음 보는 단호함에 타타발루가 곤혹스러운 표정을 지었다. 라키어스가 이런 적은 한 번도 없었다. 게다가 라키어스는 곧 조카사위가 될 몸이었다. 아버지의 친구이자 약혼녀의 백부인 제게 이토록 일방적인 통보를 던질 줄은 꿈에도 몰랐다.

'또 그 계집애군.'

타타발루의 당혹스러움은 시간이 지날수록 분노로 바뀌어 갔다.

'또 망할 엘리제 녹턴 때문이야!'

반면 자딘은 이런 결과를 어느 정도 예상하고 있던 모습이었다. 상대가 처벌을 입에 담으면서까지 세게 나올 줄은 몰랐지만 말이다.

"우릴 위협하지 말게."

자딘이 쓴웃음을 지으며 말했다.

"자넬 징역형에 처하면 도시는 어쩌란 말인가. 라키어스 녹턴이 없는 에데니카가 가능하냔 말일세."

자딘은 타타발루의 시선을 적당히 무시했다. 때로는 어쩔 수 없는 경우도 있는 법이었다.

이를 테면 엘리제의 목숨이 달렸을 때의 라키어스처럼.

자딘이 한숨을 쉬었다.

"자넬 막을 순 없겠지?"

철통 보안 속의 감금까지 염두에 둔 물음이었다.

"불가능하십니다."

돌아오는 대답이 명료했다. '불가능할 것 같다'도 아니다.

불가능하다.

라키어스이기에 가능한 단언이었다. 이 도시에서 라키어스를 막을 수 있는 힘은 존재하지 않았다. 대량의 사상자를 각오하고 모든 무력을 동원해야 겨우 가능할까.

"필요한 걸 지원해 주겠네. 전투대 1개조도 데려가게."

"말씀은 감사하지만 혼자 가겠습니다. 그쪽이 움직이기에 편합니다."

"자네에게 무슨 일이 생기기라도 하면 돌아와서 알릴 인력이 필요하지 않나."

"제게 무슨 일이 생겼을 정도라면."

라키어스가 보고서를 덮었다.

"돌아올 수 있는 이는 아마 없을 겁니다."

"……타협의 여지를 조금도 주지 않는구먼."

"엘리제 일이니까요."

타타발루를 위시한 일부 원로들이 들고 일어났다.

밖에서 어떤 일을 당할 줄 알고 리더를 혼자 보내느냐, 리더 자리를 얼마나 오래 비울 것이냐, 엘리제를 구해서 돌아온다고 한들 리더에게 '버림받은' 시민들 반응이 어떻겠느냐, 엘리제를 향한 여론은 악화될 것이다.

온갖 위협과 설득이 잇따랐으나 라키어스의 뜻은 확고했다. 그는 자딘에게 눈인사를 한 뒤 자리에서 일어났다.

"찾기 전에는 돌아오지 않겠습니다."

전투대가 한 말을 자신의 목소리로 바꾸어 말했다. 그 말을 끝으로 라키어스는 회의실을 나섰다. 돌아서 걷는 뒷모습에 어찌나 미련 한 점 없는지.

만약 엘리제를 찾더라도 돌아오지 않을 사람 같아 보여, 자딘은 술렁이는 가슴을 애써 눌러야 했다.

상관의 무기한 부재.

그것도 휴가를 내는 게 아니라 혼자 도시 밖으로 나간다. 괴생물체에게 공격당한 동생을 구하기 위해 자리를 비우는 거라고 한다. 이미 원로원도 알고 있는 사실이란다.

비서의 안색이 창백해졌다. 특히 라키어스 혼자 움직인다는 부분에서 걱정은 정점을 찍었다.

"전투대는 따라가지 않는답니까? 본인들 대장의 일인데."

"제가 번거로워서 거절했습니다."

“아, 아니, 그래도……. 그럼 경비대에 연락을 넣어 무기를 가져오라 지시할까요? 맨손으로 가실 순 없습니다.”

“그것보다 차를 준비해 주세요.”

라키어스가 넥타이를 풀며 말했다.

“게이트까지 이동해야 하니까.”

“라키어스 님.”

“부탁합니다.”

비서가 입을 벙긋거리다가 할 수 없이 고개를 숙이고는 수행원에게 연락하기 위해 집무실을 나갔다. 문이 닫히는 소리에 라키어스가 잠시 행동을 멈추었다. 그는 눈을 질끈 감고 평정을 유지하려 죽을힘을 다했다.

엘리제를 전투대에 보낸 뒤로 매일 밤 그를 괴롭힌 악몽이 결국 현실이 되었다.

자신이 보지 못하는 곳에서, 자신의 힘이 닿지 않는 곳에서 사고를 당한 엘리제.

보고서에 박힌 글자들이 저주의 춤을 추며 그를 조롱하는 것처럼 보였다. 시커먼 지옥이 날뛰는 듯하였다.

『사고 지점 가까이 다가가 살폈으나 어떤 기척도 느껴지지 않았음.』

한 글자 한 글자가 라키어스의 심장을 갉아 먹었다.

『괴생물체의 점액질 가운데 붉은 피 발견. 엘리제 녹턴의 것으로 추정됨.』

“욱…….”

구역질이 치밀었다. 라키어스는 입을 틀어막은 채 허리를 꺾었다. 아무것도 나오지 않았다. 그저 엘리제가 죽었을지도 모른다는 가정만으로도 미칠 것 같았다. 빨리 나가야 한다. 얼른 엘리제를 찾아야 한다.

어서 안전한 곳으로, 내 옆으로 데려와야 돼.

옷을 갈아입는 손이 덜덜 떨렸다. 스스로 통제가 불가능할 만큼 빠른 속도로 이성을 잃고 있었다.

'빨리, 빨리, 한시라도 빨리.'

집무실을 나서는 발걸음이 조급했다.

"라키어스 님!"

비서가 엘리베이터 앞까지 뛰어나왔다. 언제 돌아올지 기약 없는 상관을 향해 고개를 깊이 숙였다.

"무사히 돌아오시기 바랍니다."

닫힘 버튼을 눌렀다. 걱정과 두려움에 사로잡힌 비서까지 돌아볼 여유가 없었다. 미리 연락을 받은 수행원이 게이트를 향해 운전했다. 그 또한 비서와 똑같은 말로 라키어스를 배웅했다.

에데니카를 보호하는 삼중 벽이 차례로 열렸다. 라키어스는 무기 하나 지니지 않은 채 도시 밖으로 걸음을 내딛었다. 조금 있으면 노을이 질 것이다.

"살아 있는 게 좋을 거야, 엘리제."

라키어스가 아득한 지평선을 바라보며 속삭였다.

"혼자 남겨진 괴물은 무슨 짓을 저지를지 모르니까."

거대한 날개가 위용을 드러냈다. 아주 오랫동안 펼치지 않은 새하얀 깃이었다. 서쪽으로 기우는 늦은 오후의 햇살이 라키어스의 날개 위로 내려앉았다.

짧게 들이쉬는 호흡.

라키어스의 몸이 공중에 떠올랐다. 그리고 다음 순간, 경이로운 속도로 한곳을 향해 날아가기 시작했다.

무너진 바위 더미 사이로 누군가의 손이 솟아올랐다. 조금씩 움직일 때마

다 비명조차 나오지 않는 통증이 전신으로 퍼져 나갔다.

"읏……."

땅 위로 올라온 엘리제는 우선 부러진 곳이 없는지부터 확인했다. 다행히 뼈가 잘못된 부분은 없었다. 전신 타박상에 여기저기 쑤시는 끔찍한 통증. 아주 익숙한 녀석들이었다.

"꼴이 말이 아니네."

공기는 서늘하지만 햇살이 따뜻했다. 하늘에 떠 있는 해의 위치로 만 하루가 지났음을 깨달았다. 괴생물체와 맞닥뜨렸을 때가 오후 2시쯤이었는데, 지금 태양은 엘리제의 머리 바로 위에 있었다.

"설마 이틀 이상 기절한 건 아니겠지."

불안함에 미간이 찌푸려졌다. 곧 이어 엘리제는 '아닐 거야. 설마. 그럴 리 없지.' 따위의 말을 중얼거리며 고개를 휘휘 저었다.

빌어먹을 괴생물체.

유탄이 터지기 전에 최대한 몸을 땅 아래로 숨긴 걸 보면 여간내기가 아니었다.

하긴 웜도 그랬다. 이제 놈들은 말까지 따라 하며 인간 흉내를 내는 거냐고.

"마구잡이로 들이닥치는 괴물인 줄 알았는데……. 점점 지능이 높아지는 걸까?"

상상만으로도 기분이 나빴다. 엘리제는 인상을 확 찡그리며 발밑에 굴러다니는 돌멩이를 걷어찼다. 촉수에 감겨 끌려가면서도 엘리제는 손에 쥔 무기를 놓지 않았다. 이럴 때일수록 정신을 차려야 한다. 그 생각밖에 들지 않았다.

쿠쿠쿠쿵!

놈은 절반쯤 남은 몸으로 새로운 굴을 파며 이동했다. 끌려가는 사람이 제정신을 유지하기엔 벅찬 속도였다. 엘리제는 무기를 놓치지 않고 머리를 보호하는 데에 집중하다가, 지면과 가까워졌다는 판단이 섰을 때 놈을 향해 유탄을 연속으로 발사했다. 그리고 엘리제는 폭발의 여파로 까무룩 정신을 잃었다.

"여긴 대체 어디쯤이지?"

띵하게 울리는 머리를 짚으면서 엘리제가 주변을 둘러보았다. 놈에게 한참을 끌려가긴 했다. 하나 애초에 시작점이 A9와 B1 사이의 공터이니, 아무리 멀리 가 봤자 B 구역을 벗어나진 않았을 것 같았다. 지금쯤 전투대에 비상이 걸렸을 거란 생각이 들었다.

"녀석들, 미쳐 날뛰지 말아야 할 텐데."

그래도 트릭시가 있으니 다른 녀석들의 돌발행동을 막을 수 있지 않을까. 진실의 입이니 어쩌니 투덜대도, 엘리제가 이성(理性)에 있어 가장 믿는 이는 3조장 트릭시였다. 그쯤에서 전투대 생각을 접었다. 엘리제는 날개를 펴 보려 애썼다.

"여기도 다행히 부러지진 않았는데."

문제는 기운이 없다는 거였다. 이래서야 공중에 몸을 띄워도 얼마 못 가 아래로 곤두박질칠 판이었다. 엘리제의 머리가 빠르게 굴러갔다.

지금 당장 필요한 것은 물, 당분, 진통제.

날개를 쓰지 못한다면 걸어서 이동해야 한다. 그렇다면 오늘 안에 게이트까지 도착하진 못할 테니 밖에서 밤을 보내야 한다는 소리다.

불을 피우는 건 위험하다. 어둠 속에서 환히 빛나는 모닥불은 어디 더 있을지 모르는 괴생물체와 무법자들의 눈길을 사로잡을 테니까.

불 없이 체온을 유지하려면 지금 입고 있는 것보다 훨씬 제대로 된 방한용품이 필요하다. 그리고 엘리제는 이 모든 것들이 있는 곳을 알고 있었다.

'거기만 가면…….'

전투대는 만약을 대비해 도시 밖 매 구역마다 구호품을 숨겨 놓았다. 물, 시리얼 바, 응급키트, 핫팩, 두꺼운 모포와 새 신발 여러 켤레. 일단 거기 있는 구호품만 손에 넣으면, 남은 하루를 그럭저럭 괜찮게 버틸 수 있을 거다.

"어차피 구조대는 올 테고."

엘리제가 날개를 접어 넣었다. 옷이 찢어지지 않게 하려고 80층에서 뛰어내릴 때도 재킷은 바이크에 걸쳐 두었는데. 지금 와서는 다 소용없게 되었다. 등이 파인 셔츠를 입으면 뭐 하나. 괴생물체한테 끌려가 땅굴 탐험 한 번 하면 아끼던 라이더 재킷도 걸레가 되는 것을.

"시리얼이나 먹자."

걷다 보면 눈에 익은 건물이나 표지판이 나올 것이다. 그걸 기준으로 구호품 묻어 둔 곳을 찾으면 된다. 엘리제는 천천히 몸을 푼 다음, 앞쪽에 보이는 건물 밀집 구역을 향해 걸었다. 혼자 도시 밖을 걷는 건 참 오랜만이라는 생각이 들었다.

"아, 살겠다."

생수 통을 개봉한 그 자리에서 절반을 마셨다. 지하실에 보관해 둔 덕분이었다. 물은 열기를 가라앉힐 만큼 시원하기까지 했다. 엘리제는 시리얼 바 2개를 야금야금 해치웠다. 이어서 기쁜 마음으로 과일 통조림을 비웠다. 전혀 생각지도 못한 식량이었다.

'내가 마른 음식 위주로 꾸리려고 하니까 곤이 불쑥 끼어들어 캔을 넣으라고 했었지.'

갑자기 말수 적은 5조장이 떠올랐다.

'피난용이 아니라 저장용이라면 무거워도 괜찮다면서.'

과연 시리얼 바로도 채워지지 않던 허기는 달콤한 통조림 주스를 들이켜자 거짓말처럼 사라졌다. 설탕물 속에 헤엄치는 과일 덩어리긴 해도, 뭔가 신선한 것을 씹는다는 기분이 생기를 돌게 했다.

'돌아가면 곤에게 고맙다고 해야겠네.'

다음 날의 아침거리와 모포를 챙긴 엘리제는 근처에서 가장 높은 건물로 이동했다. 지금 자신이 있는 곳은 B5 구역이었다. 이곳의 구호품을 까먹다 보면 웜의 장비를 지닌 구조대가 자신을 찾아낼 것이라는 확신이 있었다.

만약 구호품을 다 소모할 때까지 구조대가 오지 않으면 다음 구역으로 이동하면 된다. 그런 일이 일어나지 않는 게 제일 좋겠지만 말이다.

"위험을 무릅쓰고 이동하다가 길이 어긋나느니 얌전히 제자리에 있는 편이 낫지."

엘리제는 먼지 떨어낸 소파 위에 모포를 깔고 누웠다. 모포 3개를 겹쳐 덮자 저녁부터 새벽까지 이어질 한기를 어느 정도 막을 수 있을 것 같았다. 여기다 핫팩을 끌어안으니 더할 나위 없이 만족스러웠다.

그렇게 도시 밖에서의 이튿날이 저물었다. 주변을 경계하느라 신경을 곤두세우는 것도 잠시뿐. 엘리제는 이내 깊은 잠속으로 빠져들었다. 꿈 하나 꾸지 않고 새근새근 자는 단잠이었다.

"기분이 어째 이상하네."

엘리제가 뚱한 얼굴로 중얼거렸다.

"왜 정신이…… 맑지?"

온몸이 욱신거리는 것은 여전했다. 괴생물체에게 이리저리 끌려다녔으니 몸이 성하다면 오히려 이상할 것이다. 문제는 간만에 머리가 맑다는 점.

커피를 들이부어도 좀처럼 깨지 않아서, 외부환경 때문에 신경이 곤두서길 기다려야 했던 지난날이 떠올랐다. 여기서 외부환경이란 도시 밖 정찰이나 라키어스와의 대면을 뜻했다. 그 정도 자극이 아니고서는 온종일 30%쯤 안개 속에 잠겨 있는 것 같았던 정신이다.

"흐으음."

엘리제가 고개를 갸웃거렸다.

"이 납득할 수 없는 상쾌함."

심지어 목을 타고 넘어가는 물도 새벽이슬처럼 달았다.

아, 물이 달게 느껴지는 건 당연한 건가.

"도시 밖이 체질인가……."

엘리제는 아직 따스함이 남아 있는 핫팩을 끌어안고 비스킷과 통조림을 먹었다. 신기하리만치 평화로운 아침이었다. 테라스 난간에 앉아 있던 비둘기들이 엘리제가 먹고 있는 비스킷에 지대한 관심을 보였다.

"얘들아, 너희 줄 거 없어."

구구구 소리를 내며 다가왔다. 줄 게 없다는 말을 주겠다는 말로 알아들은 모양이다.

"꼭 누구처럼 소통장애구나?"

그런 것 따위 비둘기 알 바 아니라는 듯 고개를 움직이며 가까이 왔다.

"이러다가 너희 잡아먹힌다?"

빨리 비스킷이나 내놓으란다. 엘리제는 어이없는 웃음을 흘리다가 마지막 남은 한 조각을 던져 주었다.

진작 그럴 것이지.

그제야 만족스러운 기세로 비스킷에 달려드는 새들이셨다.

"이거 참."

열심히 쪼아 먹는 비둘기들을 구경하며 엘리제가 한숨을 쉬었다.

"전투대는 그야말로 충격과 공포 상태겠지. 근데 정작 이쪽은 '엘리제 언니와 함께하는 신나는 야영 체험!' 정도잖아. 이래서는 좀 민망한데."

소파 팔걸이에 턱을 괴고 앉았다. 구조대가 어디쯤 왔을지 궁금했다. 사고 지점부터 몇 갈래로 흩어져 땅의 균열 등을 살펴보면, 늦어도 내일 정오 전에는 자신을 발견할 것 같았다.

'너무 희망적인 바람이려나?'

괴생물체가 너무 깊이 파고 들어갔다면 지면상에 남아 있는 흔적은 없을지도 모른다.

'아니야. 그래도 내가 기절했던 시간이 있는데.'

엘리제는 대장의 사고에 눈 뒤집힌 부하들을 믿었다. 정확하게는 그들의 실력을 믿었다. 3년간 온갖 경우를 겪어 본 그들은 요동치는 감정 상태와는 별개로 맡은 바를 잘 수행해 낼 것이다.

그러다 문득 좋지 않은 예감이 등골을 스쳤다.

거의 본능에 가까운 느낌이었다.

"시티타워에도 소식이 들어갔을 텐데……."

라키어스는 지금 과연 어떤 상태일까. 단언컨대 전투대보다 충격이 더하면 더했지, 결코 덜한 정도는 아닐 것이다.

엘리제가 죽었을지도 모른다는 소식을 접한 라키어스 녹턴. 그가 어떤 짓을 저지르고 있을지에 대해선 감히 생각조차 하고 싶지 않았다.

바로 그때, 계단 쪽에서 소리가 들렸다. 저벅거리는 발소리는 하나가 아니었다. 적어도 여섯, 어쩌면 그 이상이다. 큰 소리를 내지 않으려고 조심하고 있지만, 상대에게 들키지 않을 만큼 주의를 기울이는 건 아니었다.

구조대인가 하는 생각은 곧 접었다. 녀석들은 범죄자 무리들이 듣든 말든 대장 두 글자를 외치며 뛰어다닐 것이다. 그러다가 운 나쁜 놈들과 만나면 억눌린 불안과 분노를 총질로 풀어 버릴 터다.

'어쩌면 정신 나간 라키어스가 직접 올지도 모른다고 생각했었어.'

엘리제에 대한 그의 집착을 떠올리면 불가능한 일도 아니었다. 오히려 제일 먼저 떠올리지 못한 게 이상할 따름이었다.

'한데 저건 라키어스도 아니야.'

엘리제는 다 먹은 비스킷 포장지와 모포를 소파 밑으로 밀어 넣었다. 무기로 쓸 만한 쇠막대를 미리 구해 둔 건 잘한 행동이었다. 쇠막대를 움켜쥔 엘리제가 조심스레 테라스 쪽으로 이동했다.

커튼 뒤에 몸을 숨긴 채 상대를 확인할 셈이었다. 여섯 명 정도는 혼자서 상대할 수 있지만, 여의치 않으면 테라스 밖으로 뛰어내린다는 선택지도 있었다. 몸 상태가 어제에 비해 좋았다. 28층 아래로 낙하하는 것 정도는 버틸 수 있을 것이다.

발소리가 차츰 가까워졌다.

끼이익, 문 열리는 소리가 나면서 상대측이 실내로 걸어 들어왔다.

'망할.'

엘리제가 속으로 욕을 삼켰다. 절반밖에 남아 있지 않은 유리창에 상대측의 모습이 비쳤기 때문이다. 놈들은 무장을 하고 있었다. 사람들이 제 몸을 보호하기 위해 폐허 속에서 구한 낡은 권총 정도가 아니었다.

'자동소총에…… 저건 뭐야? 화염방사기?'

하필 걸려도 잘못 걸렸다는 생각이 들었다. B5 구역에 저런 무리가 터를 내렸다는 정보는 접하지 못했는데.

'후퇴하자.'

엘리제는 빠른 판단을 내렸다. 아무리 몸 상태가 좋아졌다고는 하나, 상대의 전력을 두 눈으로 확인한 마당에 위험을 무릅쓸 이유는 없었다. 최대한 발소리를 죽인 채 난간 쪽으로 걸음을 내디뎠다. 시선은 여전히 실내에 고정되어 있었다.

휙.

뒤에서 인기척이 들렸다. 엘리제는 즉시 쇠막대를 휘둘러 상대의 무기를 내리쳤다. 총을 떨어뜨리기 전, 방아쇠에 건 손가락 때문에 한 발이 발사되었다.

"여기 한 명!"

상대는 더 이상 말을 잇지 못했다. 엘리제의 다리가 그의 무릎 옆을 걸어 찼고, 이어서 손날이 뒷목을 강하게 내리찍었다. 군더더기 없는 동작에 남자가 풀썩 쓰러졌다. 엘리제는 발끝으로 총을 차올려 손에 쥐었다. 쓸모를 다한 쇠막대는 미련 없이 집어 던졌다.

좋았어. 무기 획득.

"여자다!"

"테라스 쪽!"

"험프리가 쓰러졌어!"

"같은 팀이 없는지 조심해!"

남자들의 목소리가 우르르 쏟아졌다. 테라스 문이 거칠게 열렸다. 엘리제의 어깨 위로 총알이 스쳤다. 난간을 발판 삼아 뛰어내리기까지 여섯 걸음.

몸을 돌려 공격할 여유 따윈 없었다. 운 좋게 습득한 총알을 낭비하는 것도 말이 안 됐다. 날개를 펴지 않고 빠른 속도로 하강하다가 3층 정도에 이르러서야 몸을 띄울 생각이었다.

그다음부터는 골목 사이로 이동.

날개가 무리하지 않는 선에서 최대한 멀리 움직일 계획이다. 엘리제가 재빨리 다리를 움직였다.

"Oh, Dios mio……."

뒤에서 허스키한 남자 목소리가 들렸다. 같은 목소리가 무리에게 사격을 멈추라고 소리쳤다.

"Ello?"

난간에서 발을 떼기만 하면 되던 엘리제가 움직임을 멈추었다. 먼지 더미에 파묻힌 추억 속의 일기장이 예고도 없이 열어젖혀진 기분이었다. 아주 오래전에, 자신을 그렇게 특이한 이름으로 불렀던 자가 있었다.

엘리제가 천천히 고개를 돌렸다. 에메랄드처럼 짙은 초록색 눈동자가 그녀를 바라보고 있었다.

"너 맞구나."

남자가 환히 웃었다. 그는 엘리제가 자신을 알아보지 못한다고 여겼는지, 재킷을 젖혀 왼쪽 팔뚝을 보여 주었다. 불로 지진 낙인은 몸 주인의 성장에 따라 조금 커진 모양새였다.

"나야, 호슈아."

"너……."

"살아 있었지."

그는 도시 밖에서 스물두 해를 보낸 사람이라고 믿기 어려울 만큼 밝은 미소를 지었다.

❖

"씻으니까 좀 낫지?"

호슈아가 엘리제를 보며 물었다. 얼떨떨한 얼굴로 방에 들어오던 엘리제가 고개를 끄덕였다.

"도시 밖에서 샤워를 할 수 있을 거라곤 상상도 못 했네."

"그야 넌 도시 안에 사니까."

호슈아가 엷게 웃었다.

"우린 여기 살고."

"그렇지……."

"몸을 청결히 하는 건 중요해. 감염을 예방하는 것뿐 아니라 삶의 질에 있어서도."

터전을 잡을 때 가장 중시한 것도 깨끗한 물의 확보였다고 덧붙였다. 지금 그가 관리하고 있는 B5 구역은 물 문제가 어느 정도 해결되었다고 했다. 구역 내에서 사용할 수 있는 수도꼭지는 10개, 공용 샤워장은 두 곳이라 한다. 엘리제가 방금 씻고 온 곳도 그중 하나로, 원래는 운동센터에 딸린 사우나였다.

"다시 보니 좋다."

호슈아가 가죽 의자에 등을 기대며 편안한 자세를 취했다. 그의 입매는 아까부터 시종일관 누그러진 상태였다. 엘리제는 이제야 눈앞의 남자를 제대로 관찰할 수 있었다.

엘리제보다 한 뼘 작았던 동갑내기는 이제 182센티미터의 장신으로 성장했다. 불필요한 지방이라고는 눈을 씻고 찾아봐도 찾을 수 없는 몸이었다. 구릿빛 머리카락은 삭발에 가까울 만큼 짧게 깎았다. 뺨을 길게 가로지르는 상흔은 어느새 날카로워진 눈매와 잘 어울렸다.

그리고 두 손 가득한 화상 흉터.

왜 그런 일을, 누구에게 당했는지 짐작 가는 바가 있어 엘리제는 잠시 침묵을 지켰다.

"슈."

호슈아가 살짝 놀란 얼굴을 했다. 본인은 엘리제를 엘로라고 불렀으나, 상대가 자신의 별명을 기억할 줄은 기대 않았던 눈치였다.

"아직 그렇게…… 불러도 되나?"

엘리제가 문 밖을 힐끗 쳐다봤다. 아까 건물 꼭대기에서 총격전을 벌인 남자들이 무장한 상태로 밖을 지키는 중이었다.

"왜, 무슨 문제 있어?"

"리더를 부르는 이름치고는 지나치게 귀엽나 해서."

"……난 또 뭐라고."

그가 어깨를 떨며 웃었다. 엘리제가 무슨 생각을 하는지 알아차린 듯했다.

"난 그쪽이 아니야."

그는 어두운 기억 속의 이름을 끄집어냈다.

"내가 팔로마 같은 놈이 되었을까 봐 그래?"

경비에 집중하고 있지만 귀에 들려오는 대화까지 무시할 순 없다. 문 밖을 지키던 자들이 흠칫 몸을 떨었다.

팔로마.

지금은 사라졌지만 한때 B 구역 전체를 장악했던 악질 중의 악질이었다. 태생적으로 피와 고통에 굶주린 놈이었기 때문에, 그의 손아귀에 한번 들어간 자는 살아남기가 어려웠다. 행여 목숨을 건진다고 해도 지옥보다 끔찍한 아래까지 떨어진 정신을 회복할 순 없었다.

엘리제와 호슈아는 팔로마의 지배하에 3개월을 함께했다. 태어나서 사귄 첫 친구였다. 호슈아도 아직 그렇게 생각하고 있다면 말이다.

"놈의 밑에서 9년을 버티긴 했지."

웃음만 가득하던 에메랄드빛 눈동자에 선득한 기운이 번져 나갔다.

"9년."

엘리제가 따라서 중얼거렸다.

놈의 밑에서는 하루도 버티기가 힘들었다. 그런데 깡마르고 허약했던 호슈아는 어떻게 9년을 버텼을까. 심지어 엘리제가 팔로마의 얼굴에 구멍을 내고 도망친 상황에서.

엘리제와 호슈아가 붙어 다녔다는 사실을 모르는 자는 없었다. 한쪽이 달아난 뒤 남은 쪽은 반드시 보복을 당했을 터다.

'그러고 보니.'

엘리제가 호슈아의 뺨을 보았다. 팔로마가 당한 쪽과 똑같은 방향이었다.

"악착같이 버텼어. 놈이 시키는 짓은 다 했지. 신임을 얻기 위해 별별 짓은 다 했던 것 같아. 그러는 한편 힘을 모았어. 때가 되면 놈을 꺾으려고. 더 이상 손에 피를 묻히지 않고 잘 수 있는 날을 맞고 싶었어."

호슈아의 눈이 엘리제에게 닿았다. 옛 친구를 향한 다정한 빛이 돌아와 있었다.

"한데 네가 선수 쳤더라."

"……봤어?"

"어떻게 안 볼 수가 있어? F 구역을 날아다니는 독수리들도 봤을걸?"

호슈아가 쿡쿡 웃었다. 엘리제의 멍한 대꾸가 웃긴 모양이었다.

"넌 아직 모르는 것 같은데, 엘로."

그가 말을 이었다.

"도시 밖에서 넌 유명인사야."

낯선 표현이었다. 도시 안에서는 그럴 수 있다. 엘리제는 녹턴의 양녀이자 라키어스의 유일한 동생이니까. 틈만 나면 사고를 치는 스캔들메이커기도 했다. 하지만 도시 밖에서까지 유명하다니 뭔가 기분이 이상했다.

여기가 애초에 '유명인사' 가 나올 만한 사회던가?

그만한 사람들이 있나?

"있어."

호슈아가 마치 엘리제의 머릿속을 들여다보기라도 한 듯 대답했다.

"왜 난 못 봤지? 3년 넘게 도시 밖을 휘젓고 다녔는데?"

"꼭 너희 눈에 보여야만 존재하는 건 아니잖아?"

그가 입술을 늘리며 반문했다.

"너희 도시 사람들이 짐작하는 것보다 많아. 좁은 골목과 지하통로로 숨어 다니기 때문에 안 보일 뿐. 우린, 네가 떠난 13년 전보다 훨씬 문명화된 사회에서 살고 있어."

그래 봤자 아직 부족한 점이 많지만.

호슈아가 자조하듯 덧붙였다.

"하여튼 인상적인 복수였어."

그가 등받이에서 몸을 일으키며 말했다.

"샤론과 스러져 간 목숨들을 위해."

호슈아가 시 구절을 외우듯 부드럽게 읊조렸다.

"타워 꼭대기에 거꾸로 못 박혀 죽은 놈을 본 순간."

그가 천천히 고개를 기울였다.

"알 수 있었어. 그 즉시 깨달았지. 샤론의 딸 엘리제가 돌아왔고, 놈에게 어머니의 복수를 해냈다는 걸 말이야."

순간 엘리제의 기억 속에 3년 전 일이 떠올랐다.

에데니카의 공주님으로 군림할 때조차 한시도 잊은 적이 없는 원수.

어린 엘리제 손에 권총을 쥐여 주고는 그 총구를 엄마에게 겨누게 했던 냉혈한.

「장전된 건 딱 한 발이다.」

파리하게 질려 덜덜 떠는 소녀를 흐뭇한 표정으로 지켜보던 놈의 모습이 생생했다.

「자, 총 쏘는 법은 알고 있지?」

키득거리던 주변의 웃음소리.

「그리 잘 알고 있으니 내 부하들에게 난사를 했지. 아홉 발을 쐈는데 세 명이 죽었으니, 처음치고는 썩 괜찮은 성적이다.」

그의 지팡이 끝이 말뚝에 묶인 여자를 향했다. 엘리제와 똑같은 흑발에 똑같은 눈 색깔을 지닌 여자였다. 겨우 서른을 넘은 여자는 고혹적인 미인이었으나, 지속적인 고문으로 만신창이가 된 상태였다. 한때는 꽃잎처럼 붉었던 입술이 검보라색으로 변했다.

「엄마를 편히 보내 드리렴.」

얼핏 다정하게까지 들리는 걸걸한 목소리.

「지금 보내 드리지 않으면…….」

악마보다 시커먼 목소리가 엘리제를 재촉했다.

「넌 정말 두고두고 후회할 테니.」

어린 엘리제의 푸른 눈동자가 겁에 질렸다. 덜덜 떨리는 총구가 여자의 미간을 향했다가 심장으로 내려왔다. 어딜 쏴야 한 번에 죽일 수 있을까. 잘못 쏘아서 이도 저도 되지 않으면 어쩌나.

엘리제는 피가 날 때까지 입술을 깨물었다. 누런 이를 드러낸 팔로마와 수십 명에 달하는 그의 부하들이 모두 엘리제를 주시하고 있었다. 이 한 발이 실패하면 엄마는 아주 오랫동안 살게 될 것이다.

아주아주 오랫동안.

살기를 원치 않는데도 계속해서.

그렇다고 내 손으로 엄마를 죽여야 하나?

놈에게 잡히기 전까지는 매일 밤 노래를 불러 주고, 별 보는 법을 알려 주고, 아무리 배가 고파도 맛없는 콩 통조림은 먹지 말자고 새끼손가락 걸던 엄마다. 엘리제의 소중한 사람이자 전부였다.

정말 죽여야 하나?

그때 엘리제는 엄마의 눈을 보았다. 꺼져 가는 촛불은 마지막 생기를 끌어모아 엘리제에게 선명한 빛을 보내고 있었다.

'넌 알고 있지, 내 작은 까마귀? 네가 어떤 선택을 하든지 엄마는 널 탓하지 않을 거란 걸.'

엘리제의 총구가 떨렸다.

'할 수 있어, 내 딸.'

떨림을 주체할 수가 없었다.

'넌 할 수 있어.'

그리고 다음 순간, 어린 엘리제는 방향을 틀어 팔로마의 얼굴을 향해 방아쇠를 당겼다.

귀를 울리는 총성.

「아악!」

놈이 얼굴을 감싼 채 쓰러졌다. 짐승 같은 비명이 울려 퍼졌다. 시뻘건 피가 펑펑 쏟아지기 시작했다. 가장 무서운 악몽보다 끔찍한 괴물이라 생각했는데, 놈의 몸에서도 제 것과 같은 피가 나오고 있었다. 엘리제는 쓸모없어진 권총을 내던진 뒤 미친 듯이 달렸다.

뒤도 돌아보지 않았다.

팔로마의 비명 사이로 샤론의 맑은 웃음소리가 들렸다.

「좋아, 엘리제! 달려! 계속 달려!」

「……망할 년! 죽일 년들!」

「잘했어! 그래야 내 딸답지!」

팔로마의 부하들이 어린 엘리제를 뒤쫓기 시작했다. 혹시 엄마가 잘못되면 무슨 수를 써서라도 도시에 들어가 살아남으라던 말이 머릿속을 왱왱 울렸다.

도시 안으로. 도시 안으로.

살아남아야 해.

엄마. 엄마. 엄마. 나 좀 도와줘요.

「쥐새끼 같은 계집애! 분명 이쪽으로 튀는 걸 봤는데?」

「멀리 가진 못했을 거야. 그 몸으로 어딜 가겠어? 돌아다니다 보면 훌쩍거리는 울음소리가 들릴 거라고.」

「대장 뺨에 주먹만 한 구멍이 났어.」

「그 계집애 못 찾으면 이제 우리 배에 구멍이 뚫릴 거다.」

폐허 속에 웅크리고 있던 엘리제의 작은 심장이 터질 듯이 뛰었다. 네년은 이제 끝이라고 길길이 날뛰던 팔로마와 아랑곳하지 않고 웃던 엄마가 눈앞에 아른거렸다.

총알과 함께 운명이 정해졌다.

다시 돌아갈 순 없다.

남은 것은 놈들의 눈을 피해 숨어 다니다가 도시 밖으로 나온 사람들에게 도움을 요청하는 길뿐이다. 눈물이 뺨을 타고 흘렀지만 울음을 참는 작은 소리조차 나지 않았다.

엘리제는 죽은 듯이 엎드린 채 그저 이 순간이 지나기만을 빌었다.

그로부터 2주 뒤, 엘리제는 무장 경호원들과 동행한 녹턴을 만났고, 그녀의 삶은 완전히 바뀌게 되었다.

"네가 놈을 끝장내 준 덕분에 이 구역을 접수하기가 수월했어. 반역을 들켜서 1년 가까이 도망 다녔거든. 타워에 못 박힌 놈을 보고 때가 왔음을 깨달았지. 추종 세력과 함께 잔당을 소탕했고 이제 이렇게."

호슈아가 두 팔을 펼쳐 보였다. 도시 안의 집무실이라 불리는 것들에 비교할 바는 아니나, 그가 거하는 곳은 어엿한 구색을 갖추고 있었다. 엷은 미소에서 자부심이 묻어났다.

"B5 구역은 안전지대야."

엘리제가 한쪽 눈썹을 치켜 올렸다. 이 근처에서 무장범과 대치한 적이 있었다. 호슈아의 미소가 약간 뻔뻔해졌다.

"다른 곳에 비해서는 안전지대지."

엘리제가 픽 웃었다. 그걸 본 호슈아가 혀끝으로 마른 입술을 살짝 축였다.

"돌아온 걸 환영해, 엘로."

"돌아온 건 아니야."

엘리제가 어깨를 으쓱했다.

"나, 고립됐어."

"어디 보자……. 여기 있는 사람이 하나, 둘, 셋, 넷, 나까지 다섯."

호슈아의 눈이 가느스름하게 변했다. 숨을 깊게 들이쉬더니 고개를 갸웃거리며 내쉬었다.

"고립치고는 아군이 좀 많은 거 아닌가."

"부하들이 날 찾고 있을 거야."

"으음, 그렇지. 네 부하들."

그가 고개를 끄덕였다.

"나도 오며 가며 봤어. 다들 성깔이 대단하던데? 특히 그 주홍색 머리."

"비안카는 남자를 싫어해."

엘리제가 경고하듯 말했다.

"진짜, 진짜, 진짜 싫어해."

"나도 뭐 딱히 남자를 좋아하는 건 아니야."

"내 옆에 붙어 있는 남자라면 더더욱."

"난 대번에 싫어하겠네."

장난스러움이 묻어나는 웃음이 어쩐지 그윽했다.

"네가 반가워 죽겠으니까. 꽉 끌어안고 싶을 정도로."

그가 텀을 두지 않고 물었다.

"안아도 돼?"

"조심해."

엘리제가 자리에서 일어나며 말했다.

"어디서 총알이 날아올지 몰라."

"간담 서늘해서 쓰겠나."

자유롭게 돌아다녀도 된다는 리더의 허락이 떨어졌다. 엘리제를 향한 경비들의 시선이 약간은 부드럽게 변했다. 이 건물 안에만 서른 명의 경비가 있었다. 다들 할 수 있는 최대한의 무기로 무장을 한 상태였다.

자신들의 구역인데도 긴장을 풀지 않는 모습에서, 엘리제는 B5 구역이 완전한 안전지대는 아님을 재확인했다. 물과 식량이 어느 정도 해결된 곳은 도시 밖에서 희귀한 존재다. 다른 무리가 눈독을 들일 만도 하다.

"옛 친구의 생사도 확인했으니, 이제 내 베이비들만 오면 딱인데."

엘리제는 호슈아가 내어 준 방에 들어갔다. 철제 침대에 누워 머리카락을 만지작거리고 있으니 어느새 졸음이 밀려왔다.

두두두두두.

눈을 떴다. 꿈속인가 싶었지만 현실이었다. 환청인가 했으나 그조차 아니었다. 엘리제의 신경이 곤두섰다.

이건 기관총 소리다.

머리카락을 올려 묶으며 창밖을 내다보자 어둠 속에 번쩍이는 불빛이 보였다. 엘리제는 망설임 없이 아래층으로 내려갔다. 비명과 총성이 터지는 가운데 호슈아가 지시를 내리고 있었다.

"나도 총 줘."

엘리제가 끼어들었다. 남자들 사이에 빠른 눈빛이 오갔다.

"안 주면 너희 죽고 난 다음에 땅에서 주워도 되고."

"줘."

호슈아가 지시했다. 누군가 등에 매고 있던 자동소총을 건네주었다. 웜이 개조해 준 것보단 구형이지만 어차피 총은 신식 구식을 따질 게 못 된다. 적의 머리통만 날릴 수 있다면 그걸로 OK인 거다.

"멍청이들! 여기까지 뚫릴 동안 뭐 했어?"

어디선가 여자 목소리가 들렸다. 이윽고 상대가 장총을 들고 나타났다. 여자는 한쪽 다리를 살짝 끌었지만 움직이는 데엔 큰 불편을 못 느끼는 듯했다. 여자의 뺨에도 호슈아와 똑같은 상처가 나 있었다.

"이게 누구야?"

총탄이 빗발치는 상황에서도 여자는 여유를 잃지 않았다.

"……de mi hermano!"

엘리제를 보며 뭐라 말하긴 했는데 제대로 듣지 못했다. 한창 호슈아와 어울릴 때엔 그와 그의 가족들이 말하는 언어를 몇 마디씩 알아듣곤 했다. 하지만 헤어진 지 오래되다 보니 짧은 말조차 해석할 수가 없었다.

남동생의 어쩌고, 라고 한 것 같은데.

"마리솔!"

"왜? 뭐? 내가 왜?"

"……장소 좀 가리지?"

"뭐? 뭐? 뭐?"

호슈아가 턱에 힘을 넣었다. 어금니를 지그시 문 채 또다시 뭐라고 중얼거렸다.

저건 뭔지 알겠다.

저건 욕이다.

엘리제는 쌍둥이 동생이 고주망태가 되거나 수습 불가한 사고를 쳤을 때 비슷한 표정을 짓던 2조장 비하르트를 기억하고 있었다. 지금 호슈아가 딱 그 모양이었다.

잔뜩 굳어 있던 부하들이 얼굴 근육을 실룩이는 것 또한 익숙한 모습이었다.

대체 뭐라고 했기에 9년간 팔로마 밑에서 못 볼 꼴 다 본 조직 리더가 목덜미를 붉히는 거지?

두두두두.

이럴 때가 아니라는 듯, 기관총 소리가 현실을 일깨웠다. 엘리제는 짧은 눈짓으로 인사를 대신했다. 마리솔은 호슈아의 누나였다. 거동이 불편한 어머니를 대신해 동생들을 돌본 가장이기도 했다. 엘리제가 팔로마에게 총을 쏘기 전까지만 해도, 마리솔이 다리를 끌지 않았다는 사실은 떠올려 봤자 괴로운 것이었다. 실제로 엘리제를 향한 남매의 눈에는 조금의 원망조차 담겨 있지 않았다.

여자가 빙긋 웃었다.

"네 작품은 잘 봤어. 하늘에 계신 마마가 기뻐했을 거야."

"마음에 들었다니 다행이네요."

"물론 샤론 아줌마도 좋아했을 거고. 아마 가장 기뻐하시지 않았을까?"

"거기 아가씨 둘."

호슈아가 리더의 모습으로 돌아와 둘을 일깨웠다.

"다섯이 죽었거든? 인사는 그만해 두지?"

"호들갑은."

마리솔이 박물관에나 보관해 둘 것 같은 장총을 들어 올렸다. 호슈아는 문밖을 힐끔 살핀 뒤 자신이 파악한 수를 말했다.

"오른쪽에 스물, 왼쪽에 열다섯, 중간에 험비 하나, 그 뒤로 트럭 둘."

"내가 뒤 봐줄게."

엘리제가 말했다.

"실력 좀 볼까, 친구?"

"세상에, 가엾게도. 친구래. 쯧쯧."

마리솔이 혀를 찼다.

"간다."

대꾸할 가치도 없다는 듯 호슈아가 문을 나섰다. 엘리제는 다음 벽에 도착할 때까지 최대한 많은 머리를 날려 버리는 데 집중했다. 뒤를 슬쩍 돌아보자 마리솔이 부하 한 명과 팀을 이뤄 총을 쏘고 있는 게 보였다. 저렇게 낡은 총이 작동하는 것도 신기했고, 마리솔의 사격 실력이 썩 훌륭한 수준이라는 것도 신기했다.

시간이 흐르긴 흘렀나 보다.

안전장치가 뭔지, 총알은 어떻게 장전하는지조차 모르던 아이들이었다. 그리고 그들은 지금 눈 하나 깜짝 않고 어둠 속의 적들을 제거하고 있었다.

"키도! 조명탄!"

이제까지도 괜찮은 실력을 보이고 있던 호슈아였다. 그가 부하에게 새로운 지시를 내렸다. 불꽃처럼 올라간 조명탄 두 개가 연달아 터지면서 몇 초

동안 현장이 확 밝아졌다. 기관총 소리가 단말마와 함께 멎었다. 엘리제의 총탄이 놈의 머리를 꿰뚫었기 때문이었다.

그때 두 블록쯤 떨어진 곳에서 폭발음이 들렸다. 마리솔의 고개가 황급히 돌아갔다.

“망할! 애들이 숨은 쪽이야!”

“내가 가죠.”

엘리제가 총 하나를 더 주워 들었다. 그녀를 말리려던 호슈아가 입을 다물었다. 엘리제의 등에서 검은 날개가 넓게 펼쳐진 까닭이었다.

“너…….”

“팔로마 놈을 꼭대기까지 어떻게 옮겼을 거라 생각했어?”

엘리제가 시선을 하늘로 옮겼다. 지면을 가볍게 박차 오르자마자 몸이 엄청난 속도로 허공에 치솟았다. 순식간에 건물들 위로 솟아오른 그녀는 폭발이 일어난 쪽으로 날아가기 시작했다.

현장은 도망치는 사람과 울부짖는 비명, 무자비한 총성으로 산지옥이 되어 있었다.

‘언제쯤이면 총과 피를 보지 않고 살게 될까.’

뜬금없는 감상은 그쯤으로 해 두고 현장 상황을 파악했다. 무장한 아군이 아예 없는 것은 아니었다. 그들은 무너진 벽 사이로 아이들을 구출함과 동시에 적의 공격을 막아 내고 있었다.

호슈아 쪽에 비하면 확실히 수가 달렸다. 아이들이라는 우선순위가 있기도 하고.

엘리제는 공중에 떠 있는 그대로 적을 쓰러뜨리기 시작했다.

‘이대로라면 승산이…….’

갑자기 도로 중앙을 점거하고 있던 트럭 문이 열리더니, 한눈에도 험악한 근육질의 남자가 총을 들고 내렸다. 그의 눈이 무언가를 찾는 듯했다.

엘리제가 근처 옥상으로 몸을 숨겼다. 달빛이 밝긴 해도 다른 조명이 없는 밤인데, 남자는 엘리제의 움직임을 놓치지 않았다.

“뭐야, 저 자식.”

엘리제의 입에서 욕이 새어 나왔다.

“날개가 있잖아?”

남자의 입가가 비릿하게 일그러지더니 빠른 속도로 옥상을 향해 날아왔다.

빌어먹을, 방심했다.

도시 밖에서 날개를 가진 자를 대면하는 것은 처음이었다.

왜 여태껏 도시 밖에는 날개를 가진 자가 없다고 생각했을까. 따지고 보면 라키어스도, 엘리제도 둘 다 에데니카 외부 출신인데.

“미치겠네.”

엘리제가 달리기 시작했다. 남자의 뒤로 네 명이 더 따라왔다. 모두 다 날개를 가지고 있었다.

엘리제는 입안에 고인 피를 뱉어 냈다. 제법 많은 양의 선혈이 아스팔트 바닥으로 떨어졌다. 손등으로 입가를 훔친 뒤 오른발을 올려 둔 날개를 우지끈 밟았다. 발아래의 남자가 들썩였지만 미동은 오래 가지 않았다. 한 발의 총성이 모든 것을 끝냈다. 마지막으로 남아 있던 총알이었다.

“예쁜이, 상태가 좋지 않아 보여.”

동료가 눈앞에서 죽었는데도 근육덩어리 남자는 웃음을 실실 흘릴 뿐이었다.

“총알도 다 썼겠다.”

눈치 하나는 빨라서 더욱 기분이 나빴다.

“호슈아 놈 밑에 있기엔 아까운 인물인데.”

“누가 밑에 있대?”

엘리제가 거추장스러운 총을 집어 던졌다. 시체들 사이에서 쓸 만한 무기를 찾아보려 했으나 눈에 띄는 게 없었다. 일단 날개 가진 놈이 셋이나 살아 있는 게 문제다. 엘리제가 시간을 끄는 동안 아이들은 도망을 쳤으나, 근처에 흩어져 있던 적들이 이곳으로 몰려든 것도 신경을 긁었다.

'귀찮게 됐네, 진짜.'

엘리제는 퇴로를 모색하는 한편 머리를 굴렸다.

날개 가진 놈 셋, 나머지 서른둘.

여기 있는 놈들 중에선 저 느물거리는 근육덩어리가 대장인 것 같았다. 나머지가 엘리제를 공격할 법도 한데 놈이 말하는 동안 가만히 있는 게 그 증거였다. 이미 자기들이 이겼다는 확신 때문이기도 하겠지만 말이다.

"까만 날개가 아주 깜찍해."

"……네놈이랑 똑같이 말하는 놈이 도시 안에 있어."

아무래도 경비대장 도블락에게 피부색이 다른 형제가 있는 듯했다. 어쩌면 영혼의 짝인지도 모른다. 엘리제의 말을 들었는지 놈이 눈썹을 치켜 올렸다.

"에데니카 계집을 깔아뭉개는 건 처음인데……. 참신하군. 이거 잘됐어."

놈이 목을 울리며 껄껄 웃었다. 그러고는 엘리제를 보며 입맛을 다셨다.

"날개 가진 계집이 필요했다. 나와 내 형제들의 아이를 낳을 토양. 오늘 마침 딱 들어맞는 계집을 만났으니."

놈이 우드득, 하는 소리와 함께 목 주변 근육을 풀었다.

"괜히 반항하지 말고 투항해라."

"이거 안타까워서 어쩌나."

머릿수로나 무기로나 분명 이쪽이 열세였다. 그러나 엘리제에게선 일말의 조급함도 비치지 않았다.

"너희가 모르고 있는 게 있는데 말이야. 우리 에데니카는 철저한 인구 조절 정책에 기반을 둔 도시거든. 상, 중, 하의 비율이 항상 일정해야 돼요."

엘리제의 말투는 흡사 저보다 한참 어린 아이를 가르치는 인내심 많은 선생과도 같았다.

"연애는 그렇다 쳐도 아이를 막 낳으면 어떻게 되겠어, 응?"

엘리제가 한발 한발 옆으로 움직였다. 너무 사뿐한 걸음이라 보는 관점에 따라선 춤을 추는 것처럼 보일 수도 있는 모습이었다.

"미성년 임신? 범죄로 인한 출산? 수술비가 없어서 일어나는 뒷골목 아이들의 증가? 곤란하다 이거거든."

시체의 산을 넘고 넘어.

생각 없이 걷는 듯해도 엘리제가 염두에 둔 곳은 정해져 있었다.

"이 모든 것을 방지하기 위해 에데니카 시민 몸에는 칩이 들어가 있어. 임신 기능 비활성 칩."

잠깐, 풀 네임이 이게 맞나?

엘리제는 눈을 깜빡이다가 지금 중요한 건 그게 아니라는 생각에 고개를 흔들었다.

"요컨대 혼인 신고한 남녀가 기관을 방문해 칩 제거를 하기 전까지는 양쪽 다 임신 기능이 없다는 거지."

근육덩어리의 인상이 일그러졌다.

"알아듣겠어?"

뒤의 세 놈 인상도 비슷하게 변했다.

"좀 어려운가 보네."

엘리제가 마지막 걸음을 내딛었다. 딴소리를 늘어놓는 사이 목적지까지 무사히 도착했다.

"다시 말해."

그녀가 발끝으로 기관총을 차올렸다. 원래 서 있던 자리와는 제법 거리가 멀었기 때문에, 아무리 빠르게 달려도 총알 세례를 피하긴 어려웠을 것이다. 하지만 지금은 말이 다르다.

"네놈들 씨 따위 오늘 다 말려 버릴 거라고!"

기관총 갈기는 소리가 대로를 요란하게 울렸다. 손속을 두지 않은 무차별 발사에 무기를 든 놈들이 전신을 부르르 떨며 쓰러졌다. 안타깝게도 대장 놈을 제거하지 못했다.

근육덩어리가 엄청난 질량을 실어 엘리제에게 날아왔다. 총을 놓치기 전 날개에 구멍을 냈으나, 일단 거대한 손아귀에 목이 졸리자 그 즉시 눈앞이 아득해졌다. 이만한 힘을 가진 놈이면 굳이 엘리제를 질식시킬 필요도 없었다.

손가락에 조금의 힘을 더 가한다면 엘리제의 설골은 가느다란 나무 막대기보다도 쉽게 부러지고 말 테니까. 아스팔트 바닥에 그대로 밀려 넘어진 엘리제는 손에 잡히는 것을 찾아 헤맸다.

뾰족한 것. 날카로운 것. 약간이라도 날이 서 있는 것.

'그렇지.'

딱 잡히는 게 있었다. 엘리제는 손가락 사이에 플라스틱 조각을 끼우고 상대의 안면을 향해 풀스윙으로 가격했다.

"아악!"

전투대의 공격법은 무조건 실리를 최우선순위로 한다. 경비대의 절도 있고 멋들어진 건 카타 같은 건 도시 안에서나 먹힐 일이다.

무조건 눈.

엎치락뒤치락하는 싸움에서 안면에 손이 닿는다면 1순위로 공격하는 부위였다.

"아악, 이 망할 년이!"

목을 조르고 있는 손을 놓지 않는다. 엘리제는 다시 한 번 더 놈의 눈을 가격했다. 그제야 숨통이 트이면서 거친 호흡을 헐떡일 수 있었다. 왼쪽 눈이 엉망이 된 놈은 고통과 분노에 씩씩대며 엘리제에게 응징을 가하려 했다.

그 순간이었다.

"억!"

"……아악!"

"이, 이게 무슨……. 으헉!"

눈으로 보고도 믿기지 않는 일이 일어났다. 여자를 처리하길 기다리던 자들의 몸이 갑자기 폭발하기 시작한 것이다. 다들 배 속에 수류탄을 품고 있기라도 한 듯이 온 사방을 더럽히며 죽어 갔다.

비명은 옆 사람의 폭발을 보고 내지른 것으로, 하나같이 다음 말이 이어지지 않는 게 공통점이었다. 이를 본 엘리제가 미간을 찌푸렸다.

"더럽잖아!"

네 대의 트럭이 비추는 헤드라이트 너머 이쪽으로 다가오던 인영(人影)이 멈춰 섰다. 인영은 엘리제의 말이 정지 신호라도 되는 듯 잠시 동안 움직이지 않았다.

"뭐야, 이건……."

근육덩어리 입에서 이해할 수 없는 소리가 흘러나왔다.

"이 무슨."

다음 순간, 근육덩어리를 제외한 나머지 놈들의 몸이 일시에 불타올랐다.

몇 초 만에 이뤄진 발화.

그리고 전소.

눈 깜짝할 새 열 명의 목숨이 깨끗하게 사라졌다. 공중으로 피어오르는 회색 연기나, 불쾌하게 그을린 냄새조차 없었다. 소름 끼치도록 깔끔한 뒤처리였다.

"하……."

엘리제가 놈을 올려다보았다.

"잘 가."

그녀의 말뜻을 알아들을 새도 없이 허공 저편으로 날아간 근육덩어리는 뒤이어 날아든 작살에 꽂혀 유명을 달리했다.

'그건 그렇고 작살이라니. 대체 어디 떨어져 있던 거야?'

엘리제는 역사교과서 첫 챕터에서 본 듯한 단어를 입안에 굴려 보았다.

'마리솔이 앤티크 수집하는 취미가 있던가.'

자박자박.

다가오는 발소리가 눈물 나게 익숙했다.

바보 같은 엘리제. 부하들이 달려올 거라 기대했다니. 순진하기도 하지.

"계속 누워 있을 거니, 엘?"

다정한 목소리가 머리 위에서 들려왔다. 방금 수십 명을 죽였다고는 믿기 어려운 미소를 띤 채, 라키어스가 그녀를 내려다보고 있었다.

"그만 집에 가야지."

"엘로!"

근육덩어리가 날아간 쪽에서 허스키한 부름이 들렸다.

"저 새끼는 대체……."

건물 중앙에 꽂혀 있는 놈을 보며 다가오던 호슈아가 고개를 비딱하게 기울이더니 라키어스를 응시했다.

"이 새끼는 또 뭐지?"

엘리제가 벌떡 일어났다. 온몸이 비명을 지르고 있지만, 왠지 그래야만 할 것 같았다.

라키어스와 호슈아.

두 남자 사이에 차디찬 불꽃이 튀었다. 서로를 응시하는 눈빛엔 한 치의 너그러움이 없었다. 엘리제는 왜 자신을 중간에 두고 항상 비슷한 그림이 만들어지는지에 대해 잠깐 고민하는 시간을 가졌다.

이에 10초가 소요되었다.

'됐어.'

하나 마나 한 고민 따위 안 하는 게 좋다는 결론이 나왔다. 어차피 엘리제의 의지가 개입되지 않는 일이다. 이 세상에 존재하는 몇몇 남자들의 몸속에는 엘리제와 엮이면 발동되는 버튼이 있는 모양이다. 그리고 자기와 같은 버튼을 지닌 자를 만나면.

뚜. 뚜. 뚜.

초당 일만 번의 속도로 버튼이 눌리는 게 틀림없었다. 그렇지 않고서야 오늘 처음 만난 두 남자가, 서로에게 이토록 강렬한 적대감을 보일 린 없으니까.

"돌아가자, 엘."

라키어스가 엘리제에게 손을 뻗었다. 그러자 호슈아 또한 손을 움직였다.

"늦어서 미안, 엘로."

라키어스와 호슈아에게 각각 팔과 허리가 잡혔다. 두 남자의 시선이 다시금 마주쳤다. 먼저 침묵을 깬 쪽은 호슈아였다.

그가 한쪽 입매를 비틀더니 엘리제에게 물었다.

"이쪽은 누구실까?"

"에데니카를 통치하는 리더……이자 내 오빠, 라키어스 녹턴."

"오빠라."

호슈아의 뺨에 팬 상처가 조소로 꿈틀거렸다.

"어떤 오빠가 여동생을 저런 눈으로 보지?"

"엘리제."

라키어스의 나른한 목소리가 엘리제의 귓가를 부드럽게 두드렸다.

"내게 이자를 소개할 필요는 없어. 궁금하지 않거든."

"에데니카에 들어가기 전까지 같이 있었던 친구야. 호슈아 델 콘나. 살아 있는 줄 몰랐는데."

그가 엘리제를 보며 엷게 웃었다.

"친구?"

그 말에 담긴 무게를 가늠해 보는 듯하였다.

"녹턴 전에 한 명이 더 있었다는 뜻이군……."

"오빠 같지 않은 오빠께선 여동생을 구하러 오셨나?"

호슈아가 날 선 질문을 보냈다.

"올 거면 좀 일찍 와서 돕지 그랬어. 보아하니 실력은 출중한 것 같은데, 타이밍이 영 별로군."

라키어스의 소행으로 추측되는 끔찍한 현장을 보았는데도 개의치 않는 태도였다. 엘리제가 한숨을 삼켰다.

이건 뭐랄까. 애초에 두려움이 없는 자와 산전수전 다 겪어서 두려움을 상실한 자의 접전 같은 느낌이었다.

"후……."

그리고 이번에도 제일 정상에 가까운 것은 엘리제 자신이었다. 엘리제가 나서서 이 지옥의 마그마를 식히지 않는다면, 기껏 적을 물리친 B5 구역에 또 한 번의 풍파가 휘몰아칠 것이다.

허리를 감고 있는 손과 팔을 잡고 있는 손을 가볍게 쳐서 떨어뜨렸다. 그런 다음 호슈아를 향해 돌아섰더니,

"엘."

공기의 흐름이 바뀌었다.

하나같이 참을성이 없기도 하지.

엘리제는 이것이 제 운명인가 하며 자조하였다.

"슈, 네 말이 맞아."

무용지물이 된 머리끈을 바닥에 버리며 엘리제가 말했다.

"오는 김에 일찍 왔으면 좋았을걸. 고생은 있는 대로 시켜 놓고 혼자 엔딩의 멋진 부분만 가져가다니."

헝클어진 머리를 손가락으로 대충 쓸어 넘겼다.

"그래도 왔으니, 가야지."

호슈아의 눈빛이 변했다.

"내 베이비들이 기다리고 있거든. 걔네 지금 제정신이 아닐 거야."

"……계속 나올 거지?"

"응."

엘리제가 웃었다.

"그게 내 일인걸."

또다시 등 뒤로 쏟아지는 기운이 심상치 않게 바뀌었다. 살기등등한 게

흉하기 그지없었다. 둘의 만남이 여기서 끝이 아니라는 사실이 라키어스의 심기를 건드린 듯했다.

"마리솔은?"

"주변 정리하고 있어. 곧 올 건데, 인사 안 하고 가?"

엘리제는 마리솔과 라키어스의 만남을 머릿속에 그려 보았다. 거기에 호슈아가 더해진다면.

썩 끌리는 모양새가 아니었다.

"다음에."

호슈아가 마주 웃으며 엘리제에게 손을 뻗었다. 화상 때문에 결이 달라진 손끝이 입술 근처에 닿았다. 미처 닦아 내지 못한 피가 호슈아의 손가락에 묻어났다.

"거긴 좋은 약이 있겠지? 물과 옷도 풍족할 테고."

그가 손을 거뒀다. 제자리로 돌아간 손에 비해, 목소리와 눈빛은 아쉬움으로 그득했다.

"돌아가서 푹 쉬어, 엘로."

"그럴게."

"건강하고."

엘리제의 등 뒤를 흘깃 스치는 눈빛은 독점욕으로 일그러진 적대감, 그 이상도 이하도 아니었다. 하여튼 다들 눈빛 변하는 속도는 알아줘야 된다. 짜고 치기라도 한 듯 홱 변한다니까.

"엘리제?"

라키어스가 나긋하게 재촉했다. 이만하면 자신이 베풀 수 있는 최대한의 배려를 보였다는 뜻이다. 엘리제는 호슈아와 부하들에게 눈인사를 한 다음 몸을 돌렸다. 적어도 내일 아침은 자택 침대에서 맞을 수 있을 거란 사실이 그녀를 기쁘게 했다.

어느 하나 엘리제에게 친절하지 않은 도시.

오해와 편견으로 가득한 곳.

하지만 엘리제가 사랑해 마지않는 휴즈가의 집이 있는 곳이기도 했다. 푹신한 침대와 보드라운 쿠션, 손잡이를 돌리기만 하면 뜨거운 물줄기가 쏟아지는 욕실이 그리웠다. 편안한 실내복으로 갈아입고 침대에 누울 수만 있다면.

지금 상태 같아서는 해가 한 번 지고 다시 뜰 때까지 줄곧 잘 수 있을 것 같았다.

'집에 간다.'

도시로 돌아가는 게 이토록 반가울 수가 없었다.

대로를 따라 20분을 걸었을 때였다. 별생각 없이 걷던 엘리제는 문득 이상함을 느꼈다.

"저기, 있잖아."

한 걸음 앞서 걷고 있던 라키어스를 불러 세웠다.

"우리 왜 걷고 있는 건데?"

그가 담담한 얼굴로 돌아보았다. 엘리제가 무슨 말을 하고 있는지 모르겠다는 표정이었다.

"너, 여기까지 어떻게 왔어?"

"날아서."

"그럼 왜 지금은 안 날아?"

대답이 돌아오지 않았다.

"솔직히 말하면 난 아까 날개 단 놈들이랑 공중에서 싸웠거든. 다섯 명이 사방에서 치고 들어오니까 정신이 사납더라. 아마 그때 왼쪽 날개를 삐끗한 것 같은데."

라키어스는 엘리제의 말을 가만히 듣고 있었다.

"그래서 널 본 순간 아주, 아주, 아주 조금 안심했어. 적어도 네 도움을 받으면 에데니카에 빨리 도착할 순 있을 테니까."

"……."

"그런데 왜 지금 우리가 걷고 있어야 하지?"

라키어스가 태연히 뒷짐을 졌다. 며칠 동안 도시 밖을 누비고 다닌 자답지 않게 단정한 모습이었다. 그가 생각에 잠긴 듯 먼 곳에 시선을 두고 눈을 몇 번 깜빡였다. 그러더니 무엇 하나 바쁠 것 없다는 투로 말을 하였다.

"그건 아마."

대답을 기다리는 엘리제의 고개가 옆으로 기울었다.

"내가 피곤해서?"

기울어진 고개는 돌아오지 않았다. 엘리제는 방금 들은 말을 이해해 보려 노력했다. 그렇지만 아무리 애를 써 봐도 라키어스의 말을 있는 그대로 받아들일 수가 없었다.

괴생물체에게 끌려간 건 누구다?

엘리제다.

촉수에 발목이 감겨 정신을 잃을 때까지 땅굴 탐험을 한 건 누구다?

엘리제다.

만 하루인지 이틀인지를 기절했다가 겨우 땅 위로 올라와 구호품 있는 데까지 걸어온 것도 엘리제. 옛 친구와 반가운 재회를 하기 무섭게 피 튀기는 전투에 휘말린 것도 엘리제였다.

반면 라키어스는 어떤가. 얼굴이 약간 핼쑥해 보이는 것을 제외하면, 그는 한 시간 전에 게이트를 통과한 사람처럼 단정해 보였다.

과연 어느 쪽이 진짜로 피곤할까?

엘리제가 기막힌 헛웃음을 흘어 냈다. 어이가 없는 나머지 말이 제대로 나오지 않았다.

"장난이지?"

"장난처럼 들려?"

라키어스가 앞머리를 쓸어 올리며 한숨을 쉬었다.

"응."

엘리제가 주저 없이 대답했다.

"장난이었으면 좋겠어."

짙푸른 눈이 두 사람이 서 있는 주변을 한 바퀴 훑었다.

"밤은 깊었고, 몸은 피곤하고, 언제 어디서 무엇이 튀어나올지 모르는 곳에 서 있는데 말이야. 게이트까지 걸어가야 된다는 소릴 들었으니 내 기분이 오죽하겠어?"

엘리제의 눈이 라키어스를 빤히 쳐다보았다.

"이것보다는 유능할 줄 알았는데……. 실망이야."

일부러 도발까지 했다. 그럼에도 라키어스의 표정은 바뀌질 않았다.

"말도 안 돼. 진짜 게이트까지 걸어가야 된다고?"

엘리제가 인상을 구겼다.

"이럴 거면 슈한테 돌아갈래. 적어도 거긴 침대가 있었어."

"꿈도 꾸지 마."

라키어스가 바로 잘라 냈다.

"엘, 네가 실종되었다는 소식을 들은 게 사흘 전이야. 난 그 보고를 듣자마자 에데니카를 나왔고, 그때부터 한시도 쉬지 않고 널 찾아다녔어."

그가 손끝으로 눈두덩을 지그시 눌렀다. 깊이 내쉬는 숨결에 피로가 묻어나왔다.

"정말 잠시도 쉬지 않고……."

그의 목소리가 먹먹하게 잠겨 들었다. 손을 뗀 눈가가 조금 젖어 있었다.

"도시 밖은 오랜만인데 빌어먹게 넓더라. 여기가 얼마나 넓은 곳인지 잠깐 잊고 있었어."

물기 어린 시선이 엘리제를 향했다.

"네가 살아 있다는 게 느껴지지 않아서."

"……."

"미치는 줄 알았어."

거기까지 말을 끝낸 라키어스는 진심으로 피곤해 보였다. 엘리제가 무사함을 확인하자마자 모든 긴장을 놓은 사람 같다 할까.

이대로 돌아가지 않아도 상관없는 사람 같아 보여서, 엘리제는 묘한 불안감을 느껴야 했다. 라키어스는 영원토록 여기 있는 게 괜찮을지 몰라도, 엘리제는 아니었다. 어떻게든 집에 돌아가 눕고 싶었다. 몇 시간 내로 그러는 게 힘들다면, 과연 언제쯤 가능할지 알고 싶기도 했다.

"그렇게까지 구구절절 늘어놓을 필요는 없었어."

"……몰랐군. 자기변호의 시간 아니었나."

또 이렇게 빨리 표정을 바꾸면 의심스러운데.

엘리제가 눈매를 가늘게 좁혔다.

"그래, 피곤하다 이거지."

라키어스가 점퍼 주머니에 두 손을 찔러 넣은 채 고개를 끄덕였다. 엘리제가 출근길 커피 가게 앞에서 똑같은 포즈로 서 있으면 불우이웃 같을 거다. 한데 어째서 라키어스는 저렇게 해도 올해의 표지 모델처럼 보이는지 선뜻 이해가 가지 않았다.

심지어 어둠이 내려앉은 황폐한 도시 밖이 배경인데도.

엘리제에게서 바람 빠진 풍선 같은 소리가 새어 나왔다. 모든 기대를 내려놓은 표정이 된 엘리제가 물었다.

"그럼 언제쯤 괜찮아질 것 같아?"

라키어스가 손목시계를 확인했다.

"최소 대여섯 시간."

"지금이 몇 신데?"

"11시 37분."

엘리제의 눈이 검게 죽었다.

블라인드 사이로 들어오는 아침 햇살을 바라보며 달콤한 잠에 빠져드는 그림은 시궁창에 처박아야 할 것 같았다. 더 싫은 건 폐허 한가운데서의 야영이었다.

다음 구호품이 있는 B4 구역까지 가려면 한참을 걸어야 한다. 그렇다고 걸어온 길을 돌아가자니 서로를 씹어 삼킬 듯 노려보던 두 남자가 떠올랐다. 지금 이 순간에도 밤 기온은 싸늘하게 떨어지고 있었다.

엘리제가 두 팔로 몸을 감싸며 어깨를 떨었다.

"불이라도 피워 줘, 그럼."

혼자 있을 땐 핫팩과 모포로 만족해야 했다. 어렵사리 불을 피운다 해도 적들의 시선을 잡아 끌 위험이 있기 때문이었다. 하나 다른 누구도 아니고 라키어스와 동행하니 외부 공격에 대한 두려움을 접어도 되는 게 편했다.

'그래도 장점이 아예 없는 건 아니네.'

엘리제는 잘게 떨리는 팔을 쓸며 라키어스가 행동하길 기다렸다.

"……뭐야?"

엘리제의 말끝이 올라갔다. 불을 피워 달랬더니 라키어스 본인의 점퍼를 벗어다 엘리제 어깨에 걸쳐 주고 있었다.

"이런 거 말고 불."

엘리제가 상대를 흘겼다.

"데이트 기분은 하샤즈랑 내. 왜 약혼녀 두고 나한테 이래? 너무 오랫동안 도시 안에 살아서 이곳이 얼마나 추운지 잊었나 본데, 오빠."

엘리제가 간만에 금기어를 꺼냈다.

"여긴 5월 말 새벽에도 추워."

그리고 지금은 4월 첫째 주에 불과했다. 이 말을 하는 순간에도 엘리제의 몸은 가늘게 떨리고 있었다. 어쩌면 피를 많이 흘려서 더 춥게 느껴지는 걸지도 모른다.

라키어스의 점퍼는 허벅지까지 넉넉히 내려오는 길이지만, 열을 발산하는 모닥불에 비할 바가 못 되었다.

"불을 피워 달라. 그게 네가 원하는 건가?"

라키어스가 재차 확인했다. 엘리제는 이 자식이 사람 불안하게 왜 이러나 싶었다. 이어진 말에서 라키어스가 그러는 이유를 곧 알게 되었다.

“누군가에게 부탁할 땐 어떻게 해야 한다고?”
“……나 부상자야. 온기 하나 없는 폐허 속에서 얼려 죽일 거야?”
“너무 극단적으로 가는구나, 엘리제.”
라키어스가 작게 웃었다.
“내가 바라는 건 그저 약간의 공손함과 귀여움이야.”
“둘 다 나랑 거리가 먼 요소네.”
엘리제가 바로 튕겨 냈다.
“추워.”
“춥겠지.”
라키어스가 다른 제안을 했다.
“그럼 손잡고 걸을까? 체온이 올라갈 수도 있잖아.”
엘리제의 눈초리가 날카로워졌다.
“내가 아프고 약해질 때마다 이때다 싶어서 달려들지?”
“저런.”
“기회를 놓치는 법이 없지, 라키어스 녹턴?”
그의 미소가 싱그럽게 바뀌었다.
“들켰나.”
무엇을 상상하든 이 이상의 뻔뻔함은 없을 터였다. 남에게 굽히는 걸 죽기보다 싫어하는 엘리제지만, 그와 동시에 라키어스가 얼마나 작은 호의에 만족하는지 알고 있기도 했다.
‘잠깐이면 돼. 트릭시에겐 잘만 하잖아?’
말없이 꼬물꼬물 다가간 엘리제는 라키어스의 발 옆을 신발 끝으로 톡 건드렸다.
“불.”
라키어스가 움직이지 않았다.
너무 작게 말해서 못 들었나? 그러면 발을 건드리는 것도 못 알아차린 건가?

엘리제는 다시 한 번 발끝으로 스니커즈 옆을 톡톡 건드렸다.

"불."

"……여기서 내가 넘어가면 프로메테우스가 억울해 죽을 것 같은데."

"뜬금없이 프로메테우스가 왜 나와?"

엘리제가 불퉁하게 대꾸했다.

"그 사람은 훔친 거고, 난 부탁하는 거고. 애초에 다르잖아?"

"부탁이라……."

라키어스의 표정이 기묘하게 바뀌었다.

여유가 있어서 참 좋겠다. 누구는 뼛속까지 스며드는 한기에 얼어 죽을 것 같은데.

엘리제는 이쯤 되면 라키어스가 일부러 주변 기온을 내리고 있는지 의심해 볼 만하다고 생각했다.

물론 사실은 아니다.

그는 멀쩡한 사람을 펑펑 터뜨려 죽일 순 있어도, 기온까지 조절하는 능력은 갖고 있지 않았다.

'……아마도.'

속으로 덧붙이는 한 마디에 자신이 없었다.

'알 게 뭐람.'

엘리제에게까지 비밀로 한 능력이 라키어스의 나이만큼 많다고 해도 놀랍지 않을 것이다. 중요한 것은 지금 손끝이 파들파들 떨릴 만큼 춥다는 것. 스산한 한기에 머릿속까지 얼어붙을 것 같았다.

"내가 아는 '부탁'은 이보다 공손하거든."

라키어스가 말을 이었다.

"우린 아무래도 다른 개념에 대해 논하고 있는 것 같다."

"프로메테우스는 훔칠 수라도 있었지."

엘리제가 어금니를 악문 채 말했다.

"난 미친놈 손을 자른다고 거기서 불이 나오는 것도 아니고 너무 불쌍해."

라키어스의 입가가 희미하게 떨렸다.

"너무 가여워, 엘리제 녹턴."

결국 라키어스에게서 웃음이 쿡 새어 나왔다. 마음만 먹으면 타타발루에게도 고운 속눈썹을 팔락거릴 수 있으면서, 끝끝내 굽히지 않는 그 고집이 귀여웠다.

집어치우라고 소리 지르기엔 너무 추운 거겠지.

엘리제를 조금만 더 오래 놔두면 도톰한 입술이 보라색으로 변할 듯했다.

피를, 너무 많이 흘렸다.

라키어스의 눈매에 걸려 있던 웃음기가 점점 옅어져 갔다. 엘리제 본인은 대수롭지 않게 여기는 듯했으나, 이마와 입가를 훔친 재킷 소매가 피로 흠뻑 젖어 있었다. 다리를 감싸고 있는 블랙진은 무릎께부터 너덜거렸다. 하얗게 드러나야 할 무릎에는 갈색 피가 엉겨 붙어 있고.

라키어스가 말없이 몸을 돌렸다. 쇼윈도가 다 떨어져 나간 1층 건물로 들어간 그는 바닥에 굴러다니는 나무 조각과 폐지를 주워 모았다.

"……어차피 해 줄 거면서."

엘리제가 작게 투덜대며 따라 들어왔다. 이윽고 불이 붙었다. 엘리제는 환한 온기를 반기며 불 가까이 손을 내밀었다. 밝은 데서 보니 상처가 더 심했다.

원하는 것을 얻어 표정이 누그러진 엘리제에 비해 라키어스의 기분은 바닥으로 가라앉았다. 이렇게 매번 다치고 또 다친다. 이제 엘리제는 웬만한 상처로는 의료센터를 찾지 않았다. 방문 기록이 남으면 그것이 고스란히 라키어스에게 전달됨을 알기 때문이었다.

거기다 다치는 게 일상이 되다 보니 병원 방문 자체를 귀찮아하게 된 까닭도 있었다. 그렇게 라키어스가 모르는 곳에서 다치고 위험에 빠지다가, 결국 이번 같은 일이 발생하게 된 것이다.

돌아오지 않는 엘리제.

생존 여부를 알 수 없다는 보고문.

"좋다……."

엘리제가 불 쪽으로 뻗은 손가락을 꼼지락거리며 웃었다.

"기를 쓰고 훔쳤던 이유를 알겠어. 나라도 훔쳤을 거야. 이렇게 따뜻하고 좋은 걸."

엘리제의 눈이 슬쩍 옆 사람을 흘겼다.

"저 혼자 독차지하고 있었으니."

아직 프로메테우스 이야기에 머물러 있나 본데, 신화 속 인물이 불을 훔친 다음 인간들에게 전해 주었다는 부분은 편의상 뚝 잘라먹은 게 분명했다. 엘리제가 무릎을 세워 앉은 다음 턱을 괴었다. 따뜻한 기운이 그녀에게서 긴장감을 몰아내고 있었다.

"최소 대여섯 시간이 필요하다 했지? 그럼 타협해서 다섯 시간 반 휴식. 알람 맞춰 놔. 시간 되면 바로 일어나는 거야."

불길에 시선을 둔 채 종알거렸다.

"내가 날개만 멀쩡했어도 혼자 가는 건데……."

목소리가 차츰 잦아들었다.

"죽을 고생해서 얻었더니 작동할 때보다 못 쓸 때가 더 많아. 이게 뭐야……."

타닥타닥.

장작 타들어 가는 소리가 주변에 깔렸다. 라키어스는 자신에게 없는 치유력에 대해 생각하다가 문득 너무 조용해진 사위에 고개를 돌렸다.

"엘……."

입을 다물었다. 엘리제는 어느새 잠들어 있었다. 몸을 웅송그려 앉은 상태로도 잠에 빠질 수 있다니 뭐라 할 말이 없었다.

'그만큼 지쳐 있다는 뜻이겠지.'

라키어스의 시선이 잠든 엘리제를 느리게 더듬었다. 처음 본 순간부터 자신에게 적대감을 품었던 엘리제였다. 엘리제 안에서 자신은 녹턴을 독차지한 존재이자, 아무리 노력해도 따라잡을 수 없는 상대였다.

증오스러운 라키어스.

네가 없었다면 난 그를 완전히 가졌을 수도 있었는데. 내 마음을 알면서도 그를 죽이다니.

증거가 빤히 있는데도 몰염치하게 굴었어. 내 눈을 바라보면서 살인 혐의를 부인했지.

그래 놓고 날 원한다고?

수년 전, 엘리제의 원망스러운 눈빛이 생생하게 떠올랐다. 지금도 엘리제는 라키어스를 싫어하고 있었다. 흔들리는 것과 싫어하는 것은 별개다. 라키어스에게 전자는 반가운 소식이지만, 엘리제 본인은 얼마나 스스로를 용서할 수 없을까 하는 생각이 들었다.

"한데 신기한 건 말이지."

라키어스가 나직한 목소리로 속삭였다.

"예나 지금이나 넌, 내 옆에서 안전함을 느낀다는 거야."

라키어스의 눈빛에 그윽한 무게가 실렸다.

"무슨 일이 있어도 내가 널 해치지 않을 거라 믿고 있잖아. 위험한 것들로부터 널 지켜 줄 거라고…… 생각하잖아. 일말의 의심도 없이. 완전히."

곤히 잠든 엘리제에게서 새근거리는 숨소리가 들렸다. 라키어스의 얼굴에 흐린 미소가 번져 갔다.

"그 확신이 기뻐."

아른거리는 불의 온기를 제 손이 대신할 수 있다면 좋겠지만,

"그래서 조금 더 응석을 부리고 싶어져, 엘리제."

라키어스는 손을 뻗는 대신 주먹을 감아쥐었다. 아스라한 한숨이 차가운 허공으로 흩어졌다.

"진실을 밝힌 이후에도 지금의 우리 관계가 유지될 수 있을까?"

단 한 순간도 거짓을 말하지 않았던 라키어스.

엘리제에게만큼은 정직했던 그가 딱 한 번 진실을 감춘 적이 있었다. 대놓고 거짓말을 했다기보다는, 제게 유리한 쪽으로 오해하게 두었다는 편이

맞았다.

필요에 따라서는 일부러 상대의 오해를 부추기기도 했다.

"넌 가장 중요한 걸 모르고 있어……."

모닥불 타는 소리만이 내려앉은 밤. 라키어스는 고요히 상념 속으로 잠겨 들었다.

❖

엘리제가 몸을 뒤척였다. 잠결에 팔을 뻗었는데 끌어안을 만한 것이 없어 품 안이 허전했다. 침대 헤드에 굴러다니던 쿠션이 어디 있는 거지. 바닥으로 떨어졌나. 눈을 뜨자 낯선 풍경이 망막에 맺혔다.

아무렇게 나동그라진 마네킹과 검게 그을린 벽이 새벽의 푸르스름한 기운을 띠고 있었다. 뻑뻑한 눈을 몇 번 깜빡였다. 자신은 아직 휴즈가의 자택으로 돌아간 게 아니란 사실이 떠올랐다.

아늑하고 폭신한 침대를 간절히 바란 나머지 머리가 잠깐 착각을 일으킨 듯했다.

"으음……."

억지로 몸을 일으켰다. 라키어스의 점퍼를 바닥에 깔고 누운 모양이었다.

"언제 잠들었지."

시간이 꽤 지난 것 같은데 불길은 여전했다. 새벽에 딱히 추위를 느끼지 못한 것도 내내 타오른 모닥불 덕분이었다. 잠이 덜 깬 눈으로 모닥불을 응시하고 있자니 라키어스가 걸어 들어왔다.

"깼구나."

그는 플라스틱 손잡이가 달린 은색 컵을 내밀었다. 얼떨결에 받아서 들여다보니 따끈한 코코아였다. 초콜릿 빛깔의 음료는 잠기운을 몰아내는 달콤한 냄새를 모락모락 피워 올리고 있었다.

잠깐 상황이 납득되지 않았다. 여기가 라키어스의 펜트하우스라면 놀라울 것 없는 전개였다. 하지만 이곳은 도시와 한참 떨어져있는 B5 구역 주변이다.

이토록 자연스럽게 따뜻한 코코아를 건네선 안 되는 거였다. 엘리제가 라키어스를 올려다보았다.

"혹시 내가 자는 동안 에데니카에 다녀왔어?"

"거기까지 가진 않았어."

라키어스가 불 상태를 살피더니 주변에서 땔감이 될 만한 것을 주웠다.

"구호품 중에 초콜릿가루가 있던데."

"……거기 간 거야?"

"물도 있고. 컵은 근처에서 구했고."

"마시멜로도 띄워 오지 그랬어."

"그건 없더라고."

기막힌 나머지 살짝 비꼰 건데 그걸 또 진지하게 받아넘겼다. 제가 호슈아에게 가는 건 꿈도 꾸지 말라고 막은 주제에 라키어스 본인은 잘도 다녀왔단 말이지.

눈을 흘기지 않을 수가 없었다. 그러나 결과적으로 코코아는 탁월한 선택이었다.

컵이 바닥을 보일 때쯤, 엘리제의 몸은 따뜻한 당분으로 충만하게 되었다.

"좋아. 지금이 몇 시지?"

라키어스가 시계를 힐끔 내려다보았다.

"6시 15분."

"제대로 늦었네."

엘리제가 기지개를 켜며 일어났다. 스트레칭을 할 때마다 전신이 참으로 꼼꼼하게도 쑤셨다.

"난 준비 끝."

이만 불을 꺼도 되겠다는 말이 떨어지기 무섭게, 방금 전까지 타오르던 모닥불이 순식간에 꺼졌다. 집으로 돌아갈 생각에 기분이 좋아졌다. 엘리제는 활기찬 걸음으로 문을 나서다 말고 라키어스를 돌아보았다.

"왜 아직 거기 서 있어?"

엘리제의 미간에 불만이 어렸다.

"안 갈 거야?"

"……말할까 말까 고민될 때엔 하지 않는 편이 좋다고 들었어."

라키어스가 영 엉뚱한 소릴 했다.

"그런데 아무래도 해야 될 것 같아서."

"갑자기 무슨 소리야."

엘리제가 가슴 앞으로 팔짱을 꼈다. 코코아를 들고 들어올 때부터 어째 분위기가 심상찮다 싶었다. 평소의 라키어스를 떠올리면 엘리제와 단둘이 보내는 시간에 기뻐해야 마땅했다. 마치 펜트하우스에 있었을 때처럼 말이다.

한데 아까부터 라키어스는 기분이 저조한 것 같았다. 오히려 엘리제가 집으로 돌아갈 생각에 들떠 있었다. 평상시와 완전히 반대되는 상황이었다.

"뭐야, 왜 그러는데? 할 말 있으면 에데니카에 돌아가서 해."

동도 텄겠다. 엘리제는 지금 무엇보다 빠른 귀가를 바라는 참이었다. 여기서 조금이라도 더 지체된다면 라키어스가 뭐라 하건 호슈아에게 돌아갈 생각도 있었다.

바이크라도 한 대 빌려 달라고 청할 요량이었다.

"엘리제 넌, 내가 녹턴을 죽였다고 믿고 있지?"

엘리제의 얼굴에서 불만이 사라졌다. 모든 감정이 물러간 자리엔 당혹스러움만이 남았다. 라키어스의 의도를 짐작할 수가 없었다.

왜 저런 말을 하는 거지?

왜 하필 지금 여기에서?

애초에 가벼운 대화거리가 아니었다. 녹턴의 죽음은 영원한 금기였다.

두 사람의 관계를 돌이킬 수 없는 증오로 거듭나게 한 사건이었다. 모닥

불이 있던 자리를 내려다보던 그가 엘리제에게 시선을 돌렸다. 이미 결심을 마친 눈빛이 차분했다. 그리고 그 고요함이 엘리제를 두렵게 만들었다.

엘리제의 본능이 경고하고 있었다. 라키어스에게서 나올 말을 듣지 말라고. 늘 그랬듯이 발끈 화를 내며 자리를 뜨라고.

"아침부터…… 헛소릴 하고 있어. 빨리, 나오기나 해."

몸을 돌려서 계속 걸어가는 거다. 일단 이 자리를 벗어난 다음—

"내가 죽인 게 아니야."

엘리제의 사고가 멈췄다.

잠자리에서 일어난 지 얼마 되지 않은 지금 다루기엔 너무 벅찬 주제였다.

"그만해."

"이제껏 내가 말하지 않은 게 있어."

"듣고 싶지 않아."

"내가 한 유일한 거짓말."

"그만, 그만."

엘리제가 목소리를 높였다.

"그만두라고 했잖아! 왜 갑자기 이 얘길 꺼내는 거야? 의도가 뭐야?"

목소리가 형편없이 갈라졌다. 저도 모르는 새 눈시울이 붉어지기 시작했다.

"뭐라 변명하든 안 들어. 네가 녹턴을 죽인 건 변치 않을 사실이야. 다른 사람은 몰라도 네가 할 말은 아니지, 안 그래?"

새하얀 관 속에 누워 있던 모습이 떠올랐다.

연갈색 눈썹과 가지런한 콧날, 엘리제를 향해 웃어 주던 입술.

비록 진심이 담기지 않은 미소라 해도, 그저 녹턴의 웃음이어서 소중한 것이었는데.

"그의 서랍 속 심장 약."

엘리제의 입술이 떨렸다.

"내가 봤어. 모양이 똑같은 비타민으로 바꿔치기 해 놓은 거."

"……."

"서랍 비밀번호를 아는 사람은 세상에 우리 셋뿐이었잖아."

"맞아."

라키어스가 낮은 목소리로 수긍했다.

"우리 셋뿐이었지."

"한데 이제 와서 무슨……."

"엘, 녹턴은 심장마비로 죽었어. 그게 자연사라는 건 의료진이 확인해 줬고."

반박하려드는 엘리제를, 라키어스가 조용히 막았다.

"약을 바꿔치기한 건 내가 아니야."

엘리제가 헛웃음을 터뜨렸다.

"우리 셋뿐이라고 방금 자기 입으로 인정해 놓곤."

"그래. 너랑 나, 그리고 녹턴."

라키어스가 의미심장한 눈으로 그녀를 쳐다보았다.

"녹턴."

"……?"

"그가 자기 약을 바꿔 놓은 거야."

비안카는 떨리는 손으로 종이컵을 집어 들었다. 두꺼운 홀더 너머 레몬티의 온기가 느껴졌다.

「감기 기운이 있거나 기분이 안 좋을 땐 이걸 마셔. 개인적으로 코코아보다 이쪽이 좋은 것 같아.」

차에 대해 처음 알려 준 건 엘리제였다. 그때까지 비안카에게 차(茶)란 TV 속 인물들이 홀짝이는 비싼 음료였다. 그래서 처음 만난 엘리제가 레몬 티 두 잔을 주문했을 때 입을 다물고 있었다.

역시 부잣집 공주님은 다르군.

창백한 안색에 퀭한 눈을 한 채, 한 달 내내 떨어지지 않는 기침을 콜록거리면서.

「비하르트에게 제안을 했어. 혹시 들었나?」

「……감옥에서 빼 주는 조건으로 전투대 들어오라는 거요?」

비안카는 빨간 입술을 비죽거렸다.

「이래 죽으나 저래 죽으나 뭐가 달라요? 아, 도시 밖에 맨손으로 쫓아내는 건 면해 줬으니 고맙게 여기라?」

여기까지 말한 비안카는 다시 기침을 했다. 뜨거운 레몬 티를 삼키자 기침이 조금 가라앉았다. 한 번 더 삼켰더니 목 안이 아까보다 편안해지는 기분이었다. 새콤하면서도 맑은 찻물은 입안에 달달한 뒷맛을 남겼다. 비안카는 왜 엘리제가 차를 주문했는지 알 듯한 기분이 되었다.

「네게도 같은 제안을 할게.」

엘리제는 날 선 비난을 아무렇지 않게 넘기며 말을 이었다.

「오빠 잡아가는 경비대 총 빼앗아서 두 발 쐈던데.」

「바로 제압당했어요.」

「걔들이 방탄복 입어서 살았지.」

엘리제가 무심한 눈으로 유리창 밖을 보았다.

「급소를 명중했어. 전에도 총 잡아 본 적 있나?」

엘리제의 질문에 대한 대답은 YES.

비안카는 총 쏘는 법을 알았다. 다른 누구도 아닌 아버지란 작자가 그녀에게 가르쳐 주었으니까. 새파랗게 질린 쌍둥이 오빠가 반대편 벽에 서 있던 기억이 생생했다.

자그만 손가락이 걸린 방아쇠 아래로 빛나던 은색 독수리 마크도.

「놔둬 봤자 도시에 폐나 끼칠 쓰레기들을…… 공주님 손으로 정리하는 건가요?」

「죽게 하지 않을게.」

창밖을 향하던 시선이 어느새 비안카에게 돌아와 있었다.

「내가 제일 먼저 나가서 가장 마지막에 들어올 거야.」

「…….」

「위험에 처하면 무슨 일이 있어도 반드시 찾아내서 데려올게. 네 안의 썩어 가는 분노를 합법적으로 풀어내는 방법을 알려 줄 테니까.」

짙푸른 눈동자가 마음을 꿰뚫었다.

「우리 다 죽여 보자, 비안카 뮬러.」

싱긋 올라가는 입매가 그리웠다. 장난스럽게 빛나던 눈동자도, 평소엔 아양이 듬뿍 묻어나다가도 게이트를 나서는 순간 돌변하는 목소리도.

"어떡하지……."

엘리제의 사고를 들은 이후로 비안카는 무너졌다. 불과 며칠 사이에 눈밑이 검게 죽었고, 입술은 갈라져 피가 말라붙었다. 비안카가 특히 미칠 것 같은 이유는 쌍둥이 오빠의 실종이 겹친 데에 있었다.

"대체 둘 다 어디 있는 거냐고……."

도시 밖으로 나가는 걸 금지당한 전투대. 그래서 비안카는 요 며칠 간 에데니카를 쥐 잡듯이 뒤졌다. 할 수 있는 일이 그것밖에 없었다.

죽을 듯이 괴로운 나날이었다.

"조장! 어디 있었어? 전화도 안 받고!"

전투대 건물로 들어서자 같은 조 대원이 그녀에게 달려왔다.

"2조장 찾았어! 지금 제3의료센터 응급실에 있대. 내 애인 기억하지? 걔가 거기 응급실 간호사로 있는데……."

비안카는 그 즉시 로비를 뛰쳐나가 병원을 향해 바이크 속도를 높였다.

언제나 그렇듯 대기실은 만원이었고, 응급실 복도는 전쟁 통이었다. 당장 숨넘어가는 환자부터 처치하느라 우선순위에서 밀려난 자들이 고통을 호소했다. 보호자의 울음과 말소리, 대낮부터 술에 찌든 자의 고함이 어지럽게 뒤섞였다.

비안카는 그 사이에서 쌍둥이를 찾아냈다. 그는 어지럼을 참으며 상체를 일으켜 세우고 있었다.

"비하르트!"

비안카가 몸을 떨었다. 오빠가 죽었을 거란 생각을 수없이 했다. 실종된 타이밍이 너무 교묘한 것도 무서웠다. 한데 지금 눈앞에 오빠가 있었다.

비하르트가 살아 있었다.

무슨 말부터 먼저 꺼내야 할지 머릿속이 새하얘졌다.

"비안카……. 망할…… 수갑!"

비하르트가 병상에 묶인 손을 흔들었다. 그의 양팔은 철제병상에 수갑으로 매여 있었다.

"비안카, 네가 말해 줘. 의사랑 경찰한테 말해. 난 약을 한 게 아니라고."

그가 이를 악문 채 손을 재차 흔들었다. 철제병상과 수갑이 부딪혀 짤강거리는 소리가 났다.

"물론 성분이 검출됐겠지만, 내 의지가 아니었어."

비안카와 같은 색의 눈동자에 독기가 서렸다.

"경찰들은 내가 용량을 잘못 조절해서 며칠간 혼절한 거라고 생각하고 있어. 거기다 요즘 비밀거래로 유행하는 신제품 유통 혐의도 두더군. 통상 물어보는 척 시침 뗐지만, 이거 봐."

비하르트가 수갑을 눈짓했다.

"이거 보라고. 이 엿 같은."

짤강거리는 소리가 심해졌다. 피부가 쓸리는 것도 아랑곳하지 않은 채, 그는 몇 번이나 거듭 손을 흔들었다.

"그리고 대장이 사고를 당했다는 건 도대체 무슨 말이야?"

"약 했어?"

"씹……."

비하르트가 욕설을 삼켰다. 아직 탁한 기운이 가시지 않은 눈을 질끈 감고 이성을 붙잡으려 애썼다.

"……당했어."

다시 눈을 떴을 때, 그는 자신의 쌍둥이를 향해 결백을 주장했다.

"약효가 조금 빠질 때마다 새로 맞았어. 바닥에 그냥 방치됐는데 남자들 말소리가 들렸고……. 최소 넷, 어쩌면 대여섯 이상."

비하르트의 미간에 힘이 들어갔다.

"꽃냄새를 맡은 기억도 있는데."

"꽃냄새?"

"향수……였나."

그는 자신을 응시하는 쌍둥이의 시선을 느꼈다. 반가움과 안도감만이 가득하던 눈빛에 서서히 잿빛 불신이 깃드는 것을 보았다. 비하르트는 절박해졌다.

"다른 사람은 몰라도 너라면!"

"보호자 되십니까?"

피로에 찌든 목소리가 들렸다. 비안카가 뒤를 돌자 의사가 차트를 넘기며 그녀를 힐끔 보았다.

"비하르트 뮬러의 보호자?"

"네."

의사의 눈길이 비안카를 천천히 훑었다. 비안카는 지갑을 꺼내 전투대 소속증을 보여 주었다. 께름칙한 느낌이 완전히 가시지는 않았지만, 의사는 다시 차트로 시선을 돌렸다.

"체내에서 상당히 고농도의 마약 성분이 발견되었습니다. 경찰은 빠른 귀가를 요청하고 있는데요."

의사가 비안카를 쳐다봤다.

"이게 처음은 아니더군요?"

"……네."

비하르트가 입술을 열었다. 그의 얼굴이 일그러졌다. 아직 몸 안에 남아 있는 약 기운이 자꾸만 눈꺼풀을 아래로 잡아당겼다.

"비안……!"

"오빠는 강제로 투입당한 거예요."

비안카가 의사를 정면으로 보며 말했다.

"절대 그가 원한 게 아닙니다."

"그거야……."

"만약 거짓말이라면 제 혀를 뽑고 사지를 찢어 죽이세요."

일반인에겐 너무 과격한 표현이었다. 잔혹한 말을 아무렇지 않게 내뱉은 비안카는 힘이 실린 목소리로 덧붙였다.

"확신해요. 보증할 수 있어요."

저도 모르게 말려들고 만 의사는 난처한 눈을 했다. 그는 차트에 무언가를 휘갈기고는 안정을 취하란 말을 남긴 채 자리를 떴다. 쌍둥이의 시선이 마주쳤다.

"대장이 괴생물체 퇴치 중에 사고를 당했어. 실종 상태야. 시티타워는 자체적으로 구조대를 보냈다고 하고."

"뭐?"

"우린 게이트 출입을 전면 금지당했어."

"대체 무슨 일이……."

"비하르트."

대장과 오빠를 잃고 벼랑 끝까지 몰려 불안함에 떨던 모습은 어느덧 사라진 뒤였다. 비안카가 전에 없이 가라앉은 얼굴로 물었다.

"대여섯 명 이상의 남자라고?"

"향수 냄새."

비하르트의 눈매에 날이 섰다.
"그 여자가 남자들에게 지시했어."

「이거, 곤란하게 됐네.」

흐린 의식 사이 들려온 젊은 여자의 목소리가 유일한 단서였다.

"무슨……."
엘리제의 목소리가 떨렸다. 태연을 가장하려 애썼지만 무용지물이었다.
"말 같지도 않은 소리 작작 해."
녹턴이 제 손으로 본인 심장 약을 바꿔치기할 이유가 뭐란 말인가?
의료진으로부터 심장이 위태롭다는 사실을 통보받았지만, 그는 절대 자살을 도모할 사람이 아니었다. 녹턴은 생에 대한 의지가 강했다. 아끼는 양자의 손에서 에데니카가 번영하는 모습을 제 눈으로 확인하고 싶어 했다.
그런 녹턴이 어째서?
"의료진이 말하는 자리에 우리 모두 있었어. 이미 상태가 나쁘기 때문에, 극도로 조심하더라도 언제든."
"단 한 번의 쇼크로 잘못될 수 있다고."
엘리제가 말을 가로챘다. 그녀의 눈빛이 날카롭게 변했다.
"그래서 네 음모가 훨씬 수월했던 거 아냐?"
"확실히, 그를 없애고 싶다는 생각은 했어."
담담하게 말하며 걸어오는 라키어스. 반면 엘리제의 호흡은 점점 가빠지기 시작했다.
"그때였을 거야. 네 중학교 졸업식 날. 기념 삼아 가족사진을 찍고 식당으로 가는 차 안의 분위기가 이상했지."

라키어스가 입매를 슬쩍 늘렸다.

“나는 막 리더직에 올랐을 때라 일처리에 정신이 없었고, 넌 노래를 흥얼거리며 미리 메뉴를 골랐어. 한데 사진을 찍을 때만 해도 멀쩡하던 녹턴이 어느 순간부터 말을 하지 않았잖아.”

엘리제도 기억하고 있었다. 그리고 이다음에 불쑥 이어진 녹턴의 말은, 남매에게 너무 갑작스러운 선언이었다.

「슬슬 결혼해야지, 라키어스.」

이동하는 내내 유리창에 시선을 두던 녹턴.

그가 보고 있던 것은 창밖의 풍경이었을까. 아니면, 어느새 주름이 늘어난 제 얼굴이었을까.

“리더직에 익숙해질 시간을 갖고 싶다고. 결혼은 최소 삼사 년 뒤에 생각하고 싶다고 말한 게 불과 두어 달 전이었어. 그때 녹턴은 흔쾌히 수락했지.”

라키어스에 쓰디쓴 냉소가 어렸다.

“갑자기 마음을 바꾼 데엔 분명 계기가 있었을 거야. 어쩌면 스튜디오 직원의 말이 결정적이었을 수도 있고.”

그때만 해도 에데니카의 공주님이었던 엘리제는 카메라가 찰칵하는 순간 녹턴의 머리 위로 브이(V)를 세우는 장난을 쳤다. 마냥 해맑은 행동이었다.

이에 녹턴은 연한 웃음만 흘릴 뿐 가타부타 말을 덧붙이지 않았다. 꾸중의 기색조차 없었다. 모니터에 스무 장가량의 촬영물을 띄웠을 때, 스튜디오 직원이 웃음을 터뜨렸었다.

「이제 보니 라키어스 님은 엘리제 양의 장난을 알고 계셨군요? 동생 분을 향한 눈길이 귀여우세요. 뭔가 간질간질하면서.」

직원이 이어서 말했다.

「이 와중에 녹턴 님은 아무것도 모른 채 정면 응시하는 게 포인트네요.」

그때부터였다.

갑자기 녹턴의 얼굴이 굳은 것은.

"그는 내 의사 따윈 상관없다는 듯 일을 추진했지. 너와 단둘이 이야기라도 할 만하면 고용인을 보내 방해하곤 했어. 그게 아주…… 거슬려서."

하늘을 닮은 눈동자가 순간 차갑게 빛났다.

"정말 없애 버릴까 싶었어."

"너."

"그동안 내가 얼마나 많이 봐줬는데."

그의 목소리가 더없이 낮아졌다.

"살려 준 은혜를 그딴 식으로 갚는 건 좀 아니잖나?"

엘리제가 끼어들려 했다. 하지만 라키어스가 빨랐다.

"흥미로운 건, 녹턴도 비슷한 생각을 했다는 거야. 의료진에게 통보를 들었을 때부터 술렁이던 불안감이 그날을 기점으로 폭발한 거지."

그래서, 라며 이어 가는 말.

"그는 일부러 자신의 약을 바꿨어. 평소 휴대하는 약통엔 진짜 약을 넣었지. 자살할 생각은 없었으니까."

하지만 서재 서랍 속 약통엔 모양이 똑같은 비타민을 채웠다.

"자신이 죽은 뒤 일이 어떻게 흘러갈지 보였겠지. 넌 슬픔에 빠질 테고 나는, 그런 널 가만히 둘 수 없었을 테니."

"……그래서 거기였던 거야?"

엘리제가 간신히 목소리를 쥐어짜 냈다.

"비밀번호를…… 우리 셋밖에 모르는 서랍?"

"그래."

라키어스가 엘리제에게 다가섰다.

"넌 그를 사랑했고, 녹턴은 자신이 오래 살길 바랐어. 혐의는 당연히 내 몫이지."

"……증거는?"

"다른 곳에서 발견한 진짜 약통."

엘리제의 입안이 바싹 말랐다. 갑자기 몰아닥친 진실을 받아들이기엔 시기며 장소가 좋지 않았다.

"넌 그걸 언제 알았어?"

그가 잠깐 침묵한 뒤 말했다.

"장례식 전날 밤."

엘리제가 휘청했다. 라키어스는 그다음 날 엘리제가 저택을 나갈 때도 일언반구하지 않았다. 일주일 뒤 분노에 찬 엘리제가 뺨을 후려치며 소리칠 때도 가만히 있었다.

무려 5년이나 철저히 숨겨 온 거다.

"그러면, 그걸…… 이제 와서 말하는 이유가 뭔데?"

"넌 내가 녹턴을 죽였다고 믿었기 때문에 격한 증오를 멈추지 않았지. 다시 말해 우린 5년간 깊이 연결되어 있었어."

비록 그것이 증오라고 해도.

라키어스에겐 놓칠 수 없는 끈이었다.

"그리고 이제 난, 우리 사이의 녹턴을 지워 갈 생각이야."

그가 한 걸음 더 다가섰다.

"널 완전히 나로만 채워 갈 거야."

"……그."

"흔들린다고 했지, 엘리제?"

라키어스의 단정한 입술이 곡선을 그렸다.

"계속 흔들려. 날 미워할 이유 따위 잃고 엉망진창으로 흔들려서 내게 떨어져."

단단한 팔이 엘리제의 허리를 감싸 안았다.

"꽉 잡아."

다음 순간, 눈부시게 하얀 날개가 창공으로 솟아올랐다.

게이트에 도착하자 라키어스의 수행원이 허리를 숙이며 맞아 주었다. 수행원은 상관이 도시를 떠나 있는 동안, 매일같이 이곳으로 출근한 모양이었다. 잠깐 감격에 젖었던 수행원은 서둘러 차 문을 열었다.

"제1의료센터로 가 주세요."

"알겠습니다."

게이트까지 오는 동안 한 마디도 하지 않은 엘리제가 고개를 홱 돌렸다.

"번거롭게 치료받을 필요 없어. 집으로 데려다줘."

"매뉴얼에 적힌 절차야. 도시에 처음 들어온 사람, 사흘 이상 도시 밖에 체류한 사람은 검진을 받아야 해. 너도 알다시피."

라키어스가 수행원에게 건네받은 단말기를 두드리며 말했다.

"하루면 돼. 그 이상 잡아 놓으라 하지 않을게."

보통 사람은 감히 숨 쉴 엄두도 못 낼 만큼 사나운 눈빛이 옆에서 쏟아지는데도 라키어스는 태연히 제 할 일을 계속했다. 검은 세단이 도로를 조용히 질주했다.

"도착했습니다."

세단은 최신식 건물의 지하주차장으로 들어섰다. 세단에서 내린 라키어스는 바로 옆에 주차되어 있는 차 문을 열었다. 열쇠는 조수석 서랍에 준비되어 있었다.

"시티타워에서 연락이 갔을 거예요. 엘리제를 부탁합니다. 최대한 남들 눈에 띄지 않게 수속해 주시죠."

"염려 마십시오, 라키어스 님."

"저는 이대로 복귀하겠습니다."

"라키어스 님께선……."

"우리가 함께 움직이면 아무래도 눈길을 끌 것 같아서요. 전 야간에 방문할 생각입니다."

라키어스가 약간의 시간 차를 두고 말했다.

"원로원도 걱정하고 계실 테고요."

"……예, 그럼 모쪼록 무리하지 마십시오."

"부탁합니다."

라키어스가 운전석에 몸을 밀어 넣었다. 엘리제는 여전히 그를 쏘아보며 말했다.

"아침에 말한 거."

그녀는 피와 흙먼지로 더러워진 손톱을 손바닥에 세게 박아 넣었다.

"그걸로 끝났다고 착각하지 마. 넌 아직 해명해야 할 게 아주 많이 남아 있으니까."

"원하던 바야, 엘리제."

라키어스가 해사하게 웃었다.

"나 역시 바라는 바."

차 문이 닫혔다. 시동 걸리는 소리가 조용한 주차장 안에 울려 퍼졌다. 라키어스의 차가 빠져나가는 것을 지켜보던 엘리제는 흐트러진 숨을 내쉬었다. 갑자기 온몸에서 힘이 빠졌다.

"엘리제 님!"

수행원이 받아 주지 않았더라면 엘리제는 꼼짝없이 차디찬 주차장 바닥에 쓰러졌을 터였다. 머릿속이 혼란스러워서 견딜 수가 없었다. 의료진이 달려올 때까지 겨우 호흡을 이어 가는 것. 엘리제가 할 수 있는 건 오직 그것뿐이었다.

❖

따뜻한 물, 에어샤워, 그리고 연달아 진행되는 수십 가지의 검사.

한 무리의 의료진이 1인실을 찾을 즈음엔 이미 날이 저문 지 오래였다. 엘리제는 저녁식사를 마친 뒤 침대에 누워 있었다. 그녀가 있는 곳은 격리병동이라고는 믿기 어려울 만큼 쾌적하고 근사한 인테리어를 자랑했다.

"엘리제 님, 기분은 어떠십니까."

특별히 배정된 노교수가 차트에서 시선을 떼며 물었다. 그는 제1의료센터의 부원장이기도 했다.

"별로예요."

"아직까지 눈에 띄는 이상 소견은 없습니다. 내일 새벽에서 오전 사이에 나오는 검사 결과가 7개 있고요. 라키어스 님이 요청하신 대로 정오 전에는 퇴원 조치를 해 드릴 예정입니다."

"잘됐네요."

"한동안 전투대 복귀는 지양해 주십시오. 최소한 이번 주는 절대 안정을 취하셔야 합니다."

엘리제가 고개를 까닥했다.

"그럼 쉬십시오. 필요한 게 있으면 벨을 누르시고요."

"네."

꼬박꼬박 대답은 하는데 모든 태도에 성의가 빠져 있었다. 하지만 다들 이게 엘리제와의 첫 만남이 아닌지라 별다른 불쾌함을 보이지 않았다. 병실 출입문이 열리고 노교수를 앞세운 무리가 우르르 빠져나갔다. 엘리제는 그 중 누군가가 병실을 떠나지 않은 채 이쪽을 응시하는 것을 알아차렸다.

사실 눈치채지 못하는 게 이상했다. 하샤즈는 병실로 들어온 이래 줄곧 엘리제에게서 눈을 떼지 않았으니까.

의사들이 저마다 뭔가를 기록하거나 노교수의 말을 경청하는 것과 확실히 다른 모습이었다.

"할 말이라도?"

엘리제가 먼저 말을 던졌다. 두 사람 사이엔 공간을 분리하는 특수한 유리문이 설치되어 있었다. 전염병, 또는 판명되지 않은 바이러스의 감염을 막는 목적이었다.

양쪽에 설치된 버튼을 누르면 또렷한 대화가 가능했다. 하샤즈는 엘리제를 빤히 쳐다보다가 노교수가 끄고 간 버튼에 손을 뻗었다.

"큰아버지께 들었어요. 라키어스 님이 직접 구출하러 나가셨다죠."

직접, 이라는 단어를 발음할 때 하샤즈의 목소리에 떨림이 묻어났다.

"언론엔 새어 나가지 않았지만 일단 대외적으로 라키어스 님은 병가 상태세요. 피로 누적이 원인이죠. 시티타워로 출퇴근하는 공무원들은 그분을 무척 걱정하고 있어요."

엘리제는 들은 척도 하지 않았다.

피로 누적?

웃기고 있다.

"당신이 신경이나 쓰실지 모르겠지만."

하샤즈의 떨림이 심해졌다.

"라키어스 님은 처벌을 무릅쓰고 나가신 거예요. 급히 소집된 원로원 회의에서 말씀하셨다고요. 그 어떤 벌이든 달게 받겠으니…… 자신을 막지 말라고."

아름다운 검은 눈에 물기가 어렸다. 엘리제를 향한 하샤즈의 표정이 복잡해졌다. 그중에서도 분명히 드러나는 것이 있었으니, 바로 짙은 원망이었다.

"그분은 당신을 아끼세요."

차트를 끌어안은 팔에 힘이 들어갔다. 흰색 가운 밖으로 드러난 손가락엔 심플한 백금 링이 자리하고 있었다.

"전 당신의 가치에 회의를 품지만."

"……"

"처벌을 감수하고 목숨을 내거실 정도로, 당신을 아끼고 있다고요. 대체 라키어스 님의 무엇이 당신 마음에 안 드는지 모르겠지만!"

하샤즈가 입술을 꼭 깨물었다가 다시금 말을 이었다.

"최소한의 예의를 보여 주었으면 좋겠어요."

"……예의라."

"적어도 사람의 가면을 쓰고 있으면 사람 흉내는 내야죠?"

슬픔과 노여움으로 떨리던 목소리가 문득 결을 달리했다. 엘리제는 상대에게 시선을 주었다. 하샤즈의 눈빛에 아까와는 다른 무언가가 스며들어 있었다.

한차례 울분이 지나간 자리에는 선득함이라고도 말할 수 있는 기운이 일렁였다.

"라키어스 님을 완전히 끊어 내지 못할 거라면."

하샤즈가 낮은 목소리로 경고했다.

"그분을 괴롭게 만들지 말아요. 이렇게, 번번이, 폐를 끼치지 말란 소리예요."

"……대단한 사랑 나셨네."

"전 그분을 아주 오랫동안 흠모해 왔어요. 그분의 눈길은 항상 소중한 여동생을 향하고 있었지만."

하샤즈의 얼굴이 일그러졌다.

"제 마음은 변치 않아요."

"한 가지 확실한 점은 말이죠."

엘리제는 하샤즈의 중심을 뚫어 버릴 것 같은 눈빛으로 쳐다보았다.

"당신과 타타발루, 친척 맞네요. 유전자 검사를 할 것도 없어요. 다른 장소와 다른 시간에서 똑같은 말을 하는군요."

엘리제의 붉은 입술이 조소하듯 치켜 올라갔다.

"내가 그를 놓아주지 않는다?"

실소가 새어 나왔다.

"라키어스 녹턴을 괴롭게 만드는 게 나다?"

비록 몸은 편안해졌지만 아침에 전해 들은 진실의 충격은 여전히 엘리제의 안에 남아 있었다.

녹턴의 죽음.

라키어스의 첫 살인.

그토록 오랫동안 그를 증오하고, 저주하고, 상대에게 흔들리는 자신을 질책했는데.

녹턴을 죽인 건 라키어스라고, 무슨 일이 있어도 그를 용서해선 안 된다고 스스로를 몰아세웠는데.

도망치려 애쓴 나날과 새벽을 괴롭게 한 악몽들이 손가락 사이로 빠져나가는 모래알처럼 허망하게 흩어졌다.

엘리제는, 방향을 잃은 증오 속에 고립되고 말았다. 그저 혼란만이 가득할 뿐이었다.

한데 하샤즈로부터 이런 질책을 듣고 있으려니 말문이 막혔다.

'아무것도 모르는 주제에.'

라키어스가 거짓으로 꾸며 낸 모습을 사랑하고 있으면서, 오직 엘리제에게 화살을 돌리는 모습이 영락없이 타타발루를 빼닮았다. 비난받는 것에 익숙한 엘리제도 가끔 지칠 때가 있는 법이었다.

지금이 바로 그때였다.

"자신의 약혼자가 어떤 사람인지 알고나 하는 소린가요?"

엘리제의 목소리가 갈라졌다.

"왜 자꾸 나한테 와서 둘 사이 관계를 깨끗이 하라고 하는지 모르겠는데……. 아니, 알긴 알겠어. 사실 뻔하지. 내게 화살을 돌리는 편이 쉬우니까 그런 거지."

"어쩌면 전투대처럼 위험한 자리를 자처한 것도 그분의 관심을 끌려고."

"하나같이 똑같아."

"만약 그렇다면 실종당하는 일 따윈 일어나지 않게 해야죠."

"닥터 하샤즈."

엘리제가 탁자 위 리모컨으로 손을 뻗으며 말했다.

"믿고 싶지 않겠지만."

초록색 버튼을 확인했다.

"놓아주지 않는 쪽은 라키어스예요. 그리고 그가 무슨 짓을 저질러 왔는지는 당신 약혼자에게서 들으세요."

엘리제의 입술이 비뚜름해졌다.

"과연 어떤 오빠가 여동생을…… '그런 식' 으로 대하는지."

"그런 식이라뇨?"

"소중하게."

상대가 입에 담았던 표현을 그대로 받아 쓰는 엘리제였다.

"언제나 더없이 소중하게요."

엘리제가 초록색 버튼을 눌렀다. 움직임이 용이하지 않은 환자를 위해 비치한 리모컨으로, 초록색 버튼은 통화 장치와 연결되어 있었다.

잘 가요.

입모양으로만 내뱉는 인사.

엘리제는 즉시 고개를 돌려 TV 전원을 눌렀다. 다시는 하샤즈 쪽으로 고개를 돌리지 않았다.

몇 분이 흘렀을까.

그동안 숨소리 한 번 내지 않고 엘리제를 쳐다보던 하샤즈가 자리를 떠났다. 출입문 잠기는 소리가 묵직하였다.

"괜찮으시겠습니까?"

수행원은 엘리제를 극진히 모셨다. 퇴원수속을 하는 동안 몸이 식지 않게 무릎담요를 덮어 주더니, 차에서 내리는 순간까지도 부축하는 손을 떼지 않았다. 아무래도 어제 지하주차장에서 극적으로 쓰러진 것 때문인 듯했다. 다 죽어 가는 병아리 취급이랄까.

금방이라도 쓰러질 준비가 된 비련의 여주인공이 된 기분이라 저절로 한숨이 새어 나왔다.

"괜찮아요. 의료센터에서도 이상 없다고 했잖아요. 그리고 이제 전 집에 도착했고요."

엘리제가 수행원의 팔을 부드럽게 떼어 냈다.

"수행원님도 안심하시고……."

뒷말을 이으려던 엘리제의 눈길이 한 지점에서 멈추었다.

실바노였다.

2미터에 달하는 덩치가 현관 계단에 앉아 있는데 그것을 못 보고 지나칠 사람은 없다. 상대는 엘리제보다 한발 늦게 시선을 돌렸다. 그리고 둘의 시선이 마주친 순간,

"……대장."

실바노에게서 낮게 잠긴 목소리가 흘러나왔다. 목 안을 사포로 문지르기라도 한 듯 거칠어진 음성이었다. 실바노가 주춤거리며 다가왔다. 엘리제는 수행원에게 이만 가도 좋다는 무언의 뜻을 전했다.

수행원의 눈이 실바노와 엘리제를 오가다가 다시 엘리제에게 돌아왔다. 그는 고개를 한 번 숙여 보인 다음, 차를 몰고 휴즈가를 떠났다.

"여어, 이게 누구야. 내가 꿈에서도 그리워하던 우리 4조장. 실바노 데이잖아?"

"엘리제."

상봉의 어색함을 덜고자 일부러 과장스러운 인사를 던진 엘리제는, 돌아온 한 마디에 그대로 멈춰 서고 말았다.

진입로 중간에 어정쩡하게 서 있는 엘리제.

반면 실바노의 걸음은 점점 빨라졌다. 호흡은 일찌감치 흐트러지고 멀리서도 뚜렷하게 보일 만큼 몸을 떨고 있었지만, 엘리제를 향해 다가오는 걸음만은 확신에 차 있었다.

"괜찮습니까? 진짜…… 대장입니까?"

무슨 뚱딴지같은 소리야. 그럼 진짜 대장이지, 가짜 대장이게?

시답잖은 말로 받아칠 틈도 주지 않았다.

감히 손을 대어도 될까. 함부로 만져도 될까.

엘리제의 어깨를 확인하듯 쓸어내리던 그가 벅찬 감정을 이기지 못하고 와락 끌어안았다. 온 사방에서 조여드는 뜨거움에 숨이 막혔다. 머리카락 사이로 실바노의 숨결이 느껴졌다.

그가 엘리제의 향을 들이마시고 뜻 모를 말을 내뱉는 동안, 엘리제는 쇼윈도의 마네킹처럼 두 팔을 어색하게 벌리고 있었다.

"끝났……나?"

"다행입니다. 정말, 다행, 사고 소식을 듣고 난 이후로 제정신이 아니라서……."

"아직인가 보네."

"정말이지…… 미치는 줄 알았는데."

실바노가 천천히 몸을 뗐다. 그의 커다란 손이 엘리제의 뺨을 조심스레 쓸었다. 엘리제도 어디 가서 키가 작다는 소릴 듣는 축이 아니었다. 하지만 이렇게 실바노와 가까이 있으면 자신이 정말 작은 존재가 된 느낌이 들었다.

"다행이에요."

"키스는 안 돼."

뜬금없는 경고에 실바노가 움찔했다. 진갈색 눈동자가 초점을 잃고 흔들렸다.

"왜…… 제가 그럴 거라고 생각하죠?"

흔들림은 상대의 의중을 파악하는 시간이었나 보다.

엘리제가 가볍게 어깨를 으쓱했다.

"그냥. 왠지 눈빛이라든가."

"물론 그럴 수도 있겠지만 저, 옷이라든가 꽃 같은 것도 준비 못 했고."

……응?

"사탕 물고 있던 것도 아닌데."

엘리제가 눈을 깜빡거릴 차례였다. 실바노가 옅게 웃었다.

"언제까지나 절 당황하게 만드는 쪽은 대장이라고 생각합니까?"

"아니, 뭐……."

"놀리지 마세요."

굵직한 손가락이 엘리제의 둥근 뺨을 스쳤다.

"키스는 다음에."

그가 다시금 엘리제를 끌어안았다.

"지금은 당신이 무사하다는 사실에 기뻐하기만 할 겁니다."

머리 위로 실바노의 목소리가 내려앉았다.

"다행입니다, 대장."

의료진은 절대 안정을 권했지만, 엘리제는 다음 날 전투대 건물에 얼굴을 들이밀었다. 자신의 무사귀환을 알리지 않을 도리가 없었다. 이번 주 내내 입을 다물고 있는 것도 이상하거니와, 그렇다고 해서 나머지 조장들에게 귀환 소식을 알렸다간.

'어떤 꼴이 날지 벌써부터 눈에 선한걸.'

조용한 휴즈가에 수십 대의 바이크가 모여들게 할 순 없었다. 엘리제는 평화를 택했다.

"대장?"

로비에 발을 들이는 순간, 자신의 결정을 아주 약간 후회했지만 말이다.

미리 언질을 줄 걸 그랬나? 하다못해 조장들에게라도?

트릭시라면 적당히 차분한 분위기를 조성해 놓지 않았을까?

하지만 어제 실바노를 만났는데. 그토록 극적인 상봉의 순간을 보내고도 한 시간쯤 같이 있었는데. 난 실바노가 돌아간 뒤로 미리 말을 해 놓을 줄 알았지.

'아니었나 보군.'

엘리제의 표정이 뭐라 형용할 수 없을 만큼 야릇하게 일그러졌다. 눈을 분주히 굴려 실바노를 찾았지만 이럴 때 하필 당사자가 보이지 않았다.

설마 어제의 그 순간을 오늘 또 재현해야 한단 말인가? 무려 일흔아홉 명에게서 그 요란을?

"대장!"

"뭐라고? 대장?"

"대장이 돌아왔어!"

"로비! 로비!"

전투대 인원이 조금만 더 많았더라면, 이들이 머문 건물은 폭삭 주저앉았을 것이다. 수십에 달하는 대원들이 1층 로비로 모여들었다. 가장 먼저 엘리제의 품으로 뛰어든 이는 비안카였다.

"대애애자아아앙!"

"그래, 그래."

"내가, 내가 얼마나……."

"그래, 그래."

엘리제보다 작은 몸이 울음으로 들썩였다. 폭풍 같은 오열을 쏟아 내고 있는 터라 엘리제가 무슨 말을 하든 듣지 못할 모양새였다. 엘리제는 그저 등을 토닥이며 비안카가 자신이 살아 있음을 충분히 확인하도록 시간을 주었다.

"어어어어어어엉!"

아무래도 꽤 오랜 시간이 필요할 것 같았다.

"대장."

"트릭시."

진실과 이성의 3조장과는 눈인사부터 하였다. 애써 괜찮은 척하고 있지만 트릭시의 눈꺼풀이 살짝 떨리는 것을 알 수 있었다.

"바로 이렇게 돌아다녀도 돼? 의료센터에 한 달쯤 누워 있어야 되는 거 아니야?"

"또 진실의 입 발동하신다."

엘리제가 눈을 찌릿 흘겼다.

"한 달? 상관 죽일 일 있으세요?"

"아아안 돼애애애! 어엉, 어어엉, 죽으면 안 돼! 대자앙, 죽으면 안 돼애!"

비안카의 울음소리가 커졌다.

아무 소리도 못 듣고 울고만 있는 줄 알았더니 이상한 부분만 발췌해서 듣고 있었다. 엘리제가 한숨을 쉬며 비안카의 등을 쓸어내렸다.

"안 죽어."

"흐윽, 으어, 어어엉……."

"어디 무서워서 죽겠니."

"흐으으으……."

"천년만년 장수할게."

비안카가 코를 훌쩍이며 떨어져 나갔다. 그 뒤를 마하가 치고 들어왔다.

"대장, 무사해서 다행이에요."

"그래, 그래."

"대장이 끌려 들어간 구덩이 봤는데. 그게……. 그렇게 속도 높일 게 아니라 대장을 보고 있었어야 하는 건데."

"마하."

엘리제가 두 손으로 상대의 얼굴을 감쌌다. 자신의 눈을 똑바로 쳐다보게 만들었다.

위로할 때보다는 강한 어조로. 힘이 들어간 목소리로.

"자책하지 마."

단단히 말해 주었다.

"그 명령을 내린 건 나야. 날 끌고 들어간 건 괴생물체고."

굵은 눈물 줄기가 마하의 뺨 위로 흘러내렸다.

"넌 네 일을 했을 뿐이야."

마하가 고개를 주억거렸다.

"일어나지 않은 일까지 떠올리면서 스스로를 괴롭히지 말자. 알아들었지?"

마하가 고개를 끄덕일 때마다 눈물방울이 후드득 튀었다.

"그나저나 끌려 들어간 대장 놔두고 복귀 결정 내린 게 누구야?"

엘리제가 목소리를 달리하며 물었다. 주변을 둘러보았다. 어차피 그날 함께 나간 대원이 누군지 정도는 똑똑히 기억하고 있었다. 구석에 있던 웜이 시선을 맞춰 왔다.

엘리제에게 조금이라도 더 가까이 다가오고 싶어 하는 다른 녀석들과 달리, 웜은 로비 구석에서 팔짱을 끼고 있었다.

비껴간 시선.

적극적이지도 않다. 오히려 이 뜨거운 환영 인파가 부담스럽기까지 한 모습이었다. 그리고 엘리제가 입을 떼기도 전에 제 쪽에서 거리를 두는 태도에서, 엘리제는 웜에게 쏟아졌을 비난과 원망을 알아차릴 수 있었다.

"워믈라토."

엘리제가 그의 이름을 불렀다.

"잘했어."

웜의 어깨에 힘이 들어갔다. 스스로를 방어하듯 움츠러드는 모양새에 엘리제가 다시 한 번 말했다.

"매뉴얼에 따른 결정이었지. 현장 분위기가 장난 아니었을 텐데. 잘 밀고 나갔어."

"……별로 치켜세울 필요는 없다고."

"욕 더럽게 먹었을 텐데."

엘리제의 말에 몇몇이 움찔했다. 그들을 탓할 의도는 아니었다. 하나 요 며칠간 웜이 감수했을 상황을 수면 위로 끌어올릴 필요가 있었다.

"훌륭한 판단이었어."

"……."

"3조장이 칭찬 안 해 주던가?"

"했지."

트릭시가 냉큼 말을 받았다. 한쪽 입꼬리가 위로 올라가 있었다.

"시티타워에 보고한 것도 우리야. 물론 대장 말대로, 분위기는 진짜 끝내줬지만."

"전원 즉시 복귀는 2차 피해를 막기 위한 결정이야. 제대로 된 지원을 받아서 구조에 착수하기 위해서기도 하고."

엘리제가 웜을 향해 미소했다.

"고생 많았어."

"……돌아왔으니까 뭐, 됐어."

웜이 고개를 돌렸다. 감격의 눈물이나 안도의 미소를 보이지 않았지만 엘리제는 그걸로 되었다고 생각했다.

그래, 됐다.

웜 말대로 무사히 돌아왔으니 충분한 거다.

"곤."

머리카락도, 눈썹도, 피부도 새하얀 5조장 곤이 엘리제 앞으로 다가왔다. 과묵한 그답게 엘리제의 모습을 잠깐 눈에 담더니 한 팔로 포옹을 해 왔다. 엘리제는 얼른 트릭시에게 눈길을 주었다.

'내가 먼저 안은 거 아니다? 네 애인이 먼저 한 거다?'

트릭시가 어이없다는 듯 픽 웃었다.

'아, 예. 잘 알겠고요?'

'나중에 탓하지 않기다?'

'알았으니까 녀석한테나 집중하라고.'

트릭시가 슬쩍 눈을 흘겼다.

'가뜩이나 말 없는 녀석, 대장 없을 때 한 마디도 안 했으니까.'

엘리제는 눈으로 하는 대화를 그쯤 해 두고 곤을 바라보며 웃었다.

"웃어?"

흰 사슴처럼 고운 얼굴에서 5조장이 즐겨 던지는 표창 같은 말이 튀어나왔다.

"내가 저번에 같이 정찰 나갔을 때도 그렇게 주의하라고 당부했는데."

"와……. 나 살아 돌아왔다고 야단맞는 중."

"누가 그걸로 탓해?"

곤이 사늘하게 대꾸했다.

"좀 더 제대로."

거기까지 말한 곤이 엘리제를 직시했다. 미처 소리가 되지 못한 말들이 그의 눈빛에 담겨 전해졌다. 엘리제는 말없이 주먹을 그러쥐고는 곤의 가슴에 툭 갖다 대었다. 여기서 더 힘을 실을까 고민하고 있는데, 복도 저쪽을 지나가는 얼굴이 보였다.

남들보다 머리 하나는 족히 큰 탓에, 엘리제가 인파 속에 파묻혀 있는데도 상대를 제대로 지목할 수 있었다.

"실바노!"

상대가 고개를 돌렸다.

"어제 나 만났다고 말 안 했어? 의료센터에 하루 갇혀 있었다는 것도 말 안 했냐고?"

"했습니다만."

"……응?"

실바노가 로비의 인파를 슥 훑어보더니 작게 웃었다.

"했는데도 이런 겁니다."

"아."

"예상 못 했습니까?"

그의 웃음이 한층 깊어졌다.

"대장이 어떤 의미를 갖는지……. 이제 그만 자각 좀 하세요."

"에."

“그럼 전 먼저.”

실바노가 자리를 떴다. 엘리제는 자신에게 차례로 안겨 드는 대원들의 등을 두드리면서 생각했다.

정말 이것을 계속해야 하는가?

“너희 얼굴 보니까 좋긴 한데, 슬슬 프리허그 이벤트인가 싶기도 하고.”

“입 다물어.”

옆에서 트릭시가 면박을 주었다.

“영 틀린 말은 아니잖아?”

“대장, 우리 일주일 만에 보는 거야.”

트릭시가 새삼스런 사실을 일깨웠다.

“바꿔 말해 이 녀석들은 대장이 죽었는지 살았는지도 모르는 불안을 일주일이나 버틴 거라고. 그러니까 이 정도는, 해야지.”

엘리제는 얌전히 입을 다물었다. 트릭시의 말이 맞았다. 하긴 괴생물체에게 끌려갔다가, 혼자 구호품을 찾아내고 좋아했다가, 그 와중에 옛 친구도 만나고, 한바탕 전투까지 치른 엘리제에 비해 이들은 너무 오랜 시간을 보냈다.

손과 발이 묶인 채 불안으로 점철된 시간. 다소 오래 진행되는 환영 의식이 간지럽다고 해서 뭐라 할 게 아니었다.

그때 로비로 걸어 들어온 한 사람이 있었다. 엘리제는 상대의 불그스름한 눈가를 가만히 쳐다보다가 팔을 뻗었다. 비하르트가 엘리제를 끌어안으며 눈을 감았다.

그에게서 은은한 향기가 스며났다.

어둠이 내린 도심.

조명이 몇 개 켜져 있지 않은 탓에 펜트하우스 안이 어둑어둑했다. 집 안에 있는 다섯 개의 욕실 중 가장 큰 곳에선 30분째 수증기가 피어오르고 있었다.

쏴아아아.

뜨거운 물줄기 아래 라키어스가 얼굴을 문질렀다. 물이 닿는 느낌이 좋았다. 모든 것이 흡족했다. 몸을 씻는 건 이미 아까 전에 끝냈지만 계속 물을 맞고 있는 것도 그 때문이었다.

이 도시 안에 엘리제가 있다. 그의 단 하나뿐인 날개를 안전한 영역으로 데려왔다.

지금쯤 휴즈가의 아담한 집에서 편히 쉬고 있을 것이다. 어쩌면 거실 소파에 비스듬히 누워 TV를 볼지도 모른다. 노래를 흥얼거리며 책장을 넘길 수도 있다.

뭘 하고 있든 그것은 에데니카 안.

같은 공간 안에서 숨 쉬고 있다는 사실이 이만큼이나 소중했었다.

라키어스는 샤워룸을 나와 커다란 수건으로 물기를 닦았다. 미처 훔치지 못한 물방울이 머리카락을 타고 떨어져 젖은 타일 바닥에 튀었다. 옷을 입는 것은 생략했다. 실내복을 대신하는 건 두툼한 소재의 샤워가운이었다.

그는 주방으로 걸어가 크리스털 잔을 꺼내고, 이어서 둥근 모양으로 얼린 얼음을 잔에 넣었다.

짤그락.

호박색 액체가 얼음을 타고 흘러내렸다. 잔을 이리저리 기울이는 손가락엔 묘한 리듬이 실려 있었다. 엘리제의 영향이었다.

라키어스에겐 노래를 흥얼거리는 습관이 없었다. 그러나 엘리제 곁에 있다 보면 그녀가 요즘 자주 듣는 음악이 어떤 스타일인지 알 수 있었다. 지금 라키어스가 떠올리고 있는 곡도 수년 전 엘리제가 종종 흥얼대던 것이었다.

목을 타고 넘어가는 위스키가 향기로웠다. 라키어스는 잔을 든 채 복도 끝에 위치한 방으로 향했다. 문을 열자 펜트하우스의 다른 장소와는 어울리지 않는 분위기의 방이 나타났다.

"엘."

다정한 목소리로 불러 보는 이름.

발음할 때마다 혀끝이 입천장에 닿는 느낌이 달콤했다. 지금은 비어 있지만 한때 이곳에 엘리제가 머물렀다는 이유만으로도 정성들여 보살필 가치가 충분한 방이었다.

그의 입가에 미소가 번져 나갔다. 라키어스는 한 모금 더 마신 술잔을 침대 옆 협탁에 내려놓았다. 그러고는 포근한 침대에 몸을 뉘었다.

이 침대 위에 엘리제가 누워 있었다. 새근새근 곤히 자던 모습이 떠올랐다. 그 얼굴을 보고 있으면 다른 생각은 조금도 들지 않았다.

오직 이대로.

둘이서 영원히 함께하면 좋겠다는 마음뿐.

"흐음……."

라키어스가 이불에 뺨을 비볐다. 나른한 한숨이 새어 나왔다. 그는 베개 아래로 손을 뻗어 작은 리모컨을 집어냈다. 천장에 대고 버튼을 누르자 맞은편 벽에 영상이 떴다. 이건 엘리제의 실제 방과 유일하게 다른 부분이었다.

맞은편 벽에 뜬 영상은 평범한 TV 화면이지만 라키어스가 보고자 한 것은 따로 있었다. 버튼을 조작하자 선택창이 떴다. 그는 비밀번호를 누르고 접속이 진행되기를 기다렸다.

"아."

짧은 탄성이 터졌다.

"노트북 켜 놨구나."

맞은편 벽 가득히 엘리제의 방 안이 잡혔다. 휴즈가의 바로 그곳이었다. 노트북은 늘 두던 탁자 위에 펼쳐진 채였다. 소매를 둘둘 걷어 올린 엘리제가 방을 가로질러 사라졌다. 잠시 뒤 침실로 들어오는 손에는 쿠키접시와 머그잔이 들려 있었다.

허벅지 중간쯤에서 잘린 트레이닝팬츠. 그 아래로 드러난 다리가 멍과 흉터로 얼룩덜룩했다. 특히 무릎 상태가 좋지 않았다. B5 구역에서 있었던 전투 때문이다. 라키어스의 얼굴이 안쓰러운 듯 흐려졌다가 다시 부드러운 표정으로 돌아왔다.

노트북 앞에 허리를 숙인 엘리제가 무언가를 조작했다. 귀여운 고개가 끄덕거렸다. 짐작 가는 바가 있어 라키어스는 리모컨 볼륨을 키웠다. 곧 이어 드럼 연주가 흥겨운 재즈음악이 펜트하우스에 울려 퍼지기 시작했다.

엘리제가 생긋 웃었다.

『당신을 만질 수만 있다면 그곳이 바로 천국이겠죠.
눈을 떼지 못하는 날 용서하세요.
당신은 너무나도 아름답습니다.』

귀에 익은 음악이었다. 이미 숱한 가수가 커버했다. 지나치게 자주 튼 나머지 노천카페의 배경으로 깔기라도 하면 주인의 성의 없음을 지적할 정도니까. 하지만 지금 이 순간, 라키어스에게 이보다 감미로운 음악은 없었다.

엘리제가 음악에 맞춰 몸을 흔들었다. 침대 옆에서 노래를 흥얼거리며 리듬 타는 모습이 라키어스의 안을 간질였다.

귀여운 내 날개.

누구에게도 빼앗길 수 없는, 나의 유일한 세계.

"좋은 꿈꾸렴, 엘리제."

라키어스의 미소가 행복으로 젖어 들었다.

음악은 그 뒤로도 오랫동안 펜트하우스 안에 잔잔히 깔렸다.

"선생님!"

주차장을 빠져나가는 리오네의 귀에 익숙한 목소리가 들렸다. 여학생 두 명이 리오네 쪽을 보고 있었다. 유리창을 내리자 그중 한 명이 고개를 숙여 시선을 맞춰 왔다.

"퇴근하세요?"

담임을 맡고 있는 아이들이었다. 상냥하게 웃는 리오네에게 양 갈래 머리를 한 여학생이 울상을 지었다.

"선생님, 선생님."

"왜 이러시나요, 엠마 하트니스 양."

"가여운 어린 양에게 부디 자비를."

입술을 실룩이며 가슴 앞으로 두 손을 모아 보였다. 최대한 불쌍한 척을 하고 있었다.

"작문 숙제 기한 좀 늘려 주시면 안 될까요?"

"선생님은 무자비한 사람이에요. 조례시간마다 확인시켜 주지 않나요. 가여운 어린 양쯤이야 시속 200킬로미터로 치고 갈 수 있어요."

"헉, 진짜 잔인하셔."

"잔인한 쪽이 누구지, 하트니스?"

리오네가 눈을 가늘게 뜨며 여학생을 흘겨보았다.

"지난번에도 이와 비슷한 일이 있었던 것 같은데?"

"하지만요, 선생님. 이번엔 진짜 어쩔 수가 없는 게……."

"다른 친구들도 각자의 사정이 있을 거야. 네 녀석만 봐줄 수 없어."

"으어어, 올림피아드."

여학생은 차를 출발시키려는 리오네에게 더욱 극적으로 매달렸다.

"그것 때문에 매일 밤을 새우고 있어요. 저 진짜 푹 자 본 지 백만 년은 된 것 같아요."

"출발합니다."

"으어엉, 선생님. 한 번만. 딱 한 번만. 진짜 이게 마지막이에요."

기를 쓰고 매달리는 친구가 안 되어 보였는지 옆의 학생이 말을 보탰다.

"리오네 선생님, 엠마가 거짓말하는 건 아니에요. 그저께부터 쉬는 시간마다 눈 붙이기 바쁘더라고요."

"선생님, 자비를."

엠마가 두 손을 모아 싹싹 빌었다. 이를 지켜보던 리오네가 볼을 부풀렸다. 상대가 엄살 부리는 게 아니란 것쯤은 리오네 눈으로 봐도 알 수 있었다. 푸석푸석해진 피부에 절실한 눈망울.

리오네가 엄포를 놓듯 말했다.

"이번만이야."

"꺄!"

"대신 형평성을 고려해서 5점 깎고 시작할 거야."

"그것만으로도 충분해요. 아, 다행이다. 살았다."

"일주일 늘려 줄 테니까 잠은 자면서 해."

"리오네 여신님, 살펴 가세요!"

엠마가 호들갑을 떨며 배웅했다. 친구의 손을 잡고 팔짝팔짝 뛰더니 리오네의 차를 향해 손을 흔들기도 했다. 백미러를 힐끔 쳐다본 리오네는 웃음을 터뜨리고 말았다.

귀여운 아이들.

월요일 아침부터 골이 띵하게 만들고, 가끔 속을 뒤집어 놓기도 하지만 리오네는 자신의 직업을 진심으로 좋아했다. 원로의 딸에게는 다소 평범한 직업일지도 모른다.

타타발루의 아들들만 해도 법조계에 진출해 있고, 조카딸 하샤즈는 제1의료센터에서 근무하고 있으니까.

우수한 혈통을 물려받은 후대는 각 공공기관의 관리직이나 대규모 사업체를 운영하였다. 예술계 쪽으로 실력을 발휘하는 이들도 있었다. 그에 비하면 고등학교 선생님은 아주 무난한 축인 것이다. 오히려 리오네는 그 평범함이 마음에 들었다. 카메라에 찍힐 염려 없이 주말의 공원을 거닐어도 되는 여유.

리오네가 나서서 신분을 밝히지 않는 이상, 다른 사람들이 그녀의 눈치를 살필 일은 없었다.

"리오네 님, 어서 오십시오."

최상류층 밀집 거주 구역으로 들어서자 경비원이 그녀를 반겼다. 살짝 웃어 주는 리오네의 얼굴이 굳어 있었다. 아까 학생들을 향해 웃던 것과는 전혀 다른 모습이었다. 저택 앞에 당도하기까지 정확히 3개의 대문을 지나야 했다.

도심 번화가에서 무슨 일이 일어나든 이 저택이 소란에 휩싸이진 않을 터였다. 이곳은 완벽한 별세계였다.

"오셨습니까."

고용인들이 리오네에게 인사했다. 이제 리오네의 얼굴에선 웃음기를 아예 찾아볼 수 없었다. 기나긴 복도를 지나 제 방으로 들어간 그녀는 화장을 지우고 옷을 갈아입었다. 1층의 식당으로 들어서자 이미 착석해 있던 사람들이 그녀를 쳐다보았다.

얼마 전 열다섯 번째 생일을 맞이한 프리메이어가의 막내가 이복언니를 조심스러운 눈길로 살폈다. 허공에서 시선이 마주치자 소녀는 얼른 제 몫의 그릇으로 눈을 내리깔았다.

그릇에 남아 있는 수프는 절반뿐.

전채요리부터 나왔을 테니 리오네를 기다리지 않고 식사를 시작한 것이었다. 리오네는 표정이 드러나지 않는 얼굴로 자리에 앉았다. 그녀 몫의 전채요리가 준비되었다.

"오늘은 좀 늦었구나, 리오네."

자딘이 온화한 목소리로 말을 걸었다.

"곧 중간시험 기간이던가?"

"네, 수요일부터요."

"수, 목, 금. 이렇게 사흘인가 보구나."

"네."

리오네가 물 잔을 기울였다.

"금요일에 시험이 끝나면 한결 가벼운 마음으로 주말을 맞을 수 있겠군.

학생들, 하교가 반갑겠어."

이번에 돌아오는 대답은 없었다. 리오네는 포크를 들고 전채요리를 먹기 시작했다. 어색한 침묵을 깬 건 스물한 살의 장남이었다. 그는 최상류층 자제들이 으레 그러하듯, 빠른 속도로 정규과정을 마친 뒤 기술부 내 발령을 앞두고 있었다. 하반기면 시티타워에서의 근무를 시작할 터였다.

"그건 그렇고 아버지, 저번에 여쭤본 일 말인데요."

장남의 말을 기점으로 식당이 떠들썩해지기 시작했다. 열여덟 살 쌍둥이는 저녁을 함께하러 놀러온 이종사촌들과 재잘거렸다. 파티장에서 유명 배우와 인사했는데 TV에서 보던 것과는 생김새가 다르더라는 잡담이 오갔다.

밤색 머리를 우아하게 틀어 올린 프리메이어 부인은 중간에 지인의 전화를 받기 위해 자리를 떴다.

"코코, 안 돼!"

"방금 입에 뭐 넣은 거 아냐? 뭐 먹은 것 같은데."

"우물거리고 있어."

"바닥에 떨어뜨린 거 없는데."

쌍둥이가 키우는 리트리버가 어느새 식당으로 난입했다. 생기발랄한 아이들에 헤벌쭉 웃는 강아지까지. 누가 봐도 화목한 저녁 풍경이었다.

"그래, 오늘 하루는 어땠니?"

장남과의 이야기를 일단락 지은 자딘이 리오네를 향해 물었다. 리오네의 은색 나이프가 잘 익은 아스파라거스를 두 동강 내었다.

"평범했죠."

그녀가 아버지를 보며 환히 웃었다. 언제 표정을 굳혔냐는 듯 밝은 모습이었다.

"아버지는요?"

"나도 무난하게 보낸 것 같구나. 아, 라키어스가 복귀했다고 말했던가?"

"병가가 끝나셨나요?"

장남이 아버지의 말을 받았다. 그는 라키어스와 같은 건물에서 일할 날을 손꼽아 고대하고 있었다.

"그래, 그동안 푹 쉬었는지 안색이 좋더구나."

"다행이네요."

이어지는 대화는 죄다 라키어스에 관한 것이었다. 굳이 리오네가 말을 보탤 필요는 없었다. 다시금 부녀의 시선이 마주쳤다.

리오네는 이번에도 볼우물이 팰 만큼 곱게 웃었다.

제7장 양손의 꽃, 입에 한 송이 더

테이블 위에 올려 둔 휴대폰이 진동했다. 소파에 널브러져 만화책을 넘기던 엘리제는 잇따라 울리는 진동 소리에 휴대폰을 집어 들었다. 어찌나 끊이지 않고 울리는지 하마터면 전화가 걸려 오는 줄 알았으나, 정작 액정을 켰을 땐 메시지만이 가득 보일 따름이었다.

발신자는 전부 비안카 뮬러.

[대장, 자?]

[대장, 지금 집이지?]

[공휴일인데 계속 집에 있을 거야?]

[그냥 공휴일도 아니고 무려 에데니카 창립 기념일인데?]

[퍼레이드 한대. 이따 밤에는 불꽃놀이도 하고. 엄청 쏴 댈 거래.]

[아, 놀이공원 가기 딱 좋은 날씨다.]

[놀이공원 너무 궁금하다.]

[흑흑, 놀자. 같이 놀자, 대장. 사흘 내내 집에만 있을 건 아니지? 이제 몸도 괜찮아졌다고 했잖아.]

비안카의 타이핑 속도가 조만간 윔을 능가할 듯하였다.

수신 표시가 뜨기 무섭게 다음 메시지가 날아왔다.

[대장!!!!!!!!]

엘리제는 휴대폰을 손에 쥔 그대로 움찔했다. 비안카가 액정을 뚫고 튀어나온 기분이었다.

[놀자…….]

"말줄임표는 왜 붙여."

엘리제가 어이없는 웃음을 흘어 냈다. 이윽고 망설임이 묻어나는 눈이 거실을 훑었다. 테이블에 한 무더기 쌓여 있는 만화책과 유리컵 표면에 물방울이 맺혀 가는 아이스티, 기분 좋은 미풍이 불어 들어올 때마다 팔랑팔랑 돌아가는 드림캐쳐.

간만에 평화로운 순간이었다. 이대로 온종일을 보내도 괜찮겠다 싶을 만큼.

하지만 폐렴으로 콜록거리는 비안카 뮬러에게 손을 내민 그날부터, 엘리제에게 두 번째 선택지는 없었다.

[콜.]

간단히 찍어 보낸 한 단어에 채팅창이 터져 나갔다. 비안카의 흥분이 그대로 전해지는 듯하였다. 10분 만에 샤워를 마치고 그보다 짧은 시간을 옷장 앞에서 보냈다. 솜사탕 색깔의 후드를 입고 놀이공원으로 직행한 엘리제는 매표소 앞에서 눈에 띄는 주홍색 머리를 찾아냈다.

"대장!"

비안카가 멀리서부터 달려왔다. 뒤쪽에 보이는 익숙한 얼굴들에 엘리제가 고개를 갸웃했다.

"나머지는?"

"윔은 잔다고 했고, 트릭시는 아침부터 안 보였어."

비안카가 눈을 도르르 굴렸다.

"곤도 연락이 안 돼."

"전투대 분위기 참 좋아. 그치? 지극히 개인적이고 훌륭해."

엘리제가 주머니에 손을 꽂은 채 매표소 쪽으로 향했다. 비안카가 얼른 팔짱을 끼더니 입구로 방향을 틀었다.

"대장 것까지 미리 끊어 놨어. 바로 들어가자!"

신이 난 비안카가 걸음을 빨리했다. 뒤에서 실바노의 걱정 어린 목소리가 들려왔다. 엘리제가 무리하고 있는 것은 아닌지 살피는 눈치였다. 비안카가 고개를 절레절레 흔들었다.

"하여튼 4조장이 대장 생각하는 건 알아줘야 돼. 근데 그거 알아, 실바노? 너무 어미 닭처럼 싸고돌면 매력을 못 느낄 수가 있어요."

무지갯빛으로 색을 입힌 손톱이 비하르트를 향했다.

"저거 봐. 망설이는 날 부추겨서 대장 불러낸 주제에."

검지 끝이 허공을 수차례 찔러 댔다.

"내키지 않지만 예의상 나온 척 딱 잡아떼고 있잖아?"

"……뭐라는 거야, 저 녀석."

"역시 내숭은 비하르트 뮬러처럼 떨어야 한다, 이거지."

"미친 스토커처럼 메시지를 퍼부은 게 누군데."

"어? 어디서 시치미야?"

출입구 직원이 손목에 감아 준 티켓을 만족스런 눈으로 확인한 뒤, 다시 쌍둥이와의 접전에 임하는 비안카였다.

"너 피어스 고른다고 거울 앞에서 한 시간 가까이 있었던 거 다 말한다? 그리고 무슨 샤워를 그렇게 공들여서 해?"

비안카의 목소리가 올라갔다.

"그런다고 대장이 너 벗겨 볼 것 같아?"

사람들의 이목이 집중되었다. 연휴 첫날의 놀이공원은 당연히 가족 단위의 손님으로 넘쳐났다. 물론 연인이나 친구끼리 온 경우도 많았다. 비안카의 낭랑한 목소리는 때마침 옆을 지나가는 남녀노소의 귀를 사로잡았다.

비하르트가 인상을 팍 구겼다.

"저 미친……."

"다 들린다? 더 말한다?"

"아, 진짜."

죽일 수도, 살릴 수도 없는 혈육의 업보가 여기서도 계속되고 있었다. 엘리제는 소리 죽여 웃다가 결국 비안카의 주의를 다른 데로 돌리기로 마음먹었다.

"비안카, 저기 풍선!"

"풍선?"

의도했던 대로 비안카가 고개를 홱 돌렸다.

"놀이공원 왔으니 풍선 사야지. 무슨 모양 살까?"

"팬더……. 아니지, 얼룩말?"

"얼룩말 귀엽겠다."

"얼룩말!"

"풍선 맡겨 놓고 바이킹 타러 가자."

"바이킹!"

비안카가 환호하며 가판대로 달려갔다. 지갑에서 동전을 털어 건네고, 얼룩말 풍선을 받아 드는 모습이 즐거움으로 가득했다. 손가락에 반지처럼 끼울 수 있는 풍선이 비안카의 머리 위로 동동 떠다녔다.

"보통은 놀이기구 좀 타고 나서 풍선을 사는 거 아닌가요?"

어느새 가까이 다가온 실바노가 말을 걸었다.

"이러면 매번 누군가 풍선을 봐 줘야 하잖습니까."

"뭐 어때."

엘리제가 아무래도 좋다는 듯 웃었다.

"비안카가 저렇게 좋아하는데."

"대장, 빨리 와! 바이킹! 바이킹!"

"귀엽잖아."

"귀여울 게 따로 있지."

엘리제의 왼편에 선 비하르트가 낮게 투덜거렸다. 그러더니 엘리제의 옷차림에 슬쩍 눈길을 주었다. 오늘 엘리제는 완벽한 데이트 룩이었다.

보송보송한 분홍색 후드에 데님 스커트를 받쳐 입고 리본이 달린 스니커즈를 신었다. 거기다 비딱하게 쓴 스냅백이 잘 어울렸다. 흔한 스타일이라 할 순 있다. 하나 적어도 비하르트의 눈에는 색다른 모습이었다.

엘리제는 지금까지 이런 옷을 입고 나타난 적이 없었다.

"이거 하고 나오길 잘했네."

비하르트가 무심함을 가장한 손길로 자신의 귓불을 매만졌다.

"대장 옷이랑 이거."

엘리제의 후드와 제 피어스를 번갈아 눈짓했다. 같은 분홍색 계열이라는 뜻을 전하고 싶은 듯했다. 엘리제가 알아듣고 웃음을 쿡 터뜨리자 비하르트의 입가에도 미소가 걸렸다.

실바노가 풍선을 맡는 동안 세 사람은 바이킹 위에서 화기애애한 시간을 보냈다. 비안카는 어느 순간 풍선의 거추장스러움을 깨달았는지, 놀이기구를 탈 때마다 직원에게 맡기고 들어가는 응용력을 보였다.

그렇게 두어 시간이 흘렀다. 이제 좀 쉬어 갈 때도 되지 않나 싶을 때, 비안카의 신성한 손가락이 다음 목적지를 가리켰다.

"진심이야?"

비하르트가 눈썹을 치켜 올렸다.

"진짜 저길 들어가자고?"

"응! 저기 줄이 제일 짧아!"

유령의 집.

바로 비안카가 가리킨 곳이었다.

"이 나이에 무슨 유령의 집이냐."

"나이가 무슨 상관? 아, 너 나이 걸리나 봐. 어디 보자. 열두 살 이하의 아동은 이용이 불가하대."

비안카가 코웃음을 날렸다.

"너 못 들어오겠네."

"유치해서……."

"야."

엘리제와 실바노가 퍼레이드에 눈 돌린 틈을 타 비안카가 오빠의 옆구리를 쿡 찔렀다.

"입 다물고 협조해라? 멍청이가 누님의 큰 뜻을 몰라 뵙고."

"누가 누님이고, 뭐가 큰 뜻인데."

비하르트가 낮게 으르렁댔다.

"충분히 돌아다녔잖아? 대장 슬슬 피곤할 거라고."

"네가 사랑에 눈이 멀어서 객관적인 사고를 못 하나 본데 말이야. 우리 중에 대장 능력치가 제일 뛰어나거든? 한동안 과로 때문에 해롱거리긴 했어도 지금 저것 봐. 혈색이 완전 물오른 복숭아잖아."

비안카가 윗입술을 삐죽거렸다. 이래서 남자에겐 대업을 맡길 수 없다는 거다. 그 '남자' 중에서도 자신의 형제는 가장 모자란 축에 속하고 말이다. 어휴, 분명히 엄마 배 속에 있을 때 영양분을 덜 받아먹었을 것이다.

"대장 컨디션 완전히 회복했거든? 내 눈엔 올해 들어 제일 쌩쌩해 보여."

비안카의 시선이 엘리제에게서 비하르트에게로 옮겨 왔다. 그와 동시에 눈빛에 담긴 분위기도 바뀌었다. 동경과 애정, 신뢰와 흡족에서 세상에서 가장 하찮은 미물을 보는 눈으로 변한 것이다.

"문제는 너야."

한숨까지 거하게 쉬었다.

"항상 문제는 너지."

"아까부터 알 수 없는 소리만 하고 있는데."

"대장, 안 잡을 거야?"

갑자기 비안카가 안광을 번득였다.

"미덥지도 못한 누군가에게 덜렁 보낼 거냐고."

"무슨."

"아무나와 결혼하게 둘 거야? 매일 저녁, 밤, 새벽, 아침, 우린 같이 일하니까 낮에도……. 옆에서 무사하도록 챙겨 줄 수 있어."

옆구리를 파고드는 비안카의 손가락에 더더욱 힘이 실렸다.

"넌 이번 일로 위기감 따위 안 느꼈어?"

비하르트의 눈동자가 비로소 흔들렸다. 비안카가 눈을 굴렸다. 오빠의 이마 정중앙에 오색빛깔 총천연색으로 '바보' 두 글자를 새겨 주고 싶었다.

이렇게 말귀를 못 알아먹어서야, 글러먹었다. 비하르트 손에 맡겨 놓았다간 어째 잘 진행되던 감정도 줄 끊어진 부표처럼 떠내려갈 터였다.

"대장은 자기 안위와 관련된 일엔 놀랍도록 무심하니까 이번 같은 사고가 또 일어나지 않는다는 보장이 없어. 조금이라도 막으려면 대장 옆에 껌 딱지처럼 붙어 있어야 돼."

그리고 비안카 생각에 엘리제와 결혼을 하면 그것이 가능할 듯하였다.

"이제 알아듣겠어?"

"……대충."

"근데 너무 비극적이게도 대장 신랑감으로 입후보한 사람들 중 네가 제일 모자란 거지."

비하르트가 실소했다. 학력이나 재력을 걸고넘어지면 분할 따름이지만, 그 밖에 것들은 뭐가 그리 모자라는지 어디 들어나 보자 싶었다.

이에 비안카의 답은 간단명료했다.

"그냥 다."

"……."

"네 존재 자체가 그냥."

"이렇게까지 평가절하하는 대상을 밀어줄 필요가 있나?"

"그러니까 내 말이."

비안카가 모처럼 의견일치를 보았다는 듯 고개를 끄덕였다.

"하지만 어쩌겠어. 애초에 내가 가진 패가 너 하나뿐인걸."

이미 시작도 하기 전에 벌점을 먹고 들어가는 기분이지만 최대한 노력을 해 보겠다고 하였다.

그러니 이제 집중.

"내가 실바노를 정신없게 할 테니까 넌 대장과 로맨틱 무드를 조성해 보란 말이야."

"유령의 집에서?"

비하르트가 회의적인 눈으로 여동생을 응시했다.

"이 멍청종자야."

비안카가 왈칵 화를 냈다.

"어둡고 밀폐된 장소에서."

"누굴 변태로 몰려고."

"아가씨 세 명을 한 번에 홀리던 기술은 뒀다 뭐 해?"

비안카는 제 오빠가 얼마 전 뒷골목에서 쓰러진 채 발견되었다는 사실을 잊은 사람처럼 연달아 주먹을 먹였다.

"말은 바로 해야지, 비안카 뮬러."

비하르트가 씩 웃어 보였다.

"다섯이었어."

비안카가 구시렁거렸다. 비하르트는 저주를 중얼거리는 여동생을 지나쳐 엘리제에게 향했다. 자연스럽게 허리를 감아 안고는 동그란 어깨 위에 턱을 올려놓았다. 손끝으로 비눗방울을 터뜨리던 엘리제가 돌아보았다.

"유령의 집 들어가 주자."

엘리제가 의외라는 표정을 지었다. 아까 전만 해도 비하르트는 여동생의 선택에 질색했기 때문이다.

"한 달 전에 리뉴얼했대. 엄청 들어가 보고 싶나 봐."

"뭐, 난 상관없어."

"생각보다 나쁘지 않을 것 같기도 하고."

그는 대장의 곁을 지키던 실바노를 곁눈으로 보았다. 솔직히 실바노보다는 잘 빠진 몸이 아닌가. 게다가 이쪽이 5년은 더 싱싱하다.

"괜찮을 것 같아."

비하르트가 순진한 척 눈을 깜빡였다. 몇 걸음 떨어진 곳에서 비안카가 속이 뒤집어지는 시늉을 했다.

❖

"누가 누굴 도와?"

"……."

비안카는 쌍둥이 오빠의 말에 반격하지 못했다. 그럴 상태가 아니었다. 주홍색 머리는 산발이 된 지 오래. 머리를 다시 묶을 정신조차 돌아오지 않았다.

그야말로 넋이 나간 채 터덜터덜 걷고 있었다. 정성껏 윤을 낸 에나멜 통굽구두는 하마터면 짝을 잃어버릴 뻔하였다. 공중으로 날아가는 구두를 실바노가 잡아채지 않았다면 그 어두운 실내에서 영영 찾을 수 없었을 것이다.

"리뉴얼……."

비안카가 텅 빈 눈으로 중얼거렸다.

"미쳤어."

"괴생물체엔 죽어 보자고 달려들더니 고작 발목 잡는 뼈다귀에 난리법석을 떨어?"

"뼈다귀 아니었다고!"

억울한 듯 목소리가 삐죽 올라갔다.

"축축하고 물컹한 감촉이었어. 그게, 그게 예고 없이 튀어나오는데……!"

비안카의 눈이 또다시 돌아갔다.

"미쳤어."

"네 비명에 고막 터졌거든."

비하르트가 엘리제를 힐끗 보았다. 그녀는 혼이 나간 비안카 대신 얼룩말 풍선을 챙기는 중이었다. 팔을 조금 내리기라도 하면 풍선이 실바노의 머리에 닿아 통통 튀었다. 엘리제는 그게 재밌는지 일부러 풍선 위치를 조절하며 웃고 있었다. 실바노는 전혀 싫지 않은 눈치고.

"로맨틱 무드?"

비하르트가 여동생의 머리에서 정체를 알 수 없는 반짝이 조각을 떼어 냈다. 그새 어디서 이런 걸 묻혔는지 모를 일이다.

"대장 품에서 1초도 떨어지지 않은 누구 때문에 손 한 번 못 잡아 봤는데."

"……."

"됐다. 내가 널 믿느니 그냥 다시 태어나고 말지."

"망할."

비안카가 욕설을 뇌까렸다. 본인도 일이 이렇게 흘러갈 줄 몰랐던 까닭이다. 제 꾀에 제가 빠진 꼴이 되었으니 누굴 탓할 수도 없는 노릇.

이 순간 비안카보다 허탈한 사람은 놀이공원 안에서 찾기 어려울 터였다. 엘리제의 다정한 보살핌도 비안카를 구제하지 못했다. 벤치에 털썩 주저앉은 비안카는 일행들이 볼일을 마치고 돌아오기만을 기다렸다.

마시고 있는 소다가 오렌지 맛인지 포도 맛인지조차 구별 가지 않았다. 초점 잃은 멍한 눈이 먼 곳을 향했다. 그리고 일행들이 벤치로 돌아왔을 때, 비안카는 방금 전과 완전히 다른 사람이 되어 있었다.

"야, 너 눈이."

비하르트가 흠칫했다.

"눈빛이 이상해."

"얘 뭘 보고 있는 거지?"

엘리제도 기이함을 알아차린 듯 비안카의 얼굴을 살폈다.

"저 앞을…… 보고 있는 것 같습니다만."

실바노가 총탄 궤적을 좇듯이 비안카의 시선을 따라갔다.

"특별한 건 없는데."

"한정판……."

비안카에게서 섬뜩한 음성이 흘러나왔다.

“공주님…….”

그것은 흡사 광인에게서나 들을 수 있는 소리로, 어두운 동굴을 기어 다니며 잃어버린 보석을 탐하는 존재를 연상케 했다.

어긋난 탐욕과 무서운 집착. 마침내 원하던 것을 찾아낸 비안카의 눈이 형형하게 빛났다.

“내 눈이 잘못된 게 아니라면.”

“되게 잘못됐어, 지금.”

“1등 상품이 검은 튤립 공주님 피규어! 거기다 친필 사인 금박 소장판?”

비안카가 홀린 듯이 움직였다. 좀비처럼 손을 앞으로 뻗은 채 목적지를 향해 걸었다. 종이컵을 바닥에 떨어뜨린 것도 알아차리지 못한 눈치였다.

여동생이 걷는 방향을 눈으로 따라간 비하르트가 그제야 알겠다는 듯 탄식을 뱉었다. 동화 속 한 장면처럼 꾸며 놓은 튤립 정원에서 커플 대상으로 게임을 진행하고 있었다.

“네 동생 왜 저래? 무슨 일인데?”

엘리제가 비안카의 뒤를 따르며 물었다. 비하르트가 앞쪽을 턱짓했다.

“검은 튤립 공주님. 저 녀석이 죽고 못 사는 만화 캐릭터야.”

어느새 일행은 비안카를 쫓아가고 있었다.

“프리미엄을 아무리 높게 붙여도 경매 사이트에 올라오는 즉시 팔려 나간다고 들었어. 한데 저 녀석, 아무리 정신 나가도 그렇지. 얼마 전엔 이성을 잃고 반년 치 봉급을 털어 넣으려고 하더라고.”

엘리제가 뺨을 두어 번 긁은 뒤 물었다.

“그만큼의 저금이 있어?”

“없지.”

비하르트가 단박에 잘라 말했다.

“그래서 3개월 치는 나한테 꾸려고 했다니깐.”

“흐음.”

"저것 봐. 저, 저, 저."

비안카가 졸졸 흐르는 시냇물처럼 자연스러운 흐름으로 참가 신청을 하고 있었다. 가까이 다가가자 어떤 종류의 게임인지 확실히 눈에 들어왔다. 비하르트의 안색이 바뀌었다.

"진짜 미쳤어?"

비안카는 행사 도우미에게 이름과 나이를 알려 주는 중이었다. 비하르트가 여동생의 어깨를 잡아끌었다.

"너 초콜릿 알레르기 있는 거 잊었냐고!"

"물고만 있으면 괜찮을 거야."

"웃기지 마. 잘도 괜찮겠다."

커플들이 도전하고 있는 게임은 막대과자 짧게 먹기였다.

행사 주최는 유명 제과업체. 신제품 홍보차 진행하는 행사였고, 당연히 커플들이 먹을 과자는 사흘 뒤에 개시될 신제품이었다.

시중의 막대과자와는 비교 불가! 카카오 함량 69%! 두껍게 발린 초콜릿의 진한 풍미!

소량만 먹어도 두드러기를 일으키며 호흡곤란을 호소하는 비안카였다. 그런 알레르기 환자에게 실로 위협적인 문구가 여기저기 붙어 있는데, 비안카의 눈에는 들어오지 않는 모양이었다.

한정판 앞에 이지를 상실했다.

"얘랑 같이 할 거예요."

"네, 성함이?"

"비하르트요. 저랑 나이 같고요."

"누가 한대? 나 안 해. 미쳤냐고, 비안카 뮬러. 공휴일이라 응급실까지 차 밀릴 텐데 도로 위에서 죽을래?"

"해요. 해요. 신청 넣어 주세요."

"이……."

비하르트의 말은 채 이어지지 않았다. 엘리제가 2조장의 어깨에 팔을 척

걸쳤기 때문이다.

"얘 저랑 해요."

"대자앙……."

비안카의 두 볼이 순식간에 핑크빛으로 물들었다. 커다란 눈엔 하트가 튀었다.

"대자앙, 날 위해 이렇게까지."

조금만 더 놔두면 눈물까지 글썽일 기세였다. 엘리제는 나이와 이름을 밝힌 뒤 화려하게 꾸며진 단상 위로 올랐다.

"대장, 화이티잉!"

비안카가 제자리에서 방방 뛰며 머리 위로 하트를 그렸다.

"내가 먹을게. 넌 물고 있어."

엘리제가 비하르트에게 막대과자를 건넸다. 그는 엘리제의 말에 이의를 제기했다.

"왜 내가 물고 있는 쪽인데?"

"내가 빨라, 네가 빨라?"

엘리제는 단순하면서도 명확한 질문을 던졌다. 굳이 오늘의 게임뿐만 아니라 다른 상황에서도 비슷한 논란을 종식시킬 질문이었다. 그러나 비하르트는 굴하지 않았다.

"대장이 빠르지."

"그렇지."

"근데 섬세함으로 따지면 내 쪽이지 않아?"

비하르트가 입매를 길게 늘였다. 엘리제를 바라보는 얼굴엔 확고한 자신감이 실려 있었다.

"한 치의 오차도 없이."

달콤한 초콜릿으로 코팅된 과자가 엘리제 쪽으로 다가왔다.

"정확하게 베어 물 수 있어."

도톰한 입술 사이에 막대과자 끝이 닿았다. 손가락만큼 굵은 과자의 뭉툭한 머리가 엘리제의 입안으로 들어왔다. 달달하면서도 쌉쌀한 맛이 천천히 혀에 녹아들었다. 미소를 머금은 비하르트가 시선을 맞춘 채 다가왔다.

"예, 다음은 오늘의 마지막 팀!"

마이크를 든 사회자가 두 사람에게로 걸어왔다. 그는 한 손에는 마이크를, 다른 손에는 초시계를 쥐고 있었다. 사회자 뒤로는 알루미늄 가방을 받쳐 든 도우미가 자리했다.

활짝 펼친 가방 안에는 돋보기와 줄자 따위가 들어 있었다.

"그저 게임일 뿐인데 왜 이리도 뜨거운 분위기인가요. 옆에 서 있는 제가 무안할 정도네요. 자, 공공장소인 것은 인지하고 계실 테고!"

사회자가 익살을 떨었다. 그는 초시계를 높이 들며 소리쳤다.

"더도 말고 덜도 말고 5초 안에 끝납니다. 과연 이번 팀은 앞선 기록을 깰 수 있을까요?"

그 순간, 엘리제가 불쑥 거리를 좁혔다. 막대과자의 반대쪽이 비하르트의 입에 물렸다.

"스타트!"

엘리제가 경이로운 속도로 과자를 먹어 치워 갔다. 돌발적인 행동이었지만 비하르트는 그새 각도를 틀어, 상대를 맞이할 준비를 하고 있었다.

아슬아슬한 찰나.

엘리제의 입안이 막대과자로 가득 찼다. 보통 사이즈보다 굵은 탓에, 내용물을 흘리지 않고 베어 물기가 까다로웠다.

남은 시간은 고작 1초.

비하르트가 기다렸다는 듯 다가왔다. 잇새로 또각 잘리는 소리가 경쾌했지만,

'어?'

엘리제의 눈이 동그래졌다. 방금 말랑한 무언가가 제 입술에 닿은 것 같았다.

"스토오옵!"

사회자가 요란하게 시간 종료를 알렸다. 두 사람 사이로 믿기 어려울 만큼 짧은 과자 토막이 톡 떨어졌다.

"과연 대단합니다. 0.28센티미터! 앞선 커플의 기록보다 무려 0.3센티미터나 짧습니다!"

사회자가 관중의 박수를 유도했다. 여기저기서 호응이 잇따랐다.

손가락으로 입술을 훔치며 느른하게 웃고 있는 비하르트.

거의 비명에 가까운 함성을 지르는 비안카.

어디선가 꽃가루가 터졌다. 이렇게 1등이 확정된 모양이었다. 거침없이 진행되는 전개에 눈을 가만히 깜빡이는 건 엘리제뿐인 듯하다.

'닿았는데.'

비하르트가 혀끝을 내어 입술에 남은 초콜릿을 핥았다. 혀를 할짝거릴 때마다 중심에 박힌 은색 피어스가 시야에 들어왔다.

'닿으면 무효 아닌가?'

엘리제는 사회자가 이끄는 대로 이동하면서도 머릿속으로 룰에 대해 떠올렸다.

못 본 걸까. 아니면 그저 짧은 토막을 뱉어 내기만 하면 되는 게임인 걸까.

'흐음.'

윗입술을 부드럽게 스치고 간 느낌이 선명했다. 엘리제는 본인 입으로 섬세함을 운운한 상대를 흘겨보았다. 뻔뻔하게도, 아랫입술을 지그시 물며 시선을 마주하는 것으로 응수해 왔다.

'하여튼 틈을 놓치지 않아요.'

도우미가 커다란 꾸러미를 안고 왔다. 대체 과자와 만화 캐릭터가 무슨

상관이기에 한정판을 내거나 했더니,

'광고모델이었구나.'

바구니에 깔린 과자박스엔 피규어와 똑같은 외모의 캐릭터가 웃고 있었다.

"자, 1등 커플 기념촬영 가겠습니다!"

언제부터 있었는지 모를 사진사가 단상 아래서 지시를 해 왔다.

"좀 더 가까이 붙어 주세요! 여자 친구분, 조금 더 가까이! 수줍어하지 말고!"

재밌는 구경거리라도 난 모양새다. 별 대단한 일도 아닌데 사람들은 저마다 휴대폰을 들어 개인 촬영을 하고 있었다. 이래서 문명의 발달이 꼭 좋은 쪽으로 영향을 미친다고 할 수 없는 거다.

저 사람은 업체에 고용된 사진사겠지. 그럼 홍보지 같은 데에 실리려나.

차라리 사실관계만 밝힌 기사라면 낫다. 그녀의 일거수일투족을 포착한 뒤 온갖 소설을 써 대는 타블로이드만 아니면 괜찮았다.

"예, 약간만 더 가까이. 그렇죠! 좋습니다! 그럼 찍을게요."

엘리제가 대외용 미소를 지었다. 비안카의 파산과 절도를 막는 대가치고는 나쁘지 않다는 생각을 하면서.

"하나, 둘, 셋!"

사진사가 셋을 외친 순간, 비하르트가 엘리제의 왼쪽 뺨에 제 입술을 눌렀다. 너무도 재빠른 손은 어느새 잘록한 허리를 감싸고 있었다.

"어."

눈을 동그랗게 뜬 엘리제와 웃음기 걸린 입술로 볼 뽀뽀를 하는 비하르트.

사진사로부터 OK 사인이 터져 나왔다.

"좋습니다! 아주 훌륭했어요!"

"아……?"

"여자 친구가 놀랐나 보네. 하하, 귀엽게 잘 나왔어요!"

환청이 아니었다. 비하르트가 엘리제의 뺨에 입을 맞춘 순간, 휴대폰 카메라 찰칵하는 소리가 최소한 수십 번은 터진 것 같았다.

이들은 엘리제가 누군지 알고 찍는 걸까.

라키어스라면 뒷골목에 지나가는 강아지도 알아보지만, 그에 비해 노출이 적은 엘리제는 반반이다. 어느 쪽이 되었든 누군가 SNS에 업로드하기만 하면 끝나는 일이었다.

'모르겠다. 나는 또 저질러 버렸네.'

엘리제가 말간 얼굴로 단상을 내려왔다. 저쪽에서부터 눈물 콧물 머금고 달려오는 이가 있었다.

"대자앙!"

비안카가 덜덜 떨리는 손으로 꾸러미를 받아 들었다.

"어떡해……. 공주님이 내 손에."

"좋아?"

"으어엉!"

비안카가 열렬히 고개를 끄덕였다. 감히 품에 안지도 못하고 어정쩡하게 꾸러미를 든 채 연신 엘리제와 피규어를 번갈아 보았다.

'이 모습을 보려고 수고한 거였지.'

엘리제는 흐뭇한 미소를 지어 주었다.

"대장, 고마워. 이 은혜 절대 잊지 않을게!"

오른쪽 뺨에 닿아 오는 입술의 감촉.

어째 오늘따라 키스 운이 터지는 듯한 기분이었다.

❖

완전히 흥분한 비안카가 고래고래 목소리를 높였다.

"오늘은 내가 쏘는 거야!"

해가 지기 전 놀이공원을 나온 일행은 비안카의 주도에 자리를 옮겼다.

축제 기분을 제대로 내기 위해선 반드시 거쳐야 할 코스……라고 누군가가 주장하는 곳에 이르렀다. 그곳은 다름 아닌 단골 클럽.

지정석이나 다름없는 소파에 앉자마자 바(Bar)를 향해 스페셜 세트를 주문했다.

"시작부터 달리는 거야?"

"당연하지, 대장!"

서빙 속도 하나만은 기가 막히게 빨랐다. 학교 과학실에서나 볼 수 있을 시험관 16개가 전용 틀에 꽂혀 나왔다. 투명한 시험관 속에 담긴 액체는 저마다 색깔이 달랐다.

빨주노초파남보는 기본이고, 무색투명한 것부터 과연 이것을 마셔도 될까 의심스러운 잿빛 물까지 다양한 스펙트럼을 자랑했다. 이것이 바로 클럽 로렐라이의 대표 품목, 스페셜 세트였다.

러시안 룰렛 뺨치는 긴장감이랄까. 어떤 색깔이 어떤 맛을 내는지는 말 그대로 복불복.

상큼한 열대과일 맛 칵테일일 수도 있고, 식도를 타들어 가게 만드는 독주일 수도 있다.

16개 모두 독주일 경우도 가능했다.

중요한 건 바텐더가 정성껏 제조한 독주가 4개 이상 섞여 있다는 점이었다. 다 마실 때까지 얼굴 표정 한 번 변하지 않으면 다음 사람으로 넘어간다. 하지만 독주의 고약함을 견디지 못할 경우엔 그에 따른 벌칙을 받는 게 규칙이었다.

"나부터 할게!"

비안카가 새빨간 시험관을 집어 들었다. 호로록 넘기더니 어깨를 들썩거렸다.

"체리 맛이야."

휴대폰을 확인하던 실바노가 제 앞쪽의 시험관을 선택했다. 한 모금 삼킨 뒤 맛을 판별하려는 듯 그대로 멈췄다. 비안카의 눈이 설렘으로 반짝였다.

"걸렸어?"

실바노가 희미하게 웃었다. 남은 무색투명의 액체를 마저 들이켰다.

"물인데."

"뭐라고?"

"토닉워터인가 했는데 그것도 아니군. 그냥 생수야."

"뭐야, 재키. 아무리 물장사라지만 진짜 물을 내놓으면 어떡해?"

비안카가 바를 쳐다보며 따지듯 말했다. 눈이 마주친 바텐더가 짓궂은 웃음을 삼켰다.

다음은 비하르트.

"이게 뭐야. 너 진짜 티 나!"

비안카가 깔깔 웃었다. 무난하게 노란색을 택한 비하르트는 순식간에 체온을 끌어올리는 독주에 인상을 구겼다.

"대체 뭘 섞은 거지?"

레몬 향은 눈속임에 불과했다. 숨을 들이쉬고 내쉴 때마다 취기가 전신으로 퍼지는 것 같았다. 이런 식으로 여덟 판의 게임을 끝냈을 때, 비하르트 뮬러는 완전히 나가떨어지고 말았다.

하필 고르는 것마다 독주였을 게 뭐람.

"너무너무 즐거운 하루였어, 대장!"

비안카가 행복한 웃음을 지었다.

"조심히 들어가고 남은 휴일 잘 보내!"

"그래, 너도 잘 살펴 가."

한 팔에는 만취한 오빠를, 반대편에는 소중한 꾸러미를 낀 채 비안카가 택시에 몸을 실었다.

"안녕!"

엘리제는 택시가 멀어질 때까지 그 자리에서 손을 흔들어 주었다. 고개를 돌리자 두어 걸음 떨어진 곳에 서 있는 실바노가 눈에 들어왔다. 그는 비하르트가 그러했듯 긴 호흡으로 취기를 밀어내고 있었다.

"견딜 만해?"

엘리제가 실바노를 향해 고개를 기울였다.

"솔직히 말해, 실바노."

엘리제의 눈매가 곱게 접혔다.

"처음에 마신 거…… 물 아니었지?"

실바노가 젖은 눈으로 엘리제를 쳐다보았다. 초점 흐려진 진갈색 동공은 왠지 모르게 맹목적인 분위기마저 띠고 있었다. 어딘가 약간 위험한 느낌.

"재키가 설마 물을 내놨을까요."

그가 한숨을 내쉬며 머리카락을 쓸어 올렸다.

"보드카였습니다."

"으."

"물 한 방울 섞지 않은 스트레이트."

"으으."

엘리제가 인상을 찡그렸다. 실바노는 공식적으로 걸린 것은 두 번뿐이었지만 실제로는 여섯 번이었다고 털어놓았다. 나머지 네 번은 그냥 참은 거였다.

엘리제가 후드 주머니에 손을 푹 질러 넣으며 말했다.

"재키가 오늘 좀 세게 말았나 봐."

"보통 때보다 독주 수가 많긴 했어요. 대장은, 몇 번 걸렸죠?"

"공식적으로는 네 번."

"참은 건요?"

"열 번."

실바노가 갑자기 자세를 바로 했다. 눈빛이 대번에 달라졌다.

"지금…… 괜찮습니까?"

"아니."

엘리제가 그제야 샐샐 웃었다. 몸이 옆으로 기우뚱 넘어갔다.

"실바노가 세 명이야."

"하……."
"그래도 집까지는 혼자서 갈 수 있거든. 이보다 많이 마신 적도 있고."
"바래다 드리죠."
실바노가 택시를 잡았다. 엘리제는 더 이상 거절하지 않고 얌전히 뒷좌석에 올랐다. 취기가 돌아 몽롱한 가운데 얼마 전 자택 진입로에서 실바노가 했던 말이 문득 떠올랐다.

「키스는 다음에.」

하필 지금 떠오르는 이유는 뭘까. 오늘 유난히 키스 운이 터졌던 날인 탓이려나.
"실바노, 혹시 사탕 가지고 있어?"
"……없습니다."
"응, 그렇구나. 그럼 됐어."
"들어가는 길에 살까요?"
저도 모르게 기침이 콜록 터져 나왔다. 와, 방금 좀 무서운 멘트였다.
엘리제는 잠깐이나마 술이 깨는 것을 느꼈다. 상대는 엘리제의 의중을 전혀 파악하지 못한 눈치지만.
"목이 깔깔한 거라면 사탕보다는 차가 나을 텐데요."
"으응, 아니야. 그냥 물어본 거야."
대답이 돌아오지 않았다. 혹시 이쪽을 쳐다보고 있을까?
엘리제는 얼른 취기에 몸을 맡기기로 했다. 말 안 듣고 뻗대서 수고로움을 유발하는 상관. 서로에게 익숙한 포지션으로 돌아가면 이 야릇한 긴장감도 옅어질 거란 생각이었다.
그로부터 15분 뒤. 엘리제가 의도한 대로 긴장감은 제로에 수렴했다.
그게 한쪽이 일방적으로 놓아 버린 긴장감이라 문제지. 다시 말해, 상대방은 여전히 신경을 예민하게 곤두세우고 있는 상태다, 이 말씀이었다.

❖

"목……."

엘리제가 웅얼거렸다. 뒷말이 더는 이어지지 않는데도 알아서 컵을 입에 대 주는 실바노였다.

"천천히."

엘리제는 눈도 제대로 뜨지 못한 채 입을 오물거렸다. 냉장고에서 바로 꺼낸 청량한 냉수가 엘리제의 목을 타고 넘어갔다. 컵을 잡고 있는 실바노의 손 위에 제 손을 포갠 채 느린 속도로 절반을 비웠다.

만족스러운 웃음이 촉촉한 입가에 번져 나갔다. 실바노는 발그레한 입술에 묻은 물방울을 닦아 주려다가 무슨 생각에선지 손을 거두었다. 물기가 남아 있는 그대로도 보기가 좋았다.

도대체 어떤 모습이 안 예쁘겠느냐만.

"벌써 잠들었습니까?"

엘리제가 고개를 끄덕였다. 듣고 반응할 정신은 아직 남아 있나 보다. 실바노는 애틋한 손길로 밤하늘보다 검은 머리카락을 사르르 쓸어 넘겼다. 손에 감기는 감촉이 실크 같았다. 엘리제가 기분 좋은 듯 나른하게 몸을 틀었다.

"아까 사탕 있냐고 물은 건, 역시 지난번에 제가 한 말 때문입니까?"

"흐응."

엘리제가 눈을 뜨려는 시늉을 했다. 물론 그건 시도에 그쳤지만 말이다. 밀려드는 취기와 피로감이 엘리제가 그리하도록 내버려 두지 않았다. 대신 그녀는 입만 움직이는 쪽을 택했다.

"잘 때…… 할 거지?"

자그만 입술로 어림없는 소릴 중얼거렸다.

"나 잠들면 키스."

"2조장이 그렇게 사람 많은 곳에서, 보란 듯이 대장 뺨에 입을 맞췄는데."
실바노가 잠긴 목소리로 말을 이었다.
"저는 잠든 틈을 노려 키스하라고요?"
"……흠."
"무슨 범죄 저지릅니까? 의식도 없는 사람 덮치게."
엘리제가 할 말을 잃은 듯 볼을 부풀렸다. 바람 새는 소리가 스며났다.
"멀쩡할 때 할 거예요."
굳은살과 흉터로 가득한 손가락이 엘리제의 이마를 쓸었다.
"당신이 꿈에서도 기억하도록."
엘리제의 가슴이 크게 부풀었다가 내려앉았다. 깊고 평온한 호흡에 접어들었다. 오늘도 뒷수습은 직속부하에게 맡기고, 무책임한 잠에 빠져든 그녀였다. 실바노는 어여쁜 이목구비를 한동안 눈에 담다가 몸을 일으켰다.
옷을 갈아입히는 건 무리지만 적어도 양말과 상의는 벗겨 주는 편이 잠자기에 편할 터였다. 그는 무릎까지 올라오는 양말을 능숙한 손길로 벗겼다. 원체 가벼운 몸이라 상체를 일으키는 것쯤은 일도 아니었다. 엘리제는 후드 안에 민소매 탑을 입고 있었다.
이 정도면 되었겠지 싶었다.
'가기 전에 마지막으로 한 번만 더.'
아쉬운 마음에 침대 위로 몸을 기울인 게 실수였을까. 엘리제가 의미 불명의 소리를 내며 팔다리를 걸쳐 왔다. 잠깐 깜빡한 사실인데, 그의 상관은 취할수록 잠버릇이 험해지는 타입이었다.
"저, 대장. 팔 좀."
엘리제가 마구 고개를 저었다. 그럴 때마다 실바노의 팔뚝에 얼굴이 비벼졌다.
"아, 쿠션이……."
실바노가 침대 헤드로 손을 뻗었다. 엘리제는 폭신한 것을 안고 자길 좋아했다.

"읏."

쿠션은 좋아하지만 그 쿠션이 꿈틀거리는 것은 썩 반기지 않는 주인이셨다. 엘리제가 인상을 쓰며 자세를 고쳐 누웠다. 이제 실바노는 옴짝달싹도 할 수 없게 되었다.

"대장? 좀 움직이겠습니다. 저……."

두 사람은 아예 몸이 절반쯤 포개진 상태였다.

"엘리제?"

그냥 몸을 빼서 나가면 될 텐데도 한 번의 미동이 그리 어려웠다. 실바노는 협탁 위에 올려 둔 물 컵을 간절한 눈으로 보았다.

아무래도 냉수가 필요한 것 같았다.

엘리제는 광활한 로비를 가로질러 엘리베이터로 향하는 내내 중얼거렸다.

다 죽어라.

다 망해라.

병가가 끝나자마자 남은 주3회 출근을 계속하라는 너희가 인간이냐.

'참, 인간이 아니지.'

생각을 정정하기로 했다. 여기 시티타워에 근무하는 이들은 에데니카에서도 우수한 인재들이다. 순혈이 많고 혼혈이라고 해도 상급 천사나 악마의 피가 섞인 경우가 대부분이었다. 부모 양쪽이 인간인 경우도 있기야 있겠지만.

'다 필요 없고, 빨리 집에나 갔으면.'

출근과 동시에 퇴근을 바라게 되었다. 타타발루가 얼마나 비꼬아 댈지 상상만으로도 머리가 지끈거렸다. 그는 제1의료센터에서 하샤즈가 퍼부었던 분노를 고스란히 재현할 터였다.

네까짓 것 때문에 라키어스가 위험을 무릅쓰고 밖으로 나갔다.

존귀한 몸에 문제라도 생긴다면 책임지기라도 할 거냐.

생각할수록 어이가 없었다. 게다가 라키어스와 맞닥뜨릴 일만 떠올리면 혼란스럽고 막막한 기분이 들었다.

녹턴의 죽음에 얽힌 진실.

엘리제는 이를 5년이나 감춘 그의 행동에 대해 어떤 입장을 취할지 아직 결정하지 못했다. 어물쩍 넘어갈 생각 말라. 우리 이야기는 아직 끝나지 않았다. 지하주차장에서는 그렇게 큰소리를 쳤지만 생각을 거듭할수록 머릿속은 뒤죽박죽이 되었다.

'난 이제 어떡해야 하지?'

빌어먹을 라키어스. 어차피 가르쳐 줄 거라면 조금 더 일찍 밝히지 그랬나. 아니면 죽을 때까지 입을 다물고 있든가.

5년은 긴 시간이었다.

「계속 흔들려. 날 미워할 이유 따위 잃고 엉망진창으로 흔들려서 내게 떨어져.」

미움과 원망이 극도로 깊어지기에 충분한 시간이란 말이다. 그는 엘리제의 삶이 자신을 향한 분노로 타오르게 만들어 놓고는, 기다렸다는 듯 가장 큰 원인을 제거해 버렸다.

사실 라키어스로부터 들어야 할 말은 다 들었다.

진실을 감춘 이유. 감춰 온 진실을 지금 밝히는 이유.

녹턴이 어떤 식으로 일을 꾸몄는지부터 그들의 양아버지가 왜 그런 짓을 실행했는지까지.

이 모든 게 라키어스의 또 다른 수작이라고 몰아 갈 수 없는 까닭도 분명했다.

엘리제는 녹턴을 너무 잘 알았으니까.

그는 엘리제를 무릎에 앉히고 엘리제의 머리를 쓰다듬으면서 두 눈은 라키어스에게서 떼지 않는 사람이었다. 엘리제를 곁에 두는 이상, 양자가 저택을 떠나지 않을 것임을 아는 사람이기도 했다.

수면에 비친 달처럼 고요한 얼굴 이면에는 모든 것을 조종하고 싶어 하는 욕망이 자리했다. 약을 바꿔치기한 건 녹턴이다. 그야말로 녹턴이 저지를 만한 짓이었다. 엘리제는 문득 터지려는 헛웃음을 참았다.

'어떡해요, 녹턴. 당신 아들의 미친 정도가 당신을 초월했어. 쓰러지는 순간 생각했겠죠? 그래도 내겐 마지막 안배가 있다……라고?'

라키어스가 발견한 진짜 약통까지도 죄다 계획의 일부였을 것이다. 정말 숨기고자 마음먹었다면 녹턴은 그보다 잘 해냈을 테니까.

엘리제가 가짜 약통을 알아챘다. 분노해서 라키어스를 추궁한다. 라키어스는 진짜 약통을 찾아내 자신의 결백을 증명하려 한다. 그리고 엘리제는 라키어스의 말을 믿지 않는다.

이것이 녹턴의 최종 목표였다.

진실을 밝힐 단서 자체를 불신의 대상으로 만들어 버리는 것.

오히려 분노를 더 부채질하게끔 하는 것.

'거의 다 된 계획이었죠. 난 라키어스의 말이라면 뭐든 부정할 준비가 되어 있었고, 당신 아들은 진짜 약통을 찾아냈으니까.'

엘리베이터가 중간에 멈췄다. 위층으로 가는 사람들이 우르르 올라탔다. 엘리제는 몸을 돌려 창밖의 전경으로 시선을 던졌다.

'라키어스가 그걸 역으로 이용해 버릴 줄은 몰랐을 거예요.'

사람들이 내렸다. 엘리베이터는 계속 올라가다가 45층에 멈추었다. 오늘따라 층수조차 기묘하게 느껴졌다. 라키어스의 집무실이 위치한 곳은 시티타워 45층.

녹턴이 사망한 나이도 이와 같았다.

마흔다섯. 그렇게 빨리 가리라고는 아무도 예상하지 못했던 나이.

"뒤통수 맞은 기분이 어때요, 녹턴?"

엘리제는 허공에 대고 물음을 던져 보았다.

"난 지금 어지러워 죽을 것 같은데."

라키어스와 나눌 말이 없다는 게 두려웠다. 자신을 진짜 오빠로 여긴 적이 없지 않느냐고 물어 오면 대꾸할 말이 없는 게 무서웠다.

우린 단 한 번도 남매인 적이 없다고, 오히려 중간에 낀 녹턴이 불안감을 느낄 만큼 서로를 의식하고 서로에게 얽매여 살아왔다고 하면 엘리제는 어떻게 대답해야 할까.

"엘리제 님?"

비서가 그녀를 반가이 맞이했다.

"무사히 돌아오신 것을 환영합니다."

"……네."

엘리제가 적당히 대답했다.

"집이 좋긴 좋네요."

"그렇죠. 누구도 반박할 수 없는 사실이지요."

"죽을 고비 넘기고 돌아왔는데."

"예, 그렇다고 들었습니다."

"출근은 여전히 엿 같고요."

"예, 그렇다고……."

정중한 미소로 수긍하던 비서가 혀를 깨물었다. 존경하는 상관의 여동생은 상당히 거친 언행의 소유자였다. 이미 알고 있는 사실인데, 아무래도 못 본 사이 깜빡한 것 같다. 비서는 얼른 표정을 수습한 뒤 자신의 임무를 수행했다.

"집무실로 들어가시려 했지요? 라키어스 님의 지시에 따라 물건을 옮겨 놓았습니다."

"제 물건을 옮겨요? 왜요? 어디로요?"

"라키어스 님 집무실로 가시면 됩니다."

비서는 상관의 집무실 문을 두드린 뒤 엘리제가 도착했음을 알렸다. 엘리제의 표정이 굳어졌다.

"들어가시지요."

문이 활짝 열렸다. 엘리제는 저 멀리 책상 앞에 앉아 있는 남자를 응시하다가 걸음을 옮겼다. 소파 테이블 위에 자신의 물건들이 정리되어 있었다.

"제 원래 자리로 옮기고 싶습니다."

엘리제가 사무적인 어투로 말했다.

"멀쩡한 집무실을 두고 왜 한 공간을 나눠 써야 하는지 모르겠네요. 갑작스런 환경 변화가 업무에 지장을 줄 것 같습니다."

라키어스의 타이핑 소리가 이어졌다.

"대답이 없으시군요. 그럼 동의하신 걸로 알고."

"여기 있어."

그가 엘리제에게 말했다.

"조금 쉬엄쉬엄해도 좋으니까."

"……그리 걱정되면 아예 나오지 말라고 하든가."

엘리제가 바로 반박했다. 그러나 라키어스는 눈 하나 깜짝하지 않았다.

"사정 모르는 이들 눈엔 이상하게 보일 거야. 병가도 좀 느닷없었잖아. 넌 아직 세 번을 더 출근해야 해."

라키어스의 목소리가 나긋해졌다.

"그리고 네 입으로 말하지 않았던가? 우리 둘 사이 이야기는 끝나지 않았다고."

아침부터 곧장 치고 들어오다니 낭패였다. 오늘 엘리제는 가능한 한 집무실에 틀어박혀 일에만 몰두할 셈이었는데.

"그나저나 엘, 어쩜 그새를 못 참고……."

라키어스가 엘리제 쪽으로 모니터를 돌렸다.

"이런 귀여운 짓을 저질렀지?"

비안카에게 1등 상품을 안겨 주기 위해 참가했던 커플게임. 거기서 비하르트와 찍은 사진이 전체화면으로 떠 있었다.

"즐거워 보이네."

뼈 있는 말이 엘리제를 후려쳤다. 네 눈엔 저게 즐거워 보이냐고 반문하고 싶었다. 하지만 보송보송 솜사탕 후드와 웃음 걸린 비하르트의 입술이 너무 강력한 한 방으로 다가와서 그리할 수가 없었다.

왠지 기나긴 하루를 보낼 듯한 예감이 들었다.

"향수는 여기 있는 게 전부인가요?"

"네, 고객님."

비하르트의 표정이 흐려지는 것을 본 점원이 조심스레 물었다.

"특별히 찾으시는 거라도 있으세요?"

점원 입장에서 비하르트는 다소 신경이 쓰이는 손님이었다. 매장 문을 열고 들어온 순간부터 예사롭지 않은 분위기라 생각했는데, 온몸이 문신과 피어스로 빼곡한 손님은 곧장 향수 코너로 돌진했다. 그러고는 세상에서 제일 심각한 얼굴로 모든 테스터를 시향해 보았다.

그냥 냄새를 맡는 것도 아니고, 냄새를 맡은 후엔 미간을 찡그리며 무언가를 기록하기까지 했다. 연인의 선물을 고르는 사람은 아니다. 그럼 향수 회사 직원인가? 아니면 패션 잡지 기자? 마케터?

그 무엇을 갖다 붙여도 눈앞의 남자에게 어울리지 않는 수식어였다. 그래서 점원은 상대의 심기를 건드리지 않을 질문을 건네 보기로 했다.

혹시 모른다. 평가에 반영하기 위해 본사가 보낸 위장 손님일지도!

외모나 행색 때문에 차별하는 느낌이었다는 한마디에 점수가 훅 깎이기라도 하면 큰일이다. 점원은 미소 띤 얼굴로 상대의 답을 기다렸다.

"하, 없는 건가."

그러나 남자는 이미 자기만의 생각에 빠진 뒤였다. 짧은 한숨에서 실망감이 짙게 배어 나왔다. 왠지 듣는 사람 가슴을 철렁하게 만드는 소리라, 점원의 이마에 식은땀이 맺히기 시작했다.

"현재 매장에 없는 물건이라도 손님이 원하시면 특별 주문이 가능하답니다. 물건이 도착하면 수령 안내 메시지도 보내 드리고 있어요. 배송료를 내면 집이나 직장까지 배달해 드리고요."

점원이 열심히 설명했다.

"제품명을 알려 주시면……."

"그걸 몰라서."

비로소 남자가 시선을 맞춰 왔다.

"이 고생을 하고 있죠."

그는 주머니에 작은 수첩과 볼펜을 쑤셔 넣었다. 점원에게 인사를 하고 나오자 어느새 바깥엔 땅거미가 내려앉아 있었다. 퇴근 중인 차량이 꼬리에 꼬리를 물었다. 날씨가 많이 풀렸기 때문에 다들 창문을 열어 저녁의 시원한 공기를 만끽하는 중이었다.

누군가 참지 못하고 빵빵 울리는 자동차의 경적.

행인들의 대화 소리.

아침보다 여유가 실린 사람들의 발걸음.

특별할 것 없는 일상이었다. 그는 저도 모르게 헛웃음을 흘리고 말았다.

"대체 뭘 하고 다니는 거야……."

방에서 잠이나 잘 걸 그랬다는 생각이 들었다. 하나 비하르트는 도시 곳곳의 드럭스토어를 돌면서 향수를 시향해 보길 선택했다. 이전에도 틈틈이 그래 온 것처럼.

"다음번엔 백화점을 가 볼까."

평소 차림대로 가면 드럭스토어에서 받은 것의 몇 배에 달하는 눈길이 쏟아지겠지만 그런 것쯤은 이미 익숙한 비하르트였다. 중요한 건 흐릿한 기억 속의 향수, 그것의 이름을 알아내는 거니까.

"나도 웃기군."

괜히 발끝으로 보도블록을 찼다.

"알아낸다고 해서 뭐가 달라지는 것도 아닌데."

비안카가 지적한 대로였다. 아무것도 하지 않는 것보다야 마음이 편할 거다. 하지만 운 좋게 향수 이름을 찾아낸다 한들, 에데니카에서 그 향수를 쓰는 사람이 몇이나 되는 줄 알고 도움이 될 거라 생각하느냐.

비안카는 그렇게 말했고, 비하르트 역시 같은 생각이었다.

"……준비를 해 두고 싶은 거야."

비하르트는 고층빌딩 너머 반짝이기 시작하는 하늘에 시선을 둔 채 중얼거렸다.

"얼굴 모르는 상대를 다시 만났을 때, 그 사람에 대한 정보를 하나라도 더 갖고 있길 원해서라고."

모든 기억이 희미하다. 약에 취해 눈도 제대로 뜨지 못했던 탓이다. 오직 확실한 것 하나는 비하르트를 내려다보던 상대가 여자라는 것.

그리고 그녀에게서 옅은 꽃향기가 났다는 것이다.

"신데렐라는 구두 한 짝이라도 남기고 갔지. 이건 뭐, 붙잡고 신겨 볼 수도 없는……."

돌연 비하르트의 혼잣말이 뚝 끊겼다. 누군가 이쪽을 주시하고 있었다. 처음 한 생각은 '경찰인가?' 였다.

엘리제가 경찰청에 전화를 건 이후로 비하르트를 감시하는 행동은 중단되었다. 그러나 길거리에서 순찰 도는 이들과 마주치면 비하르트는 묘한 눈길로 자신을 힐끔거리는 시선을 알아차릴 수 있었다.

신종 마약에 관련한 혐의를 완전히 거두지는 않은 모양이었다.

어지간히 하지? 퇴근길에서까지 수고롭게 지켜볼 필요는 없잖아?

그래서 경찰을 의심한 거였는데.

"응?"

신호 때문에 서 있는 고급 승용차가 눈에 들어왔다. 운전석에 앉은 젊은 여자가 비하르트를 주시하고 있었다. 보통 행인과 시선이 마주치면 다른 곳으로 눈길을 돌릴 법도 한데, 여자는 전혀 그럴 생각이 없어 보였다.

오히려 비하르트가 자신의 눈길을 알아챈 것을 깨닫고 더 무서운 기세로 노려보기 시작했다. 너무 대단한 기세라 비하르트는 하마터면 자신이 과거에 실수를 저지른 상대인지 착각할 뻔했다. 하나 아무리 기억을 더듬어 봐도 저런 여자와 엮인 적이 떠오르지 않았다.

상대가 누군지 깨닫는 데엔 약간의 시간이 더 필요했다. 그때 신호가 녹색으로 바뀌었다.

여자는 비하르트에게서 시선을 뗀 뒤에 차를 출발시켰다.

“하샤즈 아달람…….”

엘리제의 표창식 날 본 여자.

비하르트는 그녀를 차분하면서도 우아한 상류층 영애로 기억하고 있었다. 저토록 격렬하게 증오를 뿜어내는 모습은 낯설기 그지없었다.

“사람 착각한 거 아냐? 저 여자가 왜 날 저런 눈으로 보지.”

무엇보다 비하르트는 하샤즈의 미움을 살 만한 일을 하지 않았다. 애초에 말 한 마디 나눈 적 없는 상대다. 별 희한한 일이 다 있다고 생각하며 몸을 돌렸다.

뜬금없지만, 하샤즈가 쓰는 향수를 확인하고 싶다는 생각이 들었다.

언젠가 이런 생각을 한 적이 있다. 에데니카는 고위관료의 외부 행사 참석만 줄여도 지금의 몇 배는 잘 돌아갈 거라고.

일단 너무 자주 나가는 게 문제였다. 게다가 하나같이 불필요한 의전이 뒤따랐다. 하지만 지금 엘리제는 생각을 고쳐먹었다. 꼼짝없이 라키어스의 시선 속에서 하루를 보내게 될 줄 알았는데.

웬걸, 오후에 기념식 참석이 예정되어 있다고 한다. 그것도 복지 관련 기념식이라 타타발루와 함께 나간단다. 많은 수행원이 따라갈 예정이므로 엘리제는 이곳에서 하던 일을 계속해도 좋다고 하였다.

'행사가 최고야.'

미소를 감추기가 곤란할 지경이었다. 타이핑 소리가 경쾌해졌다.

'한데 무슨 준비를 이리 오래 하는 거지?'

사실을 쳐다보는 엘리제의 눈에 희미한 불만이 실렸다. 딱히 매무새를 고칠 것도 없을 텐데 라키어스는 10분이 넘도록 나오지 않았다.

노크를 해 볼까. 은근한 재촉을 넣어 볼까.

고민하는 사이 사실 문이 열렸다. 엘리제는 최대한 눈을 마주치지 않으려는 결심도 잊은 채 그를 빤히 바라보고 말았다. 슈트는 둘째 치고 넥타이가 너무도 해괴했다.

폐허에서 말라 죽어 가는 풀떼기 색에 붉은 도트를 박아 놓았다. 멀리서 보니 예전에 다큐멘터리에서 본 독개구리가 떠올랐다. 저런 걸 돈 받고 파는 자가 있다니.

그게 누구든 도블락에게 끈적거리는 멘트를 알려 준 뒤 수업료를 받아 가는 자와 같은 지옥에 떨어질 것이다. 문제는 저 흉물을 구입한 사람이 있다는 것.

엘리제의 미간이 형편없이 구겨졌다.

"왜 그런 눈으로 보지?"

라키어스가 물었다.

"무슨 문제라도?"

그는 정말 무엇이 문제인지 모르는 걸까. 아무리 라키어스 녹턴이 거적을 걸쳐도 빛나는 존재라지만 저건 정도를 지나쳤다.

엘리제는 넥타이에서 눈을 떼지 못했다. 그러다 결국 입을 열고 말았다.

"못 보던 넥타이네. 새로 산 거야?"

"선물 받았어."

"누구한테?"

E6 구역의 타란튤라에게? 언제부터 네가 선물 받았다는 이유만으로 몸에 흉물을 덥석 걸치는 사람이 된 거지?

뒷말을 덧붙이고 싶은 욕구를 눌러 참았다. 이에 라키어스가 태연히 답했다.

"하샤즈."

엘리제의 입술이 서서히 벌어졌다. 예상치 못한 답이었다. 사실 아주 잠깐 머릿속을 스치고 지나가긴 했는데 설마 진짜 하샤즈일까 싶었다.

라키어스의 앞이라는 것도 잊고 망연한 표정을 짓게 되었다.

"원로의 것을 사면서 내 것도 골랐다고 했어. 큰아버지와 거의 모든 일상을 공유하는 것 같더군. 이걸 하고 나가면 타타발루가 알아볼 거야."

그러고는 좋아할 것이다. 타타발루는 벌써부터 라키어스가 제 사람이 된 듯 구니까.

오늘 참석하는 기념식도 원로의 구미에 딱 맞을 터다. 라키어스를 조카사위로 대동한 등장이라니. 타타발루가 꿈에서도 그릴 장면이었다.

"그래. 하샤즈……."

엘리제는 벌레 씹은 얼굴로 중얼거렸다.

"닥터, 그렇게 안 봤는데 굉장한…… 심미안을 가지고 있네."

"오전 내내 책상 쪽으론 고개도 안 돌리더니."

라키어스가 넥타이를 쓸어내리며 지그시 웃었다.

"말 걸지 않겠다는 결심을 무너뜨릴 만큼 이게 마음에 들지 않았나 봐."

"……."

"단순히 못생긴 넥타이의 문제일까. 아니면 네가 신경을 쓰는 이유에, 다른 감정이 조금이라도 섞여 있을까."

"감정 같은 거 없어."

"대답이 지나치게 빠르구나, 엘리제."

라키어스가 웃었다. 그는 손목시계를 확인한 뒤 엘리제에게 다시 시선을 던졌다.

"다른 거 하고 갈까?"

감미롭게 떠보는 소리.

"네 손으로 골라 준 거 매고 갈까?"

신경을 사각사각 건드리는 말.

엘리제가 고개를 팩 돌렸다. 그러고는 노트북 화면만 뚫어져라 쳐다보았다. 야비하고 교활한 상대는 지난번과 같은 방식으로 엘리제를 자극해 왔다. 목소리를 실어 보내지 않은 상냥한 회유가 귀를 간질이는 듯했다.

그때 그 저녁처럼.

엘리제의 속을 파고들었다.

난 이제부터 하샤즈와 저녁을 보내러 갈 거야.

네게만 보여 주던 모습을 그 여자에게도 허락하겠지.

물론 진심은 담겨 있지 않지만, 겉보기엔 조금의 차이도 없을 거야.

신경 쓰이니? 내가 다른 사람에게 웃는 게 싫어?

나를 미워하는 것과는 별개로 내가 한눈팔지 않았으면 좋겠어?

그럼 내게 말해, 엘리제. 긴 말도 필요 없어. 너도 짐작하는 내용이야. 그저 딱 한마디만.

옆에 있어, 라키어스.

난 그걸로 충분해. 누가 뭐라 하든 상관없어. 애초에 너 아닌 다른 사람의 말 따위 신경 쓰지 않으니까.

라키어스 녹턴은 엘리제 녹턴만 봐야 한다는 네 당연함이 좋아. 이기적이라 비난받는 너의 소유욕이 날 미치게 만들어. 난 언제나 네 발밑에 무릎 꿇을 준비가 되어 있으니까.

한 번만 소리 내어 말해 줄래?

단 한 번만 그 귀여운 자존심을 굽히고, 네 스스로도 용납하지 못하는 속마음을 드러내 줘.

난 네 것이라고…….

말해 줘, 엘리제. 이제 그만 허락해.

그때와 똑같은 요구였다. 라키어스가 원하는 건 언제나 같았다. 견딜 수 없는 점은, 이게 엘리제 녹턴에게 먹혀든다는 것이었다.

의도한 대로 행동하고 싶지 않았다. 남에게 휘둘리는 기분은 끔찍했다. 상대가 라키어스라서 더욱 싫은 건데, 그럼에도 불구하고 자극당하는 자신이 마음에 들지 않았다.

정말 라키어스가 말한 대로다. 엘리제 스스로도 용납하지 못하는 속마음.

"가여운 엘. 끝끝내 솔직하지 못하지."

라키어스가 고개를 저으며 미소했다.

"난 시간이 되어서 가 볼게."

멀어지는 발소리가 들렸다. 문 닫히는 소리가 이어졌다. 마우스 휠을 마구 내리던 손길이 멎었다.

'……진짜 그대로 간 거야?'

출입문을 향해 고개를 돌렸을 때, 엘리제가 본 것은 소리 죽여 웃고 있는 라키어스였다.

'안 갔어!'

엘리제의 눈에 분기가 서렸다.

'이 자식이 속였어!'

"나 역시 타타발루가 지긋지긋해. 너 없이 놈과 오후를 보내야 한다는 사실도 끔찍하고."

라키어스가 넥타이를 눈짓했다.

"이딴 쓰레기를 걸고 있는 것도 별로지만."

만족스러운 웃음이 번져 나갔다.

"방금 그건 최고였어, 고집쟁이 아가씨."

"멋대로 별명 붙이지 마."

"얄미운데 귀여워. 이걸 어떡하지?"

"시간 됐다지 않았어?"

"그럼 진짜 갈게."

라키어스가 기쁜 얼굴로 문을 나섰다. 달칵 하는 소리가 나기 전, 엘리제의 귓가에 또렷한 음성이 들려왔다.

《이 넥타이로 네 손목을 묶으면 화낼 건가?》

"변태 자식아!"

문이 닫혔다. 존재하지도 않은 틈새로 그의 웃음소리가 스며드는 듯한 건 기분 탓일 터다.

"대장, 퇴근이야? 조심히 들어가!"

"신호등 잘 보고! 사람 안 치게 조심하고!"

"밤에 이 닦을 때 어금니 안쪽까지 구석구석 닦고!"

"까분다."

엘리제가 대원들을 향해 눈을 흘겼다. 끼룩거리는 웃음이 터졌다. 녀석들이 따라 하는 건 3조장 트릭시였다. 오늘 정찰 당번이었던 트릭시는 책상에 엎어져 있는 엘리제를 발견하자마자 입을 털었다.

먼지를 잔뜩 마시고 왔을 텐데도, 상관을 닦아세우는 그 목소리가 카랑카랑하기 짝이 없었다. 내용이야 늘 듣던 것이었다.

한동안 괜찮더니 다시 빌빌거리기 시작하느냐는 둥 어째 사고당하고 돌아왔을 때의 얼굴이 더 좋았냐는 둥.

진정한 어미 닭이 왕림하였다. 대원들 눈엔 꿍얼거리는 대장과 빠져나갈 틈을 주지 않는 3조장이 재밌는 모양이었다. 그래서 엘리제에게 자기 전에 양치질 어쩌고 하는 농담도 던지는 거였다.

'유치할수록 좋아 죽는 전투대 어린이들.'

엘리제는 웃음을 흩어 내며 주차장으로 향했다. 걸어가는 동안 기지개를 켜기도 했다. 확실히 몸 구석구석이 뻐근하긴 하다. 100% 시티타워 탓이다. 가까운 시일 내에 마사지를 받아 볼까 하는 생각이 들었다.

의료센터는 가 봤자 번거롭기만 한 종합검진을 시킬 테니까.

게다가 엘리제는 얼마 전 수십 가지 검사를 통과한 몸이었다. 물론 검사 결과는 깨끗했다. 역시 시티타워 때문이다.

모든 악의 근원. 라키어스 녹턴이 지배하는 곳.

이제 두 번만 더 나가면 작별을 고할 수 있다. 한동안 시티타워 쪽으로는 고개도 돌리지 말아야지, 하는 결심이 무럭무럭 뻗어 나갔다.

"엘리제."

시티타워 근무로 인한 비정상적 증상 첫 번째. 환청이 들린다는 거였다.

엘리제는 추호의 의심도 없이 걸음을 계속했다. 항상 주차하는 자리에 세워 둔 자신의 바이크가 보였다.

"엘."

우뚝 멈췄다. 아까보다 또렷한 목소리가 들려왔다.

환청이 아니야?

"집에 가는 거지? 데려다줄게."

날렵한 은색 스포츠카가 시야에 들어왔다. 엘리제의 대답을 기다릴 것 없이 조수석 문이 자동으로 열렸다. 나른하던 몸에 긴장이 바짝 들어갔다.

"헛걸음은 안 됐지만, 나는 타고 갈 게 따로 있어서."

그렇게 대꾸하며 재킷 안주머니에 손을 넣었는데 당황스럽게도 거기 있어야 할 키가 없었다. 반대편을 헤집어도 찾는 것은 나오지 않았다. 엘리제는 그제야 바이크 키를 집무실 책상 위에 올려 두고 왔다는 사실을 알아차렸다.

'멍청이, 멍청이, 멍청이.'

머리를 쥐어박고픈 충동이 들었다. 트릭시가 틀린 말을 한 건 아닌가 보다. 엘리제 녹턴의 나사가 다시금 풀리고 있었다.

"그냥 타. 집에 바래다주는 것뿐이잖아."

라키어스가 부드럽게 웃었다.

"뭘 그리 긴장하지?"

"누가 긴장했다고."

엘리제가 쏘아붙였다.

"그럼 차를 같이 타고 가는 것쯤은 문제없겠군."

낚였다는 생각이 들었지만 머리보다 몸이 먼저 움직였다. 엘리제는 일부러 발소리를 내며 걸어가 조수석에 쿵 올라탔다.

시선은 정면, 두 팔은 팔짱.

해 볼 테면 해 보라는 기세가 온몸에서 뿜어져 나왔다.

"모르는 사람이 보면 어디 전쟁이라도 나가는 줄 알겠어."

라키어스가 느긋한 웃음을 삼키며 차를 출발시켰다.

험비, 트럭, 바이크가 즐비한 주차장에서 유독 눈길을 끌던 스포츠카가 전투대 영역을 빠져나갔다. 그는 엘리제가 주로 이용하는 길과 다른 경로를 택했다. 덕분에 퇴근길 러시에 갇히지 않을 수 있었다. 이대로라면 얼마 지나지 않아 휴즈가에 도착할 것 같았다.

"……왜 이리로 빠지는 거야?"

묵묵히 풍경을 보고 있던 엘리제는 갑작스러운 경로 이탈에 의문을 표했다.

"여기로 가면 멀어지는데?"

"알아."

"강변공원 쪽이잖아."

"아이스크림 먹자."

표정 하나 바꾸지 않고 말을 번복하는 라키어스였다. 어이없는 나머지 자신을 빤히 쳐다보는 엘리제에게 눈웃음을 짓기까지 했다.

"여기."

오늘 라키어스는 사복 차림인 데다 마스크를 쓰고 있어 본인이 직접 사 올 수 있었다. 엘리제는 색이 들어간 설탕과 쿠키 가루가 뿌려진 아이스크림 컵을 건네받았다. 꼭대기에 새빨간 체리가 콕 박혀 있었다.

"완전히 제멋대로네."

엘리제가 체리를 씹으며 말했다.

"처음이랑 말이 다르잖아."

"내가 그렇지, 뭐."

차 안에서 강을 내다보며 아이스크림을 먹는다. 나름 라키어스에겐 행복한 데이트의 그림인가 보다. 뭔가 착각하고 있는 모양인데, 평범한 납치의 정석이라고 알려 주고 싶었다.

"기억나니? 우리 예전에도 여기서 아이스크림 먹은 적 있는데."

라키어스의 눈빛이 꿈을 꾸듯 따스해졌다. 엘리제는 입안의 아이스크림을 삼킨 뒤 말했다.

"인터뷰 사진 찍을 때였잖아. 그날 더워 죽을 뻔했어."

"원래 사진촬영도 실내에서 진행되는 거였는데, 그거 내가 바꾼 거야."

엘리제가 옆을 돌아보았다.

"……녹턴을 못 나오게 하려고?"

녹턴은 야외활동을 싫어했다. 이동할 때엔 자가용을 탔고, 실내에서 또 다른 실내로 옮겨 다니며 사시사철 비슷한 환경에서 살았다.

날씨는 그가 통제하지 못하는 요소 중 하나였다. 그러니 평소 남매를 일정 시간 이상 붙여 두지 않는 녹턴도 그날만큼은 따라나서지 않았던 것이다.

"그렇게 해야 네가 눈치 안 보고 먹을 수 있었을 테니까."

뜻밖의 말이 가만히 흘러나왔다.

"노천에서 파는 거 더럽다고 질색했잖아, 그 남자."

라키어스가 하얀 아이스크림을 베어 물었다.

"넌 그의 심기를 조금도 거스르지 않으려 애썼고."

"……."

"분명 빌어먹게 더운 날씨긴 했지만."

그가 엘리제를 바라보며 옅게 웃었다.

"환하게 웃는 네 얼굴을 보는 것만으로도 충분히 가치 있는 날이었어."

잠깐의 침묵이 이어졌다. 먼저 고개를 돌린 쪽은 엘리제였다. 혼자 데이트 기분에 취해서 없는 추억 만들어 내지 말라고 하려 했는데 라키어스는 예상과 다른 뒷이야기를 전해 왔다. 엘리제는 한 번도 궁금해하지 않았던 숨겨진 이야기.

"난 계속 기다리고 있어."

그가 조용히 말했다.

"어떻게 할 거지, 엘리제? 내게 마음을 열지, 아니면 계속 의미 없는 증오에 힘을 쏟을지. 결정했어?"

널 미워한 시간이 얼마나 오래되었는데, 그리 쉽게 마음을 돌릴 순 없다고 반문해야 하건만.

어째서인지 목소리가 나오지 않았다. 차가운 아이스크림이 목에 걸린 것만 같았다.

마지막 근무일이다.

이제 오늘만 지나면 시티타워로 불려나올 일은 없다. 사사건건 트집 잡으려는 타타발루와의 싸움도, 친절함이 부담스러운 자딘과의 대화도 안녕이다. 의미를 알 수 없었던 부역생활의 끝. 실로 감격에 젖어야 마땅했다.

거기다 라키어스는 원로원과 회의를 하느라 몇 시간째 자리를 비운 상태였다. 몇 시간만 지나면 엘리제는 온전히 전투대에 전념할 수 있었다.

반가운 일이다. 당연히, 기뻐해야 한다. 퇴근길에 따끈한 피자와 병맥주를 사서 노래를 흥얼거리며 들어가야 할 것이다.

한데 뭔가 이상했다. 기대했던 것만큼 기쁘지가 않았다.

정확히 말하면, 이런 것에 반응할 여유마저 잃었다는 편이 맞았다. 마음을 정했느냐고 물어 오던 라키어스의 목소리가 혼자 있는 시간의 틈새를 파고들었다.

'벌써 정했을 리가 없잖아.'

엘리제는 주인 없는 빈자리를 쳐다보며 생각했다.

'사람 감정이 그렇게 쉽게 접었다 펴지는 줄 알아?'

내쉬는 한숨이 묵직했다. 엘리제는 책상에 보고서를 올려 두기 위해 움직였다. 같은 내용을 3부 출력해 자딘과 타타발루의 비서에게 제출하고 돌아오는 길이었다. 라키어스의 집무실에서 인쇄했으면서 가장 마지막에 제출하다니.

지금 엘리제가 누구와 제일 거리를 두고 싶은지 드러나는 순간이었다.

의자에 앉았을 때 바로 볼 수 있도록 보고서 방향을 돌렸다. 문득 라키어스의 의자가 시야에 잡혔다. 워커홀릭인 그가 아주 많은 시간을 보내는 자리였다.

스무 살에 리더가 된 이후로 라키어스는 일에 파묻히다시피 하며 살았다. 엘리제는 그가 왜 그렇게까지 일에 몰두하는지 알지 못했다. 모두가 알다시피 라키어스는 우수했고, 같은 시간을 들여 일을 해도 다른 리더의 몇 배에 달하는 성과를 냈다.

그냥 적당히 해도 될 텐데.

왜 라키어스 녹턴은 스스로를 몰아가다시피 일을 하는 걸까.

'넌 녹턴의 환심을 사려 애쓸 필요도 없었고, 그렇다고 해서 이 도시에 애착이 있는 것도 아닌데.'

엘리제가 물끄러미 흑갈색 가죽 의자를 내려다보았다.

'왜 그러는 거야?'

한 번도 여기에 의문을 품은 적이 없었다. 그리고 자신이 궁금해한 적이 없다는 게 새삼스러운 충격으로 다가왔다. 엘리제가 이제껏 라키어스에 대해 알고 싶어 했던 건 죄다 비슷한 유였다.

어떤 훈련을 해야 라키어스를 능가할지. 라키어스의 약점은 무엇인지.

약점을 이용해 상대를 밟고 일어서더라도 녹턴이 불쾌해하지 않을지.

'심지어 마지막은 녹턴에 관한 거네.'

엘리제는 저도 모르게 가죽 의자를 끌어내었다. 그의 어깨가 닿는 부분을 생각 없이 더듬자 가죽 의자 특유의 사늘한 촉감이 느껴졌다. 녹턴이 죽은 이후로는 라키어스에게 일말의 의문도 품지 않았다는 사실이 떠올랐다.

그것은 엘리제가 스스로에게 채운 족쇄였다.

라키어스를 궁금해하지 말 것.

오로지 미워하고, 싫어하고, 치를 떠는 행위만을 허용할 것.

'궁금해한다는 것은…….'

상대에게 마음을 준다는 의미니까.

엘리제는 이보다 느릴 수 없는 몸짓으로 라키어스의 의자에 내려앉았다. 몸이 푹 파묻힐 만큼 커다란 의자였다. 라키어스가 앉아 있을 땐 이만큼 크지 않아 보였는데. 둘의 체격 차가 여실히 느껴지는 부분이었다.

말로 형용하기 어려운 기분이 들었다. 혼란스럽던 감정이 순식간에 두 배는 더 헝클어졌다.

"여기선 이런 풍경이 보이는구나."

엘리제가 조용히 중얼거렸다.

"네가 매일 보는 건 이런 거였어."

조금 더 앉아 있다간 돌이킬 수 없는 감상에 젖어 들 것 같아서 그만 일어서려 했다. 그때 엘리제의 눈에 들어온 물건이 있었다.

"녹음기?"

왜 이런 게 책상 위에 굴러다니나 싶었다. 아무렇게나 나동그라진 모습이라니. 언제나 정갈한 라키어스의 책상에 어울리지 않았다. 재생 버튼을 누른 데엔 그 어떤 의도도 없었다.

기기에서 흘러나온 목소리는 엘리제가 익히 아는 사람의 것이었다. 그리고 어떤 의미로는 낯선 목소리이기도 했다. 라키어스가 떨고 있었다. 호흡은 흐트러졌고, 간간히 북받치는 감정을 이기지 못한 채 말을 멈추었다.

녹음 시기는 5년 전 이맘때. 엘리제가 저택을 완전히 떠난 시기였다.

그러니까 엘리제가 약통을 발견한 뒤 라키어스의 뺨을 때리며 분노한 바로 그날이었다. 멀리 들리는 빗소리에서 당시의 기억이 수면 위로 떠올랐다.

그날은 엘리제에게도 고통스러운 밤이었다.

『어떡하지, 엘리제?』

라키어스가 흐느꼈다.

『네가 갔어.』

짧은 한마디가 새로운 충격이 되어 그를 덮쳤다. 라키어스의 호흡에 울음이 섞여 나왔다.

『네가 떠났어. 뒤도 돌아보지 않고, 저택을 나갔어. 내게서 사라졌어. 아…… 어쩌지? 벌써부터, 가슴이, 너무 죄어들어서…….』

그가 손등으로 입을 틀어막았다. 어떻게 직접 본 것처럼 알 수 있냐면, 그날 밤 엘리제도 똑같이 쓰러져 울었기 때문이다.

『내가 잘한 걸까?』

라키어스가 불안하게 물었다.

『네게 말하지 못했어. 말하지 않기로 결심했지. 이건 녹턴이 꾸민 거라고. 네가 날 증오하도록, 절대 용서하지 않도록 몰아가려는 음모라고……. 말해봤자 넌 믿지 않을 테니까.』

그가 억눌린 웃음을 터뜨렸다. 확실히 이걸 녹음할 때의 라키어스는 정서가 불안정한 상태였다. 웃음소리에 체념과 광기가 묻어났다. 엘리제는 숨 쉬는 것도 잊은 채 귀를 기울였다.

『내가 먼저 널 발견했으면 바뀌었을까? 내가, 녹턴 대신 내가 널…… 폐허에서 먼저 만났더라면.』

만약을 가정하는 목소리가 간절해졌다.

『지금 이렇게 괴롭지 않아도 될까?』

한동안 라키어스는 말을 잇지 못했다. 한 번도 들어 보지 못한 울음소리가 녹음기에서 터져 나왔다. 바닥을 짐작할 수 없는 짙은 절망이 조용하기 그지없는 집무실에 울려 퍼졌다.

그러다 갑자기 절박한 사죄가 쏟아졌다.

『미안해. 미안해, 엘리제. 내가 잘못했어. 내 손으로 녹턴을 죽이진 않았지만 그의 죽음을 기꺼워한 것까지 사과할게. 미안해. 네가 원하는 대로 할게. 계속 날 싫어해도 괜찮아. 널 쳐다보지 말라면 그렇게도 할 수 있어.』

라키어스가 절절히 매달렸다.

『그러니 제발 돌아와…….』

다음 순간 봄비에 어울리지 않는 천둥소리가 들렸다.

『네가 없는 시간을 어떻게 견디지? 뭘 하고 살아야 하지? 지난 일주일은 끔찍했어. 불 꺼진 네 방을 볼 때마다 저택이 거대한 관처럼 느껴졌거든. 아, 엘리제. 어떡하지? 내가 네 곁에 서는 날이 오긴 할까? 확신이 없어……. 난 이미 불확실한 미래와 언제 끝날지 모르는 고통을 맞바꿨는데.』

그의 목소리가 금방이라도 꺼질 듯 잦아들었다.

『벌써 숨이 멎은 기분이야.』

끝없는 침묵. 가늘게 떨리는 호흡이 아니었다면, 엘리제는 녹음 파일이 끝난 줄 알았을 터였다. 다음 음성이 시작될 때 라키어스는 한결 침착하게 바뀌어 있었다.

『이걸 듣고 있다는 건, 내가 이 녹음기를 네 손이 닿는 자리에 두었다는 거겠지. 그리고 지금 난 미래의 내가 부러워. 단 한 번도 누군가를 부러워해 본 적이 없는데……. 지금 이 순간만큼은 그때의 내가, 그런 결정을 했을 내가 부러워 미치겠어.』

그가 낮은 한숨을 쉬었다.

『녹턴을 잃은 네 슬픔이 오래갈수록 날 향한 미움도 깊어지겠지. 어째서 나는 이런 길밖에 택하지 못하는 걸까. 사실은 나도 네 행복이…….』

갑작스레 말이 끊겼다. 그러다가 한층 애틋해진 목소리로 간절한 바람을 속삭였다.

『네 슬픔이 너무 아프지 않기를. 동시에 그 무엇보다 지독하기를. 사랑해, 엘리제. 너는 내 유일한 세계. 나의 전부야.』

녹음은 거기까지였다. 집무실은 다시 정적에 휩싸였다. 녹음기를 쥔 엘리제의 손이 떨렸다.

다시는 이 녹음을 듣기 전으로 돌아갈 수 없게 되었다.

❖

밤이 깊었다.

나뭇가지가 우거진 아래에 중형 밴이 주차되어 있었다. 안 그래도 어두운 밤인데 나무 그늘에 이중으로 가려져 안이 제대로 보이지 않았다. 무엇보다 밴은 확실하게 선팅이 된 상태였다.

드르륵, 하고 문이 열리더니 누군가 차에서 내렸다. 모자와 마스크로 얼굴을 가린 인영은 비틀거리는 걸음으로 공터를 빠져나갔다.

이윽고 10여 분이 흘렀다. 아까와는 다른 사람이 밴으로 걸음을 옮기기 시작했다. 왠지 초조한 듯 불안한 발걸음이었다. 차 문에 손을 대기 전, 주위를 둘러본 두 번째 인영은 호흡을 가다듬은 뒤 밴에 올랐다.

차 안에 앉아 있는 사람은 총 네 명.

각각 운전석, 조수석, 인영의 맞은편, 그리고 맨 뒷자리에 떨어져 앉은 채였다.

"당신 대체 누구야?"

인영이 맨 뒷자리를 향해 물었다. 직감적으로 알 수 있었다. 이 자리의 보스는 가장 뒷자리에 앉아 있는 남자란 걸.

인영의 목소리가 새삼 떨렸다.

"누구기에 내게 그런 메시지를 보낸 거지?"

숨 막히는 침묵이 차 안을 가득 채웠다.

"당신이 말한 약속 시간은 지금이지만, 난 30분 전부터 와서 이쪽을 지켜보고 있었어. 뜻밖의 함정일지 모르니까. 그래서 내가 본 게 뭘까? 내가 차에 오르기 10분 전에 이 차에서 내려서 사라지던 자야. 그자는 또 누구지? 모자와 마스크를 쓰고 있는 데다 어두워서 잘 보이지 않았지만, 가로등이 있는 곳까지 뒤를……."

"그런 사소한 것을 물고 늘어질 때가 아닐 텐데?"

맨 뒷자리에 몸을 파묻고 있던 상대가 입을 열었다. 드디어 들은 목소리는 다소 걸걸한 중년 남자의 것이었다.

"자네도 궁금해서 왔을 게 아닌가. 시간 낭비일 수도 있고, 자네 말대로 일종의 함정일 수도 있는 일이지. 하지만 중요한 건 결국 여기 왔다는 거야. 지금 내 앞에 앉아서 이야기를 듣고자 한다는 거지."

중년 남자가 말을 이었다. 그의 입매에 웃음이 길게 걸렸다.

"내 말이 사실인지 거짓인지…… 그게 알고 싶어서."

"어째서."

아닌 척 애써 봐도 얼굴에 드리운 혼란스러움이 가시지는 않았다. 발신자 불명의 메시지를 받은 건 며칠 전이다. 그 며칠 동안 도무지 일상생활에 집중을 할 수가 없었다.

대체 왜? 어째서? 왜 그 사람이 나에게?

한 통의 메시지가 던진 파급력은 어마어마했다. 인영은 거뭇해진 얼굴로 중년 남자를 쳐다보았다.

"난 그 자리에 있었어. 어떤 일이 일어났는지 정확히 알고 있다고. 헛소릴 지껄이면 가만있지 않을 거야. 배후가 누구든 목적이 뭐든 간에. 나 역시 도시에서 만만치 않은 위치임을 기억해."

"정말 본인이 정확히 알고 있다고 확신하나?"

중년 남자가 낮은 소리로 웃었다. 선연히 묻어나는 조롱에 인영의 눈빛이 험악해졌다.

"내가 본 것과는 좀 다르군."

중년 남자가 천천히 턱을 매만졌다.

"영상 속의 자네는 무슨 일이 일어나고 있는지도 모른 채 허둥지둥하였지. 거, 보고 있기가 안쓰럽더군."

"당신……!"

"전투대장 얼굴까지는 기억나나? 자네를 구하기 위해 몸소 수영장으로 뛰어들었는데 말일세. 아니면, 일찌감치 정신을 잃어서 그조차 기억 못 하는 겐가."

중년 남자가 여유롭게 상대를 불렀다.

"도블락 랭커스터."

어둠 속에 앉아 있던 경비대장이 어깨를 움찔했다.

"이제부터 듣게 될 이야기는 자네나 다른 사람들이 알고 있는 것과 아주 많이 다를 걸세. 속았다는 충격이 상당할 게야. 하지만 나는 자네에게 진실을 들려주고 싶다네."

중년 남자의 목소리가 한층 낮게 깔렸다. 그것은 마치 밤의 골목 저편에서부터 자욱하게 끼는 안개와도 같았다.

"어떤가. 진실을 감당할 준비가 됐나?"

도블락이 침묵을 고수했다. 자신이 원한다면 지금 당장이라도 자리를 박차고 나갈 수 있었다.

이 자리엔 중년 남자를 포함한 네 명의 성인이 있지만 어느 누구도 도블락을 막을 순 없을 터였다. 그는 에데니카 내에서도 손꼽히게 뛰어난 신체 능력을 지녔다. 모두의 선망을 받으며 경비대장 자리에 올랐다.

어쩌면 태어난 순간부터 정해진 결과였다. 도블락 랭커스터는 첫 걸음마조차 남들보다 훨씬 빨랐으니까. 이것이 혈통이요, 그가 한 치의 의심도 없이 따라온 믿음이었다.

어느 누구도 도블락을 무시해선 안 됐다. 배신이나 농락은 용납할 수 없는 일인 것이다.

혹여 상대가 도블락 자신보다 우월한 사람일지라도.

"……왜 라키어스 님이 날 죽이려고 했다는 거지?"

맨 뒷좌석을 향한 시선이 흔들렸다. 이에 중년 남자가 턱짓을 했다.

"그에 대한 답은 저분이 주실 걸세."

도블락이 미간을 구겼다. 운전석을 등지고 있던 그는 중년 남자가 가리키는 방향으로 몸을 틀었다.

지금껏 보스와 대화를 나누고 있는 줄 알았는데 그게 아니란 말인가?

운전석과 조수석 양쪽에 사람이 앉아 있었다. 둘 중 어느 쪽이 진짜인지 몰라 다소간 헤맸다. 그리고 운전석에 비해 몸집이 약간 작은 쪽이 후드를 벗었을 때, 그는 놀라움을 감출 수 없었다.

상대는 도블락이 아는 사람이었다.

초인종이 울렸을 때 라키어스는 막 씻고 나온 참이었다.

데스크에서 분명 방문객이 있다고 연락했을 텐데 쏟아지는 물줄기 소리에 묻혔나 보다.

어깨에 수건을 걸친 채 인터폰으로 다가간 라키어스는 한동안 미동조차 하지 못했다. 화면에 뜬 인물이 지금 현관 너머에 있다는 사실이 믿기지 않았다. 그는 상대가 몇 번이나 초인종을 누르고, 답이 돌아오지 않는 상황에 불만스러운 표정을 짓는 것을 빤히 보았다.

엘리제가 펜트하우스로 찾아왔다. 이에 라키어스의 머릿속이 새하얗게 변했다. 엘리제의 시티타워 근무는 그저께가 마지막이었다. 라키어스는 세상에서 가장 절박한 도박꾼이 된 기분으로 녹음기를 내려놓은 뒤 회의를 하기 위해 떠났다.

기나긴 회의가 끝날 쯤엔 엘리제의 퇴근이 머지않은 시간이었다. 그 녹음을 할 때 라키어스 녹턴은 제정신이 아니었다. 태어나서 처음으로 두려움이 뭔지 깨달았다. 스스로의 선택이었지만, 스스로 감당할 수 있을지는 미지수였다.

엘리제가 울부짖으며 뺨을 호되게 올려붙이던 순간은 차라리 나았다. 손이 닿는 곳에 엘리제가 있었으니까.

아무래도 좋았다. 웃는 얼굴이 몇 배는 더 사랑스럽지만, 저를 향해 독을 뿜어내는 모습마저도 애처롭게 어여뻤다.

엘리제에겐 지옥과도 같은 시간이었을 거다. 그러나 함께한다는 사실만으로 라키어스에게 그것은 달콤한 지옥이 되었다. 그리고 진짜 지옥은 엘리제가 떠난 뒤부터 시작되었다.

각오했던 순간인데도 심장이 뜯겨 나가는 것 같았다. 엘리제가 멀어지고 있다는 게 온몸으로 느껴졌다. 엘리제의 향기가, 그녀의 숨결이, 그녀의 온기가 시시각각 옅어지고 있었다.

다시는 저택으로 돌아오지 않을 것이다. 두 번 다시, 제 곁으로 오지 않을 터다.

정확히 언제라고 말할 수 없는 그 순간이 오기 전까지.

라키어스는 스스로가 자초한 결과를 감내해야만 했다. 이게 유일한 방법이라고. 머리는 이해했는데 감정이 주저앉지 않았다. 그래서 녹음기에 당시의 마음을 남겼다. 언젠가 엘리제가 자신의 이야기를 들어주길 간절히 바라면서.

「퇴근하겠습니다.」

그저께 집무실로 돌아갔을 때, 엘리제는 벽시계를 가리키며 건조한 목소리로 말했다.

「회의 꽤 오래 걸리셨네요. 보고서는 책상…… 위에 올려놨습니다. 자딘, 타타발루 원로 쪽에도 전달했고요. 이만하면 맡은 바 소임을 다했다고 생각합니다.」

엘리제가 라키어스를 마주 보았을 때 그는 확신했다. 엘리제는 녹음 파일을 들었다. 어떤 생각이 들었느냐고, 조금이라도 네 마음을 돌리는 데 영향을 미쳤느냐고 묻고 싶은 충동이 일었다.

하나 라키어스는 고개를 끄덕였고 엘리제의 퇴근을 허락했다. 그녀가 휴즈가의 자택으로 돌아간 이후로 간단한 메시지조차 보내지 않았다. 엘리제가 누웠던 침대에서 그녀의 모습을 지켜보는 것도 그만두었다.

기계처럼 일에만 몰두하였다. 차라리 기계라면 감정이 없을 텐데.

타인의 고통에 공감할 수 없는 라키어스 녹턴은 오로지 엘리제에게만 반응했다. 남들에게 나누어져야 할 모든 감정이 엘리제를 향해서만 집중된 것 같았다.

그런 까닭에 엘리제는 고통과 환희의 또 다른 이름이었다. 이번 사흘은 그중에서도 치명적인 고통에 속했다.

"한데 네가……."

말을 잇지 못하던 라키어스는 우박처럼 쏟아지는 벨소리의 폭격에 정신을 차렸다. 연결 버튼을 누르자 엘리제의 소리가 들렸다. 초인종에도 빨간 불이 들어왔을 것이다. 엘리제가 인상을 찡그렸다.

『안 열어?』

순서가 잘못됐다는 뜻이다. 모르는 사이도 아닌데 왜 바로 문을 열지 않느냐는 거다.

엘리제가 맞았다. 그리고 라키어스가 틀렸다.

그녀가 직접 찾아왔다는 사실이 좀처럼 믿기지 않아서 멍청한 실수를 저질렀다. 라키어스는 버튼을 다시 눌러 인터폰을 끈 뒤 현관으로 나갔다. 문을 젖히는 손이 떨리는 것은 착각이 아니었다.

여전히 아무 생각도 들지 않았다.

"엘리제."

정말 그녀였다. 검푸른 보석 같은 눈이 라키어스를 정면으로 응시해 왔다.

지금은 일요일 밤 9시.

하나 라키어스는 시티타워에서 업무를 보다가 귀가한 직후였고, 엘리제의 방문은 너무도 갑작스러웠다. 꿈과 현실이 구분되지 않았다. 요 며칠 거의 잠을 자지 않은 탓이었다.

"……들어올래?"

초대의 말이 한발 늦게 나왔다.

"저녁은 먹었어?"

"식사하러 온 거 아니야."

엘리제가 선을 그었다. 현관으로 들어섰지만 그 이상은 넘어오지 않았다.

"할 말이 있어서 왔어."

놀랄 일이 아니었다. 다소 아득한 정신에도 그것만은 분간이 갔다. 엘리제는 누가 봐도 결판을 지으러 온 사람처럼 보였기 때문이다. 간절히 고대해 온 순간이었다.

녹음기를 꺼내 놓고 집무실을 떠났을 때부터 머릿속으로 수천 번 되풀이한 순간이기도 했다. 우습게도 막상 때가 닥치자, 대답 듣기를 유예하고 싶어졌다. 지금부터 엘리제의 입에서 나올 말을 자신이 감당할 수 있을지 두려웠다.

유일하게 상처 입힐 수 있는 사람.

말 한 마디로 라키어스 녹턴을 죽일 수 있는 존재.

그에게서 성마른 웃음이 스며났다.

"널 증오하는 걸 그만두기로 했어."

순간 세상이 멈췄다.

"네 말대로 부질없는 짓인 것 같아서."

엘리제는 지금 자신이 하는 말의 의미를 알까. 그게 어떤 무게를 갖는지 제대로 알고 있을까.

라키어스가 그녀를 뚫어지게 쳐다보았다. 엘리제는 눈을 피하지 않았다.

"왜, 놀랐어? 네 예상보다 너무 빨라서? 그게 아니면…… 네가 녹턴을 죽이지 않았다고 해도, 그의 사랑을 독차지했던 사실은 변치 않는다는 이유로."

그녀가 고개를 비딱하게 기울였다.

"우리 관계에 진전은 없다고 할 줄 알았어?"

도톰한 입술이 진홍빛 호를 그렸다. 그 말을 하는 엘리제에게선 일말의 여유마저 느껴졌다.

"잠깐 흔들렸던 건 맞다. 하지만 나는 자존심이 대단한 엘리제 녹턴이니까. 그 자존심 꺾기 싫어서라도 입장을 바꾸지 않을 거다. 그렇게 생각한 거지?"

엘리제가 자세를 바로 했다.

"그게 이제까지 네가 알고 있는 엘리제였지."

"……."

"하지만 난 달라졌어."

아무런 대꾸도 할 수 없었다. 그저 전해지는 말을 듣고만 있을 뿐.

"전투대에 있을 때의 난 자존심 같은 거 세우지 않아. 그럴 필요가 없는 녀석들이거든. 그래서 거기 있을 때 더더욱 자유롭고 즐거운 건지 모른다는 데에 생각이 미쳤어."

엘리제가 또렷한 목소리로 말했다.

"네 눈길이 닿지 않는 곳에서, 난 이렇게 성장했어."

라키어스, 하고 이름을 불러 오는 데 심장이 아프게 죄어들었다. 그 감미로운 목소리가 라키어스의 다음 호흡을 이어 가도록 도왔다.

"지금 이 순간부터 더 이상 널 원망하는 데 시간을 쏟지 않겠어. 그렇다고 당장 사귄다는 뜻은 아니니까 미친 사람처럼 좋아하지 마. 일단 네 옆의 곁가지부터 정리해. 내 탓이니 뭐니 하는 소리 따위 나오지 않도록 하는 게 좋을 거야. 떠민 건 원로원이었지만, 결정의 주체는 너였으니까."

엘리제의 눈동자가 파랗게 튀었다.

"너도 알다시피 난 전부가 아니면 가지지 않아."

라키어스가 입을 열려 했다. 이에 엘리제는 아직 제 말이 끝나지 않았음을 강조했다.

"나 분명히 말했어. 오늘부터 당장 네 연인이 되겠다는 뜻은 아니라고. 그냥…… 네게서 기회를 빼앗진 않을 거란 거지.”

엘리제가 눈을 몇 번 깜빡이더니 턱을 조금 치켜들었다.

“난 공정하니까.”

새침함마저 느껴지는 모습이었다. 엘리제가 잠시 말을 끊었다가 계속했다.

“뭐, 오늘은 그저 이 말을 전하러 왔을 뿐이야.”

“……더는 날 증오하지 않겠다고?”

“그래.”

“내 말을 무조건 부정하는 일은 없을 거라고 봐도 좋을까.”

“네가 허튼 짓만 안 하면.”

엘리제의 눈매가 가늘게 좁혀 들었다.

“믿을게.”

“그렇게 쉽게?”

“달라졌다고 했잖아. 물론 이런 내 모습은 전투대 한정이었지만.”

가볍게 고개를 젓자 풍성한 흑발이 작은 물결을 이루었다.

“어쨌든 그렇다고.”

“…….”

“내 할 말은 끝났어. 쉬던 중인 것 같은데…… 그럼 계속 쉬어.”

감청색 시선이 라키어스의 몸을 짧게 훑었다가 떨어져 나갔다. 그제야 상대가 어떤 차림인지 파악한 듯하였다. 엘리제 역시 대화가 우선이었던 거다.

잠금장치를 해제하는 손길이 자연스러웠다. 엘리제가 저 문을 여는 게 이번이 처음은 아니란 사실이 새삼 떠올랐다.

출입문이 열렸다.

익숙한 뒷모습이 라키어스의 영역을 떠나려 했다. 더는 버틸 여유가 없었다.

시야도, 머릿속도, 눌러 삼키다 썩어 버린 감정까지도 모두 새하얗게 작렬했다. 뒤에서부터 강하게 끌어안자 비로소 이것이 진저리 나는 망상이 아님을 알 수 있었다.

엘리제가 제 품에서 숨을 쉬었다. 가장 끔찍한 악몽이 방금 전에 끝났음을 확인시켜 주었다.

밖으로 젖혀졌던 출입문이 쾅 소리를 내며 닫혔다. 엘리제가 몸을 바르작거렸다.

"놔, 이거."

"잠깐만. 조금만 더."

"그렇게…… 읏! 고개를 파묻으면 옷이 젖는다고!"

"미안. 하지만 잠깐만 이렇게 있게 해 줘."

"말로만 미안해하지 말고."

상대는 여전히 빠져나갈 생각을 버리지 않고 있었다. 엘리제가 움직일 때마다 연한 장미향이 났다. 그게 견딜 수 없이 좋았다.

"벌써부터 뭐라도 되는 것처럼 막 행동하는데."

"그런 게 아냐."

"아니긴 뭐가 아니야? 이거, 좀, 놓고……. 으읏, 숨 막힌다고."

"엘리제, 엘리제, 엘리제."

"이성 놓으라고 허락한 적 없어. 세 번째 말하는 것 같은데, 오늘부터 당장 이렇게……."

라키어스가 검은 머리카락에 코를 묻고 향기를 들이마셨다. 허리쯤에서 매듭을 묶는 샤워가운이 엘리제와의 접촉에 점점 벌어지고 있었다.

맨살이 점퍼에 닿아 비벼졌다. 오랜 샤워로도 따뜻해지지 않던 몸에 욱신거리는 열기가 돌기 시작했다.

"알고 있어."

탁한 목소리가 흘러나왔다.

"바로 연인은 아니라는 거지."

"아는 자가 할 짓이야, 이게?"

"미안해. 너무…… 좋아서 그래."

그건 이유가 될 수 없다며 자신을 끌어안고 있는 라키어스의 팔을 탁탁 쳐 댔다. 오히려 또 다른 자극이 될 뿐이었다.

"고마워, 엘. 물론 네게도 쉽지 않은 결심이었겠지만, 이게 내게 어떤 의미를 갖는지 나조차 뭐라 설명할 수가 없어."

"……말 안 해도 알 것 같은데."

"그래. 그럼 그렇다고 하자."

"네 몸 너무 뜨거워."

"기뻐서 그래."

"그리고 젖어 있고."

"그건 방금 샤워해서."

"나까지 축축하게 만들지 말란 소리야."

엘리제가 팔꿈치로 그의 가슴께를 마구 짓눌렀다.

"이제 그만 떨어지지?"

"최대한 빨리 연인이 되도록…… 분발할게."

기막힌 한숨이 새는 소리가 났다. 소리의 출처는 당연히 엘리제였다.

"……대체 언제까지 껴안고 있을 셈이야, 진짜."

어이없어하는 말투와 달리 몸에서 힘이 빠져나갔다. 라키어스를 떼어 놓으려면 차라리 팔을 자르는 편이 나음을 깨달은 것이다. 이대로 두면 언젠가는 그만하겠지.

약간의 체념마저 느껴졌다. 라키어스에겐 그저 낯선 모습이었다. 엘리제는 항상 날카롭게 반응하거나 충격에 파르르 떨기만 했다. 엘리제의 말대로 이건 전투대, 소위 제 사람들에게만 보여 주던 모습인가 싶어 가슴 한구석이 간지러웠다.

라키어스의 안에서 위험 경보가 울렸다.

자신은 이미 엘리제의 새로운 면모에 사로잡힌 것 같았다.

❖

이후 엘리제가 돌아가고 한참이 지나도 한번 각성된 심신은 가라앉질 않았다.

좋은 의미에서의 불면이 시작되었다. 깨어 있는 매분 매초가 달콤한 순간이 되었다.

잘 들어갔느냐는 메시지에 답장이 날아왔다. 짧은 한 마디에 불과했지만 이렇듯 아무렇지 않게 안부를 물을 수 있다는 사실이 감격스러웠다.

"정말 달라졌구나."

그윽한 눈으로 천장을 올려다보며 속삭였다.

"우리 관계가, 드디어."

5년은 너무도 긴 시간이었다. 그동안 엘리제에겐 전투대라는 존재가 생겼지만, 라키어스에겐 그녀를 대체할 수 있는 것이 없었다.

외로움은 켜켜이 내려앉아 병이 되었다. 그녀의 목소리와 미소와 진심을 매일같이 누릴 팔십 명을 질투하고 또 저주해 왔다. 갈가리 찢어 죽이고 싶을 만큼 부러워하였다.

하지만 이제 모든 고통이 끝났다. 간절히 원했던 말이 엘리제의 입에서 나온 순간, 라키어스를 갉아 들어가던 외로움은 녹아내렸다.

찬연한 햇살에 닿아 산산이 흩어졌다.

"엘리제, 내 소중한 날개."

라키어스는 눈을 감았다. 내일부터는 완전히 다른 나날이 시작될 것이다.

지금보다 더한 행복은 과연 어떤 느낌일까.

감히 떠올려 보려 했지만 불가능하였다. 그는 이른 새벽이 될 즈음에야 잠의 귀퉁이로 내려앉았다.

꿈조차 꾸지 않는 단잠이었다.

❖

"으응……."

방금 세수를 마친 엘리제는 곤란한 표정으로 냉장고를 들여다보았다.

"아침거리 사다 놓는 걸 깜빡했네."

아직 잠기운이 묻어나는 눈을 천천히 감았다 떴다. 그런다고 해서 텅 빈 냉장고가 마법처럼 채워지는 건 아니었다. 엘리제의 표정이 시무룩해졌다.

지금 먹을 수 있는 것은 냉동실의 해시브라운과 프로즌 요거트뿐이었다. 뜨거운 물을 부어 죽처럼 먹는 오트밀은 왜 아직 남아 있는지 모르겠다. 진작 쓰레기통으로 던져 버렸어야 하는 건데.

트릭시가 건강 챙기란 노래를 하도 부르기에 성의를 보이는 심정으로 사다 놓은 것이다. 그렇게 사다 놓고는 세 번을 채 먹지 않았다. 평소에도 먹지 않은 것을 지금이라고 먹을까 보냐.

엘리제가 인상을 썼다. 그럼 남은 선택지는 전투대 가는 도중 가게에 들르는 것이었다.

공기 중에 흐르는 묘하게 날카로운 신경.

그에 반해 축 처진 몸.

죽어 가는 손님을 억지로 일으켜 세우려는 듯 과하게 시끄럽고 밝은 음악이 연달아 떠올랐다.

아, 싫어라.

벌써부터 '오늘은 새로울 거야. 어제와는 달라진 나.' 따위의 가사가 고막을 파고드는 기분이었다. 고작 햄 샌드위치 따위를 위해 그런 수고를 감내하고 싶지는 않았다.

"주스도…… 없고."

2리터 플라스틱 통을 들어 올리자 밑바닥에 애처로이 깔려 있는 노란색 액체가 눈에 들어왔다. 엘리제는 포기한 심정으로 남아 있는 주스를 마저 마셨다. 몇 모금 마시기도 전에 통이 비었다. 배에서 꼬르륵 소리가 나는 것을 무시하며 옷을 갈아입는데 누군가 벨을 눌렀다.

"……뭐지."

문을 열자 단정한 유니폼 차림의 남자가 인사를 하였다.

"안녕하십니까, 엘리제 님."

그는 호텔 룸서비스에서나 쓸 법한 은색 쟁반을 들고 있었다.

"식사를 준비했습니다. 현관에서 받으시겠습니까? 원하신다면 식탁까지 옮겨 드릴 수도 있습니다."

"……이건 뭐죠?"

"아침 식사입니다."

"어디서 오셨죠?"

"플랑체 호텔입니다."

네 블록 떨어진 곳에 위치한 고급 호텔이었다.

"호텔 조식 뷔페가 언제부터 배달 서비스를……."

여기까지 말하다가 입을 다물었다. 짐작 가는 곳이 떠오른 까닭이다. 남자도 엘리제가 말을 멈춘 이유를 눈치챈 것 같지만 그저 정중한 미소를 지을 따름이었다.

"여기서 받을게요."

"예, 조심하십시오. 무겁습니다."

쟁반을 넘겨받았다. 남자의 말은 사실이었다. 상당한 무게가 엘리제의 팔에 전해졌다.

"저, 근데."

"말씀하십시오."

"내일도 오시나요? 설마 이렇게 계속……."

"일단 평일에는 매일 찾아뵙도록 되어 있습니다."

뭐라 할 말이 없었다. 그저 고개를 끄덕이다가 배웅했을 뿐이다. 발로 문을 닫고 부엌까지 걸어갔다. 사각 덮개를 열자마자 먹음직스러운 냄새가 따뜻한 습기와 함께 훅 올라왔다.

"아주 호화판이네."

아침부터 이처럼 거하게 먹어도 되는 걸까 싶었다. 그때 엘리제의 배에서 들려오는 소리.

"……버릴 순 없잖아?"

비프스튜를 한입 떠먹자마자 휴즈가의 작은 부엌은 그대로 호텔이 되었다.

다 먹을 수 있으려나.

얼핏 그런 생각이 들었지만 불필요한 걱정이었다. 엘리제는 디저트 과일까지 깨끗이 비웠다.

"이건 또 무슨."

현관을 나서자마자 제자리에 멈췄다. 검은색 택시에서 내린 기사가 차 뒷문을 열어 주었다. 일반 택시와 달리 예약 손님만으로 운영하는 서비스였다.

"타시지요, 엘리제 님."

"하……."

진입로를 메우고도 남을 만큼 깊은 한숨이 흘러나왔다. 하지만 이건 시작에 불과했다.

그냥 시작도 아니고, 아주 작디작은 시작 말이다.

퇴근하는 엘리제를 멈춰 세운 건 주차장까지 들어와 있는 택시였다. 아침과 같은 차가 대기하고 있었다. 그걸 어떻게 알 수 있냐면 번호판을 가리키겠다.

번호판이 같았다.

"미쳤어, 라키어스. 완전히 폭주하고 있네."

아예 엘리제 전담 기사를 붙여 버린 것 같았다. 저택에 살 때처럼, 어디를 갈 때마다 푹신한 뒷좌석에 고이고이 모셔질 판이다.

엘리제가 넌더리 내며 고개를 저었다. 라키어스는 정도를 알지 못했다.

"내가 증오하는 걸 그만두겠다고 했지, 언제 당장 사귄댔어? 아주 신남을 주체 못하고 말이야."

엘리제가 택시 쪽으로 걸음을 옮겼다. 바이크를 타고 갈 테니 기사님은 돌아가셔도 좋다고 할 참이었다.

"꼭 연애 처음 해 보는 10대처럼 어디까지……."

엘리제가 말을 멈추었다. 거기엔 두 가지 이유가 있었다.

하나는, 얼떨결에 진실을 말하고 만 점이었다.

라키어스 녹턴은 연애를 처음 하는 것이 맞았다. 약혼녀 하샤즈와의 데이트는 어느 것 하나 미리 계획하지 않은 게 없었다. 모든 발언과 사소한 행동이 상황을 유리하게 끌어가기 위한 장치였다.

하샤즈 이전에 라키어스와 교제한 사람은 없었다. 공식적으로나 비공식적으로나 전무했다. 그러니 본인부터가 좋아서 하는 연애는 이번이 처음인 것이다. 물론 그건 라키어스의 간절한 바람일 따름이고, 엘리제는 아직 연애를 하겠다고 말하지 않았다.

자, 좋다.

첫 번째 이유는 설명이 끝났다.

그럼 엘리제가 갑자기 말을 멈춘 두 번째 이유는 뭘까.

"……저기요, 리더님?"

엘리제의 표정이 일그러졌다.

"작작 하세요."

운전석 창문이 내려간 너머엔 아침에 본 기사 대신 라키어스가 앉아 있었다. 천연스럽게 선글라스를 쓴 채 이쪽을 쳐다보았다. 모양 좋은 입술에 미소가 걸렸다.

"오늘 하루 잘 보냈니?"

그가 눈으로 옆 좌석을 가리켰다. 기사의 옷까지 빼앗아 입었나 했는데 그건 아니었다. 단단한 몸을 감싸고 있는 연회색 슈트는 라키어스 본인 것이었다.

퇴근한 즉시 전투대로 온 모양이다.

'설마 시티타워에서부터 택시를 몰고 온 건 아니겠지?'

으리으리한 시티타워 앞에 홀연히 서는 검은 택시. 기사가 내려 라키어스에게 인사를 하고, 젊은 리더는 미소로 화답한다. 잠시 후 기사가 뒤쪽으로 돌아간다.

이 광경을 본 사람들은 당연히 그가 리더를 위해 문을 열어 주는 줄 알 것이다. 하지만 기사는 인도에 올라서고, 왜인지 모르겠지만 젊은 리더가 운전석에 올라탄다.

이윽고 검은 택시가 유유히 시티타워 앞을 떠난다.

인도에 서 있는 기사를 남겨 둔 채.

사람들은 혼란에 빠질 터였다.

방금 뭘 본 거지? 라키어스 님이 왜 택시를 몰고 가시는 거지? 전용 세단과 기사는 어쩌고?

혹시 타블로이드에 제보가 들어간다면 이런 제목의 기사가 뜨지 않을까.

『우리 리더님이 택시 기사일 리 없어.』

너무 뜬금없는 기사라 후속 보도가 필요할 것이다. 여기저기서 익명 제보가 이어질 터다. 타블로이드 기자의 구미를 자극하기 좋은 소재였다.

그렇다면 다음 날 메인은 이거.

『택시 기사로 위장 취업한 도시의 리더님께 잔뜩 사랑받고 있습니다.』

누가 봐도 완벽한 최상류층 영애 하샤즈. 그녀는 사실 눈속임을 위한 상대였고, 리더에겐 비밀 연인이 있다는 내용이다. 검은 택시가 쏘아올린 작은 공은 곧 에데니카를 흥분에 빠뜨릴 터였다.

망상은 거기까지.

엘리제는 관자놀이를 꾹꾹 누르며 대체 이 상황을 어떻게 받아들여야 할지 고민했다.

"돈이 없어?"

저절로 한숨이 나오려 했다.

"연봉이 부족해? 그래서 퇴근 후 투 잡이라도 뛰기로 한 거야?"

"무슨 뜻인지 모르겠지만 귀여운 소릴 하네."

라키어스가 해사하게 웃었다.

"계속 서 있을 건가?"

"아침에 호텔 식사를 갖다 바칠 때부터 알았어야 했는데. 내가 그만 배고픔에 눈이 멀었어."

엘리제는 결국 스스로에게도 책임을 물었다. 상대는 뭐가 잘못됐는지 눈곱만큼도 모르는 눈치였다. 이럴 때 가장 쉽게 범하는 우가 자책이다.

"데려다줄게."

"……오늘이야말로 바이크 타고 간다."

"못 탈 걸?"

이게 무슨 소린가 싶었다.

"펑크 난 바이크 몰고 갈 재주 있으면 시도해 보고."

"……."

"나라면 하지 않을 거야. 일단 피곤하잖아. 종일 일하기도 했고."

엘리제가 바이크로 달려가 상태를 확인해 보려 했다. 하지만 몸이 움직이지 않았다.

빌어 처먹을 염력.

"농담이야."

"……너 왜 아직 살아 있지."

"내가 네 물건을 망가뜨릴 리 없잖아, 엘. 한 번이라도 그런 적 있던가?"

라키어스가 선글라스를 벗었다. 새삼 기억을 더듬어 보는 듯 눈을 가늘게 좁혔다.

"없는 것 같은데."

"오늘 내가 집무실에서 한 일이 뭔 줄 알아? 바로 줄줄이 도착하는 택배 받기였어."

엘리제가 몸에서 힘을 빼자마자 망할 염력이 싹 거둬졌다.

"의자, 책상, 소파, 테이블, 스탠드, 철제 캐비닛, 벽에 거는 거울까지. 아주 가구점을 터셨지?"

"조금이라도 별로면 돌려보내."

"애들이 무슨 일인가 싶어 눈을 떼질 못했다고."

"아예 전투대 비품을 새로 바꿔 줄까?"

"응."

라키어스가 처음 보는 표정을 지었다. 수려한 얼굴에 떠 있는 것은 '놀라움' 이었다. 반면 엘리제는 침착했다.

"경비대가 참 반짝반짝하더라."

경비대 건물엔 청소를 담당하는 용역이 따로 있었다. 넓기도 넓거니와 전문가의 손길이 필요한 각종 시설 또한 많기 때문이었다. 한편 전투대는 저마다 돌아가며 청소하는 당번제였다.

본인 방은 본인 책임이고, 복도와 계단과 샤워룸은 비번인 대원들이 청소하였다.

"뭐, 청소까지는 필요 없고. 대신 그건 좋아 보였어. 라텍스 침대. 우리 애들 아픈 데 많아서 잠자리가 중요해."

"……약간 기다렸다는 듯이."

"명장은 기회를 놓치지 않지."

엘리제가 엄숙한 어투로 말했다. 라키어스의 표정이 복잡해졌다. 지금 상황에 적절한 말이 아닌 것 같은데.

용법을 따져 보는 사이 엘리제가 조수석에 올라탔다. 라키어스가 벗어 놓은 선글라스를 가져가 자연스럽게 썼다.

"출발해."

시동을 거는데 실소가 새어 나왔다. 라키어스는 결국 피식 소리를 내고 말았다. 예전에도 그랬지만 더 대단해졌다.

정말이지 종잡을 수 없는 공주님이었다.

❖

"어디서 꽃향기가 나나 했더니."

엘리제가 뒷좌석을 쳐다보고는 고개를 절레절레 흔들었다.

"너무 빤하잖아. 여자 만날 땐 무조건 꽃다발. 매뉴얼대로밖에 못 하냐고."

하샤즈 때도 그러더니 제게도 똑같은 방법을 써먹는다며 투덜거렸다. 지나침과 안일함과 지겨움이라는 단어가 연달아 나왔다. 쏘아붙이는 빨간 입술이 너무 탐스러워 보여서 하마터면 신호를 놓칠 뻔하였다.

"일부러 준비한 건 아냐."

라키어스가 답했다.

"오는 길에 꽃집이 보이더군. 순간 네 생각이 났어."

"말만 번드르르해 가지곤."

"예쁜 것을 보면 네 생각이 나."

원래는 하는 말마다 토를 달 기세였는데, 엘리제가 돌연 입을 다물었다. 아마 수용 가능한 범위를 넘어서는 말이었나 보다.

"이 모습 그대로…… 꽃을 샀다는 거야?"

엘리제의 시선이 라키어스를 훑었다. 이로써 그녀가 민망함 때문에 입을 다문 것은 아님이 드러났다. 약간 아쉬웠다.

엘리제는 뺨이 발그레해졌을 때가 귀여운데.

일부러 시선을 먼 곳에 둔 채 입술을 꾹 오므리는 표정은 라키어스가 특히나 아끼는 모습이었다.

"창틈으로 카드 넘겼어. 꽃은 뒷좌석에 바로 놓아 달라고 했고."

선글라스 너머로 어떤 눈을 하고 있는지 보이지 않았다. 또다시 아쉬워졌다.

"제대로 못 봤을 거야."

"어찌 그리 확신하시죠?"

"선글라스도 쓰고 있었잖아."

"……."

"네가 완전히 날 받아들이기 전까지는 다른 사람에게 들키지 않으려고 조심하고 있어."

라키어스가 나직하게 말을 이었다.

"넌 어떤 압박도 받고 싶지 않다고 했으니까."

"조심하고 있다고?"

엘리제가 불쑥 물었다.

"들키지 않으려고…… 조심?"

같은 말을 거듭 입에 담았다. 무엇이 문제냐는 듯 담담히 쳐다보자, 상대는 한동안 말을 잇지 못했다.

"집까지 찾아오는 호텔 조식에, 갑자기 전투대장 집무실로 들이닥치는 새 가구들. 거기다 일 많이 하기로 둘째가라면 서운할 사람이 정시 퇴근해서 집까지 차를 태워다 줘."

엘리제가 덧붙였다.

"그에 멈추지 않고 꽃도 샀지."

선글라스를 벗자 사랑스러운 감청색 눈동자가 드러났다.

"뭘 조심하고 있다는 건데."

"있는 힘껏 최대한."

"내일 신문 1면에 나도 이상하지 않아. 라키어스 리더의 괴이한 행보. 이쯤에서 되짚어 보는 녹턴 남매의 관계."

"뜨거움."

엘리제는 날카로운 눈초리로 상대를 응시했다.

지금 농담이라고 붙인 말이겠지?

한데 이걸 어쩌나. 재미가 없다. 뜨거움 좋아하시네. 이건 뜨거움을 지나쳐 폭주기관차처럼 내달리는 모양새였다.

"집에 들어오라고 하지 않을 거야."

"응, 안 하는 게 좋아."

라키어스가 말했다. 그는 꽃은 잘못이 없다는 헛소릴 하며 끝끝내 엘리제의 품에 화사한 꽃다발을 안겼다.

"조심히 들어가렴, 엘."

집에 들어오자마자 꽃을 내려놓고 씻기부터 했다. 그리고 엘리제가 물기를 닦으며 밖으로 나올 쯤엔, 거실에 작약 향기가 은연히 퍼져 있었다.

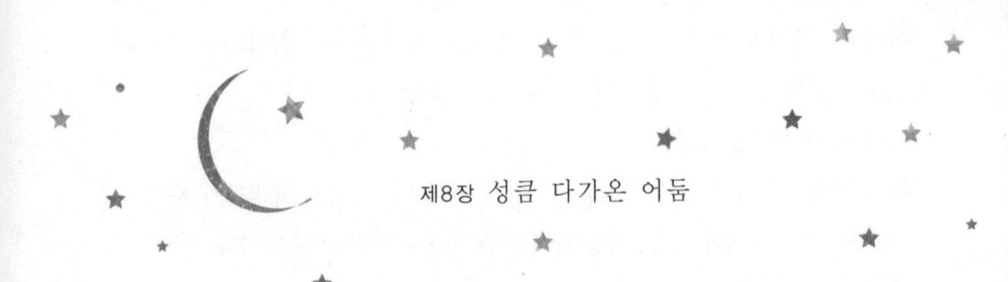

제8장 성큼 다가온 어둠

말론과 알뷔시.

두 원로의 숙원은 에데니카에 버금가는 도시를 짓는 것이었다. 원로들이 처음 도시를 구상했을 때, 그것은 지금의 에데니카 모양이 아니었다. 중심 도시가 한복판에 위치하며, 그보다 작은 부속 도시 네 개가 이어져 있는 구도였다.

다행히 강을 확보하긴 했지만 이다음을 어떻게 해야 할지가 막막했다. 이때 등장한 자가 녹턴이었다. 상급의 순혈 천사와 악마도 쉽사리 진행하지 못하는 일을 인간이 해냈다.

녹턴의 머릿속에는 이미 모든 그림이 완성되어 있었다. 원로들은 그가 어떤 식으로 도시를 설계해 가는지를 똑똑히 보았다. 그렇게 '설계자'로부터 보고 배운 것이 상당하였다.

차후엔 각자 의견을 내기 시작했고, 시행착오 끝에 경험치를 쌓았다. 시간과 경험이 축적되자 슬며시 처음 품었던 꿈이 고개를 들었다. 하지만 녹턴이 단호히 반대했다.

너무 이르다는 이유에서였다. 하긴, 에데니카가 안정권에 들어선 지 얼마 되지 않았긴 했다. 이후로 몇 년이 지날 때마다 두 원로는 부속 도시 건을 꺼냈고, 녹턴은 매번 강하게 반대하였다.

그러던 녹턴이 죽었다.

5년이 흘렀다.

말론과 알뷔시는 때가 되지 않았나 하는 데서 의견일치를 보았다. 이윽고 회의가 잡혔다. 라키어스는 제 양아버지와 비슷한 의견을 냈다.

"부속 도시 건설이라."

보고서를 보는 눈이 회의적이었다.

"좋은 의견입니다. 일자리 창출과 새로운 비전 제시로 누적된 불만 및 범죄를 막는 효과……. 분명 이런 장점도 있겠죠."

물론 오만한 녹턴에 비하면 훨씬 부드러운 어조였지만,

"역시 시간을 두고 생각해 볼 문제 같습니다."

오랫동안 거절을 당해 온 두 원로의 눈에는 라키어스 역시 녹턴과 다를 바 없어 보였다. 회의실이 소란스러워졌다. 거기다 자딘마저 반대 의사를 표명하고 나서자 분위기는 더욱 격렬하게 바뀌었다. 이때 타타발루가 등판했다.

그는 프로젝트가 시작되기만 하면 사재(私財)를 털 의사까지 있다며 저쪽에 힘을 보탰다. 그러자 여태 보고서만 보던 원로들이 하나둘씩 찬성을 표하였다. 뒤에서 어떤 공작이 이뤄졌는지는 모르겠지만, 대세는 말론과 알뷔시에게 기울고 있었다.

"중대한 사안이니만큼 시민의 의견도 들어야 합니다."

"물론이네."

"적당한 날을 기해 투표할 걸세."

하나 그에 앞서 시민의 판단을 도울 정보를 수집해야 한다고 말하였다. 녹턴이 에데니카를 세울 때와 똑같이 하는 거라고 덧붙였다. 라키어스가 여전히 탐탁지 않아 하는 동안, 원로들은 내부 투표를 시행했다.

찬성 7, 반대 3, 기권 2.

말론과 알뷔시는 타타발루를 향해 잔을 들어 보였다.

오늘도 호화로운 아침이었다. 메뉴가 매일 바뀐다.

설거지를 할 필요도 없이 먹기만 하면 그만이다. 빈 쟁반을 창밖의 야외 테이블에 올려놓으면, 엘리제가 일하러 간 사이 수거해 가곤 했다. 엘리제는 보들보들한 에그 스크램블을 뜨다 말고 화병에 눈길을 주었다.

라키어스가 보낸 두 번째 꽃다발이 청록색 화병에 꽂혀 있었다. 꽃망울을 활짝 터뜨린 분홍빛 장미가 탐스러웠다. 코를 가까이 가져다 대면 싱그러운 향기가 느껴졌다.

“너무 쾌적해.”

엘리제가 중얼거렸다.

“모든 게 완벽하고 수준이 높아. 이건 아니라는 생각이 들 정도로…….”

선물 공세는 계속되고 있었다. 십 수 년에 달하는 경험이 라키어스의 밑바탕이 되었다. 엘리제가 무엇을 좋아하는지, 툴툴대면서도 허용하는 정도는 어디까지인지를 정확하게 파악하였다. 얼핏 내키는 대로 퍼붓는 것 같지만 실로 촘촘한 선물 공세였다.

“소름.”

따끈한 크루아상을 베어 물었다.

“아슬아슬하게 마지막 선만은 안 넘고 있잖아.”

그러다가 문득 의문이 들었다. 왜 녹턴의 부는 아무런 죄책감 없이 누렸으면서 라키어스가 주는 것은 자꾸 선을 긋는지가 이상했다.

어째서일까?

녹턴은 제 유산을 고스란히 라키어스에게 남겼다. 지금 라키어스가 쓰는 돈이 곧 녹턴의 돈이었다.

둘이 뭐가 다른데?

녹턴이 살아 있을 땐 심지어 뿌듯한 기분으로 모든 혜택을 누렸었다. 엘리제는 포도 알을 집어 들었다. 청포도와 적포도가 언쟁을 하기 시작했다.

"그건 아직 네가 라키어스를 받아들이지 못해서가 아닐까? 일단 증오를 멈추겠다고 선언했지만, 감정적으로 정리가 덜 된 거지."

엘리제는 말이 끝난 청포도에게서 적포도로 시선을 옮겼다.

"그럼 나중에라도 라키어스를 받……아들이면 녀석의 돈을 맘대로 써도 된다는 거야? 그 녀석이야 신나서 갖다 바치겠지. 하지만 내 기분이 더러운데?"

청포도가 고개를 도리도리 저었다.

"왜 굳이 둘을 분리하려고 해? 녹턴을 떠올려 봐."

"녹턴이 뭐?"

"널 구했을 때 그는 이미 에데니카의 실세였어. 제일가는 부자인 데다 권력자였지. 반하기야 첫 만남에 반했지만, 그를 차지할 마음이 든 건 도시로 들어온 후잖아. 모두를 꼼짝 못 하게 하는 힘에 매료됐잖아."

"그렇게 따지면 왜 라키어스에겐 반발감이 드는 건데?"

"균형이 맞지 않는다고 생각해서가 아닐까?"

"무슨 균형?"

"녀석은 네 발 밑에 에데니카를 바치려고 하는데, 넌 그냥 미소 한 번만 지어 주면 되어서."

적포도가 청포도를 죽일 듯이 노려보았다. 씨 없는 놈이 잘도 나불대고 있겠다?

반면 청포도는 허를 찌르지 않았냐는 듯 우쭐대었다.

"약간 그런 느낌이잖아. 권력자의 사랑받는 첩."

이제 엘리제도 청포도를 노려보았다. 불꽃같은 침묵이 계속되었다.

"네놈에겐 죽음뿐이다."

청포도 알을 입안에 털어 넣고 와작와작 씹었다.

"너도 같이 가."

적포도 알까지 씹어 삼켰다. 왠지 분이 풀리지 않았다.

"……애첩?"

왜 더럽게 기분이 나쁘지.

"같은 권력자가 되면 좀 덜하려나?"

충전 중인 휴대폰이 진동했다. 절묘한 타이밍이었다. 메시지 발신자는 라키어스였다.

[오늘 아침 메뉴 중에 제일 맛있게 먹은 게 뭐지?]

두 번째 메시지가 왔다.

[끔찍한 원로원 회의를 견딜 귀여운 소식 하나만 들려줘.]

엘리제는 청포도를 노려봤던 눈빛으로 메신저 창을 보았다. 답장을 보낼까 하다가 그만두었다. 5분쯤 지났을까. 휴대폰이 다시 진동했다. 식탁에서 일어서다 말고 창을 들여다보았다.

"이게 무슨 소리지……."

라키어스인 줄 알았는데 비안카였다. 그건 그렇다 쳐도, 문장의 앞뒤가 도무지 연결되지 않았다.

[대장, 밑에 내려오니까 공문이 와 있어! 근데 도시 또 생겨?]

공문이란 것을 직접 확인해야겠다는 생각이 들었다. 양치를 끝내자마자 현관문을 나섰다.

❖

"귀찮은 건 죄다 우리 몫이지……."

엘리제가 까드득 이를 갈았다. 옆에서 트릭시가 비싼 의치 해 넣을 일 있냐고 한 소리 하였다. 전투대장의 근심이 깊어졌다.

시티타워 근무 끝난 지 얼마나 되었더라? 이제야 한숨 돌리나 싶었는데 이것 봐라. 망할 놈들이 무슨 참신한 짓거리를 저지르고 있는지 보란 말이다.

"말론. 알뷔시."

엘리제는 두 원로의 얼굴에 표창을 던지는 상상을 해 보았다. 아무래도 표창으로는 성에 안 찰 것 같다. 시원하게 도끼로 가자. 아니면 기관총이라도 갈기고 싶다. 녹턴이 살아 있을 때부터 부속 도시에 대한 집착을 버리지 못하더니 결국 이렇게 되었다.

"두 번째 도시, 좋지."

엘리제의 눈에 광분이 돌았다.

"근데 여기부터 제대로 해. 이 엿 같은 놈들이……."

"환경 조사 보고서."

트릭시가 공문을 따라 읽었다.

"금일부터 매일 전원 출동하여 토양 샘플…… 대기 오염도…… 수원, 수, 수원……. 이게 무슨 단어야?"

엘리제가 책상 위에 극적으로 엎어졌다. 시티타워 놈들이 공문과 함께 두고 간 샘플 채취 키트가 집무실 한쪽에 산처럼 쌓여 있었다. 위엣 놈들이야 입만 나불대면 그만이다.

완벽한 습도와 온도를 자랑하는 회의실에 앉아 무슨 건물부터 짓느니 도로가 어쩌니 따위를 논하겠지.

그들의 주장을 공고히 할 증거는 온전히 전투대의 피와 땀으로 수집될 것이다. 찬성표를 던진 일곱 명의 면면을 확인하고 싶었다.

밤에 침실로 찾아가서 쏴 버리게.

"준비 완료했습니다."

4조장 실바노가 집무실로 걸어 들어왔다.

"이걸 옮기면 됩니까?"

"험비 복잡하니까 트럭에 실어."

책상에다 이마 찧는 대장을 대신해 트릭시가 지시하였다. 실바노는 고개를 끄덕인 뒤 중형 냉장고만 한 박스를 어깨에 짊어졌다. 가뿐히 들어 올리는 모습에 트릭시가 박수를 보냈다.

"브라보."

그녀는 공문 뒷장을 확인하며 마저 지시를 마쳤다.

"그거랑 이거랑 저것도 옮겨. 아, 그 뒤에 있는 것도."

"트릭시 킨스키."

"왜요, 전투대장님?"

"그냥 네가 대장하시면 안 되나요? 제가 바로 넘겨 드릴게. 저는 따로 할 일이 생겨서요."

"그게 뭘까요?"

"암살이요."

"……."

"팔로마 어떻게 처리했는지 봤지? 똑같이 해 주게."

"……그렇게 하면 암살이 아닌 거 아닌가."

"아아아아아아!"

엘리제가 벌떡 일어나 책상을 걷어찼다. 최고급 가구는 내구성도 튼튼한지 재차 이어진 발길질에도 흠이 생기지 않았다. 트릭시는 모처럼 들어온 비싼 비품에 화풀이하지 말라며 대장의 엉덩이를 차려고 했다.

5조장 곤이 소리 없이 문간에 나타났다. 트릭시의 탄탄한 다리가 자연스럽게 반대편 무릎으로 날아가 걸쳐졌다.

"이러고 살아, 트릭시 킨스키?"

엘리제가 배신감 짙은 얼굴로 돌아보았다.

"뭐가?"

3조장이 뻔뻔한 얼굴로 발뺌하였다. 한편 곤은 안에서 무슨 일이 일어났든 관심 없다는 표정이었다. 그가 주차장 쪽을 향해 고갯짓했다.

"완료."

"……왜 너흰 나보다 성실해?"

곤은 대꾸하지 않았다.

“매일 전원 출동이라니 미쳤냐고.”

“분명히 귀찮긴 하지만.”

트릭시가 공문을 내려놓으며 말했다.

“우리 아니면 누가 해.”

“으윽.”

“매번 연구원이며 전문가들 모셔 갈 순 없잖아. 거기가 어디라고 데려가.”

엘리제가 인상을 힘껏 구겼다.

“그리고 이번엔 상이 걸려 있어. 평소 공문이 어땠는지 떠올려 봐. 직업 탐방 안 나가면 다음 분기 예산을 대폭 삭감한다느니 협박 일색이었잖아.”

이번 공문은 달랐다.

마지막까지 성의를 다한다면 150%에 달하는 격려금에, 다음 분기 예산을 늘려 주겠다는 내용이 있었다. 먼 훗날의 이야기긴 하나 신도시의 기념비에 전투대 전원을 올린다는 내용도 눈길을 끌었다.

어쨌든 이번엔 최소한의 형식을 갖췄다는 소리였다. 엘리제가 깊은 한숨을 내쉬었다.

“다른 사람들은 이 노고를 알까.”

천장을 한 번 쳐다본 뒤 집무실을 나갔다. 무언의 재촉을 보내고 있던 곤이 뒤를 따랐다.

“대장! 시티타워가 도시락도 보내 줬어!”

험비에 타고 있던 비안카가 목소릴 높였다.

“웬일이래? 언제 우릴 이만큼 챙겨 줬다고.”

말은 그리하면서도 도시락 내용물이 궁금한지 자꾸 배달박스를 보는 눈치였다. 엘리제는 아무런 기쁨도 느껴지지 않는 웃음을 지어 주었다.

“참.”

오른 손목에 끼고 있던 팔찌를 빼내어 로비 벽을 향해 던졌다.

나이스.

엘리제 이름이 적힌 고리에 제대로 들어갔다. 이로써 여든한 명의 팔찌가 로비 벽을 장식하게 되었다. 이것은 전투대만의 의식이었다. 평소 양쪽 손목에 팔찌를 차고 다니다가 정찰을 나갈 때마다 팔찌 하나를 로비의 고리에 거는 것이다. 딱히 종교적인 의미는 없지만 나름대로 안녕을 기원하는 행동이었다.

"대장."

마하가 생긋 웃으며 인사했다. 엘리제의 바이크 안장을 내려다보더니 얼른 제 소매로 무언가를 닦았다.

"베이비."

엘리제가 가벼운 웃음으로 답한 뒤 바이크에 시동을 걸었다.

"흙 퍼 담고 사진 수천 장 찍어서 돌아오면 되는 거지?"

"그런가 봐. 하여간 시티타워 놈들은 일을 만든다니까?"

"차라리 정찰보다 낫지 않나?"

"나도 정찰보다 좋은 것 같은데. 이렇게 다 같이 나가는 것도 오랜만이고."

"소풍인 줄 아냐, 등신아."

"왜 갑자기 욕이야, 개똥같은 게."

언제나 느끼는 거지만 전투대는 참 화목한 분위기다. 엘리제가 바이크를 출발시켰다.

게이트에 도착하자 경비가 허가증을 요구했다. 별생각 없이 점퍼 주머니를 뒤적이는데 휴대폰밖에 잡히지 않았다.

"또 맛이 갔지?"

뒤에서 쓱 내밀어 오는 게 있었다. 트릭시가 매우 열등한 생명체를 보는 눈으로 엘리제를 쳐다보았다. 올리브색 손에 들린 것은 공문이었다.

"상태가 영 안 좋다니까?"

"여기."

엘리제가 눈 하나 깜짝 않고 공문을 받아 건넸다. 통과 허가가 떨어졌다.

"한데 노인네들 의욕이 지나쳐. B9부터 시작하라니. 거기 한 번도 가 본 적 없는 주제에."

"F9이 아닌 게 어디야."

트릭시가 코웃음을 쳤다.

"그래도 조사 구역이 점점 가까워지니까, 뒤로 갈수록 시간이 적게 걸리지 않을까?"

"그렇겠지."

엘리제는 게이트를 떠나기 전 마지막으로 휴대폰을 확인했다. 고민의 시간은 짧았다.

[연어 마리네이드.]

발송 버튼을 누른 다음 휴대폰을 껐다. 지금부터는 전투대 타임이었다.

"웜, 발명품 가져왔지?"

점심 도시락을 비운 엘리제가 웜에게 다가왔다. 후식으로 들어 있는 젤리를 쪽쪽 빨 때마다 입술이 오므라들었다.

"그거, 빨간 동그라미."

"여든한 명이 아주 옹기종기 모여 있어. 무슨 발진 같다고. 징그러워."

"내 눈엔 열매 같은데? 귀여워."

"……방금 먹은 메뉴 확인시켜 줄까?"

"같은 걸 먹었으니까 굳이 그럴 필요는 없어."

엘리제가 생글생글 웃었다.

"이름 지었어?

웜이 식사하는 동안 옆에 내려놓았던 기기를 쳐다보았다. 엘리제가 괴생물체에게 끌려간 날, 첫 테스트를 해 본 발명품이었다. 아군의 수와 위치를 확인함과 동시에 적의 접근을 알리는 기기였다.

"……카운트 매니저?"

"진심?"

엘리제가 젤리 팩을 끝까지 빨아들인 다음 되물었다.

"이제까지 지은 거에 비해 너무 심심하지 않나?"

"뭐, 하나쯤은……."

웜이 어깨를 으쓱하며 안경을 밀어 올렸다. 엘리제는 그런 웜을 보다가 같이 어깨를 으쓱하였다. 제작자 본인이 그리하시겠다는데 엘리제가 입을 댈 이유는 없었다.

"그럼 수고."

자신의 바이크로 돌아왔다.

샌드위치를 끝낸 뒤 후식으로 들어가려는 비안카와 젤리를 약탈하려는 비하르트가 보였다. 화끈한 1조장은 빼앗아 간 걸 당장 내놓지 않으면 손바닥에 구멍을 뚫어 버리겠다고 위협하였다.

2조장은 젤리를 별로 좋아하지도 않으면서 저런다. 한 번씩 가다가 여동생의 분노를 자극하고 싶은가 보다.

"엇, 대장!"

쓰레기를 버리러 가는 척하면서 비하르트의 팔을 가볍게 꺾어 주었다. 비안카가 까르르 웃음을 터뜨리더니 제게 날아오는 젤리 팩을 기쁜 얼굴로 잡아냈다.

"너무한 거 아니야?"

비하르트가 상처 입은 눈으로 돌아보았다.

"편애가 심해. 자각하고 있어?"

"무슨 소릴 하는 건지 모르겠네. 난 그저 불의를 처단했을 뿐인데."

"불의라니."

비하르트가 정색했다.

"악의라고는 없는 귀엽고 소소한 장난이라고."

"고간을 젤리로 만들어 줄까!"

저쪽에서 듣고 있던 비안카가 소리를 질렀다. 그러자 응원의 함성이 2조에서 터져 나왔다. 어째서 비안카가 이끄는 1조도 아니고, 비하르트의 조에서 파이팅 소리가 나오는지는 알 수 없었다. 그들은 조장이 차가운 시선을 던져도 아랑곳하지 않았다.

"젤리! 젤리!"

"고간! 고간!"

신나게 외쳐 댔을 따름이다. 이런 걸 보면 조원들은 점점 자신의 조장을 닮아 가는 것 같기도 하다. 엘리제는 웃음을 참으며 일동을 눈으로 훑었다.

식사를 완전히 끝낸 뒤 놀고 있는 녀석이 대부분이었다. 젤리 팩을 빨면서 캐치볼을 하고 있기도 했다. 이만하면 슬슬 휴식시간을 끝내도 되겠지 싶었다.

"10분 뒤부터 샘플 수집 시작할 거야. 직접 키트 만질 녀석들은 트럭에서 손 소독하고 나와."

보초, 사진 촬영, 샘플 수집.

전투대를 크게 세 팀으로 나누었다. 당연히 뒤로 갈수록 시간이 오래 걸리는 작업이었다. 참고하라고 첨부한 매뉴얼 또한 전문 용어 일색이어서 진행이 더욱 더뎠다.

엘리제는 샘플 팀을 맡았다. 마치 유치원생을 앞에 둔 과학 실험 선생님이 된 기분이었다.

"대충 흙만 퍼 담으면 될 줄 알았는데, 속은 것 같아."

비안카가 입술을 삐죽 내민 채 엘리제가 하는 양을 힐끔거렸다.

"어쩐지 도시락도 챙겨 주더라니."

일회용 마스크를 쓰고 있어서 다소 웅얼거리는 발음으로 들렸다.

"내일도 이렇게 오래 걸릴까, 대장?"

"글쎄."

엘리제는 매뉴얼을 다시 들여다보았다. 1시간째 하고 있는 건데도 샘플을 채취할 때마다 확인해야 했다.

"그래도 오늘보단 낫겠지."

"흐응."

"그러길 바라야지."

라키어스에게 가장 맛있게 먹은 아침 메뉴를 알려 주는 대신 질문을 할 걸 그랬다.

전투대를 동원하는 일에 너도 찬성하였느냐고. 찬성하지 않았다면, 그럼 넌 뭘 했느냐고.

'번거로워 죽겠네.'

사실 엘리제 안에서도 짜증이 차곡차곡 쌓여 가고 있었다. 트릭시와 곤 앞에서 난리를 피운 건 엄살이 아니었던 거다. 오는 동안 막연히 생각했었다.

한 구역을 처리하는 데 이틀이면 충분할 것이라고.

총 열여덟 구역이니까 36일. 주말을 고려하면 끝날 때까지 7주.

솔직히 7주도 너무 길다고 여겼는데, 지금 이대로라면 최소 10주는 걸릴 판이었다.

'돌아가면 반드시 따져야지.'

라키어스와 대면해야겠다. 조직의 수장으로서 긴밀한 대화가 필요했다. 단순히 '전투대가 봉이냐!' 하고 발을 구를 문제가 아니었다.

첫째, 왜 공문은 당일 아침에 내려왔나.

대량의 샘플 채취 키트에 도시락까지 준비된 것으로 보아, 아무리 늦어도 어제 오전에는 결정된 사안일 터. 미리 말해 줄 수 있지 않느냐는 거다. 사적으로가 아니라 상식적으로 말이다.

둘째, 리더들은 관련 지식이 전혀 없는 비전문가 손에 일을 맡겼다. 그러니 차후 샘플에서 무슨 문제가 생기더라도 우릴 탓하지 말라. 물론 우린 매뉴얼을 착실히 따를 것이다. 하나 리더들도 이에 대한 책임을 일부 져야 한다.

반드시 짚고 넘어갈 문제였다. 에데니카에선 만만한 게 전투대라, 눈곱만큼의 문제라도 생기면 기다렸다는 듯 덤터기 씌울 확률이 높았다.

처음부터 확실히 해야 했다.

'세 번째는…… 성공 보수를 올려 달라고 해야겠어.'

엘리제는 방금 채취를 마친 샘플을 내키지 않는 눈으로 쳐다보았다.

'격려금 150%가 뭐야. 우린 애초에 저임금이라 150이라도 얼마 안 된다고.'

300%로 거래해 봐야겠다는 생각이 들었다. 타타발루 귀에 들어가면 어처구니없다는 듯 폭소하겠지만 알 게 뭔가.

아닌 말로 새로운 도시의 첫 삽을 전투대가 뜨고 있는 것인데 말이다.

'우리 몫은 내가 책임지고 챙겨야지.'

그때 웜이 엘리제에게 다가왔다.

"대장."

끌어안고 있는 기기를 툭툭 치면서 뭔가 말을 하려고 했다.

피슝!

다음 순간, 웜이 쓰러졌다. 품 안의 묵직한 기기가 바닥으로 떨어지면서 무언가 부서지는 듯한 소리가 났다.

"……아악!"

웜이 왼팔을 감싸며 울부짖었다. 그가 쓰러진 바닥 위로 피가 튀었다.

"웜!"

"전원 중지!"

엘리제가 웜에게 달려갔다. 총알이 관통한 팔뚝에서 피가 울컥울컥 새어나왔다. 함께 달려온 비안카가 손수건을 건넸고, 엘리제는 그것을 길게 감아 지혈했다.

"기습인가? 어느 쪽이지?"

비안카가 주위를 두리번거리다가 웜의 기기를 집어 들었다.

"이거 안 먹혀!"

"으윽……! 나도, 갑자기 이상해서 대장, 한테 오려던 건데……. 젠장!"

웜이 팔뚝을 감싸 쥐며 고통스러워했다. 엘리제의 표정이 바뀌는 것은 순식간이었다. 허벅지의 홀스터에서 권총 두 정을 꺼내 듦과 동시에 반대편에서 날카로운 비명이 들렸다.

"어디야? 누구야?"

"보초들, 뭐 하는 거야!"

샘플 팀 대원이 손에 들고 있던 도구를 집어 던지며 소리쳤다. 다들 땅에 내려놓았던 자신의 무기를 들었다.

"누구야? 이번엔 누가 다쳤어?"

『……다친 게 아냐.』

들려오는 목소리는 폭스테일이었다.

『씨씨가 죽었어.』

"……."

『그리고 다음은 나야.』

충격으로 목소리가 나오지 않는데, 그 뒤에 이어진 폭스테일의 말은 더욱 당혹스러웠다.

『대장 중심으로 11시 방향…….』

탕!

다들 본능적으로 이어마이크를 빼냈다. 찢어지는 듯한 총성이 귓속을 파고든 다음이었다.

"뭐야, 이거……."

비안카가 창백하게 질린 얼굴로 말을 더듬었다.

"바, 방금…… 씨씨랑……."

숱한 기습과 사고에도 목숨을 이어 온 전투대였다. 언제 죽을지 모른다는 농담을 스스럼없이 하곤 했으나, 엘리제 휘하 3년을 무사히 버텼다. 이로써 어떻게든 살아남는다는 자신감을 얻은 이들이었다.

한데 방금 영문을 파악할 새도 없이 두 사람을 잃었다. 이어마이크를 착용하지 않은 귀로도 먼 곳에서 울리는 총성을 들었다.

「대장 중심으로 11시 방향.」

엘리제가 이를 악물었다. 무슨 일이 일어나고 있는지는 모르겠지만, 폭스테일은 죽는 순간까지 다른 에에게 도움이 되려 했다.

이 이상 피해가 늘어나게 해선 안 된다는 생각밖에 들지 않았다.

기기를 든 윔을 조준해 맞춘 것.

뛰어난 실력의 씨씨를 죽인 뒤 폭스테일이 몇 마디를 하도록 놔둔 것.

모든 게 하나의 사실을 지목하고 있었다. 누군가 우리를 지켜보고 있다.

"명령한다. 지금 하고 있는 모든 행동을 중지하고 즉시 차량으로 이동할 것. 반복한다. 즉시 차량으로 이동하라."

엘리제가 비안카를 내려다보며 짧게 말했다.

"전원 에데니카로 복귀."

"대장……."

"정신 차리고 후퇴해."

"……아."

"당장!"

비안카가 곧바로 윔을 부축하며 일어났다. 한 손으로는 윔의 오른팔을 끌어안고, 다른 손에는 권총을 잡았다. 여기저기 흩어져 있던 전투대가 모든 작업을 멈추고 가장 가까운 차량으로 뛰었다. 엘리제의 바이크가 굉음을 울리기 시작했다.

"1조 출발!"

비안카가 악다구니에 받친 목소리로 보고했다. 억지로 울음을 참고 있는 게 틀림없었다.

『3조 출발.』

『5조 출발.』

사진 촬영을 나가 있던 팀이다. 트릭시와 곤의 보고가 이어졌다. 다들 방금 전의 충격으로 목소리가 잠겨 있었다. 무거운 침묵 아래 일렁이는 것은 분노였다.

일단 자리를 떠야 하기에 억누르고 있을 뿐이다. 엘리제는 바이크 속도를 올리면서 다음 보고가 들어오기를 기다렸다. 제일 걱정되는 팀이기도 했다.

"비하르트?"

엘리제가 2조장을 호명했다.

"비하르트 출발했어?"

『……』

"비하르트 뮬러!"

『실바노입니다. 지금 2조의 이어마이크가 일시에 나갔습니다.』

"뭐?"

『제가 직접 가서 상황 확인하고 출발시켰습니다. 2조와 4조, 지금 갑니다.』

"……알았어. 대로에서 합류한다."

『예.』

죽은 이들은 비하르트의 소속이었다. 아까 점심 먹을 때 조장의 고간을 젤리로 만들어 버리라며 환호했던 녀석들이었다. 1시간 전만 해도 함께 떠들었는데.

이제 몸이 식을 일밖에 남지 않은 시신이 되어 누워 있을 것이다. 전투대 규칙상 시신을 수습하는 것은 지양되었다. 도시 밖에서 인명 사고가 났다는 것은 곧 전투에 휘말렸다는 뜻이니까.

시신을 수습할 시간에 100미터라도 더 달아나서 목숨을 보존하라는 의미에서였다. 그 논리는 잘 알지만 역시 괴로운 것이다. 3년을 동고동락해 온 조원을 뒤로하고 달아나야 하는 심정은 끔찍하다.

분명 비하르트로부터 욕설이 터질 거라고 생각했다. 한데 아무 소리도 안

들려서 더 걱정이 되었던 거다. 이어마이크가 고장 났기 때문이라면 납득이 갔다.

'하지만 폭스테일이 마지막 말을 하기 전까지는 멀쩡했는데? 녀석이 죽자마자 2조 이어마이크만 나갔다는 건…….'

엘리제의 손가락이 싸늘하게 식었다.

"실바노."

『예, 대장.』

"2조가 지금 네 앞에 있어, 뒤에 있어?"

『뒤에 따라오게 했습니다.』

그리고, 라며 실바노가 덧붙였다.

『저희 쪽 이어마이크 다섯 개 빼 줬으니까 바로 말해도 됩니다.』

"너희 걸 빼 줬다고?"

『예.』

"……2조 듣고 있나? 이어마이크 낀 사람 대답해."

돌아오는 것은 정적뿐이었다. 지금 연결되어 있는 모두가 일부러 숨을 죽이고 있는데도, 아무런 소리가 들려오지 않았다.

"2조 대답하라."

몇 초간 기다렸으나 이번에도 반응이 없었다.

『이럴 리가 없는데…….』

실바노가 당혹한 목소리로 말했다.

"망할."

엘리제가 대답 없는 비하르트 대신 욕을 짓씹었다. 적이 누군지는 모르겠지만 어딘가에서 전투대를 지켜보고 있다고 생각했다. 저격을 위해 높은 곳에 올라가 있을 것이다.

일단 거기까지였다. 그러나 무작위로 건넨 다른 조 이어마이크 다섯 개가 잇따라 고장 났다는 것은 섬뜩한 사실을 예고했다. 지켜보고 있는 것뿐만이 아니다.

적들은 이미 전투대 개개인을 알고 있었다. 4조에서 2조로 건너간 이어마이크가 원래 누구의 물건인지 알아야 고장을 내는 것이다. 원거리 조종을 하든 어쨌든 방법이 문제가 아니었다.

'안 돼.'

순간 전신의 피가 빠져나가는 기분이었다. 엘리제의 동공이 충격으로 커졌다.

'내가 잘못 판단했어.'

B9에서 에데니카로 돌아가는 최단 루트는 왕복 8차선 대로. 폐허 도시 중앙을 그대로 관통하는 길이다. 적의 시야에 노출되었다고 생각했을 땐, 무조건 빠른 후퇴를 우선시했다.

어차피 눈에 띈 이상 골목으로 숨어들 필요는 없다고. 번거로운 노력이라고.

차라리 모두가 가장 빠른 길로 모여 최고 속도로 밟는 게 낫다고. 그런데 엘리제가 틀렸다.

이제야 모든 퍼즐조각이 맞아떨어지면서 오싹한 감각이 퍼져 나갔다. 적이 왜 씨씨와 폭스테일, 두 명만 죽였는지.

"실바노……."

입을 열기 무섭게 왼편 도로에서 합류하는 4조의 험비가 눈에 들어왔다.

"안 돼. 안 돼. 안 돼."

『……대장?』

"후진해! 들어오지 마!"

『무슨.』

"뿔뿔이 흩어져! 소속에 상관없이 흩어져서 다음 구역까지 이동해!"

엘리제의 목소리가 비명처럼 울려 퍼졌다.

"함정이야!"

세 무리의 물고기가 가장 넓은 길로 모여들 때, 어부의 작살이 쏟아질 것이다.

"흩어지라고!"

마음이 급박했다. 엘리제는 실바노가 모는 험비를 향해 왼손을 마구 휘저었다. 뒤쪽을 가리키며 후진을 거듭 외쳤을 때 이어마이크 연결이 뚝 끊겼다. 동시에 쥐 죽은 듯 조용하던 건물 위에서부터 총탄이 빗발치기 시작했다.

"아악!"

"갑자기 뭐야!"

공들인 저격조차 아니다. 몇 대인지 파악하기도 힘든 기관총 세례가 전투대에게 퍼부어졌다. 가장 먼저 나가떨어진 건 천장이 없는 바이크.

최고 속도로 달리던 이들이 묵직한 바이크와 함께 아스팔트 도로로 쓰러졌다. 방탄조끼는 머리 위로 퍼붓는 총탄까지 막아 주진 못했다. 앞에서 쓰러진 바이크를 미처 피하지 못한 자가 균형을 잃고 넘어지기도 했다.

그러다 몸을 뺄 새도 없이 온몸에 총탄을 맞고 숨을 거두었다. 엘리제가 고개를 쳐들고 고층건물을 눈으로 훑었다. 몰살을 목적으로 난사 중인 기관총.

"……찾았다."

바이크에서 왼손을 떼지 않은 채 오직 오른손만으로 겨누어 방아쇠를 당겼다. 6층에서 기관총을 갈겨 대던 검은 마스크 남자가 난간 밖으로 쿵 떨어져 내렸다.

다음은 반대편 건물 4층.

바로 옆에 또 한 명.

엘리제의 눈과 총은 적을 놓치지 않았고, 보이는 족족 숨통을 끊었다. 엘리제가 반격하자 조장들도 잇따라 무기를 쓰기 시작했다. 그 틈을 타 부상당하지 않은 바이크 대원들이 황급히 차량으로 옮겨 탔다.

'이대로 뿔뿔이 흩어지면……!'

다음 순간, 엘리제의 기대를 배반하듯 엄청난 굉음이 대로를 울렸다.

멀리서도 느껴지는 화염의 뜨거움.

고막이 터질 듯한 폭발음.

"뭐야……."

방금 전까지 험비 밖으로 총을 쏘던 1조 대원들이 폭발과 함께 날아갔다. 마하는 시야가 검게 변하는 순간까지도 자신에게 무슨 일이 일어났는지 깨닫지 못했을 터다.

그럴 상황이 아닌데도 갑자기 이전 기억이 떠올랐다. 자선 파티에 참석한 날, 보호소 아이가 했던 말이 귓가에 아른거렸다.

「그 언니가 그랬어요. 자기 대장은 목숨 바쳐도 아깝지 않을 유일한 사람이라고.」

「근데 결심이 바뀌었다고 했어요.」

「아무리 힘들어도 살아서, 대장 곁에서 오래도록 웃고 싶다고.」

그 말과 함께 떠오른 마하의 웃음은 쨍쨍한 한여름 햇살보다 눈부셨다.

「대장, 저 이제 쓸 만하죠?」

엘리제의 몸이 덜덜 떨렸다. 경련이 멈추지 않았다. 깨닫지 못한 사이 죽음과 서먹한 관계가 된 것은 대원들뿐만이 아니었다. 저 역시도 익숙해져 있던 거다.

아무도 죽지 않는 일상에.

'정신을, 차려야 돼.'

온 힘을 다해 호흡을 골랐다. 구역질이 치밀고 가슴이 쥐어뜯기듯 고통스러웠으나 지금은 나약함을 자랑할 때가 아니었다.

'어떻게든 이곳에서 탈출을.'

하지만 더 끔찍한 상황이 엘리제 일행을 기다리고 있었다. 폭발은 이제부터 시작이었던 것이다. 이윽고 도로를 달리던 전투대 차량이 무작위로 폭발했다.

죽은 대원들의 소속을 파악할 겨를조차 없었다. 험비와 트럭이 여름 축제 폭죽처럼 터져 나갔다. 그야말로 참혹한 아수라장이었다.

"건물 안으로 들어가!"

엘리제가 살아남은 대원들에게 소리쳤다. 어느 차량에 올라타야 할지 몰라 그저 공격만 하던 한 무리가 가장 가까운 건물 1층으로 몸을 피하려 했다. 그때 균형을 잃은 험비가 전복되며 이들을 덮쳤다.

"으으...... 망할."

3조장 트릭시가 간신히 뒷좌석 문을 열고 빠져나왔다. 전신에 피 칠갑을 한 상태였지만 그녀는 아랑곳 않고 아직 숨이 붙어 있는 대원들을 구하려 애썼다.

기침을 할 때마다 입안에 비릿한 맛이 돌았다. 땀인지 눈물인지 모를 것이 붉은 피와 엉겨 자꾸만 시야를 방해했다.

"정신 차려, 멍청아. 눈 뜨라니까!"

"트릭시, 피해!"

저 멀리서 비안카가 울부짖었다. 적은 비안카의 공격에 고꾸라지기 직전, 험비를 향해 유탄을 발사했다. 모든 일은 순식간에 일어났다.

비안카의 외침에 트릭시가 돌아보고, 험비가 폭발하고, 차체의 파편이 사방으로 튀고, 곧이어 시커먼 연기가 사람들의 자리를 대신했다. 누가 말릴 새도 없이 트럭 밖으로 뛰어내리는 자가 있었다.

곤이었다.

아무도 트릭시가 살았을 거란 기대를 하지 않았다. 방금 전의 폭발은 모두에게 절망만을 안겨 주었다. 하지만 곤은 일말의 가망도 없는 그곳으로 달려갔다.

전력을 다해서.

조금도 지체 않고 달렸다. 그는 폭발이 휩쓸고 간 자리를 헤집는 동시에 제게로 쏟아지는 공격에 반격했다. 홀로 십 수 명을 처리했지만 부상까지 피하기엔 역부족이었다.

곤의 새하얀 머리카락이 피로 젖기까지는 그리 오랜 시간이 걸리지 않았다.

저대로는 안 된다.

강제로라도 빼내지 않으면 곤은 저 자리에서 죽을 것이다. 엘리제가 이를 악물고 바이크 방향을 꺾었다. 그녀가 도착할 즈음, 곤은 이미 피투성이가 되어 쓰러진 채였다. 가까스로 부하를 수습해 트럭에 실었다.

쾅쾅!

엘리제가 주먹으로 트럭 문을 쳤다. 즉시 출발하라는 뜻이었다.

"하아, 하……."

거친 숨을 몰아쉬었다. 머릿속은 하얗고 눈앞은 아득했다. 무력함을 느낄 여유조차 없었다. 그리고 최악의 고비를 넘겼다 싶은 순간, 대로 저편에서 새로운 적들이 나타났다. 지옥은 시속 160킬로미터의 속도로 전투대에게 다가오고 있었다.

차륜식 장갑차 다섯 대가 보였다. 그게 전체 병력이라면 어떻게든 해 보겠지만 장갑차 뒤로 수많은 차량이 뒤따르고 있는 게 문제였다.

'대체 어디서부터 잘못된 거야.'

험비에 매달린 채 탄창을 갈아 끼운 엘리제가 대로 저편을 노려보았다.

'언제부터 B9 구역에 이런 세력이 있었다고.'

사용하는 무기며, 인원을 동원하는 규모가 보통 집단이 아니었다. 여태 엘리제가 도시 밖에서 접한 어떤 무리도 이들에 비할 수 없었다. 일단 총을 다루는 능력이 지나치게 탁월했다.

'그중에서도 제일 이상한 점은…….'

엘리제가 자동 소총으로 놈들을 겨누었다.

'서로 대화를 하지 않는다는 거야.'

마치 모든 시뮬레이션을 끝낸 킬러들처럼 전투대를 파괴하는 데에만 집중하였다.

너희가 어디로 갈지, 어떤 방법을 쓸 수밖에 없는지 다 알고 있다는 듯.
놈들은 흔한 과시 한 번 하지 않고 침묵 속에서 일을 처리하고 있었다.
'조금만 더.'
엘리제는 적과의 간격이 좁혀지기를 기다렸다.
'아주 조금만…….'
아드레날린이 차올랐다. 분노와 각성이 온몸을 뜨겁게 만들었다. 엘리제를 이루는 세포 하나하나가 적들의 피를 갈망했다.
죽음. 죽음. 죽음.
놈들에게 줄 것은 오로지 차디찬 총탄뿐이었다.
'바로 지금이야.'
타다다다다다다!
중기관총을 잡고 있는 비안카가 전방을 향해 무차별 난사를 시작했다. 엘리제 역시 마찬가지였다. 몇 명이 살아남았는지는 모른다.
하나 지금 살아 있는 전투대원은 핏발 선 눈으로 반격을 퍼붓고 있었다. 동료를 무참하게 잃은 분노가 모두에게서 초인적인 힘을 끌어냈다. 엘리제는 적들이 차 밖으로 탈출하기를 기다렸다가, 나오는 즉시 목숨을 끊었다.
서른 발 들어가는 탄창이 금세 동났다. 험비 안의 대원이 새 탄창을 건네주었다. 주저 없이 탄창을 갈아 끼운 엘리제는 금이 간 장갑차 앞 유리를 겨누었다. 고도로 훈련된 동체시력이 빛을 발했다.
엘리제의 총알은 정확히 운전수의 미간을 뚫었고, 죽은 자를 대신하려는 적의 얼굴을 연이어 관통시켰다. 균형을 잃은 장갑차가 도로 위에서 한 바퀴 돌았다.
그때 엘리제의 눈에 포착된 것이 있었다.
그럴 리가.
엘리제는 다시 한 번 제가 본 것을 쳐다보았다. 눈을 감았다 떠도 변함이 없었다.
그럴 리 없는데. 저게 저 자리에 있어선 안 되는데.

"어떻게 저게."

바로 다음 순간, 뒤따라오던 전투대 트럭 한 대가 전복됐다. 옆으로 쓰러진 차체에서 빠져나오기 위해 대원 세 명이 필사의 힘을 다했다. 장갑차가 그들 쪽으로 오고 있었다.

"젠장, 비안카!"

비하르트로부터 절규 같은 외침이 터져 나왔다. 비안카가 중기관총을 다른 대원에게 맡긴 뒤 차량에서 뛰어내린 것이다. 전복된 트럭에 깔린 대원들은 1조 소속이었다.

"나와! 내 손 잡고, 그렇지!"

어디선가 불길이 타오르기 시작했다. 비안카의 불안한 눈이 트럭 속 대원들과 도로 반대편을 향했다. 비하르트가 사력을 다해 엄호해 주고 있지만 일분일초가 급박한 상황이었다.

"나오라고!"

비안카가 필사적으로 대원들의 팔을 잡고 끌어냈다. 둘을 탈출시켰다. 남은 건 운전석의 한 명. 그러나 차체를 들어 올리지 않는 이상 부상자가 빠져나오는 건 불가능해 보였다.

"실바노!"

비안카가 절박한 목소리로 도움을 요청했다. 운전자의 고통스러운 비명이 그녀를 미치기 직전으로 몰아갔다. 이대로 두면 죽을 거야. 마하처럼, 트릭시처럼 차 안에서 죽고 말 거야.

다신 볼 수 없어.

절대…… 그렇게 둘 순 없어.

실바노가 달려오는 것을 확인한 비안카는 결국 트럭 안으로 날씬한 몸을 밀어 넣었다. 짓눌린 몸과 차체 사이에 끼워 넣을 만한 뭔가가 필요했다.

"잠깐만 기다려, 딩고. 내가, 내가 구해 줄게."

"조장……."

"실바노가 곧 트럭을 들어 올릴 거야. 그럼 내가 널 끌어낼게. 조금만 더 버텨."

하지만 불길이 실바노보다 먼저 도착했다. 도로 위로 새어 나간 기름이 불을 끌어들인 것이다. 트럭 뒤편 수송 칸이 폭발했다. 화염은 비안카에게서 비명을 지를 기회조차 앗아가 버렸다.

실바노의 걸음이 더욱 다급해졌다.

"비안카!"

한발 늦게 도착한 그가 트럭 안을 확인했다. 차 안은 엉망이었고, 비안카와 딩고는 서로를 보호하듯 끌어안고 있었다.

"비안카 뮬러!"

재차 이름을 부르자 비안카가 겨우 눈을 떴다. 흐느낌을 억누르며 실바노를 쳐다보는 표정이 간절했다. 한시도 지체할 틈이 없다고 판단한 실바노는 자신이 직접 안으로 들어가 틈새를 벌리는 편이 빠르다고 생각했다.

그건 옳은 결정이었다. 적이 발사한 유탄에 험비가 튕겨 나가고, 팽이처럼 날아간 차량이 트럭을 깔아뭉개기 전까지는 말이다.

세 사람이 빠져나오지 못했다. 이를 목격한 엘리제의 안에서 무언가가 툭 끊어졌다.

엘리제가 험비에서 뛰어내려 대원들에게 달려갔다. 생사를 확인해야 한다는 생각밖에 들지 않았다. 만약 목숨을 잃었다면 시체라도 끌고 갈 생각이었다. 엘리제는 문자 그대로 제정신이 아닌 상태였다.

제정신이 아니라 팔다리를 뚫는 관통상에도 통증을 느끼지 못했다. 지금 엘리제에겐 아무것도 중요하지 않았다.

"비안카! 실바노!"

이깟 상처 따위.

"딩고! 대답해!"

몇 발이라도 맞아도 좋으니 제발 무사하기를.

"실바노 데이, 대답해!"

엘리제는 형편없이 찌그러진 트럭에 손을 갖다 댔다. 폭발로 인해 차체가 달아올라 있었다. 장갑을 끼고 있는데도 열기가 전해져, 본능적으로 손을 뗄 정도였다. 엘리제는 절박한 심정으로 대원들의 생사를 확인했다.

안에서 비안카의 신음이 새어 나왔다.

"비안카!"

"대장……. 으, 흐윽……!"

누군가 살아 있다는 사실이 이토록 기쁘면서도 괴로울 수 있는지 미처 알지 못했다. 비안카의 몰골은 말이 아니었다. 피와 그을음으로 얼룩진 얼굴에 눈물이 쉼 없이 흘러내리고 있었다. 이들을 꺼내야 한다는 압박이 엘리제의 숨통을 조여들었다.

'어떡하지?'

짙푸른 눈동자가 트럭 위를 향했다.

'실바노도 없고 장비도 없어. 이 험비부터 치워야 할 텐데.'

그때 머릿속을 스치는 게 있었다.

'날개.'

날개는 부족한 완력을 대신할 수 있는 제2의 힘이었다. 한계가 정해져 있지 않은 힘이기도 했다. 이제껏 엘리제의 연습은 성인 여섯 명의 무게를 감당하는 데에 머물러 있었다. 그것도 총탄이 빗발치는 도시 밖이 아니라 안전한 훈련장 안에서였다.

'어쩔 수 없어.'

지금 이 순간 날개가 아닌 다른 방법이 떠오르지 않았다. 엘리제는 트럭 앞쪽을 짓누르고 있는 험비에 손을 댔다. 힘껏 밀어 봤지만 예상대로 꼼짝도 하지 않았다.

그녀는 등을 곧추세우고 견갑골에 힘을 집중했다. 곧이어 흩날리는 머리카락만큼이나 검은 날개가 재킷을 뚫고 공중에 펼쳐졌다. 엘리제는 제 체중에 날개의 힘을 더해 온몸으로 험비를 밀쳤다. 수차례의 시도 끝에 차체가 지축을 울리며 옆으로 떨어졌다.

다음 순서는 끔찍하게 구겨진 트럭.

험비가 약간이라도 더 앞쪽으로 기울었다면, 세 사람은 그대로 압사했을 터였다.

"비안카, 조금만 참아!"

엘리제가 자세를 잡았다. 움직임을 용이하게 하려고 잘라 낸 장갑 두 마디가 아쉬운 순간이었다. 트럭은 여전히 뜨겁고 전신은 욱신거렸지만, 그만두고 싶다는 생각 따윈 조금도 들지 않았다.

"흐읏……!"

온 힘을 다해 트럭을 들어 올리는데, 문득 손바닥이 아닌 다른 곳에서 열기가 느껴졌다. 이윽고 엘리제의 날개에 불이 붙었다.

검은 깃털 양 끝에 불이 붙었다. 타들어 가는 속도가 빨랐다. 얼른 바닥에 구른다면 불길을 막을 수 있을지 모른다. 하지만 그러려면 차체에서 손을 떼야 했다.

이미 의식을 잃은 실바노와 피투성이가 된 채 울고 있는 비안카가 눈에 들어왔다. 비안카 역시 엘리제의 날개를 본 모양이었다.

"대, 대장……."

엘리제가 자세를 바로잡았다.

"대장 날개……."

힘을 실은 날갯짓에 불이 더욱 빠르게 번졌다. 엘리제가 이를 악물었다.

조금만 더.

제발 조금만 더.

적어도 허리 높이까지만 들어 올릴 수 있다면.

"으으…… 읏!"

팔이 떨어져 나갈 것 같았다. 팔과 연결된 어깨가 얼얼했다. 자신은 죽었다 깨어나도 트럭을 놓지 않을 예정이니, 이대로 탈골이 되어도 놀라운 일은 아니었다. 팔이 빠지면 서슴지 않고 끼워 맞춘 다음 다시 트럭을 들어 올릴 터였다.

절대 두고 갈 수 없다.

"으…… 으으…… 아아악!"

"대장!"

날갯짓이 거세졌다. 한쪽만으로도 능히 엘리제의 몸을 감쌀 만큼 풍성하고 아름답던 검은 날개는 이제 절반밖에 남지 않았다.

불길은 날개뿐 아니라 엘리제 자체를 위협하고 있었다. 트럭을 휘감은 화마가 그녀를 집어삼키기 일보 직전이었다. 끝내 비안카가 울부짖었다.

"대장, 가!"

"흐윽……."

"가라고! 놓고 가라고!"

트럭이 움직였다. 거대한 차체가 이제 지면으로부터 어느 정도 떨어졌다. 엘리제는 더욱 박차를 가해 날개를 움직였고, 그럴 때마다 대체 몇 발을 맞았는지 모를 총상이 찢어진 근육을 파고들었다.

끔찍한 고통이었다. 그러나 구조를 포기하고 간다면 앞으로 엘리제에게 남은 삶은 이보다 더 끔찍할 것이다. 아무런 생각도 나지 않았다.

오직 이들을 구해야 한다는 것밖에.

"제발 가란 말이야!"

"아아아악!"

엘리제의 발끝이 공중에 떴다. 가까스로 트럭이 들어 올려졌다. 마지막의 마지막까지 힘을 짜내어 공중으로 올라갔다.

쾅!

완전히 넘어간 차체가 반대편 대로로 쓰러지면서 굉음을 울렸다. 트럭이 넘어간 것을 확인하자마자 엘리제의 몸이 아래로 추락했다.

"흐으…… 으……."

온몸이 갈기갈기 찢긴 기분이었다. 눈앞이 어지러웠고, 물체의 초점이 잡히질 않았다. 바로 몇 미터 앞에서 비안카가 울먹이는데, 무슨 말을 하는지 알아들을 수가 없었다.

'일어나야 하는데.'

빌어먹을 몸이 말을 듣지 않았다. 자꾸만 무릎이 꺾여 주저앉아야만 했다.

'불길이 세서…….'

숨을 들이쉴 때마다 매캐한 연기가 섞여 들어왔다. 그때 비하르트가 불길 속으로 뛰어들었다.

"대장!"

모든 이가 그렇듯 머리부터 피를 뒤집어쓴 모양새였다. 그가 엘리제를 부축해 일으킨 뒤, 실바노와 또 다른 대원을 움직여 보려 애쓰는 비안카에게 다가갔다.

대원 두 명이 그를 엄호하고 있었다.

그렇다.

전투는 아직 끝나지 않았다. 엘리제가 트럭을 들어 올리는 동안에도 불길 너머에서는 치열한 총격전이 벌어지고 있던 거다. 정신을 차려야 한다. 트럭을 치운 게 끝이 아니다.

에데니카에 돌아가기 전까지는 결코 방심할 수 없다. 엘리제는 뿌연 눈가를 거칠게 닦고 비안카에게 달려갔다. 한 팔에는 비안카를, 다른 팔에는 쓰러진 대원을 안았다.

"망할…… 실바노."

비하르트가 욕을 삼켰다.

불길에서 벗어나 대원들이 모여 있는 차량으로 이동하는 동안은 몰랐다. 비하르트가 왜 욕을 했는지. 그저 양쪽에서 거듭 주저앉는 몸을 일으키기에 바빴다.

종국엔 거의 질질 끌다시피 하여 두 사람을 옮겼고, 험비 뒷좌석에 둘을 밀어 넣었다. 비안카는 어느새 정신을 잃었는지 눈을 감고 있었다.

"대장, 실바노를……."

뒤따라온 비하르트가 도움을 청했다. 비안카와 다른 대원의 몸무게를 합해도 실바노보다 10킬로그램은 덜 나갈 터였다.

실바노 데이는 근육으로 뭉친 거구였다. 더구나 의식을 잃은 지금, 저 역시 부상을 입은 비하르트가 감당하기엔 버거울 터였다.

비하르트가 실바노의 상체를 잡고 있기에, 자연히 엘리제는 다리 쪽으로 움직였다. 그제야 비하르트가 욕을 씹은 까닭을 깨달았다.

짧은 욕설에 울음이 섞여 났던 이유도.

실바노의 오른쪽 무릎 아래가 보이지 않았다.

피에 젖은 바지 사이로 보이는 뼈.

속에서부터 뜨거운 무언가가 울컥 치밀었지만, 엘리제는 아무것도 보지 못한 척 실바노의 두꺼운 허벅지를 잡았다.

"올려."

비하르트가 실바노를 끌어안은 채 뒷좌석으로 올라갔다. 넓은 험비 뒤쪽이 의식 잃은 부상자들로 가득 찼다.

"아악!"

엘리제 무리를 엄호하던 대원이 비명과 함께 쓰러졌다. 쏟아지는 총탄이 각각 팔과 옆구리를 뚫은 것이다.

"대장!"

쓰러진 대원을 향해 달려가는 엘리제 뒤로 비하르트가 소리쳤다. 그러나 엘리제를 막을 순 없었다.

"밋치!"

"흐으윽……."

"일어나. 정신 차리고. 당장, 트럭으로 가!"

엘리제는 고통에 몸을 떠는 대원을 일으키려 했다. 그 와중에도 빗발치는 총탄이 엘리제의 옆을 무수히 스치고 지나갔다.

"윽, 대장. 으으, 흐윽……."

"망할 새끼들."

엘리제는 밋치가 놓친 자동 소총을 집어 들고 보이는 대로 저격했다. 팔로마와 그 무리를 처단할 땐 목숨을 앗으며 희열까지 느꼈던 엘리제였다. 드디어 복수를 완성한다는 만족감.

모든 것을 바로잡는다는 기쁨이 엘리제를 지배했다. 하지만 지금은 그런 것조차 느껴지지 않았다. 저 반대편에서 살아 숨 쉬는 것들을 모조리 죽여 버려야 한다는 생각밖에 들지 않았다.

그런 엘리제를 깨운 것은 비하르트의 외침이었다.

"엘리제 녹턴! 우린 대장 없인 못 떠나!"

살의로 가득하던 저격이 멈췄다.

"여기서 다 죽을 셈이냐고!"

"……."

엘리제의 눈에 옆구리를 잡은 채 부들부들 떠는 밋치가 들어왔다.

아직 살아 있다. 아직 다 죽은 게 아니다.

너무 많이 잃어버렸지만…….

여기서 더 잃을 순 없었다.

엘리제가 총을 내던진 뒤 밋치의 어깨를 잡아 일으켰다. 저편에서 대원 두엇이 달려왔다. 그들은 트럭 뒤쪽으로 다친 동료를 밀어 넣었다.

"달려. 무조건, 앞만 보고 밟아."

엘리제가 콜록거리며 험비의 조수석에 올라탔다. 그런 다음, 바닥에 떨어져 있는 기관총을 잡았다. 깨진 창문턱에 총구를 받치고 적들을 향해 갈겨 댔다. 바로 뒤쫓아 오려던 놈들이 기관총 난사에 몸을 피하는 것을 보았다.

"……호흡, 확인을."

문득 깨달았다는 듯 무기를 내리는 엘리제였다. 그녀의 불안한 시선이 뒷좌석으로 향했다. 좌석 사이 틈으로 넘어간 엘리제는 세 사람의 호흡을 확인했다. 아주 미약하긴 해도, 다행히 숨이 붙어 있었다.

"살아 있어."

누구에게랄 것 없는 혼잣말이었다.

"셋 다 숨을 쉬고 있어……."

비하르트의 대답을 듣지 못했다. 그에게서 어떠한 반응을 듣기도 전에 엘리제는 세 사람의 발치로 쓰러지고 말았다.

❖

석양이 지기 전이었다.

에데니카로 들어가는 게이트 앞에 두 대의 차량이 도착했다. 게이트 내부에서 카메라로 관찰하던 경비는 무언가 이상함을 느꼈다.

저것은 전투대 차량이다.

한데 총 스물일곱 대가 나갔다는 아침 보고와 달리 게이트 앞에 도착한 것은 고작 두 대에 불과했다. 게다가 책임자가 직접 밖으로 나와 출입증을 스캔해야 하는데, 두 대의 차량 중 어느 쪽도 내릴 기미를 보이지 않았다.

"뭐 하는 거……."

빠아아아아아앙!

혼잣말이 끝나기도 전에 엄청난 클랙슨 소리가 게이트를 울렸다. 문을 열어라 시위라도 하듯 끈질기게 울려 대는 소음에 모든 경비들이 쏟아져 나왔다. 하나같이 얼굴에 의문과 짜증이 어려 있었다.

"무슨 짓이야? 미친 건가?"

"원래 하던 대로 하라 그래. 내려서 얼굴 보이고 출입증 찍으라고."

"하루 이틀 하는 것도 아닌데."

"전투대 놈들이 맞기는 해?"

카메라 화면을 쳐다보고 있던 경비가 고개를 끄덕였다.

그가 화면을 확대시켰다.

"험비 운전석에 비하르트 뮬러입니다. 전투대 2조장. 클랙슨 누르는 것도 저놈인데……. 아니, 왜 내리지 않고."

"방송해."

상관으로 보이는 자가 턱짓했다.

"직접 내리기 전엔 못 연다고."

경비가 마이크를 연결했다. 스캔 장치에 붙어 있는 스피커로 상관의 말이 전달되었다. 모두가 짜증 섞인 눈으로 쳐다보는 가운데 험비 문이 열렸다.

"뭐……."

"상태가 왜 저래?"

전투대는 종종 흙먼지를 잔뜩 뒤집어쓴 채 돌아오곤 했지만 이번만큼 처참한 몰골인 적은 없었다. 피 웅덩이에 빠졌다가 나온 듯한 비하르트가 휘청거리며 몇 걸음을 옮겼다.

"……도와, 줘……."

들리지도 않을 쉰 목소리로 뱉어 낸 한 마디.

이윽고 비하르트가 풀썩 쓰러졌다.

잠시 후, 게이트 문이 열리고 경비들이 쏟아져 나왔다.

의식이 잠깐 돌아올 때마다 낯선 이들의 목소리를 들은 것 같았다.

출혈, 의식, 총상 따위의 말이 귀에 박혔다. 앰뷸런스 사이렌 소리가 멀게 들렸다. 엘리제는 자신이 도시에 들어왔음을 깨달았다.

제1의료센터 외과 팀이 그녀를 맞았다. 여러 곳에서 뻗어 나온 손길이 엘리제를 이동침대로 옮겼다. 가물가물한 의식 너머로 들려오는 분주한 소리들.

의료진은 전문 용어로 가득한 말을 다급하게 주고받더니, 그녀를 바로 수술실로 끌고 갔다. 옷이 벗겨지고 알 수 없는 것들이 몸에 붙여졌다. 산소호흡기가 씌워졌다.

대원들은 무사한 걸까. 비안카는? 실바노……. 실바노의 다리는?

곤과 웜은 트럭에 타고 있었을까? 잠깐, 비하르트는 어디 있지?

'아…….'

엘리제의 맥박이 불안정해졌다. 의료진의 시끄러운 대화가 안개 자욱한

강 너머에서 나누는 말처럼 멀게 들렸다.

'트릭시.'

트릭시를 잃었다. 눈앞에서 험비가 폭발하던 장면이 엘리제의 망막을 고통스럽게 긁었다. 구하지 못했다. 미처 가까이 다가갈 새도 없었다.

너무도 보란 듯이 폭발했는데, 어떻게 그 안의 사람이 살아 있으리란 생각을 할 수 있을까.

하지만 곤은 일말의 주저함도 없이 트릭시가 타고 있던 험비 쪽으로 내달렸다. 적과 너무 가까워지는 것도 아랑곳 않고 구조와 공격을 계속하다가, 끝내 의식을 잃은 채 트럭 뒤편으로 옮겨지고 말았다.

지독한 후회가 엘리제를 괴롭혔다.

여든 명 중에 대체 몇 명이나 살아남았을까. 왜 나는 함정이라는 의심 없이 가라는 대로 갔을까.

나가지 말걸. 가지 말걸. 귀찮다며 이마 찡을 시간에 시티타워에 연락해 볼걸.

라키어스에게 조목조목 설명을 듣고, 그 와중에 조금이라도 석연치 않은 점이 있으면 물고 늘어졌어야 하는데. 멍청하게 그냥 갔다.

대장의 말이라면 의심 없이 따르는 대원들을 끌고.

엘리제 제 손으로 그들을 낭떠러지에 밀친 것이나 다름없었다. 누군가 그건 사실이 아니라고 해도, 엘리제는 그렇게 느꼈다. 이미 소용없는 일인 걸 알지만 자꾸 만약의 경우에 매달리게 되었다.

'만약에 내가 그때 제대로 했다면.'

이왕 도시를 나간 건 어쩔 수 없다 치더라도. 최소한 윔이 총에 맞았을 때 제대로 된 판단을 내렸어야 하는 건데.

나는 눈을 뜰 수 있을까? 과연 이번에도 살아날 수 있을까?

쉴 새 없이 스스로에게 질문을 던지던 엘리제는, 돌연 머릿속을 가득 채운 한 가지 생각에 공포를 느꼈다. 느껴 본 적 없는 두려움이 그녀를 집어삼켰다.

'살아남으면 어떡하지?'

엘리제의 몸이 경련을 일으켰다. 쇼크였다. 흡사 전기 충격이라도 당하는 듯 전신을 부들부들 떨었다. 안 그래도 바빴던 의료진이 더욱 빠르게 움직이기 시작했다.

'나 혼자…… 살아남으면 어쩌지?'

감은 눈꺼풀 아래로 흐르는 눈물이 뜨거웠다. 생각만으로도 비참한 일이었다. 그럴 바에야 차라리 함께 맞는 죽음을 원할 정도였다. 하나 머릿속에 또렷이 떠오르는 기억 하나가 생명의 끈을 놓지 못하게 했다.

엘리제의 경련이 뚝 멈췄다.

피에는 피로.

여든 명의 복수를 절대 잊지 않을 것이다. 빼앗긴 것의 백 배, 천 배, 만 배로 돌려줄 것이다. 차라리 죽여 달라며 마지막 자비를 구걸할 때까지. 심장을 으스러뜨리고, 피에 물든 통곡을 자장가 삼을 터다.

잊지 않는다. 어떻게 잊을 수 있을까.

살아남기만 하면, 내가, 다시 눈을 뜨기만 한다면.

끝까지 쫓아가 지옥을 안겨 줄 테니까.

얌전히 목을 닦고 신께 빌고 있기를.

내가 널 찾아내기 전에 스스로 목숨 끊을 수 있는 용기를 달라고 청하는 중이기를.

물론 나는, 아직 얼굴도 모르는 네 명줄이 지긋지긋하게 길기만을 빌 테니.

기다려.

네가 있는 그 자리에서 딱 기다리고 있어.

흘러내린 눈물이 수술대 위에 고였다. 얇은 눈꺼풀이 파르르 떨렸다.

가만두지 않아.

엘리제의 뇌리에 여든 명의 얼굴이 주마등처럼 지나갔다. 마지막 한 명의 몫까지 철저하게 갚아 주겠어.

'피에는 피로.'

다음 순간, 엘리제의 심박 그래프가 묵직한 일직선을 그렸다.

삐, 하는 위태로운 소리가 아주 오래도록 이어졌다.

엘리제가 누워 있는 제1의료센터의 VIP실은 폐쇄된 상태나 다름없었다. 소식을 듣자마자 달려온 뒤 한시도 자릴 비우지 않는 라키어스 녹턴 때문이었다.

아침저녁 2회로 정해진 회진 때가 아니면, 어느 누구도 VIP실에 들어갈 수가 없었다. 그 안에서 라키어스는 외부 연락을 차단한 채 엘리제만 보며 지냈다.

「이러다간 쓰러지실 거예요.」

하샤즈가 찾아와 말을 할 때조차 고개를 돌리지 않았다. 생기를 잃은 하늘색 눈동자는 오직 엘리제에게 고정되어 있었다. 미동조차 하지 않고 병상 옆 의자에만 앉아 있는 모습은 어딘가 오싹한 분위기마저 풍겼다.

죽음의 강을 건넜다 돌아온 쪽은 엘리제였다. 하나 먹는 것도, 잠자는 것도 잊은 채 오로지 엘리제만 쳐다보고 있는 그를 보면, 진짜 죽은 쪽은 라키어스가 아닌가 하는 의심이 들었다.

그의 목소리를 들을 수 있는 건 회진 때뿐이었다. 완전히 쉬어서 본래 목소리가 남아 있지 않은 음성으로 같은 질문을 했다.

「언제쯤 깨어날까요?」

그럼 의료진은 안타깝지만 확실한 답을 드릴 수 없다고 말했다. 정해진 대답을 아침저녁으로 반복해야 하는 것도 어떤 면에선 민망한 일이었다. 하나 라키어스는 별다른 실망도 내보이지 않고 그저 고개를 끄덕였다.

그 한마디가 전부였다. 라키어스에게서 끌어낼 수 있는 반응은 고작 그것 하나뿐이었다. 그리고 하샤즈는 오늘도 병실을 찾았다.

"원로분들의 걱정이 이만저만이 아니에요. 라키어스 님이 잘못되실까 염려하고 있어요. 물론 저도 그렇고요."

"……."

"잠깐이라도 눈을 붙이셔야."

"쉿."

라키어스가 손가락을 들었다. 대화를 시도한 지 무려 6일 만의 반응이었다.

"조용히 해 줄래요?"

"……라키어스 님."

"엘이 쉬는 걸 방해하고 싶지 않습니다."

그의 시선이 처음으로 하샤즈에게 움직였다. 미소를 기대하지 않았지만, 슬픔조차 보이지 않을 줄은 몰랐다. 라키어스는 빈 껍데기였다.

거기엔 일말의 감정조차 남아 있지 않았다. 너무나 건조해서 손끝으로 가볍게 건드리기만 해도 허공으로 산산이 흩어질 존재 같았다.

"깨어나길 손꼽아 기다리고 있지만."

"……."

"그렇다고 잠을 방해하긴 싫어요."

라키어스의 눈길이 엘리제에게 돌아갔다. 천천히 오르내리는 가슴의 호흡을 확인하고, 창백한 얼굴을 눈에 담았다.

"피로가 쌓였을 테죠."

엘리제를 볼 때만 아주 희미하게 드러나는 감정.

"그간 잠을 자도 몹쓸 꿈만 꿨을 거예요."

심지어 입가가 살짝 떨리기도 했다. 웃음 비슷한 것을 지으려 했을까.

"내가 좀 괴롭혔거든."

"무슨……."

"고이 재울 걸 그랬나 봐요. 저택에 살 때도 온갖 부지런을 떨면서 녹턴의 생활 패턴에 맞췄지만, 그가 자리를 비우기만 하면 어김없이 침대로 기어들어 가곤 했거든요."

하샤즈는 알지 못하는 과거 이야기가 흘러나왔다.

"그때 엘리제는 참…… 까만 고양이처럼 귀여웠죠."

라키어스가 엘리제에게 손을 뻗었다. 여기저기 부러진 손톱을 가만히 만졌다. 칠이 벗겨진 반짝이 매니큐어가 손가락 끝에 오돌토돌한 감촉을 남겼다.

엘리제의 취향은 아니었다.

문득 중환자실에 누워 있는 비안카 뮬러의 손톱에서 같은 종류의 반짝이를 본 기억이 났다. 칠이 벗겨졌으니까 깨끗이 지워 줘야겠다는 생각이 들었다. 하는 김에 손톱을 정리해 주는 것도 좋겠다.

수행원에게 니퍼를 사 와 달라고 부탁할까. 엄지손톱부터 하나하나 단정하게 정리해 주다 보면, 어느 순간 네가 눈을 뜨지 않을까. 자꾸 귀찮게 건드리지 마, 라든가 그와 비슷한 소릴 하면서.

만약 정리를 끝낼 때까지 깨어나지 않는다 해도, 엘리제는 깔끔하게 정돈된 상태를 좋아하니까.

'괜찮겠지, 엘리제?'

라키어스는 어느새 자신만의 생각에 깊이 잠겨들었다.

"정 제 말을 듣지 않으시면 의료진으로서 만남을 제한할 수밖에 없어요."

분명히 한 공간에 있는데 대화에서 밀려나 버리고 말았다. 하샤즈의 목소리에 아까와는 다른 힘이 실렸다.

"사실 환자를 위해서도 24시간 보호자가 붙어 있는 건 권장하지 않아요. 감염 문제도 그렇거니와 센터에서 전문 간병인을 붙여 드릴 거고……."

"하샤즈?"

라키어스가 이름을 불렀다. 말이 끊겼다는 것도 깨닫지 못한 채, 이어질 말을 기다리게끔 하는 묘한 힘이 있었다. 하지만 돌아온 대답은 하샤즈의 기대와 달랐다.

"나가 주세요."

"……네?"

"나가 줘요."

처음 당하는 거부는 곤혹스럽고도 충격적이었다. 상대가 라키어스이기에 더욱 얼굴이 화끈거렸다.

"엘리제와 단둘이 있고 싶습니다."

병상과의 거리는 얼마 되지 않았다. 고작 2미터나 될까. 그러나 하샤즈는 녹턴 남매와 제 사이에 세워진 거대한 벽을 느꼈다.

유리처럼 투명하여 얼핏 다가갈 수 있다는 착각을 들게 하지만, 실제로는 경계를 넘어서는 것조차 허락하지 않는 벽이었다. 잠깐 저 벽을 통과했다고 착각한 순간이 있었다.

남매는 오랜 시간을 함께해 왔고, 하샤즈는 조급해하지 않으려 했다. 라키어스의 삶에서 자신이 엘리제와 비슷한 비중을 차지하려면 꽤 오랜 시간이 걸릴 것이라 예상했다. 그래도 아예 불가능한 일은 아닐 거라고 믿었다.

라키어스 녹턴의 약혼녀로 소개되는 매 순간이 하샤즈에게 확신을 더해 주었다.

배려 깊은 데이트.

대화가 끊이지 않는 저녁 식사.

미래를 그려 보는 하샤즈의 말에 부정하지 않고 미소 짓던 모습.

모든 것이 차례로 떠올랐다.

이건 제게만 허락되는 영역이라며 얼마나 그윽한 만족을 느꼈던가.

녹턴 남매의 벽을 넘은 것에 그치지 않고, 라키어스와 새로운 관계를 만들어 가고 있다는 착각에 빠졌었다.

'그렇지.'

묵직한 깨달음이 하샤즈를 강타했다.

'그건 착각이었어.'

주먹으로 배를 세게 맞은 듯한 충격이 그녀를 덮쳤다.

'실은 한 걸음도 다가가지 못했던 거였는데.'

라키어스는 이제 이쪽을 쳐다보지도 않았다. 아직 안 나가고 뭘 하느냔 소릴 할 법 한데도 그저 침묵하였다. 엘리제의 앞머리를 쓸어 넘기는 손길이 애틋했다. 하샤즈의 손톱이 부드러운 손바닥을 꾸욱 파고들었다.

자신이 이토록 강렬한 시선으로 쳐다보고 있는데, 상대는 눈길도 주지 않는 점이 견디기 힘들었다.

말을 할까 말까. 순간 충동이 일었다. 자신이 상처 받은 만큼 상대를 할퀴고 싶은 충동은 차마 거부하기 힘든 유혹이었다.

무슨 말이라도 하고 싶었다.

무슨 말이라도 해서, 저들만의 고요한 호수에 돌을 집어 던지고 싶었다. 힘껏 내던진 돌에 우아한 백조의 머리가 깨지기라도 한다면 작은 만족이 될 것이다.

"깨어나는 게 과연 좋은 일일까요?"

하샤즈는 속으로 되뇌었다.

당신은 후회하게 될 거예요.

당신의 눈길이 닿지 않는 곳에서 무슨 일이 일어나고 있는지 전혀 모르면서.

그렇게 언제 깨어날지 모르는 사람만 들여다보고 있을 때가 아닐 텐데.

"여든한 명이 떠났어요. 돌아온 건 열여섯 명뿐이죠. 전투대장이 부하들을 유별나게 아낀 걸 모르는 사람은 없고요."

하샤즈는 병실을 떠나기 전, 뒤를 돌아보며 말했다.

"깨어나는 순간부터 진짜 지옥이 시작될 거예요."

문이 닫히는 순간까지도 라키어스의 시선은 엘리제를 떠나지 않았다.

❖

차가운 물로 손을 씻고 세수를 했다. 일부러 잠을 깨기 위함이 아니었다. 오히려 엿새 동안 거의 잠을 자지 않았는데도, 갈수록 정신이 명료해지는 게 탈이었다.

먹지도, 자지도 않은 시간.

지금 라키어스는 숨이 붙어 있는 허상에 불과했다.

"겨우 갔네."

사포처럼 거친 목소리가 나왔다.

"그 여자가 갔어, 엘리제."

병상으로 돌아와 핼쑥한 뺨을 들여다보았다. 하루하루 말라 가는 게 보여 마음이 좋지 않았다.

"한 마디라도 더하면 죽일 뻔했는데, 잘 참았지?"

거즈와 반창고로 뒤덮인 손을 조심스레 들어 자신의 뺨에 갖다 대었다. 그토록 바라던 대로 닿아 있는데도 기쁘지 않았다. 의료진은 할 수 있는 것을 다 했다고 말했다. 나머지는 환자의 의지에 달렸다고.

상태를 이겨 내고 의식을 찾든지. 아니면 이대로 계속 의식 없이 숨을 이어 가든지.

물론 언제고 상태가 악화될 가능성도 남아 있다고 덧붙였다.

엘리제가 눈을 뜨지 못하면 어떻게 될까.

라키어스는 상상해 보지 않았다. 6일간 엘리제의 곁을 지키면서 단 한 번도 그에 대해 생각하지 않았다.

'아, 딱 한 번.'

사흘째 되는 새벽.

가정조차 하지 않으리라 굳게 다짐했건만, 심신이 약해진 틈을 타 위기가 찾아왔다.

다시는 목소리를 들을 수 없다.

머릿속에 스며든 그 문장 하나만으로도 라키어스는 바닥까지 무너져 내렸다. 그때 엘리제가 눈썹을 살짝 찌푸리지만 않았다면, 무슨 일을 저질렀을지 장담할 수 없었다.

“다시 우리 둘뿐이야. 시끄러웠지?”

미안하다고 작게 속삭였다.

“네 대원들, 원래는 제3의료센터로 가야 하지만 내가 이곳에 입원시켰어. 다들 각자에게 필요한 치료를 받고 쉬고 있어.”

라키어스의 목소리가 잦아들었다.

“그나마 덜 다친 대원에게 물어봤는데 공격을 받았다더라. 이제까지 도시 밖에서 마주친 놈들과 달리 아주 전문적인 실력자들이었다며…….”

하늘색 눈동자에 간절한 이채가 돌았다.

“내게 복수할 기회를 줘.”

떨리는 목소리로 말을 바꾸었다.

“당한 것의 배로 갚아 줘야지, 엘?”

말라붙은 줄 알았던 눈물이 그의 뺨을 타고 흘렀다.

“어서, 깨어나야지.”

“라……어스.”

라키어스의 숨이 멈췄다. 형편없이 떨리는 손이 호흡기로 향했다. 조심스럽게 호흡기를 들어 올리자 불분명하게 웅얼거리던 말이 조금 더 또렷해졌다.

“……싫어.”

다시는 들을 수 없을 것 같았던 목소리.

“싫어…….”

엘리제의 입술이 움직이고 있었다. 라키어스만큼이나 낮게 잠기고 쉬었지만 분명히 엘리제의 목소리였다. 믿을 수 없는 일이라 어찌해야 할 바를 몰랐다.

뺨에 닿은 손가락이 움직이고 있는데도 그것을 인지하지조차 못했다.

"엘?"

불안한 음성으로 이름을 부른 것이 고작이었다.

"라키어스……."

눈을 뜨지 않았다. 움직이고 있는 것도 손가락뿐. 의식이 완전히 돌아온 것은 아니었다.

악몽을 꾸는 거라면 좀 더 편안한 잠을 불어넣어 줄 수 있을 텐데.

엘리제는 아직 무의식의 늪을 헤매는 중이었다. 제 의지로 하는 말이 아닌 것이다. 순간 멈추었던 라키어스의 호흡이 돌아왔다. 눈빛이 한결 차분해졌다.

"……가지 마."

하지만 엘리제의 끊어질 듯 애달픈 목소리가 그를 산산이 무너뜨렸다.

"……싫어."

엘리제가 울먹이고 있었다.

"왜…… 나를 이렇게……."

"엘리제."

라키어스가 다급하게 이름을 불렀다. 듣지 못한다는 걸 알면서도 부를 수밖에 없었다.

"가지 마."

"아무 데도 안 가."

"싫어……."

"가지 않을게. 옆에 있을게. 계속 쭉 옆에 있었어."

"라키어스……."

이토록 여린 목소리를 들어 본 적이 없었다. 녹턴을 잃었을 때조차 증오와 분노를 발산했던 엘리제였다. 그런 엘리제가 마치 버림받기라도 한 목소리로 슬피 울었다. 라키어스는 가슴이 쥐어뜯기는 기분이 무엇인지 절감했다.

얼마나 듣고 싶었던 말인가.

'내 곁에 있어, 라키어스.'

그 한마디를 듣기 위해 수단방법을 가리지 않았다. 말할 것 같다가도 끝내 들려주지 않는 게 귀여우면서 얄미웠다.

한데 이리도 애처로운 목소리로 들을 줄은 몰랐다.

"내가 원한 건 이런 게 아니야."

라키어스가 흐린 눈으로 병상에 올랐다. 큰 체격 때문에 무릎을 굽혀야 했다. 그가 팔을 들어 엘리제를 감싸 안았다. 가늘게 떨리는 몸이 느껴졌다.

"보내지 말걸."

엘리제의 떨림이 어느새 옮아 왔다.

"가지 말라고 다시 말해 줘, 엘리제."

기쁘면서도 슬펐다. 외로운데도 행복했다. 하샤즈는 엘리제가 눈을 뜨면 진짜 지옥이 시작될 거라고 말했다.

틀린 말은 아니었다.

엘리제는 삶을 지탱해 주던 큰 축을 잃었다. 우선 스스로를 가혹하게 몰아붙일 것이다. 그다음에 비난의 화살이 향할 쪽은 라키어스였다. 그에겐 원로원 회의에서 신도시 프로젝트가 통과되도록 놔둔 죄목이 있었다.

"왜 하필 지금일까."

엘리제 쪽으로 얼굴을 파묻었다.

"네 달콤함을 조금이라도 알아 버린 나는…… 이제 원망에 익숙하던 때로 돌아갈 수가 없는데."

엘리제의 어깨를 어루만지던 손이 느리게 올라왔다. 환자복 위로 드러난 하얀 목에 멈춘 손은 천천히 그것을 감싸 쥐었다. 부드러운 피부가 손가락 자국대로 눌렸다.

찰나에 불과하나 지독한 번민.

그러나 손안에서 느껴지는 맥박이 이 이상을 할 수 없도록 만들었다.

라키어스의 손이 떨어져 나갔다.

이윽고 조명이 꺼지고, 이따금 흐느끼는 소리만이 어두운 병실에 울렸다.

8일째 아침, 엘리제가 눈을 떴다. 공교롭게도 의료진이 병실을 나가기 직전이라 한동안 정신없는 시간이 계속되었다. 엘리제는 몽롱한 정신으로 의료진의 지시를 따랐고, 라키어스는 병실 한구석에서 초조한 눈으로 모든 과정을 지켜보았다.

환자의 상태를 파악한 의료진이 각자 새로운 오더를 내리기 위해 흩어졌다. 넓은 병실에는 다시 두 사람만 남게 되었다.

처음 정신을 차렸을 때보다 한결 또렷해진 눈을 한 엘리제가 라키어스를 쳐다보았다. 엷고 짙은 푸른빛이 허공에서 부딪혔다.

다음 순간, 엘리제가 병상을 박차고 일어나 라키어스에게 달려들었다. 아직 몸에서 떼지 않은 여러 가지 장치가 뒤엉키며 와장창 시끄러운 소리를 냈다.

"몇 명이야?"

엘리제가 그의 멱살을 움켜쥐며 다그쳐 물었다.

"몇 명이 살아남았냐고!"

"……열여섯."

짙푸른 눈이 순식간에 잿더미처럼 검게 죽었다.

"너 포함해서 열여섯이야."

엘리제가 고개를 떨어뜨렸다.

여든한 명 중에 열여섯. 여든한 명 중에 열여섯.

그 말밖에 배우지 못한 아이처럼 초점 잃은 눈으로 중얼거렸다.

잠시 뒤, 라키어스의 고개가 거세게 돌아갔다. 온 힘을 다해 뺨을 때린 엘리제가 이번에는 주먹으로 달려들었다.

"네가 하는 게 뭐야! 번듯한 집무실에 앉아 늙은이들과 잡담이나 나누다

보니 잘난 머리가 굳어 버렸어?"

먹살을 잡고 마구 벽으로 밀어붙였다. 라키어스는 쓰러지지 않았다. 힘이 부친 건 엘리제였다. 비틀거리다가 화병을 밀쳤고, 귀에 거슬리는 파열음이 병실 밖까지 울렸다. 하나 지금 엘리제의 눈에는 아무것도 들어오지 않았다.

분노가 온몸을 활활 태우고 있었다. 어딘가에 풀지 않으면 당장 창밖으로 몸을 던져 버릴 것 같았다.

"내 발밑에 에데니카를 바친다고 해 놓고! 모든 걸 다 주겠다고 해 놓고!"

엘리제가 악을 쓰며 라키어스를 잡고 흔들었다.

"다 앗아 갔어……. 결국엔 뭐 하나 지켜 준 게 없잖아!"

라키어스의 입술이 터져 피가 배어나왔다. 뺨을 때리는 손톱에 긁히기도 했다. 그러나 그는 아무런 반격도 하지 않은 채 쏟아지는 분노를 고스란히 받아 내었다.

오히려 소란을 듣고 달려온 쪽은 의료진이었다. 엘리제를 제압하기 위한 남자 간호사들도 달려왔지만, 이들은 눈앞에서 세게 닫히는 문에 당황하고 말았다.

"이, 이게 무슨……."

"문이 안 열립니다!"

모든 병실 문에는 잠금장치가 없었다. 밖에서 잠글 수 있는 것은 격리병동뿐이고, 안에서는 잠그는 것 자체가 불가능했다. 한데 어쩐 일인지 아무리 힘 좋은 간호사가 여럿 달라붙어도 한번 닫힌 문은 꿈쩍도 하지 않았다.

"틈 벌리는 도구 같은 거 없나? 소방대에서 쓰는 거 말이야!"

"여의치 않으면 창문으로 접근하는 방법은 어떻습니까?"

"라키어스 님? 들리십니까?"

"괜찮으시다면 대답해 주십시오!"

일대 소란이 일어났다. 하지만 병실 안은 다른 세상이었다.

엘리제의 눈가가 붉어졌다. 울음과 분노를 참느라 실핏줄이 도드라졌다. 라키어스를 잡아 흔들던 손은 이제 그의 가슴팍을 치기 시작했다.

억눌린 흐느낌이 새어 나왔다. 힘껏 때리고 두들기던 주먹이 어느 순간 셔츠를 움켜쥐었다.

엘리제는 그대로 고개를 숙인 채 어깨를 들썩였다.

위로는 감히 허락되지 않았다.

"봤어. 분명히…… 내 눈으로."

고개를 홱 들자 굵은 눈물이 아래로 떨어졌다.

"우리 공격했던 장갑차."

엘리제가 기억을 더듬었다. 목격한 순간 뇌리에 남은 장면이 있었다.

"후면에 은색 마크가 있었어. 흙먼지가 덮여 있어도 망할 올리브 나뭇가지 마크는 잊기 힘들지."

그 말에 라키어스가 반응했다.

"이제야 알겠어? 왜 네가 더 원망스러운지?"

셔츠 자락을 움켜쥔 채 엘리제가 라키어스를 노려봤다. 고인 눈물이 연이어 뚝뚝 떨어졌다.

"일반 검수를 거친 물품은 진녹색……. 그리고 에데니카에서 은색 마크를 쓸 수 있는 건 오직 너희 열두 명."

리더들뿐이다.

"어디다 정신을 팔고 다니면 매일 보는 놈들 중에 배신자가 있는 줄 몰라?"

엘리제의 목소리가 갈라졌다.

"외부인이 아니야. 도시 밖의 어떤 수완 좋은 놈도 그 은색 마크는 흉내 내지 못해! 왜냐? 애초에 저 쳐 죽일 노인네들은 게이트 밖으로 나가지도 않으니까!"

엘리제가 그를 거칠게 밀어냈다. 울음 섞인 비명을 질렀다. 화를 이기지 못한 채 눈에 보이는 모든 집기를 부수고 던졌다. 그럴수록 바깥 분위기는 다급해졌다.

한동안 오열하던 엘리제는 엉망이 된 바닥에 주저앉았다. 마지막 기운마저 빠져나간 몸이 마치 종잇장처럼 휘늘어졌다.

"……하긴 신도시 세울 땅을 탐색한다면서 B9까지 보내는 것부터 이상했어. 여기서 나고 자란 애들이야 모르겠지. 하지만 원로원은 밖이 어떤 꼴인 줄 알잖아? 개발이라면 A 구역으로도 충분할 텐데."

"B9이라니?"

라키어스가 말을 잘랐다. 엘리제에게 생존자 수를 알려 준 후부터 무거운 침묵을 지키던 그였다.

그의 첫 질문이었다.

"왜 거기까지 갔지?"

"무슨 개소리야, 라키어스 녹턴."

엘리제가 턱에 힘을 잔뜩 넣은 채 대꾸했다.

"네가 가라고 했잖아. 공문을 보냈잖아. B9부터 시작하라고."

"회의에서 결정된 건 B1부터야."

"말도 안 되는 소리 작작해. 공문이…… 그건 이미 불타고 없지."

엘리제의 눈동자가 어지러이 움직이다가 한순간 멈췄다.

"그래, 게이트 나설 때 경비한테 보여 줬어. 그자가 기록을 남겼을 거야."

"허가증 확인하는 절차를 말하는 거지?"

라키어스가 말을 이었다.

"게이트 기록엔 문제가 없었어."

"뭐?"

"경비가 공문을 스캔한 뒤 네게 넘겨줬겠지. 그걸 다시 확인해 봤나?"

엘리제가 말없이 그를 쳐다보았다.

확인하지 않았다. 그냥 돌려주는 것을 받은 뒤 네모나게 두 번 접어 주머니에 넣었을 따름이다. 라키어스가 다시 물었다.

"경비에게 넘겨주기 전에는?"

그의 의혹이 여러 갈래로 뻗어 왔다.

"B9이라고 명시된 공문. 네가 계속 갖고 있었어?"

"……아니."

엘리제의 입술이 어렵게 떨어졌다. 당시의 기억이 떠오르며 가슴께가 싸늘하게 식었다.

"트릭시."

이름을 입에 담는 것조차 고통스러웠다.

"내가 책상에 두고 나온 걸 트릭시가 주워 왔어. 경비가 요구하기 전까지는 까맣게 몰랐고."

"트릭시 킨스키."

그는 엘리제의 입에서 나온 이름을 되뇌었다. 생존자 중에 트릭시 킨스키는 없었다. 인상적인 장신이던 게 기억났다. 비안카 뮬러와는 또 다른 의미로 엘리제의 곁에 항상 붙어 있었던 것도.

라키어스는 최대한 냉정하게 생각했다.

그럼 세 가지 경우였다.

첫째는 트릭시가 배신자일 경우.

엘리제의 옆에 머물며 기회를 엿보다가 공문을 바꿔치기 했을 가능성이 있었다.

둘째는 게이트 경비가 배신자일 경우.

애당초 원래 공문은 경비 손에 넘어갔고, 엘리제 앞으로는 가짜가 전달된 경우다. 스캔할 때만 진짜를 사용한 것이다.

셋째는 트릭시와 경비 둘이서 공모한 경우였다.

이게 최악이긴 하다. 방심한 사이 안팎으로 털리고 있었다는 거니까.

중요한 건 이번 일에 가담한 자가 한둘이 아니라는 사실이었다. 전투대를 공격한 무리, 이들을 물질적으로 지원한 누군가, 최종 결재까지 끝난 공문을 바꿔치기한 사람.

누구든 상당한 악의를 품고 전투대를 몰살시키려던 게 틀림없었다.

열한 명의 리더 중 한 명이라.

'전투대를 없애서 이득을 보는 자가 누구지?'

라키어스의 표정이 차디차게 변했다.

"라키어스 님!"

"괜찮으십니까?"

아무리 낑낑대도 열리지 않던 문이 허무하게 옆으로 밀려났다. 밖에서부터 쏟아져 들어온 사람들은 아연한 얼굴로 난장판을 쳐다보았다. 그러다 라키어스에게 달려가 안위를 살폈다.

엘리제는 간호사들의 손에 병상으로 옮겨졌다.

기력을 소진한 탓에 팔을 내저을 힘조차 남아 있지 않았다. 한 간호사가 붉게 물든 환자복을 발견한 뒤 상처를 확인했다. 봉합 부위가 터졌다는 말에 자리가 조금 더 소란스러워졌다.

얼마 되지 않아 엘리제는 다시 깊은 잠에 빠져들고 말았다.

"선생님, 여기서 뭐 하세요!"

여학생들이 반가운 얼굴로 누군가의 어깨를 잡았다. 그러나 뒤돌아보는 얼굴은 낯선 사람의 것이었다.

"……죄송합니다."

"사람을 잘못 봤어요."

거듭 사과한 뒤 서로를 마주 보며 갸웃거렸다.

"이상하다. 진짜 리오네 선생님인 줄 알았는데."

"아까랑 옷이 다른 것 같기도 하고……."

그때 두 여학생의 휴대폰이 동시에 울렸다. 메시지를 확인하고 난 표정은 너 나 할 것 없는 울상이었다.

"선생님 진짜 뭔가 있다니까?"

단체 메시지였다.

[평론 과제 제출까지 D-4.]

본론만 있어서 더 살벌한 분위기를 풍겼다. 평소엔 생글생글 귀여운 인상이다가도 과제에 있어서는 더없이 단호한 리오네였다. 학생들 사이에서는 리오네의 '특별한' 기쁨 중 하나가 제출 독촉이지 않을까 하는 소문마저 돌았다.

"헉, 단체 채팅방에 타이머 캡처 사진 올라왔어."

"시작됐네. 시작됐어."

여학생이 하늘을 보며 탄식했다.

"다 써 가?"

"질문이 잘못된 거 아냐?"

어째 이번 학기 내내 무언가에 쫓기는 기분을 느끼고 있는 엠마 하트니스는 땅이 꺼져라 한숨을 토해 냈다.

"영화 자체를 안 봤어. 다 써 가는 게 아니라 아예 시작조차 못 했다고."

"망했네?"

"아악! 아아악!"

화창한 토요일 번화가에 얌전하게만 보이던 여학생의 절규가 울려 퍼졌다. 행인들이 움찔거리며 놀랐다. 동행한 친구는 자주 겪는 상황인 양 덤덤한 표정을 지었다. 약간의 한심함이 묻어 나왔다.

"그럼 지금 이럴 때가 아닌 거 아닌가."

"……그건 아니지."

머리채를 쥐어뜯던 엠마가 얼굴을 싹 바꾸었다.

"모처럼의 휴일이잖아. 나 오늘 놀러 다닐 코스 일주일 전부터 짜 놨다고."

"섬뜩한데."

"으……. 저녁부터 하면 될 거야. 오늘 저녁에 영화 보고, 잠깐 잤다가, 내일 아침부터 서론 본론 결론 잡으면."

"네가 잘도 하겠다. 그치?"
조심스럽게 희망의 블록을 쌓아 올리고 있던 엠마가 다시 굳어 버렸다.
"영화 4시간짜리야."
빠른 속도로 화석이 되었다.
"재미는 있는데 세계관이 너무 방대하더라."
"……아아아악!"
자료 조사하고 틀 잡는 데만 하루가 날아갈 거란 말에 절규가 이어졌다. 영원한 고통 속에서 허우적댈 엠마였다. 그리고 리오네는 길 건너 가판대에서 제자들을 지켜보았다.
'하마터면 들킬 뻔했네.'
선글라스로는 안 되겠다. 리오네는 매고 있는 크로스백 끈을 가볍게 쓸었다. 안에는 지갑뿐 아니라 모자와 가발이 들어 있었다.
햇살을 받으면 더욱 반짝이는 밀빛 머리카락은 이목을 끌기에 좋았다. 그런 까닭에 가방 안의 가발은 흔하디흔한 갈색이었다. 제자들이 멀어지는 것을 확인한 그녀는 가판대로 시선을 내렸다.
오늘 자 신문과 잡지, 타블로이드지가 가지런히 꽂혀 있었다. 어디에도 전투대 관련 기사는 실려 있지 않았다.
"희한한 일이지……."
리오네의 미소가 야릇해졌다.
"그 요란한 팀이 일주일 넘게 출근을 안 하고 있는데, 아무도 의문을 갖지 않는다니."
물론 '뭔가 있음'을 알아챈 기자도 있을 것이다.
없을 리가 없다. 그들은 늘 새로운 소재를 찾아 헤매니까. 하지만 데스크에서 퇴짜를 놓았을 것이다. 자세한 이유는 모르겠지만 시티타워에서 기사화를 금지했다고 할 터다.
뭐 쓸 수 있는 게 없네요?
투덜거리는 걸 넘어 분함을 느끼는 자가 있을까.

너무 잦은 엠바고(보도 시점 유예)와 많은 금지 사항에 회의감이 드는 자.

대체 무슨 사정이기에 공무원이 출근 안 하는 것조차 못 다루게 하는지. 괜한 반발심에라도 파 보겠다고 하는 자가 있으려나.

'……그런 자가 있다면 제거 1순위겠지.'

"아가씨, 뭐 찾는 거라도?"

리오네가 너무 오래 버티고 있자 컨테이너 안에 앉아 있던 주인이 몸을 내밀었다.

"이거요."

리오네는 주저 없이 얇은 잡지 하나를 뽑아 들었다. 표지부터 섹시한 모델이 팔베개를 하고 누운 채 근육을 뽐내고 있었다. 배가 두둑하게 나온 주인과 정반대의 모습이었다. 거스름돈 건네면서 괜히 헛기침하던 건 못 본 척해 주겠다.

리오네는 잡지를 들고 근처 공원으로 향했다.

"오늘 원두가 좋네."

따끈하게 데워진 벤치에 앉아 커피를 홀짝이며 잡지를 넘겼다. 근육으로 도배된 화보를 공들여 보고, 짧은 칼럼을 꼼꼼히 읽었다. 그 모든 과정을 마친 뒤 시계탑을 확인했다.

"흠."

경비대장 도블락 랭커스터가 운동을 나오지 않았다. 일부러 달리기 코스 중간에 앉아 있었건만 도블락과 비슷하게 생긴 사람조차 지나가지 않았다. 잡지는 시간을 때울 거리에 불과했다.

애초에 리오네의 주의는 앞을 지나가는 행인들에게 고정되어 있었다.

"피하는 거야, 뭐야."

리오네가 눈을 가늘게 떴다.

"약 오르게."

종이컵과 잡지를 버리려던 그녀는 잠깐 멈칫한 뒤, 잡지 한 페이지를 북 찢어 냈다.

다음 단계를 밟아야 할 듯싶었다.

❖

"다른 녀석들이 보고 싶어."

눈을 뜬 엘리제의 첫 요구였다. 제3의료센터까지 갈 차를 마련해 달라는 말에 라키어스가 답했다.

"열다섯 명 모두 여기 있어."

"……보고 싶어."

엘리제의 보고 싶다는 말은 그들을 제 병실까지 데려다 달라는 뜻이 아니었다. 직접 찾아가겠다는 말에 라키어스가 걱정 어린 한숨을 삼켰다. 그는 버튼을 눌러 간호사를 호출했다.

움직여도 되지만 가급적 천천히 걸으라는 당부가 날아왔다. 엘리제는 링겔 바를 지지대 삼아 느리게 움직였다. 일반 환자들은 이용할 수 없는 통로가 따로 있었다.

그곳을 통해 다인실로 내려간 엘리제는 문 밖에 표시된 환자 이름 목록을 들여다보았다. 라키어스의 지시에 따라 이쪽 구역은 전투대 전용으로 쓰이고 있었다. 엘리제가 서 있는 4인실도, 그 옆의 병실에도 전투대원이 누워 있다.

엘리제는 딱딱한 고딕체로 인쇄된 네 명의 이름을 말없이 쳐다보았다.

보고 싶다고 할 땐 언제고, 선뜻 들어가질 못했다. 손잡이 쪽으로 올라간 손이 몇 번이나 허공을 헤맸다. 그저 옆으로 밀기만 하면 스르르 열릴 텐데.

결국 문을 열고 들어가 보지 못한 채 옆 병실로 이동했다. 거기서도 마찬가지였다. 엘리제는 뭐라 형용하기 어려운 눈으로 바깥에 붙은 이름만 쳐다보다가 몸을 돌렸다.

"여기가 끝이야?"

"나머지는 중환자실에 있어."

조장들의 부상 정도가 심했다. 보통 대원들에 비해 신체 능력은 뛰어나지만, 더 위험한 곳에 오래 머물며 공격과 구조를 감행한 탓이었다. 비하르트는 잠들었다 깨어나길 반복하며 치료를 받고 있다고 하였다.

비안카는 전신의 70%에 달하는 화상을 입었고, 골절도 여러 군데라 했다. 중환자실은 밖에서 안이 들여다보이는 넓은 창이 있었다. 엘리제는 창 앞으로 다가서려다 말고 다시 멈칫했다.

"안에서는 안 보여."

라키어스가 창 옆에 붙은 스위치를 조작했다. 그는 엘리제가 무엇을 주저하는지 알고 있었다.

"이렇게 하면."

병실 안에서는 거울처럼 보이도록 조작되는 특수 문이었다. 그러나 이 모든 게 엘리제의 기우였음이 드러났다. 1008호실의 환자가 눈을 뜰 확률은 다른 중환자실에 비해서도 현저히 낮기 때문이었다.

"코마(Coma)라는군."

뇌는 살아 있지만 의식불명이라는 뜻이다. 언제 깨어날지, 과연 깨어날 순 있을지 그 누구도 대답할 수 없다는 뜻.

엘리제의 손끝이 병상에 누워 있는 곤을 더듬었다. 딱딱하고 서늘한 유리의 감촉이 느껴졌다. 평소에도 과묵하던 곤은 그보다 더 조용한 세계로 옮겨갔다.

병상 옆의 환자 감시 장치만이 그가 죽지 않았음을 확인시켜 주는 유일한 지표였다.

문득 트릭시가 떠올랐다.

「녀석, 대장 좋아했단 말이야.」

곤 이야기만 나오면 씩씩한 기세는 어디 가고 어쩐지 풀죽은 표정이 되어 꿍얼거리던 트릭시.

「물론 지금도 좋아하지. 대장이 위험에 빠지면 앞뒤 안 재고 구하러 뛰어들 걸.」

「……사미드 곤잘레스가 언제부터 그리 뜨거운 충성의 아이콘이었지.」

「모른 척 말고.」

트릭시가 엘리제의 발을 뻥 찼다. 전투대는 시늉만 내는 게 아니라 진짜로 공격을 하기 때문에 언제든 경계를 늦추지 말아야 했다. 미처 피하지 못한 엘리제가 얼얼한 발을 움켜잡았다.

「내가 위험해도 그렇게 해 줄까?」

「곤이?」

「안 해 줄까……?」

트릭시의 눈엔 확신이 없었다.

「하긴 곤 녀석, 감정기복도 거의 없고 매사 이성적이니까. 달려온다고 해도 퇴로 파악까지 끝낸 다음일 거야.」

「난 누가 날 구하러 온다면, 퇴로 파악 정도는 마치고 오는 게 좋은데.」

피식 웃던 올리브빛 얼굴.

「그렇지…….」

엘리제의 말에 수긍하면서도 어쩐지 조금 더 작아지던 그림자였다.

「나도 그렇긴 해…….」

그러나 트릭시의 예상과 달리 곤은 폭발 현장으로 뛰어들었다. 한 치의 머뭇거림도 없이 그대로 달려가, 쓰러지는 순간까지 연인을 구하려 애썼다. 그 결과 코마 상태에 빠져들었다.

"트릭시 킨스키는 배신자가 아니야."

엘리제에게서 나온 첫 마디였다. 돌아보는 눈이 물기로 그렁그렁했다. 그가 건조하게 되물었다.

"근거는?"

"죽은 자는 말을 할 수 없으니 산 놈을 족쳐야지."

엘리제의 눈이 파르스름하게 빛났다.

"그날 게이트 경비, 누구지?"

수행원은 엘리제와 전투대 건물을 번갈아 보면서 어두운 표정을 거두지 못했다. 일주일은 더 입원해 있어야 하는 환자를 의료센터 밖으로 데리고 나왔으니 걱정이 상당한 듯 보였다.

게다가 목적지는 전투대 건물.

수행원은 엘리제의 상황을 알고 있었다. 아끼던 부하 대부분을 잃고 심각한 부상을 입은 것까지.

텅 빈 건물에서 무얼 하려는 것일까.

아무리 생각해도 심신에 좋지 않을 듯한 거다.

"1시간 뒤 와 주세요."

엘리제는 적당히 타협했다. 어차피 그 이상을 견디긴 힘들 것 같았다. 수행원이 영 불안한 표정으로 차를 끌고 떠났다. 이제 주차장에는 엘리제만이 남았다.

"후……."

눌러쓴 야구모자 아래로 짙푸른 초점이 흔들렸다. 아래턱에 힘을 주고 입술을 굳게 다물었지만 경련처럼 떨리는 것까지는 어찌할 수 없었다. 살아남은 열다섯 명은 아직 전용 구역 밖으로 나오지 못했다.

증상이 호전된 자들도 심리치료를 핑계로 발을 묶어 두었다. 시티타워는 사상 초유의 사건에 대한 시나리오를 짜는 중이었다. 모든 의문에 대한 답이 정해졌을 때, 언론과 시민들에게 공개할 것이다. 언제나 그랬듯이 말이다.

그리고 라키어스와 같은 공간에 놈이 있을 터였다. 라키어스에게 엘리제의 안부를 물으며 남들과 비슷한 위로를 건넬 것이다.

'감히.'

출입문을 올려다보던 엘리제가 주먹을 그러쥐었다. 이윽고 결의에 찬 걸음을 내딛기 시작했다.

끼이이.

묵직한 문을 열어젖히자 귀에 거슬리는 소리가 났다.

원래 이랬던가.

평소엔 복도를 뛰어다니는 소리, 누군가 방문을 열어 놓은 채 크게 틀어 놓은 노래 소리, 시끄러운 잡담과 게임하는 소리가 뒤섞여 끼이익거리는 줄도 몰랐던 출입문이었다. 모두가 자리를 비운 오늘에서야 알게 된 사실이었다.

엘리제는 너무나 익숙하면서도 낯선 로비로 걸어 들어갔다. 걸음을 옮길 때마다 스니커즈 밑창이 바닥에 달라붙었다 떨어지는 소리가 났다.

정말 들을 일이 없는 소리였는데.

엘리제의 표정이 기묘해졌다. 복도를 지나 집무실의 문을 열자 제 집만큼이나 친숙한 공간이 눈에 들어왔다. 다섯 명의 조장들이 여기저기 자리를 차지하고 앉아 떠들던 장면이 눈에 선했다. 그럼 휴대폰에서 눈을 떼지 못하던 웜이 넌더리를 내며 지하실로 내려가곤 했었다.

'이제 두 번 다시 그런 날을 맞을 수 없겠지.'

엘리제가 얼른 고개를 돌렸다. 심장이 뻐근하게 아파 왔다. 한참 동안 심호흡을 한 뒤에야 자리를 뜰 수 있었다.

힘들어도 해내야 했다. 이것은 엘리제가 스스로에게 내리는 벌이자 복수를 다짐하는 의식이었다. 떠나간 이들이 머물렀던 공간을 눈에 담고 손으로 쓸며, 개개인이 어떤 생각을 하며 살았는지 가슴 깊이 남기고 싶었다.

1시간 가까이 건물 곳곳을 돌아다닌 엘리제는 문득 이런 생각을 하였다. 전투대는 그야말로 보안과 거리가 먼 조직이었다고.

'다 열려 있어.'

엘리제의 표정이 점점 굳었다.

'출입문조차 잠근 적 없지.'

전투대가 자리를 비운 지가 언젠데, 그동안 출입문이 내내 열려 있었다. 주차장, 입구, 건물 안 CCTV는 의무적으로 작동되는 중이다. 하지만 누군가 미음먹고 잠입하려 든다면 얼마든지 가능했을 터였다.

그러고 보면 지금 당장 엘리제의 집무실이 폭발한다 하더라도 놀랍지 않을 일이었다.

'누구도 신경 쓰지 않았어…….'

들어와 봤자 돈도 없다. 훔칠 것도 없다. 항상 사람이 있는 데다 각자 맨손으로 열 명쯤은 제압 가능한 실력자다. 무기를 보관하는 캐비닛이 그나마 유일하게 가치 있는 곳. 그래서 다른 곳은 나 몰라라 열어 놓고 다니면서 무기 보관실에만 홍채 인식 장치를 달아 두었다.

돌이켜 생각해 보면 어이없을 정도의 안일함이었다.

「들어오는 도둑만 불쌍하게 됐지.」

이런 농담을 스스럼없이 하곤 했는데.

「근데 어떤 얼간이가 전투대 건물을 털러 와? 도시의 하고많은 건물 중에서 하필 여기를?」

외관부터 너무 가난한 건물이 아니냐며 깔깔댔었다. 어떤 의미에서 참으로 순진했던 것이다.

그리고 변명의 여지없이 방심했었다.

'이보다 쉬운 타깃을 찾기도 힘들겠는데.'

계단을 내려오는 다리가 후들거렸다. 핸드레일에 몸을 의지하고 다음 칸으로 발을 내딛어야 했다.

'도시 바깥만 위험한 줄 알았지. 너무 위험한 곳에서 위험한 상황을 겪는 게 일상이라 에데니카 내부의 적을 까맣게 잊고 있었어.'

툭하면 전투대를 들쑤신다고 여기면서도, 공격받을 가능성은 배제하고 있었다.

얼마나 멍청했던가.

상관의 그러한 안일함이 대원들을 죽음으로 몰아갔다는 죄책감이 머릿속에서 떠나지 않았다.

한 번이라도 의문을 품었다면.

조금 더 신경 썼다면.

이런 일을 막을 수 있었을 텐데.

"……아."

시큰거리는 가슴을 부여잡은 채 겨우 1층을 빠져나온 엘리제는 결국 로비에 주저앉고 말았다. 로비 벽에 걸려 있는 팔찌들이 엘리제의 시야를 아프게 밀고 들어왔다.

전투대원이라면 몸에서 떼지 않는 물건이었다. 도시를 떠날 때 한쪽을 걸어 놓고 나간 뒤, 무사히 돌아오면 다시 손목에 차는 물건이었다. 미처 수습하지 못하는 시신을 대신하는 물건이기도 했다. 그리고 이제 이것들은 유품이 됐다.

"아…… 흐으……."

엘리제는 두 팔로 몸을 감싼 채 여든한 개의 팔찌가 걸려 있는 벽을 올려다보았다. 검은 가죽과 은색 금속으로 나름 정교하게 만들어진 한 쌍의 팔찌.

대원들에게 처음 나눠 주었을 때가 떠올랐다. 다들 간지럽다느니, 우스꽝스럽다느니 투덜대면서도 안쪽에 새겨진 제 이름을 확인하고 미소 지었다.

"아…… 어떡하지?"

엘리제의 어깨가 마구 떨렸다. 울음을 멈출 수가 없었다. 무려 예순다섯 명을 저 폐허에 굴러다니게 버려두고 왔다.

대장이라면서.

가장 먼저 나갔다가 제일 마지막에 들어오겠다고 해 놓고.

지켜 주지 못했다.

새로운 세상을 보여 준다고 해 놓고.

죽게 두었다.

"아…… 아아……. 흐으으……."

살아 버렸다.

"……아아아아악!"

심장이 쥐어뜯기는 기분이었다. 이럴 바에야 잘라 내는 게 낫지 않을까 싶을 만큼 끔찍한 통증이 엘리제를 덮쳤다. 숨을 들이쉬고 내쉴 때마다 죽음이 한 발짝 앞으로 다가오는 것 같았다.

견딜 수 없는 사실은, 매 순간의 고통이 살아 있음의 반증이란 것이었다.

살아 있다.

살아 있다.

트릭시와 마하가 다시 웃을 수 없는데. 씨씨와 폭스테일이 얼굴도 모르는 놈의 총에 맞아 죽었는데. 엘리제 녹턴은 이렇게 잘도 살아 있었다.

"……가만두지 않아."

벽에 걸린 팔찌와 그 아래 적힌 이름들이 엘리제의 어깨를 무겁게 내리눌렸다.

"내가 반드시……."

절규 끝에 나온 한마디.

"갚아 줄게."

심장이 멎기 전에 했던 다짐을 기억한다. 살아난다면 기필코 복수하겠다고.

피에는 피로.

이후 수행원이 달려오기 전까지, 엘리제는 주저앉은 자리를 뜨지 않았다.

"식사도 잘 하시고 약도 드셨네요."

엘리제의 상태를 살피러 온 간호사가 놀랍다는 투로 말했다. 언제 폭발할지 모르는 활화산 같던 VIP 환자는 갑자기 그저께 저녁부터 딴사람처럼 행동하고 있었다. 난동을 부리지도 않았고, 의료진의 지시를 꼬박꼬박 따랐다. 퇴원할 때까지 이 상태를 유지한다면 얼마나 좋으랴 싶었다.

"오늘부터 심리치료를 받으실 겁니다. 닥터가 직접 방문하실 거고요."

"안 받으면 안 되나요?"

그럼 그렇지. 어째 일이 술술 풀린다 싶었다. 이에 엘리제가 황급히 덧붙였다.

"제 말은, 좀 미루고 싶다는 뜻이었어요. 아예 거부하는 게 아니라요."

"하지만."

"나중에 꼭 받을게요. 아직 사고를 정면으로 대할 준비가 안 된 것 같아서요."

희고 고운 미간이 흐려졌다.

"부탁드려요."

"그럼…… 라키어스 님께도 말씀드리고 닥터의 의견도 여쭤보겠습니다."

"감사합니다."

살며시 짓는 미소가 애처로웠다. 간호사는 무르게 대처한 스스로에게 당황하다가 어수선한 모습으로 병실을 떠났다. 문이 닫힘과 동시에 엘리제의 표정이 바뀌었다.

"어디에 누굴 심었는지 모르는데…… 함부로 나불댈 순 없지."

엘리제가 TV로 시선을 옮겼다. 기다리던 뉴스가 나왔다.

드디어 공개된 시나리오.

대변인은 신도시 프로젝트에 대해서는 일체 언급하지 않고, 전투대가 외부 세력의 기습을 받았다는 사실에 집중했다. 차가운 실소가 나왔다.

"생존자 중에 은색 리더 마크를 본 사람이 없다고 어떻게 확신하지?"

오만인가, 선전포고인가.

어느 쪽이든 그녀에겐 상관없는 일이었다. 엘리제는 TV 속 리더들을 선득한 눈으로 노려보았다. 놈은 상대를 잘못 골랐다는 걸 깨닫게 될 것이다.

그것도 조만간.

하얀 가운을 입은 의사가 엘리제를 응시했다. 운동을 게을리하지 않는 생활습관은 40대 중반의 얼굴을 더 젊게 보이도록 만들었다. 20분 전 엘리제의 병실에 들어온 순간부터, 그는 너그러우면서도 단단한 표정을 유지하였다. 그간 엘리제는 세 번이나 심리치료를 연기했다. 전담 팀 내부엔 이 이상 미룰 수 없다는 판단이 지배적이었다.

"엘리제."

의사는 앞서 동의를 구한 대로 이름을 불렀다. 친밀감을 위해서라고 했다.

"많은 환자들이 첫 상담 때 힘들어합니다. 여러 유형이 있죠. 침묵을 고수하는 사람도 있고, 펑펑 울기만 하는 사람도 있어요. 제 말은, 본론과 무관한 이야기만 하려는 이가 당신이 처음은 아니란 거예요."

의사는 전문가의 권위를 잃지 않는 선에서 최대한 부드럽게 대했다.

"물론 당신을 탓하려는 건 아니에요. 그건 절대 아닙니다. 하지만 우리 대화가 점점 먼 곳으로 향하고 있다는 느낌이 들어요."

"……."

"요즘 무엇이 가장 힘드냐는 질문에도."

"그건."

엘리제가 의사의 말을 잘랐다. 상대는 전혀 불쾌하지 않은 얼굴로 엘리제를 쳐다보았다.

"선생님이 필요 이상으로 잘생겨서요."

또다시 엉뚱한 대답. 의사는 가만히 다음 말을 기다렸다.

"누군가를…… 떠올리게도 하고요. 그래서 자꾸 응석부리고 잡담도 하고 싶나 봐요."

"그게 누군지 물어봐도 될까요?"

"……녹턴."

엘리제가 죽은 양아버지의 이름을 댔다. 너무나 의외였던지 의사는 잠깐 전문가의 얼굴을 내려놓고 진심으로 당황한 표정을 지었다. 그는 두 남자의 공통점을 떠올리기 위해 무던히 애를 썼다.

"제가 녹턴 님을 닮았다고요?"

"네."

"나이밖에 닮은 게 없는 것 같은데."

엘리제가 눈을 여러 번 깜빡였다. 나비 날개 같은 속눈썹이 파르르 떨렸다.

"눈 쪽이 닮으셨어요."

"눈이요?"

의사의 당혹감이 좀 더 짙게 변했다.

"제가 알기로 녹턴 님은 연녹색 눈동자셨는데."

어째 환자의 말을 자꾸 부정하는 모양새가 되었다. 사실 그도 그럴 것이 의사와 녹턴은 피부색부터 눈동자, 머리카락, 키, 체형까지 어느 것 하나 닮은 게 없었기 때문이었다.

엘리제가 서둘러 해명을 붙였다.

"전 눈썹을 말한 거예요."

"아……."

참으로 납득하기 어려운 말에 의사가 다시 전문가의 관점으로 돌아오려 하였다.

"눈썹."

"네, 눈썹이."

엘리제가 눈을 깜빡이는 횟수가 현저하게 늘어났다.

"그분을 떠올리게 해요."

의사가 침묵했다. 엘리제의 미간이 흐려졌다. 그녀는 고개를 숙인 채 의사가 앉은 곳의 반대편을 쳐다보았다. 입술을 지그시 깨물 무렵, 의사가 입을 열었다.

"억지로 말할 필요는 없습니다."

"선생님은 제가, 어, 억지로 하고 있는 것 같으세요? 일부러 거짓말을 꾸며 내고 있는 것처럼 보여요?"

"그건 아닙니다."

의사가 약간의 시차를 두었다가 말을 번복했다.

"완전히 아니라고 할 순 없군요."

"무슨 뜻이죠?"

"전담 팀은 요즘 당신의 달라진 모습을 우려하고 있어요. 기억하죠? 의식을 찾은 첫날만 해도 당신은 이 병실을 뒤엎고, 라키어스 님께 격렬히 화를 냈지요."

엘리제가 돌연 입을 다물었다.

"그토록 큰 상실을 겪었으니 사실 어떤 변화를 보이든 말이 됩니다. 한데 제가 걱정하는 건 다른 경우예요."

엘리제의 눈동자가 슬쩍 의사를 향했다가 되돌아갔다.

"당신의 변화가 사고 때문이 아닌 경우요."

"……무슨 말인지 모르겠어요."

"쉽게 말해, 지금 제정신인데 일부러 충격을 받아 얌전해진 척한다는 겁니다."

의사는 자신의 표현이 사뭇 격했다면 미안하다고 덧붙였다.

"이유야 알 수 없죠. 그건 당신만이 알고 있겠죠."

그가 차분히 가라앉은 목소리로 말했다.

"하지만 엘리제, 꼭 거쳐야 할 과정이란 게 있는 법입니다. 첫날 당신이 터뜨렸던 분노, 슬픔, 원망, 좌절, 자책감 같은 감정은 하루 만에 갈무리할 수 있는 게 아니에요. 한데 당신은 그러고 있어요. 적어도 겉보기엔 그렇죠."

"……."

"억누르다 보면 심한 병이 될 겁니다."

"……과연."

"제가 염려하는 건, 당신이 그 감정들을 억누르는 데 그치는 게 아니라 일부러 안에서 썩도록 놔두는 거예요."

의사의 진회색 눈동자가 엘리제를 정면으로 바라보았다.

"일시적으로는 괜찮아 보이겠죠. 오히려 그게 원동력이 되어서 힘이 생길지도 모릅니다. 그렇지만…… 후에 받는 타격은 처음의 몇 백 배일 겁니다."

엘리제의 입가가 떨렸다. 미소를 지으려는 것인지, 울음을 참는 것인지 모호한 움직임이었다. 한참 뒤에 나온 목소리는 아주 묘한 색을 띠고 있었다.

"선생님은, 정말 그 사람과 닮았네요."

이윽고 작게 잦아드는 음성.

"감정을 읽는 것에 정말 유능하군요."

엘리제가 의사에게 고개를 돌렸다. 어느새 고인 눈물이 묵직하게 아래로 떨어졌다. 엷은 하늘색 환자복에 얼룩이 생겼다.

"하지만 약해진 모습은 거짓이 아니에요. 눈을 감아도, 눈을 떠도 그때의 기억이 떠오르거든요."

굵은 눈물이 후드득 떨어졌다.

"죄송한데 이쯤에서 끝내도 될까요?"

"미안해할 일이 아닙니다. 괜찮아요."

"감사합니다."

울음을 참느라 어깨가 떨렸다. 두 팔로 몸을 감싸며 흐느끼는 모습이 퍽 애처로웠다.

"그리고 라키어스를 불러 주세요."

자리에서 일어나던 의사가 엘리제를 쳐다보았다.

"라키어스 님을요?"

"휴대폰이 없어서…… 연락할 방법이 없어요."

의지할 곳을 잃은 푸른 눈이 의사를 향했다.

"오빠가…… 오빠가 보고 싶어요."

제1의료센터의 옥상은 공원처럼 꾸며져 있었다. 물고기가 노니는 인공 연못, 덩굴을 엮어 꽃과 잎사귀가 늘어지게 만든 터널, 그네의자와 아늑한 벤치가 곳곳에 자리했다. 마침 아무도 없는 시간이었다.

벤치에 앉아 먼 곳을 쳐다보던 엘리제는 자신의 뒤로 다가오는 인기척을 알아차렸다.

"의사 연락을 받았어."

"그런 것치곤 급히 달려온 낌새가 보이지 않네."

엘리제가 고저 없는 목소리로 말했다.

"네가 날 보고 싶어 한다잖아."

라키어스가 엘리제의 옆에 앉으며 말을 받았다.

"있을 리 없는 일이니까."

흐린 미소에서 쓸쓸함이 묻어났다.

"다른 뜻이 있겠구나 싶었지."

"내 전담 의사, 유능하더라."

뒤에 따라오는 말이 본심이었다.

"경계하는 데 공이 좀 들어가겠어."

"치료 안 받을 건가?"

"치료."

엘리제가 재미있다는 양 그의 말을 따라했다.

"열심히 받고 있잖아. 약도 꼬박꼬박 먹고 있고, 두 번 다시 상처 벌어지는 일 없도록 난동도 안 피우는데."

"몸을 말하는 게 아니야."

라키어스의 시선이 엘리제를 가만히 쓸었다.

"나중에 따라올 후폭풍을 견딜 수 있겠냐고 묻는 거지."

"못 견디면 어쩔 건데."

분홍빛 입술이 비뚠 곡선을 그렸다.

"내가 못 견디고 무너지면 네게 좋은 일 아냐? 엉망진창으로 흔들려서 무너지길 기다린다던 사람이 누구였더라."

"물론 싫을 리 없지."

그가 대꾸했다.

"어떤 모습이든 네가 내게 온다는 사실만은 변치 않으니까."

하지만, 이라며 그가 말을 보탰다.

"또렷한 의지로 다가왔을 때의 네 모습이 너무 좋아서 말이야."

널 증오하는 걸 그만두겠다고, 이제 더 이상 그런 것에 감정을 소모하지 않겠다고 두 눈을 보며 선언하던 엘리제.

이후로는 정말 라키어스를 밀어내지 않았다. 기다렸다는 듯 퍼붓는 선물 공세에 기막혀 하면서도 '네가 싫다' 는 말은 꺼내지 않았다. 하루에도 몇 번씩 이게 진짜 현실인지 헷갈렸다.

라키어스로서는 감히 꿈도 꿀 수 없던 모습이기 때문이었다. 제 머릿속에서 둘이 함께하는 모습은 늘 격정적이면서도 어두웠다.

언제나 그랬다.

한계까지 몰아붙여진 엘리제가 저항의지를 잃고 굴복하는 것.

그 이외의 경우는 없다고 생각했다.

한데 아니었다.

엘리제는 햇살 아래서도 서로를 똑바로 바라볼 수 있음을 가르쳐 주었다. 한쪽이 망가지지 않고서도 함께하는 길이 있다는 것을 알려 주었다. 펜트하우스에서의 선언 이후, 처음으로 그를 향해 웃던 순간을 생생히 기억했다.

그건 라키어스가 바라던 이상의 것이었다. 빛의 영역으로 한번 발을 들인 자는 다시 그림자 속으로 돌아가길 원치 않게 되었다. 빛은 어둠보다도 중독성이 강했다.

환하던 그 웃음.

또 한 번 자신에게로 향할 수만 있다면.

"지금 마음 같아선…… 열한 명 모두 회의실 의자에 결박하고, 정체를 자백할 때까지 하나하나 찢어 놓고 싶어."

이제 겨우 새로운 관계가 시작되려나 하는 순간, 모든 것이 끝나 버렸다. 엘리제는 전투대를 잃고 나락으로 떨어졌다. 라키어스 자신은 하마터면 엘리제를 잃을 뻔했다.

의식 없는 엘리제가 고통에 신음하던 소리가 그의 꿈자리를 긁었다. 매일 아침 시티타워를 통째로 날려 버리고픈 충동이 그를 괴롭게 했다.

죽이고 싶었다.

그리고 죽이기 전에, 놈이 버텨 낼 수 있는 한 가장 끔찍한 고통을 겪게 하고 싶었다. 하나 엘리제가 즉시 반대하고 나섰다.

"그럼 무슨 의미가 있어?"

짙푸른 눈에 분노가 일렁였다.

"내가 원하는 건 딱 한 명. 내 대원들을 죽이게 한 바로 그놈이야. 놈의 정체와 배후를 밝아서 제발 죽여 달라고 바닥을 길 때까지 고통스럽게 할 거라고."

커다란 카디건 소매 밖으로 나온 손이 부들부들 떨렸다.

"다 죽이면 의미가 없어. 분풀이 같은 떼죽음에 놈이 묻히게 하긴 싫어."

엘리제의 눈이 그에게 확답을 요구했다.

"그러니까 이 자리에서 약속해."

라키어스.

이름을 부르는 것일 뿐인데 심장을 틀어쥐는 힘이 느껴졌다.

"놈의 최후는 내 거라고. 내 복수를 망치지 않겠다고 약속해."

"……그러지."

라키어스가 엘리제를 마주 보며 답했다. 그윽하게 잠긴 감정이 목소리에 실려 있었다.

"하지만 이건 내 복수이기도 해."

"방금."

"약속했지. 그건 지킬 거야."

라키어스의 손이 엘리제에게 올라갔다. 보드라운 뺨을 열망하던 손은 끝내 닿지 못하고 등받이에 내려앉았다.

"널 잃을 뻔했어, 엘리제."

그것으로 모든 설명을 대신한다는 듯 다른 말은 더 이어지지 않았다. 엘리제가 입을 다문 채 그를 보다가 고개를 돌렸다. 카디건 소매로 반쯤 덮인 손이 다른 쪽 팔을 느리게 쓸었다.

그녀가 다시 말을 시작한 것은 그로부터 한참 뒤였다.

"난 이제…… 불안정하고, 하나뿐인 오빠에게 기대며, 예민하면서도 연약한 아가씨가 될 거야."

앞으로 이어질 행보의 예고였다. 엘리제는 놈이 절대 이번 사건만으로 끝내지 않을 것을 강조했다.

"전투대를 몰살시켜서 얻는 게 뭔데? 이득이랄 게 있나? 그냥 시끄러운 애들이 왕창 죽은 것뿐이잖아. 심지어 열여섯이나 되는 생존자가 나왔다고."

그러니 기습은 과정 중 하나에 불과하다고 했다.

"문제는 이다음을 예측하기가 힘들다는 거야. 몸을 사리는 중인지 너무 조용하기도 하고."

엘리제가 입술 안쪽을 지그시 물었다. 얼굴에서 결의가 배어났다.

"이쪽에서 먼저 달라진 모습을 보여 줘야지. 그게 상대가 원한 것이든 아니든, 어떤 식으로든 반응하게 될 거야."

"……."

"내 말 알아듣겠어?"

엘리제가 가늘게 뜬 눈으로 라키어스를 바라보았다.

"앞으로 내가 할 행동에 너무 좋아하지 말라고 경고하는 거야."

"다정한 경고구나."

라키어스가 쓰게 웃었다.

"눈속임일 뿐이니까 진지하게 빠지지 말라고 미리 말해 두는 거네."

알아들었으면 됐다며 팩 돌리려는 고개를 가볍게 잡았다. 둘의 시선이 서로 얽혀들었다.

"난 상관없어. 이미 네게 빠져 죽은 지 오래니까."

"그런 말을 잘도……."

"하지만 넌 어때?"

라키어스가 짧은 질문을 던졌다.

"복수를 다할 때까지 계속 버틸 수 있겠어?"

이에 엘리제는 달리 방법이 없다며 날 선 반응을 보였다. 다시 가시를 세우는 모습이 익숙하면서도 아팠다.

"때로는…… 완전히 기대도 괜찮아."

녹턴이 죽은 이후 어느 정도 시간이 지났는데도, 강해야 한다는 강박이 엘리제 안에 선연히 남아 있었다. 그러나 감정을 가진 자가 누구의 도움도 받지 않고 오롯이 버티기란 힘들다.

라키어스조차 몇 번이나 무너질 뻔했는데, 엘리제라고 괜찮을 리 없었다.

"외로울 텐데."

나직한 속삭임에 엘리제가 흔들렸다.

"엘."

애틋한 부름에 높이 쌓아 올린 성이 무너지기 시작했다. 푸른 눈이 먹먹하게 흐려졌다. 시선과 숨결이 차츰 섞여 들며 두 사람이 가까워졌다.

어쩌면 서로를 거부하는 것은 처음부터 불가능한 일이었는지도 모른다. 그리고 입술이 닿기 직전, 엘리제가 절묘하게 고개를 틀어 그의 입술이 뺨에 닿도록 만들었다.

한숨보다 작은 목소리가 답을 전했다.

"……누가 보고 있어."

입구 쪽 하얀 옷자락.

얼굴은 보이지 않고 오직 그것만 확인했다고 덧붙였다. 라키어스는 별말 없이 엘리제를 끌어안았다.

《달라진 모습을 보이기로 했다며?》

이에 미미한 반항이 멎었다. 아쉬움이 가득한 손길로 머리카락을 쓸어내리며, 그는 옥상 입구에 CCTV가 있다는 사실을 떠올렸다.

❖

자딘은 굳게 닫힌 방문 앞에 걸음을 멈추었다. 어떤 표정을 짓고 어떤 톤의 목소리를 내야 할지 잠깐 고민이 되었다. 리오네는 다른 자식들과 많이 달랐다.

뭘 좋아하고 싫어하는지 파악할 수 있는 다른 애들과 달리, 리오네는 저택 식구 모두와 일정 거리를 유지했다.

일부러 꾸며 낸 미소 또는 무표정.

그게 리오네였다. 듣자 하니 직장에서는 또 다른 모습인 모양이었다. 학교 축제 기간을 맞아 학생들과 방방 뛰는 리오네는 인기 절정의 선생님이었다. 자딘과 직접 만날 기회가 있었던 교장은 입에 침이 마르도록 리오네를 칭찬했다.

언제나 밝고 씩씩하면서 학생 지도에 성심을 다하는 교사라고 했다. 리오네 영향을 받아 진로희망 칸에 교사를 적어 낸 학생도 여럿 된다고 했다.

「따님이 자랑스러우시겠습니다.」

그 말을 할 때 교장의 얼굴은 확신으로 차 있었다.

내일은 동쪽에서 해가 뜨겠습니다.

겨울이 가면 봄이 옵니다.

이처럼 당연한 말을 하는 사람처럼 말이다.

'자랑스럽다…….'

교장의 말을 속으로 되뇌었다.

'자랑스러운 것도 나쁘지 않지만, 좀 더 속을 알기 쉬운 아이였다면 좋았을 텐데.'

리오네는 늘 어려웠다. 자신과 데칼코마니처럼 똑같은 면도 있으나, 오히려 그 점이 리오네의 경계심을 높인 것 같았다.

장녀는 에데니카를 세우기 위해 어머니 곁을 떠난 뒤 다시 돌아오지 않은 아버지를 원망하고 있었다. 도시의 기반이 어느 정도 잡혔을 때 리오네와 어렵사리 연락이 닿았다.

그가 떠날 때쯤 눈도 제대로 못 뜨는 아기였던 딸은 그새 일곱 살 소녀가 되어 있었다.

「엄마는 돌아가셨어요.」

자딘을 빼닮은 호박색 눈동자가 프리메이어 부인을 스치고 지나갔다. 제 엄마의 옷자락을 잡고 서 있는 배다른 남동생도 눈에 담았다. 그 눈동자가 다시 제게로 돌아왔을 때, 자딘은 리오네의 마음이 열리는 일은 없을 것임을 직감했다.

"리오네, 나다. 잠깐 들어가도 되겠니?"

중후한 목소리가 복도에 울렸다. 같은 질문을 반복했지만 대답이 돌아오지 않았다.

"리오네?"

조심스럽게 문을 두드리고 이름을 불렀다. 역시 답이 들리지 않았다.

고용인은 리오네가 방으로 올라간 후 아직 내려오지 않았다고 했다.

"없는 거냐."

자딘의 손이 문고리로 향했다. 찰칵, 하는 부드러운 소리와 함께 방문이 열렸다.

"……보통 안에 사람이 없으면 돌아가지 않나요?"

차분한 목소리가 들려온 쪽은 등 뒤였다. 그리 먼 거리도 아니었기 때문에 자딘이 놀란 것은 예정된 수순이었다. 하나 펄쩍 뛰는 아버지와 달리 딸의 표정은 별다른 변화가 없었다.

"무슨 일이시죠?"

"자고 있는 건가 싶어서 열어 봤다. 한데……."

자딘이 딸의 모습을 조금 더 자세히 살폈다. 얼굴은 무표정인데 반해 혈색이 약간 상기되어 있었다. 하얀 블라우스에 검은 플레어스커트는 평소 집에서 자주 착용하는 옷이지만 어딘지 모르게 매무새가 흐트러진 느낌이었다.

마치 급히 달리기라도 한 것처럼.

"어디 다녀오는 길이니?"

"딱히요."

"고용인은 네가 방에 있을 거라고 했는데."

"……군것질하러 주방에 간 것까지 보고해야 하진 않겠죠?"

리오네가 말끝을 살짝 올렸다. 더는 캐묻지 말라는 뜻이었다. 뭔가 석연치 않은 구석이 있지만 자딘은 그쯤에서 선선히 물러났다. 그가 용건을 묻는 리오네의 질문에 답하지 않았다는 사실을 양쪽이 인지하고 있었다. 그리고 굳이 리오네가 재차 묻지 않는다는 것도 둘 다 알고 있었다.

달칵.

등 뒤로 방문이 닫혔다. 리오네는 볼록 튀어나와 있는 버튼을 눌러 문을 잠갔다. 간발의 차로 출입을 막았다. 소리 없이 달려오느라 어찌 용을 썼던지. 운동량을 늘여야겠다는 생각이 들었다.

— 야…… 상당히 인상적이었어. 영애의 질주.

풍성한 스커트 주머니 안에서 웅얼대는 소리가 났다. 리오네는 휴대폰을 빼 들었다. 상대는 뭐가 그리 재밌는지 한참 동안 키득거리는 웃음을 참지 못했다.

— 나 통화 중만 아니었으면 엄청 야한 생각했을 거야. 진짜, 완전 헉헉댔잖아. 피가 아까워. 리오네 프리메이어.

"아직 덜 웃었어?"

— 특상급 순혈 아니었냐고.

"소고기 부위에나 어울리는 소린 그만두고."

리오네가 단발머리를 모아서 위로 들어 올렸다. 고거 했다고 땀이 나다니. 상대에게 핀잔을 준 것과는 별개로 좀 어이가 없었다.

"다시 연락할 때까지 잘 숨어 살아."

상대는 말을 더 이어 가려 했지만 리오네가 틈을 주지 않았다. 가벼운 터치와 함께 통화가 종료되었다.

"휴……."

머리카락 속에 손을 넣어 이리저리 바람을 넣으며 침대에 털썩 걸터앉았다.

"잠깐 방심했다가 들킬 뻔했네."

폭신한 이불을 들추었다. 그곳엔 리오네의 직업과 어울리지 않는 자료들이 어지러이 널려 있었다. 자딘이 보았다면 해명에 꽤나 어려움을 겪었을 문건이었다.

빼곡한 텍스트 사이로 은색 에데니카 마크가 살짝 보였다. 리오네는 자료를 꼼꼼히 읽은 뒤, 즉시 소각하여 후환을 없앴다.

라이터는 따로 필요하지 않았다.

TV 화면이 드라마 주인공으로 가득 찼다. 조각 같은 외모로 높은 인기를 구가하는 남자 배우가 품속에서 라이터를 꺼내 들었다. 곧이어 사진을 불사르는 장면이 나왔다.

귀퉁이부터 활활 타들어 가는 모습에 엘리제가 고개를 돌렸다. 그러나 온몸을 붕대로 감다시피 한 비안카는 TV에서 눈을 떼지 않았다. 깨어 있는 동안은 내내 TV를 본다고 들었다.

할 수 있는 게 그것뿐이기 때문이다. 비하르트가 간병인의 도움을 받아 두 차례 찾아왔지만 차단벽을 사이에 두고 짧은 대화를 나눴다고 했다. 감염 때문에 의료진 아닌 접촉은 제한되어 있었다.

엘리제는 숨을 크게 들이쉬었다. 창문에 대고 가벼운 노크를 하기까지 영원의 시간이 흐르는 것만 같았다.

똑똑.

이에 비안카가 고개를 돌렸다. 등을 덮는 길이였던 주홍색 머리카락은 어깨를 스치는 단발이 되어 있었다.

"대장!"

"아……."

엘리제가 황급히 시선을 피했다. 자신을 발견한 비안카의 표정이 너무 해맑았다. 반가움과 놀람, 기쁨이 뒤섞인 표정에는 일말의 원망조차 찾을 수 없었다. 그래서 더 괴로운 걸지도 모른다.

엘리제는 차단벽 너머로 대화가 가능하게 해 주는 버튼을 눌렀다.

"내려오지 마."

몸부터 움직이는 비안카답게 자신의 상태도 잊고 침대를 벗어나려 했다. 엘리제는 눈시울이 뜨거워지는 것을 꾹 참고 재차 당부했다.

"거기서 말해도 다 들려. 그러니까 침대에 앉아 있어."

"……흐으."

"간호사 부를까?"

비안카가 손을 저었다. 얼굴을 잔뜩 일그러뜨리고 있으면서도 애써 웃으려는 게 안쓰러웠다.

"한동안 아플 거랬어. 깜빡한 내 잘못이지."

비안카가 최대한 몸을 틀어 엘리제를 향해 앉았다. 폭발 순간 두 팔로 얼굴을 감싼 덕에 안면은 해를 입지 않았다. 하지만 당장 목 아래부터가 붕대로 감싸인 채였다.

비안카는 제 몸에 닿는 엘리제의 시선을 알아챘다. 대장이 차마 시선을 마주치기 어려워한다는 것도 깨달았다.

"울지 마, 대장."

"……안 울어."

"대장이 울면 복도가 난리 날 거야."

비안카가 허스키해진 목소리로 말을 이었다. 나쁜 연기를 많이 들이마신 후유증이라고 들었다. 목은 시간이 지나면 낫는다니, 그것만은 다행이라고 생각했다. 꾀꼬리처럼 재잘대는 목소리가 듣기 좋았기 때문이다.

전신을 덮는 화상에 머리카락까지 짧아졌다. 여기다 목소리마저 변한다면 정말 비안카를 대할 면목이 없을 것만 같았다.

“비하르트랑 실바노가 정신 놓고 달려올걸?”

“실바노는…….”

“다리 하나 잃었다고 실바노가 못 뛰어올 것 같아? 무려 대장이 울고 있는데.”

알고 있구나.

엘리제가 입을 다물었다. 실바노의 상태를 알고 있다면, 곤이 어떻게 되었는지도 알고 있을 것이다. 비안카가 흐린 웃음을 지었다.

“괜찮아, 대장.”

엘리제가 결국 등을 돌렸다. 창문을 두드린 지 5분도 안 됐는데 눈물을 보이다니 너무 싫었다. 비안카도 울지 않는데 엘리제 녹턴이 울고 있었다.

그게 싫었다.

염치도 없다는 생각이 들었다. 눈물 따위 그만 흘리고 가져온 물건을 건네고 싶건만.

미안하고 또 미안해서 견딜 수가 없었다.

“들린다, 들려. 실바노가 거구를 끌고 달려오는 소리가 들려.”

비안카가 평소처럼 호들갑을 떨었다. 엘리제의 어깨가 들썩였다.

“에이, 울지 말래도.”

나도 그러고 싶은데 눈물이 안 멈춰.

어쩌지, 비안카?

목숨 걸고 따르던 대장이 실은 이렇게 물러 터진 수도꼭지여서 어떡하지.

“나는 대장이랑 이렇게 이야기할 수 있는 게 기뻐.”

비안카의 목소리에도 살짝 물기가 어렸다.

"눈을 뜬 이후로는 차라리 죽는 게 낫겠다 싶을 만큼 아팠어. 내가 이제까지 다친 것에다가 앞으로 다칠 모든 부상을 한꺼번에 겪는 기분이었어."

붕대 안쪽의 피부가 어떤 모습인지 보았다고도 했다.

"짧은 바지는 영영 못 입겠다는 생각이 드니까……."

비안카가 코를 훌쩍였다. 반면 엘리제는 온 힘을 다해 눈물을 참았다.

정말 그만 울 때가 되었다.

"근데 있지. 하루는 꿈을 꿨는데 말이야. 어릴 적으로 돌아간 꿈이었어."

비안카의 목소리가 순간 경멸의 색을 띠었다.

"그 남자 면상을 본 건 아주 오랜만이었지."

"……죽였어?"

비안카의 악몽은 항상 친부에 관한 것이었다. 그리고 어떤 식으로든 그를 죽이는 것으로 끝이 났다. 비안카가 고개를 저었다.

"못 죽였어. 그냥 계속 맞았어. 여느 때 같지가 않았어. 그러다가 잠에서 깼는데."

어느새 비안카의 목소리는 조금씩 단단해지고 있었다.

"어떻게든 멍을 가려 보려고 했던 기억이 나는 거야. 그건 내 잘못이 아니었는데도. 가려야 할 게 아니었는데도 그랬어."

"넌 그때 어렸으니까……."

"이번에도 내 잘못이 아니야. 그렇지?"

당연하다는 대꾸가 쏜살처럼 튀어 나갔다. 비안카가 스스로의 행동을 곱씹으며 자책하는 것만큼은 막고 싶었다.

"대장의 잘못도 아니야."

하나 여기엔 대답하지 못했다.

"오히려 이건 끔찍한 상황에서 살아남았다는 표식인 거야. 대장이 목숨 걸고 날 구해 줬다는 증명이야."

비안카의 입에서 나오는 단어 하나하나가 엘리제의 어깨를 따스하게 감쐈다.

"대장은 날 구했고, 우린 살아남았어."

"……."

"그래서 흉터를 가리지 않으려고."

"비안카."

"울지 마, 대장. 미안해하지도 마. 슬퍼하는 건 어쩔 수 없지. 너무 많은…… 사람이 떠났으니까."

엘리제가 천천히 몸을 돌렸다. 비안카는 어느새 창문 가까이 다가와 있었다.

"하지만 자책하지는 마."

비안카가 환한 미소를 지었다.

"안 그럼 트릭시가 꿈에 나와 혼내 줄 거야."

웃음이 터지고 말았다. 그럴 타이밍이 아닌데도 웃음을 참을 수가 없었다. 엘리제가 녹초가 될 때까지 진실의 입을 멈추지 않을 트릭시가 떠올랐다.

신랄한 입담이 어딜 갈까.

아무리 꿈이라 해도 봐주지 않을 게 빤했다. 등짝을 철썩철썩 맞을지도 모른다. 엘리제의 표정이 일그러졌다. 다시 울음이 터질 것 같다가도 비안카와 트릭시를 떠올리자 마음이 차분해졌다.

심호흡을 한 뒤 비안카를 마주했다. 이번엔 흔들림 없이 또렷한 시선이었다.

"심심하지?"

"말이라고 해? 죽을 것 같아."

비안카가 혀를 빼물었다.

"드라마 보는 것도 한두 번이지! 게다가 내가 좋아하는 채널은 안 나와. 제1의료센터 완전 실망이야."

"내가 뭘 가져왔게?"

엘리제가 비닐봉투를 들어 보였다. 비안카의 눈에 별이 튀었다.

"꺄악!"

"네 휴대폰, 충전기, 단말기, 새로 나온 검은 튤립 공주님 피규어랑 우유 푸딩까지."

"으어어, 으어어, 얼른 그걸 나에게!"

"단말기 안엔 만화책 백 권 넣었어."

"으흑흑."

"힘내야지, 비안카 뮬러."

엘리제가 감격에 젖은 비안카를 보며 입꼬리를 끌어 올렸다. 비안카가 창문 위로 하트를 덧그렸다.

"대장도 힘내. 약속하는 거야."

"그래."

"그리고 비하르트랑 결혼해 줘."

"……갑자기 그게 왜 나와?"

"비하르트 왔을 때 우리 둘 다 결심을 새로이 다졌어."

"10분밖에 대화 못 했다더니 그런."

어이가 없어 웃고 말았다. 마주 웃던 비안카가 그녀를 배웅했다. 허용된 면회 시간이 끝난 것이다.

"퇴원하고서도 가끔 찾아와 줘야 돼. 나 열심히 치료받아서 곧 복귀할 거니까."

"또 보자고, 1조장."

비안카의 눈가가 떨렸다. 이제 1조라고 부를 수 있는 이는 세 명뿐이다. 그럼에도 중요한 건 생존자가 있다는 것.

전투대는 끝나지 않았다. 두 사람은 창문 너머로 같은 생각이 담긴 눈빛을 주고받았다.

"응, 대장."

복도로 나온 엘리제는 간병인에게 봉투를 건넸다. 자리를 비켜 주었던 간병인이 엘리제와 교대하여 안으로 들어갔다. 한동안 바닥을 내려다보던 엘리제는 간호사의 시선에 걸음을 옮겼다.

가슴속 괴로움이 아주 조금은 덜어진 기분이었다.

제9장 협공

엘리제의 퇴원일이 다가왔다. 치료에 필요한 최소한의 기간만 채운 날짜였다. 전담 팀은 의료센터에 계속 머무르는 쪽을 권장하였으나, 환자 본인이 통원치료를 원했다. 보호자인 라키어스도 동의한 판에 전담 팀이 더 주장할 수 있는 것은 없었다.

"오빠."

얼마 전부터 부쩍 라키어스를 찾는 엘리제였다. 퇴원 서류에 사인하던 라키어스가 고개를 돌렸다.

"언제 끝나?"

"다 됐어."

"가는 길에 베이커리에 들를래. 간만에 살구 타르트가 먹고 싶어."

"좋지."

"근데 시간은 괜찮아?"

간호사에게 서류와 펜을 돌려준 라키어스가 작게 웃었다.

"보통 반대인 거 아닌가."

"뭐가."

"보통은…… 상대가 괜찮은지를 먼저 묻지 않아?"

엘리제가 시큰둥한 표정을 지었다. 퇴원을 맞아 환자복을 벗고 사복으로 갈아입은 상태였다. 셔츠와 레깅스는 제 사이즈였지만 어깨에 걸치고 있는 점퍼는 누가 봐도 남자 옷이었다.

"우리가 뭐 보통 사이야?"

엘리제의 시선이 복도를 향했다. 차트를 확인하며 걸어오는 의사의 성(姓)이 눈에 익었다. 그러고 보니 제1의료센터엔 하샤즈 말고도 타타발루 쪽 사람이 또 한 명 있었다.

타타발루의 오촌조카이자 이고르의 아들인 남자.

자애로운 후원자인 척하지만 실제로는 보호소장의 착취를 눈감아 주는 이고르 아달람이 연이어 떠올랐다.

'아주 여기저기 지뢰밭이네.'

여기 입원해 있는 동안은 아무것도 못 한다는 사실이 분명해졌다.

하루빨리 나가는 게 최선이다. 하지만 나가기 전, 물고기에게 떡밥을 던지는 것도 나쁘진 않겠다는 생각이 들었다. 엘리제는 의사와 눈이 마주치기를 기다렸다가, 라키어스의 등에 이마를 기댔다.

"갑자기 왜 이래."

"불안해……."

"뭐가 불안하지?"

엘리제의 모든 감각이 이쪽으로 다가오는 의사에게 집중되었다. 상대 역시 아닌 척하지만 엘리제 쪽을 의식하고 있는 게 느껴졌다.

"집에 혼자 있는 게……."

작지만 또렷한 목소리로 말해야 했다. 몇 미터 떨어져 있는 상대도 똑똑히 들을 수 있도록.

"혼자 있으면 자꾸 그때가 떠오를 것 같아서."

조금 더 가까이 오면.

"한동안 같이 있어 줄 수 있어?"

엘리제가 이마를 떼며 물었다. 라키어스를 올려다보는 표정은 연약하고 위태로운 아가씨 그 자체였다. 라키어스가 입을 열기도 전에 서둘러 말을 쏟아 내는 것 또한 완벽했다.

"오래 있자고 하지는 않을게. 각자의 생활이 있으니깐. 어, 그러니까…… 시흘 정도면."

커다란 점퍼 안으로 숨으려는 듯 몸을 웅크리며 덧붙였다.

"나흘도 좋지만."

"엘리제."

"그 정도는 괜찮을 거야. 괜찮지 않을까? 아, 선생님. 그렇지 않을까요?"

엘리제가 황급히 의사의 앞을 가로막으며 물었다.

"오빠랑 붙어 있다고 해서……."

짙푸른 눈이 동그래졌다.

"앗, 죄송합니다."

서둘러 고개를 숙였다.

"얼핏 보고 제 전담 선생님인 줄 알았어요."

"……괜찮습니다. 그럼 이만."

짤막하게 답하고 지나가는데 어째 시선 한 번 마주치지를 않았다. 엘리제의 외과 수술을 집도한 의사가 전담 팀을 대표하여 배웅 나왔다. 라키어스가 제 어깨를 감싸는 것을 느끼며, 엘리제는 의사에게 엷은 미소로 인사를 대신했다.

펜트하우스 문이 굳게 닫혔다. 이와 동시에 엘리제가 가면을 벗어던졌다. 가련한 아가씨의 모습은 순식간에 걷혔다. 제 집처럼 신발을 툭툭 벗고 들어가 푹신한 소파에 몸을 던졌다. 즐겁지도 않은 연기 때문에 짜증이 치민 상태였다.

"진짜 피곤해 죽……!"

소파에 몸을 던진 그대로 굳어 버렸다. 신음조차 나오지 않았다. 한발 늦은 라키어스가 한숨인지 웃음인지 모를 것을 흘어 냈다.

"본인이 어디를 다쳤다는 것쯤은 자각하도록 해, 엘리제."

"……."

"너 뼈 아직 덜 붙었어."

물고기처럼 입만 뻐끔거렸다. 숨도 제대로 못 쉬는 충격에 엘리제가 몸을 웅크렸다.

아니다. 정정해야겠다. 몸을 웅크리지도 못했다. 이도 저도 하지 못하고 그저 폭풍 같은 통증이 스쳐 지나가기만을 기다려야 했다.

엘리제가 몸을 일으킨 것은 그로부터 한참 뒤였다.

"이제 좀 괜찮아?"

라키어스가 차를 우려 왔다. 은은히 퍼지는 향기가 좋았다. 낮 손님들의 시선을 한 몸에 받으며 사 온 타르트도 예쁜 접시에 올라가 있었다. 여전히 인상을 펴지 못한 채 엘리제가 끄응 신음했다.

"죽일 거야."

"그래야지."

"열한 명 중 하나라면 회복력도 뛰어나겠지? 최상급 순혈이니까. 20대인 나보다도 금방 나을 것 아냐."

라키어스가 선선히 고개를 끄덕였다.

"그렇겠지."

"나으면 부러뜨리고 그게 나으면 또 부러뜨려야지."

"……골절보다 고통스러운 것도 많아."

엘리제가 라키어스를 물끄러미 쳐다보았다.

"알려 줄까?"

"됐어."

"네 나이만큼 알려 줄 수도 있는데."

상대를 빤히 쳐다보는 강도가 세졌다.

"넌 대체 평소에 무슨 생각을 하고 다니는 거야."

조금은 질린 말투였다. 이에 라키어스가 고개를 살짝 숙이며 웃었다.

저기요. 수줍은 미소가 나올 타이밍이 아닐 텐데?

"그건 그렇고, CCTV는 확인해 봤어? 의료센터 옥상에서 우리 지켜본 사람."

엘리제가 찻잔을 기울이며 물었다. 그때 하얀 옷자락의 주인은 여러모로 이상했다. 옥상은 개방된 공간이니 때마침 산책을 하려던 사람일 수도 있었다. 별생각 없이 문을 열었고, 야릇한 분위기를 풍기며 서로에게 가까워지는 남녀를 본 거다.

당황했을 수 있다. 충분히 납득 가는 일이었다. 이상한 점은 왜 목격 즉시 자리를 뜨지 않고 3분 이상 몸을 숨긴 채 엘리제와 라키어스를 관찰했느냐는 것이었다. 상황이 상황이니만큼 그저 호기심 많은 구경꾼 취급을 하기가 어려웠다.

"봤어."

라키어스가 조금 떨어진 곳에 앉았다. 시티타워로 다시 복귀해야 하기 때문에 슈트 재킷의 단추만 푼 상태였다. 엘리제가 반색하며 찻잔을 내려놓았다.

"누구야?"

"갑자기 여기서 왜 튀어나오는지 모르겠는 인물."

엘리제의 표정이 이상하게 일그러졌다.

"그게 무슨 소리야. 누군데? 내가 아는 사람인가?"

"도블락 랭커스터."

엘리제는 잠시 말을 잇지 못했다. 라키어스의 말이 무슨 뜻인지 알겠다. 엉뚱하면서도 혼란스러웠다.

그 넌더리 나는 마초가 왜 여기서 불쑥 튀어나오지?

엘리제가 눈을 빠르게 깜빡였다.
"진짜 도블락이었어?"
"출입문 쪽만이 아니라 옥상으로 통하는 복도 CCTV에 죄다 얼굴이 찍혔어."
라키어스가 등받이에 몸을 파묻었다. 의아함이 담긴 한숨이 느릿하게 흘러나왔다.
"한데 우리 뒤를 밟은 건 아니야."
"그럼 녀석은 왜 거기 있었던 건데?"
"진료받으러."
라키어스의 대답은 간단명료했다. 너무 산뜻하게 끝나서 처음엔 그가 장난이라도 치는 건가 싶었다. 엘리제는 도블락에 대해 알고 있었다. 아주 잘 안다고는 할 수 없지만, 상대가 어떤 상황에서 어떤 식으로 행동할지 정도는 대략 예측이 가능했다.
도블락은 감기몸살쯤으로 의료센터를 방문할 인물이 아니었다. 심한 부상이 아니면 경비대 내부의 의료팀에서 해결했다.
'사내새끼가 앓느니 죽지.' 라는 말을 아무렇지 않게 뱉고 다니는 작자였다. 그런 도블락이 진료를 받으러 의료센터에 방문했다 하니, 이상하게 들릴 만도 했다.
"어디가 아파서 갔대?"
"심리상담."
엘리제가 라키어스의 다음 말을 기다렸다. 그 공백의 의미를 해석하자면 '이해가 잘 안 되니까 더 자세히 말해 봐.' 정도가 될 것이다.
"몰랐는데 비정기적으로 상담을 받고 있더군. 수면제를 처방받은 기록도 있고, 항우울제를 복용하기도 했어."
도블락과 심리상담은 참으로 어울리지 않는 조합이었다.
하지만 도블락과 수면제?
도블락과 항우울제?

엘리제의 머릿속이 점점 뒤죽박죽이 되었다. 언제부터였느냐는 물음에 라키어스가 답했다.

"그때부터던데. 경비대 수영장에 빠졌던."

"네가 그 녀석 죽이려고 한 날?"

이것만은 단번에 이해가 되었다. 경비대는 신입의 작은 실수를 두고두고 놀림거리로 삼았다. 조금이라도 상처 받은 낌새를 보이면 계집애처럼 찔찔 울 거냐고 재차 놀리는 곳이 경비대였다. 그런 집단의 마초 리더로 군림하던 도블락이다. 모두가 보는 앞에서 사고를 당하고, 목숨을 잃을 뻔한 일은 도블락에게 상당한 트라우마를 남겼을 것이다.

실은 실수나 사고조차 아니었는데도.

그건 살인미수였어, 도블락 랭커스터.

넌 모르겠지만 말이야.

"한데 녀석이 뭘 처방받았는지를 어떻게 알아?"

엘리제가 물었다.

"의사 협박했어?"

"아쉽게도 경비대장의 담당의는 제1의료센터에서 몇 안 되는 양심이더라고. 넌지시 물어봤는데 통하지 않았지."

양심적인 의료인을 뚫느니 당장 매수 가능한 자를 써먹는 게 빨랐다.

"향정신성 의약품은 엄격히 관리돼. 다시 말해 한 알이라도 누락되지 않게 열심히 기록을 남긴다는 뜻이야."

의료 기록에 접근할 수만 있다면, 오히려 한층 상세한 파악이 가능하다고 했다. 엘리제의 표정이 일그러졌다. 이래서 에데니카는 안 된다는 거다.

응당 존중받아야 할 개인 비밀을 보장받지 못하다니.

차후에 라키어스의 행동이 발각되더라도 리더에게 주어지는 특혜를 이용하면 중형을 면할 수 있었다. 한숨이 절로 새어 나왔다.

신뢰라는 개념은 지옥에 팔아먹었나.

다소 뜬금없지만 도시 시스템에 대한 회의와 도블락에 대한 눈곱만큼의 안타까움이 엘리제의 안에서 차올랐다.

"그럼 수영장 사건 때문에 온 거네. 우릴 본 건 진료 받기 전이야, 후야?"

"받은 후."

"영 이상하게 들리는 건 아닌데? 진료가 끝나고 옥상으로 바람을 쐬러 왔다. 때마침 자기가 아는 두 사람, 그것도 남매가 묘한 분위기 풍기는 것을 보았다."

"……난 잘 모르겠군."

"어디가 이상하기라도?"

"왜냐면 경비대장은 3분 넘게 우릴 노려보다가 부들부들 떨면서 의료센터를 빠져나갔기 때문이지. 취한 것도 아닌데 비틀거렸고, 건물을 나서자마자 쓰레기통을 걷어차 망가뜨렸어."

엘리제는 표정 지운 얼굴로 라키어스를 빤히 쳐다보았다. 갑자기 이번 복수의 협력관계에 대해 다시 생각해 보게 되었다.

"그 말부터 했어야지."

"그런가."

"그런가, 가 아니잖아."

엘리제는 눈을 감고 두어 차례 심호흡을 했다. 요만큼도 도움이 되지 않았다.

"설령 '남매' 의 키스 직전을 목격한 거라고 해도."

일반인의 감정을 이해하지 못할뿐더러, 말 전달의 순서까지 엿 바꿔 먹은 라키어스가 담담히 말했다.

"혼란스러워하거나 충격을 받을 일이지. 난데없는 폭력성을 보일 일인가?"

"……그런 의문을 품었다면 당연히 뒤를 파헤쳐 봤겠네."

말끝이 올라가지 않았다. 질문이 아니라 확신이었다. 라키어스는 고개도 끄덕이지 않은 채 말을 이었다.

"상담 기록을 봤더니 막연하게 두렵다거나 수치스럽다는 이야기뿐이었어. 완전히 속을 털어놓지 않으려 한다는 담당의 코멘트가 인상적이었지. 그래서……."

경비대 의료 팀 기록을 조회했다고 하였다.

"진통제와 외상 약을 받았더라. 의료 팀이 구비하고 있는 것 중에 약효가 가장 센 걸로. 처방 사유에는 '범인 체포 중 부상' 이라고 기재되어 있었어."

"애매하네."

"한데 날짜가 공교로워."

라키어스가 엘리제를 그윽한 눈길로 보았다.

"전투대 습격 바로 다음 날."

"……."

"참고로 습격 당일 경비대장은 비번이었어."

"가는 거야?"

엘리제가 노트북에서 눈을 뗐다. 서재 문가에 기대고 선 라키어스는 살짝 미소를 지어 보였다.

"야근 안 할 거지? 할 일 엄청 많아. 의료센터에 갇혀 있는 동안 뭘 놓쳤을지 생각하면 짜증이 치밀 정도야."

"네가 여기 있는데 어떻게 일이 손에 잡히겠어."

그의 미소가 깊이를 달리 했다.

"바로 올게."

"또 분위기 이상하게 끌고 가는데."

엘리제가 어림도 없다는 양 사늘한 눈을 하였다.

"복수가 우선이야."

"그럴 테지."

라키어스가 순순히 수긍했다.

"하지만 키스가 복수를 빛바래게 하진 않아."

혼자 있고 싶지 않다던 엘리제의 말. 연기인 줄 알면서도 가슴이 뛰었다. 그녀가 앉아 있는 것만으로도 넓은 서재가 꽉 찬 듯이 보였다.

저 어깨에 걸쳐져 있는 것도 자신의 담요, 가는 손가락이 두드리는 것도 자신이 빌려준 노트북이다. 엘리제가 다시 펜트하우스의 일부분이 될 줄은 꿈에도 예상치 못했기 때문에, 그는 이 순간이 아주 조금 감격스러웠다. 물론 엘리제에게 이런 생각을 들켜선 안 되지만 말이다.

라키어스를 향하는 엘리제의 눈에 더욱 힘이 들어갔다.

"미리 말해 둘게. 난 한 번에 한 가지만 해. 지금 내가 하려는 건 피도 눈물도 없는 복수고, 거기에 너와 키스하는 선택지 따윈 들어가 있지 않아."

"네가 복잡한 걸 싫어한다는 사실은 익히 알고 있어."

그녀의 이름을 되뇌는 느낌은 달콤했다.

"근데 이것도 알아 둬, 엘리제. 난 한 번에 여러 가지 하는 걸 좋아해. 특히 너와 관련된 거라면 더더욱."

라키어스가 여운 가득한 미소를 남긴 채 문을 떠났다. 안쪽에서 조그맣게 욕을 삼키는 소리가 들렸다.

엘리제는 마뜩잖은 눈으로 복도식 아파트 건물을 슥 훑었다. 그녀가 알기로 게이트 경비는 그리 나쁜 직업이 아니었다. 도시가 세워지고 얼마 안 됐을 때는 위험직군에 포함되었다. 외부로부터의 공격을 제일 먼저 막아 내야 했으니까 말이다.

하지만 그런 상황도 몇 년 가지 않았다. 에데니카를 외부로부터 보호하는 삼중 게이트는 철옹성이었고, 경비들이 하는 일은 딱히 어려울 게 없었다. 그저 지루한 장소에서 지루한 일을 할 따름이었다.

각자에게 할당된 CCTV 화면을 들여다보며, 매일 전투대 출입을 체크하는 것.

그뿐이었다. 하는 일에 비해 보수가 괜찮았기 때문에 은근히 지원자가 끊이지 않는 곳이기도 했다.

'근데 왜 이렇게 후진 데서 살지?'

기습 당일 자신에게서 공문을 받아 갔던 경비의 집 앞이었다. 모자를 푹 눌러쓴 엘리제의 표정에 의문이 깃들었다.

'월급을 유흥으로 탕진했나…….'

게이트 경비 월급이면 훨씬 나은 아파트에서 살 수 있었다. 그러나 지금 엘리제가 보고 있는 건물은 재개발이 시급한 수준이었다. 관리실이라고 써 붙인 곳은 창고가 된 지 오래.

4층 어딘가에서 마약 파티가 벌어지고, 그 위층에서는 누군가 빚 독촉을 받으며 욕조에 처박히고 있을 분위기였다. 엘리제는 다시 한 번 해당 경비의 신상정보를 확인했다.

그가 게이트 경비가 된 것은 두 달 전. 새로 인력을 충원할 때 들어왔다고 했다.

'누군가 심었을까? 아니면 중간에 매수당했을까?'

엘리제는 라키어스의 도움으로 게이트 CCTV 영상을 확인했다. 자신이 공문을 넘긴 순간부터 스캔을 마치고 돌려받을 때까지, 종이는 경비의 손을 떠나지 않았다. 스캔 장비까지 이동하는 동안 여러 대의 CCTV가 경비를 비추었다.

문제는 딱 한 구간.

정면 모습이 보이지 않는 3초가 있었다. 등만 봐서는 경비가 공문을 바꿔치기 중인지 아닌지 파악하기가 힘들었다. 전투대 일행에게 돌아올 때도 마찬가지로 중간에 비는 구간이 있었다.

내부자가 아니고서는 알기 어려운 동선이었다. 각 3초간의 공백. 그것은 엘리제가 경비를 의심한 강력한 이유였다.

'들어가 보자.'

엘리제는 휴대폰을 안주머니에 넣었다. 운 좋게도 경비는 딸린 식구 없이 혼자 살고 있었다.

"아……!"

건물에서 나오던 사람이 엘리제와 어깨를 부딪쳤다. 갈색머리 여자였다. 싸구려 선글라스로 얼굴을 가렸는데, 그 아래 드러난 입가엔 피가 맺힌 채였다.

여자는 엘리제와 시선을 마주치길 두려워하며 몸을 움츠렸다. 그러더니 고개를 거듭 숙이다가 황망히 자리를 떴다.

"……매 맞는 부인이려나."

남루한 옷차림에 장바구니 든 모습을 보아하니 마트에 가는 것 같았다. 선글라스 너머엔 시커먼 멍이 있겠지. 살짝 한숨을 내쉰 뒤 걸음을 옮겼다.

엘리제는 최대한 발소리를 죽인 채 걸었다. 경비의 집은 7층에서도 복도 끝이었다.

어느 집 현관문 너머로 시끄러운 TV 소리가 들렸다. 누군가 술에 취한 듯 고래고래 고함을 치기도 했다. 하나 경비의 집은 조용했다.

문 따는 기술쯤은 일찌감치 마스터한 엘리제였다. 안주머니에서 도구를 꺼내는 동시에 문손잡이를 잡은 그녀는 의외의 상황에 행동을 멈추었다.

현관문이 열려 있었다.

엘리제가 품에서 손을 뗐다. 방금 전과는 비교도 할 수 없는 긴장감이 등줄기를 타고 흘렀다. 조심스럽게 문을 젖히고 들어갔다. 방 두 개에 욕실이 딸린 집 안엔 정적이 감돌았다.

엘리제는 그야말로 샅샅이 뒤졌다. 벽장, 물때 낀 샤워커튼 너머, 세탁기 안까지 열어 봤지만 아무것도 없었다. 뭔가 이상했다.

아무리 훔쳐갈 게 없는 집이라고 해도, 문을 열어 놓고 다니는 건 말이 안 됐다. 보안이 철저한 아파트도 아닌데 어떤 사람이 들어올 줄 알고 그럴까.

'싱크대 안에 컵이 있네.'

엘리제는 물이 가득 차 있는 머그를 내려다보았다. 개수보다 중요한 것은 옆에 튄 물방울이었다.

'이런 물기는 한나절이면 싹 마르는데.'

적어도 오늘 아침에는 누군가가 집 안에 있었다는 뜻이다. 이상한 건 그것뿐만이 아니었다.

'컴퓨터 본체가 뜨끈해.'

전원은 꺼진 상태지만 본체는 아직 열기를 품고 있었다. 엘리제는 경비가 가끔 동료들과 전투 게임 내기를 했다는 정보를 떠올렸다. 키보드 옆에 널브러진 과자 봉지와 맥주 캔 여러 개.

비번을 맞아 밤새도록 게임하는 모습을 어렵지 않게 떠올릴 수 있었다.

"본체가 식지 않을 정도면…… 자릴 비운 지 얼마 안 됐다는 거잖아."

근데 집주인이 어딜 갔느냐는 거다. 버젓이 문까지 열어 놓고.

"잠깐."

엘리제가 좁은 거실로 돌아왔다. 부엌을 겸하는 그곳엔 식탁이라 부르기도 민망한 철제 테이블이 하나 있었다. 엘리제는 테이블이 원래 자리에서 밀려났다가 돌아온 흔적을 포착했다. 그리고 타일 바닥 틈새에 스민 핏자국도 보았다.

누군가의 혈흔이었다.

"뭐지."

엘리제의 표정이 기이하게 변했다.

"테이블 다리가 뜨거워?"

사라진 집주인. 열려 있는 문. 옆으로 밀린 테이블. 바닥의 혈흔.

이것만 나열하고 보면 영락없는 살인사건 증거다. 열기를 뿜어내는 컴퓨터 본체가 사건 발생 후 얼마 지나지 않았음을 증명했다. 하지만 철제 테이블 다리가 뜨거워질 일이 뭐가 있나.

"누가 테이블 다리를 달궈……."

엘리제가 문득 혼잣말을 멈췄다. 그녀의 손가락이 바닥에 떨어진 머리카락 한 올을 집어냈다.

그것은 경비의 짧게 친 머리보다 훨씬 길었다.

색깔 또한 달랐다.

경비의 머리는 물 빠진 파란색.

엘리제가 집은 것은 갈색이었다.

슬리퍼 부딪히는 소리가 펜트하우스 복도를 울렸다. 뻐근한 목을 이리저리 움직이며 거실로 들어온 엘리제는 잠시 할 말을 잃고 소파를 쳐다보았다. 샤워가운 차림의 라키어스가 나른한 자세로 앉아 있었다.

물기에 젖어 색이 조금 짙어진 금발이 매끈한 이마를 덮었다. 머리색과 같은 속눈썹은 가지런히 감긴 채였다. 거의 뒤로 눕다시피 젖힌 자세 때문에 목울대가 선명하게 드러났다.

숨을 들이쉬고 내쉴 때마다 규칙적으로 오르내리는 가슴과 조각처럼 새겨진 근육까지.

엘리제가 멈췄던 걸음을 다시 옮겼다. 가까이 다가가는 소리가 들릴 텐데도 라키어스의 호흡은 일정하였다.

소파 뒤로 걸어간 엘리제가 방만하게 드러난 목을 제 손바닥으로 천천히 감쌌다. 살갗이 스치는 아찔한 감각에 라키어스가 미간을 구겼다.

"애쓰네."

조금도 흥분하지 않은 목소리로 엘리제가 내뱉었다.

"근데 너무 노골적이야, 라키어스 녹턴."

"……실패인가."

"완전 처참하게도."

라키어스가 느릿하게 시야를 열었다. 하늘빛 눈동자가 엘리제를 직시했다.

"노골적인 것과는 별개로 아주…… 조금은…… 군침이 돌지 않았어?"

"넌 내 마음을 얻고 싶은 거야, 아니면 그냥 덮쳐지고 싶은 거야?"

"난 선택하는 것에 익숙지 않아, 엘."

그가 입술을 늘여 웃었다.

"둘 다 가지는 데 익숙하지."

"……덮치는 애인이 갖고 싶다?"

"내가 덮치는 편도 좋고."

엘리제는 아직 손을 떼지 않은 상태였다. 라키어스의 목을 감싸고 있는 손에 힘이 들어갔다.

"아, 물론 이쪽도 좋지."

"그만할래."

엘리제가 못 만질 것을 만졌다는 양 손을 홱 뗐다. 라키어스의 미소가 깊어졌다.

"겁쟁이."

"헛소리 집어치워."

"퇴근하자마자 깨끗하게 씻고 얌전히 기다렸어."

그는 엘리제가 움직이는 방향을 따라 고개를 기울였다.

"준비한 성의를 봐서라도 좀 더 예뻐해 주면 안 될까."

"징그러워. 예뻐하긴 뭘 예뻐해."

저보다 20센티미터 이상 큰 성인 남자였다. 라키어스가 한숨을 내쉬었다.

"이래 봬도 남들은 벗기지 못해 안달인 몸인데."

"그래서 뭐? 아무도 벗지 말라고 안 했어. 원한다면 내일부터라도 알몸으로 출근해."

"한 번 만져 보지도 않고 안타깝네."

"너무 노골적이라고 했지?"

라키어스가 피식 웃었다. 엘리제의 눈동자만큼이나 짙푸른 샤워가운이 그의 윤곽을 더욱 뚜렷하게 보이도록 만들었다.

"아무래도 다른 방법을 써야겠군."

벌어진 샤워가운을 여밀 생각이 요만큼도 없어 보이는 얼굴로 말을 이었다.

"내일은 아무것도 걸치지 않을게."

"네가 다 벗고 춤을 춰도 눈 하나 깜짝 않을 거야."

엘리제가 덧붙였다.

"그리고 어디서 약한 척 유혹이야?"

"센 건 네가 안 좋아하니까."

"이 얘긴 됐고."

엘리제가 라키어스의 반대편에 털썩 앉았다.

"혹시 에데니카에 불을 다루는 자가 너 말고 또 누가 있는지 알아?"

"일단 그레이 원로가 가능하고."

라키어스의 시선이 테라스 쪽으로 향했다.

"그자 말고는 없어?"

"있어. 내가 알기로 염력을 가진 자가 열 명 안팎이거든. 불은 그보다 많지."

두 배까지는 안 되고. 라키어스가 짧게 말을 보탰다. 에데니카는 녹턴의 뜻에 따라 모든 시민정보가 세세하게 관리되었다. 우수한 혈통의 유지가 중요하기 때문에 개인의 능력치 또한 관리대상이었다.

날개의 유무.

특별한 능력과 그 능력의 수준.

이 모든 것이 등록되어 있으며, 시티타워는 공무와 관련하여 열람이 가능했다. 당연하지만 어느 누구도 라키어스처럼 강하지는 않았다. 두 개 이상의 능력을 지닌 자도 없었다. 라키어스는 말 그대로 독보적인 존재였다.

엘리제가 연이어 질문했다.

"그럼 그중에 여자는? 갈색머리에 키는 나랑 비슷해. 눈동자 색은 몰라."

라키어스가 기억을 더듬었다.

"여자는 있어. 10대 중반에서 30대. 비교적 젊은 나이를 말하는 거지?"

엘리제가 고개를 끄덕였다.

"있긴 한데…… 그중에 갈색머리는 없어."

"한 명도?"

"없어. 머리가 갈색인 여자는 올해 53세인 걸로 기억해."

엘리제의 표정이 흐려졌다. 아파트 앞에서 부딪친 여자는 그 정도로 나이 들지 않았다.

"등록이 안 되어 있을 경우도 있나?"

"완전히 없다고 하긴 어렵지."

라키어스가 엘리제를 바라보았다.

"내 경우만 해도 녹턴이 철저히 숨겼으니까."

"그렇지……."

"부모형제도 모르도록 입을 다물면 가능하긴 해. 하지만 엘리제 너도 알다시피, 능력은 어느 순간 대뜸 발현되는 게 아니야."

아무리 최상급 순혈이라도 혹독한 노력이 필요한 부분이었다. 부모 양쪽이 불을 다룬대서 자식도 당연히 다룰 수 있는 게 아니었다. 게다가 능력을 얻는 것으로 끝나는 게 아니라 이를 조절하는 훈련도 거쳐야 했다.

현재 시티타워 데이터상에 등록된 능력의 가짓수는 열 개. 어느 하나 남들 이목을 끌지 않고 조용히 훈련할 만한 것이 아니었다.

"불이라고 했나? 그거라면 감추기가 더 힘들지. 자유자재로 화력을 다룰 때까지 오래 걸려. 자칫 방화범이 되기 마련인데."

여기까지 말을 마친 라키어스가 엘리제에게 첫 질문을 하였다.

"불을 쓸 줄 아는 갈색머리 젊은 여자를 찾는 이유는?"

"오늘 게이트 경비를 찾아갔었어."

엘리제가 소파 등받이에 몸을 묻으며 말했다.

"집주인과 대면할 셈이었지. 만약 잠깐 자리를 비웠다면 그사이 탐색을 끝내고 집주인이 오기를 기다리려 했어."

한데 문은 열려 있었고, 수상한 증거를 여럿 발견했다.

"바닥에서 찾은 게 이거야. 기다란 갈색 머리카락."

엘리제가 품에서 봉투를 꺼냈다. 라키어스는 흰 봉투 사이로 드러난 머리카락을 일별한 뒤 말했다.

"모근이 없군."

"가발이지."

라키어스는 엘리제가 증거를 신중히 갈무리하지 않은 이유를 납득했다. DNA를 얻을 수 없는 물건인 거다.

"타일 틈새 혈흔을 조사하면 경비 유전자가 나온다는 데 휴즈가의 집을 걸겠어."

그러나 대량의 피도 아니다. 코피를 흘렸다고 하면 그만일 정도다. 범인도 같은 생각을 했기에 굳이 혈흔을 지우지 않고 놔뒀을 터다. 이게 엘리제의 의혹을 건드렸다.

"추리소설 속 범인들이 온갖 트릭을 쓰는 이유는 하나잖아."

시신을 없애지 못해서. 땅에 묻어도 백골이 가루가 될 때까지 시간이 걸린다.

쇳덩이를 달아 호수에 가라앉혀도 불시에 떠오르고 만다. 반대로 알리바이가 없어도 시신이 나오지 않은 사건은 범인을 감옥에 집어넣지 못했다.

관건은 시신 처리인 것이다.

"경비는 내가 들어가기 얼마 전까지 살아 있었어. 컵을 싱크대에 넣고 컴퓨터를 했지. 그러다 살해당한 거야."

"게임 접속 시간을 살펴봐야겠군."

"난 갈색머리 가발을 쓴 여자가 경비를 전소시켰다고 생각해."

엘리제의 눈이 또렷이 빛났다.

"그 여자는 누굴까? 너처럼 산 채로 순식간에 태울 능력이 없어서 일단 죽이고 태운 걸까?"

라키어스가 그녀의 두 번째 의혹을 알아차렸다.

"살인범과 처리자가 다를 경우도 있겠지."

"그게 이상하다는 거야."

엘리제가 입술을 지그시 깨물었다.

"대체 왜 자기가 죽이지도 않은 시신을 없애는 건데?"

라키어스가 방문을 열었다. 침대에 앉아 작업을 하던 엘리제는 어느새 잠이 들어 있었다. 쿠션 위로 고꾸라진 자세가 눈에 들어왔다. 그대로 자면 목이 아플 것 같기에, 라키어스는 발소리를 내지 않고 안으로 들어갔다.

침대 위에 널린 인쇄물을 모아 협탁에 내려 두었다. 모니터가 검게 변한 노트북을 들어 올렸더니 윙 하는 소리를 내면서 화면이 다시 밝아졌다. 작은 소리였지만 선잠이 든 상태라면 충분히 깨어날 법도 한 방해였다. 하지만 엘리제는 숨을 크게 들이쉬었다가 미간을 살짝 찡그릴 뿐 잠에서 깨어나지는 않았다.

아직 몸이 완전히 회복되지 않은 환자니까 푹 쉬는 게 좋다. 그걸 알고 있는데도 어쩔 수 없는 아쉬움이 들었다.

"엘, 이렇게 자면 목 아파."

"흐으응……."

"제대로 눕자."

몸을 안아 들었다가 베개 위에 머리가 닿도록 내려놓았다.

'인형 대신 쿠션이라도 안겨 줄까.'

어릴 때 엘리제는 제 몸의 절반만큼이나 큰 토끼 인형을 항상 침대 머리맡에 두었다. 처음엔 녹턴에게 순진한 이미지를 각인시킬 의도인 줄 알았다. 그러나 그게 아니었다. 토끼 인형은 영악한 소녀의 잠자리 친구였다.

이 부분에 대해서는 라키어스보다 저택 고용인이 더 빨리 파악했다.

엘리제 양은 껴안고 잘 게 없으면 불안해하신다던 고용인의 말.

성인이 된 지금은 불안해하는 것까지는 아니지만, 확실히 끌어안을 게 있을 때 편안한 얼굴을 하는 것 같았다. 과연 쿠션을 안겨 주자 생긋 웃었다.

"쿠션 따위에 질투하는 남자가 되긴 싫은데."

라키어스가 엘리제의 뺨에 부드러이 입을 맞추었다. 다정하고 달콤한 굿나잇 키스였다.

"오늘은 꿈속에서 괴롭히지 않을게."

이불을 끌어 올려 준 뒤 토닥이자 건드리지 말라는 듯 인상을 찡그리는 게 귀여웠다. 괴롭히지 않기로 약속한 건 꿈속이었지. 현실에서 이 정도는 봐주렴, 엘리제.

라키어스의 입가에 미소가 번져 갔다. 이대로 옆에 누워 자면 아침에 눈을 뜬 엘리제가 기겁할 것이다. 침대 밖으로 밀어내기 위해 발길질을 하지 않을까.

푹신한 이불 안에서 파닥거리는 발과 그 다리와 엉킬 자신의 다리를 떠올리니 허리 아래로 피가 쏠리는 기분이었다. 역시 침대는 위험한 장소다.

꿈에서 저지른 일들을 하나하나 실행으로 옮기고 싶어지니까.

라키어스는 이불을 다시 매만져 준 뒤 자리에서 일어났다. 방을 떠나려는 그의 시야에 화이트보드가 들어왔다. 거기엔 엘리제가 정리한 관계도가 그려져 있었다.

'보스'를 중심으로 여러 갈래가 뻗어 나간 그림이었다. 도블락 이름 밑에는 '외상 약 처방 이유', '의료센터에서 화낸 이유' 등을 적어 놓았다. '습격 당일 비번'에는 밑줄을 긋고 별을 세 개나 달아 두었다.

원래 한자리를 차지하고 있던 게이트 경비 위에는 빨간색으로 가위표를 쳤다. 그리고 오늘 새로 등장한 인물이 바로 갈색 가발 여자였다. 이제까지의 사건이 한눈에 들어오는 그림이었다. 엘리제의 복잡한 머릿속이 고스란히 담긴 그림이기도 했다.

라키어스는 묵묵히 관계도를 들여다보다가 자신의 타깃을 결정했다. 관계도에 올라가 있긴 하지만 그 이름 밑으로 물음표가 하나도 적혀 있지 않은 인물.

자신의 약혼녀 하샤즈 아달람.

'그 여자는 처음부터 엘리제를 못마땅해했지.'

약혼자의 여동생을 짐짓 걱정하는 듯한 말투 이면에는 짙은 경멸이 깔려 있었다. 그러다가 자신의 위치가 흔들리는 순간이 오면, 타타발루 일가답게 라키어스를 원망하는 대신 엘리제에게 증오의 화살을 돌렸다.

'사실 타타발루라면 모를까, 하샤즈는 이번 일과 무관한 것 같지만…….'

라키어스를 묘하게 건드리는 부분이 있었다. 엘리제가 의식을 찾기 전, 폐인이 되다시피 한 라키어스를 찾아왔을 때 하샤즈가 했던 말이 떠올랐다.

「깨어나는 순간부터 진짜 지옥이 시작될 거예요.」

그때는 엘리제의 생사가 달린 순간이었기 때문에 아무것도 귀에 들어오지 않았다. 그저 하샤즈의 으름장이라 생각했다. 하지만 시간이 지난 뒤 곱씹어 보니 영 거슬리는 무언가가 있었다.

당시 하샤즈가 입 밖으로 내지 않은 뒷내용이 더 있는 듯한 느낌이었다.

'그건 마치…….'

라키어스가 적절한 표현을 찾기 위해 머릿속을 더듬었다.

'당신은 모르는 걸 나는 알고 있지, 같다 할까.'

하샤즈는 약혼자에게 자신을 밀어낸 이 순간을 후회하게 될 거라는 암시를 전했다. 그리고 오늘 밤 라키어스는, 하샤즈의 암시가 상당한 확신으로 가득했던 이유가 궁금해졌다. 아직 두 사람의 관계는 공식적으로 끝나지 않았다.

하샤즈는 여전히 그의 짝이었다.

"내 관심을 갈구했었으니…… 뒤늦게나마 돌려줘야지."

하샤즈의 이름 밑에는 과연 어떤 의문점이 적히게 될까.

라키어스는 조용히 화이트보드 앞을 떠났다. 따스한 느낌의 스탠드를 끄자, 방 안은 검푸른 어둠에 잠기게 되었다. 곧 이어 달빛이 블라인드 사이로 자장가처럼 스며들었다.

"잘 자렴, 내 날개."

다정한 인사를 끝으로 방문이 닫혔다.

❖

찰칵, 하고 맞물리는 소리에 엘리제가 인상을 찡그렸다가 눈을 떴다.

"불……."

고개를 돌린 그곳엔 어느새 스탠드가 꺼져 있었다. 침대 위에 늘어놓은 모든 물건이 가지런히 정리된 상태였다. 라키어스가 다녀갔나 보다.

잠기운으로 몽롱한 와중에도 이상한 기분이 들었다. 휴즈가에 살 때도 무언가를 하다가 잠든 적이 많았지만, 눈을 떴을 때 주변 상태가 달라진 경우는 없었다. 어기적거리며 일어나 스스로 조명을 꺼야 했다.

바닥에 떨어진 책을 줍는 것도, 밤새 리플레이 중인 노래를 끄는 것도 모두 엘리제의 몫이었다. 창문으로 들어오는 아침 햇살이 침대 옆 조명보다 눈부신 적도 많았다.

'익숙해지고 싶지 않은데.'

엘리제가 멍한 머리로 생각했다.

'문득 정신을 차려 보면 네가 너무 당연하다는 듯 스며들어 있어.'

쿠션을 끌어안은 채 몸을 뒤척였다. 방에 들어온 이상 라키어스 또한 관계도를 보았을 것이다.

무슨 생각을 했을까. 그가 마음속으로 정한 타깃은 누굴까.

직접 듣지는 않았지만 어쩐지 라키어스의 타깃을 알 것 같은 기분이 들었다.

'아마 하샤즈겠지.'

엘리제가 보드라운 쿠션에 얼굴을 비볐다.

'난 도블락을 찍었으니까.'

쓴웃음이 희미하게 번져 나갔다.

'가장 감정적으로 엮여 있는 인물이고, 최근까지도 호감을 보인 대상……. 다른 이들에 비해 자극하기가 쉬워.'

상대의 상처를 감안해 주는 배려 따위는 없다. 바위로 쳤을 때 제일 빨리 무너질 부분부터 지체 없이 밀고 들어갈 것이다.

'이럴 때 보면 너와 난 머리 하나를 공유하는 것 같아.'

생각하는 방식이 같다. 상대가 어떤 과정을 거쳐 특정한 판단을 내렸는지 바로 이해가 간다.

엘리제와 라키어스.

둘 사이엔 말이 필요치 않는 연결점이 있었다.

'널 사랑하면 이렇게 복수를 해야 할 일은 없겠지. 누구도 널 해치지 못할 테니까. 네 죽음을 걱정할 필요 없이 마음을 쏟을 수 있어.'

전투대를 잃은 고통으로 가슴이 난도질된 엘리제에겐 퍽 끌리는 이야기였다. 신은 엘리제의 행복을 탐탁케 여기지 않는 것일지도 모른다. 자신에게 기쁨을 주었던 소중한 존재들은 몇 년의 간격을 두고 차례로 세상을 떴다.

그것도 편안한 죽음이 아니라, 하나같이 삶에서 뜯겨져 나가는 것 같은 이별이었다.

엄마, 녹턴, 그리고 이번엔 전투대.

강인한 듯하면서도 약한 이들이었다. 엘리제는 그들에게 많은 부분을 의지하는 한편, 그들을 보호해야 했다. 그러나 라키어스의 손을 잡으면 이 같은 일을 또 겪지 않을 것이다.

내가 떠나기 전에 절대 먼저 떠날 리 없는 사랑은 실로 유혹적이었다.

'하지만 사랑이란 게 뭐지.'

엘리제의 흐린 시선이 층층이 내려앉은 블라인드를 더듬었다.

'날 향한 네 감정이 대단한 건 알겠어. 라키어스 녹턴에게 있어 나는 대체 불가능의 존재지. 세상의 중심이자 세상 그 자체야.'

엘리제를 위해 모두를 죽일 수도 있고, 그녀의 말 한 마디에 천사가 될 수도 있다. 라키어스에게 엘리제는 전부였다.

'그런데 난…… 모르겠어. 너처럼 모든 걸 불태우는 것만이 사랑이라면, 널 향한 내 감정은 사랑이 아니야.'

이를 뭐라 불러야 좋을까.

이것을 지칭하는 언어가 존재하긴 할까.

'한때는 네 집착에 몸서리치기도 했지. 물론 지금도, 조금만 선을 넘으면 당장 밀어낼 준비가 되어 있어.'

하지만 넌 날 봐야 해.

나만 봐야 해.

내가 밀어내고 소리쳐도 네 시선은, 네 마음은, 네 숨결은 날 향해야 돼.

원을 벗어나는 건 허용치 않아.

네 기쁨과 슬픔이 나로 인했으면 해.

엘리제의 가슴이 크게 오르내렸다. 상념을 담은 한숨이 어둠 속으로 흩어졌다.

'나에게 넌 무엇일까.'

엘리제가 눈을 감았다. 생각이 꼬리를 무는 사이 잠기운이 가시고 말았지만 애써 잠을 청해 보는 그녀였다.

"매번 아침을 차릴 필요는 없어."

엘리제가 식탁을 내려다보며 말했다. 먹음직스러운 에그 베네딕트와 익힌 야채, 신선한 오렌지 주스가 정갈하게 세팅된 상태였다.

"어제 저녁도 만들었잖아."

"대신 점심은 같이 못 먹잖아."

라키어스가 웃었다. 헐렁한 실내복을 입고 있는 그녀와 달리 라키어스는 재킷만 벗은 슈트 차림이었다.

"혼자 있을 때도 매일 이렇게 먹어?"
"배달을 받지."
주스를 들이켜던 엘리제가 식탁 건너편을 쳐다보았다.
"요리는 아주 번거로워. 씻고 다듬고 조리해서 담아내기까지 해야 되니까."
"아침저녁으로 주방에 들어가는 사람이 할 말은 아닌 것 같은데……."
"네가 먹잖아."
라키어스가 찻잔을 기울이며 미소 지었다.
"오물오물 먹는 게 귀여워. 먹이는 보람이 있어."
"시리얼도 오물오물 먹을 수 있어. 별로 안 어려워."
엘리제가 잘 익은 양송이버섯을 입으로 가져갔다. 구속구를 차고 감금되어 있을 때도 느낀 거지만, 라키어스의 요리는 호텔 조식과 견주어도 절대 부족함 없는 맛이었다. 그가 갖고 있는 모든 재능이 그렇듯.
제 몫의 에그 베네딕트를 썰던 라키어스가 눈을 부드럽게 휘었다.
"신경 쓰여?"
"이런다고 특별히 더 예뻐해 줄 줄 알아?"
"예쁨 받으려고 하는 행동은 맞는데."
라키어스가 냅킨으로 입을 닦았다.
"내가 좋아서 그래."
"네네……."
"그리고 말이 좀 틀렸지 않나? 더 예뻐해 준다니, 엘리제. 넌 지금 날 전혀 아껴 주지 않고 있어."
그가 얄밉다는 듯 눈을 흘겼다.
"기왕 마음먹었다면 날 좀 더 소중히 대해 줘."
"안아 줄까?"
라키어스의 손에서 포크가 떨어졌다. 약 0.5초 뒤 나이프 역시 달그락거렸다.

“모닝키스로 배웅해 줘?”

그의 얼굴에서 미소가 사라지려 했다.

“농담이야. 너무 긴장하지 마.”

“…….”

“화났어?”

“…….”

“조용한 아침 식사 나쁘지 않긴 해.”

엘리제가 남은 버섯을 모두 한입에 넣었다. 여전히 라키어스의 시선은 그녀에게서 떨어지지 않은 채였다.

“게이트는 시티타워보다 출근이 30분 빠르지?”

일과 관련된 질문을 하자 그제야 천천히 돌아오는 라키어스의 표정이었다.

“이따 출근하거든…….”

“이미 확인해 봤어.”

라키어스는 엘리제가 하려는 말을 알고 있었다.

“출근 기록이 없어.”

무단 결근자에게 연거푸 전화를 걸 상관의 모습이 그려졌다. 하루쯤은 ‘이 자식 봐라?’ 벼르기만 하며 보낼 순 있을 터. 한데 다음 날도, 그다음 날도 연락이 되지 않는다면?

근처 사는 동료에게 들러 보라 시킬 것이다. 그럼 경찰에 실종 신고가 들어가는 건 시간문제다.

CCTV도 없는 낡아 빠진 아파트. 이제 테이블 다리도 식었을 거다. 갈색 가발 한 올마저 엘리제가 가져온 상황이다. 경찰은 일주일도 안 되어 사건에서 손을 뗄 터다.

“경찰이 나한테까지 찾아올 일은 없겠지.”

“설령 온다 한들 그들이 할 수 있는 건 없어.”

“그렇지.”

"참, 경비의 게임 접속 시간을 알아봤는데 네 추측이 맞았어. 그는 네가 들어가기 30분 전까지만 해도 다른 유저와 플레이 중이었거든. 그러다 '잠깐만.' 이라는 메시지를 띄운 뒤 돌연 접속을 종료했더군."

라키어스가 차를 한 모금 삼켰다.

"분주한 30분이었네. 사람을 살해하고 불로 태우고 네가 발견하고."

"저기, 그건 언제 조사한 거야?"

엘리제가 끼어들었다. 라키어스가 담담히 대꾸했다.

"네가 자는 동안."

엘리제는 상대를 말없이 응시하였다. 라키어스가 고개를 가볍게 내저었다.

"한 소리 하려는 표정이군. 밤을 새우진 않았어. 그러니까 너무 그렇게……."

"굿나잇 키스, 해 줄게."

아까 전에 당한 기억 탓이다. 라키어스의 눈에 불신이 넘쳐흘렀다.

"일 잘했으니까."

"왜 밤에 하는지 물어도 될까?"

"아침에 했다가 종일 정신 못 차리려고?"

그러나 라키어스는 이미 제정신이 아닌 듯 보였다.

초록빛 정원이 내려다보이는 2층 테라스.

찻잔을 기울이던 라키어스는 손목시계를 힐끔 보았다. 하샤즈와 점심을 들기로 한 시간으로부터 20분이 지났다. 양해를 구하는 메시지 한 통 없이 시간은 마냥 흐르고 있었다.

너무 눈에 보이는 파워 게임에 웃음이 나왔다.

의도적으로 상대를 기다리게 해서 자신의 불쾌감을 표하는 것.

지금 하샤즈가 하고 있는 행동이었다. 만약 진짜 급한 일이 있었다면 다른 사람을 통해서라도 연락했을 것이다. 평소의 그녀라면 말이다. 결국 하샤즈가 등장한 것은 그로부터 몇 분이 더 지난 다음이었다.

검은 정장바지에 다홍색 재킷을 걸친 그녀는 라키어스에게 작은 고갯짓으로 사과를 대신했다.

"제가 좀 늦었네요. 갑자기 진료 시간을 바꾼 환자분이 생겨서요."

급한 용무를 보고 온 사람치고 하샤즈의 이마엔 땀 한 방울 맺혀 있지 않았다. 오히려 살갗 위로 은연한 냉기가 감돌았다. 쾌적한 상태로 유지되는 장소에 오래 머물다가 나온 사람처럼. 예를 들면 냉방이 돌아가는 자동차 안이라든가. 하지만 라키어스는 조금의 불쾌한 내색도 비치지 않고 미소로 약혼녀를 맞이했다.

"아닙니다. 의료센터 일이 우선이죠. 이 정도 기다리는 건 괜찮아요."

"양해해 주셔서 감사해요."

"뭐 먹고 싶어요? 여긴 카페지만 주인이 직접 만드는 송어요리가 유명한데."

"아."

하샤즈가 미간을 살짝 구겼다.

"아직 퇴근까지 시간이 남았는데 환자들에게 생선 냄새를 풍기고 싶진 않아요."

완곡한 듯 노골적인 거절이 돌아왔다. 라키어스의 말이라면 대부분 수용하던 이전과 다른 모습이었다.

"그렇군요. 내 생각이 짧았네요."

라키어스가 아랑곳 않고 웃어 보였다. 미안하다고 짧게 덧붙이는 말에 하샤즈의 시선이 정원을 향했다. 평소라면 금방 끝났을 메뉴 결정에만 5분이 소요되었다.

"그동안 연락을 못 해서 미안해요."

이번에도 사과의 말을 꺼낸 건 라키어스였다.

“동생이 그렇게 되고 정신이 없었어요. 의료센터에서 내가 너무…… 날카로웠죠?”

하샤즈는 아무런 대꾸를 하지 않았다.

“사실 하샤즈 양은 내가 걱정되어서 그랬던 건데. 내가 너무 이기적이었어요. 그땐 모두가 적으로 보였던 것 같아요.”

“……엘리제를 제외하고 말이죠.”

하샤즈의 시선은 하얀 식탁보에 머물러 있었다.

“저는 라키어스 님의 약혼녀예요.”

“물론이에요.”

“그리고 급한 상황에서는 적으로 보이는 타인이기도 하고요.”

“미안해요.”

사과는 즉각적이었다. 라키어스는 하샤즈의 마음을 풀기 위해서라면 몇 번이라도 미안하다는 말을 할 것처럼 보였다. 그의 목소리에선 거짓을 찾을 수 없었고, 눈빛은 안타까운 진심만을 발하였다.

“정말 미안해요. 그래서는 안 됐던 건데.”

그가 간절하게 사과할 때마다 하샤즈의 시선이 흔들렸다.

“내가 잠깐 제정신이 아니었어요. 아버지에 이어서 엘리제까지……. 아니에요. 뭐라 말하든 변명 같군요.”

라키어스가 쓴웃음을 지었다.

“많이 서운했을 거예요. 하샤즈 양이 화난 것도 당연해요.”

“화 안 났어요.”

“그렇게 굳은 얼굴로 화가 안 났다고 하면 누가 믿죠?”

허를 찌르는 말에 하샤즈가 입을 다물었다.

“당연한 행동이니까 굳이 숨기려 들지 말아요. 그래야 내가…….”

라키어스가 일부러 말을 늘였다.

“더 미안해하죠.”

저도 모르는 새 이어질 말을 기다리고 있던 하샤즈는 불만스러운 한숨을 쉬며 시선을 옮겼다.

"드디어 날 보는군요."

"원로님들이 하시던 말뜻을 이제 알겠어요."

하샤즈가 물로 목을 축였다.

"사람을 조종하는 데 능하시네요. 상대가 정신 못 차리도록 입안의 혀처럼 구는 것도 리더 교육 때 배운 건가요?"

"그럼요."

"너무 뻔뻔하세요."

"부정하기 힘드네요."

그사이 주문한 요리가 나와 식탁 위에 먹음직스럽게 세팅되었다. 라키어스는 상대가 내키지 않는 얼굴로 한입을 먹고 썩 괜찮다는 평을 내리기까지 제 몫에 손도 대지 않았다.

각각 접시를 반쯤 비웠을 무렵, 그가 넌지시 운을 뗐다.

"그날 말입니다, 하샤즈 양."

식탁 위로 두 사람의 눈이 마주쳤다.

"내가 당신에게 병실에서 나가 달라고 한 날."

서서히 누그러져 가던 하샤즈의 표정이 다시금 굳었다.

"내게 한 말이 정확히 무슨 뜻인지 물어도 될까요?"

"어떤 대답을 원하시는지 모르겠네요."

"기억이 안 난다면 다시 들려줄 수도 있어요. 엘리제가 깨어나는 순간부터 진짜 지옥이 시작될 거라고 했었죠."

"……."

"처음엔 하샤즈 양이 화가 나서 그냥 으름장처럼 한 말인 줄 알았거든요."

"맞아요."

하샤즈가 아무렇지 않은 척 꽃 샐러드를 떠 올리려 했다. 그러나 입으로 가져가기도 전에 샐러드는 포크 사이로 흩어지고 말았다. 티 나게 떨리는 손 때문이었다.

라키어스는 그녀의 대꾸를 듣지 못했다는 듯이 말을 이어 갔다.

"으름장인 줄만 알았는데…… 곱씹어 볼수록 내가 놓친 게 있다는 생각이 들어서요."

그녀는 포크를 내려놓고 물을 마셨다.

"혹시 하고 싶었던 말은 따로 있었나요?"

하샤즈는 패를 드러내는 대신 침묵을 택했다. 엘리제 외엔 관심 대상이 아니라 미처 알지 못했는데, 하샤즈는 시답잖은 파워 게임을 굉장히 좋아하는 모양이었다.

라키어스는 불시에 방법을 바꿨다.

"그럼 다른 걸 묻죠."

"용서를 비는 자리인 줄 알았는데 어째 제가 추궁을 당하고 있네요."

"여전히 나와 결혼하길 원합니까?"

하샤즈의 시선이 다시 라키어스에게 돌아왔다.

"이건 대답할 수 있지 않겠습니까."

그녀의 이름을 부르는 목소리엔 거역할 수 없는 무게가 실려 있었다.

어떻게 해야 화가 풀릴까.

상대의 심기를 살피던 아까 전과는 전혀 다른 모습이었다.

"중요한 질문이고 두 번 묻지 않을 질문이에요, 하샤즈."

라키어스가 그녀를 직시했다.

"만약 결혼 후, 나와 타타발루 원로가 대립하는 상황이 되면 당신은 어느 쪽을 택할 거죠?"

"그런……."

"난 하샤즈 양이 좋습니다. 하지만 온전히 내 편이 아닌 사람을 내 아내로 맞을 순 없어요."

라키어스는 자신을 도와 달라고 청했다. 조금이라도 중요한 정보를 알고 있다면 부디 자신에게도 알려 달라고. 이에 하샤즈는 침묵하다가 매주 금요일 늦은 오후에 열리는 원로원의 티파티를 언급했다.

타타발루의 저택에서 열리며, 저녁 식사 전에 헤어지는 소모임은 원로 간의 친목을 다지는 장이었다. 하샤즈는 자주 참석하지 못하는 라키어스를 위해 필요한 정보를 뽑아 주겠다고 말하고 있었다.

한마디로 내부 스파이를 자처한 것이다.

"대신 라키어스 님의 옆자리를 확약해 주셔야 해요."

"물론입니다."

라키어스가 굳건한 미소를 지어 보였다.

"당신이 원하는 모든 걸 줄게요."

타깃과의 만남에 성공한 라키어스와 달리 엘리제는 뜻을 이루지 못했다. 도블락에게 보낸 메시지 옆에 읽음 표시가 떴을 땐 '됐다' 싶었다. 하나 한참을 기다려도 답은 오지 않았고, 엘리제는 다음 메시지를 보냈다.

두 번째, 세 번째, 그렇게 열 번째 메시지를 보내도 상대는 아무 반응을 하지 않았다.

"씹어?"

읽음 표시가 떴는데도 답을 하지 않는 건 정말이지 신경을 긁는 태도였다. 상대가 휴대폰을 가까이 두고 있는 건 알았다.

그럼 바로 전화를 걸어 보자. 하지만 신호음이 가기 무섭게 연결이 뚝 끊겨 버렸다.

그게 끝이 아니었다. 불시에 경비대를 찾아갔지만 삼중 벽만큼이나 두꺼운 덩치들이 그녀를 막아섰다.

「대장 지금 안 계십니다.」

그럼 올 때까지 기다리겠다고 하니 돌아온 대답.

「여기 있더라도 엘리제 님 뵐 일은 없을 거라 하셨습니다.」

어이가 없어 헛웃음이 나올 지경이었다.

'이렇게 나온다 이거지?'

에데니카 안에서 도망 다녀 봤자 얼마나 오래갈 수 있다고 생각하는 걸까?

결국 엘리제는 도블락의 아파트 건물로 잠입했다. 허술하기 짝이 없는 게이트 경비의 아파트와 달리, 도블락이 사는 곳은 로비에서부터 방문객 신원을 확인하는 고급 아파트였다.

보안을 뚫고 2003호 앞에 도착한 엘리제는 끙 소리를 내었다.

"지문 인식 장치라니, 좀 과하잖아."

엘리제는 웜이 아니었다. 차라리 완력으로 때려 부수는 쪽이 쉬웠다. 열쇠 문이라면 바로 따고 들어가련만, 장비도 없는 그녀에게 도블락의 현관은 예상치 못한 장애물이었다.

모든 신경을 청각으로 집중했지만 집 안에선 인기척이 느껴지지 않았다. 시곗바늘이 어느새 밤 9시를 가리킬 때까지도 상황은 진척이 없었다. 진작 퇴근했어야 할 타깃은 그야말로 코빼기도 비치지 않았다.

"날개 회복하는 데도 꼬박 일 년은 걸린다 했고……."

그러니 밖으로 돌아가는 건 불가능했다.

"새벽에 다시 와 볼까."

종일 먹지 않고 CCTV 사각지대에 숨어 있는 건 상당히 피곤한 일이었다. 공교롭게도 엘리제가 귀가를 결심한 그 순간, 엘리베이터가 열리며 화려하게 치장한 아가씨와 도블락이 내렸다.

정확히 말하면 화려하게 치장한 아가씨와 만취해서 쓰러지기 직전인 도블락. 아가씨는 휘청거리는 취객을 가누느라 진땀을 흘리고 있었다.

"자기? 손가락 좀 내밀어 봐."

도블락은 간단한 말조차 알아듣지 못하고 팔을 마구 휘저었다.

"아, 진짜!"

하마터면 바닥에 쓰러질 뻔한 아가씨가 짜증을 냈다. 두 사람은 엘리제가 멍하니 쳐다보는 사이 집 안으로 들어갔다. 엘리제가 지끈거리는 이마를 짚었다. 방금 꼴을 보아하니 네 이름이 뭐냐고 물어도 제대로 대답하지 못할 모양새였다.

엘리제는 땅이 꺼져라 한숨을 내쉰 다음,

"하아……."

초인종을 눌렀다.

❖

도블락은 끔찍한 두통에 앓는 소리를 내며 몸을 일으켰다. 겨우 실눈을 뜨자 쨍한 햇살이 틈새로 스며들었다. 머리는 쾅쾅 울리지, 몸은 욱신거리지, 목구멍은 찢어질 것 같지.

그는 인상을 쓰며 눈을 질끈 감았다. 그때 입술에 와 닿는 것이 있었다.

'물.'

냉수가 반가웠다. 희미한 레몬 향마저 느껴지는 물을 정신없이 마셨다. 이만하면 충분하다 싶을 즈음 눈을 떴을 때.

"망할, 뭐야!"

그는 욕설과 함께 상대를 밀쳤다. 아직 물이 담겨 있는 컵이 나동그라졌다.

"왜…… 네가! 여, 여자는?"

"여기."

엘리제기 자기 자신을 손가락으로 콕 짚었다.

"여자."

"헛소리 지껄이지 말고……!"

"너랑 같이 들어온 아가씨 말하는 거라면 지치고 화나서 갔어. 네 체중 지탱하느라 구두 굽이 부러졌대서 새 구두 살 돈까지 내가 쥐여 보냈거든."

도블락의 커다란 몸이 부들거렸다. 당황한 낌새가 역력했다. 하나 간밤에 사람이 바뀌었다는 사실을 인지할 수준은 된 것 같아서, 엘리제는 틈을 주지 않고 말을 이었다. 어쩌면 완전히 제정신일 때보다 이쪽이 나을지도 모른다.

"그날 의료센터 옥상에서 본 건 오해야."

"내가 뭘 봤는데?"

"왜 모른 척이지? 의료센터 로비 나서자마자 눈에 보이는 건 다 때려 부쉈다면서."

엘리제의 말에 도블락이 퀭한 눈으로 노려보았다. 남성성 넘치는 외모를 상당히 자랑스러워했던 그는, 한동안 보지 못한 새 많은 부분이 변해 있었다. 단순히 폭음 다음 날 아침이어서가 아니었다.

엘리제가 말하는 건 '인상'이었다.

"네가 그토록 분노한 이유가 궁금해."

도블락이 얼굴을 찌푸리며 일어섰다. 그는 엘리제를 밀치고 거실로 나갔다.

"내가 라키어스와 묘한 관계라는 오해가 왜……."

"닥쳐."

엘리제가 눈을 크게 떴다가 곧장 도블락의 뒤로 따라붙었다.

"그러니까 왜 이렇게 적대적인 건데?"

"시끄럽다고 했어."

"안타깝지만 난 네게 묻고 싶은 게 많아."

도블락이 몸을 홱 돌렸다.

"지금 당장 꺼지는 게 좋을 거야, 엘리제 녹턴."

도블락이 이를 드러내며 으르렁댔다.

"경찰을 불렀으니까."

"뭐?"

“단축번호로 출동 요청했어. 그러니까 지금, 당장, 나가.”

도블락이 이렇게까지 흉포하게 날을 세운 적은 없었다. 그의 전신에서 엘리제를 향한 적의가 뿜어져 나왔다. 이쯤 되자 기가 막힌 쪽은 엘리제였다.

“내가 뭘 했는데? 술에 떡이 돼서 눈도 못 뜨는 놈한테 물 먹여 준 거?”

“가택침입.”

“하.”

“3분 내 출동, 10분 내 도착.”

도블락이 위협적인 목소리로 경찰의 복무규율을 읊었다.

“이미 3분 지났어.”

그가 엘리제의 등을 거칠게 떠밀었다. 다음 걸음을 내딛기도 전에 마구잡이로 밀어붙여서 넘어질 뻔하였다.

“밀지 마! 놔, 이 미친놈이!”

“꺼지라고! 꼴도 보기 싫으니까 다신 내 근처에 얼씬거리지 마!”

“누군 네 얼굴 보고 싶대? 질문할 게 있다고 하잖아!”

현관이 점점 가까워지고 있었다. 엘리제가 몸을 틀어 집 안쪽으로 뛰어들어갔다. 결국 폭발한 도블락이 포효할 무렵, 경찰이 현관문을 두드렸다.

라키어스가 동생의 불안정한 상태를 설명할 동안, 엘리제는 구석에 쪼그려 앉아 작게 웅크린 몸을 오들오들 떨었다.

“퇴원했다 하나 정기 상담을 받아야 할 정도입니다. 혼자 있길 무서워해서 한동안 제 집에 머물고 있고요.”

라키어스가 간곡한 어조로 선처를 구했다.

“상태가 많이 안 좋긴 하신가 봅니다…….”

경찰들은 엘리제를 흘끔거리며 서로 낯선 눈길을 주고받았다. 신고가 들어온 것은 도블락 랭커스터의 집.

출동 당시만 해도 다들 뭔가 착오가 있는 게 아닌가 하였다. 비몽사몽 정신없는 중에 알람을 끄려다가 실수했다든가, 방문객 중 어린아이가 몰래 장난을 쳤다든가. 그런 경우가 아니고서야 도무지 납득이 가지 않는 일이었다.

감히 누가 경비대장의 집에 침입한단 말인가. 하지만 집 안에서 남자의 울부짖는 소리가 들리고, 와장창 쨍그랑 집기 부서지는 소리가 이어졌을 때 이들은 신고가 잘못된 게 아님을 깨달았다. 그리고 침입자의 정체를 확인한 순간, 다섯 명의 경찰들은 오늘 일진이 더러울 것임을 직감했다.

엘리제 녹턴.

근무 경력 3년 이상의 경찰들 사이에서 그 이름은 저주와도 같았다. 전투대장이 된 이후로는 마주칠 일이 없어 마냥 다행이라고 생각했건만. 한데 그런 '이력'의 엘리제와 앙숙으로 유명한 도블락이 붙었다니.

무슨 문제인지는 몰라도 둘이서 해결할 일이지, 왜 무고한 자신들까지 호출했나. 공무원으로서 해서는 안 되는 원망까지 얼핏 들고 말았다.

'오늘 무사히 돌아가긴 글렀다.'

'병원비 지원이 얼마까지 되더라…….'

'우리로는 역부족일 것 같은데.'

'지원요청을 할까.'

'퇴근하고 싶다.'

이런 생각을 하며 주춤주춤 집 안으로 들어가려던 찰나.

믿기 힘든 일이 일어났다. 가만히 잘 서 있던 엘리제가 갑자기 울음을 터뜨린 것이다. 저러다 실신하지 않을까 싶을 만큼 격하게 흐느꼈다. 바닥에 주저앉아 우는 전투대장을 앞에 두고 경찰들은 대체 어떤 조치를 취해야 할지 난감해하였다.

"한 가지 다행인 점은."

그나마 경력이 높은 자가 엘리제에게서 시선을 거두며 말했다.

"경비대장께서 처벌 의사를 거두었다는 겁니다. 라키어스 님이 오시기 직전에 연락을 받았습니다."

경찰이 말을 이었다.

"가택침입은 피해자 의사와 상관없이 처벌하는 죄목이긴 하나, 이렇게 풀리는 쪽이 모두에게 좋지요."

"다시 한 번 사과드립니다."

"그럼 살펴 가십시오, 라키어스 님."

경찰이 부하에게 눈짓했다. 무언의 명령을 받은 부하가 신속하게 유치장으로 가 엘리제를 빼 주었다. 어차피 라키어스가 갖고 있는 리더의 특혜로 풀려날 것이었지만, 경비대장이 한 수 접어 준 것은 이들에게 여러모로 다행이었다.

눈물 젖은 얼굴로 걸어 나온 엘리제가 라키어스에게 힘없이 기대었다. 낯설어하는 시선이 또 한 번 분주히 오갔다.

"가 보겠습니다."

라키어스가 엘리제의 어깨를 감싸 안은 뒤 경찰서를 나섰다. 밖에 대기하고 있던 수행원이 차 문을 열어 주었다.

"집에 데려다줄게."

"시티타워로 가."

언제 그랬냐는 듯 싹 달라진 엘리제가 말했다.

"집에 들르면 너 다시 나가야 하잖아. 의논할 게 많아. 그냥 내가 불안해해서 떨어지기 싫어한다고 둘러대고 같이 집무실에."

"펜트하우스."

순간 말이 잘린 엘리제가 옆 사람을 노려보았다. 기가 막힌 건 라키어스도 눈을 가늘게 뜨고 엘리제를 흘겨보았다는 점이었다. 그 이유는 펜트하우스에 도착했을 때 밝혀졌다.

"어제 안 들어왔지, 엘리제."

"그야 돌발 상황이 생겼으니까."

"기다렸는데."

라키어스가 상처 받은 표정을 지었다.

"온종일 굿나잇 키스라는 한 마디가 머릿속에서 떠나지 않았어."
엘리제는 할 말을 잃었다.
"기다렸다고."
뭐라고 대꾸해야 할까. 라키어스에게 경찰서 소환은 그저 해프닝에 불과한 모양이었다.
그에게 더 중요한 건 엘리제가 지나가듯 던진 한 마디.
엘리제는 한동안 침묵을 지키다가 라키어스의 어제 일을 물어보았다. 종일 기다린 것에 비해 이렇다 할 성과가 없는 엘리제와 달리, 라키어스는 하샤즈의 마음을 돌리는 데 성공한 듯하다고 하였다.
성공을 하면 한 거지. '성공한 듯하다'는 건 또 뭐람.
"나와 결혼하고 싶으면 내게 협조하라고 했지."
그가 강렬한 시선으로 엘리제를 응시하며 덧붙였다.
"물론 네 말을 잊은 건 아니야. 주변 정리. 확실히 해야지."
하지만 상황이 그때와 다소 달라졌으니, 효용가치가 다할 때까지 끈을 잘라 내지 않겠다고 말했다. 이에 엘리제는 고개를 설설 저었다.
"넌…… 진짜 개자식이야."
결혼을 가지고 협박하다니. 하샤즈에게 라키어스와의 결혼이 얼마나 중요한 의미를 갖는지 누구보다 잘 알면서.
본인도 도블락에게 같은 수법을 쓰려 했으면서 새삼 놀라워하는 엘리제였다. 하나 라키어스는 칭찬이라도 들은 양 환히 웃었다.
"내가 언제 타인의 감정을 상관했던가. 중요한 건 엘리제 너야."
"감탄이나 칭찬이 아니었는데……."
"그리고 그 여자는 생각만큼 안쓰러운 대상이 아닐걸."
"무슨 뜻이야?"
애초에 별로 안쓰러워하지도 않았지만. 엘리제는 그가 방금 한 말이 무슨 뜻인지 물었다.
"내부 스파이를 자처할 정도로 적극적이면서, 정작 내 질문엔 대답하지 않았지. 추궁당하는 기분이 불쾌하다며 회피했어."

왜 그런 질문을 하는지 받아치지 않았다. 대신 자신의 불쾌함을 앞세워 화제에서 떠나려 했다. 실은 불쾌함이 먼저가 아닌 거다. 숨길 것이 있는 자들이 이런 길을 택한다.

"이게 내가 통제권을 잡았다고 확언할 수 없는 이유야."

그 여자는 거짓말을 하고 있어.

라키어스의 눈이 서늘하게 빛났다.

❖

창밖으로 어둠이 깔린 밤.

거실 바닥에 늘어놓은 인쇄물을 들여다보던 엘리제가 펜 끝을 물었다.

"게이트 경비는 이용가치를 다해서 살해당했을 거야. 입막음으로 말이지."

엘리제가 고개를 들었다.

"혹시 도블락도 사라질 수 있을까?"

그 정도 위치의 인물이?

전자는 가족들과 교류를 끊은 외톨이라지만 도블락은 그렇지 않다.

"불가능한 일은 아니지."

라키어스가 소파에 앉았다. 방금 씻고 나온 그에게선 은은한 바디샤워 향이 느껴졌다.

"물론 경찰이 가만있진 않을 거야. 경비대장 집안도 상당한 상류층이니까. 제대로 조사해 달라며 전방위로 압박을 가하겠지. 하지만……."

사건의 배후가 리더 중 한 명이라면 말이 달라진다. 겉으로 보기엔 다 같은 상류층이라도 그 안에서 또 계급이 나눠지는 게 에데니카였다. 도블락의 집안이 상류층이긴 하지만, 리더에 비할 바는 못 되었다. 리더 측에서 은폐하려고 마음만 먹으면 못 할 것도 없다는 소리다.

"게다가 경비대는 애초에 전투대처럼 결속력 강한 집단이 아니잖아."

대장에게 문제가 생겼다고 해서 제 안위를 걸고 매달릴 부하는 없다는 뜻이었다. 기필코 배후를 파헤치겠다며 엘리제처럼 달려드는 이가 없다. 라키어스의 말을 들을수록 도블락이 사라질 가능성은 높아 보였다.

만약 그가 사건에 발을 들이고 있는 게 사실이라면 말이다.

"하루빨리 접근해서 정보를 빼내야겠는걸."

엘리제가 펜 끝으로 인쇄물을 톡톡 두드리며 중얼거렸다.

"다시 선수를 빼앗길 순 없지……."

"경비대장이 전투대 기습에 직접적으로 관여했을지도 몰라. 괜찮아?"

끝에 붙인 괜찮으냐는 물음은 많은 뜻을 내포하고 있었다. 엘리제가 입술을 늘여 싸늘한 미소를 지었다.

"그런 경우라면 더더욱 선수를 빼앗길 수 없잖아?"

직접 끊어 줄 목숨이다. 전문가의 손에 고통 없이 죽게 두진 않을 것이다. 엘리제의 그런 모습을 보던 라키어스가 차분히 말을 이었다.

"생각해 봤는데 말이야, 엘. 전투대를 몰살시켜서 얻는 이득이 뭐냐고 했었지?"

엘리제가 그를 빤히 쳐다보았다. 확실히 그런 생각을 했었다. 지금도 여전히 의문이고.

"아무래도 놈의 목적은 네가 아니라 나인 것 같거든."

"그 말은……."

"우리 둘의 관계를 알고 있다는 거지. 적어도, 내가 너 없인 버티지 못한다는 사실을 알고."

"날 죽여서 라키어스 녹턴이 무너지도록?"

"그렇지."

라키어스가 오싹한 미소를 머금으며 긍정했다.

"어쩌면 놈은 네가 살아 돌아올 경우까지 예상에 넣었을 거야. 내가 그랬던 것처럼 의료센터 직원을 매수해서 네게 독극물을 투여할 수도 있었겠지만…… 내가 한시도 곁을 떠나지 않았지."

순간 두 사람의 머릿속에 같은 인물이 스쳐 지나갔다.

다수가 동시에 움직이는 전담 팀 방문 때는 손을 쓸 수가 없다. 그럼 전담 팀 방문을 제외하고 중간에 몇 번이나 병실을 들른 사람은 누구일까?

어떻게든 엘리제가 혼자 있는 순간을 만들려고 한 자.

"다시 하샤즈로 돌아오네."

엘리제가 관계도를 내려다보았다. 모든 것이 그 안에 있었다.

서로의 이해관계와 아직 밖으로 드러나지 않은 생각들.

엘리제가 나직하게 속삭였다.

"갑자기 이런 생각이 들어. 이 복수가 끝날 때쯤이면…… 에데니카는 더 이상 예전과 같지 않을 거라는."

"개입된 자도 많고 규모도 커. 확실히 뿌리부터 흔들리겠지."

그리고 이쯤에서, 라며 말을 잇는 라키어스였다.

"약속 불이행에 대해 이야기를 해 봐야 할 것 같은데."

"응?"

"약속."

온종일 사건 해결을 위해서만 굴러가던 머리는 상대의 말뜻을 얼른 알아듣지 못했다. 그의 표정이 볼만하게 바뀌었다.

처음엔 오전에 그랬던 것처럼 짐짓 상처 받은 표정. 그다음에 번져 나가는 것은 약간의 조급함과 절박함.

"키스."

"아아."

"아아, 가 아니지."

라키어스가 눈을 흘겼다.

"내가 어제부터 어떤 생각으로 버틴 줄도 모르고."

"알 바 아니거든."

엘리제가 무책임한 어투로 말했다.

"그리고 마음대로 단어 생략하지 마. 굿나잇 키스라고 했지. 내가 언제 그냥 키스라고 했어?"

"돌발 상황. 천재지변. 다 인정 안 해."

라키어스가 천천히 한쪽 다리를 허벅지 위로 겹쳤다.

"패널티까지 해서 두 번."

그게 무슨 소리냐고 반박하려 했다. 엘리제의 머리카락 몇 가닥이 허공으로 떠올랐다가 사르르 내려앉았다.

"장난치지 마."

"얼른, 엘리제."

라키어스의 목소리가 공기를 긁었다.

"빨리."

입 밖으로 내뱉은 거니 안 할 순 없다. 그랬다간 복수고 뭐고, 사건에 집중할 틈도 없이 시달릴 게 분명했다. 어제만 해도 '일을 잘한 건 사실이니까 뽀뽀 정도야.' 이렇게 생각했는데.

더없이 안일했다. 엘리제는 눈을 한 번 굴린 다음 자리에서 일어났다.

그래, 두 번.

두 번 쪽쪽 하고 끝내자.

이 정도는 녹턴에게도 백만 번 했고, 비안카에겐 평범한 일상이었다. 엘리제가 라키어스에게로 허리를 숙였다.

순간 균형이 무너졌다. 반사적으로 무릎을 굽혀 지탱했지만, 푹신한 소파 특성상 몸을 곧추세우기가 쉬운 일이 아니었다. 고꾸라지는 것만은 간신히 면했을 때.

"라키어스 녹턴."

엘리제는 상대를 째려보았다.

"힘썼지?"

"역시 허약해졌구나."

라키어스가 뻔뻔하게 말을 받았다.

"식단에 신경 써야겠어."

"자기가 해 놓고……!"

"엘리제."

라키어스의 목소리가 순간 탁하게 바뀌었다.

"나, 더는 여유가 없거든."

그 한마디에 둘 사이 흐르는 공기가 달라졌다. 엘리제는 자신이 라키어스의 가슴팍을 짚고 있다는 사실을 새삼 깨달았다. 샤워가운 사이로 드러난 피부가 열기를 머금고 있었다.

손을 떼려던 엘리제는 막상 그리하면 마땅히 몸을 지탱할 곳이 없음을 알아채고 그만두었다. 고민하는 동안 오므라들었던 손가락이 펴지며, 라키어스의 살갗을 느리게 긁었다.

그의 호흡이 조금 빨라졌다.

"그럼…… 할게."

말을 뱉자마자 분위기에 말려들었다는 생각이 들었다. 그다지 거창한 일도 아닌데 예고를 할 필요는 없었다. 엘리제는 서서히 고개를 숙였다.

끝까지 눈을 감지 않고 엘리제를 좇는 시선이 따가웠다. 아주 가볍게, 입술이 뺨에 닿았다. 살짝 떨어진 채 호흡을 고른 엘리제는 얼른 두 번째를 끝내기로 결심했다.

그리고 같은 자리에 입술을 내린 순간, 라키어스가 고개를 틀어 엘리제의 입술을 삼켰다. 늘 단정하고 완벽하고 정제된 태도의 라키어스였다. 하지만 지금 그는 기교라고는 없이 갈급함에 못 이겨 빨아들이고 얽기를 반복했다. 품을 벗어나기엔 모든 것이 너무 뜨거웠다.

"잠깐."

이건 말이 다르잖아.

엘리제가 단단한 어깨를 밀었다. 라키어스는 앓는 소리를 내며 꿈쩍도 하지 않았다. 입술을 연 게 실수였다. 라키어스가 잇새를 가르고 들어오더니 부드러운 입천장을 혀로 긁었다.

"흐윽……."
생소한 간지러움은 얼핏 쾌감과 비슷했다. 이에 확신을 더한 것은 라키어스의 손길이었다. 엘리제의 등을 쓸어내리던 커다란 손이 셔츠 안으로 파고들었다. 순간 등줄기가 오싹했다.
속옷 따윈 걸치지 않은 맨살의 등이 문질러지는 감각에 엘리제가 본능적으로 엉덩이를 움직였다. 밀착된 아래로 팽팽하게 부푼 그가 느껴졌다. 입술과 등 양쪽으로 퍼부어지는 쾌감이 머릿속이 어지럽다. 주도권을 되찾기 위해 키스를 피하려다가 혀뿌리가 아릴 정도로 빨리고 말았다.
"아…… 읏!"
열기를 품은 그는 당장이라도 자신의 얇은 반바지를 뚫고 들어올 것만 같았다. 그런 게 가능할 리 없는 데도, 엘리제는 몸을 움찔 떨었다.
낮은 신음이 라키어스의 목을 울렸다. 그 역시 언젠가부터 아래를 치받고 있었다. 묵직한 질량감이 엘리제의 다리 사이를 압박했다. 혀가 얽히고 비벼질 때마다 안쪽에 야릇한 감각이 고여 갔다.
가까스로 두 사람이 떨어졌을 때는 한참이 지난 후였다. 라키어스가 촉촉이 부풀어 오른 입술로 속삭였다.
"잘 자렴, 엘리제."
귓가를 스치는 목소리가 마치 주술처럼 엘리제를 옭아 들었다. 정욕과 갈증으로 끝이 갈라진 음성에 엘리제는 저도 모르게 숨을 참았다. 침실로 돌아간 후에도 그의 마지막 속삭임이 따라붙는 기분이었다.
아주 야하고 못된 꿈을 꾸길.
밤새도록.
끝없이 쉼 없이, 밤새도록…….

다음 날.

시티타워로 출근하는 라키어스의 옆에는 금방이라도 바스러질 듯 위태로운 분위기의 엘리제가 함께했다. 커다랗고 푸른 눈은 이유 모를 두려움에 질려 있었고, 부드러운 소재의 카디건에 감싸인 몸은 불안으로 연신 떨렸다.

엘리제를 알아본 이들 중에 인사를 걸어 온 사람이 몇 있었다. 그들에게 돌려줄 수 있는 것은 작은 고갯짓이 전부였다. 엘리제는 시선조차 제대로 마주치지 못했다.

"집에 혼자 있는 게 너무 힘들다고 해서요. 한동안 집무실에 데려와야 할 것 같습니다."

여기에 라키어스가 설명을 붙였다. 사람들은 영 달라진 전투대장의 모습에 적응하지 못하면서도, 각자 뉴스로 본 게 있는 만큼 토를 달지 않았다. 엘리베이터 문이 닫힐 때까지 기다렸다가 서로 입방아를 찧을 뿐.

"완전 사람이 달라졌네……."

"전 그 얘기 듣고는 이제 기운이 좀 돌아왔나 했거든요."

"나도 뉴스는 봤어."

"사고당했단 뉴스 말고요. 경비대장 집에서 체포됐었잖아요."

"그으래?"

"……왜 이렇게 정보 습득 속도가 늦어요? 아무튼 경비대장이 가택침입 신고를 하고 난리도 아니었나 봐요."

"그쪽이랑은 사이가 별로 안 좋지 않던가."

"별로 정도가 아니라 앙숙이지, 앙숙."

옆에서 누군가 쑥 끼어들었다.

"사람 일은 모르는 거죠. 누가 믿어요, 그 말을? 가택침입 신고? 엘리제 양이 세긴 해도 경비대장 완력이 있는데."

"애정싸움이었다…… 이건가?"

하여튼 대원들을 거의 잃고 본인도 죽다 살아난 충격이 커 보이긴 한다며, 사람들은 저마다 혀를 찼다. 라키어스의 각별한 여동생 사랑에 대해서도 몇 마디 오갔다.

이제까지 가만히 듣고 있던 누군가가 자긴 경비대장보다 차라리 라키어스 님이 엘리제 양과 어울려 보인다는 말을 꺼냈다. 말이 채 끝나기도 전에 여러 군데서 실소가 터져 나왔다.

"뜬금없이 남매 사이를 엮고 그래요?"

그러나 핀잔 뒤에 따라오는 것은 묘한 동조.

"은근히…… 괜찮은 것 같기도 하고?"

"그림이 되긴 하죠."

"분위기가 잘 어울린다 할까."

하나 업무 시작 전 짧은 티타임도 거기까지였다. 각자 시계를 확인하더니 언제 시간이 이만큼 흘렀냐며 자리를 떴다. 한편 라키어스의 비서에게 힘없는 미소로 인사한 엘리제는 집무실 문이 닫히자마자 어깨를 풀었다.

"얼마나 움츠리고 있었던지 온몸이 다 뻐근하네."

그대로 소파에 드러누우려는 순간 밖에서 누군가가 문을 두드렸다. 얼른 자세를 바꿔 등받이에 몸을 기대는 엘리제였다. 이에 라키어스가 작게 웃었다. 괘씸함이 추가되었다.

"들어오세요."

"라키어스 님. 엘리제 님. 따뜻한 차라도 드시면 좋을 것 같아서 준비했습니다."

"아, 고마워요."

라키어스가 호의를 선선히 받아들였다. 엘리제는 제 앞에 놓이는 허브티의 존재에 애써 미소를 지었다. 활짝 웃어도 되지 않는 게 환자 연기의 유일한 장점이었다.

"감사합니다."

"그럼 모쪼록……."

힘내라는 위로를 하고 싶은 모양인데 스스로 주제넘은 것 같기도 하고 여러모로 입이 떨어지지 않는 듯했다. 입술을 들썩이던 비서는 결국 묵례 후 집무실을 나갔다. 엘리제는 잔을 들어 허브티 향기를 맡았다. 눈이 번쩍 뜨일 만큼 싱그러운 풀냄새가 났다.

"아이스티였으면 좋았을 텐데, 싫은 건 욕심이겠지?"

딱히 라키어스를 특정하지 않은 혼잣말이었다.

"보통은 환자에게 따뜻한 걸 주니까."

"바꿔 줄까?"

라키어스가 물었다.

"난 시원한 거라."

"됐어. 비서님의 성의를 무시할 순 없지."

엘리제가 허브티를 홀짝이고는 기지개를 켰다. 천장을 올려다보는 검푸른 눈이 보석처럼 빛났다.

"이제 시간이 흐르기만을 기다리면 되나……."

오늘 엘리제에게는 뚜렷한 목적이 있었다.

점심시간.

오전 내내 업무 처리하는 소리만 들렸던 시티타워가 활기를 띠는 시간이었다. 다들 먹고 싶은 메뉴를 떠올리며 무리 지어 이동했다.

건물 보안 팀이라고 예외는 아니었다. 자리를 완전히 비울 수는 없어서 2교대로 식사를 하고 오는데, 아무래도 분위기가 느슨해지는 면이 있었다. 엘리제는 이 틈을 노려 원하던 곳으로 잠입했다.

라키어스의 비서가 본다면 왜 여기 계시느냐, 언제 여기까지 오셨느냐고 눈이 휘둥그레질 장소였다. 복사한 보안카드를 갖다 대자 육중한 문이 열렸다.

엘리제는 두 번째 문 너머로 사람이 없음을 확인했다. 매일 바뀌는 패턴을 입력하니 손바닥만 한 창이 붙은 두 번째 문이 열렸다. 이로써 기밀 보관실에 입성했다.

보안카드와 패턴이야 라키어스의 도움을 받으면 그만이었다.

문제는 사람들에게 들키지 않기.

차콜 그레이 슈트와 진갈색 가발, 안경으로 외모를 바꾼 엘리제는 미리 입수한 시티타워 내부지도로 CCTV 위치를 확인했다. 정면을 드러내지 않고, 인파에 묻혀서, 사람들 주의를 끌지 않은 채 움직인다.

엘리제는 방금 자신과 마주쳤던 사람들이 점심을 먹고 돌아올 때쯤 안경 쓴 여자 직원을 기억하지 못하리라 확신했다.

"무슨 자료가 이리 넌더리 날 만큼 많아?"

엘리제가 방대한 양의 데이터를 보며 투덜거렸다. 원하는 자료 찾는 방법을 몰랐다면 기껏 두 개의 문을 통과한 보람도 없이 허송세월해야 했을 것이다.

말론, 알뷔시, 타타발루.

오늘 엘리제의 타깃들이었다. 특히 타타발루에 관한 의문이 깊었다. 여태 신도시 건설에 이렇다 할 의견을 내놓지 않던 원로가 갑자기 말론과 알뷔시 편을 들고 나선 게 이상했다.

"디(D) 섹션……. 에이(A)……. 오일오구(5159)."

일단 묵직한 파일부터 열어 보았다. 시티타워는 모든 자료를 컴퓨터상 데이터로 만들었지만, 만약의 경우를 대비해 실물을 따로 보관해 두었다. 웜과 함께였더라면 이 자리의 모든 기록을 홀랑 복사해 갈 수도 있었을 터.

하지만 지금은 엘리제뿐이다. 복원될 위험 없이 열람 기록을 지우는 법까진 알지 못했다.

'그렇다면 수동 방식으로 가야지.'

엘리제의 눈이 기록물 위를 재빠르게 오갔다. 가장자리가 누렇게 변색된 종이를 넘기자 오랜 시간에 걸쳐 쌓인 먼지가 코를 간질였다. 손등으로 코를 틀어막고서야 재채기를 참을 수 있었다.

"찾았다. 말론, 알뷔시……."

종이를 넘기는 엘리제의 손이 느려졌다. 한동안 원로들의 정보를 읽던 엘리제는 타타발루 이름을 찾기 시작했다.

그로부터 몇 분 뒤.

"……이거였어?"

엘리제가 미간을 찡그렸다. 워낙 타타발루 자체가 짜증 나는 터라 한 다리 건너 친척 이야기 따윈 관심 밖이었다.

제3보호소 후원 건으로 엘리제와 한 번씩 부딪치는 사촌 이고르 정도?

이고르의 아들이 하샤즈와 같은 직장이라는 것 정도?

그러나 타타발루의 처가까지 신경 써 줄 인류애는 없었다. 대략 부동산 사업을 한다고만 알았다.

"한데 이게 중간에 업종 변경을 한 거네."

십몇 년 전까지 타타발루의 처가가 종사한 분야는 다름 아닌 건축자재. 한마디로 도시가 막 세워지고 모습을 갖춰 갈 땐 건축자재를 공급하다가, 단물이 떨어지자 부동산 사업으로 바꾼 것이었다.

"그런데 이젠 부동산 사업도 정점을 찍었단 말이지……."

부지는 한정되어 있다. 더 이상 예전처럼의 수익이 나지 않는다. 그렇다면 타타발루 일가에게 남은 방법은 무엇일까.

"이게 네놈이 새로운 땅을 필요로 한 이유구나."

다시 수백만 개의 건물을 짓고, 완성된 건물과 남아 있는 공터로 사업을 하는 것. 감히 타타발루 일가의 재도약이라고 명명할 수 있을 터다. 신도시 프로젝트가 성공한다면 타타발루는 말론, 알뷔시, 더 나아가 자딘을 합친 것보다 부자가 될 것이다.

"그래, 이건 이해됐어."

엘리제가 파일을 제자리에 돌려놓았다.

"신도시 건에 대해 녹턴이 정확히 어떻게 반응했는지……."

더불어 주변인들의 반응을 살펴볼 셈이었다. 모든 원로원 회의는 고화질 녹화 및 보관이 필수적이기 때문에 엘리제는 아주 오랜만에 녹턴을 만나 볼 수 있었다.

자신이 도시에 들어오기도 전의 녹화 영상이었다. 엘리제는 자신이 기억하는 것보다 훨씬 젊고 아름다운 녹턴을 쳐다보며 잠시 회상에 잠겼다. 볼수록 선이 가늘고 잔잔하고 그림 같은 이였다.

반면 타타발루는 저때에도 덩치가 좋았다. 짙고 숱 많은 눈썹과 두꺼운 목에서 강한 에너지가 뿜어져 나왔다. 근사한 슈트에 꽂은 붉은 행커치프가 직선으로 뻗어 나가는 자신감을 대변하는 것 같았다. 물론 녹턴의 주변에 닿기만 하면 쭉정이처럼 툭툭 꺾였지만.

『특히나 알뷔시 원로의 기대가 크다네. 녹턴 자네도 저번에 들었지 않나. 저 집에 세 살짜리 손녀가 아주 똘똘한데 알뷔시 원로더러 새로운 도시가 건설되면…….』

『회의 중에 잡담은 되도록 삼가 주시죠.』

『…….』

『그리고…….』

엷은 색소의 얼굴에 희미한 웃음이 번져 나갔다.

『말투까지 흠잡진 않겠습니다만 호칭 정도는 똑바로 해 주시죠. 알뷔시 원로는 원로고, 저는 자네입니까?』

『…….』

『리더 사이엔 공대가 기본. 혹시…… 내가 잘못 알고 있던가?』

이쯤에서 자딘이 끼어들었다. 타타발루도 고의는 아니었을 테니 녹턴 쪽도 너무 개의치 말라며 달랬다.

허허허, 하고 웃는 모습은 그때나 지금이나 별다를 바 없었다. 이후로 엘리제는 원로 간의 대화 내용보다 태도를 주시하였다.

표정, 시선, 손짓, 억양 같은 것들.

해당 영상이 끝날 때까지 엘리제는 숨 한 번 쉬지 않았고, 얼핏 평소 컨디션으로 돌아온 것처럼 보이지만 딱딱하게 힘이 들어간 타타발루의 뒷목에서 눈을 뗄 수가 없었다.

엘리제가 틀렸다. 타타발루는 신도시에 관한 의견을 내지 않은 게 아니었다. 동석한 원로들까지 민망해질 만큼 무시당해 왔던 거다. 이건 신도시에만 국한된 상황도 아니었다.

무작위로 재생해 본 다른 영상에서도 타타발루는 충동적이고 속물적이고 불손한 자로 평가받았다. 엘리제는 영상을 정지시킨 채 잠깐 생각에 잠겼다. 타타발루가 무시당해 온 사실은 새롭지 않았다. 엘리제도 그걸로 원로를 공격한 적이 있었다.

"하지만 녹턴이 저렇게나 모멸감을 준 줄은 몰랐는데."

건조하면서도 오만한 말투는 타타발루의 상처를 헤집는 걸로도 모자라, 본격적으로 손가락을 쑤셔 넣어 찢어발기는 수준이었다. 타타발루는 저것을 매일 당했다.

자신보다 수십 살은 젊고 유능하며 온 도시의 추앙을 받는 1인자에게.

인간에게.

"……아무래도 다시 생각해 봐야겠어."

엘리제는 모든 자료를 제자리에 돌려놓은 후 기밀 보관실을 나섰다. 원래 옷을 벗어 둔 45층 화장실에 도착할 때까지 어느 누구의 주의도 끌지 않은 것은 기본이었다.

"먼저 들어가 보겠습니다, 원로."

수행원이 고개를 숙였다. 리더는 가 보라는 손짓을 했다. 문이 찰칵 닫히는 소리가 들렸다. 집무실이 이른 저녁의 적막함에 잠기자 리더의 눈 또한 어둡게 가라앉았다.

그는 통유리 창가로 움직여 아래를 내려다보았다. 순혈이라 좋은 점은 우수한 신체 능력이다.

상처 회복이 빠른 반면 노화에 접어드는 속도는 어느 혼혈보다 느리다. 수십 미터 아래쯤은 힘들이지 않고 분간할 수 있는 시력도 마찬가지. 마침 에데니카의 젊은 리더가 퇴근하는 순간이 포착되었다.

정문을 나서던 사람들이 너 나 할 것 없이 라키어스에게 인사했다. 존경의 눈으로 보는 사람이 있었다. 라키어스와 함께 일한다는 자부심에 도취된 자도 있었다.

이렇게라도 얼굴을 보게 되어 기쁜 자가 태반이었다. 저변에 깔린 감정이 무엇이든 간에 다들 라키어스를 반기고 있다는 것만은 생생히 다가왔다.

에데니카의 빛. 도시의 희망.

라키어스 녹턴은 그런 이름으로 칭해졌다. 다른 원로들이 평범하게 불리는 동안 라키어스만이 '젊은 리더'라는 타이틀을 누렸다.

젊은 리더.

몹시도 익숙한 호칭이다. 원로는 설계자 녹턴이 지금의 라키어스와 같은 호칭으로 불렸다는 사실을 떠올렸다. 심지어 설계자는 마흔다섯의 나이에 죽어서 시민들의 가슴속에 영원히 빛나는 추억으로 남았다.

그러고는 어떻게 되었는가. 설계자의 아들이 그 자리를 고스란히 물려받았다.

설계자가 누리던 사랑까지도 모조리.

"부자(父子)가 하지 않은 일조차 그들의 공로가 되었지."

원로의 입가 주름이 깊게 패었다.

"그것은 공정치 못한 일이 아닌가 말이야……."

원로가 쥐고 있던 크리스털 술잔이 순식간에 얼어붙었다가 산산이 바스러졌다. 바닥에 남은 것은 원래 형체를 짐작도 할 수 없는 미량의 가루.

나중엔 그조차 녹아 사라졌다. 차갑게 번득이는 눈동자 이면에는 오랫동안 묵은 원한이 이글거렸다.

"라키어스 녹턴."

그리고 네 앙칼진 장난감 엘리제.

"너희가 하루빨리 나락으로 떨어지길 손꼽아 빈다."

이윽고 남매를 태운 세단이 시티타워를 유유히 빠져나갔다. 그 뒤로 집요한 눈길이 한참이나 따라붙었다.

❖

"이번 티파티 분위기는 썩 좋지 않았어요."

함께 차를 마신 지 30여 분이 지났을 때, 하샤즈가 화제를 바꾸었다. 그녀는 라키어스에게 약속했던 대로 타타발루 저택에서 열린 원로원 모임 이야기를 전하기 시작했다.

"사실 전투대 사건이 터진 이후로 분위기가 쭉 안 좋아요. 신도시 개발에 찬성표를 던진 분들 사이에서도 의견이 갈리고 있거든요. 말론 님과 알뷔시 님은 프로젝트가 이대로 무산될까 봐 안절부절못하는 상태이시고."

하샤즈가 건너편에 앉아 있는 약혼자를 힐끗 쳐다보았다.

"전투대가 '그렇게' 됐으니 어디에 샘플 채취를 맡겨야겠느냐고…… 큰아버지의 의견을 구하셨죠."

"내가 없으니 그런 이야길 편하게 주고받을 수 있겠군요."

라키어스가 희미한 웃음을 머금으며 찻잔을 내려놓았다.

"그래서, 타타발루 원로의 대답은?"

"일단 보류."

하샤즈가 감정이 드러나지 않는 얼굴로 말을 이었다.

"프로젝트가 무산될 일은 없을 테니 너무 걱정 말라고 하셨죠. 다만 그 이야기를 꺼내기엔 아직 라키어스 님과."

평이하게 이어지던 목소리가 잠깐 끊겼다. 라키어스는 재촉하지 않고 가만히 기다렸다.

"……엘리제 양의 상태가 좋지 않아 보인다고."

"……."

"이쯤이면 회복할 것 같았는데 시티타워 출근에 동행하는 걸 보니 한동안은 무리일 것 같다고 하셨어요."

"그랬군요."

"경비대장 집에서의 소동은 여전히 의문이지만요."

창밖을 내다보던 라키어스의 표정은 조금도 변하지 않았다. 짧은 대꾸조차 없었다.

이 화제를 계속 끌고 가고 싶으면 하샤즈 본인이 질문을 해야 함이 명백했다. 그녀는 왼손 약지에 낀 다이아몬드 반지를 어루만졌다.

"그날 엘리제 양이 왜 거기 있었는지에 대해 아시나요?"

여러 대답을 예상해 보았다. 무엇이 됐든 약혼녀를 진심으로 아끼는 마음에서 나오는 반응은 아닐 것이다. 라키어스 녹턴은 약혼녀를 사랑하지 않는다.

하샤즈도 그 정도는 알았다. 어쨌든 머릿속으로 너덧 가지 대답을 떠올린 이후에도 라키어스로부터 아무런 말이 나오지 않았다. 다른 방식으로 물어야 할까 생각할 즈음 그가 입을 열었다.

"말을 안 하더군요."

각도에 따라 빛을 반사하던 다이아몬드가 움직임을 멈췄다. 하샤즈는 잠시 말을 이을 수가 없었다. 이렇게 원천 차단당할 수도 있구나.

기가 막힐 따름이었다.

녹턴 남매 사이가 유달리 특별함을 모르는 이가 없는데, 엘리제가 오빠에게 말을 안 했을 리 없었다. 게다가 라키어스는 유치장에 갇힌 엘리제를 직접 빼 준 장본인이다.

업무 시간에 경찰청으로 달려가 사고 친 동생을 빼 와 놓고, 그 이유에 대해선 묻지 않았다?

다이아몬드 반지를 만지는 손톱에 힘이 들어가 새하얘졌다. 하샤즈의 미소가 쓰게 변했다.

"말을 안 하더라고요……. 그래서 두 번 다시 물어보지 않으셨나요?"

"세 번까지 물었는데 대답하기 싫다고 하더군요. 일단은 알았다고 했죠. 마음이 바뀌면 언제든 말해 달라고."

"라키어스 님은 상당히 너그러우세요."

하샤즈가 약혼자를 쳐다보았다.

"특히 엘리제 양에게."

"동생이니까요."

"과연 그 이유뿐일까요?"

하샤즈는 느릿하게 머리를 쓸어 넘겼다. 가을날의 공원 같은 분위기가 공기 중에 퍼졌다. 고혹적이면서도 성숙한 미인.

두 사람이 호텔 라운지에서 차를 마시는 동안에도 여러 남자가 하샤즈를 힐끔거렸다. 오직 눈앞의 남자, 라키어스 녹턴만이 회심의 몸짓에도 꿈쩍 안 할 뿐이었다. 사랑하지 않는 건 알고 있지만, 이렇게까지 아무 반응도 보이지 않으면 자꾸 '그 시기'를 떠올리게 된다.

먹지도 자지도 않은 채 폐인이 되어 엘리제의 곁을 지키던 라키어스. 에데니카의 젊은 리더가 그토록 절박해 보인 순간은 없었다.

이전에도, 이후로도 단 한 번도.

그래서 자꾸 엘리제의 존재에 집착하게 되나 보다.

라키어스의 옆자리를 약속받았음에도 하샤즈를 괴롭히는 불안감은 사라지지 않았다.

"제가 알기로 경비대장은 엘리제 양에게 상당한 호감을 가지고 있는데요."

하샤즈의 시선이 라키어스를 집요하게 관찰했다.

"두 사람이 어느새 연인 관계가 되기라도 한 걸까요? 그게 아니고선 설명이 되지 않아요."

라키어스가 손목시계를 확인했다.

"라키어스 님은 궁금하지 않으세요? 몸도 성치 않은 엘리제 양이 사람들 눈을 피해 가면서까지 경비대장 집을 찾아간 이유가."

이에 라키어스가 뭔가 말을 하려 했다. 하나 그의 목소리가 하샤즈에게 닿는 일은 일어나지 않았다. 예상치 못한 방해꾼이 등장한 까닭이다.

"오빠……?"

두 사람이 동시에 고개를 돌렸다. 몇 걸음 떨어진 곳에 엘리제가 서 있었다. 섬세한 목선이 드러나도록 머리를 높이 묶고, 나풀거리는 잔꽃 무늬 원피스를 입은 모습이 고양이처럼 예뻤다. 순진하면서도 요염한 분위기는 하샤즈와 또 다른 매력이었다.

언젠가부터 눈에서 반항기가 빠진 엘리제는 뜻밖의 만남에 놀란 눈치였다.

"왜…… 여기 있어?"

"라키어스 님이 절 만난다고 이야기하지 않으셨나 봐요."

"물론 들었어요. 근데 장소까지 말하진 않아서."

엘리제가 하샤즈를 보고 고개를 까닥였다.

"안녕하세요."

"……안녕하세요, 엘리제 양."

인사를 나누고 나니 딱히 할 말이 없었다. 애당초 살가운 사이가 아니니 당연한 일이었다. 문득 엘리제의 품에 안겨 있는 갈색 봉투가 눈길을 끌었다. 연유크림을 바른 바게트가 삐죽 나와 있었다.

이 호텔의 베이커리가 유명하다지만 트라우마를 앓는 환자가 찾아와 구입할 정도까지는 아닌 것 같은데. 하샤즈의 입가가 미미하게 떨렸다.

티 나게 움찔한 엘리제는 한 대 맞기라도 한 표정으로 라키어스를 쳐다본 다음 말했다.

"그, 그럼 난 이만 갈게. 어차피 집에서 볼 건데 괜히 끼어든 것 같아……."

놀라울 만큼 맥없는 목소리로.

"방해해서 죄송해요. 이야기 많이 나누세요."

연약한 소녀를 흉내 냈다. 참으로 오랜만에 보는 엘리제의 특기였다. 하샤즈의 표정이 날카로워졌다. 저것이 병세라는 사실을 믿을 수가 없었다.

하샤즈가 아는 엘리제 녹턴은 눈에 불을 켜고 복수를 다짐해야 했다. 의료센터에서 의식을 찾은 당일 그랬던 것처럼 악을 쓰고 이를 갈아야 했다. 아무도 보지 않는 곳에서는 피눈물을 흘릴지 몰라도, 남들 앞에서는 길들여지지 않은 들짐승같이 으르렁거려야 했다.

그게 엘리제였다.

'비둘기색 꽃무늬 원피스라니. 노골적이기 짝이 없게도.'

하샤즈의 눈빛이 매서워질수록 엘리제는 더 작게 움츠러들었다. 주춤거리며 뒷걸음질하는 엘리제를 라키어스가 잡았다.

"기다려, 엘."

그렇지. 어느 순간부터 깨달은 사실인데, 자신의 약혼자는 여동생을 특별한 애칭으로 부른다. 라키어스가 다른 사람을 그런 식으로 부르는 것을 한 번도 보지 못했다. 마찬가지로 엘리제가 누군가에게 애칭으로 불리는 것을 본 적 없었다.

제 오빠를 제외하고는.

"같이 가자. 슬슬 일어날까 싶던 참이었어."

라키어스의 말에 하샤즈는 동그란 찻주전자를 내려다보았다. 거의 다 마셔 가긴 하지만 주말 데이트치고는 터무니없다 싶을 만큼 짧은 시간이었다. 하샤즈 눈치를 살피며 제 오빠 가까이 다가온 엘리제가 라키어스의 소매 끝을 가만히 잡았다.

라키어스가 직원을 불러 카드를 건넸다. 꽃무늬 시폰 원피스만큼이나 노골적인 사인이었다. 더 오랜 시간을 보내길 청하면 그런 요구를 한 하샤즈 쪽이 이상해 보일 지경이었다.

자신은 라키어스의 약혼녀인데도.

에데니카에서 그 사실을 모르는 사람은 없는데도.

그래서 하샤즈는 질문을 던졌다. 순종을 연기하는 것이 벅차기 시작했으므로.

"엘리제 양은 언제까지 라키어스 님 댁에 머무를 건가요?"

"……네?"

"그렇게나 상태가 좋지 않다니 의사로서 걱정이 되네요. 시티타워에도 라키어스 님을 따라 나간다죠? 큰아버지께 들었어요."

엘리제가 공격받은 소녀처럼 가련하게 떨었다.

"약물 치료와 상담을 병행하면 훨씬 도움이 될 거예요."

"그건……."

"퇴원한 뒤로 의료센터에 오지 않았잖아요."

"신기하게도 오빠랑 있으면 안정이 되거든요."

엘리제가 애써 미소를 지어 보였다. 끝이 살짝 치켜 올라간 눈매는 오늘따라 순한 빛을 띠고 있었다. 그러나 하샤즈에겐 곧이곧대로 보이지 않았다. 네가 안간힘을 써 봤자 나는 가면을 벗지 않을 거라는 조롱이 들리는 것 같았다.

"신경 써 주셔서 감사해요, 닥터 하샤즈. 너무 힘들다 싶으면 의료센터에 가 볼게요. 하지만 아직까진 괜찮은 것 같아요."

상대는 라키어스의 소매를 더욱 힘주어 쥐었다.

"그럼…… 가는 거야?"

"그래."

라키어스가 다정한 미소로 인사했다. 여동생에게 향하던 것을 그대로 돌린 따스함이었다.

잔여물.

순간 하샤즈의 머릿속을 스친 단어였다.

"즐거운 시간이었어요, 하샤즈 양."

라키어스가 가볍게 묵례했다.

"조심히 들어가고 주말 잘 보내요. 또 연락하죠."

"살펴 가세요, 라키어스 님."

녹턴 남매는 라운지를 떠났다. 엘리베이터까지 함께 가기도 민망하게 테이블에서 인사를 해 버리고는 그렇게 자리를 떴다. 남은 차를 들이켜자 제 처지만큼이나 쓰고 떫었다.

토요일 오후 2시 40분이었다.

❖

“좀 쉴게요.”

고용인이 말없이 고개를 숙였다. 문 닫히는 소리가 났다. 타타발루의 저택에서 오래 일한 사람답게 괜한 인사를 한답시고 ‘일찍 오셨네요.’ 같은 소릴 붙이지 않았다. 점심 식사를 하고 나간 아가씨가 아직 해가 쨍쨍할 때 들어와도 그저 고개를 숙일 뿐이다.

하샤즈는 귀고리를 뺀 뒤 화장대 앞에 앉았다. 불과 3시간여 전에 여기 앉아 화장을 했다. 립스틱과 아이섀도를 고르는 제 손길에 기쁨이 실려 있었다는 사실을 인정하기가 괴로웠다.

인정 다음에 따라오는 것은 비참함.

라키어스는 자신을 정략혼 상대로밖에 여기지 않는데, 자신은 그를 오래도록 마음에 품어 왔다는 게 하샤즈 아달람이 괴로운 이유였다.

“내가 당신을 얼마나 원했는데.”

매체로만 접하던 그를 실제로 만난 건 막 고등학생이 되고서였다. 친척 동생이 학교 축제에서 무대에 오른다고 했다. 동생을 챙기는 상냥한 언니를 연기했지만, 실은 라키어스를 보기 위해서 참석하였다.

「타타발루 원로의 조카분이시죠?」

라키어스는 하샤즈보다 두 살 연상이나 당시 대학 과정을 이미 끝냈기 때문에 교내에서 마주칠 일이 없었다. 리더의 친동생임에도 불구하고 조용한 삶을 바랐던 친부 때문에 하샤즈는 상류층 간의 교류도 제대로 하지 못했다.

그래서 라키어스가 자신을 알아보는 것이 신기했다.

「아버님 일은 유감입니다.」

「……기억해 주셔서 감사합니다.」

「원로 댁에 들어가게 되었다고요.」

「네, 큰아버지께서 그러자고 하셨어요.」

「모쪼록 잘 적응하길 빌어요.」

힘들겠지만, 하고 덧붙이는 목소리가 부드러웠다. 짧은 대화였지만 그걸로 충분했다.

그와 이야기를 나눈 것만으로 하샤즈는 다음 날 학우들의 동경 어린 시선을 받았다. 대단한 위세의 큰아버지도, 큰아버지보다 훌륭한 인망을 자랑하는 자딘 원로도 라키어스에겐 깍듯했다.

그야말로 라키어스 녹턴은 최고였다. 친부와 달리 늘 높은 곳을 꿈꿨던 하샤즈 아달람의 마음을 가질 자격이 있었다.

그때부터 한시도 당신을 잊은 적이 없는데.

당신은 기억하지 못하는, 우리가 마주쳤던 매 순간을 죄다 간직하고 있는데.

쟁쟁한 후보를 제치고 라키어스의 약혼녀가 되었을 때 얼마나 가슴이 벅찼는지 모른다.

날 선택했어.

날 선택한 건 당신이란 말이야.

한데 어떻게 이럴 수 있지?

하샤즈는 거울 속 자신을 노려보았다. 울분으로 눈자위가 붉게 변해 있었다.

난 당신을 위해 첩자 노릇도 서슴지 않는데, 당신은 이런 노고를 고마워하지 않는 것 같아.

"그러고 보면 첫 만남 때도 당신은 엘리제를 보기 위해 참석한 거였죠."

당시 엘리제는 연극부로 관객의 눈길을 사로잡은 주인공이었다. 라키어스는 엘리제의 공연을 놓치지 않는다고 들었기 때문에 하샤즈가 이에 맞춰 나갈 수 있었다.

그땐 라키어스와 마주칠 수 있도록 해 준 엘리제의 존재가 고맙기까지 했다. 지금 생각하면 웃기지도 않은 일이다.

"당신은…… 그때나 지금이나 다를 게 없군요."

하샤즈가 큼직한 다이아몬드 반지를 내려다보았다. 값비싸고 아름다우나 성의가 느껴지지는 않았다. 딱 하샤즈 위치에 어울리는 반지였다.

허울뿐인 약혼녀.

"당신이 뭘 궁금해하는지 알아요."

비틀린 미소가 붉은 입술에 걸렸다.

"하지만 끝까지 알려 주지 않을 거야."

후회하기 전에 내 손을 잡아요. 그러고는 온 마음을 다해 날 아껴 줘요.

다정하게, 따스하게, 부드럽게.

당신이 예전에 그랬던 것처럼. 지금 엘리제에게 하고 있는 것처럼.

"안 그러면 진짜 후회하게 될 테니까……."

아직 바깥은 햇살이 화창하지만 하샤즈의 가슴속까지 스며들지는 못하였다.

"아침에 데이트 장소를 물은 건 그 자리에 나타나기 위해서였어?"

라키어스가 전혀 기분 나빠 보이지 않는 얼굴로 질문했다. 그러는 사이 은회색 스포츠카는 자연스럽게 도심을 벗어나고 있었다. 드라이브라도 할 모양이다.

엘리제는 조수석에 다리를 꼬고 앉아 시큰둥하게 대꾸했다.

"하샤즈가 뭐라고 말하는지 듣고 싶었어. 내부 정보를 전해 준다고 했으니까."

"집에 돌아가서 다 알려 줄 생각이었는데."

"그랬겠지. 하지만 직접 보고 듣는 것과는 다르잖아? 거기다 겸사겸사 심기도 자극하고."

엘리제가 창문을 두 마디쯤 내렸다. 딱 기분 좋을 정도로 상쾌한 바람이 흘러 들어왔다. 여전히 시선은 창밖을 향한 채다. 라키어스를 보고 싶진 않았다. 정면을 응시하면 옆얼굴이 드러날 테니, 역시 창밖을 보는 게 안전했다.

혹시라도 얼굴이 붉어진다면 그것만큼 창피한 일은 없을 거니까.

"중간에 일어설 필요는 없었어."

라키어스가 슬쩍 시선을 던지는 게 느껴졌다.

펜트하우스 안은 넓기라도 하지. 차 안은 둘 사이 거리를 너무 가깝게 만들었다. 문을 열고 밖으로 나가지 않는 이상 손만 뻗으면 닿는 곳에 서로가 있었다.

들키고 싶지 않은데 왜 벌써 들킨 기분일까.

엘리제는 입술을 깨물지 않기 위해 애썼다.

"네가 그렇게 가여운 표정으로 쳐다보는데 어떻게 무시할 수 있겠어."

"연기잖아."

"아침부터 몰래 계획한 것치고 타이밍이 이상했던 거 본인도 알지?"

"……."

"사실 티파티 정보는 얼마 듣지도 못했거든."

말문이 막혔다.

망할 라키어스 녹턴. 이래서 녀석에게 흔들리다가도 발끈 화가 치민다는 거다. 엘리제 스스로의 감정도 아직 수용하지 못했는데, 한 치 물러설 틈조차 주지 않고 발가벗겨 버리면 어쩌자는 건가.

소유욕? 인정한다.

독점욕? 이것도 알겠다.

자신이 그를 보지 않을 때조차 라키어스의 마음은 자신을 향해야 한다는 것까지는 받아들였다. 그게 얼마나 어처구니없이 들리는지도 알겠다는 말이다. 하지만 질투는 전혀 다른 문제였다.

질투라니. 그가 하샤즈와 한 게 뭐가 있다고 차를 마신 지 겨우 1시간밖에 안 된 상대를 질투하지?

순간 엘리제 안에서 반박하는 목소리가 치고 나왔다.

'한 게 뭐가 있냐고? 상냥하게 휘어지는 눈웃음이 하샤즈를 향했잖아. 너무 잘 어울리는 모습으로 나란히 앉아서, 다른 사람들의 시선을 잡아끌었잖아. 하샤즈는 무심함을 가장했지만 이렇게나마 약혼자를 만나는 게 기뻐 죽는 얼굴이고…….'

그만.

엘리제는 끝 모르고 뻗어 나가는 망상을 멈췄다. 자신이 이러는 게 며칠 전의 키스 때문이라고 생각하고 싶지 않았다.

고작 키스다.

정말, 고작, 키스일 뿐이다. 라키어스는 참고 참던 둑을 터트렸고, 엘리제는 거기에 휩쓸렸을 뿐.

그런데 미치겠다. 일상생활 중에도 수시로 그 기억이 떠올라 괴로웠다.

농밀한 감촉과 열기. 이미 많은 부분이 닿아 있는데도 더 깊게 닿고 싶어서 비틀리던 허리.

아주 오래전부터 자신과 라키어스 사이에 튀는 스파크를 알고 있었지만, 그 위력을 미처 가늠하진 못했다. 집어삼켜질 것 같단 생각이 들었다.

라키어스의 뜨거움이 아니라, 그를 원하는 스스로의 광기에 정신이 어떻게 될 것만 같았다.

"그래, 타이밍은 좀 실수였어."

라키어스가 입매를 길게 늘였다.

"좀?"

"트집 잡지 마. 그냥 네가 안 따라 나왔으면 될 일이잖아."

"아침에 보고 나왔는데도 다시 보니까 좋아서."

라키어스가 오른손을 뻗어 엘리제의 손을 잡았다. 무슨 짓이냐고 되물을 겨를도 없이 자신의 입가로 가져가 손등 위에 입술을 꾹 눌렀다.

"예뻐서."

"그만해."

"그 여자가 꼴도 보기 싫었다고 말해 주면 더 기쁠 텐데."

"꼴도 보기 싫었어, 아주."

웬일로 엘리제가 냉큼 받아들이자 라키어스가 고개를 돌려 상대를 바라봤다.

"둘 다 꼴불견이었다고."

도톰하고 말간 입술이 삐죽거렸다. 너무나 엘리제다운 반응에 라키어스가 웃음을 삼켰다. 휴일이지만 외곽도로는 한산했다. 다들 중심지의 강변공원이나 영화관, 놀이공원으로 몰려갔나 보다.

덕분에 스포츠카 속도를 올릴 수 있었다. 물론 도시 밖에서 속도 제한 없이 달리던 엘리제에겐 가볍게 바람을 쐬는 수준이었다. 화창한 휴일 낮에 어울리는 음악이 깔렸다.

엘리제는 일부러 숲처럼 꾸민 외곽지대를 눈에 담았다. 듬성듬성한 나무 사이로 들어가면 곰이라도 출몰할 듯 울창한 숲이 나타나지만 그것도 1킬로미터 남짓.

일정한 간격을 두고 배치된 경비 초소가 있고, 그 너머엔 높디높은 삼중벽이 존재한다. 참 꼼꼼하게도 만든 결과물이랄까.

도시 밖 폐허가 된 문명에서 핵심만 뽑아내 만든 게 에데니카다.

이 안에서 태어나 이게 전부인 줄 알고 살아가는 게 지금 고등 과정을 끝낸 2세대.

중간에 영입된 엘리제 같은 이가 1.5세대고, 도시 설계 당시에 이미 중장년이었던 자들을 1세대라 일컫는다. 대부분이 에데니카 생활에 만족하거나 이 외의 탈출구가 없음을 알고 체념한다. 그리고 극소수는, 자신의 부와 권력을 에데니카 너머까지 펼칠 기회를 꿈꾼다.

빠르게 스쳐 지나가는 진녹색 풍경 위로 타타발루의 목소리가 덧입혀졌다. 한동안 침묵을 지키던 엘리제는 며칠 전 기밀 보관실에서 본 자료 이야기를 꺼냈다. 차 안에 잔잔히 깔리던 음악 볼륨이 저절로 줄어들었다.

"신도시를 개발하면 타타발루가 큰 이득을 보더라고. 그건 알겠어."

신도시 건설에는 대규모의 건축자재가 필요하다. 이는 타타발루의 처가가 종사하는 분야였다. 타타발루는 새로운 장소에서 비로소 1인자로 군림할 수 있을 터.

"그럼 상식적으로 샘플 채취 하러 나간 전투대를 공격하면 안 되잖아? 당장 돌아가는 꼴만 봐도 말론이나 알뷔시가 프로젝트 중지를 우려하고 있으니까 말이야."

그래서 처음에는 타타발루를 용의선상에서 제외해야 하나 고민하였다. 한데 자꾸 몇몇 장면이 눈에 밟히는 거다.

"잠시 잊고 있었어……. 아니, 그렇게 제삼자의 시선으로 볼 일이 없었어. 설계자 녹턴이 얼마나 상대를 하찮게 만드는지. 그 건조하면서도 오만한 말투. 사실 타타발루가 아직 고혈압으로 쓰러지지 않은 게 신기할 정도더라."

라키어스가 낮게 웃었다. 엘리제도 웃었지만 라키어스만큼은 아니었다. 얼핏 보면 녹턴과 타타발루가 엘리트주의 노선으로 궤를 같이하는 것 같아도 성격 면에서는 완전히 달랐다.

둘은 상극이었다.

타타발루의 욱하는 성미는 녹턴의 눈에 미숙함으로 보였다. 과히 속물적인 모습은 일종의 열등함으로 인식됐다.

상대가 자신을 깔보고 있다.

아예 못 알아챘으면 좋았을 테지만 타타발루는 또 그렇게까지 둔하지는 않았다.

타인의 평가와 체면을 중시하는 자에게 녹턴의 존재란 무엇이었을까.

"신도시 개발이야 몇 년 뒤에 다시 추진하면 되지."

엘리제의 눈빛이 바뀌었다.

“하지만 복수를 미룰 순 없었을 거야.”

“녹턴의 아이들……. 우리 둘 사이 감정이 깊어지길 기다렸다가 한꺼번에 친다고.”

라키어스가 천천히 핸들을 꺾었다.

“타타발루 머리가 거기까지 돌아갈까?”

“이것 봐.”

엘리제가 라키어스를 손가락질했다.

“이 자연스러운 깔보기.”

“뭐가.”

“말 그대로 숨 쉬듯이 자연스럽잖아.”

“무슨 소린지 모르겠군. 난 그저.”

“사실을 말한 것뿐이다?”

라키어스가 고개를 까딱하였다. 엘리제의 손가락질이 더욱 격해졌다.

“녹턴은 노골적이고, 넌 좀 덜한 것의 차이지. 타타발루 눈엔 둘 다 똑같을 거야.”

대를 이은 우수함. 그리고 자신을 업신여기는 것까지 물려받았다. 거기다 중간에 끼어든 하층계급 출신 엘리제마저 공공연히 타타발루를 무시해 왔으니 그의 원한은 어제오늘 일이 아니었다.

“그런 생각 끝에 호텔 라운지까지 따라간 거야. 타타발루가 주축이라면 하샤즈가 무관할 리 없으니까 한번 들쑤셔 보려고.”

“네 가설이 사실이라면 타타발루 일가는 정말 잘못 걸린 거군.”

라키어스의 말에 엘리제가 픽 웃었다.

“그렇지.”

어딜 찔러야 화가 치솟는지 정확히 알고 있다. 타타발루도, 하샤즈도 약점이 분명한 타입들이었다.

“그래서 말인데. 이참에 타타발루 일가를 제대로 흔들까 싶어.”

“제대로라면 어떻게?”

"제3보호소."

엘리제의 시선이 정면을 향했다. 이제 스포츠카는 외곽도로를 빠져나와 도심으로 접어들고 있었다. 도시에서 가장 높은 건축물인 시티타워가 멀리 보였다.

"타타발루의 사촌 이고르가 거길 후원하고 있지. 말이 후원이지, 보호소장이랑 손잡고 가여운 애들 등쳐먹던데."

제1보호소만큼은 아니라도 복지부에서 배분하는 지원금이 상당하였다. 엘리제는 이제 적의 어디를 어떻게 쳐야 할지 알 것 같았다.

"거긴 녹턴이 내 앞으로 남긴 거야. 허울뿐인 명의라고 자조했지만, 그렇다고 주인이 다른 사람인 건 아니지."

"……그래서?"

"재무부 리더 라키어스 녹턴에게 이고르 자선재단 감사를 청하는 바입니다만."

엘리제가 목소리 톤을 달리하여 말했다.

"터는 김에 보호소장도 갈아 치우고."

"감사는 토요일 드라이브 중에 제안하고 그러는 게 아닌데."

"내가 제안한 거 아니거든?"

엘리제가 당혹스러운 척 눈을 깜빡였다.

"익명의 내부자 고발이 있었을걸."

"……."

"눈엣가시를 탈세 혐의로 찌르는 건 굉장히 고전적이면서도 확실한 방법이던데."

"그런 건 어디서 봤어?"

"시티타워 불려 가서 온갖 일 처리할 때."

문득 떠오르는 게 있었다. 엘리제는 운전석의 사람을 향해 눈을 흘겼다.

"혹시 이런 경우까지 염두에 두고 굴려 먹은 건 아니지?"

도대체 왜 이런 잡무까지 떠맡아야 하나 화가 치밀었다. 부서 구분 없이 올라오는 보고서는 또 어떻고.

돌이켜보면 엘리제는 그 과정에서 합법적인 신분으로 갖가지 기록물에 접근할 수 있었다. 단순한 전투대장이었다면 불가능한 일이다. 갑자기 소름이 돋으려는 찰나 라키어스가 웃었다.

"정확히 '지금 이 순간'을 예상한 건 아니지만 뭐 비슷해."

왠지 손안에서 놀아난 기분이 들지만 더 이상 그런 것에 구애받지 않기로 마음먹었다. 이고르를 꺾으면 많은 게 바뀐다. 일전에 라키어스에게도 말했듯 이 복수가 끝날 때쯤이면 에데니카는 더 이상 예전 모습이 아닐 것 같다는 예감이 강하게 들었다.

어느덧 스포츠카가 펜트하우스 지하주차장으로 들어섰다. 차에서 내리기 전, 라키어스가 조용히 엘리제를 불렀다. 꽤 정치적인 행보임을 알고 있느냐는 물음이었다.

그 너머에 담긴 질문까지 읽어 낸 엘리제가 시선을 먼 곳에 두었다.

"난 이제까지 아웃사이더였지. 한 발은 상류사회에, 다른 발은 전투대에 두고는 한쪽을 무작정 비웃었어. 소위 최상류층의 비리, 오만, 자기모순……."

엘리제가 잠깐 말을 멈췄다가 목소리를 가다듬었다.

"욕할 놈을 욕하는 건 쉬운 일이야. 욕하고 비웃기만 하는 대신 내가 가진 힘을 활용했다면. 리더 개개인의 내밀한 욕망에 좀 더 관심을 기울였다면. 하다못해 귀찮아 죽겠다고 불평할 시간에 상부에 전화를 걸어 공문 내용을 한 번이라도 확인했다면."

엘리제의 푸른 눈이 차게 가라앉았다.

"결과가 다를 수 있었는데."

적어도 지금 같은 상황이 아닐 순 있었다. 답을 들은 후에도 라키어스는 섣부른 위로를 하지 않았다. 그가 싫은 이유가 뚜렷하듯, 그가 좋은 이유 또한 분명했다. 자신을 위로하지 않는 라키어스 녹턴이 좋았다.

내뱉고 보니 되게 냉혈한이 좋다는 소리처럼 들려서 웃겼다. 하지만 엘리제는 전자와 후자가 다르다는 것을 알았다.

"한 가지는 확실해."

엘리제가 차에서 내렸다. 텅 빈 지하주차장에 말소리가 울렸다.

"이고르를 털면 도시 살림에 큰 도움이 될 거야."

차 문을 잠그는 라키어스의 입가에 미소가 번졌다. 그는 말없이 팔을 뻗었고, 엘리제는 제 어깨를 감싸는 손을 밀어내지 않았다.

일주일 뒤.

이고르 자선재단은 공중 분해되었다. 리더의 사촌이라는 점을 이용해 알차게 뇌물을 긁어모으던 이고르 아달람은 대략 80%에 달하는 재산을 잃어야 했다. 리더 면책권을 쓸 수 있는 대상은 부모, 배우자, 자녀, 형제 한정이어서 사촌인 이고르는 제외되었다.

그리하여 한자리 꿰차고 있던 요직에서도 해임되었으며, 당장 감옥행을 피하기 위해 변호사단을 알아봐야 하는 상황이었다.

"변호사 구하기가 어렵대."

집무실 소파에 비스듬히 누워 폰을 또닥이던 엘리제가 말했다.

"리더의 사촌인데도 와장창 밟혔다……. 지각 있는 변호사라면 안 맡을 사건이지."

그때 라키어스의 책상 위 전화가 울렸다.

첫 번째 벨소리가 끝나기도 전에 누군가 집무실 문을 왈칵 젖히고 들어왔다.

타타발루의 등장이었다.

남들이 두 걸음 뛸 때 너는 네 걸음을.

남들이 다섯 번 주먹을 날릴 때 넌 열 번 공격해.

스피드를 극한까지 올리라던 라키어스의 훈련 방침이 다시금 빛을 발하는 순간이었다. 나른히 누워 커뮤니티 반응을 살피던 엘리제는 눈 깜짝할 사이 수면 모드로 태세를 전환했다. 근데 타타발루도 어지간히 급한 모양인지 안쪽까지 쳐들어오는 속도가 너무 빨랐다.

엘리제와 소파 사이에 낀 휴대폰이 제멋대로 동영상을 실행시켰다. 헉헉거리는 소리가 엄숙한 집무실에 퍼졌다가 뚝 끊겼다. 라키어스의 턱에 힘이 들어갔다. 웃음을 참는 거다. 이때만큼 라키어스가 가진 능력이 탐난 적이 없었다.

전음(傳音).

대체 왜 저런 능력이 존재하는 건지 어이가 없었는데.

세상에서 제일 쓸모없고 성가시다고 여겼는데.

라키어스의 고막이 얼얼하도록 소리를 지르고 싶었다.

네가 생각하는 그런 거 아니거든?

하지만 투닥거리는 분위기도 여기까지다. 집무실 중앙에 버티고 선 타타발루는 흡사 폭발하기 직전의 활화산 같았다. 짙은 갈색 얼굴이 시뻘겋게 달아올라 금방이라도 뒷목을 잡고 쓰러질 듯하였다.

여전히 누운 채 눈을 깜빡이는 엘리제와 달리 라키어스는 상대를 확인한 즉시 자리에서 일어났다.

"어쩐 일이십니까, 원로."

한 치의 흐트러짐 없이 깍듯한 태도.

엘리제가 속으로 혀를 찼다. 자신의 무기가 직설적인 조롱이라면, 라키어스의 무기는 태연함이었다.

'저거, 당해 본 사람만 알지. 아무리 난동 부린들 상대는 눈 하나 깜짝 않는 데서 오는 분노.'

결국엔 벽에 대고 혼자 소리치는 기분이 들 것이다.

타타발루 나이가 올해 쉰둘이던가.

엘리제는 웬만해선 다치거나 아프지 않는 순혈의 원로가 어느 정도의 분노에 졸도를 할지 심히 궁금해졌다.

"그 내부 고발인이 누군가?"

타타발루의 첫 마디였다.

"자네가 처음 양해를 구할 때만 해도 형식적인 감사에 그칠 줄 알았네. 재단 설립하고 꽤 시간이 지났으니 이쯤에서 외부 감사를 받는 것도 나쁘지 않다고 했었지? 바로 자네 입으로 말일세. 어느 조직에나 불만 품은 자는 있기 마련이니, 차후에 딴말 나오는 걸 방지하는 차원에서도 시행하는 게 좋겠다고."

그런 식으로 구워삶았군.

엘리제는 속사포처럼 쏟아 내는 타타발루를 덤덤한 눈으로 쳐다보았다.

"이해했네. 상대가 언론까지 들먹인다는데 자네도 참 귀찮게 됐다 싶었지. 그래서 불쾌하다고 정색하는 사촌을 내가, 내 입으로 직접 설득했다고. 알겠나? 별일 없을 테니 안심하라고 했단 말이네!"

타타발루의 목소리가 더욱 높아졌다.

"한데 보자 보자 하니까! 도대체 어디까지 털어 댈 건가? 응? 그 결정적 증거를 쥐고 있는 내부 고발인이 누구냐고!"

"원로의 뜻은 알겠습니다만."

라키어스가 자못 안타깝다는 표정을 지어냈다.

"저 역시 고발인의 신상명세는 모릅니다. 아무리 리더라도 제 선까지 이름이 올라오진 않죠. 에데니카 법이 보호하는지라……."

"있긴 한 건가? 응? 애초에 고발인이란 게 존재하긴 하는 거냐고!"

"그럼 원로의 말씀은, 제가 이번 감사를 조작했다고 하시는 겁니까?"

저런. 초반부터 세게 나가는데, 라키어스 녹턴.

철저히 방관자 입장이 된 엘리제는 귀를 너무 쫑긋 기울이지 않으려 애쓰며 타타발루를 응시했다. 상대가 그런 식으로 받아칠 줄 몰랐던 타타발루는 잠시 말을 잇지 못하더니 눈을 번득였다.

"그런 건가?"

원로의 입 주변 근육이 통제를 벗어나 실룩였다.

"자네가 주도한 게야?"

"제가 무슨 이유로 그러겠습니까. 저도 예상치 못한 결과입니다. 증거가 너무 확고한 데다가."

라키어스가 작게 한숨 쉬었다.

"일단 한번 손을 대니 십몇 년 전 비리까지 줄줄이 나와서."

"비리라니? 비리라니!"

"언짢으셨다면 죄송합니다."

라키어스가 바로 사과했다. 하나 타타발루의 화를 돋우는 단어는 이미 활시위를 떠난 뒤였다. 들어 버렸고, 돌이킬 수 없었다. 반면 라키어스의 낯빛은 원로가 집무실로 쳐들어오기 전과 조금도 다르지 않았다.

"감사 팀도 예상보다 너무 큰 규모를 적발하게 되어 당황했다고 합니다. 지금껏 다룬 사건 중 가장 대형이라고."

라키어스가 미안함과 안타까움이 담긴 표정으로 고개를 숙였다.

"다시 한 번 사과드립니다."

"덮게."

타타발루가 말했다.

"감사 과정에 실수가 있었다고 밝히고, 내 사촌의 재산을 돌려주게. 적당히 중간관리직이 책임지게 하고, 사촌의 혐의는."

"죄송하지만 그건 힘들 듯합니다."

라키어스가 원로의 일방적인 지시를 잘라 냈다.

"저는 에데니카 법 위에 서는 초월적 존재가 아닙니다."

라키어스의 미간에 수심이 어렸다.

"원로께서도 잘 아실 테지만 저 또한 보고만 받을 뿐, 직접 감사 팀에 지시를 내릴 권한은 없습니다. 방금 이야기는 못 들은 걸로 하죠. 이만 돌아가 주십시오."

"……자네가 어떻게 내게 이래?"

타타발루의 눈에 불이 튀었다.

"난 하샤즈의 보호자야. 자네 약혼녀의 큰아버지란 말일세! 자네도 어릴 적부터 이고르를 봐 오지 않았나. 응? 오랜 친척이나 다름없는 자를 어떻게!"

"법정에 서는 건 원로가 아니라 이고르입니다. 언론과 시민들의 분별력을 믿어야지요. 그들이 원로까지 오해하진 않을 거라 생각합니다."

"못 알아듣는 척 말게! 내 말뜻이 그게 아닌 줄 알 텐데!"

타타발루가 버럭 소리를 질렀다. 라키어스는 더 이상 드릴 말씀이 없다는 양 고개를 숙였다.

벽에 부딪힌 기분이 과연 어떠할까.

집무실에 쳐들어올 때까지만 해도 젊은 녀석을 혼쭐내면 뭔가 바로잡을 수 있을 거라 믿었겠지. 부끄러운 기색도 없이 사건을 덮으라고 명령한 게 방금 전 일이다. 하지만 라키어스는 보란 듯이 기대를 배신했다.

녹턴의 아들.

모든 면에서 양부를 빼닮은 존재.

녹턴이 죽으며 비로소 숨통이 트였을 텐데, 정신 차리고 보니 타타발루 아달람은 아직 자유로운 몸이 아니었다. 에데니카의 빛으로 추앙받는 라키어스가 남아 있었다.

리더는 열두 명이지만 시민들의 사랑은 언제나 라키어스의 몫.

그저 마스코트에 해당하는 존재감이었다면 몰라도, 라키어스가 독차지한 게 어디 사랑뿐이었나. 양부의 안배하에 차근차근 점령한 권력도, 우수함도, 타타발루를 은근히 깔아 누르는 면모까지도.

모든 것이 타타발루의 자격지심을 헤집었을 것이다. 라키어스의 결혼을 적극 추진했던 이유도 이와 무관하지 않을 터다. 하샤즈와 결혼시키면 라키어스는 제 가족이 되는 동시에 조카사위, 즉 법적으로나마 아래 서열에 있게 되니까.

확실히 타타발루에게 라키어스는 복합적인 존재였다. 녹턴에게 못 얻은 인정, 존경, 승복을 받고 싶은 한편 반반한 낯짝을 볼 때마다 화가 치미는 대상.

'그래서 대원들을 죽였어? 라키어스가 무너지는 꼴을 보려고. 그러려면 나부터 쳐야겠기에.'

엘리제의 손톱이 쿠션을 파고들었다.

'우리 전투대를 수단으로 삼은 거야?'

드디어 원로의 시선이 엘리제에게 옮겨 왔다. 흰자위엔 핏발이 서 있었다. 사람을 이토록 오래 기다리게 하는 법이 어디 있냐고 자칫 따져 물을 뻔했다. 기다리고 또 기다리던 순간이 왔으니 한때 연극부 에이스로 무대를 휩쓸던 엘리제가 등판할 차례다.

엘리제는 영문 모르는 얼굴로 원로의 눈치를 살피며 멈칫거렸다.

"저 계집애인가?"

타타발루가 미끼를 힘껏 물었다.

"무슨 말씀인지."

"내부 고발인이 실은 엘리제 녹턴이 아니냐고! 하…… 그래, 그러고 보면 말이 되는군. 응? 갑자기 죄다 납득이 가."

라키어스의 벽에 한 번 부딪쳤던 타타발루가 빠른 속도로 폭주하기 시작했다. 엘리제는 엉거주춤한 자세로 소파에 걸터앉아 있다가 제게 쏟아지는 매서운 눈초리에 몸을 움츠렸다.

자신은 모른다는 말을 반복하던 라키어스가 한숨을 내쉬었다. 그러고는 에데니카 일에 별 관심 보이지 않는 엘리제를 내부 고발인으로 지목하는 이유를 물었다.

"저 계집앤 날 싫어하니까! 리더로서의 내 자격이 의심스럽다는 말을 어릴 때부터 면전에서 지껄였지! 그래, 하샤즈에게도 어떻게 구는지 낱낱이 들었네. 감히 내 조카를 탓할 생각은 꿈도 꾸지 말게. 불쌍한 그 아인 끝까지 자네 편을 들었으니까 말이야!"

라키어스에게 소리 지르던 원로가 고개를 홱 돌려 눈을 부라렸다.

"너지? 네년이 맞지?"

"전 도무지 아무것도 모르겠어요."

엘리제가 애처로운 목소리로 호소했다.

"부탁이니 천천히, 제발, 조용히 말씀해 주시면……. 그때의 충격 때문인지 아직도 큰 소리를 들으면 가슴이 내려앉아요."

커다란 눈망울엔 벌써 눈물이 그렁그렁했다. 의지할 곳이 없는 아이처럼, 엘리제는 필사적으로 품 안의 쿠션을 끌어안았다. 그 모습이 타타발루를 더 자극했는지 이제 고함 소리는 넓은 집무실을 울릴 지경이 되었다.

'잘됐네. 효과가 좋아.'

파리하게 질린 라키어스의 비서가 보안 요원 두 명과 함께 들어오는 것을 보며 엘리제는 속으로 회심의 미소를 지었다.

"말해! 너지? 너라고 실토해!"

"제발……. 그만하세요. 제발, 뭐든 제가 잘못했으니까……."

"어디서 가당치도 않은 연기냐? 하, 트라우마? 3년 내내 도시 밖에서 사람 죽이고 다닌 네년이 이제 와서 약해 빠진 척을 해?"

"그만……."

"네가 진짜 환자라면 그리 부지런히 여기저길 들쑤시고 다닐 수가 없지!"

엘리제의 온몸이 떨리며 이가 딱딱 맞부딪히는 소리가 났다. 쿠션이 바닥에 떨어졌다. 굵은 눈물이 뺨을 그어 내렸다. 힘없이 벌려진 입술 사이로 뜻 모를 흐느낌이 새어 나왔다.

누가 봐도 심상치 않은 모습에 라키어스의 비서가 나섰다. 일전에 엘리제가 혼절한 것을 보았던 비서는 흥분을 가라앉힌 뒤 다시 방문하라며 타타발루를 밖으로 안내하려 했다.

쉰둘의 타타발루가 저보다 스무 살이나 젊은 비서를 바닥으로 밀었다.

"꺄악!"

나동그라진 사람은 비서였지만 비명은 엘리제에게서 터져 나왔다.

"그만! 그만! 살려 주세요! 제발 구해 주세요!"

절박한 목소리가 복도까지 퍼졌다. 어느새 몰려든 사람들이 감히 집무실 안으로 고개를 들이밀지는 못하고 문가에서 웅성거리는 게 보였다.

엘리제의 도리질이 격해졌다.

마치 환청으로 고통받듯 양쪽 귀를 손바닥으로 덮은 채 마구 고개를 젓던 엘리제가 돌연 움직임을 멈췄다.

"엘리제 님!"

이윽고 엘리제는 정신을 잃었다.

"나밖에 없어."

라키어스가 낮은 목소리로 속삭였다.

"눈 떠도 돼."

차가운 물수건이 닿는 감촉을 만끽하던 엘리제는 낮잠에서 깨어나는 사람처럼 작게 하품을 했다.

한 20분 눈 감고 있었나.

까딱하면 정말 잠이 들 뻔했다. 바닥에 쓰러지자마자 비서가 몸을 일으켜 주었고, 라키어스가 뒤를 이어 엘리제를 살폈다. 그대로 라키어스에게 안겨 있다가 소파에 누웠다.

전신의 힘을 빼고 누워서 냉찜질을 받고 있으려니 쾌적하기가 이루 말할 수 없었다. 타타발루는 엘리제의 실신 연기에 기막혀 하며 부르르 떨었다.

앰뷸런스를 불러라. 저것이 멀쩡하다는 사실을 확인시켜 주겠다. 다들 속고 있는 것이다. 천박한 불여우 계집애.

엘리제를 향해 뻗는 손을 라키어스가 막아 냈다. 부탁이니 아픈 동생을 보살필 수 있게 해 달라는 청은 타타발루가 아니라 구경꾼들 들으라고 하는 소리였다.

보안 요원이 네 명이나 더 투입되어 타타발루를 데려갔다. 자신의 몫을 다한 엘리제는 그동안 소파에 편히 누워 눈만 감고 있으면 되었다.

"연기 괜찮던데."

엘리제가 던진 칭찬에 단정한 입술이 호를 그렸다. 길고 곧은 손가락이 다가와 엘리제의 검은 눈썹을 가만히 쓸었다. 순식간에 빨개졌던 눈이 안쓰러운 걸까. 물수건이 유난히 눈 주변에 머문다 싶었다.

연기인 걸 빤히 알면서도 이렇게 아까워해서 어쩌나.

엘리제는 자신을 향한 라키어스의 감정을 새삼 신기하게 여기다가, 그 속을 너무 깊이 들여다본 것은 아닌가 하고 흠칫 놀랐다. 요즘 들어 이런 순간이 점점 늘어나는 기분이었다.

"타타발루로부터 이고르를 잘라 냈어. 사람들에게 녹턴 남매의 결백을 주장하는 막간극을 보였고."

라키어스가 차분하게 말을 이었다.

"이젠 뭘 할까?"

"일단 며칠간 동태를 살피고……."

엘리제의 눈이 가는 곡선을 이루었다.

"그다음 날개를 꺾어야지."

수면 아래 감춰져 있던 인연을 밖으로 끄집어낼 시간이었다. 엘리제는 죽은 게이트 경비와 복수 대상 사이에 모종의 끈이 있을 거라 확신했다. 그 끈을 거슬러 올라가다 보면 둘 사이 접점이 나올 터.

마침 이틀 후가 전투대 퇴원일이다. 대원들과 뒷골목 조사를 들어갈 때라고 생각했다.

엘리제는 로비로 들어오는 대원들을 흐린 미소로 맞이했다.

열세 명.

아직 코마 상태에서 깨어나지 못한 곤과 혼자 일주일 더 있다가 퇴원하는 비안카를 제외한 나머지였다. 문득 괴생물체에게 끌려갔다가 귀환했을 때가 떠올랐다.

당시 대원들은 살아 돌아온 대장을 맞이하기 위해 로비로 몰려들었다. 그때로 돌아갈 수만 있다면 날개가 뜯겨 나가는 고통을 몇 백 번이라도 기꺼이 감내할 텐데.

불 속으로 뛰어들라고 해도 주저 없이 그리할 수 있었다. 하지만 살아남은 자들이 아무리 후회를 거듭해도, 과거로 돌아가게 되는 기적은 일어나지 않았다. 극한의 고통을 대가로 치른다 한들 그것을 받아 갈 이가 없는 것이다.

돌아오지 않는 자들과 돌아갈 수 없는 슬픔.

그래도 스스로 아주 조금은 극복했다고 생각했을 터다.

엘리제가 그러하듯이.

소리 죽여 울다가 잠들고 베개를 적신 채 눈뜨는 횟수가 처음보다는 줄었을 것이다. 한데 고작 두 명을 제외한 나머지가 모였는데도 휑한 로비를 보니, 다시금 속이 울렁거리는 느낌이었다. 더군다나 대원들은 샘플 채취를 하러 나간 뒤 첫 방문인 셈이다.

돌아오기까지 이토록 오랜 시간이 걸릴 줄 누가 알았을까.

저녁에 시원한 캔 맥주나 마시자면서 전투대 건물을 나섰지만, 그때 같이 떠든 동료는 지금 이 자리에 없다. 복잡한 감정이 대원들의 얼굴을 스쳤다. 그들과 똑같은 것을 느끼고 있는 엘리제는 일부러 더 활짝 웃어 보였다.

두 팔을 뻗어 돌아온 이들을 반겼다.

"휴이."

엘리제가 머리를 무지개색으로 물들인 소년의 이름을 불렀다. 열여덟 살 휴이는 마하의 옆방을 썼다.

"입원해 있는 동안 좀이 쑤시진 않았어? 밖에 못 나다녀서 말이야."

휴이가 웃는지 우는지 모를 애매한 표정으로 수화를 했다. 엘리제는 녀석의 머리카락을 흩어 주었다.

"잘 돌아왔어."

꼭 끌어안자 녀석이 엘리제의 목덜미에 강아지처럼 파고들었다. 날렵한 근육으로 이루어진 몸이 가늘게 떨렸다.

"조에."

제 차례를 기다리고 있던 소녀가 엘리제만큼이나 밝게 웃었다.

"말로리."

형을 잃은 대원이 엘리제의 포옹을 깊게 받아들였다. 한 명 한 명의 이름을 부르며 체온을 나누던 엘리제가 2조장의 앞에 멈춰 섰다. 비하르트의 미소가 유달리 가슴에 박혔다. 그가 살아 있다는 사실이 기뻤다. 비안카도 살았다는 게 다행이었다.

만약 비안카가 돌아오지 못했다면 비하르트는 살아도 산 게 아니었을 거다. 친부로부터 서로를 지킨 둘의 유대는 누구도 가늠하기 어려울 만큼 깊었다.

"머리 많이 길었네."

엘리제는 평범한 안부 인사를 건넸다. 대장의 뜻을 알아들은 비하르트가 머리카락을 슥 훑어 올렸다. 입원해 있는 동안 염색을 새로 하지 못해서 검은 머리카락이 회색을 밀고 나왔다.

비하르트가 입술을 늘렸다.

"피어스도 다 뺐어. 응급실에서 분실됐다며 안 돌려주더라."

"저런."

"너무 순해 보이지? 퇴원하니까 계절은 바뀌어 있고, 나 혼자 어디 동떨어져 있다 온 것 같아서 기분이 아주 별로야."

이대로도 나쁘지 않다고 해 주었더니 미소가 더욱 비딱해졌다.

"그래도 대장 심미안은 여전하네."

"돌아와서 기뻐, 비하르트."

그가 엘리제를 끌어안았다. 조금만 더 힘을 주면 몸이 터지진 않을까 싶을 만큼 강한 포옹이었다. 많은 의미가 담긴 한숨이 그에게서 새어 나왔다.

"……고마워, 엘리제 녹턴."

엘리제는 넓은 등을 천천히 쓸어내렸다.

이제 마지막 사람이 남았다. 바지로 덮여 있지만 어느 쪽이 의족인지 대번에 구분이 갔다.

실바노의 첫 번째 재활 훈련에 참여했던 엘리제는 다음부턴 오지 않아도 된다는 말을 들었다. 밀어내는 게 아니라고 했다. 일말의 후회도 없다고 하였다.

그저 매 훈련마다 엘리제가 오면 어리광을 너무 많이 부릴 것 같다고 설명했다. 실바노 옆에 놓기엔 위화감이 큰 단어였다. 하지만 엘리제는 이견을 붙이지 않고 그의 청을 받아들였다.

"이게 무슨 일이야, 실바노. 분명 의료센터에 입원해 있었잖아."

엘리제가 납득할 수 없다는 표정을 지었다.

"어째서 근육이 줄어들질 않은 거야?"

실바노가 눈을 내리깔고 웃었다.

"오히려 더 붙은 것 같은데?"

"설마요."

"진짠데? 조만간 건물도 들어 옮기겠어."

엘리제가 실바노의 팔뚝을 만지며 목소리를 높였다. 옆에서 비하르트가 '나는? 나는?' 하며 끼어들었다. 대장의 편애는 여전하다고 입술을 실룩였다.

아주 잠깐.

예전과 다를 게 없다는 착각이 들었다.

"걷는 데 많이…… 불편하진 않아?"

"뛰는 거 보여 드릴까요?"

실바노가 웃는 얼굴로 질문을 돌렸다. 전만큼 빠르지는 못해도 일반인 수

준은 된다고 말하더니, 애틋한 손길로 엘리제의 뺨을 만졌다.

일종의 예고였나 보다.

이다음엔 달랑 들어 안겼으니까.

다들 몸을 숙여 대장의 키에 맞췄는데, 실바노만 엘리제를 올려 안았다. 당장이라도 키스할 수 있을 만큼 가까운 거리였다. 놀라운 점은 그가 진짜로 입을 맞췄다는 거다.

라키어스처럼 격렬하게 빨아들이진 않았어도, 도톰한 입술이 꾹 눌릴 만큼 제대로 닿았다.

예상치 못한 접촉에 엘리제의 동공이 확장되었다. 옆에서 비하르트의 숨넘어가는 소리가 들렸다.

"화내지 않을 거죠, 대장?"

입술을 뗀 실바노가 물었다.

"환자잖습니까."

"환자……."

"대장은 그렇게 몰인정한 사람이 아니라고 알고 있습니다."

지면으로부터 2미터 이상 떨어졌던 몸이 내려왔다. 발이 로비 바닥에 닿았는데도 아직 허공에 떠 있는 기분이었다.

잠시 잊고 있었다.

실바노 데이는 일견 과묵해 보이지만 입을 열었다 하면 허를 찌르고, 대장의 뒤치다꺼리를 도맡는 한편 누구보다 빠르게 거리를 좁히는 상대란 것을.

그리고 오늘 또 하나의 특이점이 여기에 추가되었다. 대꾸조차 못 하게 만드는 뻔뻔함.

문제는 능청스럽게 받아쳐 놓고 더없이 헌신적인 눈빛을 하는 상대였다. 다른 녀석들에게 하듯 등짝이라도 때리려 해도 손이 쉽게 나가지 않는 건 그 때문일 것이다.

엘리제가 술에 취했거나 정신이 없을 땐 하지 않겠다던 키스.

확실히 기억에 남도록 하겠다던 키스.

제대로 받아 갔다.

이렇게 다른 대원들이 있는 데서 보란 듯이 할 줄은 몰랐으니까.

엘리제는 상대를 향해 눈을 흘겼다. 실바노가 시선을 피하지 않은 채 웃음을 머금었다. 옆에서 거의 뒷목 잡고 넘어가던 비하르트가 엘리제의 어깨를 끌어안고 연달아 입을 맞추려 했다.

“두 번은 안 당하지.”

“대장!”

잽싸게 피한 엘리제가 눈을 곱게 접으며 웃었다. 비하르트의 억울한 목소리가 로비를 쩌렁쩌렁 울렸다.

“이건 아니지! 이러면 안 돼!”

“넌 놀이공원에서 게임할 때 닿았잖아.”

“그건 닿은 거고!”

비하르트가 실바노를 손가락질했다.

“이건 아주 도장을 찍었잖아?”

“이거라니…….”

실바노는 저보다 다섯 살 어린 동료의 어휘 선택을 조용히 곱씹었다. 당연히 비하르트의 귀엔 들리지 않았다.

“공평하게 해. 내가 방금 기억 싹 지워 줄게.”

“됐고요? 할 일이 산더미인데 무슨 키스 타령이야. 치워. 치워. 다들 컨디션 괜찮으면 바로 회의실로 가자.”

“대장!”

비하르트가 결과에 승복할 수 없다는 듯 목소리를 높였다. 눈 깜짝할 사이 적의 코앞까지 다다르는 스피드로 엘리제를 붙잡으려 했다.

스피드하면 엘리제 녹턴 아닐까.

엘리제는 걸음을 빨리해 순식간에 회의실까지 내달렸다. 너무한다고 외치는 비하르트의 뒤로 대원들의 웃음소리가 들렸다.

❖

엘리제가 브리핑하는 동안 대원들은 저마다 굳은 표정으로 경청했다. 개중 몇몇은 떨리는 손으로 물을 마시거나 고개를 숙이고 테이블을 내려다보기도 했다.

두 조장만이 화이트보드에서 시선을 떼지 않았다. 이제까지의 상황 설명을 마친 엘리제는 말없이 대원들을 둘러보았다. 다른 곳을 쳐다보던 이도 마치 보이지 않는 기운에 끌리듯 엘리제에게 시선을 맞췄다.

"지금 내가 할 질문을 모욕으로 받아들이지 마. 부끄럽게 생각할 필요도 없어. 뭐라고 답하든 이해해. 난 이유를 묻지 않을 거야."

엘리제가 잠깐의 시간 차를 둔 뒤 다시 입을 열었다.

"빠질 사람?"

회의실엔 침묵만이 가득했다. 모두가 엘리제를 말없이 쳐다보고 있었다.

"힘든 과정이 될 거야. 상대는 아주 오랫동안 이 전복(顚覆)을 계획해 왔어. 도시 밖에서도 그리 유능하게 우릴 해치웠는데, 삼중 벽 안에서는 두 번 말해 입 아플 테지."

짙푸른 눈동자가 어둡게 가라앉았다. 자신들이 무너뜨려야 할 적은 도시가 완성되기 전부터 권력을 잡아 온 리더였다.

한 명. 어쩌면 그 이상.

둘 이상의 리더가 손을 잡은 경우도 배제할 수 없었다. 그렇다면 얼마나 많은 세력을 거느리고 있을까.

"겨우 보존한 목숨을 하루아침에 잃을 수 있다는 소리야."

엘리제가 작게 중얼거렸다.

"……그토록 필사적으로 도망쳐 왔는데."

다들 엘리제의 뜻을 알아들었다. 복수에 합류하지 않으면 만약 일이 잘못되더라도 발을 뺄 수 있단 소리였다. 이제 겨우 몸을 회복했는데 불구덩이

속으로 뛰어들라고 등을 떠밀지 않겠다.

엘리제는 그런 말을 하고 있었다.

여태 혼자서 적과 맞서 놓고 말이다.

"대장."

실바노가 묵직하게 울리는 목소리로 말했다.

"예순다섯 명이 죽었고, 한 명은 언제 깨어날지 모르는 코마 상태인데 아무도 연락을 해 오지 않았다죠."

죽은 대원들에겐 유가족이라 할 만한 이가 없었다. 혹은 존재하지 않는 것만도 못한 자들이 가족이랍시고 도시 어딘가에서 살아가고 있었다. 전투대는 생명 보험 가입이 불가하므로 보험금 수령과 관련한 연락조차 없는 거였다.

그렇지 않아도 무참한 죽음 때문에 괴로운데, 그런 잡음까지 따라붙었으면 엘리제는 정말 이성을 잃었을 터. 한편으로는 뒤늦게 들러붙는 치들조차 없는 상황이 엘리제를 슬프게 만들었다.

전투대에겐 서로가 전부였다.

"녀석들을 추억할 사람도, 피로 되갚아 줄 사람도 저희뿐입니다."

시선이 마주쳤다.

"걱정 마세요. 최대한 살아남겠습니다. 그래야…… 동료가 어떤 사람이었는지를 이후에도 알릴 테니까."

누군가의 기억 속에서 계속 살아가도록.

허무한 죽음을 당했다는 사실만이 남지 않게.

복수한다. 그리고 살아남겠다. 모두의 마음을 대변한 실바노의 단단한 말이 엘리제에게 와닿았다. 비로소 옅은 미소가 입가에 번지기 시작했다.

"그럼 우린 뭘 하면 돼?"

비하르트가 물었다. 엘리제는 라키어스에게도 말한 다음 행보를 알렸다.

"죽은 게이트 경비 정보를 폰으로 보내 줄게. 이 자식이 어디서, 어떻게, 누구로부터 지시를 받았는지 알아내."

"거슬러 올라가서 접점을 찾는 거군?"

"그렇지."

엘리제가 말을 이었다.

"너희와 리더, 둘의 활동 범위가 달라도 결국엔 이야기가 그쪽으로 흘러 들어갈 거야."

어쨌든 에데니카 안에서 리더의 감시망을 피할 순 없다.

"대외적으로는 너희만 움직이는 걸로 해. 난 너무 충격이 크고 아직 회복하지 못해서."

엘리제가 비하르트를 턱으로 가리켰다.

"2조장이 내게 알리지 않고 진행한 걸로. 브레인은 실바노와 조에."

"기분이 묘하네. 취조당해서 뭔가 불어야 할 때 저 두 사람이 브레인이라 말하라고?"

"논리적인데 왜."

엘리제가 어깨를 으쓱했다.

"넌 행동. 재넨 판짜기. 속성에 맞는 역할 배분이지."

"나 이제 좀 상처 입으려고 그래."

"비하르트 뮬러 머리 회전 빠른 거 내가 알고 있으니까."

엘리제가 2조장을 보며 생긋 웃었다.

"너무 상심하진 마."

자기 매력을 아는 미인이 무섭다더니, 우리 대장은 그냥 알기만 하는 게 아니라 적극적으로 이용한다는 소리가 나왔다. 어차피 내 능력인데 여러모로 써먹어야지, 하고 받아쳤다.

그 뒤로는 무거움이 다소나마 덜어진 분위기였다. 절대 익숙해지지 않을 환자복 대신 자기 옷을 입었다. 가장 편안한 장소로 돌아왔다는 기쁨이 서로 잡담을 하는 동안 조금씩 퍼져 나갔다.

"근데…… 대장 상태가 나쁘다는 거 진짜야?"

왠지 주눅 들어 보이는 웜의 질문이었다. 엘리제의 건강과 직결된 내용에 약속이나 한 듯 회의실 안이 조용해졌다. 웜이 더욱 쭈뼛거렸다.

"아니, 인터넷 들어가 봤더니 대장이 딴사람이 되었다기에. 막…… 기절하고 울고 비명 지르고."

이에 다들 눈앞의 대장을 살폈다. 엘리제는 '그것도 작전의 일부' 라고 말할 뻔했으나 만약의 만약을 대비하기로 했다. 대원들을 못 믿어서가 아니었다.

도청이라도 당할 경우, 최후의 빠져나갈 구멍은 남겨 둬야 하기 때문에.

"의료센터 안 가고 버티긴 하는데 가끔 기억이 끊겨."

몇몇의 안색이 창백해졌다. 역시 제 편을 속이는 건 마음이 편치 않았다.

"복수가 끝날 때면 내 상태도 괜찮아지겠지."

전투대 주차장으로 진입한 검은 세단이 엘리제를 싣고 다시 빠져나갔다.

행선지는 시티타워.

라키어스가 엘리제를 향해 물었다.

"아침은?"

"아직."

짤막하게 대답하는 엘리제의 얼굴에 잠기운이 가득 남아 있었다. 어제 대원들과 함께 밤을 보낸 여파였다. 술을 마시지도 않았고 그냥 늦도록 이야기를 하다 잠든 것뿐이다. 하지만 간사한 몸은 어느새 펜트하우스의 최고급 매트리스에 익숙해졌는지 여기저기 뻐근함을 호소했다.

어깨를 돌리며 집무실을 나오자 로비에서 누군가의 기척이 느껴졌다. 말로리가 먹먹한 눈으로 형의 팔찌를 쳐다보고 있었다. 말하지 않아도 안다는 듯 어깨를 쓸고 따뜻한 코코아를 타 주었다. 그 옆에서 차를 홀짝이고 있으려니 라키어스로부터 메시지가 왔다.

"흐으음……."

창문에 머리를 기대고 눈을 감았다. 금세 졸음이 밀려왔다. 무게를 이기지 못한 머리가 앞으로 훅 숙여진 순간 라키어스가 자세를 바꿔 주었다. 슈트로 감싸인 허벅지가 엘리제의 베개가 되었다.

의외로 안정적인 느낌에 엘리제가 만족스러운 미소를 지었다. 나른하게 뺨을 비비기도 했다.

"펜트하우스로 가는 편이 낫지 않을까?"

머리 위로 그윽한 목소리가 울렸다. 엘리제에게서 눈을 떼지 않던 라키어스의 제안이었다.

"편히 누워 자는 게 좋을 것 같은데."

"됐어. 네 집무실 소파에서 좀 자면 돼. 그러고는 커피……."

엘리제가 입을 한 번 다셨다. 이후로 말이 이어지지 않았다. 그대로 잠든 것이다. 다정한 손길로 머리카락을 쓸던 라키어스는 15분 뒤 시티타워에 도착했음에도 눈을 뜨지 않는 엘리제를 보며 입매를 단단히 하였다.

"엘리제?"

"……."

"엘? 다 왔는데."

"……응."

수행원과 라키어스의 시선이 마주쳤다. 차 문을 열고 대기 중이던 수행원이 아무래도 엘리제 님을 안아 옮겨야겠다고 말했다. 그 말을 하며 자연스럽게 팔을 뻗기에 라키어스가 손을 저었다. 엘리제의 몸에 손을 대야 한다면 그것은 자신이어야 했다.

정말 불가피한 경우를 제외한다면.

"엘, 집무실까지 이동할게."

"으응."

눈도 제대로 못 뜨면서 대답은 용케 한다. 라키어스가 엘리제를 소중한 공주님처럼 안고 출근했다는 소식은 점심시간이 되기도 전에 시티타워 구석구석으로 퍼져 나갔다.

❖

겨우 깨워서 점심을 먹였다.

소화가 잘 되는 메뉴를 먹인 다음, 시원한 커피까지 마시게 했는데도 엘리제는 잠이 아쉬운 눈치였다. 쿠션을 끌어안고 뚱한 표정을 짓는 엘리제는 무척이나 귀여웠지만, 설명하기 어려운 무언가가 라키어스의 심기를 불편하게 했다.

보고서를 확인하던 눈은 언젠가부터 엘리제에게 고정되어 있었다.

지잉.

엘리제의 폰이 진동했다. 메시지라도 도착했나 보다. 엘리제가 테이블로 손을 뻗었다. 폰 버튼을 누르고 내용을 확인하나 싶더니, 눈을 심히 느리게 깜빡였다.

깜빡, 깜빡, 깜……빡.

그냥 놔두면 폰을 쥔 채 잠에 들 태세였다. 라키어스가 자리에서 일어나 집무실 중앙으로 걸어갔다. 혼자 쓰는 집무실이라곤 믿기지 않을 만큼 넓은 공간이 있었다.

갑작스러운 움직임에 엘리제가 그를 쳐다봤다.

"일어나 봐."

이제 엘리제는 입을 열지 않고도 질문할 수 있었다. 짙푸른 눈이 그에게 이유를 물었다.

"식후 운동하는 셈 치고 날 공격해 봐."

"……여기서?"

"충분히 넓잖아."

엘리제가 불만 어린 눈으로 라키어스 주변을 훑었다. 사실 공간은 문제가 아니었다. 두 사람은 팔다리를 간신히 뻗을 만큼 좁은 공간에서도 적을 제압할 수 있는 실력자였다.

지금 엘리제는 그저 몸을 움직이기 귀찮은 거다.

금방이라도 다시 잘 수 있을 것 같은데 난데없이 자길 공격하라니, 이게 무슨 일인가 싶을 터.

엘리제가 쿠션에 턱을 묻었다. 얼굴이 점점 구겨져 갔다.

"아침엔 편히 자게 해 주고 싶다더니, 그새 마음이 바뀌었어? 언제부터 밥 먹고 나서 운동했다고."

"얼른. 잠깐이면 돼."

"진짜…… 귀찮아 죽겠어, 라키어스 녹턴."

구시렁거리면서도 소파에서 일어나는 엘리제였다. 심호흡을 한 번 한 뒤 제자리에서 가볍게 몸을 풀었다. 자세를 잡는 것까진 좋았다.

"내가 널 너무 오냐오냐 봐주는 것 같아. 버릇 나빠지겠어."

잡담이 끝나기 무섭게 라키어스의 안면을 가격하는 대담함 또한 엘리제다웠다. 안면, 옆구리, 크게 회전하면서 목을 공격했다. 명치, 무릎, 하복부. 치명적인 곳만 고르는 효율성 역시 여전한데.

"대체 언제까지 이 짓을 하란 거야?"

스피드가 눈에 거슬렸다. 남들 눈엔 지금의 엘리제도 충분히 빠르겠지만, 라키어스가 알고 있는 평소에 비하면 턱없이 부족했다. 그 누구도 아닌 라키어스라서 알아챌 수 있는 사실이었다.

훈련장 바닥에 쓰러져 울던 소녀를 일으켜 세우고 한계를 뛰어넘도록 가르친 게 자신이기에.

다음 순간.

공격을 막기만 하던 라키어스가 예고 없이 주먹을 내질렀다. 엘리제가 허리를 유연하게 젖혀 이를 피했다. 애당초 라키어스의 주문은 공격이었고, 반격하겠다는 소린 하지 않았다. 하지만 언제라도 라키어스가 마음을 바꾸면 엘리제는 이를 피하거나 막아야 했다.

이 또한 라키어스가 가르친 부분이었다.

"아……!"

젖힌 허리가 원래 위치로 돌아오기 전, 엘리제가 균형을 잃었다. 다리가 엇갈리며 몸이 바닥으로 추락했다. 라키어스의 팔이 엘리제를 받아 냈다. 이로써 엘리제는 그의 품에 갇힌 모양이 되었다.

"신체 능력이 저하되었다는 보고는 못 들었는데."

라키어스가 미간을 좁히며 중얼거렸다. 엘리제는 세상에서 제일 짜증 난 표정으로 포옹부터 풀어 달라고 말했다. 거리를 확보하려고 몸을 바르작거릴 때마다 어째 더 많은 곳이 밀착되는 느낌이었다.

두 사람의 허벅지가 맞닿고 숨결이 섞였다.

"우선 이것부터 놓고 말해."

엘리제가 눈을 세모꼴로 만들었다. 순간 팔을 풀어 주는 대신 바닥과 제 몸 사이에 가둬 버릴까 하는 충동이 들었다. 이제 자신은 곤히 자는 그녀의 이마에 입을 맞추고 눈이 아릴 때까지 들여다보지 않으면 잠을 잘 수 없게 되었는데, 어제는 종일 엘리제를 보지 못하였다.

엘리제가 없는 새벽이 괴로웠다. 이 와중에 몸이 맞닿자 허리 아래로 열기가 뭉치는 기분이었다.

'참아. 눌러. 그리고 엘을 혼자서 서게 해.'

무한한 인내 끝에 그녀에게서 손을 뗄 수 있었다. 그러나 당사자는 라키어스의 통증에 대해 알지 못한 채 씩씩거리기만 할 뿐이었다.

"허리 삐끗한 것 같아."

주말엔 어디 나가지 못할 테니 잘됐다고 하면 화내겠지. 안 그래도 성질이 났는데 말이다.

"너 때문이야. 잠도 제대로 못 잔 사람한테 이런 거나 시키고."

"도시 밖에서 사흘 밤낮 전투할 때도 괜찮았잖아."

"그건……."

엘리제의 말문이 막혔다. 바로 받아치지 못하는 상황이 마음에 들지 않는 듯 얼굴을 잔뜩 찡그렸다.

"그땐 목숨이 달렸고 지금은 아니잖아. 난 그냥, 그저 좀…… 자고 싶을 뿐이야."

"알았어."

끝까지 밀어붙이기엔 엘리제에게 너무 약해진 자신이었다. 언제는 독하게 굴었냐만, 사고 이후로 증세가 더욱 심해졌다. 엘리제의 얼굴에 조금이라도 피곤한 기미가 비치면 심장이 죄어드는 기분이었다.

"괜히 움직이게 해서 미안해. 자고 싶은 만큼 자. 퇴근할 때까지 안 건드릴 테니까."

"약속 지키기야."

엘리제가 소파로 향했다. 앓는 소리와 함께 허리를 문지르기도 잠시. 이윽고 엘리제의 가슴이 규칙적으로 오르내렸다. 새근새근 잠든 모습이 평온해 보였다. 라키어스는 담요를 덮어 주는 것으로 석연치 않은 기분을 달랬다.

그러고도 한동안 소파 옆을 떠나지 않았다.

『2권에서 계속…』